Spécialiste de psychologie enfantine, Jonathan Kellerman se tourne vers le roman policier en 1985. Son livre *Le Rameau brisé* est couronné par l'Edgar du policier et inaugure une série qui est aujourd'hui traduite dans le monde entier. Il vit à Los Angeles avec sa femme, la romancière Faye Kellerman.

Jonathan Kellerman

LE MONSTRE

ROMAN

Traduit de l'américain
par André Roche

Éditions du Seuil

TEXTE INTÉGRAL

TITRE ORIGINAL
Monster

ÉDITEUR ORIGINAL
Random House, NY

ISBN original : 0-679-45960-X

ISBN 978-2-02-055081-9
(ISBN 2-02-032149-1, 1re publication)

Je tiens à remercier tout spécialement
les docteurs Spencer Eth et Shoba Srinivasan.

1

Le géant connaissait Richard Nixon.

Une montagne vivante, imposante, vêtue de toile kaki, avec des cheveux jaunes grisonnants, s'approcha de nous en claudiquant. Milo se raidit. Je ne savais pas comment réagir. Je jetai un coup d'œil à Frank Dollard. Il n'avait pas l'air de s'inquiéter ; il restait les bras ballants, la bouche impassible sous sa moustache grise maculée de tabac. Ses yeux n'étaient que des fentes depuis que nous l'avions rencontré devant l'entrée principale.

Le géant vomit un rire sonore et grave, écarta de son front une mèche de cheveux graisseux. Sa barbe était une ruine couleur maïs. De près, je sentis son odeur vinaigrée, trop-plein d'hormones. Il devait bien mesurer deux mètres et peser cent cinquante kilos. L'ombre qu'il projetait sur le sol était de couleur cendre, ou bile, assez large en tout cas pour nous englober.

Il avança encore en titubant, et cette fois le bras de Frank Dollard se détendit d'un coup.

L'énorme type ne parut pas s'en apercevoir et resta planté là, le bras de Dollard en travers du ventre. Une dizaine d'autres hommes habillés en kaki se trouvaient dans la cour – immobiles pour la plupart, quelques-uns faisant les cent pas ou se balançant, le visage collé contre le grillage. Aucun attroupement, pour autant que je puisse voir. Chacun pour soi. Un soleil vengeur avait dissous les nuages. Je cuisais dans mon costume.

Sur le visage du géant, pas la moindre goutte de sueur. Il soupira, ses épaules se voûtèrent, Dollard enleva son bras. Le géant mima un pistolet avec un doigt, le pointa sur nous, et éclata de rire. Il avait les yeux marron foncé, étirés sur les côtés. Leur aspect cireux trahissait sa santé déficiente.

– Services secrets, dit-il en se frappant la poitrine. Services secrets de Victoria dans le placard à sous-vêtement en planque guettant toujours le type ce bon vieux Nixon et RMN Rimmin toujours en train de border et de vouloir qu'on le borde il aimait faire la causette en se barrant de la Maison Blanche maison tu parles boîte de nuit oui ça faisait la fête vingt-quatre heures sur vingt-quatre avec Kurt Vonnegut J.D. Salinger la famille Glass tous ceux qui se foutaient de la politique ça chauffait dur dans la cuisine j'ai écrit « Le Berceau du chat » l'ai vendu à Vonnegut pour dix dollars « Billy Bathgate » tapé le manuscrit une fois il est sorti par la grande porte pour filer jusqu'à Vegas grosse baston avec les Hell's Angels pour une histoire de machine à sous Vonnegut voulait revoir la dette nationale Rimmin était d'accord ça n'a pas plu aux Angels on a dû le sortir de là Kurt Vonnegut et moi Salinger n'y était pas Doctorow recousait « Le Berceau du chat » c'étaient des saletés de chats qui l'auraient assassiné n'importe quel jour de la semaine pour que Lee l'Oswald d'Harvey ait le temps de prendre le large.

Il se pencha et remonta une jambe de pantalon. Sous le genou, l'os était barré d'une cicatrice blanche et brillante. Il avait la majeure partie du mollet arrachée. Un pilon 100 % naturel.

– J'ai été touché en protégeant le vieux Rimmin, reprit le géant en laissant retomber le tissu. Il est mort quand même pauvre Richard aucun annuaire ne sait ce qui s'est passé tellement bordé que j'ai pas pu l'arrêter.

– Chet, dit Dollard en tendant le bras pour tapoter l'épaule du géant.

Celui-ci haussa les épaules. Sur la mâchoire de Milo, de petits muscles noueux se crispèrent. Il avait posé la main là où son pistolet aurait dû se trouver s'il ne l'avait pas laissé à l'entrée.

– Tu vas faire un tour en salle de télé, aujourd'hui, Chet ? demanda Dollard.

Le géant tangua légèrement.

– Ahhh... lâcha-t-il.

– À mon avis, tu devrais y aller, Chet. Ils vont passer un film sur la démocratie. Il va falloir chanter l'hymne national et ils auront besoin de quelqu'un avec une bonne voix.

– Ah ouais, Pavarotti ! dit le géant, tout à coup enjoué. Lui et Domingo étaient au *Caesar's Palace* ils n'appréciaient pas la tournure que prenaient les choses avec Rimmin qui ne faisait pas ses vocalises li li li lo lo lo un jaune d'œuf pour adoucir la trachée ça faisait chier Pavarotti il ne voulait pas être candidat à un poste officiel.

– Oui, bien sûr, dit Dollard en nous adressant un clin d'œil, à Milo et moi.

Le géant nous tourna le dos et s'absorba dans la contemplation de la table en bois installée dans la cour. Un petit trapu aux cheveux bruns avait baissé son pantalon et urinait dans la poussière, provoquant une mini tempête de sable. Aucun des hommes en kaki ne parut s'en apercevoir. Le visage du géant s'était figé.

– Mouillé, dit-il.

– Ne t'inquiète pas pour ça, Chet, dit doucement Dollard. Tu connais Sharbno et ses problèmes de vessie.

Le géant ne répondit pas, mais Dollard avait dû faire un signe car deux aides-soignants rappliquèrent au pas de course depuis l'autre côté de la cour. Un Noir et un Blanc, aussi musclés que Dollard mais bien plus jeunes et portant le même uniforme – chemisette sport, jeans et baskets, badge avec photo épinglée au revers du col. Leur visage dégoulinait de transpiration à cause du sprint et de la chaleur. Le blouson de Milo était trempé sous les bras, mais le géant n'avait toujours pas lâché une seule goutte de sueur.

Ses traits se contractèrent encore lorsqu'il vit l'homme qui avait uriné se secouer et retraverser la cour avec son pantalon entortillé autour des chevilles.

– Mouillé...

– On va s'en occuper, Chet, dit Dollard pour l'apaiser.

– Je vais lui remonter son pantalon, dit l'aide-soignant noir en se dirigeant nonchalamment vers Sharbno.

Le Blanc resta près de Chet. Dollard tapota de nouveau l'épaule du géant, puis s'éloigna.

Nous fîmes quelques pas et je jetai un coup d'œil par-dessus mon épaule. Chet était déjà encadré par les deux aides-soignants. Le géant avait changé d'attitude : épaules crispées, cou tendu, il observait l'endroit précédemment occupé par Sharbno.

– Comment arrivez-vous à maîtriser un type de cette taille ? demanda Milo.

– Nous ne faisons pas grand-chose, répondit Dollard. La Clozapine s'en charge. Le mois dernier, nous lui avons augmenté ses doses. Il faut dire qu'il avait démoli un autre patient. Une douzaine d'os cassés.

– Il lui en faut peut-être davantage, dit Milo.

– Pourquoi dites-vous ça ?

– On a un peu de mal à le suivre quand il parle.

Dollard gloussa. Clin d'œil dans ma direction.

– Vous savez ce qu'il prend par jour, docteur ? Mille quatre cents milligrammes de Clozapine. Même en tenant compte de son poids, on peut dire que c'est un maximum, non ?

– On ne dépasse généralement pas les neuf cents milligrammes, expliquai-je à Milo. Pour la plupart des gens, le tiers suffit.

– Il était déjà à onze cents quand il a démoli le portrait de l'autre pensionnaire, reprit Dollard avant de soupirer. Nous sommes obligés de dépasser les doses maximales, ici. Les psychiatres nous assurent que c'est sans danger. (Il haussa les épaules.) On en donnera peut-être davantage à Chet. S'il fait une autre bêtise.

Nous poursuivîmes notre chemin en passant devant d'autres pensionnaires. Cheveux longs, bouches molles, regards vides, uniformes tachés. Rien à voir avec les culturistes qu'on rencontre habituellement en prison. Les bustes de ces hommes étaient ramollis, tordus, dégonflés. Je sentais des regards rivés sur ma nuque, des coups d'œil qu'on me jetait discrètement, et je vis un homme avec une énorme barbe noire me fixer de son regard halluciné de prophète. Au-dessus de sa barbe, ses joues étaient creuses et crasseuses. Nos regards se croisèrent. Il s'approcha de moi, les bras raides, le cou parcouru de tics. Il ouvrit la bouche. Pas une dent.

Il ne me connaissait pas, mais suintait la haine.

Je serrai les poings. Accélérai le pas. Dollard s'en aperçut, se retourna, et fit un signe de tête. Le barbu s'immobilisa brusquement et resta planté en plein soleil comme un buisson d'épineux. Nous étions à une vingtaine de mètres du panneau indiquant la sortie, sur le portail, à l'autre bout de la cour. Un bruit de ferraille monta du grand trousseau de clés de Dollard. Aucun aide-soignant en vue. Nous continuâmes d'avancer. Ciel magnifique, mais pas un oiseau. Le grincement d'une machine se fit entendre dans le lointain.

– Pour ce qui est des divagations de Chet, enchaînai-je, son histoire a quand même peut-être un sens.

– Comment ça ? demanda Dollard. Parce qu'il y est question de bouquins ? Je crois qu'avant de devenir dingue, il a fréquenté l'université... Dieu sait où. Il était d'un milieu relativement instruit.

– Comment est-il arrivé ici ? demanda Milo en jetant un bref coup d'œil par-dessus son épaule.

– Même chose que les autres.

Dollard se gratta la moustache et continua son chemin sans presser le pas. La cour était vaste. Nous l'avions à moitié traversée et découvrions d'autres visages inexpressifs – yeux morts ou regards égarés qui me donnaient la chair de poule.

Milo m'avait prévenu de ne porter ni kaki ni marron. « Ce sont les couleurs des pensionnaires, avait-il précisé. Je ne voudrais pas que tu te retrouves coincé avec eux. Remarque, ça serait peut-être intéressant ! Voir comment un psy essaie de les convaincre qu'il n'est pas fou ! »

– Qu'est-ce que ça veut dire « même chose que les autres » ? demanda Milo.

– Incapacité à passer en jugement. Le 1026 de base, quoi.

– Vous en avez combien ici ?

– Mille deux cents, à peu près. Pour le vieux Chet, c'est une triste histoire. Il vivait tout en haut d'une montagne, du côté de la frontière mexicaine – le genre ermite qui dormait dans des grottes, se nourrissait de plantes, tout le truc, quoi. Un couple de randonneurs a eu la mauvaise idée de débarquer dans la grotte au mauvais moment : ils l'ont réveillé. Il les a taillés en pièces – littéralement – à mains nues. Il a réussi à arracher les deux bras de la fille et s'attaquait à une de ses jambes quand on l'a trouvé. Un gardien du parc ou un shérif quelconque a tiré sur Chet en lui tombant dessus. C'est pour ça qu'il a la jambe dans cet état. Et pourtant, il n'opposait aucune résistance : il était tranquillement assis à côté des corps et avait l'air d'avoir peur qu'on le frappe. Rien d'étonnant à ce qu'il s'en tire avec un 1026, pour couronner le tout. Ça fait trois ans qu'il est ici. Les six premiers mois, il est resté pelotonné à pleurer et sucer son pouce. On était obligé de le nourrir par intraveineuse.

– Et maintenant il démolit des gens, dit Milo. Sacrés progrès...

Dollard fléchit les doigts. La cinquantaine bien tapée, c'était un costaud recuit par le soleil, sans graisse superflue. Sous la moustache, ses lèvres minces, desséchées, esquissèrent un sourire.

– Que voulez-vous qu'on fassc ? Qu'on le sorte d'ici et qu'on le flingue ?

Milo grogna.

– Ouais, reprit Dollard. Je sais ce que vous pensez : bon débarras ! Et vous seriez ravi de faire partie du peloton d'exécution. (Dollard gloussa.) C'est bien une idée de flic, ça. J'ai passé dix ans à patrouiller dans les rues d'Hemet et je pensais exactement comme vous avant de venir ici. Après quelques années passées dans ces bâtiments, j'en sais un peu plus sur la nature humaine : certains de ces types sont vraiment malades.

Il se tripota la moustache.

– Le vieux Chet n'a rien d'un Ted Bundy, ajouta-t-il. Il ne pouvait pas plus se retenir qu'un bébé qui chie dans sa couche. Même chose pour le vieux Sharbno quand il pisse par terre.

Il se tapota la tempe.

– Certaines personnes ont des circuits défectueux. Un jour, ils pètent les plombs et finissent à la poubelle, c'est-à-dire ici.

– C'est bien pour ça que nous sommes venus, dit Milo.

Dollard haussa un sourcil.

– Mouais. Nous n'avons pas l'habitude de nous débarrasser de nos détritus. Je ne vois pas comment nous allons pouvoir vous aider pour le Dr Argent.

Il fléchit de nouveau les doigts. Ses ongles n'étaient plus que de la corne jaune.

– J'aimais bien le Dr Argent, reprit-il. C'était une femme comme il faut. Elle a quand même fini quelque part à l'extérieur. (Dollard pointa son doigt dans une vague direction.) Là-bas, dans le monde soi-disant civilisé.

– Vous avez travaillé avec elle ?

– Pas de manière suivie, non. Il nous arrivait de discuter d'un cas, elle me disait si un patient avait besoin de quelque chose. Mais je peux vous dire que c'était quelqu'un de bien. Un peu naïve, mais enfin... elle était toute jeune.

– « Naïve » dans quel sens ?

– Elle a monté un groupe de parole « Outils pour la Vie Quotidienne. » Séances hebdomadaires, censées aider ces types à mieux vivre dans le monde. Comme s'ils avaient une chance de sortir d'ici !

– Elle s'en occupait seule ?

– Il y avait aussi une aide-soignante.

– Qui ça ?

– Une autre fille. Heidi Ott.

– Deux femmes pour s'occuper d'un groupe de tueurs ?

Dollard sourit.

– C'est l'État qui donne son feu vert.

– Vous n'avez pas l'air tout à fait d'accord.

– Je ne suis pas payé pour donner mon avis.

Nous approchions de l'enceinte.

– En tant qu'ex-flic, dit Milo, vous arrivez à comprendre pourquoi un type civilisé pourrait vouloir tuer le Dr Argent ?

– D'après ce que vous m'avez dit, commença Dollard, vu comment vous l'avez trouvée dans ce coffre de voiture bien propre, je pencherais pour l'asocial de service. Quelqu'un qui n'a pas froid aux yeux, qui savait parfaitement ce qu'il faisait et qui y a pris du plaisir. Plutôt un 1368 qu'un 1026. Un crime crapuleux perpétré par un minable qui veut nous faire croire qu'il est dingo parce qu'il est persuadé – à tort – qu'en cas de pépin, la vie ici sera plus facile qu'en prison. Nous en avons deux ou trois cents de ce genre-là au cinquième étage. Ils débarquent en braillant et en bavant, ils étalent leur merde sur les murs, mais ils apprennent vite qu'ici on ne mène pas les toubibs en bateau aussi facilement. Moins d'un pour cent finissent par être internés. La période d'observation est en principe de quatre-vingt-dix jours, mais beaucoup demande à s'en aller plus tôt.

– Le Dr Argent travaillait-elle au cinquième étage ?

– Non. Elle ne s'occupait que des 1026.

– Mis à part les dingos complets et les frimeurs à la petite semaine, qui avez-vous d'autre, ici ? demanda Milo.

– Quelques délinquants sexuels, des déséquilibrés, répondit Dollard. Des pédophiles, ce genre de détritus. Disons une trentaine. On en avait davantage, mais à force de modifier la Loi – on les fourre ici, oui, non, allez, en prison, finalement bof, retour là-bas, non, finalement la prison... Le Dr Argent ne frayait pas avec ceux-là non plus, pour autant que je sache.

– Donc, d'après vous, ce qui lui est arrivé n'est pas lié à son travail à Starkweather.

– Exactement. Même si l'un de ses patients était sorti – ce qui n'est pas le cas – il n'aurait pas pu la tuer et la fourrer dans ce coffre. Aucun d'entre eux n'est capable de planifier les choses de cette manière.

Nous avions atteint le portail. Des hommes à la peau bronzée s'y tenaient immobiles, comme les pions d'un jeu d'échecs géant. Au loin, la machine continuait de grincer.

Dollard désigna la cour d'un geste vif.

– Je ne dis pas que ces types sont inoffensifs, même avec toute la came que nous leur injectons. Si vous ôtiez à ces pauvres crétins leurs dernières illusions, ils seraient prêts à tout. Mais ils ne tuent pas pour le plaisir – d'après notre expérience, le plaisir est quelque chose qu'ils ont assez peu expérimenté au cours de leur existence... si tant est qu'on puisse appeler ça une existence.

Il se racla la gorge et déglutit.

– On finit par se demander pourquoi Dieu s'est fait chier à créer un tel bordel.

2

Deux cadavres avaient été retrouvés dans des coffres de voitures. Le deuxième était celui de Claire Argent.

Le premier appartenait à un apprenti acteur de vingt-cinq ans nommé Richard Dada. On l'avait récupéré huit mois plus tôt dans le coffre de sa « Coccinelle » Volkswagen, en pleine zone industrielle, au nord de Centinella et Pico – un labyrinthe de boutiques d'outillage où pullulent les vendeurs de voitures et de pièces détachées. Trois jours s'étaient écoulés avant que quelqu'un ne remarque la voiture de Dada. Un agent d'entretien avait senti l'odeur. La scène du crime était toute proche du poste de police de West L.A., mais Milo s'y rendit quand même en voiture.

De son vivant, Dada avait été un beau jeune homme, grand et brun. Le meurtrier l'avait déshabillé et coupé en deux à la taille avec une scie bien aiguisée. Il avait ensuite fourré chaque morceau dans un sac en plastique costaud, fermé les sacs, entassé le tout dans la Volkswagen, conduit celle-ci à l'endroit prévu, sans doute tard dans la nuit, puis s'était échappé sans être vu. Une hémorragie due à une large et profonde entaille à la gorge avait causé la mort du jeune homme. L'absence de sang dans les sacs et à l'intérieur de la voiture suggérait que le boucher avait accompli son forfait dans un autre endroit. Le coroner estimait que Dada était déjà mort lorsqu'on l'avait coupé en deux.

– Sacrées longues jambes, ce Dada, me fit observer Milo lorsqu'il évoqua pour la première fois cette affaire devant moi. Peut-être que le meurtrier l'a découpé pour simplifier le rangement. À moins qu'il y ait trouvé une autre source d'excitation.

– Ou les deux, dis-je.

Milo fronça les sourcils.

– On lui avait aussi ôté les yeux, mais rien d'autre. Qu'est-ce que tu en penses ?

– Le tueur a conduit la bagnole de Dada jusqu'à l'endroit où il voulait l'abandonner, dis-je. Peut-être comptait-il repartir à pied parce qu'il habite tout près. Ou alors il a pris le bus. Tu pourrais interroger les chauffeurs pour savoir s'ils n'ont pas vu monter de passager inhabituel cette nuit-là.

– J'ai déjà parlé aux conducteurs de bus. Aucun souvenir d'un passager bizarroïde. Idem pour les taxis. Aucune prise en charge dans le secteur à une heure tardive. Point final.

– Quand j'ai dit « inhabituel », je ne voulais pas dire bizarre, lui précisai-je. Le tueur n'a probablement pas l'air d'un martien. J'imagine même que c'est l'inverse : un type tranquille, organisé, classe moyenne. Malgré tout, après avoir abandonné la VW, il devait être un peu crevé. Or qui prend le bus à cette heure ? Des serveurs qui travaillent de nuit, des types qui nettoient les bureaux, plus quelques épaves. Un type trop propre sur lui se fait remarquer.

– Logique, acquiesça Milo, mais les chauffeurs ne se souviennent de personne en particulier.

– Bon. Troisième possibilité : le tueur avait prévu une autre voiture pour s'enfuir. Organisation extrêmement méticuleuse. Ou bien il avait un complice.

Milo se frotta le visage comme s'il se lavait sans eau. Nous étions installés à côté de son bureau, à la brigade des Vols et Homicides du commissariat de West L.A., face à une rangée de placards orange vif, et nous buvions du café. Quelques policiers tapaient à la machine ou grignotaient. Je devais me rendre à une audience pour une histoire de garde d'enfants dans le centre-ville, deux heures plus tard. Je m'étais arrêté pour déjeuner avec Milo, mais il avait préféré parler de Dada plutôt que de manger.

– L'hypothèse du complice est intéressante, rcprit-il. D'accord aussi avec l'éventualité qu'il habite le voisinage. Bon, je vais me remuer et voir si un clown qui a appris le découpage de barbaque tout seul à San Quentin n'a pas été libéré sur parole. Je vais aussi me renseigner sur ce pauvre Dada – au cas où il se serait déjà attiré des ennuis.

Trois mois plus tard, le travail de terrain de Milo avait mis à jour la vie de Dada dans les moindres détails, sans pour autant lui permettre de boucler le dossier.

Au bout de six mois d'enquête, celui-ci s'était retrouvé au fond d'un tiroir.

Je savais que rien ne pouvait irriter Milo davantage. Sa spécialité, c'était la résolution des affaires, pas leur classement sans suite. Parmi les flics de West L.A., il était celui qui avait résolu le plus grand nombre de meurtres. Il n'en était pas plus apprécié pour autant ; unique agent de police à s'être publiquement déclaré homosexuel, il n'était jamais invité aux barbecues organisés par ses collègues. Mais il était d'autant plus sûr de lui, et je savais qu'il considérait tout échec comme une menace pour sa carrière.

Et une faute personnelle. L'une des dernières choses qu'il me dit avant de refermer le dossier fut ceci :

– Celui-là mérite quand même mieux. Quand un petit crétin de délinquant se fait démolir à coup de queue de billard, c'est une chose, mais ça... La façon dont ce gosse a été coupé en deux – une vertèbre sciée dans la largeur, Alex ! Avec une scie à ruban, d'après le coroner. On l'a proprement découpé comme une tranche de bidoche !

– D'autres indices ? lui demandai-je.

– Non, rien. Pas de cheveux, ni de fluide d'aucune sorte... Pour autant que je sache, Dada n'avait pas de problème particulier – ni drogue, ni mauvaises fréquentations, pas de casier. Encore un de ces petits imbéciles qui veulent devenir riches et célèbres. La journée et le week-end, il travaillait dans un club de gym pour enfants. Et le soir, je te laisse deviner...

– Serveur ?

– Exact. Dans un bar-restaurant de Toluca Lake. La réplique qu'il a dû prononcer le plus souvent devait être « Et quelle sauce désirez-vous avec ça ? »

Nous étions nous-mêmes installés dans un bar. Un bar chic, d'ailleurs, celui du *Luxe Hotel,* à l'est de Beverly Hills. Ici, pas de queues de billards, et les délinquants potentiels portaient des costumes italiens. Bougeoirs diffusant une lumière orangée vacillante, tapis moelleux, fauteuils club douillets comme un utérus. Sur le plateau en marbre de notre guéridon, deux gobelets de métal remplis de Chivas Gold et une carafe en cristal pleine d'eau minérale glacée. Le cigarillo à trois sous de Milo contrastait avec les Cohibas et autres Churchill que suçaient les types assis sur les autres banquettes. Quelques mois plus tard, la Ville devait décider qu'il était interdit de fumer dans les bars, mais à cette époque la création collective d'un nuage de nicotine était un rituel incontournable.

Malgré le standing de l'endroit, nous nous y retrouvions dans l'unique but de siroter de l'alcool et à ce jeu-là Milo était très fort.

J'en étais à mon premier scotch tandis qu'il finissait son troisième et le faisait descendre avec un grand verre d'eau.

– J'ai hérité de cette affaire parce que le lieutenant croyait que Dada était gay. À cause de la mutilation, tu vois... C'est bien connu : quand les homos pètent les plombs, ils font des trucs dingues, tu sais bien... Mais Dada n'avait aucun lien avec la communauté gay, et ses parents disent que chez lui, il avait trois petites amies.

– Et ici ?

– Je n'en ai retrouvé aucune. Il habitait seul dans un petit studio, près de La Brea et Sunset. Un truc minuscule, mais qu'on a retrouvé nickel.

– C'est peut-être le quartier qui est dangereux, lui fis-je remarquer.

– Oui, mais l'immeuble possède un parking à carte magnétique et un code d'entrée. La propriétaire habite les lieux et choisit soigneusement ses locataires. D'après elle, Dada était un jeune homme du genre discret et elle ne l'a jamais vu recevoir qui que ce soit. Aucun signe d'effraction ou de cambriolage non plus. Nous n'avons pas retrouvé son portefeuille, mais il n'y a pas eu de plainte pour la seule carte bancaire qu'il possédait – une Discover avec un plafond de quatre cents dollars. Aucune trace de came dans son appartement. Si Dada en consommait, lui ou quelqu'un d'autre nettoyait derrière.

– Et le tueur ? Ça colle assez bien avec le côté propret et l'organisation méticuleuse.

– Possible, mais comme je t'ai dit, Dada était un type correct. Son loyer se montait à sept cents dollars, il en gagnait le double chaque mois avec ses deux boulots et il en expédiait l'essentiel chez lui, sur un compte épargne.

Ses larges épaules s'affaissèrent.

– Finalement, c'est peut-être un pur hasard s'il est tombé sur un psychopathe.

– D'après le FBI, la mutilation des yeux suggère autre chose qu'une rencontre de hasard.

– J'ai envoyé au FBI la liste des données recueillies sur le lieu du crime, j'ai reçu une réponse pleine de sous-entendus, me conseillant d'aller voir du côté de ses relations. Le problème, c'est que je ne suis parvenu à retrouver aucun de ses amis. Il n'était en Californie que depuis neuf mois. Peut-être que ses deux boulots l'empêchaient d'avoir une vraie vie sociale.

– Ou bien il cachait ses fréquentations.

– Quoi ? D'après toi il était gay pour de bon ? Tu ne crois pas que j'aurais fini par le savoir ?

– Pas forcément gay, précisai-je. N'importe quelle double vie.

– Qu'est-ce qui te fait dire ça ?

– Les apprentis mannequins ne se font pas scier en deux dès qu'ils pointent le nez dehors.

Milo grogna. Nous vidâmes nos verres. Les serveuses étaient toutes de magnifiques blondes en blouse blanche de paysanne et jupe longue. La nôtre avait un fort accent. Lorsque Milo l'avait questionnée, elle avait répondu qu'elle était tchèque ; puis elle avait offert de lui couper son cigare, mais il en avait déjà arraché l'extrémité d'un coup de dents. Nous étions en plein été et pourtant un feu grondait dans une cheminée de calcaire. La pièce était glacée à cause de l'air conditionné. Les deux autres beautés installées au bar devaient être des prostituées. Les types à côté d'elles avaient l'air crispé.

– Toluca Lake est à quelques minutes de voiture d'Hollywood, repris-je. Et près des Studios Burbank. Peut-être que Dada essayait de trouver des contacts dans ce milieu.

– C'est ce que je croyais moi aussi. Mais s'il a trouvé un boulot, ce n'était pas dans un studio. Je suis tombé sur une offre d'emploi du Weekly dans la poche d'une de ses vestes. Un truc imprimé en lettres minuscules, une annonce de casting pour un film intitulé *Blood Walk*[1]. Avec mention d'une date, un mois avant le meurtre. J'ai

1. Soit « La promenade sanglante ». (NdT)

essayé de retrouver la société qui avait passé l'annonce. La ligne n'était plus en service, mais le numéro était à l'époque celui d'une boîte appelée Thin Line Production. Leur adresse n'était rien d'autre qu'une boîte postale à Venice, inutilisée depuis longtemps, et sans adresse de réexpédition. Personne à Hollywood n'a jamais entendu parler de Thin Line, l'intitulé n'a jamais figuré dans les répertoires professionnels et rien ne dit qu'ils aient effectivement réalisé des films. J'ai parlé à Petra Connor, à Hollywood. Pour elle ça n'a rien d'étonnant : l'industrie cinématographique est pleine de boîtes en faillite qui déménagent en douce, et la plupart des annonces de casting n'aboutissent à rien.

– *Blood Walk*, hein ?

– Ouais, je sais. Mais c'était un mois avant, et je n'ai pas plus de détails.

– Et son deuxième boulot ? Où se trouve la salle de gym ?

– Au carrefour de Pico et Doheny.

– Qu'est-ce qu'il y faisait ?

– Des animations avec les tout-petits. Des boulots ponctuels, généralement pour des anniversaires. Le propriétaire de la salle dit qu'il était extrêmement patient, soigneux, poli. Merde, un putain de petit scout qui se fait couper en deux. Ça ne peut pas être aussi simple.

– Un meurtrier en bas âge qui n'appréciait pas de faire la queue pour sauter sur le trampoline ?

Milo se marra, puis se mit à étudier le fond de son verre.

– Tu as dit qu'il envoyait de l'argent chez lui. Où ça ? lui demandai-je.

– À Denver. Son père est charpentier, sa mère institutrice. Ils sont venus passer quelques jours ici après qu'il a été tué. Le sel de la terre... Ils ont beaucoup souffert, mais avec eux je n'ai pas avancé. Richard faisait du sport, à l'école il avait d'assez bonnes notes, il jouait dans toutes les pièces de théâtre. Il a passé deux années à l'université, mais il n'aimait pas du tout et il est revenu travailler avec son père.

– Et donc, il a appris le métier de charpentier... Et s'il avait rencontré son meurtrier à un cours d'ébénisterie ?

– Il n'a jamais suivi de cours de quoi que ce soit, pour autant que je sache.

– Un fils de charpentier qui se fait scier en deux...

Milo posa son verre en prenant soin de ne pas faire de bruit. Son regard se fixa sur moi. Dans la lumière chargée de fumée de cigarette, ses yeux habituellement d'un vert lumineux paraissaient gris-brun. Son visage large était si pâle qu'on l'aurait cru talqué, avec ses rouflaquettes toutes blanches. Les cicatrices d'acné sur ses joues, son menton et son front, semblaient d'autant plus profondes et cruelles.

Il écarta de son front une mèche de cheveux bruns.

– D'accord, dit-il à mi-voix. Mis à part cette fine allusion, qu'est-ce que tu sous-entends ?

– Pas grand-chose, avouai-je. Mais le rapprochement m'a paru frappant.

Il fronça les sourcils, se frotta l'avant-bras contre le bord de la table comme pour se gratter, leva son verre pour demander à la serveuse de le resservir, la remercia lorsqu'elle se fut exécutée, but à petites gorgées la moitié de son whisky, puis se lécha les lèvres.

– À quoi bon parler de tout ça ? Ce n'est pas demain que je connaîtrai le fin mot de cette histoire, si tant est que j'y parvienne un jour. Je ne sais pas pourquoi, mais je le sens comme ça.

Je ne discutai même pas. La plupart du temps, ses intuitions se vérifient.

Deux mois plus tard, il était chargé de l'enquête sur le meurtre de Claire Argent et m'appela immédiatement. Il avait l'air à la fois furibard et plein d'enthousiasme.

– Je suis sur une nouvelle affaire qui ressemble curieusement à celle de notre Dada. Et en même temps rien à voir. La victime est une femme. Une psychologue de trente-neuf ans nommée Claire Argent. Est-ce que par hasard tu la connaîtrais ?

– Non.

– Elle habitait à Hollywood Hills, à deux pas de Woodrow Wilson Drive, mais on l'a retrouvée dans le secteur de West L.A. Enfermée à poil dans le coffre de sa Buick Regal, au bout de l'aire de chargement, derrière la boutique Stereo Galore, dans le grand centre commercial de La Cienaga, près de Sawyer.

Ce côté de La Cienaga constituait la limite est de Los Angeles ouest.

– Presque plus ton secteur.

– Tu sais que j'ai toujours du bol. Écoute, voilà ce que je sais : le centre commercial ferme à onze heures, mais il n'y a pas de clôture du côté de l'aire de chargement ; n'importe qui peut y accéder. C'est facile, une petite rue y mène tout droit. À l'ouest de cette ruelle, il y a un parking couvert, avec trente-six niveaux, mais il est bouclé la nuit. Autour, c'est un quartier résidentiel. Maisons familiales et appartements. Personne n'a vu ou entendu quoi que ce soit. L'employé des livraisons a trouvé la voiture à six heures du matin, a demandé l'enlèvement du véhicule et quand le dépanneur l'a chargée sur son engin, il a entendu quelque chose qui faisait du bruit à l'intérieur et a eu la bonne idée de s'en inquiéter.

– Elle était coupée en deux ? lui demandai-je.

– Non, en un seul morceau, mais enveloppée dans deux sacs poubelle, tout comme Dada. Elle aussi avait la gorge tranchée et les yeux mutilés.

– C'est-à-dire ?

– Hachés menu.

– Mais pas enlevés.

– Non, dit-il, agacé. Si ma théorie du rangement se révèle exacte concernant Dada, cela expliquerait pourquoi elle n'a pas été coupée en deux. Le Dr Argent mesurant un mètre soixante-trois, on pouvait facilement la fourrer dans sa Buick. Et devine où elle travaillait, Alex. À l'hôpital Starkweather.

– Vraiment...

– Dans le secteur de Ghoul Central. Tu y as déjà été ?

– Non. Aucun de mes patients n'a jamais tué qui que ce soit.

3

Au printemps 1981, Emil Rudolph Starkweather était mort dans son lit à Azusa, à soixante-seize ans, célibataire, sans héritier, après avoir servi la communauté pendant cinquante ans – dix comme ingénieur en énergie hydraulique et quarante en tant que sénateur.

Plutôt avare de son vivant, Starkweather n'avait pourtant pas cessé de faire campagne pour réunir des fonds en faveur des malades mentaux, et avait fait voter les budgets nécessaires à la construction d'un grand nombre de centres de soins publics dans tout l'État. Certains disaient que sa vie passée auprès d'une sœur psychotique et son affection pour elle avaient fait de lui le militant d'une seule cause qu'il était. La sœur en question était morte cinq mois avant que Starkweather ne décède d'un infarctus. La santé de ce dernier n'avait cessé de décliner depuis l'enterrement de sa sœur.

Mais peu de temps après ses obsèques, des rapporteurs de l'État avaient découvert que le vieux sénateur avait passé quatre décennies à détourner systématiquement des fonds pour son usage personnel. Une partie de l'argent avait servi à payer l'infirmière présente à ses côtés vingt-quatre heures sur vingt-quatre, ainsi que des traitements variés, mais l'essentiel était passé dans l'immobilier : Starkweather avait acquis plus de onze mille acres, essentiellement des terrains disponibles dans des quartiers délabrés, mais ne les avait jamais fait bâtir.

Pas de cheval de course, ni de compte en Suisse, ni de maîtresse cachée. Aucun profit personnel. Les gens avaient commencé à se poser des questions sur la santé mentale d'Emil Starkweather.

Les rumeurs s'étaient intensifiées lorsque ses dernières volontés avaient été rendues publiques. Starkweather léguait tous ses biens à l'État de Californie, à une seule condition : une centaine d'acres au moins de « sa » terre devaient servir à la construction d'« un important centre d'hygiène mentale qui prendrait en compte les derniers progrès de la recherche en psychiatrie et autres disciplines associées ».

Les juristes avancèrent aussitôt que le document en question n'avait probablement aucune valeur juridique, mais qu'il faudrait des années avant que toute action aboutisse. D'ailleurs, d'une certaine manière, la chose tombait à point nommé pour le gouverneur fraîchement élu. Loin d'être un admirateur de Starkweather – qu'il considérait depuis longtemps comme un vieil imbécile excentrique et ennuyeux – il s'était fait le champion de la lutte contre le crime et s'était élevé contre une justice inconsciente qui rejetait à la rue de dangereux maniaques. Quelques réunions intensives avec des juristes chevronnés ayant permis de sortir rapidement du bourbier, des enquêteurs furent envoyés depuis Sacramento repérer les terrains censés devenir propriété de l'État. La solution idéale fut rapidement trouvée : une parcelle abandonnée depuis longtemps, à l'est de L.A. – jadis aire de stockage d'une compagnie pétrolière, puis décharge publique, devenue à l'époque un vrai marécage empoisonné, saturé de produits toxiques. Et qui ne faisait que quatre-vingt-huit acres, mais qui irait vérifier ?

À coups de décrets et d'aménagements de la législation taillés sur mesure, l'État récupéra les terrains dérobés par Starkweather et l'on autorisa la construction d'un « important centre d'hygiène mentale » pour les criminels considérés comme incapables de se défendre devant un tribunal, bref, un abri sûr pour serials killers, buveurs de sang, cannibales, nécrophiles, violeurs d'enfants et autres zombies hystériques, trop dingues et dangereux pour échouer à San Quentin, Folsom ou Pelican Bay.

Le moment était bizarrement choisi pour construire un nouvel hôpital. Les centres psychiatriques pour arriérés et psychotiques inoffensifs fermaient les uns après les autres du fait d'une étrange et impitoyable alliance entre grippe-sous de droite désireux de limiter les dépenses publiques et ignares de gauche qui considéraient les psychotiques comme des prisonniers politiques qu'il fallait libérer. Le « problème des sans-abri » ne devait pas tarder à se poser quelques années plus tard au grand dam des chantres des réductions de budget et des pseudo-spécialistes du social, mais à l'époque il semblait extrêmement intelligent de démanteler tout le système de prise en charge des malades mentaux.

En dépit de ces efforts, le gouverneur n'avait mis que deux ans à faire construire sa poubelle à dingos.

Et à lui donner le nom du vieil imbécile.

Le Starkweather State Hospital pour criminels atteints de maladie mentale était essentiellement constitué d'un grand bâtiment, – un bloc de béton de cinq étages accolé à une grande tour grise –, maculé de boues résiduelles rehaussées de polluants crasseux et cerné d'une clôture de barbelés électrifiés. L'esthétique dissuasive...

Nous étions sortis de l'autoroute 10 et avions traversé à toute vitesse Boyle Heights et ses zones industrielles, dépassé une ribambelle de puits de forages pétroliers à l'abandon, immobiles, semblables à de gigantesques mantes religieuses, puis des abattoirs d'un gris graisseux, des usines d'emballage, des aires de chargement désertées, et encore parcouru des kilomètres de bâtiments désaffectés, restes décomposés d'entreprises mort-nées.

– Nous y voilà, dit Milo en désignant un étroit ruban d'asphalte. Starkweather Drive.

Un panneau indiquait la direction du Centre d'Hygiène Mentale de l'État. Sur quelques centaines de mètres, la route était bordée d'eucalyptus gris-vert qui nous offrirent quelques instants leur ombre mentholée. Nous nous retrouvâmes ensuite écrasés par le soleil d'août, éblouis par une lumière blanche si violente que mes lunettes de soleil devenaient inutiles.

Nous aperçûmes la haute clôture et des câbles électriques épais et noirs comme des serpents d'eau. Une collection de panneaux, en anglais et en espagnol, sur fond aux couleurs de l'État, nous laissèrent présager une guérite en Plexiglas et une barrière d'acier. Le garde en faction était un jeune homme râblé au visage plutôt inexpressif. Il ouvrit sa fenêtre vitrée, écouta les explications de Milo et prit son temps pour sortir. Il examina nos papiers d'identité avec ce que nous prîmes pour une grimace de souffrance, emmena les documents dans son placard de Plexi, revint vers nous, voulut savoir combien d'armes à feu et de couteaux peuplaient nos poches, et finit par confisquer l'arme de service de Milo ainsi que mon couteau suisse.

Quelques longues minutes plus tard, le portail s'ouvrait lentement et Milo redémarra. Contrairement à ses habitudes, il était resté silencieux durant le voyage. À présent il avait l'air franchement mal à l'aise.

– Ne t'inquiète pas, lui dis-je. Tu ne portes pas de kaki, ils te laisseront sortir. Si tu ne l'ouvres pas trop.

Il grogna. Il portait une vieille veste en toile marron, un pantalon de velours côtelé gris, une cravate grise fripée et des rangers beiges éraflés avec des semelles qui ressemblaient à de gigantesques gommes pour crayon à papier. Il aurait eu besoin d'aller chez le coiffeur. De longues mèches noires se battaient en duel sur sa grosse tête. Le contraste avec ses rouflaquettes blanches était incroyable. La veille, il s'était comparé à un putois.

La route grimpait en pente douce avant de retrouver l'horizontale. Nous arrivâmes devant un parking à ciel ouvert, presque plein. Plus loin, d'autres grillages et des allées de terre battue jaunâtre, couleur soufre. Derrière la clôture se tenait un homme large d'épaules et portant chemise de sport écossaise et jeans. Le bruit de notre voiture le fit se retourner. Il nous observa attentivement.

– Le comité d'accueil, dit Milo qui se mit à chercher une place libre. Qu'est-ce qui peut pousser quelqu'un à travailler ici ?

– Tu parles en général ou tu fais référence au Dr Argent ?

– Les deux. Mais elle surtout, oui. Pourquoi a-t-elle fait ce choix ?

Nous étions le lendemain du jour où il m'avait appelé, et je n'avais pas encore parcouru le dossier.

– Chacun son truc, dis-je. Mais il y a de moins en moins de postes dans les asiles. Peut-être qu'elle n'a pas eu le choix.

– Tu parles qu'elle avait le choix ! Elle a largué un poste de chercheuse à l'Hôpital Général du Comté, en neuro quelque chose.

– Peut-être qu'ici aussi elle faisait de la recherche.

– Ça se pourrait. Mais ici, son boulot, c'était psychologue clinicienne, consultation, traitements et le reste. Le directeur, un certain Swig, ne m'a pas parlé de recherches. Pourquoi larguer l'Hôpital Général pour ça ?

– Tu es sûr qu'elle ne s'est pas fait virer ?

– Son ex-patron m'a dit qu'elle avait démissionné. Le Dr Theobold.

– Myron Theobold.

– Tu le connais ?

– Nous nous sommes vus quelques fois lors de colloques. Qu'est-ce qu'il t'a dit d'autre ?

– Pas grand-chose. Comme s'il ne la connaissait pas bien. Ou alors, il en a gardé pour lui. Tu devrais peut-être lui parler, toi.

– Pas de problème.

Milo repéra une place vide, braqua brutalement et écrasa la pédale de frein. Il regardait droit devant lui à travers le pare-brise lorsqu'il enleva sa ceinture d'un grand geste. Le type à la chemise écossaise avait ouvert le cadenas de la seconde clôture grillagée et venait à notre rencontre. La cinquantaine, moustache et cheveux gris. Il nous salua de la main. Milo lui rendit son salut.

Milo récupéra sa veste sur la banquette arrière, fourra ses clés dans une poche et jeta un coup d'œil derrière l'homme à la chemise écossaise, vers le désert entouré de barbelés.

– Elle passait huit heures par jour dans cet endroit, reprit-il. Avec des salopards d'assassins complètement marteaux. Et maintenant elle est morte. Sacré terrain de chasse pour un enquêteur, cet endroit, tu crois pas ?

4

Dollard fit jouer la serrure du portail, nous sortîmes de la cour et empruntâmes un petit sentier goudronné. Le bâtiment gris ressemblait à un immense nuage d'orage. Toit plat et façade lisse. Ni escalier extérieur ni perron, rien que des portes de métal marron enchâssées dans le bloc de béton au niveau du sol. De petites lettres en métal pointu indiquaient STARKWEATHER : BÂTIMENT PRINCIPAL. La façade était agrémentée de rangées de petites fenêtres. Pas de barreaux devant les vitres qui avaient l'air curieusement ternes et sans reflets. Ce n'était pas du verre. Mais du plastique. Épais, incassable, battu par le vent, presque opaque. Les esprits embrumés ne gagnaient peut-être rien à y voir clair.

Les portes n'étaient pas fermées à clé. Dollard ouvrit celle de droite. Dans le petit hall d'entrée, rempli d'une odeur de viande grillée, il faisait frais. Les murs beige rosé et le lino noir pâlissaient sous la lumière des fluos blanc bleuté. Au plafond, les sorties d'air conditionné émettaient un son qui ressemblait à un murmure.

Une femme bien en chair et chaussée de lunettes, la trentaine, était assise derrière deux vieux comptoirs en bois formant un L, et parlait au téléphone. Elle portait un bustier de maille jaune, sans manche, et un badge avec sa photo, semblable à celui de Dollard. Sur le comptoir, deux écriteaux. Le premier disait : RÈGLE N° 1 : J'AI TOUJOURS RAISON. RÈGLE N° 2 : VOIR RÈGLE N° 1, le deuxième : L. SCHMITZ. Entre les deux, une pile de prospectus.

Elle avait la haute main sur le standard téléphonique. Quatre témoins y clignotaient. Au mur, derrière le comptoir, une photo en couleur d'Emil Starkweather, le visage barré d'un sourire de circonstance et plein de fausses dents. Au-dessus, une banderole sollicitait une contribution financière des employés au bénéfice d'organisations caritatives. À gauche, une petite étagère bancale où s'entassaient des trophées sportifs et des photos de groupes rappelait les prouesses héroïques des Hurlers, l'équipe de bowling du personnel de Starkweather. Sept premier prix en sept ans. À droite, un long couloir brillamment éclairé où se succédaient panneaux d'affichage et portes marron.

Dollard s'approcha du comptoir. L. Schmitz finit par raccrocher.

– Bonjour, Frank, lança-t-elle.

– Bonjour, Lindeen. Ces messieurs ont rendez-vous avec M. Swig à dix heures.

– Il est en ligne, mais aura bientôt fini. Un café ?

– Non, merci, dit Dollard en jetant un coup d'œil à sa montre.

– Il n'en a pas pour longtemps, Frank.

Milo ramassa quelques prospectus. Lindeen le regarda faire, puis elle reprit son combiné et enchaîna un certain nombre de « mm-mm, je vois, oui, oui... » avant de reposer une nouvelle fois son téléphone.

– Vous êtes les policiers qui enquêtez sur le Dr Argent, c'est ça ?

– Oui, Madame, lui répondit Milo en se dirigeant nonchalamment vers le comptoir. Vous la connaissiez ?

– On se disait juste bonjour-au revoir. C'est terrible.

Elle reprit l'appareil.

Milo resta planté devant elle pendant quelques minutes. Lindeen leva une fois les yeux et lui sourit sans pour autant interrompre sa conversation. Milo me tendit un prospectus. Je lus en même temps que lui.

Bref historique du Starkweather State Hospital, suivi d'une « Déclaration d'intentions » en caractères gras. Beaucoup de photos : d'autres portraits d'Emil l'Escroc ; le gouverneur posant la première pierre, armé d'une truelle dorée et flanqué de grosses légumes anonymes. Toutes les phases du chantier, des premières excavations jusqu'à l'inauguration. Grues, pelleteuses, fourmis ouvrières casquées. Et pour finir une vue panoramique du bâtiment se détachant sur un ciel admirable, qui avait l'air aussi vrai que des fausses dents. Les murs de béton étaient déjà crasseux. Le jour même de son inauguration, l'hôpital avait déjà l'air fatigué.

William T. Swig, Directeur, décrivait la mission de l'établissement, mentionnait « l'humanité des traitements prodigués aux internés » et insistait dans le même temps sur « la nécessaire protection du public ». De longues phrases parlaient de buts, d'objectifs à long terme, de directives et d'interface. Où les bureaucrates apprenaient-ils à écrire ?

Je pliai le prospectus et le glissai dans ma poche tandis que Lindeen reposait une nouvelle fois son téléphone.

– OK, les gars, il a fini.

Nous suivîmes Dollard dans le couloir. Les portes marron étaient munies de porte-étiquettes. Sur certaines, un nom. Sur d'autres, les étiquettes avaient disparu. Les panneaux d'affichage étaient encombrés de paperasse officielle : circulaires, règlement, rappels de la législation. Personne d'autre que nous ne circulait dans le couloir. L'endroit était parfaitement silencieux, mis à part le léger sifflement des bouches d'aération au-dessus de nous.

La porte de Swig ressemblait aux autres. L'étiquette avait là aussi disparu. Dollard frappa et ouvrit sans attendre de réponse. Une antichambre. Une autre hôtesse d'accueil, plus âgée et corpulente que Lindeen.

– Vous pouvez entrer, Frank.

Trois vases d'énormes roses jaunes, probablement cueillies à proximité, trônaient sur le bureau. Sur le moniteur de son PC, un écran de veille affichait une Joconde qui alternativement souriait puis fronçait les sourcils...

Dollard poussa la porte du saint des saints. Swig vint à notre rencontre en nous tendant la main.

Il était plus jeune que ce que j'imaginais. Disons trente-cinq ans, plutôt frêle, avec un visage rond d'enfant sous un crâne dégarni et de sinistres verrues sur les joues et le menton. Le peu de cheveux qui lui restaient étaient blonds et cotonneux. Il portait une chemisette bleue, une cravate écossaise, un pantalon bleu marine et des mocassins.

– Bill Swig.

Présentations. Je trouvais la main de Swig fraîche et fragile. Son bureau n'était pas beaucoup plus grand que celui de sa secrétaire. Pas de blagues sur des écriteaux, rien qu'un pot à crayons, des livres, des classeurs et plusieurs cadres qui nous tournaient le dos. Une photo sur le mur de droite montrait Swig en costume sombre, avec une femme aux cheveux bouclés et au menton en pointe, à côté de deux jolies petites filles d'environ quatre et six ans, l'une et l'autre de type asiatique. Sur une étagère, quelques livres et un dossier entouré de nombreux élastiques. La fenêtre en plastique de Swig offrait une vue délavée de la cour.

– Autre chose ? demanda Dollard.

– Non merci, Frank, dit Swig, et Dollard se dépêcha de sortir.

– Asseyez-vous, je vous en prie. Désolé de vous avoir fait attendre. C'est une tragédie... Le Dr Argent... Je suis encore sous le choc.

– Il doit pourtant vous en falloir pas mal pour que vous soyez choqué, lui assena Milo.

Swig eut l'air quelque peu déstabilisé.

– En travaillant ici, reprit Milo, vous devez en avoir vu, des choses.

– Oh non, pas tant que ça, inspecteur Sturgis. La plupart du temps, c'est le calme qui règne dans cet endroit. On y court sans doute moins de risques que dans les rues de L.A. Surtout depuis que la climatisation a été réparée. Non, je suis aussi sensible que n'importe qui, vous savez.

– La climatisation ?

– Nous avons eu un problème, expliqua Swig. Les condensateurs ont lâché, il y a quelques années. Avant mon arrivée ici. (Il leva les mains au ciel.) Mon prédécesseur n'arrivait pas à les faire réparer. Comme vous pouvez l'imaginer, notre conseil de tutelle ne considère pas le confort de nos patients comme une priorité. Les démissions en cascade de membres du personnel ont quand même provoqué des réactions. J'ai rédigé un rapport, et nous avons fini par avoir un système tout neuf. Aujourd'hui est un bon exemple. Vous vous imaginez rester ici sans air conditionné ?

– Comment les patients ont-ils réagi ?

Swig se carra dans son fauteuil.

– Quand le système est tombé en panne ? Il y a eu, disons... des moments difficiles. Mais bon... En quoi puis-je vous être utile ?

– Que pensez-vous du meurtre du Dr Argent ?

Swig hocha la tête.

– Je comprends que vous imaginiez qu'il existe un lien avec son travail, mais personnellement je n'y crois pas du tout. Pour une raison simple : les patients du Dr Argent sont ici, et elle a été assassinée à l'extérieur.

Il désigna la fenêtre.

– Sans compter le fait, continua-t-il, que son travail ne l'exposait pas le moins du monde. Elle s'acquittait d'ailleurs parfaitement de sa tâche.

– Une employée modèle ?

– Elle me faisait très bonne impression. Calme, posée, réfléchie. Tout le monde l'appréciait. Y compris les patients.

– On dirait que les patients en question ont toute leur tête, lui fit remarquer Milo.

– Je vous demande pardon ?

– Vous dites que les patients l'appréciaient et que donc ils n'ont pas pu lui faire du mal. Je croyais que les types d'ici ne fonctionnaient pas de manière particulièrement logique. Qu'est-ce qui nous dit que l'un d'eux n'a pas entendu une voix lui disant de trancher la gorge au Dr Argent ?

Aucune allusion aux yeux. Milo gardait ce détail pour lui. Swig fit la moue.

– Oui, ce sont effectivement des psychotiques, mais la plupart se conduisent très bien. Qu'est-ce que ça peut faire, de toute façon ? Ce qui importe dans cette histoire, c'est qu'ils ne sortent pas d'ici.

Milo sortit son bloc-notes et griffonna quelques instants. Cela provoque presque toujours une réaction. Swig haussa les sourcils. Ils étaient blond pâle, presque invisibles. Deux rides en demi-lunes se formèrent au-dessus de ses yeux bleu clair.

Le stylo de Milo cessa d'écrire.

– Personne ne sort jamais d'ici ? demanda-t-il.

Swig changea de position.

– Je n'irai pas jusque-là. Disons que c'est extrêmement rare.

– C'est-à-dire ?

– Seulement deux pour cent des patients essaient effectivement d'obtenir qu'on les laisse sortir, et la plupart des dossiers ne sont pas acceptés par notre commission de révision. Seulement cinq pour cent de ceux dont les dossiers sont réétudiés parviennent à obtenir une libération conditionnelle, c'est-à-dire un placement en centre de réinsertion avec un encadrement rigoureux et l'obligation de suivre un traitement, plus des analyses d'urine occasionnelles afin de vérifier qu'ils prennent bien leurs médicaments. Ils ne doivent pas non plus présenter le moindre symptôme de décompensation. À la plus petite infraction, ils se retrouvent ici. Depuis que je suis en poste, aucun sortant n'a jamais commis de délit avec violence. C'est pourquoi, de mon point de vue, votre hypothèse n'est pas réaliste.

– Depuis combien de temps êtes-vous à ce poste ?

– Cinq ans.

– Et avant ça ?

– Avant ça, il y a effectivement eu quelques problèmes.

– D'après ce que vous dites, reprit Milo en parcourant ses notes, il devrait être assez facile de retrouver ceux qui ont été relâchés... vu leur petit nombre.

Swig joignit tout doucement ses mains l'une contre l'autre.

– Oui, mais pour cela il faudrait l'autorisation du juge. Même ces hommes ont des droits ; par exemple, nous ne pouvons pas contrôler leur courrier sans avoir la preuve qu'ils commettent des infractions au règlement.

– Vous pouvez les droguer, mais pas les espionner ?

– La différence, c'est que nous les droguons pour leur bien.

Swig approcha son fauteuil du bureau.

– Écoutez, dit-il, je n'essaie pas de vous compliquer la tâche, inspecteur, mais je ne vois vraiment pas où vous voulez en venir. Je peux comprendre votre hypothèse de départ : le Dr Argent travaillait avec des individus dangereux et voilà qu'elle est assassinée. Le rapprochement coule de source. Mais comme je vous l'ai expliqué, vous courez probablement moins de risques à Starkweather que dans votre secteur.

– Vous êtes en train de me dire qu'il faut que je rédige une demande officielle pour savoir qui a été relâché ?

– J'en ai bien peur. Ne pensez-vous pas que je vous

aurais averti s'il y avait le moindre risque qu'un de ces hommes fasse une bêtise ? Il en va d'ailleurs de notre propre sécurité. Nous ne pouvons pas nous permettre d'erreur.

– D'accord, dit Milo avec une nonchalance qui me surprit. Passons à autre chose. Que pouvez-vous me dire sur la personnalité du Dr Argent ?

– Je ne la connaissais pas bien, commença Swig, mais elle était compétente, discrète, concentrée sur son travail. Aucun conflit avec les membres du personnel ou les patients.

Il s'empara d'une chemise et en feuilleta le contenu.

– Je peux quand même vous donner ceci, ajouta-t-il. Son dossier personnel.

– Merci.

Milo le prit, me le passa et se remit à griffonner des notes. À l'intérieur de la chemise, je trouvai la lettre de candidature de Claire Argent, son curriculum vitæ, ainsi qu'une photo d'identité. Le curriculum s'étirait sur cinq pages. Neuropsychologie. Nombreuses publications. Sujet : temps de réaction chez les alcooliques. Comptes rendus particulièrement détaillés. Lettre de nomination au poste d'assistante à l'Hôpital Général. Pourquoi donc avait-elle démissionné pour venir ici ?

La photo montrait un joli visage, légèrement empâté, éclairé par un timide sourire. D'épais cheveux noirs tombant jusqu'aux épaules et bouclés au bout, frange maintenue par un bandeau blanc, pull ras du cou bleu layette. Peau claire, très peu de maquillage, grands yeux bruns. Le premier adjectif qui me vint à l'esprit fut « saine ». L'air peut-être un petit peu trop ingénue pour une fille de son âge – bien qu'elle parût plus près de trente ans que des trente-neuf indiqués par sa date de naissance.

Pas de date sur la photo, laquelle avait donc pu être prise plusieurs années auparavant. Claire avait obtenu son doctorat dix ans plus tôt. Une photo souvenir pour l'occasion ? Je continuai d'examiner son visage. Elle avait un regard splendide, chaleureux – c'était ce qu'elle avait de mieux.

Ses yeux avaient été mutilés. Une sorte de trophée, mais pour qui ?

– J'ai peur de ne pas pouvoir vous en dire plus, enchaîna Swig. Nous employons plus de cent personnes, parmi lesquelles une bonne vingtaine de psychologues et de psychiatres.

– Les autres sont des aides-soignants, comme M. Dollard ?

– Aides-soignants, médecins spécialistes, en plus des psychiatres, infirmières, pharmaciens, secrétaires, cuisiniers, plombiers, électriciens, gardiens...

– Et vous ne savez pas s'il arrivait à l'un d'entre eux de voir le Dr Argent en dehors du boulot ?

– Non.

– Est-ce qu'elle travaillait plus particulièrement avec certains membres du personnel ?

– Il faudrait que je vérifie.

– Je vous en serais reconnaissant.

– Il n'y a pas de quoi. Cela prendra quelques jours.

Milo me prit le dossier des mains, l'ouvrit, feuilleta quelques pages.

– Je vous remercie de nous avoir donné ceci, monsieur Swig. Lorsque je l'ai vue, elle ne ressemblait pas à ça.

Swig se tourna vers moi pour changer de sujet.

– Vous êtes psychologue, Dr Delaware ? Médecin légiste ?

– Non, je suis encore attaché à l'hôpital. Il m'arrive de faire des expertises.

– Avez-vous souvent travaillé avec de dangereux psychotiques ?

– J'en ai rencontré quelques-uns lorsque j'étais interne à Atascadero, mais c'est à peu près tout.

– Atascadero ? Ça ne devait pas être très drôle, à l'époque.

– Non, pas vraiment.

– Avant Starkweather, Atascadero avait la pire des réputations. Aujourd'hui, ils s'occupent essentiellement de délinquants sexuels.

Swig usait d'un ton extrêmement dédaigneux.

– Vous en avez quelques-uns, vous aussi, non ? demanda Milo.

– Un petit nombre, admit Swig. Des récidivistes qui sont passés devant le juge à la mauvaise époque. Aujourd'hui, ils iraient en prison. Nous n'en avons pas accepté depuis une éternité.

On aurait cru entendre parler un directeur de grande école. Je mis mon grain de sel dans la conversation.

– Est-ce que les délinquants sexuels cohabitent avec le reste de la population, ou bien sont-ils relégués au dernier étage avec les 1368 ?

Swig se gratta une verrue.

– Ils sont avec le tout-venant. Les 1368 sont dans une situation particulière. Ce ne sont pas des pensionnaires comme les autres. La justice nous oblige à les isoler. Nous les tenons à l'écart au cinquième étage.

– Ils risqueraient d'avoir une mauvaise influence sur les 1026 ? demanda Milo.

Swig se mit à rire.

– Je ne crois pas que les 1026 se laissent influencer si facilement. Non, ce sont plutôt des histoires d'allées et venues et de risques d'évasion. Ils entrent et sortent dans les fourgonnettes du shérif – ce qui les intéresse, ce n'est pas d'être soignés, mais de sortir.

Il se carra dans son fauteuil, tripota une verrue sur son visage. Il les touchait toujours avec une grande délicatesse, comme un aveugle en train de lire du braille.

– Il s'agit de criminels qui se font passer pour malades, expliqua-t-il, et qui croient qu'à force de baver ils éviteront San Quentin. Nous leur faisons passer des tests, puis nous les renvoyons à l'expéditeur.

Sa voix était montée d'un ton et il avait pris des couleurs.

– Un paquet d'enquiquinements, on dirait, lui lançai-je.

– Ils nous distraient de l'essentiel.

– Soigner les 1026, dit Milo.

– Soigner les criminels déséquilibrés et les tenir à l'écart du grand public. Chacun de ces hommes a commis ce qu'on appelle communément un « crime insensé ». À l'extérieur, on entend des absurdités du genre : « il faut être fou pour commettre un meurtre ». Vous au moins, docteur, vous savez que ça ne veut rien dire. La plupart des meurtriers sont parfaitement sains d'esprit. Nos hommes sont des exceptions. Ils terrifient le public – à cause de l'apparente gratuité de leur crime. Ils ont leurs raisons, mais le grand public serait bien incapable de les comprendre. Vous me suivez, n'est-ce pas, Dr Delaware.

– Les voix intérieures, dis-je.

– Exactement. C'est comme la fabrication des saucisses. Moins le public est au courant de ce que nous faisons, mieux nous nous portons – nous comme le public. C'est pourquoi j'espère que le meurtre de Claire ne nous mettra pas sous le faisceau des projecteurs.

– Aucune raison, dit Milo. Dès que j'aurais réglé cette affaire – j'espère au plus vite – vous n'entendrez plus parler de moi.

Swig hocha la tête et tripota une verrue.

– Autre chose ?

– Pouvez-vous m'expliquer précisément ce que le Dr Argent faisait ici ?

– La même chose que n'importe quel psychologue. Réflexion sur les modifications possibles du comportement de certains individus, un peu de soutien psychologique, du travail de groupe – à vrai dire, je ne connais pas les détails.

– J'ai entendu dire qu'elle animait un groupe de parole appelé « Outils pour la Vie Quotidienne. »

– Oui, dit Swig. Elle a demandé l'autorisation de démarrer ce groupe, il y a quelques mois.

– Pourquoi faire, si ces types ne sortent pas d'ici ?

– Starkweather est aussi un genre d'environnement. Avec lequel il faut bien composer.

– Combien d'hommes dans ce groupe ?

– Je n'en ai aucune idée. C'est elle qui dirigeait les opérations.

– J'aimerais les rencontrer.

– Pourquoi ?

– Au cas où ils sauraient quelque chose.

– Ils ne savent rien, dit Swig. Comment le pourraient-ils ? Non, j'ai bien peur de ne pas pouvoir vous y autoriser. Cela ferait trop de vagues. Je ne suis même pas certain qu'ils comprendraient ce qui lui est arrivé.

– Vous ne leur avez pas dit ?

– C'est un choix d'ordre thérapeutique.

– Qui prend ces décisions ?

– Le médecin responsable du service. Sans doute le psychiatre-chef. Maintenant, si vous avez terminé...

– Encore une chose, insista Milo. Le Dr Argent avait un poste extrêmement intéressant à l'Hôpital Général. Savez-vous pourquoi elle a changé de boulot ?

Swig se laissa aller à un demi-sourire.

– Ce que vous vous demandez vraiment, c'est ceci : pourquoi a-t-elle quitté le monde glorieux de la médecine publique pour venir s'enterrer dans notre trou à rats ? Lors de l'entretien d'embauche, elle m'a dit qu'elle voulait changer de rythme de travail. Je n'ai pas cherché plus loin. J'étais heureux de voir quelqu'un d'aussi qualifié se joindre à notre équipe.

– Est-ce qu'elle vous a dit autre chose, pendant cet entretien d'embauche, qui pourrait m'être utile ?

Swig fronça les sourcils. Il s'empara d'un crayon et tapota le bord de son bureau.

– Elle était extrêmement discrète. Pas timide, non. Plutôt repliée sur elle-même. Mais agréable, très agréable. C'est terrible, ce qui lui est arrivé.

Il se leva. Nous aussi. Milo le remercia.

– J'aurais aimé vous être plus utile, inspecteur.

– En fait, dit Milo, nous aimerions bien visiter l'endroit, juste pour nous faire une petite idée. Je vous promets que je n'adresserai pas la parole à vos pensionnaires, mais peut-être pourrais-je rencontrer quelques-unes des personnes qui travaillaient avec le Dr Argent ?

Les sourcils blancs s'élevèrent à nouveau.

– Mais certainement. Pourquoi pas ?

Swig ouvrit la porte de l'antichambre. Sa secrétaire arrangeait les roses.

– Letty, dit-il, vous voulez bien demander à Phil Hatterson de descendre ? L'inspecteur Sturgis et le Dr Delaware voudraient faire le tour du propriétaire.

5

Phil Hatterson était un petit bonhomme sur le retour, au corps en forme de poire, avec des traits de pâte à modeler et des cheveux bruns clairsemés. Sa moustache gris souris était duveteuse et abritait imparfaitement ses lèvres sombres et pulpeuses.

– Ravi de vous connaître, dit-il en nous serrant fortement la main comme un vieux gentleman.

Il avait les yeux noisette, un regard vif et curieux, mais doux. Des yeux de biche apprivoisée.

Sa chemise et son pantalon étaient kaki.

Nous lui emboîtâmes le pas.

– Au premier étage il n'y a que des bureaux, dit-il en souriant.

Il marchait d'une drôle de façon – à petits pas, comme s'il dansait, ce qui nous obligeait à ralentir.

– Ce ne sont pas les bureaux des toubibs, continua-t-il, juste l'administration. Les toubibs travaillent au-dessus.

Son sourire réclamait une approbation. Je parvins à ébaucher un sourire crispé. Milo avait la tête ailleurs.

Au bout du couloir, sur la droite, se trouvaient deux larges ascenseurs. Sur l'un était marqué : « Réservé au personnel » et il fallait une clé pour l'actionner ; l'autre fonctionnait grâce à un simple bouton, sur lequel Hatterson appuya. Milo l'observa attentivement. Je savais parfaitement ce qu'il était en train de penser : on dirait que ce sont les pensionnaires qui dirigent l'asile.

L'ascenseur ne répondit pas à l'appel, mais Hatterson ne parut pas s'en émouvoir. Il dansait d'un pied sur l'autre comme un gamin qui attend son dessert. Pas de panneau indiquant les étages au-dessus des portes, ni de grincements de chaînes. Une voix sortit soudain du mur – plus précisément du petit carré de métal qui entourait le bouton.

– Oui ?

Voix masculine, d'une neutralité tout électronique.

– Hatterson, Phillip Duane.

– Identification ?

– Cinq deux un six huit. Vous venez de me descendre pour voir le patron, M. Swig. Swig vient d'appeler pour m'autoriser à remonter.

– Attendez. (Trois secondes de silence.) Où allez-vous ?

– Au deuxième. J'ai avec moi deux messieurs venus visiter, un officier de police et un médecin.

– Attendez, répéta la voix.

Quelques secondes plus tard, les portes de l'ascenseur s'ouvrirent.

– Après vous, messieurs, dit Hatterson.

Je m'exécutai. Les parois intérieures de l'ascenseur étaient capitonnées. La mousse épaisse dégageait une odeur doucereuse de désinfectant.

Les portes se refermèrent. Elles étaient munies d'une serrure intérieure.

– Plus près de toi, mon Dieu ! dit Hatterson planté au beau milieu de l'ascenseur, pendant que celui-ci s'élevait.

Je m'étais calé dans un coin, et Milo m'avait imité.

Au deuxième étage, nous découvrîmes un autre couloir beige rosé. Pour y accéder, il fallait franchir des portes pare-feu marron munies de vitres en plastique. Serrures. Haut-parleurs semblables à celui de l'ascenseur. Au-dessus des portes, un panneau indiquait : AILE A. Hatterson appuya sur un bouton, parla avec quelqu'un et les portes s'ouvrirent automatiquement.

Au premier coup d'œil, le deuxième étage ressemblait à n'importe quel service d'hôpital, mis à part l'infirmerie complètement isolée par des cloisons en plastique. Un autre panneau indiquait : SENS DE LA FILE. ON NE POUSSE PAS. Trois femmes en uniforme blanc étaient assises à l'intérieur et discutaient. Non loin de là, un brancard était poussé contre le mur. Taches brunes sur des morceaux de coton blanc.

Même lino noir qu'au premier étage. Plafonds incroyablement bas – à peine plus de deux mètres. Des silhouettes kaki arpentaient les couloirs. Plusieurs types de grande taille avançaient voûtés. D'autres, plus petits, les imitaient. Quelques pensionnaires étaient assis sur des bancs en plastique blanc, vissés au sol. Certains se balançaient sur place ; d'autres se tenaient immobiles. Dans les bras des fauteuils, des trous de plusieurs centimètres de large. Pour les menottes.

J'essayai de regarder autour de moi sans attirer l'attention.

Des hommes à la peau noire, blanche, brune, jaune.

Des jeunes aux cheveux blonds de surfeurs qui prenaient des poses viriles. Visages juvéniles avec des restes d'acné, mais avec des cernes autour des yeux qui trahissaient l'usure. Des vieux édentés, visages émaciés, la langue trop bien pendue. Des bouches béantes de catatoniques. Créatures en loques, marmonnant, assez semblables à n'importe quel mendiant du West Side. Quelques hommes, comme Hatterson, avaient l'air à peu près normaux.

L'un des plus jeunes eut un petit sourire narquois et s'approcha. Cheveux hirsutes et menton barbu, croix gammée tatouée sur l'avant-bras. Des cicatrices blanches zébraient ses poignets. Il dansa d'un pied sur l'autre, sourit, chanta une petite chanson indéfinissable, puis s'en alla. Un Latino avec une natte qui lui arrivait en dessous de la ceinture buvait dans un gobelet de carton. Il toussa lorsque nous passâmes devant lui et renversa un liquide rosâtre. Quelqu'un lâcha un vent. Un autre rigola. Hatterson accéléra un peu. Toujours les mêmes portes marron, identifiées par des chiffres. La plupart étaient munies de petits rectangles coulissants. Des judas.

Un peu plus loin, deux Noirs aux cheveux emmêlés – des restes de dreadlocks – se tenaient l'un en face de l'autre, de part et d'autre du couloir. On aurait pu les croire en pleine conversation, mais en arrivant à leur hauteur, je vis leurs visages immobiles, leur regard perdu dans le vague, leurs yeux morts.

Celui de droite avait fourré une main dans sa braguette et l'agitait frénétiquement sous la toile. Hatterson s'en aperçut aussi et leva les yeux au ciel. À quelques mètres de là, adossé au mur, le pépé de service – soixante-dix ans, les cheveux aussi neigeux que ceux d'Emil Starkweather, lunettes à montures invisibles et gilet de laine blanc par-dessus une chemise beige – lisait le *Christian Science Monitor*.

Nous entendîmes des cris. Quelqu'un éclata de rire.

L'air était glacial, bien plus froid que dans le bureau de Swig. Nous passâmes devant un type obèse aux cheveux gris, assis sur un banc – bras gros comme mes cuisses, visage écarlate et difforme, comme un melon trop mûr. Il se leva d'un coup et me toisa de près, le souffle brûlant, l'haleine aigrelette.

– Si t'es perdu, la sortie, c'est par là, me lança-t-il.

Il désigna l'une des portes marron.

Avant que j'aie eu le temps de répondre, une jeune femme surgit de Dieu sait où et le prit par le coude.

– Si tu es perdu... reprit-il.

– Tout va bien, Ralph, le coupa la femme, personne n'est perdu.

– Si t'es perdu...

– Ça suffit, Ralph.

Changement de ton. Autoritaire. Ralph baissa la tête.

La femme portait un badge rayé de vert et marqué H. OTT, PT-I.

C'était l'aide-soignante qui assistait Claire lors des thérapies de groupe. Elle portait une chemise de batiste à manches longues roulées jusqu'aux coudes et un jean moulant qui mettait en valeur sa silhouette mince. Un mètre soixante-cinq environ, une ossature légère, elle avait l'air d'avoir vingt-cinq ans – trop jeune pour exercer son autorité. Ses longs cheveux décolorés étaient relevés en chignon, soulignant la finesse de son long visage à la mâchoire un peu forte, et des traits marqués bien symétriques. Elle avait les yeux bleus un peu écartés, et la peau claire, bien rose, d'une fille de la campagne. Ralph la dépassait de quinze bons centimètres et pesait au moins soixante-dix kilos de plus qu'elle. Il restait néanmoins en son pouvoir, l'air rongé de remords.

– Tout va bien, lui dit-elle. Allez donc vous reposer.

Elle lui posa les mains sur les épaules et l'orienta dans une autre direction. Elle avait des gestes doux et précis. Courbes tendues, buste court, long cou lisse. Je l'imaginai assez bien jouer au volley sur la plage. Que pouvaient s'imaginer les hommes en kaki ?

Ralph fit une nouvelle tentative.

– Si t'es perdu, c'est par là...

Il insista sur le dernier mot. Heidi Ott intervint d'une voix plus forte.

– Personne n'est perdu.

Une larme coula sur le visage de Ralph. Heidi Ott le poussa doucement et il s'éloigna en traînant les pieds. D'autres hommes avaient assisté à la scène, mais la plupart avaient l'air d'être sur une autre planète.

– Désolée, dit-elle à notre adresse. Il se prend pour un guide touristique.

Ses yeux bleus se posèrent sur Hatterson.
– Alors, Phil, on s'occupe ?
Hatterson bomba le torse.
– Je leur fais visiter, Miss Ott. Voici l'inspecteur Sturgis, du LAPD, et voici le docteur... excusez-moi, Monsieur, j'ai oublié votre nom.
– Delaware.
– Enchantée, dit Heidi Ott.
– Le problème de Ralph, commença Hatterson, c'est qu'il avait l'habitude de rouler sur les autoroutes et de récupérer les gens dont la voiture était tombée en panne. Il se proposait de les aider, et ensuite...
– Phil, coupa Heidi Ott. Vous savez qu'ici nous respectons la vie privée de chacun.
Hatterson émit un bref grognement. Plissa les lèvres.
– Désolé.
Un peu embêté, mais pas le moindre regret.
Heidi Ott se tourna vers Milo.
– Vous êtes venus à cause du Dr Argent ?
Elle serra les dents et ses lèvres pâlirent. Peau jeune, prématurément ridée par le stress.
– Oui, Madame. Vous avez travaillé avec elle, n'est-ce pas ?
– Je l'assistais dans son travail avec un groupe de patients, oui. Il nous arrivait aussi d'échanger nos impressions sur certains autres malades.
Ses yeux bleus clignèrent plusieurs fois d'affilée. La voix était moins tendue. Elle faisait enfin son âge.
– Quand vous aurez un moment, dit Milo, j'aimerais bien...
Des cris et des coups retentirent derrière nous. Je tournai la tête en une fraction de seconde.
Les deux hommes aux dreadlocks étaient tombés à quatre pattes et tournaient l'un autour de l'autre comme deux derviches cherchant à s'agripper, se frapper et se

mordre. Leurs mouvements étaient lents, précis, silencieux. De vrais pitbulls.

D'autres se mirent à les encourager. Le vieux au *Christian Science Monitor* se frappa le genou et éclata de rire. Seul Phil Hatterson avait l'air inquiet. Il était très pâle et semblait chercher des yeux un endroit où se cacher.

Heidi Ott sortit un sifflet de sa poche, souffla dedans un grand coup et fonça droit sur les combattants. En une fraction de seconde, elle se retrouva encadrée par deux aides-soignants. Il ne leur fallut qu'un bref instant pour séparer les deux hommes et les remettre debout de force. L'un saignait à la joue gauche. L'autre avait l'avant-bras éraflé. Ils n'étaient pas le moins du monde essoufflés. Tous deux avaient conservé leur calme et paraissaient presque sereins.

– Bordel de merde ! brailla le vieux au journal.

Heidi prit par le bras le type qui saignait et l'emmena à l'infirmerie. Pression sur un bouton, déclic. On lui glissa quelque chose à travers une fente pratiquée dans la cloison. Des compresses et une crème antibiotique. Tandis qu'elle s'occupait du blessé, quelques hommes en kaki semblèrent sortir de leur torpeur. Ils changèrent de position, agitèrent les bras, regardèrent autour d'eux.

Une tension très perceptible régnait dans le couloir. Phil Hatterson se rapprocha de Milo. Celui-ci l'arrêta d'un regard. Il avait serré les poings.

L'un des aides-soignants – un petit Philippin baraqué – beugla à la cantonade :

– Allez, maintenant tout le monde se calme, d'accord ?

Le silence se fit dans le couloir.

Hatterson émit un long soupir.

– J'ai horreur d'assister à ce genre de scène idiote, dit-il. À quoi ça sert, je vous le demande ?

Heidi et le blessé s'éloignèrent de l'infirmerie et disparurent à notre vue.

– Messieurs ? lança Hatterson.

La visite se poursuivit. Notre guide avait repris des couleurs. Je ne lui aurais pas trouvé de pathologie apparente, si ce n'est cette obséquiosité dégoulinante – un Eddie Haskell égaré chez les dingos. Le genre désagréable mais à peu près sensé. Je savais que certains médicaments étaient très efficaces sur les psychotiques. Peut-être Hatterson était-il la preuve vivante de l'efficacité des traitements chimiques...

– Voici l'endroit que je préfère, dit-il. La salle de télévision.

Nous étions arrivés au bout du couloir. En face de nous, une porte ouverte sur un grand espace lumineux, avec beaucoup de chaises en plastique. Tout au fond, une télé grand écran, comme un autel.

– Nous choisissons ce que nous allons voir de manière démocratique, expliqua Hatterson. Tout ceux qui veulent voter votent. La majorité décide. Cela se passe assez calmement... je veux dire, pour choisir les émissions. J'aime assez les nouvelles, mais je n'ai pas souvent l'occasion de les regarder. Ceci dit, j'aime aussi les sports, et comme presque tout le monde vote pour le sport, ça me va aussi. Voici notre boîte aux lettres.

Il désigna un casier en plastique rigide accroché au mur. Coins arrondis. Chaîne et cadenas.

– Notre correspondance reste privée, sauf circonstances exceptionnelles.

– C'est-à-dire ?

La question parut l'effrayer.

– Quand il y en a un qui passe à l'acte.

– Et ça arrive souvent ?

– Non, non... (Il battit plusieurs fois des paupières.) Les toubibs font du beau boulot.

– Le Dr Argent aussi ?

– Oui, bien sûr.

– Vous la connaissiez donc ?

Les mains de Hatterson décrivirent de petits cercles.

Il se lécha les lèvres, celles-ci prenant la couleur d'une tranche de foie cru.

– Elle ne s'est pas précisément occupée de moi, mais je savais qui c'était. Une femme très bien. (Nouveau passage de langue sur les lèvres.) Enfin je veux dire... elle avait l'air intelligente. Elle était bien, quoi.

– Savez-vous ce qui lui est arrivé ?

Il baissa les yeux.

– Bien sûr.

– Les autres aussi ?

– Peut-être pas tout le monde, mais c'était dans le journal.

– On vous laisse lire les journaux, ici ? demanda Milo.

– Oui, dans l'aile A, nous sommes libres de lire ce que nous voulons. J'aime assez le magazine *Time,* on trouve toutes sortes de choses à lire dans ce joli petit paquet. Dans les ailes B et C, c'est presque comme ici. Il y a quelques femmes dans l'aile C. Elles ne posent pas de problème particulier.

– On les garde à l'écart ? demandai-je.

– Non, elles peuvent se mêler aux autres. Elles ne sont pas nombreuses. Alors nous n'avons pas de problèmes avec elles.

– Et au cinquième ? demanda Milo.

– Oh, les mille trois cents... Non, nous ne les voyons jamais, sauf lorsqu'ils regardent par la fenêtre, quand une camionnette de shérif les amène. Ils portent des uniformes bleus et montent directement par leur propre ascenseur. Ce sont des...

Il haussa les épaules.

– Des quoi ? insistai-je.

– Des simulateurs. Ils n'ont rien à faire ici. Pour le reste, nous avons de jolies chambres, je vais vous montrer. En voilà une ouverte, nous pouvons y jeter un œil.

L'endroit était spacieux, les murs absolument nus, le tout aussi propre qu'un baraquement de Marines. Quatre lits, un dans chaque coin : matelas encastré dans un cadre de plastique moulé fixé au mur. À côté de chaque lit, une table de chevet dans le même matériau.

Une unique fenêtre de quelques centimètres carrés laissait filtrer une lumière cotonneuse.

Trois des lits étaient faits au carré, le drap du dessus bien bordé. Le dernier était sens dessus dessous. Pas de placard. Une ouverture sans porte donnait sur un petit cabinet de toilette tout blanc. Cuvette blanche sans couvercle, lavabo blanc. Pas d'armoire à pharmacie, ni de nécessaire de toilette, ni de brosses à dents. Rien qui aurait pu servir d'arme.

– Ils nous donnent des trucs jetables, dit Hatterson, comme s'il avait lu dans mes pensées. Après-rasage, brosses, mousse à raser... Les types qui veulent se raser se servent de rasoirs électriques stérilisés et réutilisables.

Il jeta un coup d'œil désapprobateur au lit défait.

– Il y en a un qui va avoir des problèmes... On ne peut rien accrocher au mur parce que quelqu'un pourrait y mettre le feu. Pas de photo de famille ni rien dans le genre. Mais ce n'est quand même pas mal, non ?

Pour toute réponse, Milo grogna.

Hatterson hésita, puis choisit d'enfoncer le clou.

– On nous sert trois repas par jour et la nourriture est assez bonne.

Hatterson en directeur de l'office du tourisme de Starkweather... Je comprenais pourquoi Swig l'avait choisi pour nous servir de guide. Il sortit de la chambre.

– Notre visite touche à sa fin.

– Toutes les chambres ont-elles plusieurs occupants ? hasardai-je tout en me demandant qui s'occupait de la répartition.

– Oui, mis à part les IC – Isolement et Contrainte. Celles-là n'accueillent qu'un client à la fois. On les reconnaît au « I » après le numéro, sur la porte.

Il nous en montra une du doigt.

– Elles sont à peu près comme les autres, en plus petit.

– « Isolement et Contrainte », ça veut dire camisole ? demanda Milo. Et des parois capitonnées, comme dans l'ascenseur ?

La moustache d'Hatterson frémit.

– Pas capitonnées, non, mais si quelqu'un a besoin d'une camisole, il y en a, ici. Heureusement, si vous vous conduisez correctement après avoir écopé d'une IC, vous en sortez en moins de deux. Personnellement, je n'en ai pas fait l'expérience, mais c'est ce qu'on m'a dit.

Hatterson venait de nous donner un exemple magistral de déni. Je lus du dégoût dans le regard de Milo.

Nous étions plantés au bout du couloir. Hatterson parlait à n'en plus finir de la nourriture. On mangeait toujours du poisson le vendredi, bien que le pape ait donné son accord pour la viande. Et des comprimés de vitamine. Les patients étaient bien traités, etc.

Le concierge de service. Il en faut toujours un dans ce genre de société. Hatterson était visiblement impatient de nous raconter le passé criminel de Ralph. Était-il le mouchard de Swig ? Boulot risqué dans un endroit rempli d'assassins.

Autant en profiter. J'avançai mes pions.

– À quel étage le Dr Argent travaillait-elle ?

Hatterson s'immobilisa.

– Un peu partout, je crois. Comme tous les toubibs. Ils circulent beaucoup. La plupart n'ont même pas de bureau permanent, ils partagent une table pour remplir les dossiers.

– Où ceux-ci sont-ils conservés ?

– À l'infirmerie.

– De quoi s'occupait précisément le Dr Argent ?

– Elle était conseillère socio-psychologique, je crois.

– Que savez-vous sur son groupe, « Outils pour la Vie Quotidienne » ?

– Seulement qu'ils ont démarré il y a quelques mois. Il faut dire qu'elle a choisi des types bizarres.

– Comment ça « bizarres » ?

– Des bonshommes complètement déboussolés, dit-il en se tapotant la tempe. Des arriérés, quoi.

– Pour quoi faire ? demanda Milo. Personne ne sort d'ici, non ?

Hatterson pâlit. Il pencha lentement la tête en avant et resta voûté comme sous un poids invisible. Ses lèvres pulpeuses se mirent en mouvement.

– Exact, dit-il.

– Je me trompe ?

– Non, non, c'est bien ça.

– Est-ce qu'en faisant partie du groupe, on obtenait la possibilité d'être relâché ? insista Milo.

– Pas que je sache, Monsieur.

– Est-il arrivé que des membres du groupe sortent d'ici ?

Hatterson secoua la tête.

– Non, il s'agissait juste de... d'apprendre à faire des choses pour soi. Je crois que le Dr Argent voulait les aider à avoir une meilleure opinion d'eux-mêmes.

– Une plus grande confiance en soi, dit Milo.

Hatterson s'anima.

– C'est ça, oui, dit-il. On ne peut pas aimer les autres si on ne s'aime pas soi-même. Elle savait ce qu'elle faisait, les docteurs d'ici sont des gens « bien ». Bon, je vais les appeler pour que nous montions au couloir B.

Les deux étages supérieurs étaient disposés de la même façon qu'au second. Au quatrième, le couloir grouillait de monde, mais nous ne vîmes pas de pensionnaire de sexe féminin. La visite fut brève. Ni bagarre ni fâcheux incident. Le même spectacle de muscles avachis, de stupeur et d'inconscience, quelques regards noirs de paranoïaques, quelques langues trop agiles et autres tics qui trahissaient les effets secondaires de la phénothiazine. Hatterson marchait d'un bon pas. Il n'était plus aussi volubile. Il avait l'air abattu, presque de mauvaise humeur.

Du coup, les couloirs ne résonnaient plus d'aucune conversation. Les pensionnaires restaient muets.

Ici, chaque homme était une véritable île déserte.

Swig avait sans doute raison. La population locale devait être plus facile à contrôler que de simples criminels. Une fois les pulsions violentes tenues en laisse, la psychose était l'alliée des gardiens : l'isolement et la contrainte neurochimiques provoqués par la maladie bridaient l'initiative, éteignaient la moindre étincelle de fraîcheur.

Les médicaments y étaient aussi pour quelque chose, bien entendu. Pour maîtriser des psychotiques violents, il fallait trouver une substance qui calmait la synapse en surchauffe, étouffait la colère et faisait taire les petites voix qui déclenchaient l'apocalypse.

Mais le refoulement de la violence ne signifiait pas pour autant la sérénité parfaite. Il restait ce que les psychiatres appellent les « symptômes négatifs de la psychose » : apathie, dépression, voix éteinte, mouvements brusques, raisonnement limité, discours sans nuances ni humour. Une existence sans surprises ni joies.

Cela expliquait le silence ambiant. Cette absence de bruit n'était pas rassurante. Le couloir avait des allures de tombeau.

Un aide-soignant passa en poussant un chariot. Ce remue-ménage était le bienvenu.

Hatterson nous ramena jusqu'à l'ascenseur du couloir C.

– Montons au cinquième, dit Milo.

– Désolé, dit Hatterson. Je n'ai pas le droit. Personne, d'ailleurs, pas même les toubibs, à moins qu'ils aient reçu l'ordre exprès d'examiner un 1326.

– Vous en savez des choses sur cet endroit ! m'exclamai-je.

Hatterson haussa les épaules. Je profitai de ce que nous attendions l'ascenseur pour jeter un dernier coup d'œil à travers les panneaux de plastique de la porte. J'observai le couloir, les aides-soignants qui se déplaçaient sans arme, pas inquiets pour deux sous. Une infirmière noire sortit de l'infirmerie, un bloc-notes à la main, et longea le couloir d'un trot déhanché. Des patients étaient plantés ici et là, occupés à ne rien faire.

Je repensai à la façon dont Heidi Ott s'était occupée de Ralph et des bagarreurs. Dans une prison, une échauffourée de ce genre risquait de dégénérer en émeute générale. À Starkweather, on ne plaisantait pas non plus sur la discipline. Chacun avait intérêt à se tenir à carreau.

Il y avait peu de chances pour que le meurtre de Claire Argent ait quoi que ce soit à voir avec son boulot.

Peut-être le système connaissait-il parfois des défaillances ? Un homme relâché dans la nature pouvait-il « passer à l'acte » de la pire façon ?

Heidi pouvait peut-être nous le dire. Elle avait assisté Claire Argent dans son travail avec le groupe des « Outils pour la Vie Quotidienne »... Des arriérés, d'après Hatterson. Qu'est-ce que Claire avait en tête lorsqu'elle avait organisé la chose ?

Et pourquoi était-elle venue ici ?

– Voilà des toubibs, reprit Hatterson.

Trois hommes franchirent la porte. Chemise et cravate, pas de blouse blanche, mais un badge rayé de jaune. Aucun signe montrant qu'un de leurs collègues avait été tailladé à mort et enfermé dans le coffre d'une voiture.

– Excusez-moi, dit Milo, qui leur présenta son badge et expliqua le pourquoi de sa présence.

L'homme du milieu était grand, les cheveux couleur sable, les traits marqués, la soixantaine. Chemise verte à carreaux, cravate en maille jaune.

– Une chose terrible, dit-il. Je vous souhaite bonne chance.

Milo voulut répondre à V. N Aldrich, psychiatre – d'après son badge.

– Si l'un de vous sait quoi que ce soit qui pourrait...

Aucune réponse. Un chauve à barbe noire finit par prendre la parole.

– Claire avait l'air d'être quelqu'un de bien, mais je ne peux pas dire que je la connaissais vraiment (C. Steenburg, kinésithérapeute).

Le troisième était courtaud et rougeaud. (D. Swenson, médecin généraliste). Il secoua la tête.

– Elle était arrivée récemment, n'est-ce pas, Vernon ?

– Il y a quelques mois, oui, dit Aldrich. Elle a étudié certains cas sous ma responsabilité personnelle. Elle travaillait très bien.

– Qu'entendez-vous par « personnelle ? » demandai-je.

– Je suis le psychiatre-chef de l'équipe de jour, et c'est donc à moi qu'elle rendait officiellement compte de son travail. Mais je n'avais pas grand-chose à redire. Une femme très intelligente. Je suis vraiment désolé de ce qui lui est arrivé. Comme nous tous, d'ailleurs.

Hochements de tête approbateurs.

– Que faisait-elle précisément, ici ?

– Elle travaillait à modifier le comportement des patients, elle préparait des réponses adaptées aux uns et aux autres – récompenses pour bonne conduite, suppression de prérogatives en cas d'infraction. Ce genre de choses.

Aldrich sourit avant de reprendre :

– Je ne connais pas son travail dans le détail. Nous sommes tous assez autonomes, ici. Claire avait reçu une excellente formation, elle avait travaillé à l'Hôpital Général du Comté.

– Vous savez pourquoi elle avait changé de boulot ?

– D'après ce qu'elle disait, elle voulait connaître autre chose. J'avais l'impression qu'elle préférait ne pas en parler. Pour moi, elle en avait tout simplement assez de ce qu'elle faisait. Je sais ce que c'est ; j'ai travaillé dans le privé, j'ai pris ma retraite, et un jour, j'en ai eu marre de jouer au golf, alors je suis venu ici.

– Aviez-vous l'impression qu'elle cherchait un autre genre de contact humain... différent de ce qu'elle trouvait en neuropsychologie ?

La question venait du psychologue, pas du policier, Aldrich me dévisagea.

– C'est possible, me répondit-il. Quoi qu'il en soit, je ne pense pas que tout cela ait grand-chose à voir avec ce qui lui est arrivé.

– Comment cela ? s'enquit Milo.

– Elle a été tuée à l'extérieur.

Aldrich désigna un des murs.

– Dans ce merveilleux monde démocratique et normal.

Il jeta un coup d'œil à Hatterson, comme s'il venait seulement de se rendre compte de la présence du petit homme, croisa les mains dans le dos, et examina Hatterson des pieds à la tête.

– Alors, Phil, on se promène ?

– M. Swig m'a demandé de leur faire visiter, docteur Aldrich.

– Je vois. Bien. Faites donc.

Aldrich se tourna vers Milo.

– J'aurais aimé pouvoir vous aider, inspecteur. Mais mes collègues et moi sommes perplexes.

– Vous avez donc discuté de ce qui est arrivé.

Les trois hommes échangèrent des regards.

– Oui, bien sûr, dit Aldrich. Nous étions tous très affectés. Ce que nous avons découvert, c'est qu'aucun de nous ne connaissait vraiment le Dr Argent. Cela nous a incités à nous rencontrer plus souvent. Je vous souhaite de résoudre cette affaire. Bonne chance.

– Encore une chose, dit Milo. Ce groupe qu'animait le Dr Argent, « Outils pour la Vie Quotidienne »... Serait-il possible d'en rencontrer les patients ?

– Il faudrait voir avec l'administration, dit Aldrich.

– Y verriez-vous un quelconque problème ? D'un point de vue médical ?

Aldrich tira sur sa cravate.

– Je vais y réfléchir. Je voudrais être certain que nous ne... perturberons rien.

– Je vous remercie, docteur.

Milo distribua sa carte aux uns et aux autres.

L'ascenseur arriva. Aldrich reprit la parole.

– Descendez d'abord tous les trois. Nous le récupérerons derrière vous.

Pendant que nous descendions, Hatterson y alla de son commentaire :

– Le Dr Aldrich est très très intelligent.

– Depuis combien de temps êtes-vous ici, Phil ?

Il rentra sa tête comme une tortue piquée par un bâton. Sa réponse fut inaudible.

– Comment, Phil ?

Hatterson entreprit de se lisser la moustache et se mordit la lèvre inférieure.

– Depuis longtemps.

Il resta dans l'ascenseur et nous fit au revoir de la main.

– Cet Aldrich, quel putain de teuton ! s'exclama Milo, tandis que nous marchions vers le hall d'entrée. Je n'ai même pas pu parler avec Heidi Ott. Je ferais bien de chercher son numéro perso pour exploiter le filon. Tout le monde ici nous serine la même rengaine : « on ne sort pas d'ici comme ça ». Tu les crois, toi ?

– Ils ont arrêté la bagarre en deux temps trois mouvements.

– Bon, d'accord, disons qu'ils savent les tenir en laisse. Tu vois quoi que ce soit qui aurait pu attirer Claire dans cet endroit ?

– Peut-être justement ce genre de structure, dis-je. Plus besoin de demander une bourse ou de multiplier les mondanités. Aldrich disait qu'elle avait besoin de changement.

– Structuré ou pas, cet endroit me fout les jetons... Nous n'avons même pas réussi à soulever le couvercle.

– Il n'y a peut-être rien dessous.

Il ne répondit pas. Nous passâmes devant le bureau de Swig. La porte était fermée.

– Bon, je vais leur demander les coordonnées de Ott, et puis nous filerons d'ici. Si tu as le temps, je te montrerai la maison de Claire Argent. À l'extérieur, dans le vilain monde bordélique et normal. Tu sais, depuis que nous sommes ici, la folie ordinaire me manque terriblement.

Lindeen Schmitz était encore au téléphone ; elle leva à peine les yeux. Milo se planta devant son comptoir et se pencha en avant pour imposer sa présence. Où est-ce qu'on trouve un flic frustré d'un mètre quatre-vingt-quinze, pesant ses cent vingt kilos, dans le genre de Milo ? Là où ça lui fait plaisir.

Lindeen bégaya des réponses impersonnelles au milieu de ce qui devait être une conversation privée, finit par dire « il faut que j'y aille » et raccrocha.

– Oui, Monsieur ?

Milo lui fit un large sourire.

– J'ai besoin de rediscuter avec une des employées. Heidi Ott. Pourrais-je avoir son numéro personnel, s'il vous plaît ?

– Euh, je ne suis pas sûre de pouvoir vous le donner sans autorisation. Et M. Swig est parti... Oh, et puis quoi, vous êtes de la police. Vous le trouveriez de toute façon... dans un de ces annuaires à l'envers, n'est-ce pas ?

Elle s'éloigna du comptoir en battant des cils, traversa le hall d'un pas léger jusqu'à la porte marron la plus proche, revint avec une feuille et la donna à Milo. Le nom était proprement imprimé, tout comme le numéro, avec comme préfixe 213.

Milo se fendit d'une petite courbette.

– Merci, Madame.

– Pas de quoi, Monsieur. (Nouveaux battements de cils.) J'espère que vous retrouverez celui qui a fait ça.

Milo la remercia encore une fois et nous nous dirigeâmes vers la sortie.

– Pourquoi voulez-vous parler à Heidi ? demanda Lindeen dans notre dos.

Milo se retourna.

– Elle travaillait avec le Dr Argent.

Lindeen ramassa un crayon et tapota le bord de son bureau.

– Je ne crois pas qu'elles étaient proches. Pour ce que j'en ai vu, le Dr Argent n'avait pas d'amis. Le genre réservé. Quand on sortait à plusieurs boire un coup quelque part, on lui proposait de se joindre à nous, mais elle refusait systématiquement. Du coup, on a fini par ne plus lui poser de questions. Je pensais qu'elle était timide. Mais quand même, c'est tellement horrible, ce qui lui est arrivé. Quand on me l'a dit, je n'arrivais pas à le croire. Quelqu'un qu'on voit tous les jours et tout d'un coup... (Elle claqua des doigts.) Elle passait devant moi tous les jours à huit heures pile, disait bonjour et filait dans le couloir. C'est vraiment... trop horrible.

– Oui, c'est vrai, dit Milo. Alors, elle n'avait pas du tout d'amis ?

– Je ne lui en ai pas vu, non. Pour elle, il n'y avait que le travail qui comptait. Le travail, encore et toujours. Sympa, mais boulot boulot... J'espère que vous trouverez.

Elle tendit la main vers le téléphone.

– Excusez-moi, Madame, dit Milo. Je voudrais savoir une dernière chose.

La main de Lindeen s'immobilisa sur le combiné.

– Quoi ?

– Le type qui nous a fait visiter... Hatterson. Pourquoi est-il ici ?

– Oh... lui ? Pourquoi, il y a eu un problème ?

– Non. Il lui arrive d'en poser ?

– On ne peut pas dire, non.

– Si je vous pose la question, c'est qu'il n'avait pas l'air particulièrement fou. Je me demandais simplement quel genre de type se retrouvait guide touristique chez vous.

– Phil ? dit-elle en prononçant son nom avec une grimace de dégoût. Phil a violé une gamine si brutalement que le chirurgien a dû la rafistoler entièrement.

6

Frank Dollard nous attendait à l'extérieur. Il traversa la cour à nos côtés, sans commentaire. Chet le géant était planté dans un coin, le regard fixé sur le grillage. Sharbno le pisseur avait disparu. Quelques hommes se tenaient debout, immobiles, d'autres assis dans la poussière. Le soleil rayonnait tant et plus.

Dollard patienta pendant que nous récupérions le pistolet de Milo et mon couteau. Puis le portail extérieur s'ouvrit.

– Laissez-moi vous poser une question, Frank, dit Milo. Un type comme Hatterson, on en aurait fait de la chair à pâté en prison, non ?

Dollard sourit.

– Vous voulez savoir comment on le considère ici ? Pour autant que je sache, les autres ne savent même pas ce qu'il a fait. Personne ne s'occupe de son voisin. Les types d'ici n'ont aucun lien les uns avec les autres. Du coup, Hatterson n'est qu'un pas grand-chose. Un de plus.

Milo nous conduisait à travers les eucalyptus et se mit à rire.

– Qu'est-ce qu'il y a ? lui demandai-je.

– Qu'est-ce que tu penses de ce scénario : nous attrapons le méchant, nous découvrons que c'est un taré qu'ils ont relâché par erreur, il plaide l'irresponsabilité et finit par retourner ici ?

– Tu peux vendre ça à Hollywood... Non, ce n'est pas assez bête.

Nous quittâmes l'ombre de la végétation pour nous retrouver en pleine lumière.

– Donc, pour toi, notre type n'a sans doute pas l'air d'un fou et se comporte normalement ; je devrais donc oublier cet endroit.

– À mon avis, notre type est plutôt du genre pensionnaire au cinquième étage.

– Et donc, je dois me casser le cul à retrouver un ancien de Starkweather récemment relâché ? Et ce groupe que Claire animait ? Pourquoi est-ce que des arriérés auraient besoin d'« outils pour la vie quotidienne » ? À moins qu'elle ait imaginé que certains d'entre eux finiraient par sortir.

– C'était peut-être de l'altruisme, dis-je. Mal placé ou Dieu sait quoi. Heidi Ott pourrait sans doute nous aider à y voir plus clair de ce côté-là. Elle pourrait aussi te dire si l'un des patients de Claire a récemment été relâché.

– Ouais, je vais commencer par m'occuper d'elle. C'est une dure, à voir comment elle s'est occupée de ce Ralph. Tu imagines une femme venir bosser ici tous les jours ?

Il quitta Starkweather Drive pour reprendre la route principale. Le grand espace gris réapparut, puis la première usine d'emballage, gigantesque bâtiment sali par la suie. Derrière les colonnes grises, le ciel bleu était presque insultant.

– Je néglige un des principes élémentaires de tout enquêteur qui se respecte, dit Milo. Commencer par le commencement. Savoir qui était la victime. Mais il se trouve que j'ai le même problème avec Claire qu'avec Dada. C'est le noir complet. Elle vivait seule. Pas de défaut particulier, pour ce que j'en sais. Pas d'amis que je puisse retrouver, ni de famille dans les environs. Tu as entendu comme tout le monde la décrivait à Starkweather : une fille bien, consciencieuse, réservée. Elle n'embêtait personne. La sœur spirituelle de Richard. Qu'est-ce qui nous reste ? Un psychopathe qui s'attaque à des gens inoffensifs ?

– En partant du principe que les deux cas sont liés, peut-être quelqu'un qui en veut aux solitaires.

– Alors la moitié de Los Angeles est en danger.

– Où est la famille de Claire ?

– À Pittsburgh. Ses parents : elle était fille unique.

Il se mordit la joue.

– C'est moi qui me suis chargé de les appeler, reprit-il. Tu sais comment ça se passe : tu bousilles leur vie, ils pleurent, tu écoutes. Ils débarquent cette semaine, j'en saurais peut-être plus que ce qu'ils m'ont dit au téléphone, à savoir : Claire n'avait pas d'ennemis, une fille formidable, une gosse épatante. Ce sont toutes des gosses épatantes.

Nous traversâmes des décharges industrielles. Montagnes de machines rouillées, piles de scories, fossés boueux, grandes étendues de terre graisseuse. Sous un ciel gris, le paysage aurait eu des allures d'enfer. Ce jour-là, ce n'était qu'une longue suite d'erreurs qu'on dissimule aux yeux des électeurs.

Milo ne faisait pas attention au décor. Sur le volant, les jointures de ses mains crispées viraient au blanc.

– Des solitaires, répéta-t-il. Ça tu peux le dire. Je vais te montrer sa maison.

Jusqu'à l'autoroute, il conduisit beaucoup trop vite. Tandis que nous filions sur la rampe d'accès, il ouvrit de nouveau la bouche.

– Hier, j'ai passé une bonne partie de la journée là-bas, à examiner la rue, à parler aux voisins. C'est généralement chez elles que les femmes se font tuer, alors j'ai demandé aux techniciens de prendre leur temps. Malheureusement, ça n'a pas l'air d'avoir servi à grand-chose. J'ai eu les premières infos ce matin : pas de sang ni de sperme, aucune trace d'effraction ou de dérangement. Des tas d'empreintes partout, comme on pouvait s'y attendre, mais jusqu'ici, celles qui ont été identifiées appartiennent à Claire. L'autopsie définitive est prévue pour demain, avec un peu de chance et si rien ne vient chambouler l'emploi du temps de ces messieurs.

– Que t'ont dit les voisins ?

– Devine.

– « Plutôt discrète, pas du genre à faire des histoires ? »

– Décidément, on ne peut rien te cacher. (Il appuya sur l'accélérateur). Personne n'a jamais taillé une bavette avec elle. Ils ne connaissaient même pas son nom.

– Des visiteurs ?

– Les voisins n'en ont jamais vu. Comme avec Richard. Cela dit, elle avait quand même un ex-mari. Un certain Joseph Stargill. Un avocat qui vit maintenant à San Diego. J'ai fait des recherches.

– Comment l'as-tu retrouvé ?

– Je suis tombé sur des papiers de divorce qu'elle conservait chez elle, dans son bureau. J'ai appelé le Dr Theobold, ce matin ; il serait ravi de parler psychiatrie avec toi. Il se souvenait vaguement du divorce de Claire. Il a eu vent de la chose quand les membres du personnel ont mis à jour leur CV, comme ils le font chaque année. Avant, Claire mettait « mariée » dans la case « situation de famille ». Cette année-là, elle a passé du blanc dessus et marqué « divorcée ».

– C'est donc assez récent. Theobold ne lui a pas posé de questions ?

– D'après lui, elle n'était pas du genre à discuter de sa vie privée.

– C'est peut-être pour ça qu'elle a pris ce boulot à Starkweather.

– Comment ça ?

– C'était une bonne planque. On se pointe à l'heure, on ne fait pas de vagues, et personne ne vous pose de questions. Comme Aldrich l'a expliqué, le personnel est libre de ses faits et gestes. Peut-être qu'elle avait envie de faire de l'observation clinique, mais que le contact avec les patients lui faisait peur. Travailler avec des psychotiques lui permettait d'éviter de prendre des risques et tant qu'aucun de ses patients ne se montrait violent, elle était libre de faire ce qu'elle voulait avec eux. Une super porte de sortie, comme tu vois.

– Sortie de quoi ?

– Du monde universitaire. Et des rapports affectifs dans lesquels elle était empêtrée. Son divorce était récent. Ce n'est pas parce qu'elle n'en parlait pas qu'elle n'en souffrait pas. Les gens qui changent de vie essaient parfois de se simplifier les choses.

– Tu crois que c'est simple, à Starkweather ?

– En un sens, oui.

Il ne répondit pas, mais accéléra encore.

– D'une certaine façon, reprit-il quelques kilomètres plus loin, elle s'est quand même retrouvée empêtrée avec quelqu'un. Celui qui lui a tranché la gorge.

La maison ressemblait à beaucoup d'autres.

Deux niveaux, façade de crépi autrefois blanc, à présent d'un gris de lait tourné, toit de bardeaux en matériau composite noir. Garage attenant – pour une seule voiture –, et deux places de parking en lieu et place de pelouse. Un de ces pavillons de banlieue construits à la va-vite dans les collines à la fin des années cinquante, en pseudo-style contemporain sans fioritures – en réalité pur produit d'un budget étriqué. La rue s'appelait Cape

Horn Drive. C'était une voie minuscule et toute droite qui commençait au nord de Woodrow Wilson et finissait devant un gigantesque tipu[1]. D'autres arbres de grande taille s'inclinaient au-dessus du trottoir.

Troisième parcelle avant la fin de la ruelle. Huit maisons voisines en tout et pour tout, la plupart semblables à celle de Claire Argent, à peu de chose près. Quclqucs voitures garées contre le trottoir, mais avec les portes de garage fermées, cela ne signifiait pas grand-chose. Pas de carrefour important ni de centre commercial à proximité. Pour venir ici, il fallait avoir une bonne raison.

À cause de l'altitude, il y avait un peu de vent. Dans la lumière de l'été, les tipus étaient presque transparents, avec leurs feuilles en forme de fougères qui s'agitaient dans la brise. Créatures paradoxales qui perdaient leurs feuilles au printemps, lorsque toutes les autres plantes bourgeonnaient. Lorsque les autres branches commençaient à perdre leurs feuilles, les tipus étaient envahis de fleurs jaunes. Mais ce n'était pas encore le cas. Les seules taches de couleur provenaient de jardinières de fleurs et autres plantes en pot. Chez les voisins, pas chez Claire.

Nous arrivâmes devant la porte d'entrée. Joli paysage alentour. L'autoroute était à des kilomètres, mais on l'entendait quand même. De nos jours, où qu'on se trouve, on a toujours l'impression de l'entendre.

Il nous fallut enjamber le ruban du LAPD qui barrait la porte. Milo avait une clé et nous ouvrit. Je le suivis et me retrouvai dans un espace trop petit pour être qualifié de hall d'entrée. Deux murs blancs et nus nous convainquirent de passer au salon.

Pas très accueillant.

Murs immaculés, parquets de bois sombre, pas un seul meuble.

1. Tiupana tipu, arbre d'Amérique latine à grandes fleurs jaunes. (NdT)

Milo fit quelques pas qui résonnèrent et se planta au milieu de la pièce. Au-dessus de sa tête, un plafonnier. Abat-jour de quatre sous, en tôle émaillée ; l'objet avait l'air d'époque.

Les fenêtres étaient encadrées de tentures de velours marron. Les murs avaient l'air propres, mais viraient au même gris qu'à l'extérieur.

Les parquets retinrent mon attention – d'un brillant laqué, sans aucune trace, ni entaille ni éraflure. Comme si les habitants de l'endroit avaient flotté dans l'air au lieu de marcher.

Je me sentis oppressé. La maison n'avait aucune odeur particulière, puanteur de la mort ou senteurs des endroits habités – nourriture, transpiration, parfum, fleurs coupées, désodorisant. Pas même l'odeur humide de la désuétude.

Un endroit vide, comme sans air, où la vie serait impuissante à se développer.

Je me forçai à respirer profondément. Milo était toujours au centre de la pièce, ses doigts tambourinant sur ses cuisses.

– Charmant, dis-je en comprenant tout à coup pourquoi il avait insisté pour que je vienne voir.

Il se tourna lentement vers un couloir qui menait à une petite cuisine. Unique tabouret de bois devant un comptoir qui servait de table. Formica blanc décoré d'un motif en filigrane doré, immaculé, à l'exception des dépôts de poudre noire servant à récolter les empreintes. Idem pour les autres surfaces. Un casier à épices vide était accroché au mur du fond. Gazinière blanche à quatre feux, datant d'une bonne vingtaine d'années, réfrigérateur du même type. Pas d'autres appareils ménagers.

Milo ouvrit le frigo.

– Yaourts, raisin, deux pommes, levure... La levure, ça doit être pour l'odeur. Elle aimait la propreté. Et la simplicité. Tout comme Richard...

Il entreprit d'ouvrir et de refermer les placards.

– Assiettes de porcelaine blanche Noritake, service de quatre couverts... ustensiles en inox du même genre... le tout plein de poudre à empreintes... Une poêle, une casserole, salière, moulin à poivre, mais pas d'autres épices... Une vie fade, non ?

Il examina les brûleurs de la gazinière. En souleva les grilles.

Propres. Soit elle ne cuisinait jamais, soit elle était vraiment maniaque.

Je jetai un œil vers l'entrée vide.

– Les techniciens ont embarqué les meubles au labo ?

– Non, seulement ses vêtements. Nous avons trouvé l'endroit dans cet état. Je me suis d'abord dit que quelqu'un avait fait le ménage, ou qu'elle venait d'emménager, ou encore qu'elle s'apprêtait à déménager. Mais je n'ai aucune preuve qu'elle allait partir et son contrat dit qu'elle était ici depuis plus de deux ans.

Je lui montrai le sol immaculé.

– Soit elle voulait tout refaire, soit elle ne s'est jamais occupée d'acheter des meubles.

– Comme je l'ai dit, c'est le noir complet. Bon, allons jeter un œil aux autres pièces.

À l'étage, à gauche, un couloir menait à une salle de bains et deux petites chambres, la première transformée en bureau. Pas de moquette. Même parquet qu'au rez-de-chaussée, mêmes craquements.

Milo s'agenouilla dans le couloir et passa un doigt sur une latte de chêne toute lisse.

– Peut-être qu'elle enlevait ses chaussures. Comme dans une maison japonaise.

Nous commençâmes par la chambre. Sommier et matelas à même le sol, pas de cadre de lit, commode plaquée de pacanier, table de chevet assortie. Sur cette dernière, une boîte de mouchoirs en papier et une lampe en céramique avec un pied blanc en forme de cocon géant. Traînées de poudre sombre, spirales révélatrices d'empreintes cachées.

– Les draps sont au labo, dit Milo, avec ses vêtements.

Il tira le matelas, glissa la main sous le sommier, ouvrit le placard. Vide. Idem pour la commode.

– Je les ai vus embarquer ses sous-vêtements, dit-il. Pas de lingerie coquine, rien que du coton blanc tout ce qu'il y a de banal. Garde-robe de base : robes, pulls, jupes, des trucs de bon goût, de chez Macy's et d'une chaîne de vêtements pas chers.

Il remit le matelas en place, leva les yeux vers le plafond, puis regarda de nouveau le placard vide.

– Elle ne s'apprêtait pas à déménager, Alex. Elle vivait ici. Si on peut appeler ça vivre.

Dans le bureau, Milo joignit les mains en un geste de prière.

– Mon Dieu, donne-moi de quoi me mettre au boulot.

– Je croyais que tu avais déjà fouillé partout.

– Pas vraiment, non. Je ne pouvais pas avec tous les techniciens qui tournicotaient autour. Seulement cette boîte.

Il désigna un carton par terre.

– C'est là-dedans que j'ai trouvé les papiers du divorce. Je n'ai pas eu à creuser loin.

Il s'approcha de la table et examina les livres dans la bibliothèque en contreplaqué qui recouvrait deux murs. Étagères surchargées, courbées en leur centre. Livres de psychologie, psychiatrie, neurologie, biologie, sociologie, piles de journaux classés par dates. Poudre blanche et empreintes dans tous les coins.

Milo avait vidé le tiroir du haut – agrafes, trombones, bouts de papier et de tissu – et fouillait le second.

– Ah, enfin ! lança-t-il.

Il me montra une petite chemise en skaï rouge servant à classer des relevés de compte.

– Century Bank, Sunset & Cahuenga... eh bien... On dirait que ça n'allait pas trop mal, pour elle.

Je m'approchai et jetai un coup d'œil à la page qu'il tenait en main. Crédit de 240 000 dollars et quelques cents. Milo récupéra une autre feuille du formulaire. La première transaction remontait à trois ans. Un formulaire plus ancien indiquait un crédit de quatre-vingt dix-huit dollars de moins.

Soit une augmentation de près de cent mille dollars en trois ans. Les relevés montraient un scénario invariable : pas de retraits, dépôts de trois mille dollars à la fin de chaque mois.

– Sans doute une partie de son salaire, dis-je.

– D'après Theobold, elle gagnait quatre mille par mois ; elle en mettait sans doute trois à la banque et gardait le reste pour ses dépenses courantes. On dirait que ça n'a pas changé depuis qu'elle travaille à Starkweather. Ce qui se comprend. Avec son niveau de formation et le boulot exercé à l'hosto, elle touche à peu près le même salaire.

– Il ne lui reste quand même pas grand-chose, fis-je remarquer. Comment payait-elle ses factures ? Et ses impôts ? Elle avait un compte chèque ?

Il trouva les papiers quelques instants plus tard, dans le même tiroir.

– Dépôt mensuel de cinq cents dollars... le dernier vendredi de chaque mois, – le jour où elle versait sur son compte épargne. Cette femme avait une pendule dans la tête... Apparemment, elle faisait surtout des petits chèques, – sans doute pour la maison... Peut-être avait-elle une carte de crédit et payait-elle le reste de ses dépenses en liquide. Elle devait garder cinq cents dollars chez elle. Ou dans son portefeuille. Pour un camé, ça commencerait à être intéressant. Et on n'a pas retrouvé son portefeuille. Mais je doute que le vol soit le mobile de cette affaire, qu'est-ce que tu en penses ?

– J'en doute aussi. Cela dit, des gens se sont fait tuer pour beaucoup moins que ça. Sans le portefeuille, comment a-t-elle été identifiée ?

– Grâce à sa plaque d'immatriculation. Nous avons enregistré ses empreintes, et elles correspondaient à celles de son diplôme de psychologue... Un camé qui l'aurait braquée, ce serait vraiment trop bête, non ? Elle sort faire des courses et on lui tire son fric ? Mais quel camé s'emmerderait à la fourrer dans des sacs poubelle, à la conduire dans un endroit où n'importe qui a accès, et laisserait la bagnole sur place, alors qu'il aurait pu la faire disparaître discrètement et récupérer une caisse pour se tirer en pleine nuit ? Cela dit, la plupart des criminels prennent de drôles de pilules... Bon, voyons voir ce qu'elle a encore laissé.

Il entreprit de fouiller le reste du meuble. Il trouva l'argent dans une enveloppe blanche, tout au fond du tiroir du bas à gauche. Neuf billets de cinquante dollars, sous un agenda en skaï noir, cadeau d'un laboratoire pharmaceutique. Un calendrier vieux de trois ans, et des pages blanches.

– Peut-être bien qu'elle avait cinquante dollars sur elle, dit-il. Pas vraiment dépensière. Pour moi, ça n'a pas l'air d'un vol.

Je lui demandai les relevés de compte et examinai chaque feuillet.

– Qu'est-ce qu'il y a ? demanda-t-il.

– C'est tellement systématique. Toujours la même chose, d'une semaine sur l'autre. Aucun retrait d'importance, ça veut dire ni vacances ni folies occasionnelles. Et pas de dépôts autres que son salaire, cela signifie qu'elle ne recevait pas de pension alimentaire. Sauf si elle la déposait sur un autre compte. De plus, elle a conservé son compte personnel pendant son mariage. Et sa déclaration d'impôt ? Est-ce qu'ils faisaient une déclaration en couple ?

Milo traversa la pièce en direction du carton. À l'intérieur, il trouva deux déclarations d'impôts successives, soigneusement remplies.

– Pas d'autres revenus que son salaire, personne à charge... Non, rien qu'une déclaration individuelle. Bizarre. On dirait qu'elle refusait d'admettre qu'elle était mariée.

– Ou bien que ça coinçait depuis le début.

Milo sortit une pile de papiers agrafés les uns aux autres, et feuilleta le tout.

– Factures de gaz, d'électricité... Ah, voilà la carte de crédit... Visa... Elle s'en servait pour la nourriture, les vêtements, l'essence pour la Buick, et des livres... Pas très souvent ; la plupart du temps trois ou quatre fois par mois... Elle était bien organisée. Pas d'agios.

Dans les derniers papiers, Milo trouva les reçus de la prime d'assurance pour sa voiture. Très peu élevée, sans doute parce qu'elle ne fumait pas et n'avait pas eu d'accident. L'absence de versements d'argent pour la Buick signifiait probablement que la voiture était à elle. Elle ne pouvait pas savoir qu'elle finirait par lui servir de cercueil à roulettes.

Milo prit quelques notes et remit les papiers dans le carton. Je fis le compte de tout ce que nous n'avions pas trouvé : agendas, photographies, correspondance, carte de vœux. Rien de vraiment personnel.

Aucun relevé de charges de propriétaire, ou de réductions d'impôts sur une propriété immobilière. Si elle louait, pourquoi n'avait-elle aucune quittance ?

Je soulevai le problème.

– Peut-être l'ex-mari payait-il les traites et les impôts. En guise de pension.

– Maintenant qu'elle n'est plus là, il est tranquille. Et

s'il est d'une manière ou d'une autre propriétaire de la maison, tu vas avoir de quoi bosser. Tu sais qui récolte les deux cent quarante mille dollars ? On a retrouvé un testament ?

– Pas encore. Alors, tu penches pour le mari ?

– Je me rappelle simplement ce que tu me dis toujours. « Chercher où va le fric. »

Il grogna. Je retournai devant la bibliothèque et sortis quelques livres. Pages marquées de rousseurs, notes bien imprimées dans les marges. À côté de cinq années d'exemplaires de Brain, une pile de télécopies de journaux.

Des articles dont Claire Argent était l'auteur. Une dizaine d'études, ayant toutes trait à la neuropsychologie de l'alcoolisme, et subventionnées par les National Institutes of Health. Les exposés étaient très clairs, le sujet à peu près toujours le même. Malgré l'abondance de termes techniques, j'en compris l'essentiel.

Durant sa formation à l'université et les cinq années qui avaient suivi, elle avait passé son temps à mesurer la motricité et la vision humaines à différents niveaux d'intoxication. Elle n'avait pas eu de mal à trouver des sujets : l'Hôpital Général était le dernier recours des alcooliques démunis et physiquement abîmés qui considéraient le service des urgences comme leur clinique privée. Ils tutoyaient les internes de garde, lesquels avaient bien du mal à se défaire de leur présence envahissante.

Claire était arrivée à une conclusion : l'alcool ralentit les réactions de l'organisme. Utile d'un point de vue statistique, mais un peu court quand même. De nombreux universitaires parvenaient néanmoins à mener une carrière sans gloire avec ce genre de thèse. Elle était peut-être effectivement fatiguée de demander des bourses.

Une chose intéressante : elle avait toujours signé seule ses articles, chose inhabituelle chez les universitaires, les directeurs de thèse accolant généralement leur nom à toutes les productions de leurs protégés.

Myron Theobold était peut-être un type intègre.

Il laissait Claire travailler comme elle l'entendait.

Claire toute seule dans son coin, depuis le début.

Un bruit métallique me fit me retourner. Milo tripotait depuis un moment les objets sur la table et un stylo était tombé par terre. Il le ramassa et le posa à côté d'un petit calendrier dans un cadre de plastique vert. encore un cadeau d'un laboratoire. Un agenda vide. Pas de rendez-vous, pas la moindre mention.

Une existence à ce point vide...

Plusieurs livres faisant l'apologie d'une vie simple et tranquille étaient récemment devenus des best-sellers. Je me demandai si devenus riches, leurs auteurs vivaient selon leurs préceptes.

Cette maison n'avait pas l'air calme, mais creuse. Manque, absence.

Nous sortîmes du bureau pour passer dans la salle de bains. Shampoing, savon, dentifrice, vitamines, serviettes hygiéniques, aspirine. Pas de pilules contraceptives, pas de diaphragme. Le rebord de la baignoire n'était orné d'aucun bibelot. Ni perles de savon, ni bain moussant, ni éponge naturelle, aucun de ces plaisirs solitaires tellement appréciés de certaines femmes. La porcelaine était veinée d'ambre.

– Pas de sang sur la baignoire ou dans le conduit, dit Milo. Pas de sperme sur les serviettes ou les draps, rien qu'un peu de sueur correspondant à son groupe sanguin.

Je me demandai si quelqu'un d'autre était jamais entré dans cette maison et repensai au parcours professionnel qu'elle s'était choisi. Cinq ans avec des soûlards, six mois avec de dangereux psychotiques. Peut-être qu'à force de passer ses journées immergée dans les psychoses et autres perversions de l'esprit, elle n'aspirait qu'au silence – sa façon à elle de rester zen.

Mais cela n'expliquait pas l'absence de lettres de sa

famille. Pas même une photo de ses parents, nièces, neveux, pas le moindre contact.

Le but du zen était la perte de l'identité, le contentement dans le rien. Mais cet endroit n'évoquait aucun triomphe sur soi-même. Ce n'était qu'une petite boîte triste... Était-ce moi qui éprouvai encore quelque désir particulier ? Qui projetai mon besoin d'affection ?

Je pensai à ce que Claire avait accumulé : ses livres et ses articles.

Peut-être son travail était-il la seule chose qui la satisfaisait vraiment.

Mais elle avait abandonné son premier job du jour au lendemain, renonçant aux bourses, échangeant un travail difficile mais utile contre l'hypothétique enseignement d'un art de la vie quotidienne à des meurtriers psychotiques.

Pourquoi ?

Je cherchai les raisons de ce passage de l'Hôpital Général à Starkweather, car la chose ne cessait de me turlupiner. À salaire égal, un poste dans le privé représentait une régression par rapport à celui qu'elle occupait précédemment dans le public. Et si elle avait vraiment envie de côtoyer des schizos, ce n'était pas ce qui manquait à l'hôpital. Des patients dangereux ? L'aile des détenus était à deux pas.

Si elle en avait assez du rite des publications obligatoires, pourquoi ne pas ouvrir un cabinet ? Les compétences des neuropsychologues étaient très appréciées des services de police et des avocats dans les affaires de dommages corporels ; il n'était pas difficile de doubler les experts officiels et de réclamer cinq mille dollars par intervention – dix fois ce que payait Starkweather.

Et si l'argent ne l'intéressait pas, qu'en était-il des satisfactions professionnelles ? Pourquoi se soumettre au rythme infernal des gardes successives dans cet infâme bâtiment gris ? Sans parler du trajet – passer tous les jours devant ces crassiers...

Il devait y avoir une autre raison à ce que je ne pouvais m'empêcher de considérer comme une auto-humiliation.

On aurait dit qu'elle s'était punie.

Pour quelle raison ?

Ou alors elle fuyait quelque chose...

Qui aurait fini par la rattraper ?

7

Il était plus de deux heures de l'après-midi lorsque nous sortîmes de la maison. Dehors, l'air était revigorant.

Milo rejoignit Laurel Canyon, fila vers le sud jusqu'à Sunset et prit plein ouest dans le Strip. Un accident près de Holloway, puis l'embouteillage habituel causé par les amateurs de détresse humaine, nous obligea à ralentir ; il était presque trois heures lorsque nous traversâmes Beverly Hills et arrivâmes en vue de Beverly Glen. Ni Milo ni moi ne parlions beaucoup. Trop absorbés dans nos pensées. Milo ne mit que quelques secondes pour arriver au bout du sentier menant à ma maison. La camionnette de Robin était rangée devant le garage.

– Merci de m'avoir accompagné.

– Où vas-tu, maintenant ?

– Aux Archives, voir ce qu'ils ont sur les transactions immobilières et ce que je pourrais trouver d'autre sur M. Stargill. Ensuite j'appellerai Heidi Ott.

Il avait l'air fatigué, et le ton de sa voix suggérait un optimisme très relatif.

– Bonne chance, lui dis-je.

Je le regardai s'éloigner à toute vitesse.

Je remontai vers ma nouvelle maison. J'y habitai depuis déjà trois ans, mais la chose me paraissait souvent incongrue. L'ancienne baraque, celle que j'avais achetée avec mes premiers vrais salaires, n'était qu'un tas de planches de pin, de bric et de broc. Un psychopathe qui cherchait à me tuer l'avait réduite en cendres. Robin avait supervisé la construction d'une chose blanche, légère, bien plus spacieuse et conviviale, tout à fait charmante. Je lui avais dit qu'elle me plaisait beaucoup. Pour l'essentiel, c'était vrai. Un jour, il allait quand même falloir que je cesse d'être obsédé par le côté pratique des choses.

Je pensai que Robin serait repartie à l'atelier, mais je la trouvai dans la cuisine, occupée à lire les journaux du matin. Spike était vautré à ses pieds, gros rôti à pattes moucheté de noir qui enflait à chaque ronflement, ses bajoues dégoulinant par terre. C'est un bouledogue français, une version réduite de la race anglaise, avec des oreilles dressées de chauve-souris, aussi vaniteux qu'une troupe d'opéra au grand complet. Il leva une paupière au moment où j'entrais – encore toi ! – et la laissa retomber. Le soupir qui suivit disait un ennui mortel.

Robin se leva, me tendit les bras et m'attrapa par la taille. Appuya sa tête contre ma poitrine. Elle sentait le bois et le parfum, et ses boucles me chatouillaient le menton. Je soulevai une poignée d'anglaises auburn et embrassai sa nuque. Elle mesure à peine un mètre soixante-cinq, mais elle possède un cou de cygne à faire pâlir un top model. Sa peau était chaude, légèrement humide.

– Comment ça s'est passé ? me demanda-t-elle en me passant la main dans les cheveux.

– Sans histoires.

– Pas de problèmes avec les pensionnaires ?

– Rien.

Je la serrai contre moi en caressant les muscles fermes de ses épaules, descendis vers son dos délicat, ses courbes magiques, remontai jusqu'à la ligne bien dessinée de son menton, et finis sur ses paupières soyeuses.

Elle recula d'un pas et prit mon menton entre deux doigts.

– Cet endroit t'a drôlement excité, on dirait.

– J'étais plutôt excité à l'idée d'en sortir.

– Je suis contente que tu sois revenu en un seul morceau.

– Ce n'était pas spécialement dangereux. Pas du tout, même.

– Au milieu de cinq mille meurtriers, tu ne cours aucun risque ?

– Mille deux cents, mais on ne va pas mégoter.

– Mille deux cents, répéta-t-elle. Et moi qui m'inquiétais...

Un brin de tension dans sa voix.

– Désolé, dis-je. Mais je te promets que ça s'est bien passé. Il y a des gens qui vont travailler là-bas tous les jours et il ne leur arrive rien. Ils ont tous l'air de penser qu'on court moins de risque dans cet endroit que dans les rues de la ville.

– Tout ça m'a l'air un peu trop rationnel. En attendant, cette psychologue s'est retrouvée dans un coffre de bagnole.

– Jusqu'à maintenant, rien ne dit que son boulot y soit pour quelque chose.

– Bon. L'essentiel, c'est que tu sois revenu. Tu as mangé ?

– Non. Et toi ?

– Je n'ai bu qu'un jus de fruit ce matin.

– Tu as eu beaucoup de boulot ?

– Pas mal, oui. J'ai essayé de finir cette mandoline...

Elle s'étira. Elle portait un T-shirt rouge et une salopette en jean. De petits anneaux d'or brillaient à ses oreilles. Elle les enlevait pour travailler. Elle n'avait donc pas l'intention de retourner à l'atelier.

– J'ai vraiment très faim, dit-elle. Tu saisis la fine allusion ?

– Allons manger dehors.

– Tu lis dans mes pensées, ma parole !

– Monsieur je-sais-tout en personne.

Je donnai à Spike un os à ronger et nous filâmes en voiture jusqu'à un restaurant indien de Santa Monica ouvert tout l'après-midi. Riz et lentilles, kulcha fourré aux oignons, curry d'épinards au fromage doux, aubergine pimentée, thé au lait brûlant. La voix d'un chanteur sortait des haut-parleurs – un genre de mélopée funèbre, ou une prière. Les deux zombies installés à la table voisine ne tardèrent pas à partir. Nous étions les seuls clients du restaurant. Le serveur nous laissa tranquilles.

– Je sais que je t'embête, dit Robin lorsqu'elle eut à moitié vidé son assiette, mais la prochaine fois que tu vas dans un endroit de ce genre, appelle-moi dès que tu en sors.

– Tu étais vraiment inquiète ?

– Des égorgeurs, des vampires, et Dieu sait quoi encore...

Je posai ma main sur la sienne.

– Rob, les hommes que j'ai vus aujourd'hui étaient plutôt dociles.

À part le barbu qui s'était approché de moi dans la cour. La bagarre dans le couloir. Les fenêtres en plastique et les chambres I&C.

– Qu'est-ce qui les rend doux comme des agneaux tout à coup ?

– Les médicaments et un environnement structuré.

Elle n'avait pas l'air rassuré pour autant.

– Vous n'avez rien appris là-bas ?

– Non. Ensuite, nous sommes allés chez Claire Argent. (Je lui décrivis l'endroit.) Qu'est-ce que tu penses ?

– De quoi ?

– De sa façon de vivre.

Elle but son thé, écarta la tasse et réfléchit quelques instants.

– Tu veux savoir si j'aimerais faire comme elle ? Peut-être pas tout le temps, mais pendant une brève période, pourquoi pas ? Ça me ferait des vacances. Ça me reposerait de tous les problèmes quotidiens.

– Les problèmes, hein...

Elle sourit.

– Ce n'est pas de toi que je parle, mon chéri, seulement des obligations, des empêchements, des retards... de toutes ces choses qui rendent parfois la vie difficile. Comme quand j'étais obligée de surveiller la construction de la maison. Ou bien maintenant, quand les commandes s'entassent et que tout le monde veut que le boulot soit fait pour avant-hier. J'ai parfois l'impression que la vie n'est qu'un perpétuel enchaînement de contraintes, et un peu de simplicité ne serait pas pour me déplaire.

– C'était plus que de la simplicité, Robin. C'était triste, lugubre.

– À ton avis, elle était déprimée ?

– Je n'en sais pas assez pour établir un diagnostic, lui répondis-je. Mais j'ai eu le sentiment, dans cet endroit, de... d'une absence, d'une non-vie.

– Tu as des raisons de penser qu'elle ne prenait pas soin d'elle-même ?

– Non. Tout le monde la décrit comme quelqu'un d'agréable et de sérieux. Distante, mais sans excès apparent.

– Peut-être qu'à l'intérieur aussi tout allait bien.

– Probable, oui. La seule chose qu'elle ait accumulée, ce sont les livres. Elle trouvait sans doute son plaisir dans le travail intellectuel.

– Ça se pourrait, en effet. Alors, elle a élagué tout le reste, pour se concentrer sur ce qui comptait vraiment pour elle.

Je ne répondis pas.

– Tu n'as pas l'air convaincu.

– Tu parles d'un élagage ! Il n'y avait aucun objet personnel dans toute la maison. Pas une photo de famille.

– Elle ne s'entendait peut-être pas avec les siens. Ou bien elle avait de réels problèmes avec eux. Et quand bien même... en quoi est-elle différente de millions d'autres personnes, Alex ? Pour moi, elle m'apparaît plutôt comme... quelqu'un de cérébral. Qui vit dans sa tête. Qui se satisfait de son intimité. Et même si elle n'était pas sociable, ça n'a rien à voir avec le meurtre, tu ne crois pas ?

– Peut-être.

Je me resservis de riz, jouai avec les grains de basmati, pris une bouchée de pain.

– Si elle cherchait une stimulation intellectuelle, dis-je, pourquoi a-t-elle quitté son boulot de chercheuse pour s'enterrer à Starkweather ?

– Quel était le sujet de ses recherches ?

– L'alcoolisme et son influence sur les capacités de réaction.

– Une théorie révolutionnaire ?

– D'après ce que j'ai lu, ça n'en a pas l'air. (Je lui résumai mes lectures.) En fait, c'était plutôt des banalités.

– Elle a peut-être fini par se rendre compte qu'elle jouait à la petite fille sage qui faisait tout ce qu'on lui demandait de faire depuis l'école primaire. Alors, elle en a eu marre de jouer des coudes sans arrêt. Et elle a décidé d'aider les autres pour de bon.

– Elle n'a pas choisi le groupe le plus facile.

– C'était peut-être ce défi qui la motivait. Ça, plus le fait de s'attaquer à quelque chose de nouveau.

– Les types de Starkweather ne sont pas du genre qu'on peut guérir.

– Alors, je ne sais pas. Je n'ai pas d'autre idée.

– Je ne cherche pas à te contredire, lui expliquai-je. C'est juste que je n'arrive pas à la comprendre. Je crois d'ailleurs qu'il y a une bonne part de vérité dans ce que tu dis. Elle a divorcé, il y a quelques mois. Peut-être a-t-elle effectivement essayé de se libérer, à plusieurs niveaux. Pour quelqu'un qui pondait laborieusement ses articles, année après année, Starkweather a pu apparaître comme un changement radical.

Elle sourit et me caressa le visage.

– Milo a une drôle d'influence sur toi. Chaque fois que tu reviens de le voir, tu n'arrêtes pas de froncer les sourcils.

– L'autre chose qui me donne à réfléchir, c'est la première affaire : Richard Dada, l'aspirant comédien. À première vue, Claire et lui ont peu de choses en commun. Mais ils partagent ce goût pour le négatif : surtout pas de saleté – tous les deux étaient obsédés par la propreté –, pas d'amis, pas d'ennemis, pas la moindre excentricité, pas le moindre lien affectif. Peut-être s'agit-il de deux solitaires qui cherchaient à combler un vide. Et qui sont tombés sur la mauvaise personne.

– Un homme et une femme ? Un tueur bisexuel ?

– Cela voudrait dire que Dada était gay, mais Milo n'a jamais rien trouvé qui confirme cette hypothèse. Ça n'avait peut-être rien à voir avec le sexe – juste une présence, un besoin partagé de compagnie. Cela dit, les deux affaires ne sont pas forcément liées.

Je portai sa main à ma bouche et embrassai le bout de ses doigts, l'un après l'autre.

– Retour de l'excité de service, dis-je en lui souriant. Je vais essayer de me calmer avant de t'emmener à ton tour dans un endroit isolé.

Elle sourit, prit une pose maniérée, m'envoya un baiser langoureux et se mit à imiter Bette Davis.

– Passe-moi donc les épinards, chhhéri. Ensuite, tu paieras l'addition et tu m'emporteras dans les airs jusqu'au Baskin Robbins le plus proche, où tu m'offriras un *jamoca almond fudge.* Après ça, chhhéri, on rentre gaiement à la maison et là je t'invite en toute simplicité à t'emmêler encore plus les pinceaux avec moi.

8

À huit heures du soir, Milo téléphona.

– Je dérange ?

Cela faisait une heure que nous ne risquions plus d'êtres dérangés. Robin lisait au lit et j'avais emmené Spike faire une petite promenade dans le canyon. Lorsque la sonnerie retentit, j'étais assis sur la terrasse, occupé à me distraire de toutes sortes de questions en me concentrant sur le bruit de la chute d'eau qui alimentait l'étang à poissons. J'étais déjà heureux de ne pas entendre l'autoroute.

– Pas du tout. Quoi de neuf ?

– J'ai des infos sur Claire et Stargill. Mariés deux ans, divorcés depuis presque autant, pas d'enfants. J'ai eu Stargill en ligne. Il dit qu'ils se sont séparés à l'amiable. Il est l'un des dix associés d'un cabinet d'avocats et s'est remarié, il y a trois mois. Il vient juste d'apprendre le décès de Claire. Les journaux de San Diego n'en ont pas parlé, mais un de ses associés est venu en voyage par ici et a appris l'histoire.

– Il t'a fait quelle impression ?

– Il avait l'air assez triste au téléphone, mais ça ne signifie pas grand-chose, comme tu sais. D'après lui, il n'a rien à me dire que je ne sache déjà, mais il est d'accord pour me rencontrer. Je lui ai donné rendez-vous demain matin à dix heures.

– À San Diego ?

– Non, il vient à L.A. en voiture.

– Le genre coopératif ?

– Il fait de toute façon l'aller-retour pour raisons professionnelles. Une cession de bail commercial. Il est spécialisé dans l'immobilier.

– Il lui arrive donc fréquemment de venir à L.A.

– Oui, c'est aussi ce que je me suis dit. Nous verrons bien comment il se comporte en tête à tête. Nous devons nous retrouver chez Claire. Il est propriétaire de la maison. Elle était à lui avant qu'il se marie, mais après le divorce il la lui a cédée. D'accord pour payer les traites et impôts afférents au lieu d'une pension. Plus le droit pour elle de conserver un petit portefeuille d'actions.

– Qui hérite du tout ?

– Bonne question. Stargill n'avait pas connaissance d'un quelconque testament et prétend que ni lui ni Claire n'avaient d'assurance-vie au nom de l'autre. Je n'ai pas retrouvé la moindre police, d'ailleurs. Claire avait trente-neuf ans et n'imaginait sans doute pas mourir bientôt. Un avocat saurait sans doute se débrouiller pour faire homologuer un pseudo-testament, – il pourrait par exemple plaider que ce genre de paiement de pension constitue de fait une copropriété. Mais à mon avis, ses parents à elle risquent de lui passer devant. Qu'est-ce que tu crois que ça vaut, une maison comme ça ?

– Environ trois cent mille. À combien se monte son capital d'actions ?

– Nous saurons ça demain si M. Coopératif se montre effectivement coopératif... Il en a peut-être eu marre de payer pour elle ; qu'est-ce que tu en penses ?

– Ça devait lui faire mal, surtout maintenant qu'il s'est remarié. Encore plus s'il a des petits problèmes d'argent. Il serait utile de savoir où en sont ses finances.

– Si tu veux le rencontrer, tu n'as qu'à venir à dix heures. J'ai laissé un message sur le répondeur de Heidi Ott, mais je n'ai pas encore eu de réponse. Et le labo m'a envoyé un autre compte rendu d'empreintes : ils n'ont trouvé que celles de Claire. On peut dire qu'elle a vraiment toujours fait cavalier seul, celle-là.

Le lendemain matin, j'appelai le Dr Myron Theobold à l'Hôpital du Comté et laissai un message sur son répondeur avant de rejoindre en voiture Cape Horn Drive, où je débarquai à dix heures moins le quart. La voiture banalisée de Milo était déjà là, garée contre le trottoir. Un modèle récent de BMW gris anthracite, avec porte-skis sur le toit, était stationné devant le garage.

La porte d'entrée n'étant pas fermée à clé, j'entrai. Milo occupait de nouveau le centre du salon vide. Près du comptoir de la cuisine se tenait un quadragénaire en costume bleu, chemise blanche et cravate jaune. À peine moins d'un mètre quatre-vingt, soigné, avec des cheveux roux, courts et bouclés, plus une barbe assortie, mais grisonnant par endroits. Mince montre en or au poignet gauche, alliance incrustée de petits diamants, chaussures vernies rouge foncé.

– Je vous présente le Dr Delaware, dit Milo. Notre consultant en psychologie. Docteur, voici M. Stargill.

– Enchanté.

Il me tendit la main. Paume sèche mais regard fuyant. Voix légèrement rauque. Il regarda la pièce vide par-dessus mon épaule et secoua la tête. Milo enchaîna.

– M. Stargill était en train de me dire à quel point la maison a changé par rapport à ce qu'elle était autrefois.

– Effectivement, dit Stargill, tout est différent. Il y avait de la moquette dans toute cette pièce, et des meubles. Contre ce mur, j'avais installé une vitrine contenant quelques objets achetés du temps où j'étais célibataire. Mais Claire avait fini par la remplir de poteries, de figurines, de macramé et autres bidules en tout genre.

Il secoua de nouveau la tête.

– Elle avait drôlement changé, on dirait.

– Quand lui avez-vous parlé pour la dernière fois ? demanda Milo.

– Lorsque j'ai fait déménager mes affaires. Quelque chose comme six mois avant le jugement définitif.

– Vous viviez donc séparés avant le divorce.

Stargill hocha la tête et tripota la pointe de sa barbe.

– Ce qui veut dire, insista Milo, que votre dernier contact remonte à environ deux ans et demi.

– C'est exact.

– Vous n'avez jamais parlé ensemble du divorce ?

– Si, bien sûr. Un coup de fil de temps à autre pour régler les détails. Je croyais que vous pensiez à une vraie conversation.

– Bon, bon, dit Milo. Et après le divorce, vous n'êtes jamais venu lui rendre visite ?

– Il n'y avait pas de raison. Notre histoire était terminée, et depuis longtemps, bien avant d'officialiser la chose. Elle n'avait jamais vraiment commencé, d'ailleurs.

– Vous voulez dire que votre mariage a vite tourné à l'aigre ?

Stargill soupira et boutonna sa veste. Il avait de très grandes mains rougeaudes, couvertes de poils roux.

– Non, ce n'était pas le problème. C'est toute notre histoire qui était une erreur. Tenez, je vous ai apporté ceci. Je l'ai retrouvé ce matin.

Il sortit de sa poche un portefeuille en croco et en tira une petite photo que Milo examina avant de me la passer.

C'était un instantané en couleur de Claire et de lui-même, bras dessus bras dessous, avec à l'arrière-plan une banderole « Vive les mariés ». Il portait un costume ocre, un pull marron à col roulé, pas de barbe, mais des lunettes. Son visage glabre était osseux, son sourire contraint.

Claire était vêtue d'une longue robe sans manches, bleu pâle, avec un imprimé de pensées lavande, et tenait à la main un bouquet de roses blanches. Elle avait les cheveux blonds, lisses, séparés par une raie au milieu.

Visage plus mince que sur la photo que j'avais vue, pommettes plus saillantes.

Et grand sourire.

– Je ne sais pas pourquoi je l'ai apportée, reprit Stargill. Je l'avais complètement oubliée.

– Où l'avez-vous trouvée ? demanda Milo.

– À mon bureau. J'y suis passé tôt ce matin avant de prendre la route et j'ai commencé à fouiller dans tous les papiers qui nous concernaient : dossier de divorce, transfert de propriété de la maison... J'ai tout dans la voiture. Prenez ce qui vous intéresse. J'ai trouvé cette photo par hasard, glissée entre deux feuilles.

Il se tourna vers moi.

– Probablement du grain à moudre pour un psychologue – le fait que j'aie tout gardé, je veux dire. Je ne sais pas ce qu'en pense mon inconscient, mais je ne me rappelle pas avoir décidé de conserver cette photo. Ça m'a fait tout drôle de tomber dessus. Nous avons l'air plutôt heureux, non ?

J'étudiai la photo plus attentivement. Entre les nouveaux mariés, on apercevait un minuscule autel décoré de quelque chose qui scintillait. Cœurs rouges accrochés aux murs, plus un gros cupidon rose pendu au plafond, avec des joues à la Dizzy Gillespie.

– Las Vegas ? demandai-je.

– Reno, dit-il. La chapelle la plus kitch que j'aie jamais vue. Le type qui nous a mariés était un vieux schnock à moitié aveugle et passablement soûl. Nous avons débarqué en ville à minuit passé. Le type était en train de fermer et je lui ai glissé un billet de vingt pour une brève cérémonie. Sa femme était déjà rentrée se coucher ; c'est le gardien – un autre croulant – qui nous a servi de témoin. Par la suite, Claire et moi plaisantions souvent sur ces deux types séniles. Nous nous imaginions que le mariage n'était peut-être pas légal.

Il posa les mains sur le comptoir de la cuisine, et son regard se perdit dans le vide.

– Lorsque j'habitais ici, nous avions des machines partout : presse-agrumes, mixer, machine à café, tout ce qu'on peut imaginer. Claire voulait toujours le dernier gadget à la mode... Je me demande ce qu'elle a bien pu faire de tout ça. On dirait qu'elle s'est vraiment débarrassée de tout.

– Vous imaginez pourquoi ? lui demandai-je.

– Non. Comme je vous l'ai dit, nous n'avions plus aucun contact. À vrai dire, même quand nous étions ensemble, j'aurais été incapable de vous expliquer sa façon de fonctionner. Ce qu'elle aimait par-dessus tout, c'était aller au cinéma. Elle pouvait voir un film par jour. Des fois, elle avait l'air de se désintéresser de ce qui se passait sur l'écran. Elle aimait surtout se retrouver dans une salle obscure. À part ça, je ne la connaissais pas vraiment.

– Où vous êtes-vous rencontrés ?

– Encore un scénario romantique de première : au bar d'un hôtel. Le *Marriott* de l'aéroport, pour être précis. J'attendais un client asiatique qui ne s'est d'ailleurs jamais montré et Claire était venue participer à un colloque de psychologues. Me voilà installé au bar, dans une colère noire, parce que ce n'était pas la première fois que le type me faisait le coup et que je perdais bêtement une demi-journée et Claire débarque, superbe, et s'assied près de moi, au bar.

Il désigna la photo.

– Comme vous voyez, c'était une vraie beauté, à cette époque. Pas tout à fait mon style, mais c'est peut-être pour ça qu'elle m'a vraiment séduite.

– C'était quoi, « votre style » ?

– Jusque-là, j'étais sorti avec des secrétaires juridiques, quelques mannequins, des actrices débutantes, des filles qui aimaient la mode, le maquillage, tout ce qui concernait la beauté de leur corps. Claire avait tout à fait l'air de ce qu'elle était : une universitaire. Bien fichue, mais elle n'en rajoutait pas. Cet après-midi-là, elle portait des petites lunettes cerclées de métal et une robe longue en imprimé. Elle n'a jamais porté que ça, des robes longues, ou alors jeans et T-shirt. Pas de maquillage. Pas de hauts talons non plus ; des sandales ouvertes. Je me rappelle avoir observé ses pieds ce jour-là. Elle avait vraiment de jolis pieds, avec d'adorables orteils tout blancs. Elle m'a vu faire et s'est mise à rire... de son rive grave qui m'a tout de suite fait de l'effet. Alors, j'ai regardé derrière les lunettes et je me suis rendu compte à quel point elle était vraiment belle, vraiment sexy. Elle a commandé un *ginger ale.* J'avais déjà descendu quelques Bloody Mary. Pour rigoler, je lui ai dit qu'elle devait savoir faire la fête. Elle a de nouveau éclaté de rire, je me suis rapproché d'elle et le reste appartient à l'histoire. Nous nous sommes mariés deux mois plus tard. Au début, j'ai cru mourir et monter au ciel.

Stargill avait la peau laiteuse d'un vrai roux et rosissait à vue d'œil.

– Toute cette histoire était sordide, reprit-il. Je ne sais pas pourquoi je suis venu, mais si vous avez terminé...

– Vous avez « cru mourir et monter au ciel ? » répéta Milo.

Le rose vira au rouge.

– Physiquement, je veux dire, expliqua Stargill. Je ne voudrais pas être grossier, mais il vous sera peut-être utile de le savoir : une seule chose nous a attirés l'un vers l'autre – le sexe. Nous avons fini par prendre une chambre au *Marriott* et nous y sommes restés jusqu'à minuit. Elle était... Disons que je n'avais jamais rencontré quelqu'un comme elle, l'alchimie entre nous était incroyable. Après ça, les autres filles avaient l'air de poupées gonflables. Je ne veux pas avoir l'air vulgaire, mais... je crois en avoir dit assez.

– Mais l'alchimie n'a pas duré aussi longtemps que vous l'espériez, lui fis-je remarquer.

Il déboutonna sa veste et enfonça ses mains dans ses poches.

– Nous sommes probablement allés trop vite et trop loin. Peut-être toutes les flammes finissent-elles par s'éteindre, je n'en sais rien. C'était sans doute en partie ma faute. Pour la plus grande part, d'ailleurs. Claire n'était pas ma première femme. Je m'étais déjà marié à l'université. Cette fois-là, ça avait duré moins d'un an. Je n'étais vraiment pas doué pour la vie conjugale. Et lorsque nous avons commencé à vivre ensemble, Claire et moi, c'était comme si... comme si plus rien ne marchait. Pas de bagarre, non... mais... plus de flamme, rien. Nous étions tous les deux très occupés par nos boulots, nous ne passions pas beaucoup de temps ensemble.

La barbiche sous sa lèvre se mit à trembloter.

– Nous ne nous disputions jamais, reprit-il. J'avais l'impression que Claire cessait peu à peu de s'intéresser à moi. Je crois que c'est elle qui s'est détachée en premier, mais j'ai vite cessé de m'en inquiéter. J'avais l'impression de vivre avec une étrangère. Peut-être était-ce déjà le cas au début.

Stargill se voûtait au fur et à mesure qu'il parlait.

– Et maintenant, à quarante et un ans, j'en suis à la troisième. Pour l'instant, c'est encore la lune de miel, mais qui sait ?

Je me dis qu'il parlait bien plus de lui-même que de Claire. Était-ce de l'égocentrisme ou bien une diversion intentionnelle ?

– Si j'ai bien compris, lui dis-je, Claire était très prise par son travail. Elle ne levait jamais le pied ?

– Pas que je sache. Mais de toute façon je n'en aurais rien su. Nous ne parlions jamais du travail. Nous ne parlions de rien. C'est étrange – un jour nous nous marions, nous faisons l'amour comme deux déments, et le lendemain nous ne pensons plus qu'au boulot. J'ai pourtant essayé de concilier les deux. Je l'ai invitée quelques fois à venir au bureau, mais elle était toujours trop occupée. Elle ne m'a jamais proposé d'aller la voir à son labo. Une fois, je lui ai rendu visite, malgré tout. Quel zoo... avec tous ces poivrots ! Elle n'a pas eu l'air très heureuse de me voir. C'était comme si je dérangeais. Après ça, nous nous sommes évités plutôt qu'autre chose. Nous travaillions tous les deux soixante-dix heures par semaine, c'était assez facile. Quand je rentrais à la maison, elle dormait déjà. Elle se levait tôt pour être à l'hôpital à l'heure où je prenais ma douche. La seule raison pour laquelle nous sommes restés mariés deux ans, c'est que nous étions trop occupés – ou trop paresseux – pour nous taper toute la paperasse.

– Lequel a fini par s'y mettre ? demandai-je.

– Claire. Je me rappelle du jour où elle me l'a annoncé. J'étais rentré tard, mais cette fois elle était encore réveillée. Elle faisait des mots croisés dans son lit. Elle a sorti une pile de papiers et m'a dit : « Je crois que c'est le moment, Joe. Qu'est-ce que tu en penses ? » Je me rappelle que je me suis senti soulagé. Et en même temps blessé. Parce qu'elle ne voulait même pas essayer d'arranger les choses. Il faut dire aussi que pour moi c'était la deuxième fois ; je me demandais si j'arriverais un jour à vivre une relation saine et satisfaisante. Quoi qu'il en soit, elle a mis six mois avant de déposer le dossier de divorce.

– Vous savez pourquoi ? demanda Milo.

– Elle m'a dit qu'elle n'avait pas le temps de s'en occuper.

– Et financièrement, qu'avez-vous décidé ?

– Tout s'est très bien passé. Sans histoires. Nous avons tout arrangé en un seul coup de fil. Je dois dire que Claire a été très correcte ; elle a refusé de prendre un avocat. Elle m'a dit qu'elle n'avait aucune intention de me mettre sur la paille. C'était moi le plus vulnérable : je disposais de tous les biens – investissements, plan épargne-retraite, plus quelques affaires immobilières en cours. Elle aurait pu me mener la vie dure, mais tout ce qu'elle réclamait, c'était que je transfère la maison à son nom, que je finisse de payer les traites et que j'assume les charges de propriété. Je pouvais garder tout le reste. Je lui ai laissé les meubles, je suis parti avec mes vêtements, mes bouquins de droit et ma chaîne hi-fi.

Il se frotta un œil, se détourna, voulut parler, se racla la gorge.

– Pour la paperasse, c'était facile, reprit-il. Nous n'avons jamais rempli de déclaration d'impôt commune. Elle n'avait pas changé de nom. Je pensais que c'était un truc de féministe, mais aujourd'hui je me demande si elle avait vraiment l'intention de rester avec moi.

– Ça vous posait problème ? lui demanda Milo.

– Non, pourquoi ? Ce mariage n'en était pas un. Il s'agissait plutôt d'une passade qui s'éternise. Je ne dis pas que je n'appréciais pas Claire en tant que personne. C'était une femme formidable. Attentive, douce. C'était bien ce qui clochait, d'ailleurs : je l'appréciais, je l'aimais bien en tant que personne. Mais je n'étais pas amoureux d'elle. Et je sais qu'elle m'aimait bien aussi. Ma première femme n'avait que vingt ans lorsqu'elle m'a quitté – nous étions ensemble depuis onze mois –, et elle a tenté de me réduire en esclavage pour le restant de mes jours. Claire, elle, était parfaitement honnête... J'aurais bien voulu que nous restions amis. Mais ça ne s'est pas fini comme ça... Je ne comprends pas comment quelqu'un a pu vouloir lui faire du mal.

Il se frotta les yeux.

– Quand avez-vous déménagé à San Diego ? demanda Milo.

– Juste après le divorce. On m'a proposé un boulot.

J'en avais marre de L.A., j'étais pressé d'aller voir ailleurs.

– Trop de smog ?

– Trop de smog, d'embouteillages, de violence. Je voulais habiter près de la plage et me suis trouvé un joli appartement près de Del Mar. La première année, Claire et moi avons échangé des cartes de vœux pour Noël, mais ça s'est arrêté là.

– Est-ce que vous lui connaissiez des ennemis ?

– Non. Je ne l'ai jamais vue vexer ou blesser qui que ce soit. Peut-être qu'un dingo de l'Hôpital du Comté s'est mis une drôle d'idée en tête et l'a suivie, ou Dieu sait quoi. Je me souviens encore de ces pochards qui puaient le vomi, pissaient dans tous les coins et vous regardaient d'un drôle d'œil. Je n'arrivais pas à imaginer comment elle pouvait travailler avec eux. Pourtant, elle était assez carrée dans son boulot, elle faisait ses expériences, elle persévérait dans ses recherches. Rien ne la dégoûtait. Je ne suis pas spécialement qualifié, mais à votre place, je chercherais du côté de l'hôpital.

Il plia son mouchoir. Milo et moi profitâmes de ces quelques secondes pour échanger un regard. Stargill n'était pas au courant du boulot de Claire à Starkweather. Ou alors, il voulait nous faire croire qu'il ne savait pas.

Milo secoua discrètement la tête. Manière de dire : Ne lui dis pas maintenant.

– Combien vous reste-t-il à payer, pour la maison, monsieur Stargill ? demanda Milo.

Changement de sujet. Histoire de déstabiliser l'interlocuteur. Stargill fit un pas en arrière.

– Environ cinquante mille. Ce que je paye maintenant, c'est surtout le principal. Ça fait un moment que je cherche à liquider cette dette.

– Pourquoi donc ?

– Ça ne me donne plus droit à une véritable réduction d'impôts.

– Qui héritait de la propriété en cas de décès du Dr Argent ?

Stargill observa Milo quelques instants. Boutonna son manteau.

– Je ne sais pas.

– Vous ne vous étiez pas mis d'accord ? En cas de décès, la propriété n'était pas transférée à votre nom ?

– Pas du tout.

– Nous n'avons pas encore retrouvé de testament de la main de Claire, dit Milo. Et vous ? Avez-vous rédigé un testament ?

– Mais certainement. Mais qu'est-ce que cela a à voir avec ce dont nous parlons, inspecteur Sturgis ?

– C'est juste histoire de vérifier.

Les narines de Stargill palpitèrent.

– C'est moi l'ex et je suis donc suspect, c'est ça ? Oh, arrêtez... (Il se mit à rire.) Quel serait le mobile ?

Nouvel éclat de rire. Il fourra les mains dans ses poches et se balança sur les talons, – pur effet de manche.

– Même si j'héritais de la maison, reprit-il, le capital se monte à trois cent mille, grand maximum. Une des premières choses que j'ai faite en m'installant à San Diego a été d'investir dans l'immobilier, au bord de la mer. La valeur actuelle nette se monte à six ou sept millions. Alors, assassiner Claire pour trois cent mille dollars, sans compter les taxes, ce serait vraiment ridicule, non ?

Il s'approcha du comptoir et frotta les paumes de ses mains contre le Formica.

– Claire et moi n'avons jamais été ennemis. Je n'aurais pas pu imaginer une meilleure ex-femme. Je vous demande bien pourquoi je lui aurais fait du mal ?

– Désolé, Monsieur, dit Milo. Mais je suis obligé de poser toutes ces questions.

– Bien sûr... D'accord, allez-y. Ce que j'ai appris sur Claire m'a rendu malade. J'ai ressenti le besoin ridicule de faire quelque chose... d'être utile. C'est pour ça que je suis venu, que j'ai apporté tous ces documents. J'aurais dû me douter que vous vous me considéreriez comme suspect, mais quand même...

Il haussa les épaules et se détourna.

– Tout ce que je peux dire, ajouta-t-il, c'est que je suis content que ce soit votre boulot et pas le mien. D'autres questions ?

Ce fut à mon tour de prendre la parole.

– Que pouvez-vous nous dire sur la famille de Claire et sur ses relations ?

– Rien.

– Rien ?

– Je n'ai jamais rencontré sa famille. Tout ce que je sais, c'est qu'elle était née à Pittsburgh, qu'elle avait fait ses études à l'université de Pittsburgh, et passé son doctorat à Case Western. Si je suis au courant, c'est bien parce que j'ai vu son diplôme dans son bureau. Elle refusait de parler de son passé.

– Refusait ou évitait ?

– Les deux.

– Et elle n'évoquait jamais sa famille ?

Il pivota et me regarda droit dans les yeux.

– Non, jamais. Silence radio. Elle prétendait n'avoir ni frère ni sœur. Ses parents tenaient un magasin. À part ça, je ne sais absolument rien. (Il secoua la tête.) Moi, je lui parlais souvent de ma famille et elle m'écoutait. Ou faisait semblant. Mais elle ne les a jamais rencontrés non plus. C'était mon choix.

– Pourquoi ?

– Parce que je n'aime pas ma famille. Avec ma mère, ça allait... c'était une alcoolique plutôt calme. Mais à l'époque où j'ai rencontré Claire, elle était déjà morte. Mon père était une saloperie de soiffard que j'ai toujours évité. Je ne risquais pas de le présenter à mon épouse. Idem pour mon frère.

Il se força à sourire.

– C'est clair, non ? Je suis un fils d'alcooliques, et cetera, et cetera. Je n'ai jamais eu de problème avec l'alcool, mais je fais attention et je me suis farci toute une thérapie après le suicide de ma mère. Quand j'ai vu Claire avec son *ginger ale,* je me suis demandé si par hasard elle n'avait pas elle aussi un problème avec la boisson, si nous n'avions pas quelque chose en commun. J'ai fini par lui parler de mes origines pittoresques.

Son sourire s'élargit.

– En fin de compte, reprit-il, elle aimait le *ginger ale,* mais ça s'arrêtait là.

– Et pas une seule allusion à sa famille en deux ans de mariage ? insistai-je. C'est incroyable.

– Comme je vous l'ai dit, ce n'était pas un mariage conventionnel. Chaque fois que je lui posais une question personnelle, elle changeait de sujet.

Il se frotta le crâne et ses lèvres se retroussèrent. Le début d'un sourire, peut-être. Difficile à dire.

– Elle avait d'ailleurs une façon très intéressante de changer de sujet.

– C'est-à-dire ?

– Elle m'emmenait au lit.

9

Stargill était pressé de s'en aller, mais Milo le persuada de jeter un coup d'œil au reste de la maison. La salle de bains ne provoqua aucun commentaire. Dans le bureau, Stargill s'exclama :

– Ah, ici, ça n'a pas changé. C'était sa tour d'ivoire, elle passait tout son temps ici.

– Où se trouvait votre bureau ? demanda Milo.

– Je n'aimais pas ramener du travail à la maison. Je m'installais à une petite table dans la chambre.

Dans la chambre en question, il écarquilla les yeux.

– Il ne reste rien de ce que je connaissais. Nous avions un grand lit double avec un dosseret en cuivre, une couette en duvet et des tables de chevet anciennes. Apparemment, elle a opté pour un changement radical.

L'expression de son visage disait à quel point il se sentait personnellement visé. Il inspecta l'intérieur du placard vide.

– Où sont tous ses vêtements ?

– Au laboratoire, dit Milo.

– Mon Dieu... Il faut que je m'en aille d'ici.

Il attrapa sa barbe pour se donner une contenance et sortit de la pièce.

Une fois dehors, il prit le carton de documents dans sa BMW, nous le tendit, monta en voiture, démarra bruyamment et s'éloigna à toute allure.

– Qu'est-ce que tu penses de ce type ? me demanda Milo.

– Il n'est pas tout beau tout gentil, mais je ne vois rien qui cloche vraiment. Sauf à imaginer que Claire était plus gourmande, financièrement, que ce qu'il nous a raconté – ou lui moins riche –, quel serait son mobile ?

– Trois cent mille dollars, même avant impôts, ce n'est quand même pas rien. Et même les types qui ont les poches bien remplies ont parfois des ennuis. Je vais me renseigner sur ses finances, et sans tarder. Qu'est-ce que tu voulais dire par « pas tout beau tout gentil » ?

– Sa façon de tout déballer, de nous raconter sa vie. C'est peut-être ce qui a attiré Claire : un type suffisamment égocentrique qui n'essayait pas de savoir ce qui se passait dans sa tête à elle. On dirait que grâce à ce mariage, elle a assouvi un fantasme de passion violente pour un inconnu, mais que la chose s'est vite refroidie. Cela prouve son caractère impulsif, et pas seulement sur le plan sexuel. Stargill nous dit qu'ils ont passé leur temps à s'éviter, ce qui pourrait signifier qu'ils ont eu tous les deux d'autres histoires. Claire est peut-être sortie pendant plusieurs années avec des inconnus, jusqu'à ce qu'elle tombe sur la mauvaise personne.

– Les voisins n'ont jamais vu qui que ce soit.

– Les voisins ne voient pas tout. Tu ramasses quelqu'un dans un bar, tu le ramènes en voiture au milieu de la nuit, qui s'en aperçoit ? Ou alors ses aventures avaient lieu ailleurs que chez elle. Cela expliquerait pourquoi on n'a pas retrouvé d'autres empreintes que les siennes.

Je poursuivis mon raisonnement.

– Stargill a fait le même portrait d'elle que les autres : sympa mais réservée. Mais il a ajouté une chose. Un soupçon de domination. Elle emménage chez lui et prend possession du bureau. Lui s'installe à une table dans la chambre. Il raconte son histoire familiale, mais elle évite de lui rendre la pareille. Lorsqu'elle en a assez de lui, c'est elle qui décide qu'ils vont divorcer et qui définit les termes de l'accord. Stargill ne s'y est pas opposé, ce qui nous en dit long sur lui aussi.

– Un avocat soumis ? Une révolution !

– Certaines personnes évitent de mélanger le travail et le plaisir. Pense aux termes de leur accord : Claire conserve la maison, l'oblige à prendre en charge les traites et les impôts, et Stargill lui est reconnaissant de ne pas demander davantage. D'ailleurs, leur première rencontre trahit le même déséquilibre : elle n'est pas ivre, mais lui si. Elle contrôle la situation, lui non. Il déballe tout sur son père et son frère, son propre penchant pour la boisson, qu'il essaie de maîtriser. Ce type est exactement le contraire de Claire : chacune de ses conversations se transforme en thérapie. Pour certaines femmes, ce doit être dissuasif. Mais Claire l'emmène dans une chambre et lui donne du plaisir comme jamais. Ensuite, à chaque fois qu'elle veut le faire taire, elle récidive et l'embarque au lit. Elle était visiblement attirée par les gens à problèmes. Peut-être a-t-elle quitté l'Hôpital Général pour s'occuper de pathologies plus lourdes.

– Donc, elle a très bien pu tomber sur un dingo sorti de l'hôpital, tenter de le dominer et appuyer sur le mauvais bouton... Il faut absolument que je vérifie si quelqu'un a été relâché de Starkweather au cours des six derniers mois. Mais si on ne trouve rien, qu'est-ce qu'on fait ?

Il avait l'air épuisé.

– Tu me demandes de théoriser, alors, je théorise. Il se peut tout de même que ce soit un vol de bagnole qui aurait mal tourné.

Nous rejoignîmes la Cadillac Séville à pied.

– Autre chose, reprit Milo. Ce tabou qui l'empêchait de parler de sa famille. Pour moi, ça signifie que son milieu était pourri. Sauf qu'à l'inverse de Stargill, elle ne voulait pas l'admettre.

– Quand est-ce que les parents arrivent ?

– Dans quelques jours. Tu pourrais les voir avec moi, non ?

– D'accord.

Je montai dans la voiture. Milo suivit le fil de ses pensées.

– On commence par imaginer une femme tout ce qu'il y a de bien et voilà que maintenant nous en faisons une sorte de dominatrice... Il ne me reste qu'à trouver le zozo bien déjanté, tendance SM, qui a gardé sa carte de crédit. À ce propos... je ferais mieux d'appeler Visa.

Il regarda derrière lui, vers la maison, et ne put se retenir d'évoquer certaines hypothèses.

– Peut-être qu'en fin de compte, elle recevait des visiteurs que personne ne voyait. Ou bien un régulier, mais du genre allumé... Son salon devait faire un beau terrain de jeux, tu ne crois pas ? Assez de place pour se rouler par terre... Ces parquets sont assez lisses pour un bébé. Aucune trace de fluide sur le bois, mais qui sait ?

– Rien de plus simple à nettoyer que du bois laqué, lui fis-je remarquer.

– Exact. La moquette aurait pu dissimuler certaines choses.

– Stargill dit que c'est elle qui l'a fait enlever.

Milo se frotta le visage.

– Ex-patient ou ex-taulard, un vilain garçon qu'elle croyait pouvoir contrôler...

– Dans les deux cas, ça collerait avec le fait qu'on l'a retrouvée dans sa propre voiture. Le meurtrier n'a sans doute pas de véhicule.

– Du coup, enchaîna Milo, nous la retrouvons à la place du conducteur. (Léger sourire.) Avec un type qu'elle a ramassé en fin de soirée, – nous savons par Stargill qu'elle n'était pas opposée à l'idée de se faire emballer. Ils vont dans un coin tranquille et l'affaire tourne mal. On n'a pas retrouvé de sperme sur elle, ce qui veut dire qu'ils ne sont pas allés jusqu'à la partie de jambes en l'air... Ensuite le mauvais garçon la coupe en morceaux, la fourre dans des sacs poubelle, l'enferme dans le coffre et la conduit dans West L.A. Il ne vole pas la voiture parce que ce serait le meilleur moyen de se faire coffrer. Un esprit subtil. Méticuleux. Pas le genre de Starkweather.

Il fit la grimace.

– Ce qui signifie, reprit-il, que je perds mon temps là-bas. Retour à la case départ.

La sonnerie de son téléphone portable grésilla. Il détacha l'engin de sa ceinture et appuya sur un bouton.

– Sturgis... Oh, bonjour... Oui, merci... Ah bon ? Comment se fait-il que... ? Vous n'avez qu'à me dire... D'accord, ça me va très bien, dites-moi comment je fais pour y aller.

Il coinça le téléphone sous son menton, sortit son calepin, écrivit quelque chose et appuya sur le bouton.

– C'était Mlle Ott, dit-il. Elle est de garde cette nuit à Starkweather et voudrait me parler avant d'aller travailler.

– Parler de quoi ?

– Elle ne m'a pas dit, mais rien qu'au ton de sa voix, j'ai senti qu'elle était très inquiète.

Heidi Ott avait demandé à le rencontrer dans Plummer Park, à West Hollywood. Je suivis la voiture de Milo, qui rejoignit Laurel et prit vers l'est par Melrose. En chemin, nous passâmes devant un panneau publicitaire vantant un cours de kick-boxing : une très belle femme levait un poing ganté pour assener un coup monstrueux. Le slogan précisait : « Vous vous reposerez quand vous serez mort. » La religion était omniprésente.

Les arbres du parc étaient tout rabougris. Les nombreux promeneurs – des habitants du quartier pour la plupart – y parlaient davantage le russe que l'anglais. C'étaient surtout des personnes âgées, assises sur des bancs, enveloppées dans de multiples épaisseurs de vêtements malgré la chaleur. Quelques enfants à bicyclette faisaient le tour d'une pelouse d'herbe jaunie, des chiens tiraient leurs maîtres à moitié endormis, une poignée de types sales et débraillés en T-shirt et chaussures miteuses traînaient du côté des cabines téléphoniques – sans doute occupés à essayer de joindre la mafia moscovite.

Heidi Ott se tenait à l'écart, sous un triste caroubier, bras croisés sur la poitrine, et jetait des regards dans toutes les directions. Lorsqu'elle nous aperçut, elle nous fit un petit signe de la main et se dirigea vers le seul banc inoccupé. Un tas de déjections canines à proximité expliquait le pourquoi de la chose. Elle plissa le nez et poursuivit son chemin ; nous la suivîmes sur une pelouse ombragée, près des balançoires, jusqu'à un vieil orme chinois. L'herbe des alentours était tout aplatie. Une jeune femme assise à l'écart tenait par la main un tout petit enfant auquel elle apprenait à marcher. L'enfant et sa mère étaient tous deux extrêmement concentrés sur l'exploit en cours.

Heidi s'adossa à l'arbre et les observa. Si je n'avais pas cherché à déceler la peur, je ne l'aurais peut-être pas remarquée. L'angoisse était à peine perceptible – doigts joints qui se contractaient et se relâchaient alternativement, paupières légèrement plissées quand elle regardait l'enfant.

– Je vous remercie d'avoir bien voulu nous rencontrer, Mademoiselle, dit Milo.

– Pas de problème. Ma colocataire dort encore, sinon je vous aurais fait venir chez moi.

Elle se passa la langue sur les lèvres pour les humidifier. Elle portait un jean taille basse, un T-shirt blanc à côtes, sans manches et des bottes marron à bout carré. Les cheveux tirés en arrière, comme à Starkweather, mais une queue de cheval au lieu du chignon serré. Boucles d'oreilles en filigrane d'argent, un peu d'ombre à paupière, une touche de brillant sur les lèvres. Et des taches de rousseur sur les joues, que je n'avais pas remarquées dans le couloir. Les ongles coupés courts, très propres. Le T-shirt moulait ses formes. Elle était plutôt maigrelette, mais avait les bras musclés.

Elle s'éclaircit la gorge et semblait avoir rassemblé tout le courage dont elle avait besoin pour parler lorsqu'un type aux cheveux longs arriva à grandes enjambées, tenant en laisse un gros chien qui haletait bruyamment. Les vêtements de l'homme étaient aussi noirs que ses cheveux épais et ternes. Il avait les yeux baissés. Le chien pointait le museau en avant et tirait comme un fou sur sa laisse. La bête devait avoir du sang de Rottweiler.

Heidi attendit qu'ils se soient éloignés, puis sourit nerveusement.

– Je vous fais sans doute perdre votre temps.

– Si vous pouvez me dire quoi que ce soit sur le Dr Argent, je vous jure que non.

À nouveau ses paupières se plissèrent, puis se détendirent lorsqu'elle se tourna vers nous.

– Puis-je vous poser d'abord une question ?

– Bien sûr.

– Claire... le Dr Argent... est-ce qu'il est arrivé quelque chose à ses yeux ?

Milo ne lui répondant pas immédiatement, elle s'appuya au tronc de l'arbre.

– C'est donc vrai, dit-elle. Oh, mon Dieu !

– Que savez-vous sur ses yeux, mademoiselle Ott ?

Elle secoua la tête et arrangea d'une main sa queue de cheval. L'homme au chien était en train de sortir du parc. La jeune femme le suivit une seconde du regard avant de se concentrer à nouveau sur l'enfant. Lequel se mit à brailler lorsque sa mère le prit dans ses bras pour le fourrer dans une poussette et sortir du parc à son tour.

Nous restâmes seuls, comme si la scène s'était soudain vidée. J'entendis des oiseaux chanter – lointain murmure –, et le bruit des voitures dans Fuller Avenue.

Milo avait les yeux fixés sur Heidi. Je le vis desserrer les dents et s'appuyer sur une jambe, l'air de ne pas y toucher.

– D'accord, dit-elle, ça va vous paraître bizarre mais... il y a trois jours, un des patients, un de ceux avec lesquels le Dr Argent travaillait, m'a dit quelque chose... la veille du jour où le Dr Argent a été tuée. C'était le soir, j'étais de garde de nuit après mon service et je vérifiais que tout le monde était bien couché, quand il s'est mis à me parler. Ce qui en soi est déjà inhabituel, car il s'exprime très peu. Il ne parlait d'ailleurs pas du tout jusqu'à ce que le Dr Argent et moi-même commencions à...

Elle s'interrompit, attrapa sa queue de cheval, la posa sur son épaule et tripota le bout de ses cheveux.

– Vous allez me trouver bizarre...

– Pas du tout, dit Milo. Continuez.

– Bon, d'accord. Voilà comment ça s'est passé. Je suis sur le point de sortir de la chambre et ce type commence à marmonner, comme s'il priait ou psalmodiait quelque chose. Je tends l'oreille parce qu'il ne parle presque jamais... il ne parle vraiment jamais. Mais voilà qu'il s'arrête. Bon. Je me retourne pour sortir. Tout d'un coup, il dit : « Dr A. » Alors je dis : « Pardon ? » Il répète un peu plus fort : « Dr A. » « Quoi, Dr A ? » Il m'adresse alors un étrange sourire – jusque-là, il n'avait jamais souri non plus –, et il dit : « Dr A vilains yeux dans une boîte. » Je dis « Quoi ? » Et le revoilà les yeux vissés sur ses genoux, comme toujours, muet comme une tombe et je ne parviens pas à lui faire répéter. Je vais pour sortir, mais lorsque j'arrive à la porte il fait un bruit que j'ai déjà entendu quelquefois auparavant, une sorte d'aboiement – wouah wouah wouah. Je ne voyais pas ce que ça pouvait signifier, mais à présent je crois que c'est sa façon de rire. Il se moque de moi. Puis il s'arrête, les yeux de nouveau dans le vague, et je m'en vais pour de bon.

– « Dr A. vilains yeux dans une boîte » répéta Milo. Vous en avez parlé à quelqu'un ?

– Non, seulement à vous. J'avais prévu de raconter toute l'histoire à Claire, mais je n'ai pas réussi à la voir parce que le lendemain...

Elle se mordit la lèvre.

– Je n'en ai parlé à personne à l'hôpital, reprit-elle, parce que je me suis dit que c'était un pur délire. Si nous devions faire attention chaque fois que quelqu'un raconte des trucs sans queue ni tête, on n'aurait pas le temps de travailler. Mais le lendemain, lorsque j'ai vu que Claire n'arrivait pas et quand j'ai appris la nouvelle plus tard dans la journée, j'ai eu très peur. Je n'ai rien raconté pour autant, parce que je ne savais pas à qui m'adresser ; et quel lien pouvait-il y avoir ? Ensuite, quand j'ai lu dans le journal qu'on l'avait trouvée dans le coffre de sa voiture, je me suis dit que la « boîte » pouvait signifier le coffre... vous comprenez ? J'étais terrorisée. Mais le journal ne parlait pas de ses yeux, alors je me suis dit que « vilains yeux » pouvait signifier, dans son charabia, qu'elle portait des lunettes, et qu'après tout, ce n'était peut-être qu'un délire de plus. Mais pourquoi parlait-il tout d'un coup alors que d'habitude il ne dit pas un mot ? Je n'arrêtais pas d'y penser sans savoir quoi faire, mais quand je vous ai vus hier, j'ai décidé de vous appeler. Et maintenant voilà que vous m'apprenez qu'on lui a fait quelque chose aux yeux.

Elle soupira et se passa la langue sur les lèvres.

– Je n'ai pas dit ça exactement, lui fit remarquer Milo. Je vous ai demandé ce que vous saviez sur les yeux du Dr Argent.

Les épaules de Heidi Ott s'affaissèrent.

– Ah... lâcha-t-elle. Alors c'est moi qui en fais des montagnes... Désolée de vous avoir fait perdre votre temps.

Elle voulut s'éloigner, mais Milo posa sa grosse main sur son bras.

– Ne vous excusez pas, mademoiselle Ott. Vous avez bien fait. (Il sortit son calepin.) Comment s'appelle ce patient ?

– Vous allez vous renseigner là-bas ? Écoutez, je ne voudrais pas faire de vagues...

– Au point où nous en sommes, je ne peux négliger aucune piste.

– Ah...

Elle planta son ongle dans l'écorce de l'arbre, puis l'examina attentivement.

– L'administration n'aime pas qu'on parle de Starkweather dans les médias. Je ne vais pas me faire que des amis, là-bas.

– Qu'est-ce qu'ils ont contre les médias ?

– Le mot d'ordre de M. Swig est « pas de nouvelle, bonne nouvelle ». Nous dépendons des subventions allouées par les hommes politiques et nos patients n'ont pas spécialement bonne réputation. En gardant le profil bas, nous courons moins le risque d'une réduction budgétaire.

Elle ôta des miettes d'écorce de sous son ongle. Ses doigts minces jouèrent de nouveau avec sa queue de cheval. Elle haussa les épaules.

– Après tout, je n'avais qu'à ne pas l'ouvrir. Ce n'est pas grave, ça fait un bout de temps que j'envisage de quitter cet endroit. Starkweather n'est pas exactement ce que j'espérais.

– C'est-à-dire ?

– C'est toujours la même chose, là-bas. La plupart du temps, je sers de baby-sitter à des hommes mûrs. Je pensais qu'il y aurait plus de travail clinique. Je veux reprendre des études pour devenir psychologue et je croyais qu'à Starkweather j'apprendrais beaucoup de choses sur le tas.

– Le Dr Delaware est psychologue, dit Milo.

– Je m'en doutais, dit-elle en me souriant. Quand Hatterson a expliqué que vous étiez docteur... Je ne l'imagine pas faire visiter cet endroit à un chirurgien...

– Ce patient avait-il une raison particulière de mentionner le Dr Argent ? lui demandai-je.

– Pas vraiment, si ce n'est qu'elle travaillait avec lui. Je l'assistais dans ce travail. Nous tentions d'améliorer son expression verbale en provoquant des interactions avec son environnement.

– Modification du comportement ?

– C'était le but à atteindre, oui, avec tout un jeu de récompenses. Mais nous ne sommes pas allés si loin. En gros, elle lui parlait pour essayer de nouer un dialogue. Elle m'avait demandé de passer aussi du temps avec lui. De le sortir de son isolement. Personne d'autre ne se souciait de lui.

– Pourquoi ?

– Sans doute que personne ne voulait... Il a des habitudes difficiles à... à gérer. Il fait du bruit en dormant, il n'aime pas se laver, il mange des insectes quand il en trouve, et les saletés qui traînent par terre. C'est pour ça qu'il n'y a personne d'autre dans sa chambre. Même à Starkweather, c'est un paria.

– Mais Clairc a estimé qu'il était possible de travailler avec lui ? dis-je.

– C'est à peu près ça, oui. Elle m'a expliqué que c'était un défi. Et effectivement, ces dernières semaines, j'ai obtenu qu'il fasse attention à moi ; il lui est arrivé de réagir et même de hocher la tête quand je lui posais des questions simples, auxquelles il devait répondre par oui ou non. Mais aucune vraie phrase. Rien qui ressemble à ce qu'il m'a dit ce jour-là.

– « Dr A. vilains yeux dans une boîte. »

Elle hocha la tête.

– Mais comment pouvait-il savoir ? Je veux dire... ça n'a aucun sens... C'est n'importe quoi, non ?

– Peut-être, dis-je. Ce patient fréquentait-il quelqu'un qui aurait pu vouloir du mal à Claire ? Quelqu'un qui a été libéré ?

– Non, c'est impossible. Il ne voyait absolument personne. Et personne n'a été relâché depuis que je travaille là-bas. Personne ne sort de Starkweather.

– Depuis combien de temps travaillez-vous pour eux ?

– Cinq mois. Je suis arrivée juste après Claire. Non, pas la peine de chercher si ce type-là a des amis. Comme je l'ai dit, personne ne traîne avec lui. En plus de ses problèmes mentaux, il a un handicap physique. Dyskinésie prononcée.

– Qu'est-ce que c'est ? demanda Milo.

– Des effets secondaires dus aux psychotropes. Chez lui, c'est assez sérieux. Il marche mal, il tire la langue sans arrêt et dodeline de la tête. Parfois, il s'agite en piétinant sur place, ou bien sa tête penche de côté, comme ça.

Elle nous fit la démonstration, debout, le dos collé au tronc d'arbre.

– C'est tout ce que je sais, conclut-elle. Je vais y aller maintenant, si vous voulez bien.

– Une seconde, dit Milo. Comment s'appelle cet homme ?

Elle tripota de nouveau sa queue de cheval.

– Nous ne sommes pas censés donner les noms des patients. Ils ont quand même droit à un certain anonymat. Mais je pense que tout ça ne tient plus quand...

Elle détendit ses bras et joignit les mains juste sous le pubis, comme si elle protégeait son intimité.

– D'accord, dit-elle. Il s'appelle Ardis Peake. Vous avez peut-être entendu parler de lui. Claire disait qu'il était très célèbre. Les journaux lui avaient donné un surnom : le Monstre.

10

À force de ne rien vouloir laisser paraître, le visage de Milo était presque trop détendu.

– Peake, j'en ai entendu parler, dit-il.

– Moi aussi.

Cela remontait à loin. J'étais encore à l'université – il y avait au moins quinze ans de ça.

Le calme de Heidi Ott n'était pas feint. Elle devait être au lycée à cette époque. Ses parents lui avaient certainement caché les détails de l'affaire.

Je me souvenais de ce que les journaux avaient raconté.

Un village agricole, Treadway, à une heure au nord de Los Angeles. Noisettes, pêches, fraises et poivrons. Un joli endroit, où les gens ne fermaient pas encore leur porte à clé. Les journaux avaient insisté sur ce détail.

La mère d'Ardis Peake avait travaillé comme femme de ménage et cuisinière dans une des plus importantes familles de propriétaires du lieu. Un jeune couple. Ils avaient fait un héritage, présentaient bien, vivaient dans une grande maison à deux étages – comment s'appelaient-ils, déjà ? Le nom de Peake m'était revenu tout de suite. Qu'est-ce que cela pouvait signifier ?

Je me rappelais vaguement sa biographie. Né dans le nord, en Oregon, dans une exploitation de bois, de père inconnu. Sa mère était cantinière pour les bûcherons.

D'après ce qu'on savait, elle et son garçon avaient vécu à différents endroits de la côte pendant les premières années. Peake n'avait apparemment jamais été inscrit à l'école et lorsque sa mère et lui avaient débarqué en bus à Treadway, il avait dix-neuf ans. Analphabète, extrêmement timide, visiblement différent.

Noreen Peake avait récuré les sols des auberges jusqu'à ce qu'elle dégote un emploi au ranch. Elle vivait dans le bâtiment principal, dans une chambre de bonne à côté de la cuisine, mais Ardis avait été installé dans une petite cabane au fond d'un champ de pêchers.

Il était maladroit et, arriéré mental, parlait si peu que de nombreux habitants du village le croyaient muet. Sans travail, ne sachant quoi faire de ses journées, il était mûr pour les bêtises. Pendant un temps, on lui reprocha de sniffer occasionnellement de la peinture derrière le magasin Sinclair, sans même vraiment se cacher, ce qui confirma sa réputation d'arriéré. Les propriétaires du ranch finirent par lui confier quelques menues tâches : attraper les rats, tuer les écureuils, anéantir les serpents. Un vrai travail de chien de ferme.

Son territoire couvrait les deux hectares de terrain qui bordaient la maison. Son boulot était sans fin, mais il le prenait à cœur, travaillant parfois jusque tard dans la nuit avec son bâton pointu et son paquet de poison, rampant par terre si nécessaire, et gardant le profil bas.

Un travail de chien, au sens propre, confié à un humain, mais au dire de tous, Peake avait trouvé sa niche.

Toute cette histoire avait pris fin un beau dimanche matin, deux heures avant l'aube.

On avait d'abord retrouvé sa mère, une femme corpulente, assise avec son tablier délavé à la table de la cuisine, une grande assiette de pommes Granny Smith devant elle – certaines épépinées et pelées. Sur un comptoir voisin, un grand bol rempli de sucre et de farine, plus une motte de beurre, indiquaient que la journée allait être en partie consacrée à faire des tartes. Un rôti en cocotte attendait dans le four, et deux têtes de chou avaient été émincées pour faire du *coleslaw.* Noreen Peake était insomniaque ; il n'était pas rare qu'elle passe des nuits entières à cuisiner.

Mais cette nuit-là s'était achevée prématurément. Noreen Peake avait été décapitée. Sa tête se trouvait par terre, à quelques pas de sa chaise. À côté, un couteau de boucher encore couvert de morceaux de chou. Un autre couteau du même genre – mais plus lourd et plus large – manquait au râtelier.

Des traces de pas ensanglantés menaient à un escalier de service. Au troisième étage de la maison, le jeune propriétaire et sa femme étaient couchés dans leur lit, enlacés, couvertures rejetées sur le côté. Ils n'avaient pas été décapités ; leurs jugulaires et trachées béantes indiquaient pourtant que ce n'était pas faute d'avoir essayé. Le grand couteau avait entaillé les chairs, mais pas jusqu'à l'os. Les meurtrissures des visages enfoncés ajoutaient à l'horreur. Une batte de base-ball tachée de sang se trouvait par terre, au pied du lit. Elle appartenait au mari, un accro de la balle au lycée, un vrai champion.

Les journaux avaient insisté sur la beauté des époux, de leur vivant... Comment s'appelaient-ils, déjà ?... Ardullo... M. et Mme Ardullo. Le couple de rêve dont les visages avaient été effacés.

Plus loin dans le couloir, les chambres des enfants. On avait retrouvé l'aînée, une fillette de cinq ans, dans son placard. Le coroner pensait qu'elle avait entendu quelque chose et s'était cachée. Le gros couteau, dont la lame était tordue mais intacte, avait servi à la tuer. Les journaux épargnaient à leurs lecteurs les autres détails.

La chambre de la gamine était séparée de celle du bébé par une salle de jeux. Il y avait des jouets renversés dans tous les coins.

Le bébé avait dix mois. C'était un garçon. Son berceau était vide.

Des traces de pas moins nettes menaient vers la lingerie et la porte de derrière. La piste se réduisait alors à quelques gouttelettes rougeâtres le long d'un sentier de pierres plates et disparaissait au bord du potager.

On avait retrouvé Ardis Peake dans sa cabane – une construction de planches de bois et de papier goudronné qui puait abominablement. Une vraie ménagerie. Aucun animal n'y vivait, à part Peake, nu et inconscient, vautré sur une paillasse, entouré de pots de peinture vides et de tubes de colle, de flasques de vodka mexicaine bon marché – dont une remplie d'urine. Sous sa paillasse, on avait retrouvé un sachet de plastique contenant quelques cristaux blancs. Des amphétamines.

La bouche du piégeur de rats était couverte de sang. Ses bras rougis jusqu'aux coudes. Cheveux et literie à l'avenant. Les particules grisâtres dans ses cheveux avaient été analysées plus tard. C'étaient des fragments de cerveau humain. Au premier abord, on avait cru qu'il avait lui aussi été victime du meurtrier.

Mais il avait bougé lorsqu'on l'avait poussé.

Peake était profondément endormi.

Une odeur de roussi se mêlait à la puanteur ambiante.

Il n'y avait pas de cuisinière dans la cabane, rien qu'une plaque électrique alimentée par une vieille batterie de voiture. Une poubelle métallique faisant office de casserole était restée sur le feu. Le métal était trop mince, le fond commençait à brûler, et l'odeur du métal chaud ajoutait une aigreur supplémentaire à la puanteur des détritus, de la nourriture décomposée, des vêtements sales.

Et il y avait autre chose. L'odeur entêtante d'un ragoût.

Le pyjama du bébé était par terre, couvert de mouches.

Ardis Peake n'avait jamais su faire la cuisine. Sa mère s'en était toujours chargée.

Ce matin-là, il avait essayé.

– Je n'avais jamais entendu parler de lui, reprit Heidi Ott. Jusqu'à ce que j'arrive à Starkweather. Je n'étais pas très vieille, à l'époque.

– Vous savez donc ce qu'il a fait, dit Milo.

– Oui. Il a massacré une famille. C'est dans son dossier. Claire m'en avait parlé avant de me proposer de travailler avec lui. Elle m'avait dit qu'il n'avait jamais eu de geste violent depuis son arrestation, mais qu'il valait mieux que je sache à qui j'avais affaire. Je lui avais donné mon accord. Ce qu'il a fait est horrible, mais on ne débarque pas à Starkweather pour vol à la tire. J'ai accepté ce travail parce que je m'intéressais à la notion de point limite.

– Le point limite ?

– Oui, le point de non-retour, si vous préférez. L'idée de limite ultime, extrême, au-delà de laquelle aucun retour n'est possible.

Elle se tourna vers moi, comme pour quêter une approbation.

– Les extrêmes vous intéressent ? lui demandai-je.

– Je crois qu'il y a beaucoup à apprendre là-dessus. Ce que j'essaie de vous dire, c'est que je voulais voir si j'étais vraiment faite pour travailler avec des malades mentaux. Je me suis dit que si je m'en sortais à Starkweather, le reste me paraîtrait facile.

– Mais vous disiez que le boulot avait quelque chose de routinier, lui fit remarquer Milo.

– Oui, et en même temps, c'est normal. Je devais être naïve. Avant d'y arriver, je croyais que j'allais voir des choses fascinantes. Entre leurs médicaments et leurs handicaps, la plupart de ces types sont vraiment assommés, passifs. C'est ce que je voulais dire en parlant de babysitting. Nous veillons à ce qu'ils se nourrissent et restent à peu près propres, nous les empêchons de se battre, nous les engueulons quand ils foutent le bordel, comme vous feriez avec des gamins. Et c'est toujours la même chose, une garde après l'autre.

– Le Dr Argent était arrivée il y a peu de temps, dis-je. Vous savez si elle aimait son boulot ?

– Elle en avait l'air.

– Vous a-t-elle dit pourquoi elle avait quitté l'Hôpital Général ?

– Non. Elle ne parlait pas beaucoup. En dehors de ce qui concernait le travail, elle n'était pas bavarde.

– Lui a-t-on confié Ardis Peake, ou est-ce elle qui a choisi de s'occuper de lui ?

– Je crois que c'est elle qui a choisi. Les médecins sont plutôt libres de leurs mouvements, là-bas. C'est nous, les aides-soignants, qui sommes quasiment condamnés à la routine.

– Vous a-t-elle dit pourquoi elle s'intéressait à Peake ?

Elle caressa sa queue de cheval.

– Je me rappelle seulement qu'elle avait dit en parlant de son travail avec lui qu'il s'agissait d'un défi puisque que c'était un vrai arriéré mental. Si nous pouvions développer un tant soit peu ses capacités d'expression, nous serions capables de le faire avec n'importe qui. C'est aussi ça qui m'avait attirée.

– Apprendre des extrêmes.

– Exactement.

– Et avec le groupe « Outils pour la Vie Quotidienne » ? lui demandai-je. Quel but poursuivait-elle ?

– Elle voulait voir si ces hommes pouvaient réussir à prendre davantage soin d'eux-mêmes, à soigner leur apparence, à être un tant soit peu polis, à écouter quand quelqu'un leur parlait. Tout cela malgré leur psychose.

– Comment choisissait-on les participants ?

– C'était Claire qui s'en chargeait. Je n'étais là que pour l'assister.

– Vous avez noté des progrès ?

– Quelques-uns, oui. Mais nous n'avons eu que sept séances. La huitième devait avoir lieu demain.

– Y avait-il des problèmes de discipline dans le groupe ?

– Oh, rien de grave. Ils ont des sautes d'humeur et il faut savoir être ferme. Autant que cohérent. Vous voulez savoir si l'un d'entre eux lui en voulait particulièrement ? La réponse est non. Ils l'aimaient bien. Comme tout le monde.

Elle secoua de nouveau ses cheveux, se mordit la lèvre et parut se tasser sur elle-même.

– C'est vraiment dégueulasse, reprit-elle. Elle faisait du bon travail, elle était très patiente. Je n'arrive pas à croire qu'on ait pu lui vouloir du mal.

– Même si elle ne parlait pas de sa vie privée, dit Milo, a-t-elle mentionné quoi que ce soit en dehors du travail ?

– Non. Je suis désolée... Enfin, je veux dire... elle n'était pas du genre à papoter devant un café.

Et pourtant Heidi Ott parlait de Claire en l'appelant par son prénom. Familiarité instantanée entre collègues femmes ?

– Je regrette de ne pouvoir vous en dire davantage, dit-elle encore. Cette histoire avec Peake, ça n'a rien à voir, non ?

– Sans doute pas, dit Milo. Mais il va falloir que je lui parle.

Elle secoua la tête.

– On ne peut pas lui parler. Impossible d'avoir une conversation normale avec lui. La plupart du temps, il est complètement ailleurs. Il nous a fallu des mois, à Claire et moi, pour obtenir qu'il nous écoute.

– Bon, dit Milo. Nous verrons bien comment il réagira.

Elle tendit le bras au-dessus d'elle, cueillit une feuille et l'écrasa entre ses doigts.

– J'aurais dû m'en douter, dit-elle. Je vais avoir droit

à un savon de Swig. Il aurait peut-être fallu que je lui en parle d'abord.

– Voulez-vous que je fasse tampon ? s'enquit Milo.

– Non, ça ira. J'ai fait ce que j'avais à faire. Le moment est venu de passer à autre chose. Peut-être travailler avec des enfants.

– Que vous restc-t-il comme études à faire ? lui demandai-je.

– Encore une année pour ma licence, puis le troisième cycle. Je travaille pour payer mes études, mais je mettrai le temps qu'il faudra pour arriver au bout. Au moins, à Starkweather, ça paye bien. Mais je trouverai autre chose.

– Vous êtes décidée à partir ? insista Milo.

– Je ne vois pas pourquoi je resterais.

– Dommage. Vous auriez pu nous aider.

– Comment ça ?

– En essayant de faire de nouveau sortir Peake de sa léthargie.

Elle eut un rire espiègle.

– Non merci, inspecteur Sturgis. Je ne veux plus me mêler de ça. De toute façon, ce n'est pas vraiment à moi qu'il parle.

– Il l'a pourtant fait la veille du jour où Claire a été tuée.

– C'était... Je ne comprends pas vraiment ce qui s'est passé.

– Vous pensez que j'ai une chance de vous faire changer d'avis ? demanda Milo, tout sourire.

Elle lui rendit son sourire.

– Qui sait...

– Et si vous voyiez ça comme une autre occasion d'en savoir plus sur les points limites ? Un défi en quelque sorte ?

– Quand je cherche un vrai défi maintenant, je fais de l'escalade.

– Ça alors, une grimpeuse ! s'exclama Milo. Et moi qui ai le vertige !

– On s'y habitue. C'est le but, d'ailleurs. J'aime toutes sortes de défis – sportifs, je veux dire. L'escalade, le parachute ascensionnel, la chute libre. Il faut dire que l'entraînement physique a son importance quand on travaille dans un endroit comme Starkweather. Il faut être toujours prêt à agir, à payer de sa personne, mais on ne peut pas y faire d'exercice. Alors...

Elle jeta un coup d'œil à sa montre.

– Il faut vraiment que j'y aille.

– D'accord.

Nous nous serrâmes la main et elle s'éloigna à grandes enjambées athlétiques.

– Qu'est-ce que c'est que cette histoire ? dit Milo. Que penses-tu des élucubrations de Peake ?

– Rien, lui répondis-je. Il a marmonné quelque chose. En temps normal, Heidi ne se serait aperçue de rien. Mais après le meurtre de Claire, elle n'était plus dans son état normal, elle avait peur.

– Une risque-tout comme elle ?

– Sauter d'un avion est une chose. Apprendre qu'une collègue a été assassinée en est une autre.

– « Dr A. vilains yeux dans une boîte. » Et si ce n'était pas que du baragouinage ? Peake avait peut-être un copain qui est sorti. Quelqu'un qui l'aurait prévenu qu'il allait faire quelque chose de vilain à Claire...

– Peake n'a pas l'air d'avoir de copains. Heidi nous a expliqué qu'il est toujours seul dans sa chambre et que personne ne veut avoir affaire à lui. Mais bon, on ne sait jamais. Je suis d'accord pour que nous allions le voir.

– Ardis Peake, répéta Milo. Ça fait un bout de temps qu'il a pété les plombs. Seize ans. Je m'en souviens bien, parce que je venais de débarquer aux Homicides. La première chose qu'ils m'ont confiée, c'était une affaire foireuse. Je me démenais comme un dingue, mais je n'arrivais nulle part et j'en étais à me demander si je ne ferais pas mieux de changer de métier. Quelques jours plus tard, Peake fait le coup dans son patelin paumé et ce péquenaud de shérif local résout l'affaire en vingt-quatre heures. Je me rappelle avoir pensé qu'il y avait de sacrés veinards dans ce monde. Un salopard comme Peake servait la solution sur un plateau, garniture comprise. Quelques années plus tard, lorsque j'ai suivi un stage à Quantico, les types du FBI ont pris cette affaire comme cas d'école. Le tueur psychopathe bordélique dans toute sa splendeur : arriéré mental, degré zéro de l'hygiène, cervelle bouffée aux mites, aucun effort réel pour dissimuler le crime. « Vilains yeux dans une boîte... » Et maintenant ce psychopathe se serait transformé en prophète ?

– Ou bien il a entendu un autre patient dire quelque chose et l'a répété. Je n'arrive pas à imaginer qu'il soit impliqué dans le meurtre de Claire. Justement parce qu'il est bordélique. Son Q.I. est sans doute extrêmement faible. Alors que celui qui a assassiné Claire... et Richard... a tout organisé soigneusement.

– Si tant est que Peake soit effectivement un arriéré mental.

– Tu crois qu'il a passé sa vie à faire semblant ?

– À toi de me dire si c'est possible.

– Tout est possible, mais ça m'étonnerait. Si je comprends bien, tu penses qu'il fait partie d'un duo d'assassins. Mais alors pourquoi s'en vanterait-il ? D'un autre côté, avec un type comme ça, renfermé, qui ne parle jamais, quelqu'un aurait pu croire qu'il n'entendait rien et se laisser aller à raconter quelque chose d'intéressant devant lui. Si c'est effectivement ce qui s'est passé, peut-être Peake pourra-t-il nous dire qui c'était.

– Retour à l'asile, conclut Milo. Super !

Nous sortîmes du parc et rejoignîmes nos voitures.

– Une chose colle avec ce que nous disions précédemment de Claire, repris-je. Le choix de Peake comme objet d'étude, afin de se colleter pour de bon à une pathologie sérieuse. Mais quelque chose a pu se produire en cours de route. Pendant qu'elle essayait de faire parler Peake, elle s'est peut-être dévoilée ; elle a pu commettre l'erreur de parler d'elle. En jargon de thérapeute, on appelle ça le « dévoilement de soi ». Nous apprenons à nous en méfier. Mais il y a tout le temps des gens qui dérapent, qui centrent la conversation sur eux-mêmes, au lieu du patient. Claire était spécialisée en neuropsychiatrie, mais en tant que psychothérapeute, c'était une débutante.

– D'après toi, elle aurait tout déballé devant Peake alors qu'elle ne disait jamais rien à personne sur sa vie privée ?

– Précisément parce que Peake ne pouvait pas répondre.

– Donc, reprit Milo, elle lui raconte quelque chose à propos d'une boîte, de vilains yeux... Et il le recrache.

– La boîte a peut-être un lien avec un jeu de « bondage ».

– Revoilà nos histoires de domination... Tu la vois vraiment comme ça ?

– Ce ne sont que des hypothèses, lui répondis-je. Il se pourrait aussi que Claire ait choisi Peake par compassion. Robin n'est pas d'accord avec l'impression que j'ai retirée de notre visite chez Claire. D'après elle, elle cherchait seulement à préserver son intimité.

– Autre chose, dit Milo. J'ai senti mon petit cœur sursauter lorsque Heidi a mentionné le nom de Peake. À Quantico, nous avions accès au dossier complet. Je me souviens encore des vieux de la vieille qui regardaient les photos et ne pouvaient s'empêcher de jurer – certains ont même été obligés de sortir. C'était pire qu'une boucherie, Alex. Je n'étais pas encore endurci. Je n'ai pas pu me retenir de dégobiller.

Il s'arrêta si brusquement que je le dépassai de quelques pas.

– Qu'est-ce qu'il y a ?

– Sur une des photos... l'aînée des gosses... Peake lui avait enlevé les yeux.

11

– Vous pensez que cela signifie vraiment quelque chose ? demanda William Swig.

Il était quatre heures de l'après-midi passées et nous étions de retour dans son bureau. La voiture banalisée de Milo était presque à sec d'essence ; il l'avait laissée devant le parc et je nous avais conduits à Starkweather.

En cours de route, il avait passé deux coups de fil sur son portable. Lorsqu'il avait tenté de joindre le shérif de Treadway, il était tombé sur le serveur vocal d'une société de sécurité privée, la Bunker Protection. Après plusieurs minutes d'attente, on avait fini par lui répondre. Au cours de la brève conversation qui s'était ensuivie, il n'avait pas cessé de hocher la tête.

– Plus personne.

– Le shérif est parti ?

– Tous les habitants. Il n'y a plus qu'un centre pour personnes âgées. Le Fairway Ranch. Bunker y assure la sécurité. J'ai parlé à un quasi-robot – genre méprisant : « Toutes les questions de cette nature doivent être adressées à notre maison mère de Chicago. »

Il avait ensuite réussi à joindre Swig, mais lorsque nous étions arrivés devant les portes de l'hôpital, le gardien n'avait pas été informé de notre venue. Un nouvel appel au bureau de Swig nous avait enfin permis d'entrer, mais nous avions dû attendre un moment avant que Frank Dollard vienne nous faire traverser la cour. Cette fois il nous salua à peine. La tombée de la nuit n'avait pas fait baisser la température. Seuls trois hommes se trouvaient dans les parages, parmi lesquels Chet, qui agitait furieusement ses énormes mains tout en racontant des histoires aux nuages.

Lorsque la deuxième porte s'ouvrit, Dollard s'éloigna et nous laissa pénétrer seuls dans le grand bâtiment gris. Swig nous attendait à l'intérieur. Il nous emmena à toute vitesse dans son bureau.

Après nous avoir écoutés, il se balança quelques instants sur son fauteuil, les mains jointes.

– Une boîte, des yeux..., répéta-t-il. Pur délire de psychotique. Pourquoi prenez-vous cela tellement au sérieux, docteur ?

– Même les psychotiques peuvent avoir quelque chose à dire, lui renvoyai-je.

– Ah bon ? Je n'ai pas encore vu que la chose soit possible.

– Cher Monsieur, dit Milo, ce n'est peut-être pas une piste de première importance, mais elle mérite d'être vérifiée.

La sonnerie de l'interphone résonna dans la pièce. Swig appuya sur un bouton et la voix de sa secrétaire se fit entendre.

– Bill ? C'est le sénateur Tuck.

– Dites-lui que je le rappelle. Donc, reprit-il en s'adressant à nous, vous avez appris tout cela de la bouche de Heidi Ott ?

– Vous ne pensez pas que son témoignage soit fiable ? demanda Milo.

Nouvelle sonnerie. Swig appuya brutalement sur le bouton.

– Bill ? dit à nouveau la secrétaire. Le sénateur Tuck vous fait dire qu'il n'est pas nécessaire de le recontacter ; il voulait juste vous rappeler que votre tante organise une fête pour son anniversaire, dimanche prochain.

– Très bien. Ne me passez plus d'appels, s'il vous plaît.

Il se carra dans son fauteuil, croisa les jambes et nous montra involontairement ses chevilles. Sous son pantalon bleu, il portait des chaussettes de sport blanches et des mocassins marron à semelle de caoutchouc.

– Le sénateur Tuck est marié à la sœur de ma mère, nous expliqua-t-il.

– Cela aide sans doute un peu pour les subventions, dit Milo.

– Au contraire. Le sénateur Tuck ne s'intéresse nullement à cet établissement. Il pense que tous nos patients devraient être jetés dehors et abattus comme des chiens. Son opinion sur le sujet a tendance à se durcir lorsque les élections approchent.

– Vous devez bien vous amuser aux réunions de famille.

– C'est même formidable ! s'exclama Swig avec amertume. Où en étais-je... oui, Heidi. N'oubliez pas, à propos de Heidi, que c'est une petite nouvelle et que les nouvelles peuvent être impressionnables. Peut-être a-t-elle entendu quelque chose, ou peut-être pas, mais quoi qu'il en soit, je ne peux pas croire que tout ceci ait une quelconque importance.

– Bien qu'il s'agisse d'Ardis Peake ?

– De lui ou de qui que ce soit d'autre. Car, voyez-vous, il est enfermé chez nous. Et à double tour.

Swig se tourna vers moi.

– Il ne communique avec personne, c'est un véritable asocial, gravement dyskinétique, avec un paquet de symptômes négatifs, et il quitte rarement sa chambre. Depuis qu'il est avec nous, il n'a jamais montré le moindre signe d'un quelconque comportement à risque.

– Reçoit-il du courrier ? demanda Milo.

– J'en doute.

– Mais la chose est possible.

– J'en doute, répéta Swig. Je sais que lorsqu'il est arrivé ici, il recevait le bazar habituel – des propositions de mariage venant de femmes déséquilibrées, ce genre de choses. Mais il y a longtemps de ça. Aujourd'hui, plus personne ne se soucie de lui, comme de juste, d'ailleurs. Je vais vous dire une chose : depuis quatre ans que je suis ici, il n'a jamais reçu la moindre visite. Quant à l'idée qu'il aurait répété une phrase entendue par hasard, ni moi ni aucun membre du personnel ne lui connaissons d'ami parmi les autres patients. Et toutes les personnes susceptibles de parler en sa présence sont enfermées ici comme lui.

– Sauf si quelqu'un a été relâché récemment.

– Personne n'a été relâché depuis que Claire Argent nous a rejoints. J'ai vérifié.

– Je vous en remercie.

– C'est tout à fait normal, reprit Swig. Nous poursuivons le même but : assurer la sécurité des citoyens. Croyez-moi, Peake n'est une menace pour personne.

– Je suis certain que vous avez raison, dit Milo. Mais s'il avait reçu du courrier, ou s'il en avait envoyé, aucun membre du personnel ne serait au courant de son contenu. Idem pour les appels téléphoniques.

– Officiellement, personne ne contrôle, sauf si Peake passait à l'acte, mais...

Il leva un doigt, puis appuya sur quatre touches de son téléphone.

– Arturo ? Swig à l'appareil. Avez-vous connaissance de courriers – lettres, paquets, cartes postales – ou de quoi que ce soit qui serait récemment arrivé pour le patient trente-huit mille quatre cent quarante-trois ? Peake, Ardis... Ou même de la publicité... Vous êtes sûr ? Vous ne vous souvenez de rien ? Ouvrez l'œil, Arturo, d'accord ?... Non, rien de précis, mais tenez-moi au courant si quelque chose arrive. Merci.

Il raccrocha.

– Arturo est ici depuis trois ans. Peake ne reçoit pas de courrier. Pour ce qui est des appels téléphoniques, je ne peux pas vous fournir de preuve, mais croyez-moi, il n'y a rien du tout. Il ne sort jamais de sa chambre. Et il ne parle jamais.

– Un sacré arriéré !

– Il n'est même pas arrivé à l'âge de pierre.

– Savez-vous pourquoi le Dr Argent avait choisi de travailler avec lui ?

– Le Dr Argent travaillait avec de nombreux patients. Je ne crois pas qu'elle lui accordait une attention particulière.

Il leva de nouveau un doigt, se mit debout d'un coup et quitta le bureau en refermant la porte violemment derrière lui.

– Plutôt coopératif, le bonhomme, même si ça le fait suer.

– Comme Heidi nous l'a expliqué, il croit que toute publicité lui serait fatale.

– Je me demandais comment il se faisait qu'un type aussi jeune dirigeait la maison. Maintenant je sais. Son oncle de sénateur n'aime peut-être pas cet endroit, mais je te parie qu'il n'est pas pour rien dans le fait que son neveu en ait été nommé directeur.

La porte s'ouvrit d'un coup et Swig rentra avec un gros classeur. Il passa devant Milo, me tendit le dossier et alla se rasseoir.

Le dossier médical de Peake. Plus mince que ce que j'aurais imaginé. Douze pages, pour l'essentiel des ordonnances signées par différents psychiatres, plus quelques notes sur la dyskinésie secondaire : « D.S. aucun changement. » « D.S. croissante, tire davantage la langue. » « D.S. marche instable. » Immédiatement après son arrivée à Starkweather, Peake avait été mis sous Thorazine, et depuis quinze ans il n'avait cessé d'en prendre. On lui avait également prescrit certains médicaments pour lutter contre les effets secondaires : lithium, tryptophan, Narcan. « Aucun changement. » « Comportement inchangé. » On avait fini par tout éliminer, sauf la Thorazine.

Les deux dernières pages consistaient en notations hebdomadaires quasi identiques et couvrant une période de quatre mois. Écriture fine. Petites lettres bien formées. Avec en titre : « séances individuelles d'entraînement à la verbalisation et à la socialisation ». C. ARGENT, Dr en neuropsychologie. Assist : H. OTT.

Je tendis le dossier à Milo.

– Comme vous le voyez, dit Swig, le Dr Argent travaillait sur l'expression verbale ; elle ne le soignait pas véritablement. Elle mesurait sans doute ses réactions aux médicaments, ou quelque chose dans ce goût-là.

– Avec combien d'autres patients faisait-elle ce travail ? s'enquit Milo.

– Je ne sais pas exactement, et je ne pourrais pas non plus vous donner tous les noms sans prendre le temps de faire des recherches.

Il tendit la main pour récupérer le dossier. Milo le feuilleta quelques secondes avant de le lui rendre.

– Le Dr Argent s'intéressait-elle particulièrement aux patients dont l'état mental était particulièrement grave ? demanda Milo.

Swig se pencha en avant, posa les coudes sur son bureau et eut un petit rire bref, comme un hoquet.

– Plutôt qu'à d'autres ?... Nous ne nous occupons pas des petites névroses, ici.

– Peake n'est donc qu'un malade comme les autres.

– Personne à Starkweather n'est « comme les autres ». Ces hommes sont dangereux. Mais nous les traitons comme des individus à part entière.

– Bon, dit Milo. Merci pour cet entretien. Maintenant pourrais-je parler à Peake, s'il vous plaît ?

Le visage de Swig se colora instantanément.

– Pour quoi faire ? Ce type est un légume.

Milo sourit.

– Au point où en est l'enquête, je fais avec ce que j'ai.

Swig eut un nouveau hoquet.

– Écoutez, j'admire votre conscience professionnelle, mais vous ne pouvez quand même pas venir ici dès que vous échafaudez une nouvelle hypothèse. Cela perturbe le bon fonctionnement de cet endroit et, comme je vous l'ai dit hier, il est clair que le meurtre du Dr Argent n'a rien à voir avec Starkweather.

– Je ne voudrais surtout pas déranger, Monsieur, mais me priver d'une conversation avec Peake serait une réelle négligence de ma part.

Swig secoua la tête, tripota une de ses verrues, tenta de lisser les peluches qu'il avait sur son crâne chauve.

– Nous ne nous éterniserons pas, monsieur Swig, ajouta Milo.

Swig s'enfonça un ongle dans le cuir chevelu. Une marque en forme de croissant apparut sur sa peau blanche et lisse.

– Si je croyais que cela vous suffisait, je vous donnerais mon feu vert. Mais j'ai la très nette impression que c'est ici que vous êtes déterminé à trouver la solution de votre affaire.

– Pas du tout, Monsieur. Je tiens seulement à ne négliger aucun détail.

– D'accord, dit, Swig, soudain très en colère.

Le directeur de Starkweather se leva brutalement. Il tripota une seconde sa cravate, puis s'empara d'un anneau chromé auquel pendait un grand nombre de clés.

– Allons-y, dit-il dans un grand bruit de ferraille. Allons faire un petit coucou à ce cher M. Peake.

Pendant que l'ascenseur montait dans les étages, Milo s'adressa à Swig.

– Est-ce que Heidi Ott va se retrouver sur le grill ?

– Pour quelle raison ?

– C'est elle qui est venue me parler de Peake.

– Vous voulez savoir si je suis du genre rancunier ? lui répondit Swig. Mon Dieu non, bien sûr que non ! Elle n'a fait que son devoir de citoyenne. Comment voulez-vous que l'administrateur que je suis ressente autre chose qu'une légitime fierté ?

– Monsieur Swig...

– Ne vous inquiétez pas, inspecteur Sturgis. À trop s'inquiéter on se ruine la santé.

Nous nous retrouvâmes dans le couloir C. Swig ouvrit les doubles portes.

– Chambre I&C numéro quinze, annonça-t-il.

Le couloir était toujours bondé de monde. Certains internés s'écartèrent en nous voyant arriver. Swig ne leur prêta aucune attention. Il marchait d'un bon pas. Arrivé au milieu du couloir, il s'arrêta et inspecta son trousseau de clés. Il était en chemisette et je vis à quel point ses avant-bras étaient musclés. Des bras costauds de travailleur manuel, pas de bureaucrate.

Deux gros verrous fermaient la porte. Le judas était lui aussi muni d'une serrure.

– I&C numéro quinze ? répéta Milo. Isolement et contrainte ?

– Ce n'est pas pour le punir, dit Swig, qui tripotait toujours ses clés. Les chambres I&C sont plus petites, et il nous arrive de les utiliser pour les patients qui vivent seuls. Peake se retrouve là parce que son hygiène n'est pas toujours ce qu'elle devrait être.

Il finit par trouver les clés qu'il cherchait et fit jouer les deux verrous. Le métal cliqueta ; il entrouvrit la porte de vingt centimètres et jeta un œil à l'intérieur.

Puis l'ouvrit en grand.

– Je vous le confie, dit-il.

Deux mètres sur deux. Plafond haut, au contraire du couloir : pas loin de trois mètres.

Plus un tube qu'une chambre.

Aux murs, en hauteur, de gros anneaux métalliques, auxquels on pouvait accrocher les chaînes de fer enroulées à présent contre les parois.

Murs lisses, d'un blanc rosé, couverts d'une sorte de capiton épais. De légères éraflures prouvaient que le matériau ne pouvait être arraché.

Semi-obscurité. La seule lumière provenait d'une petite fenêtre en plastique – mince rectangle vertical qui répétait la forme de la chambre. Deux lampes enchâssées dans le plafond, protégées par d'épais couvercles de plastique, éteintes. Pas d'autre interrupteur que celui du couloir. Une cuvette de W.C. en plastique, sans couvercle, occupait un angle. Des feuilles de papier toilette prédécoupées jonchaient le sol.

Pas de table de chevet ni de vrais meubles, juste deux tiroirs en plastique encastrés dans les murs moisis. Pas la moindre machine.

De la musique descendait du plafond. Cordes sucrées et cuivres pétaradants – un tube des années quarante en mode majeur, oublié depuis longtemps, joué par un orchestre qui n'en avait rien à cirer.

Sur un mince matelas attaché à une banquette était assis... quelque chose. Un être vivant ?

Torse nu.

Peau laiteuse, veinée de bleu, sans poils. Côtes apparentes qui évoquaient une carcasse de dinde un lendemain de Thanksgiving.

Un pantalon kaki couvrait le bas de son corps, bouffant sur ses jambes maigres, tendu sur des genoux aussi noueux qu'une poignée de canne sculptée. Il avait les pieds nus et sales, les ongles longs et marron. Toute la tête rasée de frais. Des ombres noires étaient visibles sur ses joues et son menton. Mais son cuir chevelu clair disait qu'il était à peu près chauve.

Son crâne avait une forme étrange : très large, plat en son sommet, ridé en plusieurs endroits, comme lorsque le doigt d'un enfant étire la surface d'un morceau de pâte à modeler. Sous un front extrêmement bombé, ses yeux étaient perdus au fond d'orbites profondes, semblables à des cratères lunaires. Paupières grises, joues creuses. Sous les zygomatiques, le visage entier se terminait brutalement en pointe, comme un crayon trop taillé.

La chambre sentait terriblement mauvais. Sueur vinaigrée, flatulences, caoutchouc brûlé. Quelque chose de mort.

La musique n'avait pas cessé – un air à danser bondissant sur un tempo de valse.

– Ardis ? lança Swig.

Peake garda les yeux baissés. Je me penchai pour voir tout son visage. Petite bouche pincée, sans lèvres, qui s'ouvrit soudain : un bout de langue apparut, sombre et humide, comme une tranche de foie ovale. Puis elle se rétracta. Reparut. Les joues de Peake se gonflèrent, se creusèrent, se remplirent de nouveau. Il pencha la tête vers la gauche. Yeux fermés, bouche ouverte. Beaucoup de dents manquaient.

Swig s'approcha encore, à moins d'un mètre du lit.

Peake pencha la tête en avant et regarda de nouveau par terre. Il avait un petit nez très mince – pas beaucoup plus qu'un morceau de cartilage – tordu vers la gauche. Un autre morceau de pâte à modeler déformé par un gamin capricieux. De larges oreilles sans lobes, décollées, comme celles des chauves-souris. Des mains étroites, veinées de bleu, se terminant par des doigts tentaculaires qui entouraient ses genoux.

Un squelette vivant. J'avais déjà vu quelque part un visage comme le sien...

La langue de Peake apparut de nouveau. Il se mit à se balancer. À pencher la tête d'un côté et de l'autre. Il clignait continûment des paupières. Et dardait de nouveau la langue.

Sa bouche s'était aplatie. Mouillées de salive, ses lèvres se matérialisèrent – entaille rouge sombre au milieu d'un triangle, contrastant avec sa peau laiteuse.

La bouche s'ouvrit de nouveau et la langue apparut en entier – épaisse, violette, marbrée – une grosse limace des cavernes.

Elle resta un instant pointée en l'air, s'enroula sur elle-même, oscilla d'un côté et de l'autre, se rétracta brusquement.

Trois secondes dehors, trois secondes dedans.

Nouveaux mouvements de tête.

Je savais où j'avais déjà vu ce visage. Sur la reproduction d'un tableau, à l'époque de mes études. *Le Cri*, d'Edvard Munch.

Une silhouette d'homme amaigri, sans le moindre cheveu, se tenant le visage entre les mains, dans un état de souffrance psychologique extrême. Peake aurait pu poser pour ce tableau.

Ses mains ne quittaient pas ses genoux, mais son buste s'agitait, tremblait, sursautait parfois, prêt à basculer. Soudain il s'immobilisa. Se redressa.

Regarda dans notre direction.

Il avait massacré les Ardullo à l'âge de dix-neuf ans, et il en avait aujourd'hui trente-cinq. Il ressemblait à un vieillard.

– Ardis ? répéta Swig.

Pas de réaction. Il regardait dans notre direction, mais sans paraître nous voir. Il ferma les yeux. Dodelina de la tête. Deux minutes d'un autre ballet d'attardé.

Swig grimaça de dégoût et fit un geste de la main, comme pour dire « Vous l'avez voulu. »

Milo n'y prêta pas attention et s'approcha encore. Les

balancements de Peake s'accélérèrent, il se lécha les lèvres et sa langue s'agita de nouveau dans tous les sens. Plusieurs orteils de son pied gauche tressautèrent. Sa main gauche palpita.

– Ardis, c'est M. Swig. J'ai des visiteurs pour vous.

Rien.

– À vous, inspecteur, dit Swig.

Aucune réaction au mot « inspecteur ».

Je me penchai pour voir Peake en face. Milo en fit autant. Peake avait à présent les yeux fermés. On avait l'impression que de petites vagues roulaient à l'intérieur – ses yeux bougeaient derrière la peau grise. Sa poitrine était blanche et glabre, parsemée de points noirs. Mamelons gris, comme deux petits amas de cendres. De près, l'odeur de brûlé était plus forte.

– Hé, dit Milo, avec une surprenante douceur.

Nouveaux mouvements réflexes des épaules, autre gymnastique de la langue. Peake dodelina de la tête, leva la main droite, la tint immobile en l'air, puis la laissa lourdement retomber.

– Hé ! répéta Milo. Ardis !

Son visage n'était plus qu'à quelques centimètres de celui de Peake. Je m'approchai moi aussi. Je sentais toujours l'odeur de brûlé, mais je ne percevais pas la moindre chaleur émanant du corps de Peake.

– Je m'appelle Milo. Je suis venu vous poser des questions sur le Dr Argent.

Peake continua de s'agiter – purs mouvements réflexes, sans signification précise.

– Claire Argent, Ardis. Votre médecin. J'enquête sur un meurtre, Ardis. Un meurtre.

Pas la moindre réaction.

– Ardis ! cria tout d'un coup Milo.

Rien. Une bonne minute passa avant que les paupières ne s'ouvrent. D'abord à moitié. Puis entièrement.

Deux fentes noires. Un point de lumière au centre, mais sans limite précise, entre l'iris et le blanc.

– Claire Argent, répéta Milo. Le Dr Argent. Vilains yeux dans une boîte.

Les yeux se refermèrent d'un coup. Peake pencha la tête et sa langue explora les airs. Cette fois, ce fut un orteil du pied droit qui tressauta.

– Vilains yeux, dit Milo, dans un quasi-murmure.

La tension était perceptible dans sa voix et je savais qu'il se forçait à parler doucement.

– Vilains yeux dans une boîte, Ardis.

Dix secondes, quinze... une demi-minute.

– Une boîte, Ardis ? Dr Argent dans une boîte.

Le ballet fou de Peake continuait, sans aucun changement.

– Vilains yeux, dit Milo dans un souffle.

J'observai les yeux de Peake, avec l'espoir d'y déceler une étincelle de conscience.

Noir complet.

Une expression cruelle sur le handicap mental me revint en mémoire : « y a personne à la maison. »

Jadis, Peake avait détruit une famille entière en quelques minutes et y avait pris plaisir – un fléau humain.

Il avait enlevé des yeux.

À présent ses yeux à lui étaient deux hublots ouverts sur un gouffre sans fond.

« Personne à la maison. »

Comme si quelqu'un ou quelque chose avait sectionné les fils lui reliant le corps à l'esprit.

Sa langue pointa de nouveau. La bouche s'ouvrit, mais aucun son n'en sortit. Je ne le quittai pas des yeux, essayant de repérer une réaction. Il semblait regarder à travers moi – mais non, il n'en aurait pas eu la force.

J'étais de mon côté, lui du sien. Pas le moindre contact.

Ni lui ni moi n'étions vraiment là.

Sa bouche s'ouvrit largement, comme pour bâiller. Il

ne bâilla pas. Rien qu'une bouche béante. Qui resta grande ouverte tandis qu'il redressait la tête. Il me fit penser à un rongeur nouveau-né, aveugle, qui cherche à téter sa mère.

Au plafond, l'orchestre se mit à jouer *Perfidia* beaucoup trop lentement. Percussion tonitruante, en décalage constant avec les trompettes munies de sourdines.

Milo tenta de nouveau sa chance, encore plus doucement, mais sur un ton insistant.

– Dr Argent, Ardis. Vilains yeux dans une boîte.

Les mouvements aléatoires continuèrent, sans rythme précis. Swig tapait du pied, à bout de patience.

Milo se releva et ses genoux craquèrent. Je me redressai à mon tour en jetant un coup d'œil à la chaîne contre le mur. Lovée comme un python endormi.

L'odeur était devenue insupportable.

Peake ne s'en apercevait pas.

« Comportement inchangé. »

12

Dans le couloir, Swig se tourna vers nous.

– Satisfaits ?

– Pourquoi ne pas demander à Heidi d'essayer ? dit Milo.

– Vous voulez rire ?

– Si seulement, Monsieur !

Swig secoua la tête, mais finit quand même par s'adresser à un aide-soignant qui se trouvait de l'autre côté du couloir.

– Allez chercher Heidi Ott, Kurt.

Kurt s'éloigna à la hâte et nous patientâmes au milieu des pensionnaires. Des patients... Y avait-il une quelconque différence entre ces deux mots ? Je remarquai peu à peu de nombreux effets secondaires – ici un tremblement, ailleurs un rictus – mais rien d'aussi grave que chez Peake. Certains hommes avaient l'air à peu près conscients ; d'autres auraient très bien pu se trouver sur une autre planète. On entendait des pieds traîner dans des chaussons en papier. De nombreux vêtements étaient tachés de nourriture.

Swig pénétra dans l'infirmerie, parla au téléphone, jeta un coup d'œil à sa montre. Il nous rejoignit à l'instant où Heidi Ott franchissait les doubles portes.

– Bonjour, Heidi.

– Monsieur ?

– Malgré ce que vous lui avez raconté, l'inspecteur

Sturgis n'a pas réussi à communiquer avec Ardis Peake. Puisque vous y êtes déjà parvenue, pourquoi n'essayez-vous pas ?

– Monsieur, je...

– Ne vous inquiétez pas, dit Swig. Nous n'allons pas vous reprocher votre sens du devoir. Ce qui compte maintenant, c'est que nous en finissions avec cette histoire.

– Je...

– Encore une chose avant que vous n'entriez là-dedans. Êtes-vous certaine que Peake vous a vraiment parlé, je veux dire... qu'il a prononcé de véritables mots, et non des grognements...

– Oui, Monsieur.

– Lesquels, précisément ?

Heidi répéta son histoire.

– Et cela s'est passé la veille du jour où le Dr Argent a été assassinée ?

– Oui, Monsieur.

– Est-ce que Peake vous avait déjà parlé, auparavant ?

– Il n'avait rien dit sur le Dr Argent.

– Mais encore ?

– Pas grand-chose. Il marmonnait. Oui, non, des hochements de tête, des grognements, quand nous lui posions des questions. (Geste machinal avec sa queue de cheval.) Rien d'intéressant. C'est pour ça que je l'ai écouté quand il s'est mis à...

– Vous cherchiez à stimuler son expression verbale.

– C'est exact, Monsieur. Le Dr Argent espérait parvenir à développer ses moyens d'expression.

– Je vois, dit Swig. Avait-elle une raison particulière d'agir ainsi ?

Heidi jeta un coup d'œil dans notre direction.

– Comme je l'ai dit à ces messieurs, elle disait que c'était une sorte de défi.

Un bruit de frottement s'amplifiant peu à peu, nous regardâmes autour de nous. Semelles de papier sur le lino. Quelques hommes installés dans le couloir s'étaient approchés. Swig les regarda, ils s'immobilisèrent. Puis ils firent machine arrière.

Swig sourit à Heidi.

– On dirait que c'est à vous de relever le défi, maintenant.

Elle entra seule, resta dans la chambre pendant vingt minutes et ressortit en secouant la tête.

– Combien de temps faut-il que j'essaie ?

– Cela suffit comme ça, dit Swig. C'était sans doute un épisode isolé. Un délire sans queue ni tête. Pour autant que je sache, cela lui arrive de temps en temps, lorsqu'il est seul. Merci, Heidi. Vous pouvez reprendre votre travail. Nous ferions tous mieux de nous y remettre, d'ailleurs.

Tandis que je sortais la voiture du parking, Milo risqua une question.

– Qu'est-ce qui transforme un être humain en... ça ?

– Si tu trouves la réponse, tu as droit au Nobel, lui répondis-je.

– Mais ça doit bien être un truc physiologique, non ? On ne peut pas imaginer qu'un stress puisse produire ce genre d'effets.

J'avais mis en marche la climatisation, mais la sueur dégouttait de son nez et tachait son pantalon.

– Même dans les camps de concentration, la souffrance ne rendait pas les gens fous, dis-je. Et la maladie mentale est présente dans quasiment toutes les sociétés – entre deux et quatre pour cent de la population. Certains facteurs culturels ont une influence sur la façon dont la folie s'exprime, mais ils n'en sont pas la cause.

– Alors de quoi s'agit-il ? De lésions cérébrales ? De transmission génétique ?

– Le plus gros facteur de risque, c'est effectivement d'avoir un parent atteint d'une maladie mentale, mais un très petit nombre de parents de malades mentaux sont touchés par la maladie. La proportion de nouveau-nés malades mentaux est un tout petit peu plus importante en hiver et au printemps, à l'époque où les virus sont plus actifs. Certaines études ont accusé l'influenza pendant la grossesse, mais tout cela n'est que pure spéculation.

– Merde ! dit Milo. Peut-être bien que c'est la faute à pas de chance.

Il s'essuya le visage avec un mouchoir en papier, sortit un cigarillo, en défit l'emballage, se le colla entre les dents, mais ne l'alluma pas.

– J'avais quelques membres de ma famille dans ce genre-là, commença-t-il. Deux sœurs, des cousines de ma mère. Laetitia l'allumée avait la manie de faire des gâteaux, elle passait tout son temps à ça. Tous les jours elle faisait des centaines de cookies. Elle a fini par dépenser tout son argent en farine, sucre et œufs ; elle se négligeait complètement et a commencé à voler des ingrédients à ses voisins. Ils ont fini par la faire enfermer.

– Elle a plus l'air d'une maniaque obsessionnelle que d'une schizophrène, lui dis-je. A-t-on essayé de lui donner du lithium ?

– C'était il y a des années de ça, Alex. Elle est morte à l'asile ; elle s'est étouffée en mangeant – mauvaise blague, non ? Il y avait aussi ma tante Renée, qui passait son temps à traîner dans le quartier dans un état lamentable, une vraie souillon. Elle a vécu assez vieille, et puis elle est morte à l'hôpital. (Milo éclata de rire.) Chouette pedigree, non ?

– Moi, j'avais un cousin schizophrène, dis-je. Il s'appelait Brett et avait deux ans de plus que moi ; c'était le fils du frère aîné de mon père. Nous jouions ensemble quand nous étions enfants. Avec Brett c'était toujours la compétition, il ne pouvait pas s'empêcher de tricher. À l'université, le jeune républicain qu'il était s'est transformé en militant d'extrême gauche. Pendant son année de licence, il ne se lavait plus, vivait en ermite et se faisait régulièrement arrêter pour usage de stupéfiants. Je l'ai perdu de vue pendant cinq ans et je sais qu'il s'est retrouvé dans un foyer de l'Iowa. Je crois qu'il est toujours vivant. Mais plus le moindre contact depuis une bonne vingtaine d'années. Nos pères ne se fréquentaient pas vraiment...

– Et voilà, fit Milo. Toute la famille a le sang gâté. Bienvenue à Starkweather.

– Seuls les heureux élus sont reçus à Starkweather, lui fis-je observer.

– Les vilains petits canards... Qu'est-ce qui rend certains fous violents ?

– Autre question pour un Nobel. Les principaux ingrédients sont apparemment la consommation d'alcool et de drogue, en plus d'une grave psychose. Mais pas nécessairement la paranoïa. Les tueurs psychotiques ne cherchent généralement pas à se protéger d'un quelconque assaillant. Le plus souvent, c'est un fantasme religieux ou paranormal qui les pousse à agir – une guerre contre Satan ou une bataille contre des extraterrestres.

– Je me demande en quoi consistait la mission de Peake.

– Dieu seul le sait. Mais la came et la bouteille y ont eu leur part. Peut-être pensait-il que les Ardullo étaient des mantes religieuses débarquées de Pluton. Ou bien ce sont dix-neuf années de pulsions sexuelles réprimées qui ont fini par exploser. Ou encore un circuit de son cerveau tombé en panne. Nous ne savons pas du tout pourquoi certains psychotiques pètent les plombs.

– Super. Au moins je ne manquerai jamais de boulot.

– Dans un sens, tu as raison. Peake est d'ailleurs assez typique. Les premiers épisodes schizophréniques ont le plus souvent lieu au début de l'âge adulte. Et bien avant que Peake ne parte en petits morceaux, il montrait déjà des signes de schizose – joli mot pour parler de bizarrerie. Capacités intellectuelles limitées, inaptitude à la vie en société, mauvaise hygiène, excentricités de toutes sortes. Certains excentriques restent juste un peu décalés, d'autres sombrent dans la schizophrénie pure et dure.

– Oui, je vois. Quand on se promène dans le parc, ou quand on sort d'un restaurant, on tombe toujours sur des types bizarres qui vous demandent une pièce. Comment reconnaître celui qui risque de jouer du tranchoir ?

Je ne répondis pas.

– Si Peake est doté d'un minimum de matière grise, reprit Milo, il a peut-être été un jour dans une meilleure forme intellectuelle que ce que nous avons vu aujourd'hui.

– C'est possible. Mais il se peut aussi que derrière tous les effets secondaires il possède encore une certaine capacité à penser.

– Qu'appelle-t-on précisément « secondaires ? »

– À retardement. Avec lui il s'agit de réactions à la Thorazine.

– C'est réversible ?

– Non. Au mieux, ça n'empirera pas.

– Et il est toujours dingo. Alors, à quoi ça lui sert de prendre de la Thorazine ?

– Les neuroleptiques limitent les fantasmes, les hallucinations et autres comportements bizarres – ce que les psychiatres appellent les symptômes positifs de la schizophrénie. Les symptômes négatifs – verbalisation limitée, apathie, problèmes de concentration – ne varient généralement pas. Les drogues ne peuvent pas restaurer ce qui manque.

– Des légumes bien élevés, quoi.

– Peake est un cas extrême, sans doute parce qu'il n'a pas reçu en partage un minimum d'intelligence. Sans parler de ses problèmes moteurs. Pourtant, il ne prend pas tellement de Thorazine. Malgré ce que Dollard nous a dit des doses importantes administrées aux patients de Starkweather, Peake est resté à cinq cents milligrammes – tout à fait dans les doses recommandées. Ils ne lui en ont probablement pas donné davantage parce qu'il se comporte correctement. Si on peut appeler ça se comporter, d'ailleurs. Sur le plan psychologique, c'est un fantôme.

Milo sortit son cigare de sa bouche, le cala entre ses deux index, et soupira au-dessus du pont miniature qu'il avait formé avec ses doigts.

– Si Peake n'était plus sous Thorazine, est-ce qu'il serait de nouveau capable de parler ?

– C'est possible. Mais il pourrait aussi partir en petits morceaux, ou même redevenir violent. Et n'oublie pas qu'il était sous Thorazine quand il a parlé à Heidi. Il est donc capable de s'exprimer malgré les médicaments. Tu crois toujours sérieusement à cette histoire d'« yeux dans une boîte » ?

– Bof... C'est le fait qu'il ait parlé d'yeux qui m'obsède... Hé, peut-être que c'est moi qui délire, et Peake qui est un vrai prophète ! Le Malin a peut-être lâché ses mantes religieuses plutoniennes.

– Qui sait ? Tu crois qu'il aurait mis Peake au courant ?

Milo ricana et mâchonna de nouveau son cigare.

– Vilains yeux dans une boîte...

– Tout ce que nous savons, repris-je, c'est que Claire a essayé de lui parler de son crime et qu'il s'est remémoré quelque chose. « Dans une boîte » pourrait signifier sa propre incarcération. Ou quelque chose d'autre. Ou rien du tout.

– D'accord, d'accord, ça suffit, dit Milo en rempochant son cigare. On recommence à zéro. Je vais vérifier les finances de Claire et de Stargill. Et reprendre le dossier de Richard pour la centième fois. Qui sait ? J'ai peut-être laissé passer quelque chose. Et si tu n'es pas trop occupé, tu pourrais te bouger et aller voir le Dr Theobold, à l'Hôpital du Comté. Peut-être que l'un de nous deux finira par dénicher quelque chose qui aura vaguement l'air d'un indice.

Il sourit avant de conclure :

– Sinon, je crois que je vais moi aussi finir par partir dans un délire de première bourre.

13

J'appelai le bureau du Dr Myron Theobold et obtins un rendez-vous pour le lendemain matin à dix heures quinze. À neuf heures quarante-cinq j'essayais de m'éclaircir les idées sur la file de gauche de l'autoroute 10 East, malgré les embouteillages. Je suivis le smog et pris la direction de San Bernardino. Quelques sorties plus loin, je me retrouvai dans Soto Street, dans East L.A. Je passai devant la morgue centrale et franchis l'entrée principale de la métropole gris marronnasse qu'était l'Hôpital Général du Comté.

Le surnombre de patients et le manque chronique de moyens font de ce lieu une vraie merveille : on y dispense des soins de première qualité aux pauvres et aux éclopés, et l'endroit fait office de dernière étape pour les cas désespérés, les pourris jusqu'à l'os. J'y avais suivi une partie de ma formation, dirigé quelques séminaires, mais cela faisait deux ans que je n'avais pas mis les pieds sur le campus de l'hôpital. Vu de l'extérieur, l'endroit n'avait pas beaucoup changé – les mêmes bâtiments trapus, sans charme, s'étalaient devant moi, avec le défilé permanent de gens en uniforme et les déplacements hésitants des malades.

C'était une journée étouffante comme il y en a tant, – ciel bas et plombé –, où tout avait l'air de tomber en morceau. Mais après Starkweather, l'Hôpital avait un petit côté rafraîchissant, presque guilleret.

Le bureau de Theobold se trouvait au troisième étage de l'Unité IV, – l'une des multiples annexes austères venues s'ajouter progressivement à l'arrière du complexe. Des hommes et des femmes à l'air hagard et vêtus de pyjamas s'ouvrant dans le dos arpentaient des couloirs carrelés de blanc. Deux infirmières, la mine sévère, escortaient une grosse femme noire vers une porte ouverte. Intraveineuse dans chaque bras. Des larmes ruisselaient sur ses joues comme la rosée sur l'asphalte. J'entendis quelqu'un vomir. Au plafond, un haut-parleur égrenait des noms d'une voix égale.

La secrétaire de Theobold occupait un espace à peine plus grand que la cellule de Peake et était entourée de classeurs vert-de-gris. Un Garfield en peluche attaché à la poignée d'un tiroir. Une seule chaise, vide. Une feuille de papier indiquait : « de retour dans 15 minutes. »

Theobold avait dû m'entendre arriver : il passa la tête par la porte de derrière.

– Docteur Delaware ? Mais entrez donc.

J'avais fait sa connaissance quelques années plus tôt, et il n'avait pas beaucoup changé. La soixantaine, taille et corpulence moyenne, cheveux blonds grisonnants, barbe blanche, nez épaté, yeux bruns rapprochés derrière des lunettes cerclées de métal. Il portait une veste de sport à larges revers et motifs en chevrons, couleur thé glacé, un gilet à damiers beige et bleu, chemise blanche et cravate bleue.

Je le suivis dans son bureau. Theobold était le vice-président du département de psychiatrie de l'université, ainsi qu'un chercheur en neurochimie reconnu par ses pairs, mais son bureau n'était pas beaucoup plus grand que celui alloué à sa secrétaire. Meublé au petit bonheur de vieux meubles récupérés, on y trouvait aussi une collection de dossiers, des meubles de classement marron et un nombre incalculable de livres. Une tentative d'égayer le tout à l'aide d'un faux tapis Navajo avait fait long feu : le tapis s'effilochait par tous les bouts et les couleurs en avaient pâli. La table de travail disparaissait sous de violents tourbillons de paperasse.

Theobold se contorsionna pour aller s'asseoir derrière son bureau et je pris une des chaises de métal qui maltraitaient le faux Navajo.

– Dites donc, me lança Theobold, ça fait un bail, non ? Vous êtes toujours officiellement enseignant ?

– Poste honorifique, lui répondis-je. Je ne touche pas de salaire.

– Depuis combien de temps n'êtes-vous pas venu ici ?

Ses efforts pour se montrer cordial accentuaient les rides de son visage.

– Deux ans, je crois. Je vous remercie d'avoir accepté de me recevoir.

– C'est bien normal.

Il dégagea un peu d'espace autour de son téléphone. Des papiers s'envolèrent.

– Je ne savais pas du tout, que vous meniez une existence aussi palpitante. Expert auprès de la police... Ils paient bien ?

– À peu près la même chose que SOS-Médecins.

Theobold parvint à glousser.

– Qu'est-ce que vous avez fait d'autre, à part ça ? Vous êtes toujours aux Western Pediatrics ?

– De temps à autre. Je fais du conseil, surtout pour des institutionnels. Plus quelques traitements ponctuels.

– Vous arrivez à vous débrouiller des regroupements de médecins conventionnés ?

– Je les évite, dans la mesure du possible.

Il hocha la tête.

– Bon... Vous êtes donc venu me parler de cette pauvre Claire. J'imagine que votre ami inspecteur s'est dit que je vous confierais des secrets que je lui ai cachés, mais je n'ai vraiment rien d'autre à raconter.

– Je crois qu'il s'est dit que je saurais peut-être quelles questions il fallait vous poser.

– Je vois. Un obstiné, ce Sturgis. Plus intelligent que ce qu'il donne à croire. Il a essayé de m'avoir en me faisant le coup de la conscience de classe : « Je suis un pauvre tâcheron de flic et vous êtes le grand savant, brillant et tout. » Une approche originale... Ça marche ?

– Il a résolu pas mal d'affaires.

– Tant mieux pour lui... Malheureusement, il s'est donné beaucoup de peine pour pas grand-chose. Je ne lui ai rien caché. Je n'ai aucune information confidentielle sur Claire. Je la connaissais en tant que chercheuse, pas comme personne.

– Tout le monde dit à peu près la même chose.

– Personne ne vous a rien appris ? Eh bien, au moins mes explications tiennent la route. Moi qui pensais que c'était dû à ma façon de diriger le service.

– Que voulez-vous dire ?

– J'ai parfois tendance à me considérer comme un directeur des ressources humaines. J'engage des gens compétents, je leur fais confiance et je les laisse travailler... la plupart du temps sans intervenir. Je ne me mêle pas de leur vie privée. Je ne suis pas là pour les prendre en charge.

Il s'interrompit comme si la chose appelait un commentaire de ma part.

– Claire a travaillé pour vous pendant six ans, lui dis-je. Elle devait aimer ça.

– J'imagine, oui.

– Comment l'avez-vous rencontrée ?

– J'avais passé des annonces et elle a posé sa candidature pour le poste de neuropsychologue. Elle était en train de finir son doctorat à Case Western. Elle avait publié deux articles, pendant son année de licence, qu'elle avait d'ailleurs écrits toute seule. Rien d'extraordinaire, mais c'était plutôt prometteur. Son champ d'études – l'alcoolisme et son influence sur le temps de réaction – était voisin du mien. Nous ne manquons pas d'alcooliques, ici. J'espérais qu'elle serait capable de trouver ses propres partenaires financiers et ce fut effectivement le cas.

Toutes données que j'avais lues dans le CV de Claire.

– Elle travaillait donc avec vous, en même temps que sur ses propres recherches.

– Vingt-cinq pour cent de son temps était consacré à ses recherches ; le reste était occupé par mon suivi longitudinal des effets des neuroleptiques – une subvention du NIMH[1] pour trois médicaments expérimentaux plus placebo, en double-aveugle. Elle faisait passer des tests aux patients et aidait à classer les résultats. Nous venions juste de recevoir des fonds pour cinq autres années de tests. Et j'ai récemment embauché son remplaçant, un jeune type brillant sorti de Stanford, Walter Yee.

– Qui d'autre travaillait sur cette étude ?

– Trois chercheurs, en plus de Claire, – deux psys, plus un spécialiste en pharmacologie.

– Avait-elle des liens plus étroits avec l'un ou l'autre d'entre eux ?

– Je n'en sais rien. Comme je l'ai dit, je m'occupe de mes affaires. Ici, les employés ne font pas la bringue ensemble après le boulot.

– Un renouvellement de cinq ans... Son départ n'était donc pas dû à un problème financier.

– Pas le moins du monde. Elle aurait très bien pu obtenir un renouvellement de crédits pour ses propres recherches. Elle disposait de fonds du NIMH pour une étude sur la toxicomanie et a tout bouclé avant de partir. Pas de conclusions définitives, mais un dossier bien construit ; elle avait toutes ses chances pour la suite. Mais elle n'a jamais fait de demande.

1. Initiales de l'Institut national pour la santé mentale. (NdT)

Il leva les yeux au ciel avant de poursuivre.

– Elle ne m'a même pas dit que cette source de subventions ne l'intéressait plus.

– Cela faisait donc un bout de temps qu'elle pensait s'en aller.

– Apparemment, oui. Ça m'a profondément agacé. Cette façon de ne pas vouloir creuser le sujet... Et de ne pas m'en parler. Je m'en voulais aussi de ne pas avoir eu plus de contacts avec elle. Si elle était venue me voir, j'aurais pu la faire titulariser ou lui trouver autre chose. C'était quelqu'un de très efficace. On pouvait compter sur elle, personne ne se plaignait. J'ai ainsi pu faire titulariser le Dr Yee. Mais Claire n'a jamais essayé de... Vous avez sans doute raison. Elle voulait partir. Mais je ne sais pas pourquoi.

– Elle ne s'est donc jamais plainte ?

– Pas une seule fois. Quant à sa façon de m'annoncer son départ... Nous ne nous sommes même pas vus ; elle s'est contentée de m'envoyer un résumé de son rapport, avec une note mentionnant l'interruption des crédits et l'arrêt de son travail.

Cela me rappelait la façon dont elle avait divorcé de Joe Stargill.

– Qui avait-elle comme collaborateurs pour ses propres recherches ?

– Le reste de l'équipe lui donnait de temps à autre un coup de main pour la paperasse, mais elle s'occupait seule de ses tests et de l'analyse des résultats. Ça aussi, c'était énervant. Je suis certain qu'elle aurait pu demander une rallonge de crédits pour une secrétaire, qu'elle aurait fait rentrer plus d'argent dans le service, mais elle tenait toujours à travailler seule. Je devrais pourtant lui en être reconnaissant. Elle s'occupait de tout et ne venait jamais me déranger pour quoi que ce soit. Je ne supporte pas les gens qui vous demandent de leur tenir la main.

Pourtant... Je crois que j'aurais dû faire un tout petit peu plus attention.

– Une solitaire, donc.

– Comme tous les autres, dans mon équipe. Je ne pensais pas avoir engagé des gens particulièrement asociaux, mais peut-être qu'à un certain niveau... (Grand sourire.) Savez-vous que j'ai commencé par vouloir devenir analyste ?

– Vraiment ?

– Et comment ! Freudien pur jus, divan et tout le tralala. Ceci (dit-il en se touchant la barbe) était autrefois un bouc tout ce qu'il y avait de psychanalytique. J'ai suivi les cours de l'Institut juste après mon internat, et à mi-chemin, après des centaines d'heures passées à faire « mm-mm » sur tous les tons, je me suis dit que ce n'était pas pour moi. Que ce n'était d'ailleurs fait pour personne, à mon avis, sauf peut-être pour Woody Allen. Mais regardez la tête qu'il a ! J'ai donc laissé tomber et repris des études de biochimie à l'USC[1]. D'un point de vue psychanalytique, je suis certain que tous ces choix signifient quelque chose, mais je préfère ne pas perdre mon temps à deviner quoi. J'avais l'impression que Claire était un peu pareille, – rationnelle, concentrée sur le réel, sûre d'elle-même. Et malgré ça, elle a peut-être été extrêmement malheureuse ici.

– Pourquoi dites-vous ça ?

– Elle a préféré partir dans un endroit... Vous y êtes allé ?

– Oui, hier.

– Ça ressemble à quoi ?

– Tout est très encadré. Psychotropes à fortes doses.

– *Le Meilleur des Mondes,* quoi. Je ne comprends pas ce qui a fait que Claire...

– Peut-être tenait-elle absolument à faire de la clinique.

1. Université de Californie du Sud. (NdT)

– C'est absurde, me coupa-t-il brutalement avant de sourire pour s'excuser. Elle pouvait trouver ça ici, autant qu'elle voulait. Non, quelque chose a dû m'échapper.

– Pourrais-je parler à ses collègues ?

– Pourquoi pas ? Walt Yee ne la connaissait pas, bien entendu, et Shashi Lakshman non plus, je crois... c'est le pharmacologue, il a son propre labo dans un autre bâtiment. Mais peut-être croisait-elle les médecins, Mary Hertzlinger et Andy Velman. Je vais d'abord appeler Shashi.

Un bref entretien téléphonique apporta la confirmation que le Dr Lakshman n'avait jamais rencontré Claire. Nous prîmes ensuite l'escalier pour descendre au labo du deuxième sous-sol, où nous trouvâmes les docteurs Hertzlinger et Velman occupés à travailler devant leur ordinateur personnel.

Tous deux avaient la trentaine et portaient une blouse blanche. Mary Hertzlinger avait la sienne ouverte ; elle était vêtue en dessous d'une petite robe marron. Elle était mince, avec des cheveux courts blond platine, une peau d'une blancheur d'ivoire, des lèvres bien dessinées mais gercées. La blouse d'Andy Velman était boutonnée jusqu'en haut. On ne voyait que le col de sa chemise noire et le nœud serré d'une cravate jaune citron. Petit, corpulent, cheveux noirs ondulés, un clou doré à l'oreille gauche.

Je les interrogeai sur Claire.

Velman parla le premier. Voix tendue. Ton cassant.

– On ne se connaissait quasiment pas. Depuis deux ans que je suis ici, nous avions peut-être échangé une vingtaine de phrases. Elle avait toujours l'air absorbée. En plus, je m'occupais des entretiens pour l'étude, pendant qu'elle faisait passer les tests. Nous étions toujours très pris chacun de notre côté.

– Vous a-t-elle jamais dit pourquoi elle partait travailler à Starkweather ?

– Non. Je n'étais même pas au courant jusqu'à ce que Mary m'en parle.

Il se tourna vers Hertzlinger. Theobold en fit autant.

La jeune femme ferma sa blouse d'une main avant de prendre la parole.

– Elle est venue me le dire quelques jours avant de s'en aller.

Voix grave et douce.

– J'avais un tout petit bureau à l'étage en dessous et elle m'a demandé si je voulais le sien. J'y suis allée jeter un coup d'œil et j'ai dit oui. Je l'ai aidée à porter quelques cartons jusqu'à sa voiture. Elle m'a expliqué qu'elle avait épuisé ses crédits et qu'elle n'en avait pas demandé le renouvellement. Elle venait d'écrire une note pour en informer le Dr Theobold.

– Quelle raison vous a-t-elle donnée, Mary ? demanda ce dernier.

– Aucune.

– Comment était-elle quand elle vous a parlé ? lui demandai-je.

– Plutôt calme. Ni agitée, ni triste... Oui, je la décrirais comme calme, et déterminée. Je ne sais pas si elle avait fait son choix depuis un certain temps, mais en tout cas elle avait la conscience tranquille.

– Elle avait l'air de vouloir passer à autre chose, dit Velman.

Je m'adressai à Hertzlinger.

– Vous arrivait-il de discuter ensemble ?

Elle secoua la tête.

– C'est comme pour Andy... nous ne nous voyions presque jamais. Ça ne fait qu'un an que je suis ici. Nous nous rencontrions à la cafétéria quand nous allions prendre un café. C'est arrivé peut-être trois ou quatre fois. Mais jamais à déjeuner. D'ailleurs, je ne l'ai jamais vue manger un vrai repas. Parfois, en allant à la cafétéria, je passais devant son bureau, la porte était ouverte, et je la voyais travailler à sa table. Je me rappelle avoir pensé : « Cette fille est tellement organisée dans son travail qu'elle doit être extrêmement efficace. »

– Quand vous vous retrouviez devant un café, lui dis-je, de quoi parliez-vous ?

– Boulot, résultat d'analyses. Quand j'ai su ce qui lui était arrivé, je me suis rendu compte que je ne savais vraiment rien d'elle. C'est incroyable... Est-ce que la police a une idée de qui a fait ça ?

– Pas encore.

– C'est terrible.

Velman intervint.

– C'est certainement lié à son boulot à Starkweather. Il n'y a qu'à voir quel genre de patients elle se coltinait.

– Le seul problème, lui fis-je remarquer, c'est que les patients n'en sortent jamais.

– Jamais ?

– En tout cas, c'est ce qu'ils prétendent.

Velman fronça les sourcils.

– Vous a-t-elle dit, à l'un ou à l'autre, qu'elle allait à Starkweather ? demandai-je encore.

Velman fit non de la tête.

– À moi oui, dit Hertzlinger. Le jour où nous avons transporté ses cartons. Cela m'a surprise, mais je ne lui ai pas posé de questions. Elle était comme ça... Il n'était jamais question de vie privée, avec elle.

– Vous a-t-elle donné une explication ?

– Pas vraiment, non. Mais elle m'a quand même dit quelque chose qui... comment dire ?... qui n'était pas vraiment inquiétant, mais... Nous venions de charger la voiture. Elle m'a remerciée, souhaité bonne chance, et puis elle m'a souri. D'un air presque méprisant.

– Qu'est-ce qu'il y avait donc de si amusant ? demanda Theobold.

– Précisément, dit Hertzlinger. J'ai dit grosso modo que j'étais contente de voir qu'elle se réjouissait. C'est alors qu'elle m'a dit : « Il n'y a pas de quoi se réjouir, Mary. Il y a tellement de fous et nous avons si peu de temps. »

14

– Elle était si pressée que ça de travailler avec des psychotiques ? demanda Milo.

Il était midi. Nous étions debout à côté de sa Seville, dans Butler Avenue, en face du commissariat de West L.A.

– Elle avait tous les psychos qu'elle voulait, à l'hôpital. Ce qu'elle cherchait, c'étaient des « fous ».

– Pourquoi ? Pour leur faire encore cracher quelques syllabes ? Tout ça, c'est n'importe quoi, Alex. Moi, je m'occupe des trucs basiques, pour l'instant. J'ai repéré un coffre à sa banque ; j'ai réussi à les blouser avec le certificat de décès. Mais je n'ai trouvé ni fric, ni came, ni vidéos dégueulasses, ni lettres de dingos obsédés. Le coffre était vide. Si elle avait une quelconque double vie, elle le cachait drôlement bien.

– Nous devrions peut-être remonter plus loin. Ses premières années de fac, avant qu'elle s'installe à L.A. Je peux peut-être essayer de contacter quelqu'un à Case Western.

– Tu peux toujours, mais je crois que nous n'allons pas tarder à y voir plus clair : ses parents arrivent ce soir et je leur ai fixé rendez-vous demain matin à huit heures, à la morgue. Je leur ai dit qu'ils n'étaient pas obligés de reconnaître le corps, j'ai même essayé de les en dissuader, mais ils ont insisté. Après ces réjouissances, j'essaierai de discuter avec eux. Je t'appellerai pour te dire où et quand. Sans doute en fin d'après-midi.

Plusieurs jeunes policiers passèrent près de nous. Milo les regarda quelques instants, contempla le toit de sa Seville, fit sauter d'une chiquenaude un grain de poussière tombé sur le vernis.

– J'ai relu le dossier de Richard, reprit-il, et ça m'a donné à réfléchir. Ce dossier est plus mince que dans mon souvenir. Les seules personnes que j'ai interrogées sont sa propriétaire, ses parents et le personnel du restaurant où il travaillait. Mais à la rubrique « fréquentations connues » personne. Ça te rappelle quelque chose ? J'ai de nouveau essayé de localiser la société de production pour laquelle Richard a peut-être auditionné, – Thin Line. Pas la moindre trace. Je pense pourtant que même la plus minable des boîtes de prod' laisse ses coordonnées quelque part.

– Quelque chose te contrarie, dans cette histoire de film, on dirait.

– Ils ont des charpentiers sur les décors de cinéma, non ? Toutes sortes d'outils, des scies...

– Tu sais, on trouve des centaines de couteaux dans les restaurants.

– Effectivement. Je vais peut-être y retourner.

– On peut faire une autre hypothèse pour la Thin Line. Même les boîtes qui ferment et disparaissent au milieu de la nuit ont besoin de matériel. Et le petit matériel, on le loue plus facilement qu'on ne l'achète. Pourquoi ne pas vérifier auprès des loueurs ?

– Super, dit Milo. Merci, m'sieur.

Il se mit à rire.

– Dans n'importe quelle autre affaire, reprit-il, j'aurais vite oublié cette histoire de film. À peine un semblant de piste. Mais avec ces deux-là... Je ne leur jette pas la pierre, mais ils ont bien dû fricoter avec quelqu'un un jour ou l'autre, non ?

Je voulus examiner encore une fois le CV de Claire. Milo et moi traversâmes la rue et montâmes au premier étage du commissariat, direction le bureau des inspecteurs. Milo récupéra le carton de papiers qu'il avait ramené de chez Claire. Il ne l'avait pas enfermé dans la salle des pièces à conviction, ce qui voulait dire qu'il comptait y jeter de nouveau un œil. Il sortit chercher un café pendant que je farfouillais.

Je trouvai le CV au milieu de la pile, proprement dactylographié et agrafé. À la rubrique « situation familiale », le pinceau de blanc avait dessiné un losange crayeux. Née à Pittsburgh, Claire y avait vécu jusqu'à la fin de ses études universitaires, puis elle avait déménagé à Cleveland pour suivre les cours de Case Western.

À des milliers de kilomètres de l'Arizona où Dada avait passé son enfance. Rien pour établir le moindre lien entre ces deux régions.

Je fouillais jusqu'à ce que je trouve le premier article qu'elle avait publié, – celui qui avait tant impressionné Myron Theobold.

Elle en était le seul auteur, comme il l'avait dit, mais au bas de la première page, en tout petits caractères, je tombai sur quelques lignes de remerciements : « Au Fond pour les Licenciés de Case Western, pour le matériel fourni et l'analyse des résultats ; à mes parents, Ernestine et Robert Ray Argent, pour leur soutien sans faille au cours de mes années d'études ; et à mon directeur de thèse, le Professeur Harry I. Racano, pour ses conseils éclairés. »

Il était une heure de l'après-midi à Los Angeles et donc quatre heures à Cleveland. Je pris le téléphone de Milo et appelai les renseignements. Aucun inspecteur présent ne releva qu'un civil se servait du matériel de la ville. Je griffonnai le numéro du département de psychologie de Case Western, puis j'appelai le standard et demandai le Professeur Racano.

Une voix féminine me répondit à l'autre bout du fil :

– Je suis désolée, mais il n'y a personne de ce nom ici.

– Il a enseigné chez vous.

– Ne quittez pas, je vais consulter notre annuaire.

De longues secondes s'écoulèrent. Puis ceci :

– Je suis désolée, Monsieur, mais cette personne n'est pas inscrite sur la liste des enseignants de notre établissement.

– Connaissez-vous quelqu'un qui travaillait dans ce département, il y a une dizaine d'années ?

Silence, puis ceci :

– Ne quittez pas, je vous prie.

Encore cinq minutes avant qu'une autre femme ne prenne l'appareil.

– C'est à quel sujet, s'il vous plaît ?

– Ici le Los Angeles Police Department.

Tel que.

– Malheureusement, enchaînai-je, l'une de vos anciennes élèves, le Dr Claire Argent, a été assassinée, et nous recherchons toute personne susceptible de l'avoir connue à l'époque où elle habitait Cleveland.

– Oh, dit-elle. Assassinée... Mon Dieu, c'est terrible... Argent... Non, je ne suis ici que depuis six ans, elle était donc là avant moi... C'est vraiment terrible. Je vais vérifier. (Je l'entendis déplacer des papiers.) Oui, je l'ai retrouvée, dans la liste des anciennes élèves. Vous dites qu'elle était l'élève du professeur Racano ?

– Oui, Madame.

– Eh bien... Je suis au regret de vous apprendre que le professeur Racano est décédé lui aussi. Il est mort juste après mon arrivée ici. D'un cancer. Un homme charmant qui savait encourager ses élèves.

Que Racano ait laissé Claire signer seule son article suggérait effectivement une nature bienveillante.

– Connaissez-vous quelqu'un qui aurait pu connaître le Dr Argent à cette époque, Madame... ?

– Mme Bausch. Mmm... j'ai bien peur qu'il n'y ait pas grand monde ici à cette heure. Nous avons actuellement un colloque important dans le grand amphithéâtre, l'un de nos professeurs vient de recevoir un prix. Mais je peux poser la question et vous rappeler.

– Volontiers.

Je lui donnai le nom de Milo. Je venais juste de raccrocher lorsque le téléphone sonna. Je ne savais pas où se trouvait Milo ; je répondis donc.

– Bureau de l'inspecteur Sturgis.

Une voix familière se fit entendre.

– Je voudrais laisser un message à l'inspecteur Sturgis.

– Heidi ? Ici le Dr Delaware.

– Oh... Bonjour. Écoutez, je suis désolée de n'avoir rien pu tirer de Peake aujourd'hui.

– Ce n'est pas grave.

– Du coup, ça n'a pas amélioré les choses avec Swig. Après votre départ, il m'a convoqué dans son bureau et m'a demandé de tout lui raconter de nouveau ; ce que Peake avait dit, et quand... est-ce que j'étais certaine d'avoir bien entendu...

– Désolé pour toute cette histoire.

– J'aurais vraiment aimé pouvoir prouver ce que je vous ai raconté. Quoi qu'il en soit, je voulais juste dire à l'inspecteur Sturgis que j'ai décidé de partir de Starkweather d'ici une quinzaine de jours. Si d'ici là il a besoin de quoi que ce soit, il peut toujours m'appeler.

– Merci, Heidi. Je le lui dirai.

– Alors, comme ça, vous travaillez là-bas ? Au commissariat ?

– Non. Mais j'avais besoin d'y passer aujourd'hui.

– Intéressant, comme boulot. En attendant, je vais réessayer avec Peake, j'en tirerai peut-être quelque chose.

– Ne vous attirez pas d'autres ennuis.
– Quoi, avec Ardis ? Vous avez vu dans quel état il est. Pas spécialement dangereux. Mais je fais toujours attention. Vous croyez que Claire s'est laissé aller à...
– Je ne sais pas.
– Je n'arrête pas de penser à elle... à ce qui lui est arrivé. Il semble vraiment bizarre que quelque chose ait pu l'atteindre.
– Que voulez-vous dire ?
– Enfermée à l'abri dans sa bulle... elle avait l'air d'aimer être seule... de n'avoir vraiment besoin de personne.

15

J'appelai chez moi avant de quitter le commissariat. Robin était sortie, seule de la paperasse m'attendait à la maison, – des rapports sur des affaires de garde d'enfant déjà jugées. Je répondis à ma propre voix que je serais de retour vers cinq heures.

Se parler comme ça, c'est quand même bizarre...

Mettez un portable dans la main d'un psychotique et il a tout d'un coup l'air parfaitement normal.

Je repensai à la rencontre avec Ardis Peake.

Le Monstre.

Difficile d'imaginer que cette montagne décharnée et muette était capable de détruire une famille entière.

Quelle meilleure preuve de l'efficacité des méthodes contraignantes prônées par M. Swig ?

« Qu'est-ce qui fait qu'un être humain se transforme en... ça ? »

J'avais donné à Milo un bref aperçu des réponses possibles et il avait eu la gentillesse de s'en contenter. Mais je n'avais aucune réponse valable. Personne n'en avait.

Je me demandai quelles questions et préoccupations avaient amené Claire à Starkweather. Auprès de Peake. Elle s'était mise à lui tourner autour peu de temps après avoir été nommée. Pourquoi, parmi tous les autres fous, sa pathologie particulière l'avait-elle attirée ?

L'autre chose qui me turlupinait, c'était ce que Peake

avait fait aux yeux de la petite Ardullo. Avais-je été trop prompt à minimiser son baragouinage devant Heidi ?

En fin de compte, tout était peut-être extrêmement simple : Claire avait entendu parler de l'énucléation et en avait discuté avec lui. Cela avait-il provoqué un choc en retour – culpabilité, excitation ou... horrible nostalgie ?

« Vilains yeux dans une boîte. » La boîte était-elle un cercueil ? La représentation que Peake se faisait de l'enfant mort ? Avait-il eu besoin de revivre le meurtre comme les maniaques sexuels ?

Tout reposait sur une connaissance plus précise de Claire et jusqu'ici son fantôme ne s'était pas laissé approcher.

Pas de liaison, pas d'amis ou de connaissances. Personne ne connaissait son monde intérieur.

Ardis Peake, à l'inverse, avait été célèbre en son temps.

Je pris la voiture jusqu'à Westwood et profitai des ordinateurs de la bibliothèque de l'université pour chercher tout ce qui avait trait au massacre des Ardullo. Pendant une semaine entière, tous les journaux du pays avaient couvert l'affaire. L'index des périodiques proposait une demi-page de coupures de presse, et je partis consulter les microfiches.

La plupart des articles étaient à peu près rédigés de la même façon, calqués sur les dépêches d'agence. Une photo de l'arrestation montrait Peake plus jeune, les joues creuses, avec de longs cheveux filasse noirs.

Les yeux hagards. Un animal effarouché, pris au piège. Le hurleur d'Edvard Munch dopé aux solvants.

Large éraflure sous l'œil gauche, la pommette gauche gonflée. Arrestation difficile ? Les articles n'en faisaient en tout cas pas mention.

Les faits étaient bien ceux dont j'avais gardé le souvenir. Multiples coups à l'arme blanche, fractures et enfoncements du crâne, mutilations variées, cannibalisme. Les articles m'aidèrent à préciser les lieux et les noms.

Scott et Teresa Ardullo, respectivement trente-trois et vingt-neuf ans. Mariés depuis six ans et tous deux licenciés en agronomie de l'Université de Davis. Lui, « le descendant d'une famille prospère de fermiers », s'était peu à peu intéressé à la viticulture, mais il produisait surtout des pêches et des noix.

Brittany, cinq ans.

Justin, huit mois.

Venait ensuite une photo de famille prise en des temps meilleurs : Scott tenant par la main une petite fille apparemment très éveillée, qui ressemblait à sa mère. Teresa, portant son bébé dans les bras. Justin, une tétine dans la bouche. Grosses joues rebondies. À l'arrière-plan, une grande roue, dans une foire quelconque.

Scott Ardullo était musclé, blond. Il avait les cheveux coupés en brosse et arborait le sourire épanoui de celui qui se croit béni des dieux. Sa femme, mince, quelque peu ordinaire, avec de longs cheveux noirs maintenus en place par un bandeau blanc, semblait moins assurée d'un bonheur éternel.

Je préférai ne pas détailler le visage des enfants.

Pas de photo de Noreen Peake, juste le récit de la façon dont on l'avait trouvée, assise à la table de la cuisine. Mon imagination ajouta l'odeur des pommes, de la cannelle et de la farine.

L'intendant du ranch, un certain Teodoro Alarcon, avait découvert le corps de Noreen, puis la partie manquante. On lui avait administré des calmants.

Aucune citation de M. Alarcon.

Le shérif de Treadway, Jacob Haas, déclarait quant à lui : « J'ai servi en Corée, mais c'était pire que tout ce que j'ai pu voir en Asie. Scott et Terri ont recueilli ces personnes par pure compassion et voilà comment ils ont été récompensés. C'est incroyable. »

Des voisins anonymes parlaient des étranges habitudes de Peake : il marmonnait sans cesse, ne se lavait pas, rôdait dans les ruelles, fouillait les poubelles, mangeait des détritus. Chacun savait qu'il aimait sniffer certaines substances. Personne ne l'avait cru dangereux.

Autre citation :

« Tout le monde pensait qu'il était bizarre, mais pas à ce point », avait dit un jeune du coin, Derrick Crimmins. « Peake restait toujours à l'écart des autres. Et personne ne voulait s'approcher de lui parce qu'il sentait horriblement mauvais et qu'il était si bizarre, peut-être un adepte de Satan. »

Pas d'autre mention de rituels sataniques. Je me demandai si ces articles avaient eu une suite. Probablement que non, une fois Peake mis hors circuit.

Treadway était qualifiée de « petite communauté tranquille de fermiers et d'éleveurs ».

« Quand nous avons un problème, disait le shérif Haas, il s'agit généralement d'une bagarre dans un bar, et de temps à autre d'un vol de matériel. Mais rien de ce genre, jamais. »

Point final.

Rien sur les obsèques des Ardullo ou l'enterrement de Noreen Peake.

Je fis défiler la fiche, tombai sur un entrefilet de trois lignes paru dans le *Los Angeles Times* deux mois plus tard et qui annonçait l'internement de Peake à Starkweather.

En utilisant le mot-clé « Treadway », on ne trouvait plus rien depuis l'époque des meurtres.

Ville tranquille. Ville disparue.

Comment une communauté tout entière pouvait-elle mourir ?

Peake l'avait-il tuée d'une manière ou d'une autre ?

Milo avait laissé un message pendant ma sortie matinale :

« M. et Mme Argent seront au *Flight Inn* de Century Boulevard, chambre 129, à une heure de l'après-midi. »

Je m'occupai de ma paperasse, pris ma voiture à midi et demie et tournai dans Sepulveda en direction de l'aéroport. Century Boulevard est une large et triste artère qui traverse le sud de Los Angeles. Si l'on sort côté est, on risque de tomber sur un gang, de se faire piquer sa voiture ou pire encore. En prenant à l'ouest, on se retrouve à l'aéroport de LAX, derrière des hôtels sans âme pour businessmen fraîchement débarqués de leur avion, des entrepôts de marchandise, des parkings privés et des bars topless.

Je trouvais le *Flight Inn* à côté d'un garage Speedy Express. Plus grand qu'un simple motel, mais pas tout à fait l'allure d'un véritable hôtel : un cube à trois étages, avec façade peinte en blanc, gouttières jaunes, logo avec une fille à cheval sur un avion. Entrée discrète sur la droite, surmontée d'un néon rose indiquant « chambres à louer ». Un parking à automate, sur deux étages, entourait le bâtiment. Pas de gardien en vue. Je garai la Seville au rez-de-chaussée et gagnai l'entrée dans le vacarme d'un 747.

À côté de la porte, une pancarte vantait les grands lits, les télés couleur et les coupons de réduction pour un bar, le *Golden Goose.* Moquette rouge dans le hall, distributeur automatique de peignes, cartes routières et porte-clés décorés de personnages de Walt Disney. Je passai devant le concierge noir qui fit semblant de ne pas me voir. Des sacs en papier de fast-foods traînaient par terre devant quelques-unes des portes rouges qui bordaient le couloir. L'air était chaud et salé, alors que nous nous trouvions à des kilomètres de l'océan. La chambre 129 était tout au fond.

Je frappai à la porte, Milo me répondit d'une voix fatiguée.

Faisait-il du sur-place ou bien y avait-il du nouveau ?

La chambre était petite et basse de plafond, avec un décor gai assez surprenant : lits jumeaux, couvertures matelassées à décor floral (apparemment neuves), gravures représentant des canards au-dessus des têtes de lits, secrétaire néo-colonial avec une bible et un annuaire posés dessus, paire de fauteuils capitonnés, plus une télé grand écran accrochée au mur. Deux valises en nylon noir étaient soigneusement rangées dans un coin. Deux portes fermées, en contreplaqué fatigué, faisaient face au lit. Le placard et la salle de bains.

La femme perchée sur un coin du lit le plus proche de moi avait adopté la posture avantageuse de la mater dolorosa. Plutôt belle, la petite soixantaine, cheveux ondulés couleur limonade, lunettes à monture d'un blanc nacré pendant au bout d'une chaîne en or passée autour du cou, maquillage discret. Elle portait une robe chocolat, plissée en bas, avec col et manchettes en piqué blanc. Chaussures et sac à main marron. Bague de fiançailles avec éclat de diamant, mince alliance en or, boucles d'oreilles en or elles aussi, en forme de coquillage.

Elle se tourna vers moi. Ses traits anguleux et sa peau ferme résistaient assez bien à l'attraction terrestre. La ressemblance avec Claire étant frappante, je pensai à la matrone que celle-ci ne deviendrait jamais.

Milo fit les présentations. Ernestine Argent dit « enchantée » exactement en même temps que moi. Un côté de sa bouche se releva brusquement, mais ses lèvres se refermèrent tout aussi vite – pur sourire de convenance. Je serrai une main froide et sèche. Une chasse d'eau se fit entendre derrière l'une des portes en contreplaqué et Mme Argent reposa les mains sur ses genoux.

À côté d'elle, sur le lit, un mouchoir de lin blanc était plié en triangle.

La porte s'ouvrit et un homme en train de s'essuyer les mains avec une serviette essaya de sortir de la salle de bains.

La chose était d'autant plus difficile que la porte n'était pas vraiment à sa taille.

Il ne mesurait pas plus d'un mètre soixante-dix, mais devait peser près de deux cents kilos – un œuf rose portant chemise blanche à manches longues, pantalon gris et chaussures de sport blanches. La salle de bains étant étroite, il fut obligé de repasser devant le lavabo pour sortir. Il respirait bruyamment et grimaçait, mais à force de petits pas il finit par s'extraire du réduit. Son visage rougit sous l'effort. Il plia la serviette, la jeta sur le bord du lavabo, puis s'approcha très lentement en oscillant d'un côté et de l'autre comme un bateau sur une mer agitée.

Son pantalon de serge immaculée était retenu par des bretelles à pinces. Ses chaussures de sport étaient toutes déformées. À chaque pas quelque chose faisait du bruit dans sa poche.

Il devait avoir à peu près l'âge de sa femme. Cheveux bouclés noirs, un nez presque fin, bouche lippue étirée par les bajoues voisines. Triple menton, rasé de près. Des yeux marron qui disparaissaient presque dans ses chairs parvenaient à projeter un certain éclat. Il jeta un coup d'œil à sa femme et me dévisagea en poursuivant sa marche pesante.

En gommant mentalement sa masse de graisse, on pouvait penser qu'il avait dû être assez beau. Il s'approcha encore, dégoulinant de sueur, le souffle court et rauque. Une fois devant moi il s'arrêta, oscilla encore, se redressa et me tendit un bras aux faux airs de jambon.

Il avait les mains plutôt petites, une poigne ferme et sèche.

– Robert Ray Argent, dit-il.

Voix grave comme une guitare basse sortant réverbérée de la chambre d'écho de son énorme corps. L'espace d'une seconde, je l'imaginai creux, gonflé d'air. Mais la vision s'évanouit dès que je le vis lutter pour gagner le lit voisin. Chacun de ses pas résonnait à travers la moquette mince, chacun de ses membres semblant fonctionner indépendamment des autres. La sueur perlait sur son front. Je résistai à l'envie de le prendre par le coude.

Sa femme se leva en tenant le mouchoir et lui essuya le front.

Il lui effleura la main un court instant.

– Merci, chérie, dit-il.

– Assieds-toi, Bob Ray.

Tous deux avaient l'accent légèrement traînant de Pittsburgh.

À force de gestes lents, il finit par se pencher et se laisser choir. Le matelas s'écrasa jusqu'au sommier qui émit quelques craquements en touchant presque la moquette. Rob Ray Argent était assis jambes écartées, mais entre ses cuisses, il n'y avait quasiment pas d'espace. Le tissu gris de son pantalon se tendit au-dessus de ses genoux rebondis, sans cesser pour autant de couvrir son ventre en forme de citrouille géante.

Il inspira plusieurs fois, s'éclaircit la gorge, mit la main devant sa bouche et toussota. Sa femme regarda un instant la porte de la salle de bains, se leva pour la fermer, puis revint s'asseoir.

– Bon, dit Rob Ray Argent. Vous êtes donc psychologue... comme Claire.

Cercles sombres sous les aisselles.

– Oui, dis-je.

Il hocha la tête comme si nous étions parvenus à un accord. Il soupira et posa les mains au sommet de son abdomen.

Ernestine Argent se pencha pour lui tendre le mouchoir et il se tamponna une fois de plus. Elle sortit un autre triangle blanc de son sac et tapota ses yeux à elle.

Milo prit la parole.

– J'étais en train de parler avec M. et Mme Argent de l'évolution de l'enquête.

Ernestine eut un petit sanglot involontaire.

– Chérie, dit Robert Ray.

– Ça va aller, dit-elle d'une voix presque inaudible avant de se tourner vers moi.

– Claire avait une passion pour la psychologie, reprit-elle.

Je hochai la tête.

– Elle était vraiment tout pour nous.

Rob Ray posa les yeux sur sa femme. Son visage avait partiellement viré au cramoisi. Certaines zones étaient roses, beiges ou blanc marbré, suivant le degré d'étirement de la peau et la déformation résultante des vaisseaux. Il se tourna vers Milo.

– On dirait que vous n'avez pas appris grand-chose. Vous croyez que vous retrouverez le monstre qui a fait ça ?

– Je suis toujours optimiste, Monsieur. Plus vous et Mme Argent nous en direz sur Claire, plus nous aurons de chances de retrouver le coupable.

– Que pouvons-nous vous dire de plus ? dit Ernestine. Personne n'avait de reproche à faire à Claire. Elle était si gentille...

Elle se mit à pleurer. Rob Ray lui toucha l'épaule.

– Je suis désolée, finit-elle par dire. Ça n'aide pas beaucoup. Que voulez-vous savoir ?

– Eh bien, dit Milo, essayons pour commencer de cadrer les choses dans le temps. Quand avez-vous vu Claire pour la dernière fois ?

– À Noël, dit Rob Ray. Elle rentrait toujours à cette époque de l'année. Nous prenions toujours du bon temps en famille et ce dernier Noël n'a pas fait exception. Elle aidait sa mère à la cuisine. Elle disait qu'à Los Angeles elle ne cuisinait jamais : trop occupée. Elle mangeait des conserves, des plats cuisinés tout prêts.

La description collait avec la cuisine de Cape Horn Drive.

– À Noël, dit Milo. Il y a donc six mois.

– C'est exact, dit Rob Ray en repliant sa jambe gauche.

– C'est-à-dire au moment où Claire a quitté l'Hôpital du Comté pour aller travailler à Starkweather.

– Sans doute.

– Vous a-t-elle parlé de son changement de poste ?

Le couple fit non de la tête.

– Rien du tout ?

Nouveau silence.

– Elle ne parlait jamais en détail de son travail, dit Ernestine. Et nous n'avons jamais voulu insister.

Ils n'étaient pas au courant. Je vis Milo dissimuler sa stupéfaction. Rob Ray tenta de déplacer son poids sur le lit. Une jambe accepta de coopérer.

– Claire a-t-elle mentionné des problèmes qu'elle aurait rencontrés ? demanda Milo. Quelqu'un qui lui aurait causé des ennuis, au travail ou ailleurs ?

– Non, dit Rob Ray. Elle n'avait pas d'ennemis. Ça, je peux vous le garantir.

– Comment s'est-elle comportée durant ce séjour ?

– Très bien. Normalement. Noël a toujours été une période de réjouissances pour nous. Elle était contente de se retrouver à la maison, nous étions heureux de la revoir.

– Combien de temps est-elle restée ?

– Quatre jours, comme d'habitude. Nous sommes allés plusieurs fois au cinéma. Elle adorait ça. Nous avons aussi vu la Pittsburgh Ice Extravaganza. Quand elle était petite, elle faisait du patin à glace. À la fin de son séjour, elle est venue au magasin nous donner un coup de main

– nous avons une boutique de cadeaux et nous sommes obligés de rester ouvert pendant les fêtes.

– Vous êtes allés plusieurs fois au cinéma ?

Joseph Stargill y avait aussi fait allusion.

– Oui. Nous aimons y aller en famille, dit Rob Ray.

– Elle était heureuse, elle n'avait pas d'ennuis, renchérit Ernestine. Notre seul problème, c'était que nous ne la voyions pas assez. Mais nous comprenions... avec sa carrière. Et nous pouvons difficilement voyager. À cause de la boutique...

– On ne peut pas refiler ce genre de responsabilité comme ça, dit Rob Ray. En plus, je ne supporte pas bien les voyages, avec ma corpulence. Mais bon, qu'est-ce que ça peut faire ? Ce qui s'est passé n'a rien à voir avec le retour de Claire chez nous, ou quoi que ce soit de ce genre. Personne n'a jamais eu la moindre raison de la haïr. Il doit s'agir d'un maniaque en liberté, sans doute sorti de cet hôpital où elle travaillait.

Sa peau vira au violet ; ses phrases alternaient avec de difficiles inspirations.

– Je vous promets que si je découvre que quelqu'un lui a fait courir un danger quelconque, je... Disons que certaines personnes cesseront définitivement de dormir tranquilles.

– Chéri, dit sa femme en lui tapotant le genou.

Puis, s'adressant à nous :

– Ce que mon mari veut dire, c'est que Claire était gentille, généreuse et douce. Il était impossible de la détester.

– Ce n'est rien de le dire, reprit Rob Ray. Au lycée, elle était toujours la première à se porter volontaire pour aider les autres. Les vieux à l'hôpital, les animaux dans les refuges, tout lui allait, elle était toujours là avant les autres. Elle aimait surtout les animaux. Autrefois, nous avions un chien, notre petit Scottie. Vous savez comme les enfants ne s'occupent jamais sérieusement des animaux de compagnie, ce sont toujours les parents qui finissent par le faire. Eh bien, chez nous, c'était le contraire. Claire lui donnait à manger, nettoyait quand c'était nécessaire. Elle voulait aussi tout réparer, les ailes cassées des mouches, tout. Nous savions qu'elle deviendrait docteur, d'une manière ou d'une autre ; je penchais pour vétérinaire, mais psychologue, pourquoi pas ? Elle a toujours eu de bonnes notes... Tout ça ne rime à rien, inspecteur Sturgis. À la morgue, ce que nous venons de voir, je ne... Ça devait être un dingue... Dans cet hôpital, à Starkweather, il n'y a que des fous, c'est bien ça ?

– C'est exact, Monsieur, répondit Milo. Nous sommes allés vérifier. Pour l'instant, pas la moindre piste. Apparemment, les internés ne sortent jamais.

– Évidemment, dit Rob Ray. Mais vous ne croyez pas qu'il se trouve toujours un imbécile pour faire sortir quelqu'un ? « Une erreur idiote », comme on dit ?

Des larmes se mirent à couler lentement sur ses joues gélatineuses.

– Vous avez raison, dit Milo. Mais pour l'instant je n'ai rien trouvé.

La voix de Milo s'était radoucie. Il faisait tout à coup beaucoup plus jeune.

– Bon, dit Rob Ray. Je sais que vous êtes de bonne volonté. Vous êtes d'où ? Je veux dire... vos parents ?

– De l'Indiana.

Hochement de tête approbateur.

– Je sais que vous faites de votre mieux.

D'un coup, l'un de ses énormes bras fila à une vitesse ahurissante en direction de son visage et il essuya ses yeux avec son mouchoir.

– Oh, Rob ! dit sa femme, qui se remit à pleurer.

Milo passa dans la salle de bains pour aller leur chercher à boire.

– Merci, dit Rob Argent, je suis censé boire beaucoup,

de toute façon. Pour mes articulations. Il faut qu'elles soient bien lubrifiées.

Un hoquet fit ballotter ses épaules affaissées. Il sortit un petit bout de tissu d'un repli de sa peau.

Milo insista.

– Vous disiez donc que Claire vous rendait visite à Noël.

– Oui, Monsieur.

– A-t-elle pris cette habitude lorsqu'elle a déménagé à Los Angeles ou bien du temps où elle était étudiante à Cleveland ?

– À Los Angeles, répondit Rob Ray. Lorsqu'elle étudiait à Case Western, elle rentrait pour Thanksgiving, en été et à Pâques. Elle nous aidait à la boutique en été.

– Lorsqu'elle a déménagé à Los Angeles, elle vous écrivait souvent ?

Silence.

– Dans la famille, on se téléphone, mais on n'écrit pas, dit Ernestine. C'est si peu cher de s'appeler d'une région à l'autre, de nos jours. Nous avions des rendez-vous téléphoniques.

Je me souvenais des factures de téléphone de Claire. Aucun appel récent à Pittsburgh. Avait-elle téléphoné à ses parents du bureau ? Ou bien s'était-elle peu à peu éloignée d'eux ? Étaient-ils venus s'ajouter à la longue liste de ceux que nous avions rencontrés, pour qui elle était une étrangère ?

– Donc, elle vous appelait, dit Milo.

– C'est exact, dit Ernestine. De temps à autre.

Milo prit des notes.

– Et sur son mariage ? Ou son divorce ? Y a-t-il quelque chose que je devrais savoir ?

Ernestine baissa les yeux. Son mari prit une longue et bruyante inspiration.

– Elle nous a annoncé qu'elle s'était mariée à Reno,

dit-il. Peu de temps après la cérémonie. Un de ses coups de fil...

– Elle vous l'a donc dit au téléphone, dit Milo. Vous semblait-elle heureuse ?

– Je dirais que oui, dit Ernestine. Elle s'est excusée de ne pas nous avoir prévenus et nous a expliqué que tout était arrivé trop vite... le coup de foudre. Elle a dit que son mari était un type bien. Un avocat.

– Mais vous ne l'avez jamais rencontré.

– Nous aurions bien fini par le voir un jour ou l'autre, mais Claire n'est pas restée mariée avec lui très longtemps.

– Elle est venue vous voir à Noël alors qu'elle était mariée.

– Non, dit Ernestine. Pas pendant son mariage. Nous sommes restés deux ans sans nous voir. À Noël dernier, elle était déjà divorcée.

Milo fronça les sourcils.

– Vous a-t-elle expliqué pourquoi elle avait divorcé ?

– Elle nous a appelés après. Elle nous a dit que tout se passait bien, à l'amiable.

– C'est l'expression qu'elle a employée ? demanda Milo. « À l'amiable ? »

– Quelque chose dans ce goût-là. Elle cherchait à me rassurer. Ça lui ressemblait bien. Toujours à s'occuper d'autrui...

Elle jeta un coup d'œil à son mari. Celui-ci reprit la parole.

– Je sais que ça doit vous paraître bizarre que nous ne l'ayons pas rencontré. Pas de grand mariage en blanc. Mais Claire a toujours eu besoin de se sentir libre. C'était... Elle était comme ça. Si on la laissait faire, elle accomplissait des miracles. Elle a toujours été une fille bien, vraiment bien. Aurait-il fallu la contredire ? On fait de son mieux, sans savoir ce que ses enfants vont devenir... Elle est devenue quelqu'un de bien. Nous lui avons donné sa liberté.

Il avait gardé les yeux rivés sur moi pendant la majeure partie de sa tirade. Je hochai la tête.

– Nous lui avons demandé si nous pouvions le rencontrer, poursuivit-il. Le mari. Elle a dit qu'elle allait nous l'amener, mais ça ne s'est jamais fait. J'avais l'impression que ça ne marchait pas fort depuis le début.

– Pourquoi ?

– Justement parce qu'elle n'est jamais venue avec lui.

– Mais elle ne s'est jamais plainte de son mariage, dit Milo.

– Elle n'a jamais dit qu'elle était malheureuse, dit Rob Ray, si c'est ce que vous voulez savoir. Pourquoi ? Le soupçonnez-vous d'être mêlé d'une façon ou d'une autre...

– Non, dit Milo. J'essaie d'en savoir le plus possible, c'est tout.

– Vous êtes certain ?

– Absolument, Monsieur. Au point où nous en sommes, il ne fait pas partie des suspects. À dire vrai, nous n'en avons malheureusement aucun.

– Bon, dit Rob Ray. J'espère que vous nous le diriez, si c'était le cas. Les seules fois où elle parlait de lui, c'était vers la fin de la conversation, lorsqu'elle disait quelque chose comme « Joe vous adresse ses salutations. » Elle nous a raconté qu'il était avocat, mais sans plus de précision – ni « avocat d'affaires » ni rien. Lorsqu'elle appelait, il n'était jamais à la maison. J'avais l'impression qu'il travaillait sans arrêt. Elle aussi, d'ailleurs. Encore un de ces mariages modernes... C'est probablement ce qui s'est passé ; ils étaient trop occupés pour être ensemble.

Ernestine intervint.

– Elle nous a quand même envoyé une photo du mariage. Dans la chapelle. Au moins nous savions à quoi ressemblait son mari. Un rouquin. Je me souviens qu'avec Rob Ray nous parlions en blaguant de nos futurs poils de carotte.

Elle recommença à pleurer, se tamponna le visage, s'excusa dans un souffle.

– Il faut connaître le genre de fille que c'était pour comprendre, dit Rob Ray. Très indépendante. Elle se débrouillait toute seule.

– Elle s'occupait aussi des autres, dis-je.

– Tout à fait. Vous comprenez maintenant pourquoi elle avait besoin de décompresser. Et elle décompresse en s'oubliant au cinéma. Ou en lisant un livre. L'intimité, c'est une chose importante pour elle et nous y faisons attention. Elle se distrait généralement toute seule. Sauf quand nous allons au cinéma ensemble. Elle aime surtout y aller avec moi. Nous sommes tous les deux des cinéphiles invétérés.

Le dérapage dans le présent était pathétique.

Rob Ray Argent s'aperçut sans doute de ce qu'il venait de dire. Ses épaules s'affaissèrent d'un coup, comme si quelqu'un avait appuyé dessus, et son regard se perdit dans les couvertures.

– Un genre de films en particulier ? lui demandai-je.

– Tout ce qui est bon, marmonna-t-il en gardant la tête penchée. C'était quelque chose que nous faisions ensemble. Je ne l'ai jamais poussée à faire du sport. À dire vrai, comme je suis corpulent, je n'étais pas prêt à courir avec elle, alors j'étais content d'avoir une gamine calme, qui pouvait rester assise tranquillement à regarder un film.

– Même quand elle était toute petite, dit Ernestine, elle savait se distraire. Elle était vraiment adorable. Je pouvais la laisser dans son parc, faire tout ce que j'avais à faire dans la maison et quoi qu'il se passe autour d'elle, elle restait assise à jouer avec les jouets qu'on lui avait donnés.

– Elle vivait dans son monde à elle, dis-je.

Son sourire fut aussi soudain qu'inquiétant.

– Exactement, docteur. Vous avez mis le doigt dessus. Quoi qu'il se passe autour d'elle, elle vivait dans son monde.

« Quoi qu'il se passe autour d'elle. » C'était la deuxième fois qu'Ernestine Argent utilisait cette expression en quelques secondes. Faisait-elle allusion à quelque conflit familial ?

– L'intimité peut être une fuite, dis-je.

Rob Ray releva la tête. Visiblement mal à l'aise. Mes yeux cherchèrent les siens. Il se détourna. Ernestine le regarda faire. Tordit son mouchoir.

– Pour ce qui est de la façon dont Claire s'est mariée, dit-elle, Rob Ray et moi avions eu un grand mariage à l'église et mon père s'était endetté pour deux ans. J'ai toujours pensé que Claire avait voulu, parmi d'autres raisons, nous témoigner certains égards.

– Ce qui lui faisait le plus plaisir, dit Rob Ray, c'était de s'occuper des autres. De les aider.

– Avant M. Stargill, Claire a-t-elle eu d'autres amis ?

– Il lui est arrivé de sortir avec des jeunes gens, dit Ernestine. Au lycée, je veux dire. Elle n'était pas du genre à papillonner, mais elle sortait de temps en temps. Des jeunes du coin, mais rien de suivi. Un camarade du nom de Gil Grady l'a emmenée au bal de sa promotion. Il est aujourd'hui lieutenant des pompiers.

– Et plus tard ? demanda Milo. À l'université ? En licence ?

Silence.

– Et après son déménagement à Los Angeles ?

– Je suis certaine, dit Ernestine, que quand elle voulait sortir avec quelqu'un, elle n'avait que l'embarras du choix. Elle a toujours été très jolie.

Quelque chose – son doute son plus récent souvenir de sa fille, grise, abîmée, allongée sur une table en acier –, fit se défaire son visage. Elle se cacha derrière ses mains.

Son mari intervint.

– Je ne vois pas où tout ça nous mène.

Milo m'adressa un regard appuyé.

– Une dernière chose, s'il vous plaît, dis-je. Est-ce qu'il est arrivé que Claire s'intéresse aux travaux manuels ? La peinture, la sculpture sur bois, ce genre de choses ?

– Des travaux manuels ? dit Rob Ray. Elle dessinait, comme tous les autres enfants, mais c'est à peu près tout.

– Elle aimait surtout lire et aller au cinéma, insista Ernestine. Quoi qu'il arrive autour d'elle, elle arrivait toujours à s'occuper tranquillement dans son coin.

– Excusez-moi, dit Rob Ray.

Il se leva difficilement et entreprit de se traîner jusqu'à la salle de bains. Nous attendîmes que la porte se referme. Puis on entendit l'eau couler derrière la cloison de bois.

Ernestine se mit à parler très rapidement, à mi-voix.

– C'est si dur, pour lui. Lorsque Claire était petite, les autres enfants se moquaient de lui. Des enfants cruels. C'est un problème de glandes ; il lui arrive de manger moins que moi.

Elle s'interrompit, comme pour nous mettre au défi de commenter ce qu'elle venait de raconter.

– C'est un homme formidable, reprit-elle. Claire n'a jamais eu honte ; elle ne lui a jamais témoigné que du respect. Elle a toujours été fière de sa famille, quoi que...

La fin de sa phrase se perdit dans les limbes. J'attendis la suite. Ses lèvres se replièrent vers l'intérieur de sa bouche. Elle les mordit et son menton tressauta.

– Il est tout ce qui me reste, maintenant. Je me demande comment il va réagir à tout ça.

Nouveau bruit de chasse d'eau. Quelques minutes plus tard, la porte se rouvrit et la grosse tête de Rob Ray apparut. Répétition à l'identique de la sortie laborieuse, du périple jusqu'au lit. Une fois réinstallé, Rob Ray reprit la parole.

– Je ne veux pas que vous pensiez que Claire était une enfant bizarre, toujours enfermée dans sa chambre. C'était une fille solide qui savait se protéger, et qui ne prenait pas de risques. On a dû l'enlever, ce devait être un fou.

Il parlait plus fort, d'une voix plus assurée, comme s'il avait rechargé ses batteries.

– Claire n'était pas idiote, continua-t-il. Elle savait comment se protéger. Forcément.

– Parce qu'elle vivait seule ? demandai-je.

– Parce que... Oui, exactement. Ma petite fille était très indépendante.

Plus tard, Milo et moi fîmes une pause dans un café de La Tijera.

– On dirait qu'ils souffrent beaucoup, lui dis-je.

– Arrête, tu veux ? me renvoya-t-il. Ils ont l'air tout gentils, mais tu parles d'un écran de fumée. Ils veulent nous faire croire à leur histoire de famille heureuse et unie alors que Claire évite de leur présenter son mari et qu'elle n'appelle jamais. Elle a pris ses distances, Alex. Le problème est de savoir pourquoi.

– La mère a dit une chose qui m'a fait réfléchir sur leurs cadavres dans le placard. Elle a répété trois fois « Quoi qu'il se passe autour d'elle. » Ce qui signifie que Claire a dû en voir de toutes les couleurs, ou bien simplement qu'elle savait encaisser. Peut-être y avait-il du grabuge, chez eux. De toute façon, ils ne risquent pas de t'en parler. Il ne leur reste que leurs plus beaux souvenirs. Qu'est-ce que ça peut faire, de toute façon ?

Il sourit.

– Alors comme ça, tout d'un coup, le passé n'a plus d'importance ?

– Ça a toujours de l'importance dans la vie des gens. Mais ça n'a peut-être rien à voir avec la mort de Claire. Du moins je ne vois pas quoi.

– Un fou, comme le pense le vieux ?

– Lui et sa femme nous cachent probablement des secrets de famille, mais je ne crois pas qu'ils essaient de faire de l'obstruction. Claire a débarqué ici il y a plusieurs années. Je crois qu'il vaut mieux chercher à Los Angeles qu'à Pittsburgh ou à Cleveland.

Son regard filant en direction de la caisse, il demanda d'un geste qu'on vienne nous servir. Mis à part deux routiers aux yeux rougis installés chacun sur une banquette, nous étions les seuls clients.

Une serveuse s'approcha, jeune, la voix nasillarde, accueillante. Lorsqu'elle repartit avec notre commande de sandwiches, je me tournai vers Milo.

– Si elle a grandi dans un environnement problématique et qu'elle voulait vivre une vie d'adulte tranquille, je comprends un peu mieux le pourquoi du salon vide. Quant à savoir si ça fait d'elle une victime...

Milo se tapota une incisive.

– La taille de son Papa devait déjà la déranger. Les enfants se moquaient de lui et elle devait faire avec.

Il but son café, jeta un coup d'œil à travers la devanture. Le passage d'un long-courrier à basse altitude fit trembler le bâtiment.

– Oui, il y a peut-être de ça, dis-je. Il se pourrait que de grandir avec lui l'ait habituée aux personnes « différentes ». Cela dit, elle maintenait une cloison étanche avec sa vie privée : la paix chez soi, pour elle, c'était essentiel. La fuite dans la solitude, comme lorsqu'elle était enfant.

La serveuse apporta nos sandwiches. Elle eut l'air déçue lorsque Milo lui annonça que nous ne voulions rien d'autre. Il mordit dans une tranche de jambon flageolante tandis que j'évaluais mon hamburger. Mince, brillant, couleur boue séchée. Je reposai la chose à bonne distance. L'un des routiers jeta quelques pièces sur sa table et gagna la porte d'entrée en clopinant.

Milo avala deux autres bouchées de son sandwich.

– C'était mignon, la façon dont tu as tourné cette question sur les travaux manuels. Tu espérais qu'ils nous sortiraient une histoire de charpentier ou d'ébéniste ?

– Ç'aurait été trop beau.

Il mordit encore dans son sandwich et fit une grimace de dégoût. Il tendit le pain à bout de bras et le contempla un instant avant de le reposer sur l'assiette.

– Quel cirque, à la morgue ! Le coroner a fait de son mieux pour la rafistoler, mais ce n'était pas joli-joli. J'ai de nouveau essayé de les dissuader. Ils ont insisté. Maman s'en est plutôt bien sortie, mais Papa s'est mis à respirer bruyamment, à virer au rouge betterave et à se rattraper aux murs. J'ai cru qu'on allait se retrouver avec un autre cadavre sur les bras. Le préposé de la morgue regardait bouche bée ce pauvre type comme s'il s'était échappé du zoo. Je les ai fait sortir. Heureusement qu'il ne s'est pas écroulé.

Nous restâmes silencieux quelques instants. Les vieux réflexes inévitables me poussaient à réfléchir sur l'enfance de Claire. Cette fuite de quelque chose... La solitude comme refuge... parce que l'isolement permettait aux fantasmes de s'exprimer ? Un écran mental... Un écran réel ?

– Les parents, comme Stargill, ont mentionné son amour pour le cinéma, dis-je. Et si elle faisait autre chose que simplement regarder ? Ça lui a peut-être donné envie de jouer la comédie... Elle a pu répondre à la même annonce de casting que Richard Dada, tu ne crois pas ?

– Elle aime les films et veut devenir une star ?

– Pourquoi pas ? Nous sommes à Los Angeles, non ? Peut-être qu'elle a fait de la figuration sur *Blood Walk*.

Voilà le lien avec Richard. Le tueur les a rencontrés tous les deux sur le plateau.

– Tout le monde nous a répété que cette femme était une solitaire invétérée. Tu crois qu'elle irait se planter devant une caméra ?

– J'ai connu des acteurs extrêmement timides. Prendre l'identité de quelqu'un d'autre leur permettait de se laisser aller.

– Pourquoi pas ? dit-il sans y croire. Claire et Richard rencontrent un allumé sur le plateau, lequel décide de les démolir tous les deux pour Dieu sait quel motif... Mais pourquoi s'est-il écoulé tellement de temps entre les deux meurtres ?

– Il y en a peut-être eu d'autres entre-temps, mais nous n'en avons pas entendu parler.

– J'ai fait des recherches, dit Milo. J'ai pisté les cadavres dans les coffres de voiture, les corps avec des blessures aux yeux ou coupés à la scie. Rien.

– Bon, d'accord. C'était juste une hypothèse.

La serveuse revint nous demander si nous désirions un dessert. Milo aboya un « non, merci » ; elle fit un pas en arrière et repartit précipitamment.

– Je comprends ce qui peut pousser quelqu'un à jouer un personnage, Alex, mais nous avons affaire à madame Chambre-Vide et ce qui l'excitait, c'était de se retrouver dans sa bulle. Je peux l'imaginer se faire une matinée au cinéma toute seule en s'imaginant être Sharon Starlette ou Dieu sait qui. Mais aller voir des films, ce n'est pas comme en faire. Merde, je n'arrive pas à croire qu'il n'y ait aucun lien avec Starkweather. Cette femme travaillait quand même avec des meurtriers, bon sang ! Et je suis censé les croire quand ils me jurent que personne n'en est sorti pour lui courir après ? Et nous, en attendant, nous sommes vautrés ici à nous demander si elle n'aurait pas dégoté un hypothétique boulot d'actrice !

Il se toucha les tempes et je sus qu'il commençait à avoir mal au crâne.

La serveuse apporta l'addition et la tendit à bout de bras. Milo lui donna un billet de vingt en lui disant de garder la monnaie, puis il lui demanda de l'aspirine. Elle eut un sourire contraint et s'éloigna l'air franchement inquiète.

Lorsqu'elle lui rapporta les comprimés, Milo les avala sans eau.

– Swig et ses mandats peuvent aller se faire voir, dit-il. Je vais prendre contact avec le bureau des conditionnelles de l'État ; ils me diront si des zigotos de Starkweather se sont barrés du poulailler depuis que Claire y est arrivée. Après ça, ne t'inquiète pas, je m'occuperai de cette histoire de films. Pourquoi pas, après tout ? Je me renseignerai sur les boîtes de location, comme tu me l'as suggéré.

Avec le petit blister en plastique qui avait contenu les cachets d'aspirine, il fit une boulette qu'il jeta dans un cendrier.

– Ça, tu l'as dit, nous sommes à Los Angeles ! Et la logique n'a jamais été le point fort des gens qui vivent ici.

16

Depuis le parking du café, Milo appela Sacramento sur son portable, aux frais du LAPD. Il mit un certain temps à obtenir l'autorisation souhaitée, à force d'être ballotté d'un échelon hiérarchique à l'autre. Toutes les trente secondes, un avion passait au-dessus de nous avant d'atterrir. Je restai à regarder Milo brûler des calories en essayant de conserver un ton égal. Pour finir, sa patience lui valut la promesse d'une recherche prioritaire dans les archives du bureau des conditionnelles.

– Ça prendra quelques jours au lieu de plusieurs semaines, précisa-t-il en se dirigeant vers une cabine téléphonique voisine.

Il s'empara des Pages Jaunes enchaînées à leur étagère. Des bouts de chewing-gum desséché étaient collés sur la couverture.

– Leur chef m'a au moins confirmé quelque chose, continua-t-il. Il arrive que des types sortent de Starkweather. Pas souvent, mais ça arrive. Le cas s'est produit, il y a cinq ans. Un type censé être surveillé de très près est retourné dans sa ville natale et s'est flingué chez le coiffeur.

– Le système Swig en prend pour son grade, dis-je. C'est peut-être pour ça qu'il était nerveux.

– C'est n'importe quoi, son système. Les gens ne sont pas des machines. Dans des endroits comme San Quentin et Pelican Bay, il y a déjà toutes sortes de problèmes. Si on ne met pas les types en cage, ils font ce qui leur plaît. (Il se mit à feuilleter l'annuaire.) Bon, occupons-nous de chercher les loueurs. Jouons au détective de cinéma.

La plupart des sociétés de location de matériel de cinéma se trouvaient à Hollywood et Burbank. Les autres étaient disséminées dans la Valley et à Culver City.

– Commençons par Hollywood, dis-je. C'est la moindre des choses.

Il était trois heures passées lorsque je suivis la voiture banalisée de Milo sur la Route 405, avant de prendre la 101. Nous sortîmes à Sunset Boulevard. La circulation était fluide.

Les loueurs d'Hollywood se trouvaient dans les immenses entrepôts à l'ouest du quartier, entre Fairfax et Gower. Une demi-douzaine d'entre eux étaient situés dans Santa Monica Boulevard. Nous en fîmes rapidement le tour. Lorsque nous mentionnions Thin Line Production et *Blood Walk,* les employés ouvraient des yeux comme des soucoupes. Ils avaient presque tous l'air débraillé des fans de hard rock.

À la septième tentative, dans une boutique de Wilcox appelée Flick Stuff [1], un jeune homme osseux à l'allure simiesque, avec crinière noire et lèvre percée, se tenait avachi derrière le comptoir. L'insigne de Milo ne l'impressionna pas du tout. Il devait avoir vingt et un ans – trop jeune pour être vraiment revenu de tout. Derrière lui, des portes battantes avec un écriteau « Réservé au personnel. » Dans l'arrière-boutique, une chanteuse hurlait sur des accords saturés. Joan Jett ou une fille qui essayait de l'imiter. M. Chevelu portait un T-shirt noir moulant et un jean rouge. Un slogan sur le T-shirt : « Pas de sexe à moins que ça nous fasse danser. » Sur ses bras blancs et glabres, on lui voyait plus les veines que les muscles. Au creux du coude, des cicatrices bombées de

1. Soit « Les trucs à film ». (NdT)

piquouses laissaient entendre qu'il avait déjà eu affaire avec la police.

– Dites, Monsieur, est-ce que vous travaillez ici depuis plus d'un an et demi ? lui demanda Milo.

« Monsieur » fit rigoler le gamin.

– Oui, mais seulement de temps en temps.

Il parvint à se voûter un peu plus.

Les prix étaient affichés sur les murs. Location à la journée de sacs de sable, chariots style Western, murs de façade, portants de vêtements, lampes de Cardellini et autres accessoires. Étonnamment peu cher. On pouvait louer une machine à faire de la neige pour cinquante-cinq dollars.

– Vous rappelez-vous avoir loué du matériel à une boîte qui s'appelle Thin Line Productions ?

Je m'attendais à ce que M. Chevelu bâille, mais quelques sons sortirent de sa bouche.

– Peut-être.

Milo attendit.

– Ça me dit quelque chose, reprit l'autre. Ouais, peut-être bien. Ouais.

– Pourriez-vous vérifier dans vos archives, s'il vous plaît ?

– Ouais, attendez.

M. Chevelu ouvrit les portes battantes et disparut, puis il revint en nous montrant un classeur, avec l'air de quelqu'un qui a terriblement envie de cracher par terre.

– Ouais, maintenant je me souviens d'eux.

– Un problème ? dit Milo.

– De gros problèmes, ouais.

Il s'essuya les mains sur son T-shirt noir. Le gros anneau d'acier passé au travers de sa lèvre supérieure nous empêchait de prendre au sérieux l'expression de dignité offensée qu'il s'était composée.

– Qu'est-ce qu'ils vous ont fait ? demanda Milo.

– Ils nous ont barboté quatorze mille dollars de matos.

Pour Spielberg, c'est rien du tout, mais pour des connards pareils... On leur a tout donné. Micros, lampes stylo, accessoires, faux sang, filtres, machines à brouillard, peau de chamois, machine à café, gobelets, tables. Tout l'outillage, quoi. Les plus gros trucs, c'étaient un chariot et deux caméras – des vieux machins, les studios n'en voudraient pas, mais ça vaut encore un paquet de fric. C'était censé être une location pour dix jours. On n'avait jamais eu affaire à eux et ç'avait l'air d'être leur premier tour de manivelle, alors nous avons demandé le double de la caution habituelle et ils nous ont donné un chèque. Nous avons vérifié qu'il pouvait être couvert. J'ai pris leurs coordonnées, tout ce qu'il faut, quoi. Non seulement ils n'ont pas payé, mais en plus ils se sont barrés avec le matos. Et quand nous avons voulu encaisser le chèque de caution, devinez ce qui s'est passé ?

Il découvrit ses dents, d'une blancheur surprenante. Tout au fond de sa bouche, quelque chose brilla. Un piercing sur la langue. Aucun cliquetis lorsqu'il parlait. Longue pratique. Les seuils de douleur grimpaient-ils d'une génération à l'autre ? Nos futurs soldats seraient-ils plus vaillants ?

– Qu'est-ce qui vous a fait penser qu'il s'agissait de novices ?

– Ils tournicotaient dans la boutique, ils ne savaient pas quoi choisir. Ce qui me fait vraiment chier, c'est que je leur ai montré comment trouver le meilleur matos au meilleur prix. Dire qu'ils se sont barrés et que je me suis fait baiser !

– On vous a fait des ennuis, ici ?

– Le patron a dit que comme c'était moi qui avais établi le contrat, il fallait que je les retrouve et que je récupère le matériel ou le fric. Mais que dalle.

– Vous parlez de plusieurs personnes, dit Milo. Ils étaient combien ?

– Deux. Un type et une fille.

– De quoi avaient-ils l'air ?

– Vingt ans, peut-être trente. Elle était pas mal, la blonde. Un blond clair, comme Marilyn Monroe ou Madonna quand elle était blondasse. Cheveux longs et raides. Bien faite, mais rien de particulier. Visage pas mal. Lui était grand, plus vieux qu'elle, et il se la jouait très branché.

– Quel âge ?

– Probablement la trentaine. Elle devait être plus jeune. Je n'ai pas vraiment fait gaffe. Elle n'a pas dit grand-chose, c'était surtout lui qui parlait.

– Il était grand comment ?

– À peu près comme vous, mais mince. Pas autant que moi, mais pas comme vous non plus. (Gloussement.)

– Les cheveux ?

– Noirs. Longs.

– Comme les vôtres ?

– Il aurait bien aimé, moi je vous le dis. Les siens étaient bouclés, comme une permanente, ils devaient lui descendre jusque-là.

Il montra ses épaules.

– Blonde platine pour elle, dit Milo en prenant des notes. Longs et bouclés pour lui. Des perruques ?

– Ça c'est sûr, s'exclama M. Chevelu. C'est pas difficile à deviner.

– Qu'est-ce qu'ils portaient, comme vêtements ?

– Rien de spécial.

– D'autres signes particuliers ?

Il se mit à rire.

– Un « 666 » tatoué sur le front, par exemple ? Non, rien.

– Pourriez-vous les reconnaître si vous les aperceviez de nouveau ?

– Je sais pas.

La langue percée pointa entre ses dents. Son tic lui faisait faire la grimace. Un vrai masque de tragédie.

– Sans doute que non, reprit-il. Je n'ai pas vraiment fait attention à leur visage. J'essayais de les aider à trouver le meilleur matos au meilleur prix.

– Mais vous pourriez peut-être les reconnaître ?

– Pourquoi, vous avez une photo ?

– Pas encore.

– Bon, ben, apportez-la quand vous l'aurez. J'ai dit peut-être, je promets rien.

– Ça ne vous a pas dérangé, le fait qu'ils portent des perruques ?

– Pourquoi ?

– Ils avaient peut-être quelque chose à cacher.

Il éclata de rire.

– Dans ce bizness, tout le monde a quelque chose à cacher. On ne voit plus jamais de nénette avec des cheveux naturels, et la moitié des mecs portent une perruque et se mettent du mascara. Qu'est-ce que ça peut me foutre ? Peut-être qu'ils jouaient dans leur propre film, qu'ils faisaient tout eux-mêmes. C'est comme ça que ça se passe dans beaucoup de petites boîtes.

– Ils vous ont parlé de leur film ?

– J'ai rien demandé, ils m'ont rien dit.

– *Blood Walk,* dit Milo. Ça pourrait être un film gore.

– Possible.

M. Chevelu avait repris son air accablé.

– Ils ont loué du faux sang ? insista Milo.

– Quelques litres. J'ai choisi le meilleur, un beau truc bien épais. Dire qu'ils m'ont baisé après ça... Ah, il a vraiment apprécié, le patron !

– Vous croyez que ça pouvait être un porno ?

– Tout est possible. Je connais la plupart des gens dans le porno, mais il y a toujours des petits cons qui essaient de se faire une place au soleil. Cela dit, je ne pense pas. Ils n'avaient pas l'air angélique des pros du porno.

– C'est quoi, cet air angélique ?

– Le bonheur parfait de l'Ecstasy, le super trip, quoi.

Ils ne m'ont pas dit grand-chose et en y repensant, ils n'ont même presque rien dit.

– Votre patron, il a essayé autre chose, à part vous envoyer courir après eux ?

– Qu'est-ce que vous voulez dire ?

– Il les a fait rechercher ? Les agences spécialisées, ça existe.

– Ouais, il les a fait rechercher, et quand il a vu que ça ne donnait rien, il a laissé tomber. Nous avons fait un bon chiffre, cette année, il pouvait s'asseoir sur quatorze mille dollars.

– Ce genre de choses arrive souvent ?

– Se faire tirer du matos comme ça ? Pas tout le temps, mais oui, ça arrive. Ça ne nous coûte généralement pas autant de fric. Et la plupart du temps, on récupère quelque chose.

– Vous avez gardé leur dossier ?

– Je ne l'ai pas jeté.

– Pourrions-nous le voir, s'il vous plaît, Monsieur...

– Bonner. Vito Bonner. (Il s'essuya de nouveau les mains sur son T-shirt.) Je vais retourner vérifier. Ils ont dépouillé quelqu'un d'autre ? C'est pour ça que vous êtes venus ?

– Quelque chose dans le genre, oui.

– Merde, dit-il, c'est vraiment trop con. Nous avions prévenu les autres boîtes des environs. À Burbank, et même à Culver.

Une mèche de faux cheveux noirs lui chatouillant le menton, il l'écarta d'un geste.

– Je crois que nous avons aussi prévenu ceux de la Valley, continua-t-il. Celui qui leur a loué du matos, après ça, c'est vraiment qu'il cherchait les emmerdes.

Nous nous installâmes dans la voiture de Milo pour étudier le dossier. En titre, on pouvait lire : THIN LINE :

BLOOD WALK, Dette problématique. Nous trouvâmes d'abord une lettre de l'agence Encino, spécialisée dans les recherches. Compte rendu détaillé des démarches entreprises, sans résultat. Venait ensuite le contrat de location. Le siège de Thin Line était supposé se trouver dans Abbot Kinney Boulevard, à Venice. Un courrier d'une société de téléphone indiquait que le numéro mentionné était celui d'une cabine publique.

– D'ici à Hollywood, ça fait une trotte, dis-je. Ils auraient pu aller voir les boîtes de location de Santa Monica. Ils ont certainement voulu éviter que les voisins se pointent trop rapidement pour réclamer leur dû.

Milo étudiait le document de près. Il hocha la tête. La signature au bas du formulaire était difficile à lire, mais une carte professionnelle agrafée au dossier indiquait :

Griffith D. Wark
PRODUCTEUR ET PDG
THIN LINE PRODUCTIONS

Avec le numéro de la cabine dans l'angle inférieur gauche. Lettres blanches sur fond noir. Logo avec une antique caméra dans l'angle inférieur droit.

– Numéro bidon, dit Milo. Arnaque à tous les étages... Ce nom, Wark, je parie qu'ils l'ont inventé comme le reste.

– Griffith D. W... Dix contre un que c'est une inversion de D. W. Griffith. Je te parie aussi que le W de D. W. signifie Wark. Pas très subtil, mais notre ami Vito n'y a vu que du feu.

– Ce gamin en sait sans doute davantage sur les lampes Maglites que sur l'histoire du cinéma. (Il jeta un œil à la page suivante.) Voilà la vérification effectuée par la banque, pour le chèque de dépôt. Bank of America, agence de Panorama City. Ces types ont un goût prononcé pour les voyages ou quoi ? (Il regarda sa Timex.) Trop tard pour appeler le directeur. Je vais faire un tour à l'adresse de Venice, histoire de vérifier qu'ils y ont vraiment loué des locaux. Ensuite, je porterai le dossier au labo, au cas où cette histoire cadrerait avec de vieux souvenirs de truands connus. Demain, je bigophonerai à toutes les autres boîtes de matériel cinéma du comté, pour voir si M. Wark a déjà fait le coup ailleurs.

– On dirait que mon idée a fini par te plaire, lui lançai-je.

– On fait avec ce qu'on a, répondit Milo. Je suis un vieux fouineur : quand quelque chose pue, je vais y fourrer mon nez.

– L'annonce pour le casting était peut-être foireuse. J'en connais, des débutants qui ont dû payer pour auditionner.

– Ça ne m'étonnerait pas. Hollywood n'est qu'une vaste arnaque, de toute façon. Il n'y a que l'image, l'apparence, qui compte. Même avec ceux qui ont l'air sérieux. L'une de mes premières affaires, quand je m'occupais encore des vols, c'était... (il mentionna un acteur connu.) Ce type a commencé quand il était encore étudiant ; il faisait des films expérimentaux avec du matériel qu'il avait volé à l'université. Quand je l'ai pincé, ça ne l'a pas inquiété outre mesure. Il était drôlement gonflé, il n'éprouvait aucun remord. En fin de compte, il a accepté de tout restituer et l'université n'a pas porté plainte. Quelques années plus tard, j'étais en train de regarder la télé, et voilà que ce salopard se pointe pour recevoir un Oscar. Il venait de réaliser un film sur la réforme des prisons et je l'ai entendu prononcer un discours de vraie sainte Nitouche. Sans parler de... (Il mentionna le nom d'un réalisateur célèbre.) Je peux te dire qu'il s'est ouvert des portes en vendant de la coke à de gros bonnets des studios. Oui, on peut dire que ce Wark n'est qu'un zozo de plus dans ce business. Mais la question est de savoir si ses conneries ont quelque chose à voir avec mes affaires.

Il était six heures passées quand je rentrai chez moi. La voiture de Robin était garée devant. Une délicieuse odeur flottait dans la maison – le parfum salé d'une soupe au poulet.

Robin était aux fourneaux et remuait le contenu d'une casserole. Elle avait dénoué ses cheveux et ceux-ci lui tombaient dans le dos. Son sweat-shirt noir en accentuait la couleur auburn. Elle avait retroussé ses manches jusqu'au coude et son visage avait l'air lavé de frais. La vapeur de la soupe la faisait transpirer. Spike était assis à ses pieds, la langue pendante, prêt à bondir. La table était mise pour deux.

J'embrassai Robin, et Spike grogna.

– Apprends à partager, dis-je.

Il gronda de nouveau avant de se diriger vers son bol d'eau.

Vainqueur par intimidation.

Robin se mit à rire.

– Je me suis dit qu'on pouvait manger ici, pour changer. Je ne t'ai pas beaucoup vu ces derniers temps.

– D'accord. Je peux t'aider ?

– Non, sauf si tu veux quelque chose d'autre.

Je regardai le contenu de la casserole. Carottes, céleri, oignons, lamelles de viande blanche et pâtes en rubans baignaient dans un bouillon doré.

– C'est parfait comme ça, dis-je en passant derrière elle pour lui prendre la taille.

Je la sentis se laisser aller contre moi.

– Encore un fantasme extrêmement original, continuai-je. Il s'approche d'elle par-derrière pendant qu'elle cuisine et en bon étalon qu'il est...

Elle pouffa et s'adossa contre moi. Mes mains remontèrent jusqu'à ses seins, libres et mobiles sous la mince couche de coton. Ses tétons se durcirent sous la paume de mes mains, puis mes doigts glissèrent jusqu'à l'ouverture de son pantalon. Elle respirait plus vite.

– Vous autres, les psys, dit-elle en guidant ma main vers le bas, je sais bien pourquoi vous préférez vous occuper de fantasmes plutôt que de la réalité.

17

Je me réveillai le lendemain matin avec le souvenir de M. et Mme Argent nous serinant que Claire avait voulu étudier la psychologie pour venir en aide aux gens. Elle s'était pourtant spécialisée en neuropsychologie, avec un intérêt particulier pour l'affinement des diagnostics plutôt que pour les traitements. Tableaux, diagrammes et autres hiéroglyphes scientifiques l'occupaient à longueur de journée. Elle s'était rarement aventurée à l'extérieur de son laboratoire. En réalité, au lieu de faire du bien aux gens, elle n'avait fait qu'accumuler des chiffres à l'Hôpital du Comté.

Jusqu'à ce qu'elle aille à Starkweather, six mois plus tôt. Robin pouvait avoir raison, son changement de poste était peut-être l'occasion d'exprimer son altruisme.

Mais pourquoi à ce moment précis ? Et là-bas ?

Quelque chose ne collait pas. J'avais l'impression d'avoir la tête pleine de fiches mal rangées. Je fis les cents pas dans mon bureau en essayant de remettre un peu d'ordre dans mes idées. Robin et Spike étaient sortis et le silence me tapait sur les nerfs. À une certaine époque – depuis longtemps révolue – j'avais été heureux de vivre seul. Les liens et les plaisirs de l'amour m'avaient transformé. Quelles autres expériences amoureuses Claire avait-elle connues ?

La sonnerie du téléphone me fit sursauter, comme si quelqu'un avait jeté un verre par terre.

– D'abord les petits détails, dit Milo. Joseph Stargill n'est pas aussi riche qu'il prétend, certaines de ses propriétés sont hypothéquées, mais dans le pire des cas, il s'en sort avec quatre millions de dollars. Son cabinet lui rapporte environ cent quatre-vingt mille par an. S'il était radin jusqu'à la moelle, ou s'il haïssait Claire de toutes ses forces, trois cent mille dollars feraient un bon mobile, mais rien ne le prouve. Qui plus est, un avocat spécialisé dans les successions me dit que Stargill aurait le plus grand mal à récupérer la baraque. Sans testament, l'État récolte l'essentiel et les parents de Claire ramassent les miettes. Je n'écarte pas complètement Stargill de la liste des suspects. Il faut encore que je vérifie s'il n'a pas fait quelques investissements louches. Mais il a rétrogradé de quelques places. Deuzio : aucune autre boîte de location ne dit avoir été escroquée par M. Wark ou Thin Line. Peut-être qu'il n'avait pas besoin de quantités de matériel, juste de quoi réaliser son petit film ; il a décidé de garder le matos une fois le truc en boîte. Pour ce qui est de retrouver Wark, rien de nouveau. Le scénario de *Blood Walk* n'a été déposé nulle part, personne n'a entendu parler de Thin Line et rien ne dit que le film ait jamais été distribué. J'ai contacté des labos de développement. Si Wark a impressionné de la pellicule, il a bien été obligé de la faire développer quelque part. Nada. À la Bank of America de Panorama City, ils ne donnent aucun renseignement par téléphone, il faut que je me pointe avec un mandat pour jeter un œil au compte de Thin Line.

– Tu ne t'es pas tourné les pouces, on dirait.

– Oui, mais sans grand résultat. J'ai bien peur que toute cette histoire de cinéma ne nous mène nulle part. Surtout avec mon troisième point : l'employé du bureau des conditionnelles m'a rappelé – bénit soit-il. Il se trouve qu'un pensionnaire de Starkweather a bien été relâché, il y a sept mois de ça. Un certain Wendell Pelley.

Trois semaines avant que Claire aille y travailler. C'est une toute petite ouverture, mais Pelley a peut-être entendu parler de Claire par un type qui serait encore là-bas. Ou bien Claire l'a effectivement rencontré. On l'a officiellement nommée trois semaines après la sortie de Pelley, mais qu'est-ce qui nous dit qu'elle n'est pas allée à Starkweather avant ? Tu vois le tableau ? Elle a pu y aller jeter un œil, histoire de voir si ça lui convenait. Imaginons qu'elle rencontre Pelley par hasard. Ils vont bientôt le relâcher, alors ils l'ont à la bonne et il joue les guides touristiques, comme Hatterson. Elle vient aider son prochain, et lui revient de l'enfer. Ç'aurait pu lui plaire, à Claire, non ?

– Pourquoi pas ? Mais si ce que tu dis est exact, Pelley est sorti un mois après le meurtre de Richard Dada.

– Quelqu'un d'autre s'est occupé de Dada. On a toujours dit que c'était possible, non ?

À l'entendre, il valait mieux ne pas insister.

– Qu'est-ce que tu sais d'autre sur Pelley ?

– Blanc, quarante-six ans, il a été arrêté, il y a vingt et un ans pour avoir flingué sa petite amie et ses trois gosses en pleine Sierra, dans un coin où on avait trouvé de l'or. Apparemment, Pelley jouait au mineur. Comme il se sentait seul, il a fait venir sa petite famille, ensuite il s'est soûlé, il s'est convaincu que les quatre autres voulaient lui piquer sa concession et il a pété les plombs. Diagnostic : schizophrénie paranoïaque, toxicomanie ancienne – drogues et alcool. Bilan : trop dingo pour passer en jugement.

– Comment se fait-il qu'ils l'aient laissé sortir ?

– Recommandation expresse du personnel de Starkweather. C'est tout ce qu'ils ont comme renseignements au bureau des conditionnelles.

– Swig a donc donné son accord. Il nous cache des choses, on dirait.

– Ce zozo... Je n'ai jamais accroché avec lui. J'irai

vérifier ses antécédents, tiens. Mais je vais d'abord me renseigner sur ce Pelley.

– Il est en cavale ? Les internés relâchés sont censés être encadrés et se soumettre à des dépistages anti-drogue.

– Curieux, n'est-ce pas ? Pelley vivait dans un centre de réadaptation près de MacArthur Park. Les responsables du centre ne l'ont pas vu depuis un mois. Ils disent que dès sa disparition, ils ont prévenu son contrôleur de conditionnelle. J'ai essayé de le joindre, mais je n'ai pas encore eu de retour.

– Et ce contrôleur, qui doit-il prévenir ?

– La police locale. Mais eux n'ont aucune trace d'une quelconque notification. Le bon vieux système...

– Tu crois que Swig a été prévenu ?

– Peut-être. Si oui, voilà encore quelque chose qu'il nous a caché. Ce n'est pas que ce soit franchement utile, au point où nous en sommes. Je vois mal Pelley retourner à Starkweather après en être sorti.

– Quelle est l'étape suivante, en principe ? La police fédérale lance une recherche ?

– Non. Officiellement, Pelley n'a encore rien fait de mal, et ni le bureau des conditionnelles ni personne d'autre ne tient à ce que la presse s'en mêle. Pas de quoi paniquer les foules. Si la police locale a effectivement été prévenue, le portrait et la description de Pelley vont se retrouver sur un panneau d'affichage du commissariat et si les flics sont vraiment de bonne volonté, ils tireront des petites photos à fixer sur le tableau de bord des voitures de patrouille. Ce qui signifie que si Pelley fait un esclandre et qu'un de nos types en uniforme se pointe assez vite, notre zozo se fait embarquer. Mais s'il ne fait pas d'histoires, il peut disparaître dans la nature.

– Il s'est retrouvé dehors trois semaines avant que Claire ne rejoigne l'équipe de Starkweather. Il se peut que tu aies raison. Elle a rencontré Pelley et décidé de suivre son parcours.

– Tu te souviens de ce qu'elle a dit à l'autre psychiatre ? Qu'elle était vraiment prête à s'y coller ? « Il y a tellement de fous et nous avons si peu de temps ? »

– Pelley et Peake sont peut-être arrivés à communiquer, d'une manière ou d'une autre. Ils avaient peut-être des choses à se dire, vu qu'ils avaient tous les deux assassiné une famille entière.

– Pourquoi pas ? On voit des gens devenir amis pour moins que ça.

– Heidi n'a jamais mentionné la sortie de Pelley. Mais elle est arrivée à Starkweather après Claire, elle n'en a peut-être pas entendu parler.

– Il faut que je reparle à Heidi de toute façon, dit Milo. Jusqu'à maintenant c'est la seule personne de l'endroit qui se montre prête à collaborer. Elle doit prendre son service à trois heures. Comme je vais être en vadrouille toute la journée, à essayer de retrouver Pelley, je lui ai laissé un message avec ton numéro, au cas où. D'accord ?

– Ça marche. Je peux aussi essayer de contacter le psychiatre-chef de Starkweather, Aldrich, pour voir ce qu'il sait sur Pelley.

– Non, pas maintenant. Je tiens à agir discrètement. Si nous découvrons que Pelley est bien notre homme, celui qui a autorisé sa libération va se retrouver dans le pétrin. Pas la peine de les prévenir ; ça leur donnerait le temps de préparer leur défense. Swig risquerait de bigophoner à son oncle sénateur et il nous opposerait Dieu sait quelle procédure.

Milo avait l'air furieux et euphorique à la fois.

– Tu as l'air d'avoir remonté la pente.

– Je vais te dire un truc : je préfère ça aux histoires de cinoche de Claire et autres baragouinages à la Peake. Là au moins, je m'y reconnais : le méchant se retrouve dehors et il fait des bêtises... Comme quoi j'ai raison de croire que la plupart du temps c'est toujours les mêmes petites histoires sordides.

Je réchauffai un peu de soupe et mâchonnai un bout de pain rassis en pensant à l'enthousiasme de Milo pour Wendell Pelley. Outre qu'il ne pouvait pas être responsable du meurtre de Richard Dada, Pelley s'était servi d'une arme à feu et non d'un couteau. Mais en vingt et un ans, il avait eu le temps de changer de style. Et il s'était enfui pour de bon du centre de réadaptation.

Mais Milo s'appuyait sur ce qu'il détestait : la théorie. S'il avait considéré toutes ces données avec un peu plus de distance, son enthousiasme se serait sans doute refroidi. Je n'avais rien dit. Et j'avais bien l'intention de ne pas lui faire part de mes réserves. La thérapie m'avait appris une chose : tout est affaire de timing.

Mon téléphone sonna à trois heures vingt-trois. Je pensais que ce serait Heidi Ott, mais l'opératrice m'annonça : « C'est un certain Dr Hertzlinger, de l'Hôpital Général. Elle dit vouloir vous parler du Dr Argent. »

– Passez-la moi.

Déclic.

– Docteur Delaware ? Mary Hertzlinger à l'appareil. J'ai essayé d'appeler l'inspecteur Sturgis, mais quelqu'un au commissariat m'a donné ce numéro.

– Il s'est absenté et m'a demandé de prendre ses messages. Quoi de neuf ?

– Après votre départ, j'ai repensé à Claire. Je me suis demandé si je n'avais pas dit des bêtises. À propos de sa remarque : « Il y a tellement de fous, et nous avons si peu de temps ? » Vous m'aviez demandé si Claire avait l'air triste en disant ça et je vous ai répondu que non et que d'ailleurs, elle souriait. Mais à bien y réfléchir, je crois ce n'était pas son genre de sortir ce genre de formule. Enfin je veux dire... je ne l'avais jamais entendue blaguer auparavant. Elle n'a jamais fait preuve du moindre sens de l'humour. Je ne dis pas ça méchamment, c'était simplement quelqu'un d'extrêmement sérieux. En dehors du boulot, j'essaie de ne pas analyser les gens, mais vous savez comment c'est. Les phrases bizarres m'accrochent l'oreille.

– Moi aussi. Ce sont les risques du métier.

Elle eut un petit rire.

– Quand j'entends quelque chose d'étrange, je me dis que c'est une façon d'exprimer son angoisse.

– Vous croyez que Claire s'inquiétait à l'idée de changer de boulot ?

– Ce n'est qu'une hypothèse. Mais elle m'a servi cette phrase comme si elle l'avait apprise et répétée. C'était quand même bizarre. Elle avait un emploi stable et le Dr Theobold l'aimait bien. Pourquoi ce départ soudain à Starkweather ? Elle n'avait encore jamais travaillé avec des patients, et encore moins des meurtriers psychotiques. Tout ça ne rime vraiment à rien.

– Peut-être qu'après tant de recherches, elle a voulu aider les gens pour de bon.

– Mais pourquoi à Starkweather ? Qui pouvait-elle aider là-bas ?

– Vous voulez dire que cette décision l'effrayait, mais qu'elle avait décidé d'y aller quand même ?

– Oui, mais ça n'a pas de sens non plus, vous êtes d'accord ? Si ça l'angoissait, pourquoi y tenait-elle tant ? Je suis sûre que si elle avait débarqué dans le bureau du Dr Theobold pour lui annoncer qu'elle avait brusquement changé d'idée, il l'aurait réembauchée sur-le-champ, sans poser de questions. Tout ça est donc très étrange. J'ai essayé de me souvenir de son comportement le jour où nous transportions ses cartons. De ce dont nous avions parlé. Je ne me rappelle pas de tout, mais au moins de ceci : elle m'a dit qu'elle laissait certains documents dans le placard du bureau et qu'elle repasserait les prendre plus tard dans la journée. Je suis restée au bureau toute la journée, mais elle n'est pas revenue. Jamais. Après votre visite, je suis allée vérifier et j'ai tout retrouvé dans un coin. Deux cartons avec son nom dessus. Les rabats étaient fermés, mais pas scellés, alors j'en ai ouvert un. J'espère que je n'ai pas tout gâché en faisant ça.

– Non. Vous avez trouvé quelque chose d'intéressant ?

– Il s'agissait surtout d'articles de journaux. Ses publications, mais aussi des papiers ayant un rapport avec ses recherches sur l'alcoolisme. Mais il y avait aussi un sac en plastique rempli de coupures de journaux. Des photocopies, en fait. Après les avoir lues, je me suis dit qu'il fallait que j'appelle l'inspecteur Sturgis. Elles concernaient toutes un massacre qui a eu lieu, il y a seize ans.

– La famille Ardullo, dis-je. Ardis Peake.

Silence.

– Alors, vous étiez déjà au courant, finit-elle par dire.

– Peake est à Starkweather. C'était un de ses patients.

– Mon Dieu... Claire s'intéressait donc à lui avant d'aller là-bas... C'est peut-être une des raisons pour lesquelles elle a pris ce poste. Mais qu'avait-elle en tête ?

– Bonne question. Où se trouvent ces photocopies ?

– Devant moi. Je n'y toucherai plus, d'ailleurs, et je n'ai pas ouvert le deuxième carton. Vous pouvez envoyer quelqu'un les chercher avant huit heures ce soir ? Sinon, je serai là demain à partir de sept heures.

– Bien. Je vous remercie d'avoir appelé. Dès que je pourrai joindre l'inspecteur Sturgis, je le mettrai au courant.

– Ce Peake, reprit-elle. Il est toujours là-bas ? Incarcéré ?

– Oui.

– Donc, ce n'est pas lui qui a tué Claire, dit-elle apparemment soulagée. J'ai commencé à lire les articles. Ce qu'il a fait... Enfin... C'est comme ça...

– Encore une chose. Claire vous a-t-elle jamais parlé de sa passion pour le cinéma ?

– Non, elle ne m'en a rien dit. Pourquoi ?

– On nous a raconté qu'il lui arrivait souvent de se distraire en allant au cinéma.

– Ça ne m'étonne pas, dit-elle. Elle devait être du genre à aimer s'abandonner à des rêveries.

– Vous pensez qu'elle était dotée d'une imagination fertile ?

– Disons que c'était quelqu'un qui avait un besoin vital de s'inventer des histoires. Parce qu'elle n'avait pas... Encore une fois, je ne veux pas être méchante, mais il faut dire qu'elle n'avait pas l'air d'avoir une vraie vie à elle.

Claire s'intéressait donc à Peake avant d'être nommée à son nouveau poste.

Son projet : essayer de développer les moyens d'expression d'Ardis.

Du moins c'est ce qu'elle prétendait. Qu'est-ce qui pouvait bien l'attirer chez lui ?

Elle accumulait les coupures de presse en même temps que les résultats de ses recherches.

Parce que les coupures faisaient partie de ses recherches ?

Pourquoi une scientifique élevée à Pittsburgh, ayant fait ses études à Cleveland et menant alors des recherches sur l'alcoolisme s'intéressait-elle à des atrocités commises seize ans plus tôt dans un village de fermiers de Californie ?

Un village qui n'existait plus.

Je repensai à la disparition de Treadway. Une communauté entière rayée de la carte. La folie meurtrière d'Ardis Peake y était-elle pour quelque chose ?

Blood Walk... La promenade sanglante. Celle d'Ardis

Peake n'était pas mal non plus... Je retournai cette histoire dans tous les sens. Claire – une chercheuse – avait peut-être découvert quelque chose...

Il était trois heures moins vingt, et Heidi Ott n'avait toujours pas appelé. J'avisai mon service de messagerie téléphonique que je m'absentais et repartis en direction de la bibliothèque.

18

Je commençai par photocopier et relire les articles que j'avais trouvés la veille. Rien de nouveau. En utilisant comme mot-clé « Ardullo » et « Ardis Peake », je trouvai cinq références remontant vingt ans avant le crime, toutes dans le *L.A. Times.*

24 novembre 1929 :

EN FOOTBALL AMÉRICAIN,
ARDULLO MÈNE LES INDIENS À LA VICTOIRE.
par Red Schoen, chroniqueur sportif du *Times*

En traversant par deux fois le terrain à une vitesse invraisemblable, le célèbre quarterback Henry « Butch » Ardullo a permis aux Stanford Indians de vaincre par 21 à 7 les UC Bears, après un match à suspense, dimanche dernier.

Ardullo, déjà connu pour ses qualités de passeur, a fait la preuve de ses qualités de sprinter en accomplissant deux incroyables imitations du dieu Mercure, jusqu'à la ligne de but adverse, sur respectivement 70 et 82 mètres. Le public présent lui a témoigné sa gratitude par une ovation debout, et il se murmure que les chasseurs de tête professionnels, déjà alertés par la réputation grandissante d'Ardullo, envisagent sérieusement de recruter ce jeune costaud. Personne ne serait vraiment surpris de voir le jeune Butch au faîte de la gloire, même au beau milieu de ses années d'études. Plus important encore pour les supporters inconditionnels et les anciens de Palo Alto, les Redskins ont définitivement acquis le droit de jouer au Rose Bowl.

8 décembre 1929 :

UNE BLESSURE MET SUR LA TOUCHE LA STAR DU FOOTBALL

par Red Schoen, chroniqueur sportif du *Times*

Hier, le grand Henry « Butch » Ardullo, la star de Stanford, s'est cassé le fémur lors de l'entraînement. Il a dû être évacué du terrain sur une civière.

Ardullo, premier buteur de la Pacific College League, devait prochainement porter le brassard de capitaine des Indians dans leur prochain match contre l'USC, au Rose Bowl. Les médecins qui soignent le jeune blessé ont déclaré que sa carrière de footballeur était terminée.

12 août 1946 :

UN SYNDICAT DE FERMIERS DÉCLARE QUE LA MAIN-D'ŒUVRE IMMIGRÉE EST INDISPENSABLE

par John M. D'Arcy, rédacteur du *Times*

Un groupement de fruitiers de Californie est venu rencontrer cette semaine à Washington le ministre de l'agriculture Clement W. Chase pour lui demander que soient assouplies les lois sur l'immigration, cela afin de permettre la venue d'un plus grand nombre d'ouvriers agricoles mexicains.

Ces arboriculteurs affirment que des lois sur l'immigration plus strictes auraient pour effet d'augmenter le coût de la main-d'œuvre au point de « pénaliser le consommateur » selon le président de l'Affiliated Agricultural Network (AAN), Henry Ardullo, un producteur de pêchès et de noix de Treadway, en Californie.

« Ici, a déclaré Ardullo, ces personnes peuvent gagner dix fois ce qu'elles touchent au Mexique, tout en accomplissant un travail extrêmement rentable pour nous. Ces hommes occupent des emplois dont personne ne veut ; les ouvriers américains ne sont donc pas lésés. Grâce à cela, la ménagère peut acheter chez son épicier les plus beaux produits, les plus nutritifs que la terre nous ait jamais donnés, et ce à un prix permettant à tout un chacun de manger de manière équilibrée. »

« Les groupes anti-immigration s'opposent fermement à ce point de vue. Le ministre Chase a déclaré qu'il prendrait en compte cette demande et promulguerait un décret. »

14 janvier 1966 :

RÉSISTEZ À LA TENTATION DE VENDRE VOTRE TERRE, DÉCLARE UN PRODUCTEUR

par Stephen Bannister, rédacteur du *Times*

« Les fermiers doivent résister à la tentation de vendre leur terre aux prix du marché, affirme l'un des principaux fruitiers de Kern County, car l'avenir des exploitations familiales est en jeu. »

« Un gain rapide est une tentation à laquelle il est difficile de résister, d'autant que l'agriculture est un métier difficile, avec toutes les contraintes gouvernementales, déclare Henry Ardullo, producteur de pêches et de noix à Treadway, en Californie, et ancien président de l'Affiliated Agricultural Network, un syndicat défendant les intérêts des exploitants indépendants. Les fermes sont l'âme de la Californie. Cet État est le grenier de l'Amérique et si nous sacrifions la main qui nous nourrit sur l'autel de l'argent facile, que laisserons-nous à nos enfants ? C'est bien beau, les terrains de golf et les country clubs, mais essayez donc de nourrir votre famille avec du gazon. »

M. Ardullo s'exprimait lors d'une réunion de soutien au Parti républicain, qui s'est déroulée au *Fairmont Hotel* de San Francisco. À côté de lui, sur l'estrade, se trouvaient les sénateurs William Greben et Rudy Toores, ainsi que le promoteur immobilier Sheridan Krafft.

5 mars 1975 :

DÉCÈS

HENRY ARDULLO, STAR DU FOOTBALL UNIVERSITAIRE
ET ANCIEN PRÉSIDENT D'UN SYNDICAT D'AGRICULTEURS

« Henry "Butch" Ardullo est mort dans son ranch de Treadway, Californie, mercredi dernier. Célèbre quarterback de l'université de Stanford, où il a battu de nombreux records en tant que passeur et sprinter, Ardullo avait obtenu sa licence d'études commerciales en 1930. Il se destinait à une carrière de footballeur professionnel, mais une blessure à la jambe a mis fin à sa carrière sportive.

« Après avoir obtenu son diplôme, il s'est associé à l'entreprise familiale, une grande exploitation fruitière produisant des pêches et des noix fondée par son père, Joseph (Giuseppe) Ardullo. Celui-ci, un immigrant de Naples arrivé en Californie en 1883, avait trouvé du travail comme vendeur de fruits à San Francisco avant d'acquérir des terres autour du village de Treadway, où il fit pousser des centaines d'arbres fruitiers à partir de plants importés d'Angleterre, d'Italie et du Portugal.

« Après la mort de Joseph Ardullo en 1941, Henry Ardullo prit la tête de l'entreprise, Ardullo AA Fruit, la rebaptisa Best Buy Produce et en fit une SARL. Il fit l'acquisition d'autres parcelles et devint l'un des grands propriétaires de la région. Élu président de l'Affiliated

Agricultural Network, un consortium d'exploitants indépendants, créé après la guerre, en 1946, Ardullo a défendu les intérêts des fruitiers à Washington, en demandant notamment l'assouplissement des lois sur l'immigration afin d'accueillir un plus grand nombre d'ouvriers agricoles en Californie. Il était membre des Kiwanis [1], de la Chambre de Commerce de Treadway, de la Farm League, et mécène du Parti républicain ; il fut également président de l'United Way, section Central Valley, de 1953 à 1956.

« Il avait épousé en 1933 une camarade de Stanford, Katherine Ann Stethson, fille du propriétaire d'un grand magasin de Palo Alto. Elle était décédée en 1969. Un fils, Henry Ardullo Jr., avait trouvé la mort dans un accident d'alpinisme survenu au Népal en 1960. Leur deuxième fils, Scott Stethson Ardullo, vice-président de Best Buy Produce, vit toujours à Treadway. »

« Les fermes sont l'âme de la Californie. »

Le déchaînement d'un fou était venu mettre un terme au cauchemar d'Henry Ardullo.

Une famille anéantie. Un village entier rayé de la carte. Les scrupules des uns et des autres n'avaient pas résisté longtemps à l'appât du gain.

Cette histoire était bien triste, mais je ne voyais aucun lien avec Claire ou les démons qui s'agitaient sous le crâne d'Ardis Peake.

La famille de Claire pouvait-elle avoir un lien quelconque avec les Ardullo ? Ses parents n'y avaient pas fait allusion. Ils ne semblaient pas avoir la moindre raison de cacher quoi que ce soit de leur passé. Mais il arrive que les gens dissimulent leurs raisons. Je trouvai un télé-

1. Kiwanis : Organisation fondée en 1915 pour défendre certains idéaux dans les milieux professionnels du commerce et de l'industrie. Le mot est supposé signifier en dialecte amérindien : « se faire connaître ». (NdT)

phone à pièces à l'extérieur de la salle de lecture et composai leur numéro. Je reconnus la voix rauque de Rob Ray.

– Oui ?

– Monsieur Argent ? Le Dr Delaware à l'appareil.

– Oh, bonjour.

– Désolé de vous déranger de nouveau, mais j'avais une dernière question à vous poser.

– Vous avez de la chance de nous trouver, dit-il. Nous nous apprêtions à quitter l'hôtel pour rentrer chez nous.

– Je serai bref, monsieur Argent. Avez-vous de la famille en Californie ? Pour être précis, avez-vous des parents qui travaillent dans l'agriculture ?

– Des fermiers ? Non.

– Est-ce que le nom Ardullo vous dit quelque chose ?

– Non. Je pensais que vous m'appeliez pour me dire que l'enquête progressait. Qu'est-ce que tout ça signifie ?

– Les Ardullo étaient une famille à laquelle Claire s'est intéressée. Elle avait lu des choscs sur cux et conservait des articles de journaux à leur sujet.

– Vous dites « étaient une famille » ? Il leur est arrivé malheur ?

– Ils ont été assassinés. Il y a quinze ans. Il semble que Claire se soit intéressée à cette affaire.

– Assassinés... Toute la famille ? (Il s'étrangla presque en parlant.) Et alors ?... Je veux dire... ce n'est pas que je me moque qu'ils aient été assassinés, mais qu'est-ce que ça a à voir avec Claire ? Non, je ne les connais pas. Je n'ai jamais entendu ce nom. Sa mort est sans doute liée à... à son travail. Au boulot qu'elle faisait. Il faut que j'y aille, maintenant. Au revoir.

– Bon voyage, lui lançai-je.

– J'y compte bien, dit-il. Je me réjouis à l'idée de quitter cette saleté de ville.

Je mis quelques secondes à encaisser sa sortie, puis je raccrochai. J'étais le roi des imbéciles et des importuns. Qu'est-ce que je cherchais ? Qu'est-ce que ces histoires de gros sous et de vente de terres avaient à voir avec le meurtre de Claire ?

Maintenant que j'avais de nouveau les yeux en face des trous, je voyais bien qu'on pouvait expliquer simplement cette histoire de coupures de presse : sachant qu'elle allait être en poste à Starkweather, Claire avait entré le nom de l'hôpital dans une banque de données et était tombée sur la description du massacre perpétré par Peake. Une fois sur place, elle était allée le voir et avait découvert son état végétatif. Un vrai défi, effectivement.

« Tellement de fous, si peu de temps. »

Après toutes ces années passées dans un labo, elle devait avoir une envie irrépressible de clinique et tout à coup, elle se retrouvait devant un parfait exemple de folie criminelle. Peut-être même, si le comportement de Peake avait commencé à se modifier, avait-elle songé à écrire un livre sur lui.

Elle était entrée dans le royaume de la folie, mais malgré l'enthousiasme de Milo pour la thèse Wendell Pelley, je me demandais si cela avait un lien quelconque avec sa mort. Depuis le début de l'affaire, j'avais la conviction qu'un criminel très organisé – tordu mais lucide – lui avait tranché la gorge, l'avait fourrée dans le coffre de sa voiture et s'était enfui avec le peu d'argent que contenait le portefeuille – lequel n'avait d'ailleurs toujours pas été retrouvé. Et le tout sans laisser de trace.

La même personne qui avait coupé en deux Richard Dada ? Comment savoir ? Les similitudes entre les deux affaires pouvaient s'expliquer par les symptômes récurrents de la déviance psychologique : tous les psychopathes se ressemblent. À force de voir des types dingos et dangereux, on sait qu'on peut s'attendre à retrouver la même saleté.

Mais ici il n'était pas question de voix intérieures. Peut-être Pelley était-il revenu de la véritable démence. Peut-être pas. Quoi qu'il en soit, je ne pouvais m'empêcher de penser que nous avions affaire à des actes accomplis froidement, et mûrement réfléchis.

Un meurtre jouissif. Pour le plaisir des yeux.

Comme je ne pouvais rien faire de plus, je ramenai la voiture à la maison. Je passai ensuite quelques heures dehors à arracher les mauvaises herbes, tailler les plantes, nourrir les poissons et ramasser les feuilles à la surface de l'étang.

Peu avant cinq heures, j'eus enfin Heidi Ott au téléphone.

– Docteur ? (Elle avait l'air enthousiaste.) Je n'arrive pas à y croire, mais Peake parle de nouveau et cette fois Swig ne peut pas m'accuser d'inventer des histoires. J'ai tout enregistré !

19

– Taa.

– Comment, Ardis ?

Ronronnement de la cassette. Je chronométrai. Vingt-deux secondes de silence.

– Qu'est-ce que vous avez dit, Ardis... ? Vous venez de dire quelque chose... Vous voulez me parler ?

Trente-deux secondes, puis :

– Ardis ? Pouvez-vous ouvrir les yeux... S'il vous plaît ?

Une minute. Quatre-vingt-dix secondes, cent... Heidi Ott leva un doigt pour nous demander d'être patients.

Il était presque minuit, mais ses yeux brillaient. Heidi, Milo et moi nous trouvions dans une salle d'interrogatoire du commissariat – un placard jaune surchauffé qui sentait le détergent, à peine assez grand pour nous trois. Heidi avait les cheveux tirés en arrière et maintenus par une barrette. Elle était venue directement de Starkweather et la pince de son badge pendait sous sa poche de poitrine. Un petit magnétophone Sony noir était posé devant nous.

– Attendez encore un peu, dit-elle en tapotant du doigt sur la table métallique.

De nouveau sa voix enregistrée :

– D'accord, Ardis, demain, peut-être.

Trente-trois secondes. Puis des bruits de pas.

– Taa.

– Taa, Ardis ? Deux ? Deux quoi ?

Vingt-huit secondes.

– Ardis ?

– Taa taa.

– Quoi ?

– Taa taa tchou tchou bang bang.

– Taa taa tchou tchou bang bang ? Qu'est-ce que ça veut dire, Ardis ?

Quinze secondes.

– Tchou tchou bang bang, Ardis ? C'est quoi ? Une espèce de jeu ?

Dix-huit secondes.

– Ardis ? Qu'est-ce que c'est, tchou tchou bang bang ?

Trente secondes, quarante, cinquante.

– Qu'est-ce que ça veut dire, Ardis ?

Quatre-vingt-trois secondes. Puis un déclic.

– À ce moment-là, dit-elle, il s'est détourné et n'a plus voulu ouvrir les yeux. J'ai attendu encore un peu, mais je savais que je n'obtiendrais plus rien.

–« Tchou tchou bang bang », répéta Milo.

Heidi rougit.

– Je sais, ça a l'air bête, hein ? Je n'aurais peut-être pas dû en faire tout un plat, mais c'est quand même quelque chose, non ? Voilà qu'il me reparle. Peut-être que ça va continuer.

– Où rangez-vous votre magnétophone ? lui demandai-je.

– Je le garde dans ma poche, répondit-elle en désignant le gilet de photographe bleu marine accroché au dossier de sa chaise. J'ai réessayé hier, mais il ne s'est rien passé.

– « Tchou tchou bang bang », dit Milo. « Vilains yeux dans une boîte »

– J'ai tenté de trouver un lien entre les deux, dit Heidi. (Elle avait soudain l'air extrêmement fatiguée.) Je vous fais peut-être perdre votre temps. Désolée.

– Non, non, dit Milo. Je suis bien content que vous nous aidiez. J'aimerais garder la cassette.

– Bien sûr.

Elle l'éjecta du magnéto, la lui donna, remit l'appareil dans sa poche, ramassa son sac à main et se leva.

Milo lui tendit la main.

– Je vous remercie, dit-il. Sincèrement. La moindre information peut être utile.

Elle haussa les épaules.

– Si vous le dites... Vous voulez que je continue à enregistrer ?

– Je ne veux pas que vous vous mettiez en infraction de quelque manière que ce soit.

– Je n'ai jamais entendu dire qu'on n'avait pas le droit d'enregistrer.

– D'une manière générale, il est interdit d'enregistrer les dires de quelqu'un sans que la personne en soit informée au préalable, Heidi. Les prévenus ne sont pas censés avoir de vie privée et la chose ne s'applique donc pas à eux, mais je ne sais pas dans quelle mesure cela vaut aussi pour les patients de Starkweather.

– D'accord, dit-elle. Je ne le ferai plus.

Elle se dirigea vers la porte en haussant de nouveau les épaules.

– C'est bizarre, non ? ajouta-t-elle encore. Protéger ces gens-là comme ça... Encore une bonne raison de ne pas moisir là-bas.

– Que voulez-vous dire ?

– Swig parle sans arrêt d'humanisme et répète à plaisir que ces types sont quand même des êtres humains. Mais je n'arrive pas à éprouver la moindre sympathie pour eux, et je préférerais travailler avec des gens dont je me sente un peu plus proche... Heureusement, ils ne sortent pas. C'est le plus important.

– À propos, dit Milo, l'un d'eux a quand même été relâché.

Les jointures de ses doigts blanchirent autour de la poignée de son sac.

– Je ne savais pas. Quand ça ?

– Avant que vous ne débarquiez là-bas.

– Qui ? Comment s'appelle-t-il ?

– Wendell Pelley.

– Jamais entendu parler. Vous le suspectez du meurtre de Claire ?

– Non, dit Milo. Pas pour l'instant. Mais je n'ai pas encore tout vérifié. Tout ce que vous pourriez nous apprendre sur Pelley pourrait nous être utile. Par exemple, je voudrais bien savoir si lui et Peake frayaient ensemble.

– Je peux essayer... Le temps qu'il me reste à passer à Starkweather.

– Deux semaines, c'est ça ?

– Oui... Si vous pensez que... Croyez-vous que Peake essaie de me parler de Pelley ? Que Pelley communique avec Peake ? Qu'il lui envoie des messages et que Peake me les répète à sa façon ?

– J'aimerais avoir les moyens de vous répondre, Heidi. Pour l'instant je cherche tous azimuts.

– D'accord, je verrai ce que je peux faire.

Elle tripota sa queue de cheval, visiblement mal à l'aise, puis ouvrit la porte. Nous la raccompagnâmes jusqu'à la porte d'entrée. Sa voiture était garée devant, éclairée par un réverbère. Un vieux minibus Chrysler mangé par la rouille. Sur une des vitres, un autocollant disait : « Les alpinistes se défoncent à l'air pur. »

– Quelle est la plus haute montagne que vous ayez escaladée ? demanda Milo.

– Je préfère grimper sur des parois que des montagnes. Des surfaces planes. Plus elles sont verticales, plus j'aime ça. (Elle sourit.) Vous me promettez de ne pas le répéter ? La plus difficile, je n'étais pas autorisée à grimper dessus. C'était un barrage près de la frontière du

Nevada. Nous sommes arrivés en haut à trois heures du matin, avant de redescendre en parachute.

– Bon shoot d'adrénaline, ça, non ? dit Milo.

– Ça oui !

Elle rit, monta dans sa voiture, puis s'éloigna.

– Tu t'es trouvé une bonne auxiliaire féminine, lui dis-je. Je crois qu'elle vient de s'inventer un autre moyen de faire grimper son taux d'adrénaline.

– Oui, elle est drôlement remontée... Mais voilà au moins quelqu'un qui coopère. Enfin... Et qu'est-ce que tu penses du dernier monologue de Peake ?

– S'il a un sens caché, il me manque le décodeur.

– Tchou tchou bang bang, tu parles, oui, dit-il en se marrant. Peake est peut-être maintenant assez grand pour vouloir qu'on lui offre un train électrique.

Nous remontâmes aux Vols et Homicides. Un distributeur de beignets trônait sur le bureau de Milo.

– Tu n'es pas censé retrouver Robin ? me demanda-t-il.

– Je l'ai prévenue que je rentrerais peut-être tard.

Milo parcourut les notes qu'il avait prises dans la salle d'interrogatoire.

– Dommage pour Heidi, dit-il, notre petite alpiniste... Tout ce qu'elle nous a ramené ne vaut sans doute pas un pet de lapin. « Tchou tchou bang bang » et puis quoi encore ? Peake va nous réciter du Dr Seuss [1] ?

Il se frotta les yeux, parcourut quelques feuilles de papier en en lissant les coins.

– Tu crois que j'ai eu tort de lui demander de vérifier pour Pelley ? reprit-il.

– Pas si elle le fait discrètement.

– Dans le pire des cas, si Swig s'en aperçoit, il peut

1. Célèbre auteur de livres pour enfants. (NdT)

toujours se fâcher, ça ne fera pas beaucoup de vagues ; il fera en sorte que l'affaire ne s'ébruite pas.

– Tu as appris autre chose sur Pelley ? lui demandai-je.

– Que dalle. La police locale a bien été prévenue de sa disparition par l'officier du bureau des conditionnelles, ce qui en soi est positif. À part ça, le flic en question ne m'a pas franchement aidé. Il connaît les références du dossier, mais pour lui, Pelley n'est qu'un numéro parmi d'autres. Je ne pense pas qu'il serait capable de le reconnaître en pleine rue.

Il sortit de sa veste une feuille pliée en deux et me la tendit. Avis de recherche du LAPD. Signalement de Pelley, plus une photo si sombre et floue que je ne voyais pas à quoi elle pouvait bien servir. Un visage rond et glabre de Blanc, avec des traits vagues. Fins cheveux clairs. Bouche dure. Dans un coin de la feuille, le délit : défaut de comparution.

– Ils se servent vraiment de ça ? dis-je en posant la feuille sur le bureau.

– Oui, je sais... Ce n'est pas du Cartier-Bresson. Mais au moins ils cherchent. Et moi aussi, j'ai fait des recherches. Je me suis baladé en voiture dans le quartier, j'ai été me promener dans MacArthur Park, Lafayette Park, les ruelles, les bars louches et autres repaires de petits truands que je connais. Je me suis aussi pointé au centre de réinsertion. Un vieil immeuble de rapport, avec des types pas clairs qui traînent et un Coréen qui tient la boutique – plutôt franc, le bonhomme ; il m'a raconté qu'il avait été travailleur social à Séoul. Mais il parle à peine anglais et, en gros, tout ce qu'il fait, c'est de loger les types et de leur faire passer des tests-surprises trois ou quatre fois par an. Le suivi psychologique consiste à demander aux gars comment ils vont. Ceux que j'ai vus n'avaient pas l'air spécialement futés. Quant à Pelley, tout ce que le Coréen m'a raconté sur lui, c'est qu'il ne parlait pas beaucoup et n'avait pas causé de problèmes. Les autres ne se souvenaient évidemment pas de lui.

Il attrapa un morceau de croissant à la cannelle tout sec, avant de reprendre :

– Il peut très bien être à des milliers de kilomètres d'ici. Pour ce qui est des investissements de Stargill, je n'ai pas fait beaucoup mieux. Les responsables financiers de Newport n'ont rien voulu me dire et se sont empressés de rapporter à Stargill que je posais beaucoup trop de questions. Voilà-t-y pas qu'il me téléphone, sacrément en pétard. Je lui explique que j'essaie seulement de le blanchir et qu'il pourrait justement me laisser jeter un œil à son portefeuille boursier. Si tout est clair, il n'entend plus parler de moi. Il me répond qu'il va y réfléchir, mais je sais bien comment ça va finir.

– Il cache quelque chose ?

– Ou bien il protège sa vie privée. Ah, ça, on n'y touche pas, à la vie privée. Dans cette histoire, tout le monde revendique le droit d'en avoir une. Même les types qui font cuire des bébés pour les bouffer. Tout le monde, sauf les gens qui se retrouvent allongés sur une table en métal pendant qu'un type en blouse blanche leur pèle le visage et les charcute dans tous les sens pour observer de près chacun de leurs organes. Tu parles d'une vie privée !

20

Robin ne bougea pas lorsque je me glissai dans le lit à côté d'elle, vers une heure du matin. Des images des crimes de Peake, plus la certitude que je n'avais pas beaucoup aidé Milo, me tinrent éveillé quelques minutes. Mon cœur battait la chamade, j'étais extrêmement tendu. Je me forçai à respirer profondément et finis par sombrer dans une désagréable torpeur. Je ne sais pas si je rêvai, car le lendemain matin, je n'en avais aucun souvenir, mais j'avais mal aux jambes, comme si j'avais fui quelque chose.

Sur le coup de neuf heures, j'étais en train de boire mon café en regardant vaguement ce qu'à L.A. on appelle un journal télévisé : bouffons à fausses dents colportant les derniers potins du show-biz, radotages des zozos du conseil municipal, psychoses sanitaires à la mode. Ce jour-là, c'étaient les fraises du Mexique ; tout le monde allait mourir d'une maladie intestinale. À l'époque où je travaillais avec des enfants, ce genre de nouvelles effrayait les gamins plus sûrement qu'un film d'horreur.

Je m'apprêtais à éteindre lorsque la blondasse au sourire permanent en rajouta une louche :

– Et maintenant, de nouvelles informations sur cet accident ferroviaire...

L'histoire ne méritait que trente secondes. Un inconnu s'était couché en travers des voies du MetroRail, à l'est de la ville. Probablement quelques minutes avant que ne passe un train de voyageurs vide. Le conducteur l'avait vu et tenté d'actionner le frein de secours, mais trop tard.

Tchou tchou.

J'appelai Milo.

Il décrocha immédiatement.

– Ouais, ouais, le petit train qui n'est pas arrivé à... Rien qui nous concerne, à mon avis. Ou bien alors Peake est un vrai prophète et nous devrions l'adorer à genoux plutôt que de le garder enfermé. De mon côté, je n'avais pas grand-chose à faire, alors j'ai appelé le coroner. Le défunt est un certain Ellroy Lincoln Beatty. Noir, sexe masculin, cinquante-deux ans. Deux ou trois bricoles à son casier judiciaire, essentiellement des arrestations pour port d'arme prohibé et ivresse sur la voie publique. La seule chose qui m'intrigue, c'est que ce Beatty a passé un certain temps dans un hôpital psychiatrique – à Camarillo, il y a treize ans de ça, à l'époque où ils s'occupaient encore de ce genre de choses. Aucune mention de Starkweather, mais on ne sait jamais. L'accident a eu lieu dans le secteur de Newton. J'aurais préféré voir Manny Alvarado chargé de cette affaire, mais il a pris sa retraite et le type qui l'a remplacé n'est pas du genre à répondre à un message téléphonique. J'avais dans l'idée de faire un tour à la morgue avant le déjeuner. Ne te gêne pas pour te joindre à moi. Si ça t'ouvre l'appétit, on peut aller manger ensemble après. Un bon steak saignant, par exemple.

– En gros, la tête et les membres inférieurs, dit le type de service.

C'était un petit Latino costaud et râblé, du nom d'Albert Martinez. Cheveux en brosse, bouc, lunettes à verres épais qui agrandissaient et éclairaient ses yeux.

Le crucifix en or accroché à son cou avait un vague air byzantin.

Le bureau du coroner occupait deux étages d'un immeuble crépi. La plus extrême propreté y régnait. Nous étions dans East L.A., près de l'Hôpital du Comté. L'ancien bureau de Claire n'était qu'à quelques rues. Je me rendis compte qu'elle avait bouclé la boucle.

– Le reste du bonhomme est plus ou moins en purée, dit Martinez. Personnellement, je trouve incroyable que nous soyons parvenus à en récupérer autant. Le train a dû lui passer dessus à quoi... soixante-dix, quatre-vingt à l'heure ?

La pièce était fraîche, immaculée, absolument inodore. Tables en acier, vides, équipées d'une rigole et d'un drain, micros et haut-parleurs, plus un mur de tiroirs métalliques. Le premier lycéen venu aurait reconnu l'endroit au premier coup d'œil : les séries télé avaient fini par rendre le décor familier. Mais les caméras s'abstenaient généralement de filmer le contenu des tiroirs. À l'écran, les morts n'étaient que des accessoires intacts, propres, sans une goutte de sang et qui reposaient en paix.

Je n'avais pas remis les pieds dans cet endroit depuis l'internat, et la chose ne m'excitait pas outre mesure.

– Comment avez-vous pu l'identifier ? demanda Milo.

– Il avait sa carte de l'aide sociale dans la poche, répondit Martinez. Les membres inférieurs étaient encore recouverts de morceaux de pantalon et la poche était intacte. Il n'avait que sa carte et quelques dollars sur lui. Une chose intéressante : il sentait encore l'alcool. Même avec toute cette purée. La seule autre fois où j'ai senti ça aussi fort, c'était avec une femme morte en couches ; elle avait dû boire au moins deux bouteilles de vin à elle seule cette nuit-là, et elle est morte en salle d'accouchement. Son liquide amniotique était rouge rubis, comme le vin... vous voyez ? Presque violet. Elle avait dû siroter du Thunderbird ou Dieu sait quoi. Le bébé était mort, évidemment. C'était peut-être une chance, d'ailleurs.

Il tripota son crucifix.

– L'autopsie de Beatty est prévue pour quand ? demanda Milo.

– Difficile à dire. Toujours autant de boulot en retard. Pourquoi ?

– C'est peut-être lié à autre chose. Donc, d'après vous, Beatty était sérieusement poivré ?

– Pour sentir aussi fort ? Et comment ! À mon avis, il avait picolé bien plus que ce qu'il pouvait supporter. Il a dû partir se balader le long des voies, s'allonger pour piquer un roupillon, et boum. (Martinez sourit.) Dites, vous croyez que je ferais un bon inspecteur ?

– À quoi bon ? lui renvoya Milo. Votre boulot est beaucoup plus marrant.

Martinez gloussa.

– Ces voies ferrées, je vous jure... Ils devraient quand même faire quelque chose. Pas de clôture, pas de barrière de sécurité, rien. J'ai grandi par là-bas, on allait jouer sur les voies, mais à cette époque, il n'y avait pas de trains rapides. Vous vous souvenez, le mois dernier ? Le petit gamin qui se baladait en rentrant de l'école, pas loin de là où Beatty a été écrasé ? Ce gosse, on n'a rien récupéré de reconnaissable. Ils devraient mettre une clôture ou je sais pas, moi... Je peux faire autre chose pour vous ?

– J'aimerais voir Beatty.

– Ah bon ? Pour quoi faire ?

– Je veux pouvoir imaginer quel type c'était.

Le pouce et l'index de Martinez se refermèrent autour du crucifix.

– Quel type c'était ? Ce n'est peut-être pas en le regardant que vous le saurez, vous savez.

– Faites-moi plaisir, dit Milo.

Martinez se dirigea vers un tiroir, l'ouvrit sans bruit, et écarta le drap immaculé.

Le visage était gris et remarquablement intact, mis à part quelques éraflures sur la joue gauche. Gris cendré, très exactement, car de son vivant Ellroy Beatty avait eu la peau noire. Un peu de duvet blanc sur les joues : une barbe de quatre ou cinq jours. Tignasse de cheveux gris mal coupés. Les yeux étaient ouverts, ternes et secs, les lèvres couvertes d'une croûte rosâtre. Regard vide de tous les morts. Quel que soit notre Q.I., lorsque notre âme s'envole, nous avons tous l'air idiot.

Sous le cou, plus rien, – Beatty avait été proprement décapité –, mis à part des filaments de trachée et de jugulaire et quelques fibres musculaires qui dépassaient çà et là. Un peu en dessous, sur le tiroir, se trouvait un petit tas enveloppé d'un drap blanc. Martinez précisa sans y avoir été invité qu'il contenait « les membres inférieurs ».

Milo contempla le morceau de viande grisâtre qui avait naguère abrité la conscience d'Ellroy Beatty. Sans cligner des yeux, sans bouger. Je me demandai combien de fois il était venu ici.

– Ça va comme ça ? demanda Martinez.

Au même instant, la porte s'ouvrit et un homme pénétra dans la pièce. Il portait des gants, un calot, des chaussons de papier et un masque qui lui pendait autour du cou. À peu près l'âge de Beatty, grand, les épaules affaissées, visage très bronzé et grosse barbe noire.

Il jeta un coup d'œil dans notre direction, lut la fiche qu'il tenait dans sa main droite et se dirigea vers l'un des placards en acier, à deux pas du nôtre.

Puis il aperçut la tête d'Ellroy Beatty et la colère empourpra son visage.

– Qu'est-ce qui se passe ici, bordel ?

Martinez :

– Il y a un problème, docteur Friedman ?

– Et comment qu'il y a un problème ! Qui a découpé mon macchabée ?

– Votre macchabée ?

– C'est ce que j'ai dit, il me semble. Vous êtes sourd ou quoi, Albert ? (Friedman se tourna vers Milo.) Et vous êtes qui, vous ?

– LAPD.

– Je croyais que c'était Willis Hooks qui s'occupait de cette affaire.

– Non, dit Milo. Hooks est à Central. Ce type vient de Newton, c'est l'inspecteur Robert Aguilar qui s'en charge.

– Quoi ? ! brailla Friedman en plantant son doigt dans la fiche. Sur la paperasse, il y a marqué Hooks, de Central ! Depuis quand vous amusez-vous à ce genre de choses, monsieur Aguilar ?

– Je m'appelle Sturgis, docteur. Je suis de West L.A.

Friedman cligna plusieurs fois des paupières.

– Qu'est-ce que... ?

Il s'approcha de la tête d'Ellroy Beatty, puis reprit :

– Laissez-moi vous dire que quelqu'un va avoir de sacrés ennuis ! Il était prévu que je pratique l'autopsie de ce cadavre et quelqu'un lui a coupé la tête ! Et pouvez-vous me dire ce qu'il fait dans ce tiroir alors qu'il est censé se trouver là-bas ?

Il agita frénétiquement sa fiche.

– Personne ne l'a déplacé, docteur, lui répondit Martinez. Nous l'avons rangé ici tout de suite. Et personne ne l'a coupé en morceaux, c'est le...

– Arrêtez de me baratiner, Albert ! On ne vous coupe pas la tête en vous tirant dessus ! Les balles, ça ne...

– C'est le cadavre de Beatty, dit Martinez. Celui qui a été...

– Je sais qui c'est, Albert ! (Nouveaux mouvements frénétiques de la fiche.) Beatty, Leroy. Blessure par balle à la tête, arrivé la nuit dernière...

– Beatty, Ellroy, le corrigea Martinez.

– Non, Leroy, Albert. C'est écrit ici. (La fiche vola dans la figure de Martinez.) N° 971132 ; heure d'arrivée : trois heures seize du matin.

Martinez releva un bout du drap qui couvrait les jambes de Beatty. Sur l'étiquette accrochée à l'orteil, il lut :

– Ellroy Beatty, écrasé par un train. Heure d'arrivée : trois heures quarante-deux du matin, n° 971135.

Friedman regarda la tête. Puis la fiche. Puis les chiffres sur les tiroirs en acier. Il ouvrit un deuxième tiroir.

À l'intérieur se trouvait un autre cadavre. Intact, nu, gris.

Très précisément du même gris qu'Ellroy Beatty.

Et avec même visage.

Il y eut un silence.

Je comparai les deux têtes. Relevai quelques menues différences : Leroy Beatty avait un petit peu moins de cheveux qu'Ellroy, mais plus de barbe. Une vraie barbe blanche. Pas d'éraflures sur le visage, mais une cicatrice lui faisait commc un pli lc long dc la mâchoire, à droite – sans doute un ancien coup de couteau.

Le trou noir bien net au milieu du front avait l'air trop inoffensif pour être mortel. L'impact avait déformé le visage – œdème autour du nez, paupières gonflées. Globes oculaires rougis, comme s'il avait trop longtemps fixé les flammes de l'enfer.

Le regard de Friedman allait lui aussi de l'un à l'autre.

– Des jumeaux, dit Martinez. Frère Ellroy, je vous présente Frère Ellroy.

Friedman se tourna vers lui.

– Il n'y a pas de quoi rire, Albert. J'aimerais bien savoir ce qui s'est passé.

– Moi aussi, dit Milo.

Il nous fallut deux heures pour reconstituer l'enchaînement des faits. Le Dr Friedman ne nous avait pas attendus ; il était parti en se plaignant d'avoir à travailler avec des incompétents.

Milo et moi nous installâmes dans une salle de réunion de la morgue. L'inspecteur Rober Aguilar, de Newton, arriva le premier. Jeune, portant beau, les cheveux noirs gominés et les ongles faits. Il portait un costume gris taillé à scs mcsures de grand maigre. Il parlait d'un ton légèrement cassant et un peu trop vite. Il voulait certainement passer pour le type à qui on ne la fait pas, mais n'y parvenait pas tout à fait. Milo m'avait appris qu'il était nouveau sur ce secteur. Apparemment, c'était sa première affaire.

Willis Hooks, de Central, arriva le dernier. Je l'avais rencontré lorsqu'il travaillait au Southwest. Une série de meurtres de handicapés m'avaient fait entrevoir les pires lâchetés de notre monde moderne.

Hooks avait une petite quarantaine d'années. Noir, un mètre soixante-treize, corpulent, chauve, des bajoues de bouledogue et une grosse moustache tombante. Sa veste bleu marine donnait l'impression d'être trop large et trop longue pour lui, comme cela arrive souvent avec des hommes aussi costauds. Ses chaussures étaient poussiéreuses.

– Tiens, Milo et le docteur Delaware, dit-il en s'asseyant. Le destin nous réunit à nouveau.

Aguilar observait et écoutait. Je me dis qu'il cherchait à jauger de quelle humeur était Hooks avant de décider dans quel camp il allait se ranger.

– Le destin ou le manque de bol, Willis ? demanda Milo.

Hooks éclata d'un gros rire et posa ses doigts boudinés sur la table.

– Willis, reprit Milo, je te présente Robert Aguilar.

– Secteur de Newton, dit Aguilar.

– Enchanté, dit Hooks. Vous êtes chargé de l'affaire du train ?

– Oui, dit Aguilar. Ellroy Lincoln Beatty, race noire, sexe masculin, cinquante-deux ans.

– Le mien s'appelle Leroy Washington Beatty, race noire, sexe masculin, cinquante-deux ans. Vous croyez qu'il s'agit de cousins éloignés ?

Avant qu'Aguilar puisse répondre, Hooks cligna de l'œil et lança :

– Le mien a passé l'arme à gauche sur le coup de trois heures, que vous le vouliez ou pas.

– Le mien aussi, dit Aguilar.

– Ça alors ! s'exclama Hooks en se tournant vers Milo. On dirait que quelqu'un a une dent contre la famille Beatty. Nous devrions chercher s'ils ont d'autres frères. Qui sait s'il n'y a pas d'autres Beatty en compote un peu partout en ville. Merde, il s'agit peut-être d'un génocide des Beatty. Si ce n'est pas le cas, la moindre des choses serait de les prévenir.

Aguilar fronça les sourcils, sortit un stylo en or et entreprit d'écrire sur son bloc-notes.

– Vous avez une idée, inspecteur ? lui demanda Hooks.

Aguilar leva les yeux. Il avait les mâchoires crispées.

– Je ne fais que noter tout ce que vous m'apprenez.

Hooks fit la moue et sa moustache se hérissa.

– Très bien, très bien. Mais dites-moi, inspecteur Sturgis, pourquoi vous intéressez-vous à nos petits jumeaux ?

– Vous n'allez pas me croire, dit Milo.

Il était midi et demi lorsque nous quittâmes la morgue. Il y avait foule dans Mission Road. L'air était empli d'une odeur de poulet frit.

– Ça sent la friture, dit Milo. Miam-miam. On va déjeuner ?

– Pas trop envie, dis-je.

– Quelle force de caractère...

Il avait laissé sa voiture banalisée dans le parking

devant le bâtiment, avec les autres véhicules de police. J'étais garé non loin de là. Une camionnette blanc et bleu des services du coroner passa près de nous et déboucha dans la rue.

– « Tchou tchou bang bang », dit Milo. Un train et un flingue. (Il posa un pied sur le pare-chocs de son véhicule.) « Vilains yeux dans une boîte. » À chaque fois, Peake se manifeste la veille. Quand est-ce que ce connard monte un S.O.S. futures-victimes-de-psychopathes ? Il se ferait un maximum de blé. Qu'est-ce que tu en penses, Alex ?

– Deux SDF, une psychologue, un serveur. Victimes d'âges variés, des deux sexes. Des Noirs, des Blancs. S'il y a un lien, je ne le vois pas. Wendell Pelley est peut-être derrière certains de ces crimes. Mais il ne s'est pas occupé de Dada. Donc, si Dada fait partie de la série, c'est qu'il y a au moins un autre tueur. Même chose si les frères Beatty ont effectivement été tués au même moment.

– Super, nous voilà avec une armée de psychopathes en vadrouille... Il se peut que Peake ait aussi parlé de Dada, mais jusqu'à ce que Claire se pointe, personne n'était là pour l'entendre. La question est donc la suivante : comment Peake fait-il pour être au courant ?

– La seule hypothèse logique, c'est qu'il soit en liaison avec l'extérieur, d'une manière ou d'une autre.

– C'est forcément Pelley. Ou un autre ancien de Starkweather. Les types de ce genre connaissent tous les repaires de poivrots, comme les voies ferrées et la ruelle où Leroy s'est fait descendre. Tu l'as dit toi-même : l'alcool et la maladie mentale ne font pas bon ménage. En plus, ça cadrerait assez bien avec l'histoire de Pelley. Il était complètement bourré quand il a flingué sa petite amie et ses enfants. Et maintenant, il est de nouveau à la rue. Les Beatty sont tout à fait le genre de personnes qu'il doit fréquenter.

– Mais pourquoi un train ? Pourquoi ne pas simplement les descendre tous les deux ?

– Le type est maboul. Peut-être qu'une voix lui a dit d'agir comme ça. « Tchou tchou bang bang. » Le plus important, c'est que le scénario commence à se préciser.

Je gardai le silence.

– Pelley te pose problème ? demanda Milo.

– Non. C'est seulement que, même en mettant Dada à part, je ne vois pas le lien entre Claire et les Beatty.

– Les Beatty étaient alcooliques. Claire travaillait avec des alcooliques. Ils ont peut-être été ses patients.

– Elle aurait effectivement pu les rencontrer à l'Hôpital Général, mais en quoi est-ce une raison suffisante pour la tuer ? Je pense plutôt que Peake est au centre de cette affaire. Ses crimes... Tu sais, les articles de journaux que Claire avait collectionnés ? Elle l'avait choisi parce qu'elle voulait savoir quelque chose de précis sur lui. Ou de lui. Je suis retourné consulter les archives des journaux et j'ai trouvé d'autres infos sur la famille Ardullo. Le père de Scott était un type important dans l'agriculture et s'était fermement opposé à ce que des terres soient vendues à des promoteurs immobiliers – ils lui ont fait la cour pendant des années, mais il a refusé. Puis il est mort, Scott et sa famille ont été assassinés, et toute la terre des Ardullo a été vendue. Il serait intéressant de savoir qui en a hérité.

– Quoi ? ! s'exclama Milo. Qu'est-ce que c'est que cette invention ? Les Ardullo ont été éliminés pour des histoires de gros sous et Peake est un tueur à gages engagé pour l'occasion ? Arrête, Alex. Pendant que tu y es, pourquoi Peake ne serait-il pas doué du pouvoir de passer à travers les murs sans que personne ne s'en aperçoive et de rentrer sagement se coucher avant l'heure où on le borde ?

– Je sais bien que Peake est déphasé, mais des paquets de billets, ça vous change un homme. Tu pourrais quand même aller faire un tour à Treadway, voir Fairway Ranch. Tu tomberas peut-être sur quelqu'un qui se souvient.

– Qui se souvient de quoi ?

– Du crime. De quelque chose. On ne peut rien laisser au hasard.

– Pour l'instant, ne rien laisser au hasard signifie retrouver Wendell Pelley.

Il posa les deux mains sur le toit de sa voiture, regarda l'immeuble des services du coroner, puis leva les yeux vers le ciel laiteux. Nous étions tout près des plus anciens bâtiments de l'hôpital. Des corniches sculptées et autres moulures décoraient les murs de brique effrités. Cela ressemblait plus au Londres de l'époque victorienne qu'à East L.A. Jack l'éventreur aurait trouvé l'endroit charmant.

– D'accord, dis-je. Si je suis bien ton raisonnement, je peux même te donner un mobile. Les jumeaux Beatty sont morts à peu près au même moment. La chose a des relents de rituels, de jeu, même. À mon avis, quelqu'un tue par pur plaisir. Ça colle aussi avec l'hypothèse du deuxième tueur. Il y a des précédents : Leopold et Loeb, Bianchi et Buono, Bittaker et Norris. Du coup, on pourrait peut-être remettre Dada sur la liste des victimes. Peu avant la libération de Pelley, le copain de Pelley descend Dada. Un mois, c'est peu de chose. Le pote en question fait le récit des derniers instants de Richard à Pelley, lequel trouve la chose très excitante et éprouve de nouveau des envies de meurtre.

– Et l'autre salopard est peut-être bien un taré de plus que Pelley a rencontré au centre de réinsertion, Alex. J'ai vu les types qui vivaient là-bas. C'est pas franchement le club des Kiwanis. Bon, j'y retourne, j'ai besoin d'autres éléments. Je vais continuer à patrouiller tout seul dans le secteur de Remparts. J'irai jeter un œil dans les trous à clodos. Il faut aussi que je passe des coups de fil aux autres secteurs et dans les villes voisines, au cas où

Pelley et/ou son taré de copain auraient fait des bêtises ailleurs. Bien que la proximité géographique des meurtres des Beatty suggère que les tueurs sont d'ici. Ce qui est compréhensible. Ils n'ont probablement pas de voiture et ne peuvent donc pas prendre l'autoroute.

Cela me rappela quelque chose.

– La première fois que nous avons parlé de Richard, lui dis-je, nous avons évoqué l'hypothèse d'un meurtrier qui n'aurait pas de voiture. Peut-être un voyageur en bus. Idem pour le petit ami invisible de Claire.

– Tu recommences avec tes histoires de dingos qui se baladent en bus ? Tu m'as pourtant dit qu'il n'avait pas l'air fou.

– Et je n'ai pas changé d'avis. Les quatre meurtres ont été soigneusement préparés. Celui qui a tué Richard et Claire a eu l'intelligence de ne pas leur voler leur voiture. Et les meurtres concomitants des Beatty prouvent aussi que tout a été calculé. Une vraie chorégraphie. Donc, si Pelley est impliqué dans cette histoire, il n'agit plus comme un psychotique. Ou en tout cas il n'en a plus l'air. N'oublions pas qu'on l'a laissé sortir. Ils ont pu croire qu'il avait de nouveau la tête sur les épaules.

– Quand il tue, c'est du travail bien fait. Ça me rassure.

Il tendit la main vers la poignée de sa portière

– Alors, lui dis-je, on oublie complètement l'histoire de Treadway ?

– Tu ne veux pas arrêter avec ça ?

– Ces coupures de presse m'inquiètent, Milo. Quel que soit le rôle joué par Pelley dans cette histoire, il s'est passé quelque chose entre Claire et Peake. Elle est venue le trouver et en a fait le sujet de ses recherches. Il a prédit sa mort. Seize ans plus tôt, il avait enlevé les yeux de Brittany Ardullo. Le meurtrier de Claire s'est aussi occupé de ses yeux. Comme s'il avait voulu établir un lien entre les deux crimes – revivre le passé avec une victime de substitution.

– Les yeux des Beatty n'ont pas été abîmés.

– Mais ceux de Richard, oui. C'est vraiment le bazar, cette histoire... trop de choses ne collent pas. Peake est le seul vrai lien. Si nous arrivions à mieux le comprendre – son passé, je veux dire –, cela nous permettrait peut-être de retrouver Pelley. Et les autres personnes impliquées.

Milo ouvrit sa portière.

– Je n'ai pas le temps, Alex. Mais si tu veux y aller tout seul, pourquoi pas. Je ne suis pas contre. Je vais même appeler Bunker Protection pour voir s'ils peuvent nous donner un coup de main. Pendant ce temps-là, j'irai chasser le dingo dans les rues de cette ville.

– Bonne chance !

– Il me faudra autre chose que de la chance, à mon avis.

Il ôta sa main de la portière et la posa sur mon épaule.

– Je ne suis pas spécialement sympa, hein ? Désolé. C'est le manque de sommeil. Et tout ce temps perdu...

– T'inquiète.

– Excuse-moi quand même. Un peu de contrition, ça ne fait jamais de mal. Et je te remercie pour tout le temps que tu passes sur cette affaire. Non, vraiment.

– Je serai vraiment récompensé quand tu auras de bonnes notes et que tu rangeras ta chambre.

Il se mit à rire. Trop bruyamment. Mais peut-être cela lui faisait-il du bien.

21

À trente kilomètres au nord de Los Angeles, tout se vide.

J'étais passé à la maison récupérer les articles photocopiés à la bibliothèque et boire une tasse de café avant de reprendre la route. La 405 m'emmena jusqu'à la 101 ; de là je pris l'Interstate-5 vers le nord. Au bout de quelques kilomètres, il n'y eut plus d'enseignes de fast-food et je me retrouvai à côté de camions à plateau transportant du foin, de semi-remorques de déménagements longue distance et de mobiles homes qui se traînaient sur la voie des véhicules lents.

J'appuyai sur le champignon et dépassai à toute allure des montagnes brunes qui semblaient couvertes de moquette ébouriffée, des plantations de chênes-lièges, de pins et de poivriers de Californie, et quelques rares chevaux en train de paître. La température n'avait pas baissé, mais le ciel s'était couvert de jolis nuages – tourbillons gris lavande, satinés, comme si une vieille robe de mariée avait été déployée sur le monde.

Les articles de journaux m'avaient donné envie de rencontrer trois personnes : Teodoro Alarcon, l'intendant du ranch qui avait découvert les corps ; le shérif Jacob Haas et la seule autre personne à s'être exprimée sur l'étrange comportement de Ardis Peake sans réclamer l'anonymat, un jeune garçon du nom de Derrick Crimmins. Pas de Alarcon ni de Crimmins dans l'annuaire, mais un Jacob B. Haas habitait à Fairway Ranch. J'avais composé son numéro et une voix chaleureuse, sur l'annonce d'un répondeur, m'avait appris que Jake et Marvelle ne pouvaient répondre pour l'instant, mais que moi, je pouvais laisser un message. J'avais expliqué que ma venue était liée à une enquête du LAPD et que je serais reconnaissant au shérif Haas de bien vouloir me consacrer un peu de temps.

L'autoroute bifurquant, la voie des véhicules lents partit vers la droite, drainant avec elle l'essentiel du trafic. Des panneaux annonçant une surveillance radar étaient visibles un peu partout, mais je ne pouvais pas résister à l'appel du ruban d'asphalte qui se déroulait devant moi à perte de vue ; je faisais du 140 de moyenne et longeai à toute vitesse Saugus, Castaic, la chaîne de montagnes à l'ouest, la Forêt Nationale d'Angeles Crest, le Col de Tejon, avant de franchir la frontière du Comté de Kern.

Peu après onze heures, je sortis à Grapevine et fis le plein d'essence. Sur ma carte, la route menant à Fairway Ranch était indiquée, mais je demandai confirmation au pompiste de service à moitié assoupi.

– C'est des vieux qui habitent là-bas, me dit-il.

Il avait dans les dix-neuf ans ; cheveux en brosse, bronzé, boutons d'acné et quatre boucles d'oreilles dans le lobe gauche.

– Je vais voir Mémé, lui renvoyai-je.

Il jaugea la Seville.

– Plutôt joli, ce coin. Surtout des gens riches. On y joue beaucoup au golf.

Il était sans doute propriétaire du 4 × 4 aux énormes roues et décoré d'autocollants de Radiohead garé près des poubelles. Immaculé. Il plissa les yeux en continuant d'observer ma Seville. J'essaie de l'entretenir correctement, mais c'est un modèle 1979 et il y a des limites.

– Il y avait un autre village, là-bas, avant, dis-je.

Il m'adressa un regard inexpressif.

– Treadway, continuai-je. Des fermes, des ranchs, des pêches et des noix.

– Ah ouais ? (Indifférence totale.) Chouette bagnole.

Je le remerciai, démarrai et pris une route étroite en direction des Tehachapis. Ces montagnes offraient un spectacle grandiose : de hauts pics s'appuyaient les uns aux autres, disposés avec plus d'art que dans un tableau. Les premières hauteurs étaient brun foncé, les sommets les plus élevés du même gris cendré que le visage des jumeaux Beatty. Certaines crêtes, au loin, se dissolvaient dans une brume pourpre. C'étaient des couleurs hivernales, malgré l'époque de l'année, mais la chaleur était encore plus sensible qu'à Los Angeles. Elle irradiait à travers les nuages qui ressemblaient maintenant à des mouchoirs en papier froissés.

La route était pentue. Le décor subalpin. Je n'arrivais pas à croire qu'on puisse y faire pousser quoi que ce soit. Quinze kilomètres plus loin, un panneau indiquant FAIRWAY RANCH : ZONE D'AMÉNAGEMENT PLANIFIÉ signalait une petite route qui descendait sur la gauche, entre deux parois de granit. J'aperçus l'autre panneau – PENTE IMPORTANTE, RÉDUISEZ VOTRE VITESSE – mais trop tard ; j'étais déjà embarqué dans une vraie descente de montagnes russes.

Trois bons kilomètres de pente. Tout en bas, un patchwork de champs verts tout plats, avec au milieu un lac bleu-vert, brillant comme du diamant. Le lac n'avait pas de contours ; on voyait bien qu'il était artificiel. Deux terrains de golf enserraient l'étendue d'eau, bordés chacun par des arbres couleur citron vert surmontés de plumets – des poivriers de Californie. Des maisons au toit rouge, aux murs crépis de couleur crème et parsemés de formes trapézoïdales vertes – du carrelage espagnol – étaient disposées de manière très élaborée. Toute la zone, sur une huitaine de kilomètres de large, était entourée d'une ligne blanche, comme si un enfant occupé à colorier son dessin avait craint de dépasser les bords.

En arrivant plus près, je vis que la ligne blanche était en réalité une longue barrière de bois, à hauteur d'homme. Une réplique exacte du panneau « zone de développement planifié » apparut cent mètres plus loin, au-dessus d'un autre, plus petit, qui prévenait que Bunker Protection surveillait les lieux.

Pas de portail, rien que la route plate et bien entretenue qui pénétrait dans la zone. Vitesse limitée à 20 km/h et signaux annonçant la traversée possible de voiturettes de golf. Je longeai donc au pas de vastes étendues d'un gazon idéal. D'autres poivriers, hirsutes et ondulants, au pied desquels poussaient des nappes d'impatiens multicolores.

Trois cents mètres plus loin, une douzaine de panneaux, fixés à un poteau en bois – du noyer, qui sait ? – permettaient de se faire une idée rapide de la disposition des lieux.

Le golf de Balmoral au Nord, celui de White Oak au Sud, le lac du Reflet en face. Le centre de cure et de loisirs Pinnacle au nord, le Walnut Grove Fitness Center au sud. Au milieu, Piccadilly Arcade.

D'autres flèches indiquaient ce que je supposai être six ensembles de constructions : Chatham, Cotswold, Sussex, Essex, Yorkshire, Jersey.

Les montagnes se trouvaient à trois ou quatre kilomètres, mais semblaient plus proches. Les couleurs vives et l'acuité des détails disaient à quel point l'air était pur.

Après le poteau se dressait un petit bâtiment en forme de cube. Angles arrondis et couleur criarde de faux pisé. Encore du carrelage espagnol.

Laissant le moteur tourner au ralenti, je regardai autour de moi. Partout des pelouses vertes et des rangées de poivriers de Californie, quelques bouquets de pêchers aux feuilles enroulées. Des troncs plus épais, de même couleur et texture que le poteau supportant les panneaux indicateurs – de noyers sans doute. Ni fruits ni fleurs. Branches taillées à ras, ou bien mortes.

J'imaginai la puanteur des engrais, le ronronnement des machines, les ouvriers tachetés de soleil, avançant entre les rangées d'arbres et repensai à la résolution de Henry Ardullo de ne jamais vendre sa terre.

J'apercevais au loin les groupes de maisons – morceaux de sucre à toit de tuiles rouges. Pas la moindre trace de colombage, de brique, d'ardoise ou de bardeaux. Sussex, Essex... des noms anglais, une architecture néo-hispanique. En Californie, le manque de logique est parfois compris comme une preuve de liberté.

J'entendis un moteur démarrer. Une Ford bleu pâle était garée à côté du cube. Elle avança très lentement et vint s'immobiliser à côté de moi. J'entrevis un logo en forme d'écusson sur la portière. Des fusils croisés surmontaient l'inscription « BP Inc. Surveillance et sécurité. »

Derrière le volant, un jeune moustachu vêtu d'un uniforme bleu pâle et portant des lunettes noires.

– Bonjour, Monsieur. (Mince sourire.)

– Bonjour. Je viens rendre visite à Jacob Haas, qui habite Charing Cross Road.

– Charing Cross, répéta-t-il lentement pour prendre le temps de m'étudier en détail. C'est tout au bout, dans le Jersey.

Je résistai à la tentation de lui demander si c'était à Atlantic City ou à Newark.

– Merci.

Il s'éclaircit la voix.

– Vous n'êtes jamais venu ici ?

– C'est la première fois.

– Vous êtes un parent de M. Haas ?

– Disons que je le connais. Il était shérif, avant. À l'époque de Treadway.

Il hésita un instant avant de dire :

– Pas de problème.

Même regard inexpressif que j'avais vu sur le visage du jeune pompiste. Le nom de Treadway lui était parfaitement inconnu. Il ne connaissait rien de l'histoire de cette région. Combien de gens s'y intéressaient-ils ? Je regardai derrière lui les pêchers et les noyers, derniers témoignages d'un passé définitivement révolu. Il ne restait rien de l'époque des fermiers. Et encore moins du bain de sang au ranch des Ardullo. Si Jacob Haas n'était pas chez lui, ou s'il refusait de me recevoir, j'aurais fait le voyage pour rien. Et même, en imaginant qu'il me parle, que pouvais-je espérer apprendre ?

Le téléphone de voiture de l'agent de sécurité sonna. Avant de décrocher, il me dit encore en hochant la tête :

– Jersey se trouve au bout. Allez tout droit jusqu'au lac et tournez à droite. Vous verrez un panneau indiquant le terrain de golf de White Oak. Continuez et vous y êtes.

Je m'éloignai et le vis faire demi-tour et se diriger vers Balmoral.

Piccadilly Arcade était un tout petit centre commercial situé juste à l'est du poste de surveillance. Quelques magasins d'alimentation, un cinéma, une poste, un pressing et deux boutiques de vêtements où l'on semblait surtout vendre des tenues de golf et des joggings en velours. À l'extérieur, un panneau annonçait le film du soir : *Top Gun.*

Avant d'arriver dans Jersey, je passai devant plusieurs édifices publics plutôt joliment construits – le centre de loisirs, l'établissement de cure –, puis devant les courts de tennis et les piscines. Les maisons d'habitation avaient meilleure allure vues de loin.

Leur taille variait d'un groupe de constructions à

l'autre. Essex faisait office de quartier chic et cher : maisons à deux niveaux indépendants et petites haciendas à deux étages, aménagements paysagers, quelques antennes paraboliques, quantités de Cadillac et de Lincoln. Vue dégagée sur le lac. Population à cheveux blancs, portant vêtements de sport. Pas un kilo de trop. À l'écart du lac, Yorkshire était constitué de maisons de ville en faux pisé, par groupes de quatre ou cinq. Question fleurs et verdure, un peu moins de sophistication, mais toujours la même propreté.

À cette distance, le lac était caché par un rideau de poivriers. Ces arbres étaient costauds, capables de résister à la sécheresse et assez jolis à regarder. Ils avaient été apportés par camions entiers dans la vallée de San Fernando, quelques années plus tôt, pour remplacer le chaparal et contribuer à la mort des noyers locaux. Au bout de quatre cents mètres de route ombragée, j'arrivai à Jersey.

Des mobiles homes stationnaient sur un terre-plein. Chaque caravane était d'un blanc immaculé, avec des quantités de verdure pour en camoufler la base, mais on voyait bien que tout était en préfabriqué. À peine quelques arbres alentour, et aucun accès direct vers le lac, mais une vue magnifique sur les montagnes.

Les quelques personnes que j'aperçus avaient, elles aussi, l'air en bonne forme – peut-être un peu plus rustiques que les autres, malgré tout. Garées devant les caravanes, des Chevrolet, des Ford et des voitures japonaises trapues. La route qui aboutissait à cette zone était goudronnée de frais. Pas de chichis, mais la même sensation de propreté, d'entretien méticuleux – des installations pour personnes âgées soucieuses de leur confort.

Je me garai sur l'une des dix places du parking pour visiteurs, tout au bout, et n'eus pas trop de mal à trouver Charing Cross Road : c'était la première rue à droite.

Jacob et Marvelle Haas annonçaient leur qualité de

propriétaire sur un panneau pyrogravé accroché au-dessus de leur porte d'entrée. Deux véhicules : une Buick Skylark et un 4 × 4 Datsun. J'avais de fortes chances de trouver quelqu'un. On avait apporté quelques améliorations à la caravane : auvents de toile verte au-dessus des fenêtres, porte en noyer visiblement sculptée à la main et une petite véranda en ciment devant l'entrée. Posés dessus, des géraniums en pots et des cactus, plus un bocal à poisson, vide, abritant un vieux filtre à carbone. Le heurtoir de la porte avait la forme d'un épagneul. Une guirlande de petits coquillages lui pendait autour du cou.

Je soulevai le chien et le laissai retomber contre la porte.

– Une minute, dit une voix à l'intérieur.

L'homme qui m'ouvrit était plus jeune que ce que j'imaginais – plus jeune aussi que tous les habitants que j'avais pu voir jusqu'alors. Soixante ans, grand maximum, cheveux gris acier peignés en arrière et yeux au regard intense et de la même couleur. Il portait une chemisette blanche en maille, un jean et des mocassins noirs. Il était aussi large de la taille que des épaules. Un bourrelet de graisse débordait par-dessus la boucle de sa ceinture. Ses bras étaient longs, glabres et minces, sauf aux poignets. Visage étroit, avec des taches brunes provoquées par l'exposition prolongée au soleil. Paupières ridées, joues affaissées. Mais sa peau était brillante comme si on l'avait lustrée avec amour.

– Docteur Delaware ? dit l'homme d'une voix chaleureuse qui contredisait l'expression prudente et hésitante de son visage. J'ai eu votre message. Je suis Jacob Haas.

J'eus l'impression qu'il éprouvait quelque réticence à me serrer la main – le contact ne dura qu'une fraction de seconde –, puis Haas s'empressa de reculer.

– Entrez donc, dit-il.

Je pénétrai dans une petite pièce donnant sur une kitchenette. Un aérateur fixé à une fenêtre bourdonnait doucement. À l'intérieur, il ne faisait pas spécialement frais, mais la chaleur caniculaire était tenue à distance. Aucun des clichés habituels des campings caravanings : ni placage de pin, ni sermon encadré. Le sol était tapissé de moquette grise. Canapé en coton blanc avec deux fauteuils assortis, table basse en cuivre et en verre, plus un petit banc de jardin chinois, bleu et blanc, qui servait de perchoir à des jonquilles disposées dans un vase bleu marine.

Des gravures de Picasso étaient accrochées à un paravent peint en rose pâle. Étagères de laque noir garnies de livres, de revues, d'une télévision grand écran, d'un magnétoscope et d'une chaîne stéréo, à côté d'une tour noire remplie de CD – *Les quatre saisons*, Duane Eddy, les Everly Brothers, Tom Jones, Petula Clark.

Le Rock'n roll avait atteint l'âge de la retraite.

Dans la pièce flottait une odeur de pain perdu à la cannelle. La femme installée sur le canapé se leva.

– Marvelle Haas, ravie de faire votre connaissance.

Elle portait un polo bleu marine, un pantalon blanc, des sandales blanches. À peu près le même âge que son mari. Plus ridée que lui. Elle avait néanmoins conservé une silhouette élancée. Cheveux courts et ondulés teints en acajou.

Et solide poignée de main.

– Vous avez fait bon voyage ? me demanda-t-elle.

– Excellent, oui. Le paysage est splendide.

– C'est encore plus beau quand on vit ici toute l'année. Vous voulez boire quelque chose ?

– Non, merci.

– Bon, alors je vais filer.

Elle embrassa son mari sur la joue et passa son bras autour de son épaule en un geste protecteur.

– Soyez sages, les garçons.

– Tu n'es pas drôle, dit Haas. Sois prudente, chérie.

Elle se dirigea d'un pas leste vers la porte. Ses hanches

ondulaient. Elle avait dû être très belle. Elle l'était toujours.

Lorsque la porte se referma, Haas se tassa sur lui-même. Il me montra les chaises. Nous nous installâmes.

– Elle a décidé de rendre visite à sa sœur, à Bakersfield, dit-il. Elle ne voulait pas rester ici pendant votre visite.

– Désolé...

– Non, ce n'est pas de votre faute. C'est juste qu'elle n'aime pas aborder certains sujets déplaisants.

Il croisa les jambes et se passa une main dans les cheveux tout en m'étudiant attentivement.

– Je ne suis pas très sûr d'avoir envie de parler de tout ça, reprit-il, mais je crois que je me sens plus ou moins obligé d'aider la police.

– Je vous en suis reconnaissant, shérif. Avec un peu de chance, ça ne sera pas trop désagréable.

Il sourit.

– Ça fait un bout de temps qu'on ne m'a pas donné du « shérif ». J'ai démissionné juste après l'affaire Ardullo et je me suis mis à vendre des contrats d'assurance pour le compte de mon beau-père. De toute façon, ils ont rapidement pu se passer d'un shérif. Quand la ville a cessé d'exister, deux ans plus tard.

– Qui a fait partir tout le monde ?

– Un groupe appelé BCA Leisure a acheté toutes les terres – une de ces multinationales implantées un peu partout dans le monde, au Japon, en Indonésie, en Grande-Bretagne. Leur filiale américaine est un groupe immobilier de Denver. À l'époque, ils achetaient des terrains ici et là dans le pays.

– Les habitants ont-ils cherché à résister d'une manière ou d'une autre ?

– Pas le moins du monde. L'agriculture a toujours été un métier difficile et à Treadway seules deux familles parvenaient à en vivre, les Ardullo et les Crimmins. À elles deux, elles possédaient quatre-vingt-dix pour cent des terres. Nous autres étions là pour aider à faire tourner la boutique, comme des métayers. Quand ils ont vendu, il ne restait pas grand-chose à faire. Mon boulot de shérif n'était qu'un mi-temps. Et à cette période j'habitais déjà à Bakersfield, près de chez mes beaux-parents. Je m'occupais de la comptabilité de mon beau-père.

– Quand vous êtes-vous réinstallé ici ?

– Il y a cinq ans. (Il sourit de nouveau.) Comme je vous l'ai dit, j'habitais près de chez mes beaux-parents. Non, sérieusement, j'ai décidé de déménager le jour où je me suis dit que j'avais fourgué assez de polices pour vivre à l'aise. Et Bakersfield commençait à ressembler à Los Angeles. Nous pensions déménager dans un autre État, peut-être dans le Nevada, et puis nous avons trouvé cet endroit ; c'était un coup de chance parce que les logements ne restent pas vides longtemps, à Fairway. Nous nous sommes dit, pourquoi pas. Pour la pêche, c'est idéal, l'air est pur, il y a un cinéma, on peut faire toutes ses courses sur place. Nous passons la moitié de l'année à voyager et le reste du temps une petite maison comme celle-ci nous convient parfaitement. Nous ne partons pas avec la caravane, elle est vissée dans le sol comme n'importe quelle maison. Nous prenons l'avion. Nous allons à Vegas, quand il y a un bon spectacle à voir, en Alaska, au Canada. Cette année, nous sommes partis loin. À Londres, en Angleterre. Voir le Chelsea Flower Show, parce que Marvelle adore les fleurs. C'est un pays magnifique. La verdure, ils connaissent.

Haas semblait s'être détendu. Je n'avais pas envie de lui poser des questions pénibles. Je décidai d'aborder le sujet par la bande.

– Vous parliez des Ardullo et des Crimmins. Un garçon du nom de Derrick Crimmins était cité dans un des articles que j'ai lus à propos du crime.

– C'était le cadet de Carson Crimmins. Il avait deux

garçons, Derrick et Carson Junior Cliff. Oui, je me souviens qu'ils se baladaient tous les deux autour du lieu du crime, avec toute une bande d'autres gamins. Je n'ai pas souvenir que Derrick ait parlé aux journalistes, mais pourquoi pas, je n'ai aucun mal à l'imaginer en train de déblatérer, il a toujours eu la langue bien pendue. Bon, dites-moi, pourquoi la police m'envoie-t-elle un psychologue me parler du « Monstre » ? Ne me dites pas qu'il s'agit d'une sorte d'évaluation et qu'ils envisagent de le laisser sortir ?

– Non. Il est bien enfermé, et il n'est pas question de le libérer. Je l'ai vu récemment. Il est passablement abîmé.

– « Abîmé... » c'est-à-dire ? Le genre légume ?

– Pas loin.

– Eh bien, tant mieux. Ce type ne devrait pas être vivant... « Abîmé... » L'idiot du village, c'est comme ça que tout le monde le voyait. Moi, y compris. On le traitait avec gentillesse, on avait pitié de lui. C'est une idée fausse des citadins de croire que les gens de la campagne sont intolérants, pleins de préjugés, comme ces imbéciles qu'on voit dans Jerry Springer. Le « Monstre » a reçu plus d'affection à Treadway que ce à quoi il aurait eu droit à Los Angeles. Lui comme sa mère, d'ailleurs. Deux marginaux sans le sou. Ils ont débarqué un jour et on s'est occupé d'eux.

Il s'interrompit, dans l'attente d'un commentaire. Je me contentai de hocher la tête.

– Ce n'était pas une beauté, cette Noreen, reprit-il. Et lui n'était pas un cadeau. Mais personne ne les a laissés crever de faim.

– Était-elle difficile à vivre ?

– Pas difficile, mais pas particulièrement agréable non plus. Toujours débraillée, le visage un peu bouffi, comme si elle avait passé la nuit à pleurer... Quand on essayait de lui parler, elle penchait la tête et marmonnait. Vous voulez savoir si elle était arriérée ? Il était bien plus fou qu'elle, mais elle n'était pas très futée, loin de là. C'est vraiment par pure gentillesse que les Ardullo les ont recueillis, elle et Ardis. Par charité pure et simple. Noreen savait faire la cuisine, mais Terri Ardullo était elle-même une excellente cuisinière. Ils ont fait en sorte que les Peake puissent conserver leur dignité.

– Scott et Terri étaient donc des gens charitables.

– Le sel de la terre, comme on dit. Un type gentil, ce Scott, mais c'était Terri qui défendait ses idéaux religieux. Elle était très impliquée dans les activités de l'église. Laquelle se trouvait d'ailleurs sur un terrain donné par Butch Ardullo, le père de Scott – un presbytérien. Butch était né catholique, mais Cathy, sa femme, était presbytérienne ; alors, Butch s'est converti et il a fait construire l'église pour elle. Ç'a été bien triste, la démolition de cette église. Butch et son équipe l'avaient construite de leurs propres mains – une magnifique petite chose avec des murs de planches peints en blanc, des moulures sculptées et un clocher qu'ils avaient fait faire par un copain danois, à Solvang. Il fallait voir aussi la maison de Butch, c'était quelque chose ! Trois étages, là aussi des planches toutes blanches, avec une grande véranda en pierre et des quantités de terrain tout autour. Ils faisaient surtout pousser des pêchers et des noyers, pour vendre les fruits, mais ils avaient aussi une petite plantation d'agrumes derrière la maison. On pouvait sentir le parfum des fleurs depuis la grande route. Ils donnaient la plupart des oranges et des citrons. La propriété des Crimmins était presque aussi grande, mais construite avec moins de goût. Deux maisons, de part et d'autre de la vallée.

Ses yeux s'embuèrent.

– Je me souviens de Scott quand il était petit. Il courait partout dans les vergers, il avait toujours l'air gai. C'était une maison heureuse. Des gens riches, mais qui avaient su rester simples.

Il se leva et remplit son verre avec de l'eau en bouteille qu'il gardait au frigo.

– Vous ne voulez vraiment pas quelque chose à boire ?

– Si, finalement, je veux bien.

Il posa deux verres sur la table basse. Vida le sien en deux gorgées.

– Allez, encore un coup, dit-il. Je n'ai pas envie de sécher sur pied comme du raisin.

Il regagna la kitchenette, remplit son verre, passa lentement un doigt sur le rebord et lâcha d'une voix plus aiguë :

– Vous ne m'avez toujours pas dit pourquoi vous êtes ici.

Je commençai par lui parler du meurtre de Claire. Son nom ne lui disait visiblement rien. Lorsque j'évoquai les baragouinages de Peake, il réagit vivement :

– Je n'arrive pas à croire que vous êtes venu jusqu'ici pour me raconter ça.

– Je ne vois malheureusement pas ce que je pourrais faire d'autre pour l'instant, monsieur Haas.

– Vous venez de me dire qu'il était « abîmé ». Pourquoi s'inquiéter de ce qu'il raconte ? Dites-moi plutôt en quoi je peux vous être utile.

– Racontez-moi ce que vous savez sur Peake. Et ce qui s'est passé cette nuit-là.

Il leva les deux mains en l'air, les rabaissa, croisa les doigts. Ses articulations pâlirent et ses ongles devinrent couleur de crème aigre.

– J'en ai passé, du temps, à essayer d'oublier cette nuit ! Et je ne vois pas quelle bonne raison vous pourriez me donner pour que je vous raconte ce que je sais.

– Je suis désolé, lui dis-je. Si c'est trop difficile...

– C'est dingue, cette soif, dit-il en se levant brusquement. Je dois être en train de devenir diabétique ou Dieu sait quoi.

22

Il revint s'asseoir sur le canapé. Il n'avait pas l'air plus heureux ; plutôt résigné.

– C'est arrivé pendant la nuit, dit-il. Mais personne ne s'en est aperçu avant le lendemain matin. Ted Alarcon m'a appelé ; c'était un des intendants du domaine. Scott et Ted étaient censés partir tôt en voiture à Fresno, pour aller voir je ne sais quel matériel. Scott devait passer prendre Ted. Et Ted, voyant qu'il n'arrivait pas, a appelé chez Scott. Pas de réponse. Alors, il y est allé en voiture, et il est entré.

– La porte était ouverte ?

– Personne ne fermait jamais à clé. Ted s'est dit que Scott s'était rendormi et qu'il ferait peut-être bien de monter frapper à la porte de la chambre. Ça montre bien quel genre de type c'était : un intendant mexicain se sentait suffisamment à l'aise chez lui pour monter à l'étage. Mais avant d'arriver à l'escalier, Ted est passé devant la cuisine et il l'a vue. Elle... (il se passa la langue sur les lèvres.) Après ça, Dieu sait comment il a eu la force de monter.

– Les journaux ont raconté qu'il avait suivi les traces de pas rouges de sang.

– Ted était un costaud, un vétéran du Vietnam, un type qui avait combattu au feu.

– Vous avez une idée de comment je pourrais le retrouver ?

– Au cimetière de Forest Lawn, dit Haas. Il est mort quelques années après, d'un cancer. (Il se frappa le sternum.) Cinquante ans. Il fumait, mais je suis persuadé que c'est le choc qui lui a ruiné la santé.

Il se redressa sur sa chaise, comme pour affirmer sa propre robustesse.

– Ted est donc monté à l'étage, il a vu le reste et il vous a appelé ?

– J'étais encore au lit. Le soleil venait de se lever. Le téléphone sonne et j'entends quelqu'un qui respire bruyamment, difficilement, complètement affolé. Marvelle me dit : « Qu'est-ce que c'est ? » et moi je ne sais pas quoi lui répondre. Finalement, je reconnais la voix de Ted, mais je ne comprends rien de ce qu'il raconte, il ne fait que brailler « Monsieur Scott ! Miss Terri ! » Alors, je me dis qu'il a dû y avoir du vilain. Quand je suis arrivé là-bas, Ted était assis dans la véranda, une grande flaque de vomi devant les pieds. C'était un Mexicain à la peau sombre, mais ce matin-là il était blanc comme un linge. Il avait du sang sur son jean et ses chaussures et j'ai d'abord cru que c'était lui qui avait commis une atrocité. Puis il s'est remis à vomir. Il a réussi à se mettre debout, il était au bord de tomber dans les pommes. Je l'ai rattrapé. Et pendant tout ce temps-là il n'arrêtait pas de pleurer en montrant la maison du doigt, derrière lui.

Haas serra les genoux et se tassa sur le canapé.

– J'ai dégainé mon pistolet, reprit-il, et je suis entré. Je ne voulais rien déranger, alors je faisais attention où je mettais les pieds. Il y avait de la lumière dans la cuisine. J'ai vu Noreen Peake assise sur une chaise, enfin, je veux dire... on ne pouvait pas être sûr que c'était elle, mais je l'avais reconnue. Peut-être à cause de la façon dont elle était habillée. J'ai reconnu aussi les empreintes des bottes de Ted dans les flaques de sang, mais il y en avait d'autres. Des baskets. Comme je ne savais toujours pas s'il y avait quelqu'un en haut, je me déplaçais sans faire de bruit. La lumière était allumée partout où il... comme s'il voulait absolument qu'on voie ce qu'il avait fait. Scott et Terri étaient l'un à côté de l'autre... serrés dans les bras l'un de l'autre. J'ai couru dans le couloir... trouvé la petite...

Il exhala un long soupir. Ses épaules se voûtèrent un peu plus.

– Le FBI m'a interrogé, reprit-il. Ils ont tout dans leurs dossiers. Demandez aux patrons du LAPD de vous en donner une copie.

Je hochai la tête.

– Qu'est-ce qui vous a amené jusqu'à la cabane de Peake ?

– Cette saloperie de sang. C'était facile. Il y en avait moins, mais ça avait quand même goutté partout dans l'escalier de service, jusqu'à la porte de derrière. On voyait des bouts d'empreintes de baskets. Ça continuait sur une vingtaine de mètres, là, sur le chemin, et ensuite plus rien. À ce moment-là, je n'ai pas pensé qu'il fallait que je retrouve Peake, je savais seulement que je devais aller voir dans la cabane. J'ai vu les chaussures de sport, juste derrière la porte. La vendeuse du bazar de Treadway a raconté que Peake avait essayé de les voler quelques semaines plus tôt, et que quand elle l'avait attrapé, il avait marmonné quelque chose et lui avait donné un peu d'argent ; alors, elle l'avait laissé emporter ces saletés.

Haas avait l'air furibard.

– C'était bien ça le problème, enchaîna-t-il. Tout le monde était beaucoup trop gentil avec lui. Il déboulait en ville avec son air d'idiot complètement allumé. Nous n'avions jamais eu de sales types, à Treadway, nous n'arrivions pas à le voir pour ce qu'il était. C'était un village paisible. C'est pour ça que je pouvais y être shérif à mi-temps. Mon boulot consistait essentiellement à aider les gens à réparer des trucs, à vérifier que les barrières étaient bien fermées, à empêcher un automobiliste ivre mort de prendre le volant. Je jouais les travailleurs sociaux, quoi. Mais Peake... Il était toujours bizarre. Dire que nous avions confiance en lui...

Haas se torturait furieusement les doigts. Il valait mieux lui laisser retrouver son calme.

– Quand les habitants de Treadway sont partis, lui dis-je, que sont devenues les archives de la ville ?

– On a tout mis dans des cartons qu'on a expédiés à Bakersfield. Mais n'imaginez pas y trouver quoi que ce soit. Il n'y avait que des cartes, des plans des lotissements, et encore, pas grand-chose. J'ai l'impression que vous faites fausse route, docteur. Pourquoi ne rentrez-vous pas à Los Angeles dire à vos chefs d'oublier toutes ces histoires de psychologie à la noix. Peake est sous les verrous, et c'est ça le plus important.

Il jeta un coup d'œil à son poignet. Pas de montre. Il se leva, en trouva une sur les étagères, regarda le cadran.

– Je vous remercie de m'avoir consacré tout ce temps, lui dis-je. J'ai encore deux ou trois questions. L'article que j'ai lu disait que vous aviez trouvé Peake endormi.

– Comme un... (Sa bouche se mit à trembler.) J'allais dire comme un bébé. Merde, oui, il était endormi. Vautré sur le dos, les mains croisées sur la poitrine, il ronflait, le visage maculé de sang. D'abord, j'ai cru qu'on l'avait tué, lui aussi, mais quand je me suis approché, j'ai vu que c'était juste des taches, alors je lui ai passé les menottes vite fait.

Il essuya la sueur sur ses joues.

– Cet endroit... reprit-il. Je l'avais déjà vu de l'extérieur, mais je n'étais jamais entré. Une porcherie. Ça sentait... pire qu'un tas de fumier. Le peu d'objets qu'il possédait était dispersé par terre. De la nourriture avariée, des quantités de scarabées morts, des bouteilles d'alcool vides, des bombes de peinture, des tubes de colle, des magazines pornos qu'il avait dû ramener de Dieu sait où parce qu'on ne vendait pas ce genre de cochonneries à Treadway. Personne ne se rappelait l'avoir vu voyager, mais c'était obligé. Pour la drogue, aussi. Il avait toutes sortes de pilules – des amphétamines, des calmants, des barbituriques. La pharmacie la plus proche se trouvait à Tehachapi, mais ils n'avaient pas souvenir d'avoir vendu ces produits. Peake avait certainement acheté ça à un petit dealer. Les salopards dans son genre arrivent à obtenir tout ce qu'ils veulent.

– Était-il drogué, cette nuit-là ?

– Forcément. Après l'avoir menotté, je lui ai hurlé dessus, je lui ai pointé mon pistolet sur le visage, mais j'ai eu un mal fou à le réveiller. Il me regardait avec son sourire idiot, puis refermait les yeux et repartait au pays des rêves. J'ai pris sur moi de ne pas le flinguer sur place. À cause de ce qu'il avait fait... de ce que j'ai retrouvé dans sa cabane. (Il se détourna.) Sur son réchaud. Il avait pris le couteau avec lui, celui dont il s'était servi pour la petite fille, il avait attrapé le bébé dans son berceau et...

Il se leva brusquement à nouveau.

– Non, merde, je ne veux pas continuer. Il m'a fallu trop longtemps pour effacer ces images de mon esprit. Au revoir, docteur... Non, ne dites rien, au revoir.

Il se précipita vers la porte et l'ouvrit en grand. Je le remerciai encore une fois.

– De rien, dit-il.

– Une dernière chose. Qui a hérité de la propriété de Scott et Terri ?

– Ils avaient des tas de parents un peu partout dans l'État. Ses parents à elle étaient de Modesto, et Scott avait encore de la famille à San Francisco, du côté de sa mère. Le notaire chargé de l'héritage a raconté qu'il y avait environ deux douzaines d'héritiers qui n'avaient apparemment aucun besoin de ces biens et se fichaient de savoir comment l'argent leur parviendrait. Personne n'a fait d'histoires.

– Vous vous souvenez du nom du notaire ?

– Non. Qu'est-ce que ça peut bien faire ?

– Ça n'a probablement aucune importance. Et puis, vous dites que la mère de Scott était déjà décédée.

– Depuis des années, oui. D'une crise cardiaque. Je ne vois pas pourquoi vous me parlez de ça ?

– Juste pour vérifier.

– Ça, pour vérifier, on peut dire que vous vérifiez.

Il voulut fermer la porte.

– Monsieur Haas, repris-je, savez-vous si quelqu'un d'autre dans le coin serait prêt à discuter de ça avec moi ?

– Quoi ? brailla-t-il d'un air excédé. Ça ne vous a pas suffi ?

– Puisque je suis ici, autant en profiter. Vous avez été un homme de Loi, vous savez comment ça se passe.

– Non, je ne sais pas. Et je ne veux rien savoir. Laissez tomber. Il ne reste plus personne de cette époque. Fairway est peuplé de citadins âgés qui viennent ici chercher la paix et la tranquillité. Je suis le dernier vétéran de Treadway. Voilà pourquoi ils m'ont parqué de ce côté, à l'écart, dans une caravane.

Il eut un rire désabusé.

– Savez-vous où Derrick Crimmins...

– Les Crimmins sont partis comme les autres. Quand Carson père et sa femme ont encaissé l'argent de la terre, ils sont partis vivre en Floride. J'ai entendu dire qu'ils avaient acheté un bateau, qu'ils faisaient de la voile, mais c'est vraiment tout ce que je sais. S'ils sont encore vivants, ils ne doivent plus être tout jeunes. En tout cas lui.

– Sa femme...

– C'était sa deuxième épouse.

– Comment s'appelait-elle ?

– Je ne me souviens pas.

La réponse était venue trop vite. Le ton s'était durci et il avait fermé la porte presque entièrement, ne laissant qu'une fente de quelques centimètres. La partie visible de son visage faisait la grimace.

– Cliff Crimmins est décédé, lui aussi. Un accident de moto à Vegas. Les journaux en ont parlé. Il faisait du motocross, des cascades en voiture, du parachute, du surf, il adorait ce qui allait vite, ce qui était dangereux. Ils étaient tous les deux comme ça. Des enfants gâtés qui cherchaient constamment à attirer l'attention. Carson leur achetait tous les jouets qu'ils voulaient.

La porte se referma.

On peut dire que j'avais bien stressé mon shérif. Pour un psychologue, c'était gonflé...

Aucune fin ne justifiait ces moyens.

Avait-il réagi avec une violence anormale lorsque nous avions évoqué la deuxième Mme Crimmins, ou bien l'avais-je déjà tellement excédé que n'importe quelle autre question n'aurait pu que lui faire monter sa tension artérielle ?

En revenant vers la voiture, je penchai pour la première hypothèse : comment pouvait-il avoir oublié le nom d'une des femmes les plus riches de la ville ? Quelque chose concernant Mme Crimmins lui posait donc problème. Mais bon... Peut-être la détestait-il. Ou l'aimait-il à la folie. Ou encore la désirait-il sans être payé de retour.

Aucune raison de penser qu'il y avait là un lien avec ce que je cherchais.

Je ne savais d'ailleurs pas moi-même ce que je cherchais.

Le noir total.

Il n'était pas encore midi et je me sentais inutile. Haas avait affirmé que plus aucun habitant de Treadway n'habitait dans les parages, et il disait sans doute la vérité. Mais je n'étais pas convaincu. Quelque chose dans son attitude... Pourquoi avait-il accepté de me rencontrer ? Qu'est-ce qui faisait qu'il s'était d'abord montré aimable, puis avait fait volte-face ?

Sans doute le souvenir de ces visions d'horreur.

Mais puisque j'étais là... J'avais épuisé mes principales sources d'information sur le meurtre des Ardullo, mais les petites villes possèdent leur journal local, et celui de Treadway avait peut-être couvert le carnage. Les archives avaient été expédiées à Bakersfield. Il n'y en avait pas lourd, du moins selon Haas. Je savais cependant que les bibliothèques municipales sont toujours friandes de vieux journaux.

Au moment de monter dans la Seville, j'aperçus une voiture de la sécurité, bleu layette, qui circulait au pas entre les caravanes. Un autre gardien était au volant, jeune et moustachu comme l'autre. C'était peut-être une question d'image, pour Bunker Protection.

Le type s'approcha de ma voiture et s'arrêta à ma hauteur, comme son collègue.

Il m'observa. Sans surprise. On lui avait parlé de moi.

– Bonne journée, lui dis-je.

– Vous aussi, Monsieur.

En sortant de Fairway, je roulai trois fois plus vite que la vitesse autorisée.

De retour à la station-service de Grapevine, je passai quelques coups de fil et appris que la principale bibliothèque du comté de Kern était la Beale Memorial, à Bakersfield.

Trois quarts d'heure de route. Je trouvai facilement : un bâtiment construit une dizaine d'années auparavant, moderne, couleur sable, dans un joli quartier de la ville, avec à l'arrière un parking pour deux cents véhicules. À l'intérieur de la bibliothèque, un atrium sentait le frais. L'endroit respirait l'efficacité et la compétence. J'expliquai à la bibliothécaire souriante derrière son comptoir d'accueil ce que j'étais venu chercher, et elle m'indiqua comment me rendre à la Salle d'Histoire Locale Jack Maguire. Là, une autre femme très aimable consulta une base de données sur ordinateur.

– Nous avons des exemplaires du *Treadway Intelligencer,* me dit-elle. Sur papier, pas sur microfilm. Les numéros se suivent sur une vingtaine d'années.

– Pourrais-je les consulter, s'il vous plaît ?

– Tous ?

– Sauf si cela pose problème.

– Je vais vérifier.

Elle disparut derrière une porte et reparut cinq minutes plus tard en poussant un chariot avec deux cartons posés dessus.

– Vous avez de la chance, dit-elle. C'était un hebdomadaire, et pas très épais. Voilà tous les numéros. Vous ne pouvez pas les sortir de la salle, mais nous sommes ouverts jusqu'à six heures. Bonne lecture.

Pas de sourcils haussés, ni de questions indiscrètes. Dieu bénisse les bibliothécaires. Je poussai le chariot jusqu'à une table.

Pas très épais, effectivement. Sept pages sur papier vert. Le deuxième carton était à moitié vide. Le premier numéro était daté de janvier 1962. Les journaux étaient reliés par dix et rangés dans des pochettes en plastique. L'éditeur et rédacteur en chef s'appelait Orton Hatzler, le PDG Wanda Hatzler. Je recopiai les deux noms et commençai à lire.

Texte bien lisible et photos d'une qualité remarquable. Prévisions météo en première page ; même en Californie les fermiers se préoccupaient de savoir quel temps il allait faire. Bals de promotion au lycée, récoltes exceptionnelles, expérimentations de nouveaux produits, descriptions enthousiastes de la Foire du Comté de Kern (« Une fois encore, Lars Carlson a fait la preuve qu'il est le plus grand champion des mangeurs de tarte à la pêche ! ») La page deux était de la même eau, la trois étant consacrée aux résumés des événements internationaux du jour et aux éditoriaux. Orton Hatzler s'était farouchement engagé en faveur de la guerre du Victnam.

Le nom de Butch Ardullo apparaissait régulièrement, essentiellement dans des articles relatant le combat du syndicat des agriculteurs. Une photo de lui et de sa femme, à un bal de bienfaisance de Fresno, montrait un type costaud avec une tête de bouledogue et des cheveux gris en brosse s'agitant au-dessus d'une femme brune, mince et sophistiquée. La loterie génétique avait heureusement doté Scott du physique de son père et des traits de sa mère.

Scott avait aussi hérité de dons athlétiques. La première fois que je trouvai son nom, c'était sous la photo d'une équipe de footballeurs – des joueurs sélectionnés parmi les meilleures équipes du comté de Kern et posant devant des poteaux de but. Scott occupait le poste de halfback dans l'équipe de Tehachapi High et s'en sortait plus qu'honorablement.

Aucune photo de Terri Ardullo, ce qui n'était pas étonnant. Elle n'était pas née à Treadway et avait grandi à Modesto.

Le nom de Carson Crimmins apparaissait lui aussi régulièrement. C'était l'autre gros bonnet de la ville. D'après ce que je compris, il avait commencé par être l'allié de Ardullo dans la lutte pour la défense des entreprises familiales, avant de retourner sa veste au début des années soixante-dix, époque à laquelle il avait commencé à se plaindre de l'effondrement du prix de vente des noix, du coût de plus en plus élevé du travail et annoncé qu'il était prêt à vendre « au plus offrant ».

Aucune photo de Crimmins. Pas le moindre commentaire de Butch Ardullo. L'*Intelligencer* évitait de prendre parti.

Mars 1969. Un numéro entier consacré aux obsèques de Katherine Stethson Ardullo. Allusion à une « longue maladie », et à la disparition en montagne, quelques années plus tôt, du fils aîné, Henry Junior. L'article était agrémenté de vieilles photos de famille et de clichés montrant Butch et Scott, les deux fils de Katherine, côte à côte, au cimetière. Tête penchée et visage grave.

10 août 1974. Orton Hatzler déplorait la démission de Nixon.

Au mois de décembre suivant, les gelées avaient causé de sérieux dommages aux récoltes des Ardullo et des Crimmins. Butch Ardullo déclarait : « Il faut être philosophe et surmonter cette épreuve en songeant aux jours meilleurs. » Pas de commentaire de Carson Crimmins.

Mars 1975. Mort de Butch Ardullo. Deux pages supplémentaires pour un numéro souvenir. Cette fois, Scott était seul au cimetière. Carson Crimmins déclarait : « Nous n'étions pas toujours du même avis, mais c'était un homme, un vrai. »

Juin 1976. Annonce du mariage de Crimmins avec sa seconde femme, Mlle Sybil Noonan, de Los Angeles. « Comme nous le savons tous, Miss Noonan, une comédienne qui s'est fait connaître sous le pseudonyme de Cheryl Norman, a rencontré M. Crimmins lors d'une croisière aux Bahamas. La noce a eu lieu au *Beverly Wilshire Hotel* de Beverly Hills. La demoiselle d'honneur était la sœur de la mariée, Charity Hernandez, et les deux garçons d'honneur les fils de M. Crimmins, Carson Jr. et Derrick. Les jeunes mariés sont partis en voyage de noces aux îles Caïman. »

Deux photos. Enfin l'occasion m'était donnée de voir Carson Crimmins. Sur le premier cliché, lui et sa nouvelle femme coupaient la pièce montée. Il avait l'air d'avoir à peu près soixante ans. Cravate noire. Grand, voûté, chauve, avec un visage trop petit complètement envahi par un gigantesque nez en forme de bec, lequel faisait saillie au-dessus d'une lèvre supérieure décharnée. Une moustache en trait de crayon lui donnait vaguement l'air d'un méchant de cinéma. De petits yeux sombres regardaient vers la gauche – à l'opposé de la mariée. Sourire visiblement forcé. Un hibou fatigué portant smoking.

La seconde Mme Crimmins – celle qui avait fait froncer les sourcils de Jacob Haas et se durcir le ton de sa voix – avait la trentaine. Petite, avec des bras boudinés et un corps généreux serré dans le fourreau de soie étroit de sa robe de mariée sans manches. Elle semblait très bronzée et portait une tiare en pointe perchée sur un chignon de cheveux blond platine. Beaucoup de dents, de rouge à lèvres et d'ombre à paupière, plus un décolleté généreux. Son sourire épanoui ne laissait aucun doute : elle nageait en plein bonheur. Le caillou sur son doigt y était peut-être pour quelque chose.

La deuxième photo montrait les fils Crimmins de part et d'autre des nouveaux mariés. À gauche, Carson Junior, dix-sept ans environ. Haas avait dit que Derrick était plus jeune, mais ce n'était pas évident. Les deux garçons étaient minces, sans une once de graisse, avec des nez proéminents. Pas aussi laids que leur père ; menton volontaire, épaules larges. Même lèvres minces. Carson Junior faisait déjà la taille de son père, et Derrick était un peu plus grand. Junior avait une tignasse blonde et bouclée, Derrick des cheveux noirs lisses qui lui tombaient sur les épaules. Les deux garçons n'avaient pas spécialement l'air réjoui. Ils avaient l'un comme l'autre l'air maussade typique des adolescents – ou des criminels au moment où on les prend en photo.

Avril 1978. La Une traitait de la visite à Treadway des représentants de la société Leisure Time Development venus à l'invitation de Carson Crimmins. Scott Ardullo déclarait : « Nous vivons dans un pays libre. Les gens sont libres de vendre ce qui leur appartient. Mais ils peuvent aussi montrer qu'ils ont du cran et maintenir les traditions des fermiers. » Ensuite, plus aucun article sur le sujet.

Juillet 1978. Mariage de Scott Ardullo avec Teresa McIntyre. « La robe de mariée, une rivière de tulle brodée à la main avec traîne de trois mètres, dentelle belge et perles naturelles, a été achetée à San Francisco. » Pas de décolleté. Teresa Ardullo avait opté pour des manches longues et une robe de cérémonie.

Je passai à la deuxième liasse de journaux.

Six mois après la visite des promoteurs immobiliers, il n'était toujours pas question de vente de terrains ou de négociations, ni à plus forte raison d'offres d'autres sociétés.

Les ouvertures de Crimmins avaient-elles été rejetées à cause du refus de Scott Ardullo de vendre ses terres, personne ne voulant acquérir la moitié du gâteau ?

Si c'était le cas, Crimmins n'avait pas commenté la chose. En juillet 1978, Sybil et lui avaient fait une croisière aux Bahamas. Des photos la montraient sur le pont, en bikini avantageux, un grand verre à la main. La légende affirmait qu'elle avait « distrait les autres invités avec ses interprétations mélodieuses des airs à la mode et des classiques de Broadway ».

Rien d'intéressant jusqu'au 5 juillet 1980. Je tombai sur un compte rendu du « Bal de la Ligue des Fermiers, organisé pour collecter des fonds à l'occasion de la nouvelle année, à la Silver Saddle Lodge de Fresno. »

Sur la plupart des photos, des gens que je ne connaissais pas. Jusqu'au bas de la page quatre.

Scott Ardullo en train de danser, mais pas avec sa femme.

Dans ses bras se trouvait Sybil Crimmins, avec ses longs cheveux blonds tombant sur ses épaules nues et bronzées. Elle portait une robe noire sans bretelles. Ses seins tenaient à peine dans l'étroit corsage, tandis qu'elle se collait contre la poitrine blanche et amidonnée de Scott. Ses doigts se mêlaient aux siens. Son gros diamant brillait de tous ses feux. Elle le regardait par en dessous, et lui la contemplait de haut. Il y avait quelque chose d'étrange dans son regard, en contradiction avec l'image habituelle du jeune businessman sûr de lui. La chaleur et la lumière, peut-être, lui donnaient l'air un peu hébété.

Une sorte d'abandon... De capitulation ?

Ou bien quelques verres de trop, l'émotion de tenir dans ses bras quelqu'un d'autre que sa femme, la sensation de son souffle chaud contre son visage. La fête pouvait aussi être l'occasion de vivre au grand jour quelque chose qu'ils avaient goûté dans d'autres lieux sombres et odorants...

C'était peut-être pour ça que Jacob Haas s'était raidi en parlant de Sybil Crimmins. Scott, un garçon qu'il admirait depuis toujours, avait-il frayé avec une poulette blondasse fraîchement débarquée de Los Angeles ?

Plus j'observai la photo, plus il me semblait que des bouffées de chaleur en émanaient. Plus explicites que de longues phrases. Je m'étonnai que l'*Intelligencer* l'ait publiée.

Je trouvai un éditorial, publié trois semaines plus tard, qui pouvait expliquer la chose :

« Après avoir témoigné des triomphes et des luttes de ceux qui ont l'âme assez noble – certains iraient jusqu'à dire assez chevaleresque – pour braver la nature et les éléments, ainsi que les forces autrement plus subtiles du Pouvoir, sous toutes ses formes, ce journal se doit à présent de verser au dossier les arguments du parti de la raison et de l'instinct de survie.

Il est normal que ceux qui sont nés avec une petite cuillère en argent dans la bouche défendent avec fougue des idéaux abstraits, tels que le caractère sacré des exploitations familiales. Mais pour la majorité du peuple, pour les hommes vigoureux qui plient sous le joug du labeur quotidien pour entretenir la fertilité de la terre, décharger les branches de leur fardeau, conduire les camions remplis des fruits de l'abondance, l'histoire est bien différente.

Notre monsieur Tout-le-monde de Treadway – allons jusqu'à dire de n'importe quelle communauté rurale – peine jour après jour pour gagner sa croûte, sans pouvoir espérer la sécurité de l'emploi ou des profits plus substantiels, ni aucun investissement à long terme. Dans la plupart des cas, il ne possède qu'un petit jardinet et un domicile exigu, et parfois cela même appartient à une institution financière. M. Tout-le-monde voudrait bien préparer l'avenir, mais il est généralement beaucoup trop occupé à gérer le présent. Alors lorsque la Fortune lui sourit, sous la forme d'une hausse du prix de la terre et de propositions honnêtes, accordant à M. Tout-le-monde la possibilité de gagner une somme conséquente d'argent, on ne peut pas lui en vouloir de saisir l'occasion de fournir à sa famille cette même sécurité et ce même confort que les plus chanceux considèrent comme leur bien légitime.

De temps à autre, le bon sens et les droits des individus doivent prévaloir.

Comme M. Carson Crimmins l'a si bien dit lors de notre dernier déjeuner des Kiwanis : “Le Progrès est comme un avion à réaction. Ou bien on monte dedans, ou bien on reste sur la piste et l'on risque de se faire démolir.”

Ceux qui descendent de plus nobles familles, mais sont doués d'une moindre lucidité, feraient bien de prendre conscience de cet état de fait.

Les temps changent, et c'est tant mieux. L'histoire de ce grand pays est bâtie sur le Libre Arbitre, la Propriété Privée, et l'Indépendance d'esprit.

Ceux qui résistent à l'appel du futur risquent de se retrouver abandonnés de Dieu, dans l'état misérable qu'on appelle Stagnation.

Les temps changent. Les hommes courageux et intelligents changent avec eux. »

Humblement vôtre,
O. Hatzler.

Scott Ardullo était tombé en disgrâce éditoriale. Mais la photo n'aurait-elle pas embarrassé Carson Crimmins tout autant ?

Je parcourus les numéros suivants, m'attendant à trouver un droit de réponse de Scott à l'éditorial. Rien. Ou bien il n'y avait pas prêté attention, ou bien l'*Intelligencer* avait refusé de publier sa lettre.

Cinq semaines plus tard, les noms d'Orton et Wanda Hatzler avait disparu de l'encadré du journal. À la place, on pouvait lire, tapé à la machine, et décoré à la main :

SYBIL CRIMMINS
Directrice de la publication et rédactrice en chef.

Papier rose à présent, et journal réduit à trois pages, maigre comme une publicité de supermarché. Plus aucune photo. À la place, quelques pseudo-critiques de mauvais films, visiblement calquées sur des communiqués de presse, plus quelques comptes rendus d'événements locaux écrits dans un style effroyable, et des bandes dessinées d'amateur sans scénario cohérent, avec une signature trop visible : « Derrick C. »

Trois pages à peine remplies, y compris vingt mois plus tard, lorsque les gros titres hurlaient :

MASSACRE AU RANCH ARDULLO !
PEAKE LE PIÉGEUR DE RATS ARRÊTÉ !
par Sybil Noonan Crimmins
Directrice de la publication et rédactrice en chef

La dernière heure de Treadway est arrivée, c'est du moins ce qu'a pensé le shérif Haas lorsqu'il a été appelé par l'intendant de Best Buy Produce, Teodoro « Ted » Alarcon, pour venir au ranch, et qu'il a découvert un massacre aux proportions effrayantes. Là, dans la maison, le shérif Jacob Haas a trouvé plusieurs cadavres, à savoir celui de la cuisinière du ranch, Noreen Peake, qui a subi un traitement incroyable et inhumain de la main d'un véritable démon. À l'étage se trouvaient les autres corps, celui du propriétaire du ranch, Scott Ardullo, qui a reçu cet endroit en héritage, celui de son père, Butch Ardullo, celui de la femme de Scott, Terri, et celui de leur fille, la petite Brittany, qui avait environ cinq ans. C'était vraiment horrible. Mais aucune trace d'un autre membre de la famille. Le bébé Justin. Nous nous souvenons tous des difficultés que Terri a eues pour le mettre au monde et ç'aurait été une bonne chose qu'il soit sain et sauf.

Mais l'horreur ne s'arrêtait pas là. Le shérif Haas a suivi les traces de sang et a gagné l'arrière de la maison, là où habitait le fils de Noreen Peake, Ardith, – et il y a trouvé Justin. Le bon goût nous empêche de donner des détails, mais disons seulement que celui qui a fait ça à un si petit enfant est un démon incroyablement satanique. Nous en sommes malade.

Ardith Peake était soûl et drogué à toutes sortes de drogues. Il était chargé d'attraper les rats du ranch, il pourchassait des quantités de rongeurs et également d'autres animaux nuisibles. À cause de cela, il possédait sans doute toutes sortes d'armes et de poisons, mais nous ne savons pas pour l'instant ce dont il s'est servi contre ces pauvres gens.

C'est vraiment terrible et incroyable qu'une chose pareille puisse arriver dans une petite ville tranquille comme la nôtre, mais il semble que le monde aille comme ça, il n'y a qu'à voir la famille Manson, comme on a attaqué des gens qui se croyaient à l'abri parce qu'ils avaient de l'argent et vivaient derrière des grilles. Et la musique d'aujourd'hui, personne ne chante plus l'amour, plus de chansons d'amour, il n'y a que des grossièretés et ça ne fait qu'empirer.

Le seul message est, à mon avis, ayez confiance en Dieu, Lui seul peut vous protéger.

Le shérif Haas a fait appel au FBI et à la police de Bakersfield pour enquêter sur cette affaire, parce que ça n'a rien à voir avec les problèmes qu'il rencontre habituellement. Il m'a dit qu'il avait été en Corée, mais qu'il n'avait jamais rien vu de pareil.

Mes sources me disent qu'Ardith Peeke a toujours été bizarre. Des gens ont quelquefois essayé de l'aider – entre autres mes fils Cliff et Derrick, je le sais, en lui suggérant de pratiquer des activités sportives et autres, des productions théâtrales, et que sais-je encore. N'importe quoi pour qu'il sorte de sa coquille, parce qu'ils pensaient qu'il devait se sentir seul. Mais il ne voulait rien entendre. Il restait dans son coin à respirer de la peinture, de la colle et je ne sais quoi encore. Mes sources m'informent qu'il était trop replié sur lui-même pour avoir un vrai contact avec les autres, un genre de grave maladie mentale.

Pourquoi a-t-il tout à coup fait quelque chose de si terrible ?

Le saurons-nous jamais ?

Tout le monde aimait les Ardullo, ils étaient ici depuis si longtemps, à travailler même quand il n'était pas certain que cela serait utile, puisque les prix des fruits étaient si bas. Mais ils travaillaient parce que c'était ce en quoi ils croyaient, ils étaient le sel de la terre, oui, ils aimaient travailler.

COMMENT CELA A-T-IL PU ARRIVER ICI – À TREADWAY !? EN AMÉRIQUE !!! !? ?!

Mais j'imagine que c'est sans doute ce qui arrive quand on perd la tête.

J'aimerais avoir des réponses, mais je ne suis qu'une journaliste, pas un oracle.

Je voudrais que nous puissions comprendre les voies de Dieu – pourquoi les bébés et les enfants doivent-ils souffrir ainsi ? Qu'est-ce qui fait qu'un homme devient brusquement fou ?

Des questions, encore des questions.

Lorsque j'aurai des réponses, je vous tiendrai au courant.

S.N.C.

Ce qu'elle n'avait jamais fait.

C'était le dernier numéro de l'*Intelligencer*.

23

Je revins dans la salle principale et consultai sur microfiches les articles que la presse de San Francisco, Bakersfield et Fresno avait consacrés aux massacre des Ardullo. Je ne trouvai rien qui n'ait été dit par les médias de Los Angeles.

Dans une feuille de chou de Modesto, je tombai sur l'annonce de la mort de Terri McIntyre Ardullo. Son décès était qualifié de « prématuré », mais on ne faisait aucune allusion au meurtre. La notice nécrologique était brève : Éclaireuse scout, bénévole de la Croix-Rouge, mentionnée sur la liste des meilleurs élèves du lycée de Modesto, membre du Spanish Club et de la Shakespeare Society, licenciée de l'université de Davis. Ses parents, Wayne et Felice McIntyre, et ses sœurs Barbara McIntyre et Lynn Blount, étaient dans la peine. Une Wayne McIntyre était relevée à Modesto.

Je me sentais un peu idiot, mais je décrochai quand même le téléphone et informai la vieille femme qui me répondit que je recherchais des parents éloignés de la famille Argent, en Pennsylvanie, en vue de la première réunion de tous les Argent, qui devait se tenir à Scranton.

– Les Argent ? dit-elle. Mais pourquoi faire appel à nous ?

– Votre nom figure sur notre listing informatique.

– Vraiment ? Eh bien, je crois que votre ordinateur a

fait erreur. Nous n'avons aucun lien de parenté avec les Argent. Désolée.

Ni colère ni méfiance.

Je ne savais toujours pas pourquoi Claire s'était intéressée à Peake.

Je l'imaginai dans sa chambre, avec ses grimaces, ses tics et ses balancements d'autiste. Ses terminaisons nerveuses s'allumaient au hasard, Dieu sait quelles impulsions s'y formaient et parcouraient les replis de ses lobes frontaux embrumés.

Une porte s'ouvre, une femme entre en souriant, désireuse de l'aider.

C'est un nouveau médecin. La première personne à lui témoigner de l'intérêt en seize ans.

Elle s'agenouille à côté de lui et lui parle doucement. Elle veut l'aider... Mais cette aide, il n'en veut pas. Il se met en colère.

La mettre dans une boîte. Vilains yeux.

J'allai chercher des renseignements sur les Crimmins dans la presse de Miami. La spécialité du chef, ce jour-là, c'était la rubrique décès : le *Herald* m'apprit que Carson et Sybil Crimmins étaient morts ensemble, douze ans auparavant, dans l'explosion de leur yacht au large de la côte sud de la Floride. Un membre de l'équipage avait également péri. Il était précisé que Carson était « promoteur immobilier », et Sybil ex-comédienne. Pas de photos.

Je trouvai ensuite dans le *Las Vegas Sun* une référence à la mort de Carson Crimmins Jr. dans un accident de moto, deux ans plus tard, près de Pimm, Nevada. Rien sur le frère cadet, Derrick. Dommage. Il avait parlé à des journalistes, autrefois. Peut-être accepterait-il de me parler de ce qu'il avait vécu, si je le retrouvais.

Un paragraphe en dernière page du *Santa Monica Evening Outlook* rappelait la mémoire de l'ex-éditeur de l'*Intelligencer,* Orton Hatzler. Il était mort dans cette ville de bord de mer de « causes naturelles », à l'âge de quatre-vingt-sept ans. À quelques kilomètres de chez moi. Messes commémoratives à l'Église presbytérienne de Seaside ; des dons à l'American Heart Association étaient les bienvenus et préférables à des fleurs et à des couronnes. Il laissait une veuve : Wanda Hatzler.

Peut-être vivait-elle toujours à Santa Monica. En admettant que je la retrouve, qu'allais-je lui demander ? J'avais découvert les enjeux financiers de la bataille entre les clan Crimmins et Ardullo, et j'avais joué au petit détective avec une unique photo qui suggérait un autre genre de compétition. Mais rien ne donnait à penser que le massacre des Ardullo résultait d'autre chose que du festin sanglant d'un fou.

Je repensai au caractère soudain de l'agression. Les cultures asiatiques ont un mot pour désigner ce genre de sauvagerie sans provocation : amok.

Quelque chose, dans l'amok de Peake, avait suscité l'intérêt de Claire et maintenant elle était morte. Ainsi que trois hommes... Et Peake avait prédit deux de ces meurtres. Un prophète de l'Apocalypse enfermé dans une cellule. Il devait bien y avoir un lien.

J'abandonnai les index des périodiques et cherchai dans les bases de données informatiques les noms de Wanda Hatzler et de Derrick Crimmins. Le site Find-A-Person ne recracha que deux noms. Un Derek Albert Crimmins habitait la 154e Rue Ouest à New York City. Je l'appelai d'un téléphone à pièces de la bibliothèque et eus pendant une minute et demie une conversation particulièrement confuse avec un homme probablement très âgé, très gentil, et, à entendre sa façon d'articuler, très certainement noir.

Une W. Hatzler avait elle un numéro de téléphone à Santa Monica, mais je ne récoltai aucune adresse. La voix féminine, sur le répondeur, était également celle d'une personne âgée, mais encore robuste. Je laissai un message avec le baratin que j'avais servi à Jacob Haas, en ajoutant que je lui rendrais visite un peu plus tard dans la journée.

Avant de quitter Bakersfield, je passai un coup de fil à Milo. Il n'était pas à son bureau et ne répondait pas non plus sur son portable. Sur l'Interstate-5, je me retrouvai coincé dans un embouteillage, juste après Newhall. Un accident avait provoqué la fermeture des voies en direction du nord et un attroupement de badauds motorisés dans l'autre direction. Une douzaine de feux clignotants, des voitures de polices venues de plusieurs secteurs, des ambulances en travers de la route, plus les hélicoptères de la télévision qui vrombissaient au-dessus. Un camion renversé bloquait l'entrée de la rampe d'accès la plus proche. À quelques centimètres du pare-chocs avant, une masse informe de rouge et de métal.

Un flic de la route nous faisait signe d'avancer, mais l'inertie des conducteurs nous contraignait à une vitesse d'escargot. J'allumai la radio. Sur KFWB, l'accident était abondamment commenté : une altercation entre deux conducteurs, une poursuite sur les bretelles d'autoroute, puis une manœuvre brutale qui avait amené le deuxième véhicule dans le mauvais sens. Les journalistes avaient donné un titre à l'histoire : « la rage du bitume ». Comme si un titre changeait quoi que ce soit à l'affaire.

Il me fallut plus de deux heures pour regagner Los Angeles, et lorsque j'arrivai dans le Westside le ciel avait pris une teinte charbonneuse rehaussée par endroits de zébrures vermillon. Trop tard pour rendre visite à une dame âgée. Je fis le plein d'essence au coin de Sunset et La Brea, puis je rappelai Wanda Hatzler.

Cette fois, elle décrocha.

– Mais venez donc, je vous attends, me dit-elle.

– Vous êtes sûre qu'il n'est pas trop tard ?

– Ne me dites pas que vous êtes de ces gens matinaux...

– Non, effectivement.

– Tant mieux. Ces gens-là, on devrait les obliger à traire les vaches.

J'appelai chez moi pour prévenir que je rentrerais tard. Un message de Robin me prévenait qu'elle serait à Studio City jusqu'à huit heures, occupée à des réparations sur site pendant une séance d'enregistrement. Pour une fois, nous étions hyperactifs au même moment. Je pris la voiture jusqu'à Santa Monica.

Wanda Hatzler habitait Yale Street, au sud de Wilshire. Pavillon crépi de blanc en retrait d'une pelouse plantée de lavande, d'oignons sauvages, de thym et de plusieurs variétés de cactus. Un panneau à la gloire d'une marque de systèmes d'alarme était visible entre les herbes, mais aucune barrière n'entourait la propriété.

Elle sortit sur le trottoir avant que j'aie fini de me garer. C'était une grande femme – près d'un mètre quatre-vingt, avec de larges épaules, des jambes et des bras forts. Les cheveux coupés courts. Difficile d'en dire la couleur dans la quasi-obscurité.

– Docteur Delaware ? Wanda Hatzler. (Rapide poignée de main, paumes rugueuses.) J'aime bien votre voiture. J'avais une Fleetwood jusqu'à ce que Orton ne puisse plus conduire et que j'en aie assez de financer les sociétés pétrolières. Montrez-moi vos papiers, juste pour dire, et entrez vous mettre à l'aise.

À l'intérieur, la maison était bondée d'objets, chaleureuse, lumineuse, lambrissée de frêne et remplie de fauteuils tapissés de coton à motifs cachemire. Des reproductions de tableaux de Georgia O'Keefe étaient accrochées aux murs, à côté de peintures aux tons boueux représentant des paysages de Californie. Au bout d'un couloir, par la porte de la cuisine entrouverte, j'aperçus des poupées de chiffon alignées sur le comptoir, – comme des enfants portant toutes sortes de costumes traditionnels et assis les uns à côté des autres : une vraie petite crèche en peluche. Une casserole était posée sur les flammes bleues d'une vieille cuisinière blanche à deux feux, et un souvenir d'enfance me revint en mémoire : l'odeur de la soupe de légumes en boîte à la fin des journées d'hiver. J'essayai de ne pas penser aux folies culinaires de Peake.

Wanda Hatzler ferma la porte.

– Allez-y, mettez-vous à l'aise.

Je m'installai dans un fauteuil, tandis qu'elle restait debout. Elle portait un pull-over à col en V, vert bouteille, par-dessus un col roulé blanc, un ample pantalon gris et des mules marron. Cheveux noirs, parsemés de fils d'argent. Elle pouvait avoir entre soixante-dix et quatre-vingt-cinq ans. Large visage, aussi affaissé que celui d'un basset, et fripé comme du vieux papier d'emballage. Ses yeux humides, bleu-gris, semblaient dotés d'un pouvoir hypnotique. Je n'arrivais pas à m'en détacher. Elle ne souriait pas, mais sur son visage se lisait un certain amusement.

– Quelque chose à boire ? Coca, Coca light, rhum à cent degrés ?

– Ça ira comme ça, merci.

– Vous voulez de la soupe ? Je suis en train d'en faire.

– Non, merci.

– Vous êtes un client difficile.

Elle passa dans la cuisine, remplit une chope, revint s'asseoir, souffla sur la soupe, et but.

– Ah, Treadway ! Quel trou ! Je me demande vraiment pourquoi vous vous intéressez à cet endroit.

Je lui parlai de Claire et de Peake en insistant sur l'hypothèse d'une relation thérapeutique qui aurait mal tourné ; je ne lui parlai pas des prophéties et omis les autres meurtres.

Elle posa sa chope.

– Peake ? J'ai toujours pensé que c'était un arriéré mental. Je ne l'aurais pas cru capable de violences, mais qu'est-ce que j'y connais, hein ? Je n'ai suivi que le cours inaugural de la première année de psycho à Sarah Lawrence, au siècle dernier.

– Je suis sûr que vous savez beaucoup de choses.

Elle sourit.

– Pourquoi ? Parce que je suis vieille ? Ne rougissez pas, je suis vraiment vieille. (Elle caressa une joue parcheminée.) La vérité est dans la chair. N'est-ce pas Samuel Butler qui a dit ça ? Ou bien est-ce moi qui l'ai inventé ? Quoi qu'il en soit, je crois que j'aurais du mal à vous apprendre quoi que ce soit sur Peake. Il ne m'a jamais plu, ce garçon. Et maintenant vous allez partir. Dommage. Vous avez un joli visage. Je me réjouissais à l'idée de vous voir.

– Pour parler de Treadway ?

– Pour dire du mal de Treadway.

– Combien de temps y avez-vous vécu ?

– Trop longtemps. Je n'ai jamais supporté cet endroit. Au moment du massacre, je travaillais à Bakersfield. À la Chambre de Commerce. Ce n'était pas vraiment cosmopolite, mais cela avait au moins des allures de civilisation. Il y avait des trottoirs, par exemple. Le soir, j'aidais mon mari à imprimer son journal. Ça valait ce que ça valait.

Elle reprit sa chope et but une gorgée.

– Vous avez lu ce torchon ?

– Tous les numéros.

– Mon Dieu ! Où les avez-vous trouvés ?

– À la bibliothèque du Beale Memorial.

– Vous êtes drôlement motivé, vous. Tous les numéros, sur vingt ans ? Orton aurait du mal à vous croire. Il savait trop bien à quoi il était réduit.

– Il n'aimait pas son travail ?

– Le travail en soi lui plaisait, si. Mais il aurait préféré diriger le *New York Times.* C'était un gars de Dartmouth. L'*Intelligencer*... Vous ne trouvez pas que ce nom pue le snobisme de la côte Est ? Malheureusement, ses opinions politiques étaient encore plus à droite que celles de Joe McCarthy, et après la guerre ce n'était pas vraiment dans l'air du temps. Et puis il avait un petit problème. (Elle fit le geste de vider un verre.) Le rhum à cent degrés... Il y a pris goût quand il servait dans le Pacifique. Ça ne l'a pas empêché de vivre jusqu'à quatre-vingt-sept ans. Pour finir, il a eu droit à la totale : cancer du palais, puis guérison, ensuite leucémie, puis répit, et enfin cirrhose ; et même avec ça il a résisté des années avant de mourir. Son médecin traitant a vu une radio de son foie et l'a qualifié de « miracle médical » – il faut dire qu'il était sacrément plus vieux que moi.

Elle rit, finit sa soupe, se leva, se resservit, revint s'asseoir.

– Avec l'*Intelligencer,* reprit-elle, Orton a touché le fond. Il avait commencé sa carrière au *Philadelphia Inquirer* avant d'embarquer pour une descente continue pendant le restant de ses jours. Treadway fut notre dernière étape. Nous avons acheté ce torchon pour presque rien, et nous avons mené une existence faite d'ennui mortel et de pauvreté à peu près acceptable. Mon Dieu, ce que je détestais cet endroit ! Partout des imbéciles. Darwinisme social, j'imagine : les meilleurs partent à la ville, seuls les idiots restent pour se reproduire. (Nouvel éclat de rire.) Orton appelait ça le pouvoir de la marche arrière positive. Lui et moi avons décidé de ne pas avoir d'enfants.

Je fis attention à ne pas regarder les poupées dans la cuisine.

– La seule raison pour laquelle je suis restée, poursuivit-elle, c'est que j'aimais mon homme. Il était très beau. Encore plus que vous. Et viril, avec ça.

Elle croisa les jambes. Battait-elle des paupières ?

– Les Ardullo n'avaient pas l'air idiot, dis-je.

Elle eut un geste dédaigneux.

– Oui, je sais. Butch a étudié à Stanford. Il le répétait à qui voulait l'entendre. Mais c'est à cause du football qu'il a pu y entrer. Tous les autres l'adoraient ; moi non. Il était aussi agréable que superficiel. Encore un bonhomme convaincu de son pouvoir magnétique sur les femmes. Quel cinéma il faisait ! Une confiance en soi excessive, chez un homme, ce n'est pas vraiment attrayant. Surtout qu'il n'y avait pas de quoi ! Butch n'avait pas de feu intérieur, il était du genre flegmatique ; s'il fonçait, c'était tête baissée, avec des œillères inamovibles. Vous lui montriez la direction à prendre et il y filait tout droit. Quant à sa femme, n'en parlons pas. Une relique victorienne, une vraie chochotte, et avec ça toujours alitée. Je pensais que c'était pour se donner un genre, je l'appelais Mademoiselle Vapeurs. J'ai été bien surprise quand elle a fini par mourir de quelque chose. (Elle haussa les épaules.) C'est ça, le problème, quand on médit : il arrive qu'on ait tort et le repentir finit par pointer le bout de son nez.

– Et Scott ?

– Il valait mieux que Butch, mais ce n'était pas une lumière pour autant. Il a hérité des terres et s'est mis à faire pousser des fruits, quand la météo le voulait bien. Pas très futé, quand même, non ? Ce qui ne veut pas dire que je n'aie pas été choquée et révoltée quand j'ai appris ce qui lui était arrivé. Et sa pauvre femme... elle était bien gentille, elle aimait lire, j'ai toujours pensé qu'elle avait des aptitudes intellectuelles, bien cachées...

Sa lèvre trembla.

– Le pire, enchaîna-t-elle, c'était les enfants... À l'époque où c'est arrivé, Orton et moi venions de vendre le journal pour nous installer ici. Lorsque Orton a lu le récit du meurtre dans le *Times,* il est allé vomir, puis il est revenu s'installer à son bureau et a écrit l'histoire, comme s'il était encore journaliste. Ensuite il l'a déchirée et a vomi encore un coup. Il a passé la nuit à boire des daiquiris, puis il s'est évanoui. Il est resté inconscient pendant deux jours. Quand il s'est réveillé, il ne sentait plus ses jambes. Il a fallu encore une journée pour le convaincre qu'il n'était pas en train de mourir. Il était drôlement déçu. Il chérissait l'idée de mourir à force de boire, pauvre âme sensible. Sa grande erreur fut de toujours prendre les choses à cœur, bien que dans un cas comme celui-là il soit difficile de faire autrement. Même moi, j'ai pleuré. À cause des bébés. Je n'ai jamais su faire avec les enfants, ils me terrifiaient, je les trouvais trop vulnérables, une grande femme comme moi, imaginez, je n'étais pas faite pour ces petits os, fragiles comme des brindilles. Lorsque j'ai appris ce que Peake leur avait fait, ç'a été comme une confirmation. Pendant longtemps je n'ai pas bien dormi.

Elle brandit sa chope.

– Ces dernières années, reprit-elle, je n'y pensais plus. Tout à l'heure je me suis demandée si ça m'embêterait de remuer ces souvenirs, mais à part le fait de repenser aux bébés, c'est plutôt plaisant. Pendant vingt ans, nous avons vécu au-dessus du bureau du journal, nous avons couru après les annonceurs, il nous fallait des petits boulots pour joindre les deux bouts. Orton aidait des gens à faire leur comptabilité, moi, je donnais des cours d'anglais à des gamins incroyablement bêtes et je rédigeai des communiqués de presse pour les rustres de la Chambre de Commerce.

– Vous n'avez donc pas souvent eu l'occasion de voir Peake.

– Je savais qui c'était – un type assez étonnant, qui traînait dans les ruelles, fouillait les poubelles –, mais non, nous n'avons jamais eu l'occasion d'échanger ne serait-ce que deux mots. (Elle recroisa les jambes.) C'est bien, ça, de savoir que je me souviens encore de certaines choses. La vielle machine fonctionne toujours. Que voulez-vous savoir d'autre ?

– La famille Crimmins...

– Des imbéciles. (Elle but encore une gorgée de soupe.) Pire que les Ardullo. Des gens d'un vulgaire... Carson était comme Butch... pas la moindre imagination, obsédé par le fric... et le charme en moins. En plus des noix, il faisait pousser des citrons. Il n'avait jamais l'air de prendre du plaisir à quoi que ce soit. Il doit y avoir un nom pour ça.

– Anhédonie.

– Voilà, dit-elle. J'aurais quand même dû les suivre, ces cours de psychologie...

– Et Sybil ?

– Une pouffiasse, oui. Une chercheuse d'or. Une blondasse d'une bêtise rare. Sortie tout droit d'un mauvais film.

– Elle courait après l'argent de Crimmins, j'imagine ?

– Pas après ses beaux yeux, en tout cas. Ils se sont rencontrés au cours d'une croisière. Mon Dieu, quel cliché ! Si Carson avait eu deux sous de jugeote, il aurait immédiatement sauté par-dessus bord.

– Elle lui posait des problèmes ?

Silence. Clin d'œil.

– C'était une femme vulgaire.

– Elle prétendait avoir été actrice.

– Comme moi, je suis le Sultan de Brunei.

– Quel genre de problème lui posait-elle ?

– Oh, vous savez bien, dit-elle. Elle faisait toujours un de ces foins... Dès qu'elle a débarqué, elle a voulu se mêler de tout. Il fallait qu'elle se transforme en star. Elle a effectivement essayé de monter une troupe de théâtre. Elle a demandé à Carson de lui construire une scène dans une de ses granges, elle a acheté toutes sortes d'accessoires, de matériel. Orton riait tellement fort en me racontant ça qu'il a failli en perdre ses fausses dents ». « Devine qui vient de s'installer, Wanda. Jean Harlow ! Harlow sur un tas de fumier ! »

– Avec qui Sybil pensait-elle jouer la comédie ?

– Avec les péquenauds du coin. Elle a aussi essayé d'enrôler les fils de Carson. L'un d'eux, j'ai oublié lequel, avait quelques dons pour le dessin, alors, elle l'a affecté à la peinture des décors. Elle a dit à Orton qu'ils avaient tous les deux assez de talent pour devenir des stars.

Elle se pencha vers moi et me dit d'une voix flûtée de petite fille :

– « Je te le dis, Wanda, il y a des talents cachés partout, ici. Tout le monde peut créer, le tout est de savoir les y aider. » (Elle gloussa.) Dire qu'elle a même pensé enrôler Carson, lui qui avait déjà tellement de mal à se conduire correctement en public. Vous savez quelle pièce elle voulait monter ? Notre Ville. Si elle avait été intelligente, on aurait pu croire à de l'ironie. Elle aurait dû l'appeler Notre trou paumé, oui ! Et ça n'a pas marché. Personne ne s'est pointé à l'audition. Carson veillait au grain. La veille du jour où l'annonce était censée paraître, il a payé le double du prix à Orton pour qu'il ne l'imprime pas.

– Le trac ?

Elle éclata de rire.

– Il a dit que c'était une perte de temps et d'argent. Il a ajouté qu'il avait besoin de la grange pour y rentrer son foin.

– C'était dans ses habitudes ? demandai-je. Crimmins payait pour obtenir ce qu'il voulait ?

– Vous voulez savoir si Orton se laissait corrompre par les hommes de pouvoir et d'argent ? La réponse est oui. (Elle tira sur son pull.) Pas d'excuses. Carson et Butch dirigeaient cette ville. Si on voulait survivre, il fallait jouer le jeu. Quand Butch est mort, Scott a repris sa part. Ce n'était même pas une ville, mais un fief tenu par deux hommes, et nous autres étions des serfs en équilibre instable sur le fil tendu entre eux deux. Orton était pile au centre. À la fin des années soixante-dix, nous avons décidé que ça suffisait comme ça et qu'il valait mieux partir faire autre chose. Orton avait fait ce qu'il fallait pour toucher une retraite, la mienne n'allait pas tarder à tomber, et en plus j'avais hérité une petite rente de ma tante. Tout ce que nous voulions, c'était vendre le matériel d'imprimerie et le nom du journal. Orton s'est adressé à Scott, parce qu'il pensait pouvoir négocier plus facilement avec lui, mais Scott n'a même pas voulu l'écouter.

Elle se frappa la poitrine en faisant une grimace simiesque.

– « Moi fermier, moi rien faire d'autre. » Surtout ne pas dévier... Une vraie tête de lard, comme son père. Alors, Orton est allé voir Carson et à sa grande surprise, Carson a dit qu'il allait y réfléchir.

– S'il a été surpris, c'est parce qu'il n'en croyait pas Carson capable ?

– Et parce que tout le monde savait que Carson voulait quitter Treadway lui aussi. Chaque année, on entendait parler d'un nouveau projet avec un promoteur immobilier.

– Depuis quand cela durait-il ?

– Des années. Le problème, c'était que Scott ne voulait pas en entendre parler, et la moitié de ces terres, ce n'était pas assez, pour ces messieurs. Mais la tactique de Orton, avec Carson, a été de suggérer que le journal serait une bonne activité pour Sybil... pour éviter qu'elle ait des ennuis. (Elle claqua des doigts.) Et ça a marché.

Je comprenais enfin pourquoi les éditoriaux de l'*Intelligencer* avaient soudain basculé en faveur de Crimmins.

– Quels autres ennuis pouvait-elle s'attirer ? demandai-je.

Elle sourit.

– À votre avis ?

– J'ai vu une photo d'elle et de Scott à un bal.

Son sourire se dissipa, puis il reparut, s'élargit, s'épanouit, nourri d'une intense jubilation.

– Ah, cette photo ! chanta-t-elle. On aurait aussi bien pu les montrer nus. Orton ne voulait pas la publier... gentleman jusqu'au bout des ongles. Mais ce soir-là, il était rond comme une bille et c'est moi qui ai imprimé le journal.

Long soupir de satisfaction.

– Quelles ont été les répercussions ?

– Rien n'a filtré. J'imagine qu'il a dû y avoir des tensions entre les personnes directement concernées. Terri Ardullo m'a toujours donné l'impression d'une femme blessée, mais elle ne poursuivait pas Sybil pour autant avec une hache. Les Ardullo n'étaient pas du genre à laver leur linge sale en public. Même chose pour Carson.

– Et qu'en pensaient les serfs ?

– S'ils avaient des états d'âme, je n'en ai rien su. Quand on a besoin de gagner son pain, il vaut mieux ne pas médire de la noblesse. Et ce n'était pas comme si personne n'était déjà au courant pour Scott et Sybil.

– Leur liaison était connue de tous ?

– Depuis des mois. En tout cas depuis que les projets théâtraux de Sybil étaient tombés à l'eau. Elle a dû se chercher un autre rôle. Ces deux-là ont trouvé une piètre couverture : d'abord, on voyait le camion de Scott quitter la ville à toute allure. Une heure plus tard, la petite Thunderbird de cette poufiasse filait à son tour. Elle rentrait toujours la première, généralement chargée de sacs de courses. Parfois, elle rendait visite aux paysans et achetait sur place, pour faire ensuite étalage de ce qu'elle s'était procuré. Un peu plus tard, ça ne manquait jamais, le camion de Scott revenait en quatrième vitesse. Comment ont-ils pu penser qu'ils donnaient le change ?

– Carson était donc au courant.

– Il ne pouvait pas ne pas l'être.

– Il n'a eu aucune réaction ? Il n'a jamais essayé de s'y opposer ?

– Carson était beaucoup plus âgé que Sybil. Peut-être qu'il n'était pas à la hauteur et n'avait rien contre le fait que quelqu'un d'autre s'occupe d'elle de temps à autre. C'est peut-être pour ça qu'il a écouté le baratin d'Orton et s'est dit que Sybil aurait quelque chose à faire de ses journées. Nous avons profité de la situation, c'est vrai. Avez-vous lu le torchon après qu'elle en a pris la direction ?

– À peine compréhensible.

– Vous êtes un jeune homme bien charitable. (Elle s'étira.) Oh, je m'amuse vraiment beaucoup !

– Que pouvez-vous me dire sur Jacob Haas ? lui demandai-je.

– Plutôt de bonne volonté, mais vraiment ballot. Avant de devenir shérif, il avait travaillé comme comptable à Bakersfield. Il a obtenu le poste parce qu'il avait servi en Corée et avait suivi quelques cours de droit en fin de scolarité. Et il ne dérangeait personne.

– Ce qui veut dire qu'il n'était d'aucun bord, ni avec Butch, ni du côté de Carson ?

– Ce qui veut dire qu'il ne fourrait pas leurs gosses en prison.

– Ça a failli arriver ?

– Pas avec Scott, mais avec les fils Crimmins, oui. Deux petits garnements que c'était, pourris gâtés. Carson leur avait donné des voitures de sport et ils se sont empressés de faire des pointes de vitesse dans la rue principale. Tout le monde savait qu'ils picolaient et se droguaient, une chance que personne n'ait été tué. L'un d'eux a payé pour sa témérité quelques années plus tard – il est mort dans un accident de moto.

– D'autres délits, à part conduire en état d'ivresse ?

– Ils avaient un sale caractère. Ils traitaient les immigrés comme des chiens. Couraient après leurs filles.

Lorsque les récoltes étaient terminées, ils changeaient de braquet et embêtaient les filles du coin. Je me souviens qu'un soir, très tard, je venais de finir avec le journal, et j'étais sortie dehors prendre un peu l'air, quand j'ai vu une voiture s'arrêter brutalement un peu plus bas dans la rue. Une bagnole au moteur gonflé, avec des rayures de couleur sur le côté. J'ai tout de suite su qui c'était. La portière arrière s'est ouverte, quelqu'un est tombé par terre et la voiture est repartie à toute allure. La personne est restée allongée quelques secondes, puis elle s'est mise debout et a traversé la rue principale très lentement. Je me suis approchée. C'était une petite Mexicaine ; elle ne devait pas avoir plus de quinze ans et ne parlait pas anglais. Son visage était tout gonflé, à force de pleurer ; elle avait les cheveux tout ébouriffés et les vêtements déchirés de partout. J'ai essayé de lui parler, mais elle secouait la tête, puis elle a éclaté en sanglots et s'est enfuie. La rue finissait à quelques mètres de là, et elle a disparu dans les champs.

– Les champs de qui ? demandai-je.

Ses yeux se rétrécirent, puis se fermèrent.

– Laissez-moi réfléchir... Vers le nord... Ce devait être le champ de luzerne de Scott.

– Cliff et Derrick n'ont pas été inquiétés ?

– Pas le moins du monde.

– Comment s'entendaient-ils avec leur belle-mère ?

– Vous voulez savoir s'ils couchaient avec elle ?

– Je n'avais pas été jusqu'à imaginer ça, non.

– Et pourquoi ? Vous ne regardez pas la télé ?

– Vous voulez dire que Sybil...

– Non, dit-elle. Je ne dis rien de ce genre. Ce ne sont que des idées en l'air. Mais c'était une poufiasse en face de deux grands costauds. Pour leur rendre justice, ce que je déteste généralement faire, je peux même dire que ça me répugne, mais enfin... Comment pouvaient-ils s'entendre ? Qui aime sa belle-mère ? Sybil n'était pas précisément du genre maternel.

– Elle est quand même parvenue à les impliquer dans sa production théâtrale.

– Un seul, celui qui dessinait.

– Derrick, dis-je. Elle en a parlé dans l'*Intelligencer*. Cela dit, même un adolescent gâté évite d'être obligé de faire ce qu'il déteste.

Elle se calma.

– Oui... J'imagine que ça a pu lui plaire. Pourquoi toutes ces questions sur la tribu Crimmins ?

– Le nom de Derrick Crimmins figurait dans des articles de journaux concernant les meurtres. Il y donnait son avis sur la bizarrerie de Peake. Haas mis à part, il était le seul à être cité. C'est pour ça que je voulais le retrouver.

– Si vous tombez sur lui, ne faites pas trop attention à ce qu'il dira. Il profitera certainement de l'occasion pour dire du mal de Peake. Lui et son frère prenaient un malin plaisir à le tourmenter, autre expression de leur bêtise.

– De quelle façon ?

– Ce qu'on peut imaginer venant de gamins gâtés. Ils se moquaient de lui, l'asticotaient. Plus d'une fois, je les ai vus tous les deux, avec une bande d'autres gosses, traîner dans la ruelle derrière notre bureau. Peake y avait aussi ses habitudes. Il inspectait les poubelles, cherchait des pots de peinture ou Dieu sait quoi. Ces salopiots de Crimmins et leurs amis devaient s'ennuyer, alors ils cherchaient un gibier à chasser. Ils l'encerclaient, l'insultaient en riant, le bousculaient, ou bien ils lui mettaient une cigarette dans la bouche et refusaient de la lui allumer. La dernière fois, j'en ai eu assez, je suis sortie dans la ruelle en leur parlant vertement et ils se sont dispersés. On ne peut pas dire que Peake m'ait remerciée. Il ne m'a même pas regardée, il a fait demi-tour et s'est éloigné. Je ne me suis plus dérangée.

– Comment Peake réagissait-il aux provocations ?

– Il restait planté là sans rien faire. (Elle laissa tomber sa mâchoire et regarda dans le vague.) Ce garçon n'avait pas toute sa tête.

– Il n'était pas en colère ?

– Non, rien. Un vrai zombie.

– Avez-vous été surprise d'apprendre avec quelle violence il avait agi ?

– Je crois que oui, dit-elle. Mais aujourd'hui, je ne serais pas étonnée. Comment dit-on, déjà ? « Il n'y a pire que l'eau qui dort... » Comment savoir ?

– Vous avez une idée de la raison pour laquelle il a tué les Ardullo ?

– Il était fou. C'est vous le psychologue, non ? Pourquoi les fous commettent-ils des actes déments ?

Je la remerciai et m'apprêtai à me lever, mais elle me fit signe de rester.

– Qu'est-ce que vous voulez que je vous dise ? Et si c'était une question de malchance ? De hasard ? Il arrive que des gens descendent d'un trottoir et se fassent renverser par un bus, non ?

Elle fronça les sourcils. Elle avait l'air au bord des larmes.

– Ce n'est pas facile de survivre, dit-elle. J'espère sans arrêt qu'il va m'arriver quelque chose, mais j'ai toujours beaucoup trop de chance. Parfois, ça me met dans une de ces rages... un jour de plus, toujours la même routine. (Elle eut un geste désabusé.) Bon, d'accord. Allez-vous-en. Abandonnez-moi. De toute façon, je ne vous ai pas beaucoup aidé.

– Si, je vous en suis très reconnaissant et...

– Je vous en prie, pas de ça.

Mais elle tendit le bras et prit ma main. Elle avait la

peau froide et sèche, si lisse qu'elle semblait presque artificielle.

– N'oubliez pas, docteur, conclut-elle. La longévité peut aussi être un enfer. Savoir que cela finira mal, inévitablement, et ne pas savoir quand...

24

Lorsque je sortis de chez Wanda Hatzler à huit heures du soir, c'était un défilé ininterrompu de phares dans Wilshire, sous un ciel noir de jais. J'avais mal à la tête – trop plein d'histoires et d'hypothèses. Il y avait plus de haine et d'intrigues à Treadway que ce que j'avais imaginé. Mais toujours aucun lien avec Claire Argent. Pour finir ma journée de boulot, j'appelai ma messagerie d'une cabine téléphonique dans le parking voisin.

On m'avait beaucoup appclé : Robin ne rentrerait pas avant dix heures et un attorney de Encino particulièrement insupportable voulait que je l'aide à régler une affaire problématique de garde d'enfant. Il savait que je ne travaillais que pour les tribunaux et pas en free-lance et, qui plus était, il ne m'avait toujours pas réglé une consultation que je lui avais faite l'année précédente. On se faisait pas mal d'illusions partout.

Le cinquième message était de Milo : « Je serai à mon bureau à sept heures et demie, appelle-moi. »

L'opératrice ajouta : « Il avait l'air drôlement énervé, votre ami inspecteur. »

Je pris la voiture jusqu'au commissariat et attendis que le policier en faction appelle le Service des Vols et Homicides. Des types en uniforme allaient et venaient. Personne ne fit attention à moi pendant que je regardai les avis de recherche. Quelques minutes plus tard, une porte s'ouvrit et Milo entra d'un bond en écartant de son front une mèche rebelle.

– Sortons d'ici, dit-il sans s'arrêter, j'ai besoin d'air.

Son costume avait la couleur d'une bouillie d'avoine trop cuite ; quelque chose de vert avait taché son revers droit. Sa cravate était trop serrée, son cou tout rouge, et il avait l'air de vouloir illustrer une affiche pour la Semaine Nationale contre l'Hypertension.

Une fois sur le trottoir, nous commençâmes à remonter Butler. Une chaleur acide et sèche flottait dans l'air. Je n'avais qu'une envie : aller prendre une boisson fraîche.

– Je n'ai rien trouvé sur Pelley pour l'instant, dit-il. Alors, ne me pose pas de questions inutiles. Ce sont les jumeaux Beatty qui ont occupé tout mon temps aujourd'hui. Leroy a raconté qu'il avait un boulot de comédien.

– À qui est-ce qu'il a dit ça ?

– À ses copains pochetrons. Je suis allé avec Willis Hooks sur le lieu du crime, ce soir. Pas loin d'un magasin de vins et spiritueux où Leroy avait l'habitude de traîner avec d'autres amateurs de jus de raisin. Ils ont été plusieurs à nous raconter que Leroy s'était vanté de devenir une star de cinéma.

– Il y a combien de temps ?

– La perception du temps n'est pas leur fort, mais d'après eux, trois ou quatre mois. Leroy leur aurait aussi dit qu'il allait convaincre son frère de participer au film, que depuis que le réalisateur avait appris qu'ils étaient jumeaux, il avait offert un bon paquet de fric. Ses potes ont cru qu'il baratinait, ce qu'il avait sérieusement tendance à faire quand il était bourré. Ils ne voulaient même pas croire que Leroy avait vraiment un frère jumeau. Il n'avait jamais parlé d'Ellroy.

– Leroy est-il revenu leur parler du tournage ?

– Non. Il est effectivement revenu, une semaine plus tard, mais il n'a pas voulu en discuter. S'il a touché de l'argent, personne n'en a vu la couleur. Ses potes se sont dit qu'il était probablement allé se cuiter et qu'il avait tout bu.

– Ou alors M. Griffith D. Wark a arnaqué quelqu'un d'autre, dis-je.

Mes neurones fonctionnaient à cent à l'heure. Des fragments d'histoire me revenaient à l'esprit... Le puzzle commençait à prendre forme.

– J'y ai pensé, dit Milo. Aucun d'entre eux n'a vu de grand type blanc discuter avec Leroy.

– Les copains d'Ellroy ont-ils dit quoi que ce soit sur le film ?

– Aguilar n'a pas encore retrouvé ses potes. Apparemment, Ellroy était plutôt du genre solitaire, il vivait seul près des voies ferrées. L'un des conducteurs se souvient l'avoir vu plusieurs fois traîner dans les parages. Il s'est dit qu'il devait être dingue, il parlait toujours tout seul.

Il se gratta le nez.

– Me voilà de nouveau embarqué dans cette histoire de cinoche. C'est peut-être un lien entre Dada et les jumeaux, mais je ne vois pas comment ça se goupille avec Claire. Mis à part le fait qu'elle allait souvent au cinéma. Dis, tu m'imagines raconter ça à ses parents ? J'ai montré sa photo aux clodos et ils ne l'ont pas reconnue. Pas étonnant. Pourquoi serait-elle allée traîner dans un repaire de poivrots de South Central ? Ce soir, je retourne à l'endroit de Toluca Lake où Richard travaillait comme serveur – *L'Oak Barrel.* Ce n'est pas la porte à côté, mais peut-être que Claire y allait dîner. Si ça se trouve, M. Wark les y a ramassés tous les deux... à propos, tu avais raison : Wark était bien le deuxième prénom de D. W. Griffith. J'ai vérifié. Ce salopard se prend pour un gros bonnet du cinéma.

Il se gratta la tête.

– C'est vraiment le genre merdier dont j'ai horreur. Pourquoi Wark, ou quelqu'un d'autre, buterait-il ses acteurs ?

– Pour faire des économies de budget ?

– J'espère que ça ne va pas donner des idées aux studios. Non, sérieusement, à quoi est-ce que ça rime ? Et comment, et surtout pourquoi, un robot comme Peake a-t-il pu être mis au courant ?

– Peut-être que Wark filme des meurtres.

– Un snuff ?

– Ça, ou une variation sur le thème. Pas nécessairement un truc sexuel. Une série de morts violentes. Une promenade sanglante, littéralement. Le genre qu'on vend sous le manteau. Cela expliquerait pourquoi le scénario n'a jamais été déposé et pourquoi Wark a donné un faux nom pour louer son matériel et pouvoir se tailler ensuite. Ça pourrait aussi expliquer la diversité des victimes et des méthodes. Et le côté rituel. Nous avons peut-être affaire à quelqu'un qui se prend pour un démiurge. Il joue au Tout-puissant en créant des personnages, de vraies personnes, avant de les tuer. Les psychopathes ont tendance à dépersonnaliser leurs victimes. Wark poussait peut-être l'humiliation jusqu'à la dernière extrémité : réduire sa « distribution » à de simples types : Les Jumeaux, L'Acteur, ce genre de chose. Une façon de penser cruelle et primitive, comme les enfants quand ils veulent exprimer leur colère. Certains gamins colériques ne grandissent jamais. Quant à Peake... peut-être est-il impliqué là-dedans parce que Wark a quelque chose à voir avec son histoire. Wark a pu être très impressionné par les meurtres de Peake. Maintenant qu'il crée ses propres productions, il veut y associer Peake d'une manière ou d'une autre. J'ai d'ailleurs un candidat possible pour le rôle de Wark : un certain Derrick Crimmins.

Je lui racontai tout ce que j'avais appris sur Treadway. Le vieux conflit entre les Ardullo et les Crimmins, la liaison de Scott avec Sybil, la conduite asociale des fils Crimmins, la participation de Derrick aux projets théâtraux de Sybil.

– Il n'aimait pas particulièrement sa belle-mère, mais il est quand même resté pour travailler avec elle. Parce que toute cette histoire de théâtre, de production, disons, le touchait personnellement. Il correspond à la description physique que Vito Bonner nous a donnée de Wark – grand et mince –, et son âge colle aussi. Derrick doit avoir environ trente-cinq ans.

Milo prit un bon moment pour réfléchir. Nous marchions le long de rues résidentielles peu éclairées, et nos chaussures résonnaient sur le trottoir.

– Et donc, tous les Crimmins sont morts, à part Derrick ?

– Père, belle-mère, frère, rien que des morts accidentelles. Intéressant, non ?

– Un autre spécialiste du meurtre des familles ?

– On peut également considérer une série d'accidents comme une forme de production : il faut quand même choisir le décor. Derrick n'était pas un citoyen modèle. Wanda Hatzler les a décrits, lui et son frère, comme des enfants gâtés qui ont peut-être commis des viols.

Je m'interrompis.

– Quoi ? ! s'écria Milo.

– Je viens de me rendre compte de quelque chose. Le shérif Haas m'a raconté qu'après le meurtre, on a retrouvé de la drogue dans la cabane de Peake ; toutes sortes de pilules, y compris des substances illégales, comme des barbituriques. À la pharmacie de Treadway, rien n'avait été volé, et personne chez les Ardullo n'avait d'ordonnance pour ce genre de produits. Haas était convaincu que ces drogues venaient d'ailleurs. Mais personne n'a jamais vu Peake quitter Treadway. Il avait donc un fournisseur en ville. Wanda a vu Derrick et ses copains traîner dans les rues avec Peake, généralement pour le harceler. Peake ne se défendait pas. Il était extrêmement passif. Et si les fils Crimmins étaient ses fournisseurs ? Histoire de s'amuser avec l'idiot du village ?

La nuit du massacre, Peake a consommé de la drogue à fortes doses, ses défenses se sont volatilisées et il a assassiné les Ardullo. Derrick et son frère ont compris qu'ils avaient joué un rôle dans cette affaire. Quelqu'un d'autre aurait été horrifié, mais les fils Crimmins avaient de nombreuses raisons de détester Scott Ardullo. Son refus de vendre ses terres avait empêché pendant des années le père Crimmins de faire affaire avec les promoteurs immobiliers. Et Scott couchait avec leur belle-mère. Et s'ils avaient été contents de ce que Peake avait fait ? Qu'ils s'en soient attribué le mérite ? De leur point de vue de détraqués, cette « production » avait eu certaines conséquences positives : la vente des terres avait pu être conclue et la famille s'était retrouvée riche à nouveau. Pour un gamin qui avait déjà fait la preuve de ses tendances agressives, la chose n'est pas impossible. Quelques années plus tard, Derrick s'est essayé à une action plus directe : faire sauter le bateau de papa et belle-maman. Et une fois encore, il s'en est sorti sans être inquiété.

– Ou bien, dit Milo, cette histoire de bateau était vraiment un accident, quelqu'un d'autre fournissait Peake en drogue, et Wark n'est pas Derrick, lequel n'est qu'un play-boy qui sirote des piñacolada à Palm Beach en entretenant son cancer de la peau.

– Ça aussi, ça se peut, admis-je. Mais puisque nous ne sommes pas d'accord, je vais en rajouter une louche : Derrick et Cliff n'ont pas fait qu'agir par personne interposée. Ils ont refilé la came à Peake et l'ont volontairement provoqué en lui rappelant ses frustrations. Ils l'ont poussé à tuer les Ardullo. Ils étaient dominateurs, agressifs, Peake était passif et impressionnable. Peut-être ont-ils appris que Peake avait des trucs personnels à reprocher aux Ardullo et ils s'en sont servi. Il se peut qu'ils n'aient pas vraiment cru que la chose se produirait – paroles en l'air d'adolescents camés –, et quand Peake a pété les plombs, ils ont commencé par être effrayés. Puis étonnés. Et enfin contents.

Milo se frotta les yeux.

– Qu'est-ce qu'il t'est arrivé quand t'étais enfant pour que tu penses ce genre de choses ?

– Trop de temps libre. Père alcoolique, mère déprimée, heures sombres passées seul dans la cave à essayer d'échapper au bruit, là-haut, et à lutter pour créer mon monde à moi...

– Ben dis donc !

– Tu ne crois pas que la moindre des choses serait de trouver où habite ce Derrick ? On se renseigne sur sa situation financière et on voit s'il a un casier ?

– D'accord, lâcha-t-il. D'accord.

De retour aux Vols et Homicides, Milo se servit de son ordinateur. Pas d'avis de recherche ou de mandat lancé contre Derrick Crimmins, rien dans le listing des délinquants sexuels, ni dans les dossiers VICAP[1] du FBI ; apparemment, il n'était pas non plus dans une prison californienne.

Un coup de fil au service des immatriculations nous apprit qu'aucun véhicule n'était répertorié sous son nom. Idem pour Griffith D. Wark. Find-A-Person nous indiqua plusieurs D. Crimmins, mais aucun Derrick. Ni de G. D. Wark.

– Demain, je vois avec la Sécu, dit-il. J'irai même chercher les certificats de décès de la famille Crimmins, rien que pour te montrer que je prends ça au sérieux. Où est-ce que ça s'est passé, ce truc avec le bateau ?

– Au large de la côte Sud de la Floride. C'est tout ce que je sais. Cliff, le frangin, s'est tué lors d'une course de moto à Pimm, dans le Nevada.

1. Ou Violent Crime Apprehension Program. (NdT)

Milo prit des notes, ferma son calepin et se leva péniblement.

– Quelle que soit l'identité de ce Wark, comment parvient-il à entrer en contact avec Peake ?

– C'est peut-être un jeu d'enfant, dis-je. S'il travaille à Starkweather...

Il fit la grimace.

– Ce qui signifie qu'il va falloir jeter un œil aux dossiers du personnel. Ce cher M. Swig... Si ce *Blood Walk* est un snuff, tu crois que Wark espère sérieusement le vendre ?

– Ou bien il veut le garder pour son usage personnel. S'il s'agit bien de Derrick, s'il a hérité d'un bon paquet d'argent et n'a pas besoin d'en gagner, c'est peut-être une distraction de choix pour occuper ses longues journées de malade mental.

– Un jeu, alors ?

– J'ai toujours pensé que les meurtriers avaient un certain goût pour les activités ludiques.

– Si seulement tu n'étais qu'un imbécile qui pouvait aller se faire voir avec ses petits délires... Bon, retour sur la planète terre. L'*Oak Barrel.*

– J'y vais avec toi, si tu veux.

Il consulta sa Timex.

– Ne serait-il pas l'heure de retrouver la douce chaleur de ton foyer ?

– Je n'ai pas spécialement envie d'avoir plus chaud, et il n'y aura personne chez moi pendant encore quelques heures.

– Bon, d'accord, dit-il. Mais c'est toi qui conduis.

Toluca Lake est un petit quartier discret coincé entre North Hollywood et Burbank. La rue principale est une extension de Riverside Drive, bordée de magasins décatis dont beaucoup ont conservé leur devanture originale des années quarante cinquante. On y trouve des appartements en rez-de-jardin et de grosses propriétés. Bob Hope y a vécu. D'autres stars y habitent encore, surtout celles qui ont un penchant affirmé pour le G.O.P.[1] De nombreux westerns ont été tournés dans les environs, aux Studios Burbank et dans les collines avoisinantes. L'Equestrian Complex est à quelques minutes en voiture, tout comme le siège de la NBC.

À l'écart de Riverside, on trouve de petites rues tranquilles, surtout le soir : seuls les résidents ont le droit de s'y garer, et les policiers du secteur y font des rondes fréquentes. Les restaurants de Toluca Lake sont du genre lumière tamisée et vastes salles, avec une tendance marquée pour cette nourriture inqualifiable connue sous le nom de cuisine continentale, autrefois spécialité de Los Angeles, maintenant à peu près éradiquée à l'ouest de Laurel Canyon. Les personnes âgées n'apprécient pas spécialement les sarcasmes des serveurs, les Martini ne sont plus à la mode, les pianos-bars ont la vie dure.

De temps à autre, il m'arrivait de témoigner devant un tribunal de Burbank et, en traversant le quartier, je pensai à la banlieue idéale dépeinte dans les séries télé en noir et blanc – ameublement dernier cri, grosses voitures, rouge à lèvres foncé –, et à Jack Webb au regard d'acier, picolant dans son verre décoré de pubs vinyle, se détendant après une longue journée de travail sur le plateau. Avec peut-être à côté de lui le type qui jouait Ward Cleaver – j'ai oublié son nom.

J'étais déjà allé dans plusieurs restaurants de Riverside Drive, mais jamais à l'*Oak Barrel.* Lequel se révéla être une modeste baraque de briques crépies installée à l'angle de la rue, à moitié éclairée par les réverbères, avec un logo discrètement souligné par un néon vert au-dessus de la porte d'entrée. Un parking deux fois plus

1. G.O.P. = Grand Old Party, c'est-à-dire le Parti républicain. (NdT)

grand que le restaurant faisait remonter la construction de l'endroit à la fin des années quarante ou au début des années cinquante. Personne pour garer la voiture, mais un tapis d'asphalte généreusement illuminé, avec seulement quelques places occupées. Des Lincoln, des Cadillac, des Buick, et encore des Lincoln.

Porte principale en chêne, avec panneau de verre opaque. Nous entrâmes et nous retrouvâmes dans un petit hall au bout duquel s'ouvrait le bar. Quatre buveurs levaient le coude. Des écrans de télé faisaient de l'œil au-dessus d'un mur de bouteilles. On avait coupé le son des récepteurs. L'air était glacé, à peine pimenté par un piano jouant une musique un peu trop sirupeuse, avec juste assez de lumière pour que nous puissions reconnaître les couleurs. Mais la veste vert vif du maître d'hôtel parvint sans difficulté à nous trouver dans la pénombre.

Soixante-dix ans bien tapés, grand, cheveux blancs tout raides, traits de Romain, lunettes cerclées de noir. Un livre de réservations était ouvert devant lui, sur un lutrin de chêne. Beaucoup de cases vides. Un paravent nous empêchait de voir la grande salle à manger sur sa gauche, mais j'entendais le cliquetis des couverts et le ronronnement des conversations. Le pianiste était en train de transformer *Lady be good* en menuet.

– Bonsoir, messieurs, nous lança le maître d'hôtel.

Sourire forcé, diction précise colorée d'une pointe d'accent italien. En nous voyant approcher, il ajouta :

– Ah, inspecteur, je suis heureux de vous revoir.

Sur sa veste, un petit rectangle doré avec un prénom gravé : LEW.

– Ça alors, vous vous rappelez ? dit Milo avec une jovialité qui pouvait ne pas être feinte.

– J'ai encore bonne mémoire. Et nous ne recevons pas beaucoup de policiers, pas ici en tout cas. Alors... cette fois vous êtes venus manger ?

– Boire, dit Milo.

– Par ici. (Grand geste vert vif.) Vous avez avancé, pour Richard ?

– Je voudrais pouvoir dire oui, lui répondit Milo. À propos... cette femme est-elle déjà venue ici ?

Une photo de Claire était apparue brusquement dans sa main, comme une colombe sortie du chapeau d'un magicien.

Lew sourit.

– « À propos », hein ? Vous êtes venus boire autre chose que des renseignements ?

– Mais certainement. Une bière, si vous servez ce genre de chose.

Lew rigola, puis regarda attentivement la photo.

– Non, désolé, jamais vue. Pourquoi ? Elle connaissait Richard ?

– C'est bien ce que je voudrais savoir. Dites-moi... avez-vous par hasard repensé à quelque chose depuis la dernière fois que je suis venu ?

Le maître d'hôtel lui rendit la photo.

– Non. Richard était un gentil garçon, tranquille. Un bosseur. Généralement, nous n'embauchons pas les apprentis acteurs, ni les apprentis metteurs en scène, mais lui était OK.

– Pourquoi pas les apprentis acteurs ? lui demandai-je.

– La plupart sont des zozos qui vous regardent de très haut : s'ils viennent travailler, c'est vraiment pour vous rendre service. Neuf fois sur dix ils ne supportent pas de porter une corbeille de pain ou ils finissent par insulter un client et je me retrouve obligé de séparer les combattants.

Il attrapa le fond de son pantalon et le tira vers le haut.

– Nous préférons les vieux de la vieille, dit-il. Les pros, quoi. Comme moi. Mais Richard était OK. Pour un gamin, il était poli, il savait dire « madame » et « monsieur », au lieu de « eh ! vous ! » Un bon garçon, un très bon garçon. C'est pour ça que je l'ai embauché, alors même qu'il voulait devenir acteur. Il faut dire qu'il m'a supplié. Il m'a dit qu'il avait vraiment besoin d'argent. Je ne me suis pas trompé sur lui. Un bosseur, qui prenait toujours les commandes sans se tromper. Aucune plainte. Allons, messieurs, allez vous installer, je vous apporte à boire.

Le bar était un énorme S en noyer verni et bordé de cuir rouge. Comptoir en cuivre, tabourets rouges aux pieds de cuivre. Les quatre buveurs étaient tous des hommes d'âge mûr aux yeux vitreux. Ils portaient des vestes de sport, une cravate pour l'un, et trois chemises sport avec col ouvert sur de larges revers pour les autres. Ils étaient à bonne distance les uns des autres. Chacun avait le regard fixé sur un grand verre et plongeait à intervalles réguliers une main épaisse dans des coupelles remplies de cacahuètes, d'olives, de poivrons grillés, de morceaux de saucisse et autres tortillons roses au goût de crevette et percés de cure-dent en plastique rouge. Le barman allait sur ses soixante ans, peau sombre, tignasse abondante et visage de totem tahitien. Il leva les yeux, en compagnie de deux des buveurs, lorsque Lew nous installa au bout du bar, mais une seconde plus tard tout le monde avait replongé le nez dans son verre.

– Hernando, dit Lew, donne à ces messieurs...

– Une Grolsch, dit Milo.

Je demandai la même chose.

– Un peu de sauternes pour moi, dit Lew. la bouteille de réserve. Juste un peu.

Hernando nous servit et alla reprendre sa place au milieu du bar.

– Avez-vous déjà eu un client du nom de Wark ? demanda Milo.

– Work ?

– Wark. (Il épela.) Trente-cinq ans environ, grand, mince, cheveux bruns, peut-être bouclés. Il prétend être producteur de cinéma.

Le maître d'hôtel sourit.

– Nous avons beaucoup de clients qui prétendent toutes sortes de choses, mais non, je ne me souviens pas d'un Wark.

Milo but une gorgée de bière.

– Et Crimmins ? Derrick Crimmins ? Il est peut-être venu avec une femme, plus jeune, aux longs cheveux blonds.

– « Peut-être » ? C'est en rapport avec Richard ?

– Peut-être, oui.

– Désolé, pas de Crimmins non plus, mais certaines personnes viennent sans avoir réservé et nous ne connaissons pas leur nom.

– C'était il y a huit ou neuf mois. Vous vous rappelleriez vraiment tous les noms... même avec une excellente mémoire ?

Lew eut l'air blessé.

– Si vous voulez que je vérifie sur les livres de réservation, je serai heureux de le faire, mais je peux vous dire tout de suite que je n'ai aucun mal à me rappeler ce genre de noms. (Il ferma les yeux.) Grand et mince, hein ? Un client de Richard ?

– Possible.

– Je pense à un type qui ne m'a jamais donné son nom ; il est entré un soir avec désinvolture, en espérant que je lui trouverais une place – mais sans fille, juste lui. Je me souviens bien de lui parce qu'il nous a posé quelques problèmes. Il a monopolisé Richard au point que les autres clients n'étaient pas servis. Ils ont fini par se plaindre aux aides-serveurs, qui sont venus me voir, et je me suis retrouvé à devoir régler le problème. L'autre raison pour laquelle je m'en souviens, c'est que c'est la seule fois où j'ai eu un problème avec Richard. Disons que ce n'était pas lui le problème, mais le type... il n'arrêtait pas de bavasser devant Richard et celui-ci ne savait plus quoi faire. Il ne travaillait ici que depuis quelques semaines. Nous leur serinons à longueur de temps que le client est roi, c'est pour ça que Richard devait être embêté, vous voyez ce que je veux dire ? Et moi, je me retrouve là, à devoir régler cette histoire ; j'essaie d'être poli, mais le type ne réagit pas poliment, lui. Il me regarde d'une drôle façon... l'air de dire : « Qui êtes-vous pour me parler comme ça, à moi ? »

– Richard vous a-t-il dit de quoi parlait ce type ?

– Non, mais l'autre ne s'est pas gêné ! C'était du genre « Hé, grâce à moi il va peut-être mettre du beurre dans ses épinards... vous croyez qu'il veut bosser ici pour le restant de ses jours ? » Richard était parti servir à une autre table, il me regardait du coin de l'œil en essayant de me faire comprendre que ce n'était pas lui qui avait commencé. J'ai dit au type que la maison lui offrait à boire, mais il m'a répondu quelque chose de pas très agréable ; puis il a jeté de l'argent sur la table et il est parti. Il y avait à peine de quoi payer son repas et il ne restait pas grand-chose pour Richard. Salade César, escalope de veau panée, forêt noire.

– Dites-moi, fit Milo, que jouait le piano ce jour-là ?

Lew sourit.

– Probablement « Tu parles trop. » (Il haussa les épaules.) J'ai de la chance, toujours eu bonne mémoire ; pas besoin de décoction de sureau, de jus de ginkgo ou Dieu sait quoi. À dire vrai, ce n'est pas toujours drôle. J'ai deux ex que je préférerais oublier. Si vous avez une photo de ce Wark, je vous dirai tout de suite s'il s'agit du même.

– La prochaine fois, dit Milo. Pouvez-vous me le décrire ?

– Un mètre quatre-vingt-quinze, quatre-vingt dix-huit, très mince, habillé tout en noir, à la mode, du moins parmi les apprentis metteurs en scène. De mon temps, dans cette tenue, on allait aux enterrements.

– Les cheveux ?

– Longs, bruns. Mais pas bouclés. Raides et longs,

comme une perruque. À y repenser, peut-être bien que c'était une perruque. Gros nez, petits yeux, petite bouche avec des lèvres minces. Pas vraiment séduisant. Un peu anorexique, vous voyez ce que je veux dire ? Et bronzé, comme s'il s'était fait cramer sous une lampe à UV.

– Combien de fois est-il venu ici ?

– Juste cette fois-là. Une chose qui vous sera peut-être utile : j'ai vu sa voiture. Une Corvette. Pas un modèle récent, non, le genre avec le capot plongeant devant. Jaune vif. Comme un taxi. Je l'ai vue parce que quand il est parti, j'ai entrouvert la porte pour vérifier qu'il n'allait pas revenir. Vous dites qu'il aurait quelque chose à voir avec la mort de Richard ? Putain !

– Je ne sais pas, dit Milo avant de finir son verre. Vous nous avez beaucoup aidés. Je vous remercie. Est-ce qu'il y a quelqu'un d'autre qui travaille ici ce soir et qui pourrait se souvenir du bonhomme ?

Lew passa un doigt sur le pourtour de son verre. Le sauternes avait une couleur dorée, presque cuivrée. Il n'y avait pas touché.

– Peut-être Angelo. Je vais vérifier. Vous voulez qu'on vous resserve ?

– Non, merci. Vous n'auriez pas entrevu la plaque d'immatriculation de la Corvette, par hasard ? Même quelques chiffres...

– Ah..., dit le maître d'hôtel. Vous êtes un incorrigible optimiste, hein ? Comme dans la chanson. D'ailleurs, je crois que je vais aller demander à Doris de nous la jouer.

25

Angelo était un petit serveur chauve du même âge que Lew. Il allait et venait, le visage tout rouge, entre deux grandes tables. Lorsque le maître d'hôtel lui fit signe de s'approcher, il fit la grimace, sa moustache en trait de crayon prenant la forme d'un V inversé. Il arriva en maugréant, le souffle court. Milo avait déjà parlé avec lui quelques mois plus tôt, mais Angelo n'avait conservé qu'un vague souvenir de la discussion. La mention d'un perturbateur en noir ne lui arracha qu'un haussement d'épaules.

– C'est en rapport avec Richard, dit Lew.

– Richard était un type bien, dit Angelo.

– Pouvez-vous nous dire autre chose sur lui ? demanda Milo.

– Un type bien, répéta Angelo. Il disait qu'il allait devenir une vedette de cinéma... Excusez, faut que j'y retourne, tout le monde se plaint qu'il n'y a pas assez de champignons dans la sauce.

– Je vais le dire en cuisine, dit Lew.

– Bonne idée.

Angelo s'éclipsa.

– Désolé, dit Lew, mais sa femme est malade. Donnez-moi votre carte et je vous appellerai dès que j'aurais eu l'occasion de vérifier dans les livres de réservation.

Nous étions repartis en direction du centre-ville.

– Il se peut que le rendez-vous d'*Oak Barrel* ait servi à auditionner Richard, dis-je. Il répond à l'annonce de casting, Wark demande à le rencontrer sur son lieu de travail, histoire de le voir dans son environnement naturel. Comme un chasseur qui repère sa proie. Cela lui évite aussi d'avoir un lieu d'audition permanent.

– Un peu naïf de la part de Richard, non ?

– Il voulait devenir une star.

Milo soupira.

– Perruque bouclée, perruque de cheveux raides... Ça commence à puer, cette histoire-là. Il nous reste à trouver M. W., et à avoir une gentille conversation avec lui.

– Tu sais quelle voiture il a, maintenant. Et une Corvette jaune, ça ne passe pas vraiment inaperçu.

– Le DMV ne répertorie pas les voitures par couleur, seulement par la marque, le modèle et l'année. Mais c'est quand même un début, sauf si la Corvette a été volée, ou jamais répertoriée... Des gros pare-chocs... Probablement un modèle des années soixante-dix. (Il se redressa sur la banquette.) Une Corvette... ça expliquerait aussi pourquoi Richard s'est retrouvé dans le coffre de sa propre bagnole. Les Corvette n'ont pas de coffre.

– Il y a quelqu'un d'autre que nous ne devons pas oublier, lui rappelai-je. La copine blonde. Elle colle avec l'hypothèse du second conducteur. Elle attend dans les parages que Wark ait abandonné la VW, elle embarque Wark, et ils s'en vont tous les deux. Imparable. Rien qui permette de remonter jusqu'à eux.

– Tout producteur qui se respecte a besoin d'une minette, non ? Je n'ai même pas de faux nom à lui coller sur le dos.

Il sortit un cigare, ouvrit la vitre, toussa et remit la chose à plus tard. Il ferma les yeux et, son visage charnu se détendant, on aurait pu croire qu'il s'endormait. Je restai dans Riverside, direction est. Lorsque nous arrivâmes à Coldwater Canyon, il n'avait toujours pas ouvert la bouche. Mais il ouvrit les yeux, l'air troublé.

– Quelque chose qui ne colle pas ? lui demandai-je.

– Non, ce n'est pas ça, dit-il. C'est cette histoire de cinéma. Après toutes ces années passées à essuyer les tables, voilà que je perce vraiment dans le show-biz.

Je n'eus plus de nouvelles de lui de toute la matinée. Robin et moi descendîmes sur la plage de Santa Monica prendre le petit déjeuner. Sur le coup de onze heures, elle était de retour à la boutique, accompagnée de Spike, tandis que je répondais à un appel téléphonique de l'insupportable attorney de Encino. Je l'écoutai aligner quelques phrases de baratin obséquieux avant de lui dire que je n'avais pas envie de travailler avec lui. Il eut l'air vexé, prit la mouche, me débita quelques franches méchancetés et finit par raccrocher brutalement, ce qui me fit bien rire.

Deux secondes plus tard, l'opératrice de ma messagerie téléphonique m'appela. « Pendant que vous étiez en ligne, Docteur, une madame Racano de Fort Myers Beach a essayé de vous joindre. »

La Floride me fit d'abord penser à l'explosion du bateau des Crimmins. Puis je me souvins tout à coup du nom : le Dr Harry Racano avait été le professeur principal de Claire. J'avais appelé Case Western deux jours auparavant pour entrer en contact avec lui. Je recopiai le numéro et rappelai. Une femme me répondit d'une voix sèche.

– Madame Racano ?

– Oui, Eileen Racano à l'appareil.

– Je suis le docteur Alex Delaware, de Los Angeles. Merci de m'avoir rappelé.

– Oui, dit-elle, méfiante. Mary Ellen, de Case Western,

m'a dit que vous aviez téléphoné au sujet de Claire Argent. Que lui est-il donc arrivé ?

– Elle a été enlevée et assassinée. Pour l'instant, personne ne sait pourquoi. On a fait appel à moi comme consultant sur cette affaire.

– Pourquoi avez-vous pensé que Harry pourrait vous aider ?

– Nous essayons d'en savoir le plus possible sur Claire. Le nom de votre mari est mentionné dans l'une de ses publications. Il arrive que les professeurs d'université en sachent assez long sur leurs élèves.

– Harry était le directeur de thèse de Claire. Tous deux s'intéressaient à l'alcoolisme. Nous recevions Claire de temps à autre à la maison. Une gentille fille. Très discrète. Je n'arrive pas à croire qu'elle a été assassinée.

Elle parlait de plus en plus vite. Une petite inquiétude, peut-être ?

– Ici, Claire travaillait aussi sur l'alcoolisme, mais quelques mois avant le meurtre, elle a quitté son travail assez brusquement pour prendre un poste à l'hôpital Starkweather. C'est un établissement public pour les déséquilibrés qui ont tué.

Silence.

– Madame Racano ?

– Je ne sais rien de tout ça. Claire et moi ne nous sommes pas reparlé depuis qu'elle est partie de Cleveland.

– Lui est-il arrivé de témoigner de l'intérêt pour les assassins psychotiques ?

Elle soupira si fort que je crus qu'il y avait des parasites sur la ligne.

– Avez-vous rencontré ses parents ? me demanda-t-elle enfin.

– Oui.

– Et... évidemment ils ne vous ont rien dit. Ah, docteur Delaware, je crois qu'il vaut mieux que je vous dise.

Elle me raconta l'essentiel. Je trouvai les détails en retournant à la bibliothèque consulter les journaux archivés.

Je lus le compte rendu de la *Post-Gazette* de Pittsburgh, mais j'aurais pu prendre n'importe quel grand quotidien. L'histoire avait fait le tour des rédactions nationales.

AU COURS D'UN ACCÈS DE FOLIE,
UN JEUNE HOMME ASSASSINE UNE FAMILLE ENTIÈRE

Répondant aux appels de voisins inquiets, la police a pénétré ce matin dans un appartement de Pittsburgh et découvert les corps des membres de toute une famille, ainsi que le jeune homme soupçonné d'avoir commis ces meurtres, caché dans la cave.

James et Margaret Brownlee, ainsi que leurs enfants, Carla, 5 ans, et Cooper, 2 ans, ont été frappés à coups de couteau et de maillet, deux ustensiles qui se trouvaient dans la cuisine de leur maison d'Oakland. Brownlee, 35 ans, était responsable des livraisons chez Purity Bottled Water et sa femme, 29 ans, mère au foyer. D'après les voisins, ils avaient tous deux l'habitude de se lever tôt, et leurs habitudes ne variaient guère. Aussi, constatant que vers midi M. Brownlee n'était toujours pas parti travailler et qu'aucun autre membre de la famille ne s'était montré, les voisins ont appelé la police.

On a retrouvé le suspect, Denton Ray Argent, 19 ans, tapis près de la chaudière, tenant encore les armes du crime et trempé de sang. Argent, qui habitait avec ses parents et sa jeune sœur trois maisons plus loin, était qualifié de bizarre et renfermé. Il avait été expulsé de son lycée plusieurs années auparavant, lorsque son comportement était devenu trop étrange. « Il avait environ quatorze ans quand ça a commencé, nous a expliqué une femme sous le couvert de l'anonymat. Même avant, il n'était pas très sociable, plutôt discret – comme le reste de la famille, d'ailleurs. Ils étaient toujours dans leur coin. Mais à l'adolescence, il a cessé de prendre soin de lui, il est devenu vraiment sale. On le voyait se promener en se parlant tout seul et en faisant de grands gestes. Nous savions tous qu'il était bizarre, mais personne n'imaginait que ça en arriverait là. »

Certains témoignages selon lesquels Denton Argent aurait travaillé un temps comme jardinier des Brownlee n'ont pu être confirmés. Argent a été incarcéré à la prison centrale, en attendant les développements de l'enquête.

En entrant le nom de Denton Argent dans l'ordinateur, je trouvai un certain nombre d'articles qui racontaient également le crime, chacun à sa façon. Puis plus rien pendant un mois, jusqu'à un entrefilet de troisième page :

L'ASSASSIN D'UNE FAMILLE INTERNÉ À L'HÔPITAL

L'auteur présumé du meurtre d'une famille entière, Denton Argent, a été jugé par trois experts psychiatres incapable d'assurer sa défense devant un tribunal. Argent, accusé d'avoir massacré M. et Mme James Brownlee et leurs deux enfants au cours d'une crise de folie meurtrière qui a choqué le quartier tranquille d'Oakland et la ville tout entière, a été examiné par des médecins recrutés tant par l'accusation que par la défense.

« C'est assez évident, a déclaré l'adjoint au District Attorney Stanley Rosenfeld chargé de requérir dans cette affaire. Argent est profondément schizophrène et n'a aucun contact avec la réalité. Il ne servirait à rien de le faire comparaître devant un tribunal. »

Rosenfeld a également déclaré qu'Argent serait

interné dans un hôpital public pendant une période indéterminée. « Si jamais il retrouvait la raison, a-t-il ajouté, nous nous empresserions de l'amener devant un juge. »

Une semaine plus tard :

LA FAMILLE DU MEURTRIER SE TERRE CHEZ ELLE ET SE TAIT...

Les parents de Denton Argent, le meurtrier de la famille Brownlee, n'ont pas l'intention de quitter Chesnut Street où, à quelques mètres de leur maison bien tenue, leur fils a tué les quatre membres d'une famille voisine.

Argent, 19 ans, inculpé de meurtre sur les personnes de James et Margaret Brownlee et de leurs deux enfants, Carla, 5 ans, et Cooper, 2 ans, a été déclaré incapable d'assurer sa défense. Ses parents, Robert Ray et Ernestine Argent, propriétaires d'une boutique de cadeaux, ont refusé de répondre aux questions des journalistes, mais des voisins ont nous ont dit qu'ils avaient affirmé être prêts « à supporter les conséquences de cet acte ». Leur boutique a fermé pendant trois semaines, avant de rouvrir, avec semble-t-il une baisse significative du chiffre d'affaires. Le voisinage s'est cependant montré moins hostile que ce qu'on pouvait imaginer, voire franchement charitable.

« Ce sont des gens “bien”, a déclaré un autre voisin, Roland Danniger. Tout le monde savait que Denton était bizarre, et peut-être auraient-ils dû l'aider davantage, mais comment pouvaient-ils savoir qu'il allait devenir violent ? Si j'ai de la peine pour quelqu'un, c'est pour sa petite sœur. Elle était déjà renfermée, mais maintenant on ne la voit plus jamais. »

M. Danniger faisait allusion à la sœur cadette d'Argent, Claire, 12 ans, qui a quitté son collège pour suivre chez elle les cours d'un professeur particulier.

Et cinq ans plus tard :

L'ASSASSIN D'UNE FAMILLE MEURT À L'ASILE

La direction du Farview State Hospital a annoncé aujourd'hui que Denton Argent était mort d'une attaque cérébrale, dans sa cellule.

Argent, 24 ans, avait assassiné une famille entière lors d'une crise de folie meurtrière, il y a cinq ans. Jugé incapable d'assurer sa défense, il avait été interné à l'hôpital, où il a passé ces années sans causer d'incidents. L'attaque cérébrale est peut-être due à une épilepsie qui n'avait pas été diagnostiquée ou à des psychotropes. Argent a perdu conscience dans sa cellule, au milieu de la nuit, et s'est étouffé avec ses propres régurgitations. Son corps a été retrouvé le lendemain matin. La direction de l'hôpital a déclaré qu'il ne s'agissait pas d'un geste criminel.

« Harry n'en avait pas eu connaissance avant la dernière année de doctorat de Claire, m'avait expliqué Eileen Racano. Il en a été très choqué. Cette pauvre fille qui traînait ce boulet...

– À quelle occasion lui en avait-elle parlé ?

– C'était à l'époque où elle travaillait à la rédaction définitive de sa thèse. C'est toujours un moment délicat, mais Claire avait vraiment du mal. Elle n'était pas spécialement douée pour l'écriture et c'était une perfectionniste qui n'arrêtait pas de tout récrire... Elle a dit à Harry qu'elle avait peur de ne pas avoir son oral.

– La chose était possible ?

– Elle avait de bonnes notes et ses recherches étaient approfondies et bien documentées. »

Et donc, pourquoi avait-elle eu « vraiment du mal ? » J'avais laissé la question en suspens, mais Eileen Racano y avait répondu indirectement.

– Elle n'avait rien mentionné de son passé, d'autant qu'à l'époque, il était impossible de prendre en compte un vécu personnel dans une étude.

– Votre mari critiquait-il le comportement de Claire ?

– Il pensait que c'était une gentille fille, mais... trop renfermée. C'est vrai que grandir avec un tel poids sur la conscience... Harry pensait qu'elle n'avait pas résolu ses problèmes. Et qu'elle risquait d'avoir des ennuis plus tard.

– Mais comment a-t-il découvert... ?

– Un matin, il est entré dans le labo et y a trouvé Claire. Elle avait une mine effroyable ; il était évident qu'elle avait passé la nuit à travailler. Harry lui a demandé pourquoi elle travaillait si dur, et elle lui a répondu qu'elle n'avait pas le choix, qu'il fallait absolument qu'elle réussisse ses examens, qu'elle ne vivait que pour ça. Harry lui a dit qu'il n'y avait pas que la fac dans la vie, et Claire est tombée en petits morceaux : elle s'est mise à sangloter, à lui dire qu'il ne comprenait pas, que devenir psychologue, c'était ça le plus important, qu'il fallait qu'elle y arrive, qu'elle n'était pas comme les autres étudiants. Harry lui a demandé en quoi elle était différente, et c'est là qu'elle lui a tout raconté. Après, Claire est restée tassée sur sa chaise, à trembler de tous ses membres. Harry lui a mis sa veste sur les épaules et est resté avec elle jusqu'à ce qu'elle se soit calmée. Après ça, nous avons souvent fait signe à Claire et l'avons invitée à dîner. Harry était un homme formidable. Ses étudiants l'adoraient. Même lorsqu'il a pris sa retraite, nous n'avons pas cessé de recevoir des visiteurs, et puis des lettres, des cartes postales. Mais pas de nouvelles de Claire. Après cet épisode, elle s'est refermée comme une huître et a refusé d'en reparler. Harry ne pouvait pas exiger qu'elle suive une thérapie, mais il l'y a fortement incitée. Claire lui a promis qu'elle s'en occuperait, mais elle n'y a plus fait allusion.

– Elle a donc passé ses examens, obtenu son doctorat, et puis elle est partie sans donner de nouvelles.

– Harry était très inquiet pour elle. Il a même envisagé de la faire redoubler, Dr Delaware, c'est vous dire. Mais d'un point de vue éthique, il savait que c'était impossible. Claire avait parfaitement le niveau, et il s'est dit qu'elle n'aurait plus jamais confiance en personne s'il révélait son histoire à qui que ce soit. Le plus drôle, c'est qu'à ses oraux, elle était l'image même de la confiance en soi. Charmante, à l'aise, comme si rien n'était arrivé. Harry s'est dit que c'était peut-être le signe qu'elle avait trouvé à se faire aider. Mais lorsqu'elle a eu son diplôme en poche, elle s'est empressée de disparaître de la circulation. Même lorsqu'elle est sortie de Case Medical School, nous n'avons eu aucune nouvelle. Un an après, nous avons entendu dire qu'elle avait obtenu un poste à Los Angeles. Harry a dit ; « Claire est partie dans l'Ouest, chez les sauvages. » Il ne cessait de repenser à cet incident. Il se demandait s'il n'aurait pas dû la forcer d'une manière ou d'une autre à affronter sa culpabilité.

– Elle se sentait coupable de ce que son frère avait fait ?

– Une culpabilité injustifiée, certes, mais oui, c'est ainsi que Harry voyait les choses et ses intuitions se révélaient presque toujours justes. Il pensait que pour Claire, la neuropsychologie était une fuite. Tests, chiffres, rapports... Pas question de sentiments, d'émotions. Il se demandait si elle changerait de cap un jour. Et voilà que vous me dites que c'est ce qu'elle a fait.

– Son frère est mort d'une attaque cérébrale. Votre mari s'est-il demandé si le choix de carrière de Claire était lié à la recherche d'une cause physiologique pour les crimes de Denton ?

– Oui, mais il s'inquiétait aussi de savoir si cette défense, cette façon de rationaliser les choses, n'allait pas s'écrouler un jour. Claire ne se contentait pas de réponses simples et risquait d'accumuler les frustrations. Harry était lui-même neuropsychologue, mais c'était surtout un remarquable psychothérapeute. En plus de ses recherches sur l'alcoolisme, il travaillait avec MADD [1], il s'occupait des familles des victimes d'accidents de voiture liés à l'alcoolisme. Il essayait aussi de convaincre ses étudiants de l'importance d'un équilibre émotionnel et affectif.

– Claire n'a pas retenu la leçon.

– Non, en tout cas pas la Claire que nous connaissions. C'était une fille si... distante. On aurait dit qu'elle se punissait.

– De quelle façon ?

– Le travail, rien que le travail, surtout ne pas s'amuser, ne pas participer aux petites fêtes du département, éviter tout lien amical avec les autres étudiants. Je suis sûre que sa vie sociale se réduisait aux dîners chez nous. Même la façon dont elle avait meublé sa chambre, Dr Delaware... Les logements universitaires n'ont rien d'extraordinaire, mais la plupart des étudiants essaient quand même d'en faire quelque chose d'agréable. Une nuit où il faisait particulièrement froid, Harry et moi l'avons raccompagnée en voiture. En voyant la chambre où elle vivait, nous avons été choqués. Tout ce qu'elle avait, c'était un lit, un bureau et une chaise. J'ai dit à Harry que cette chambre ressemblait à une cellule de prison. Il s'est demandé si elle n'essayait pas, symboliquement, de partager le destin de son frère.

1. Mothers Against Drunk Driving : Les mères contre l'alcoolisme au volant. (NdT)

Je savais maintenant pourquoi Claire avait refusé de parler de sa famille à Joe Stargill.

Je comprenais mieux pourquoi Rob Ray et Ernestine avaient laissé Claire s'éloigner d'eux : la honte était trop lourde à porter.

Quoi qu'il se passe autour d'elle...

Je m'étais posé des questions sur leurs histoires de famille, mais mon imagination n'était pas allée assez loin.

Comme tant d'autres personnes qui embrassent une carrière de soignant, Claire avait surtout cherché à panser ses blessures. D'abord par la bande, en s'occupant d'analyses de données et de recherches en laboratoire. En travaillant pour Myron Theobold, un homme qui avait abandonné la psychanalyse pour un doctorat en biochimie. « J'ai parfois tendance à me considérer comme un directeur de ressources humaines... Je ne me mêle pas de leur vie privée. Je ne suis pas là pour les prendre en charge. »

Elle était restée toutes ces années avec Theobold parce qu'il lui permettait de s'isoler totalement.

Mais un jour quelque chose avait changé.

Le professeur Racano s'était dit que la fuite dans le travail ne serait pas indéfiniment efficace, et il ne s'était pas trompé. L'année d'avant, Claire s'était mise à chercher des réponses – approchant la chose avec une objectivité d'universitaire, fouillant les archives des bibliothèques à la recherche de tueries semblables à celle qu'avait commise son frère.

Pourquoi précisément à ce moment-là de sa vie ? Ses défenses avaient peut-être été affaiblies par un événement particulier... la seule chose qui me venait à l'esprit, c'était son divorce. Son mariage avec Joe Stargill avait été une autre tentative pour accéder à une certaine normalité, et elle avait échoué.

Je repensai à la façon dont ils s'étaient rencontrés. Cette fin de journée à l'hôtel *Mariott,* et leur liaison qui avait débuté sur un coup de tête. Idem pour leur mariage à Reno. Au bout du compte, si Claire s'était mise en ménage avec Stargill, ses motivations étaient très probablement inconscientes. Elle avait pu garder pour elle son secret, comme elle avait réussi à le faire depuis l'adolescence, en choisissant un enfant d'alcoolique très égocentrique, sur qui elle savait pouvoir compter pour s'occuper de ses propres problèmes et ne pas fourrer le nez dans les siens.

Rencontre de hasard, relation sexuelle particulièrement intense. Toutes les apparences de l'intimité, sans véritable intérêt pour l'autre. Stargill avait décrit leur mariage comme le mouvement parallèle de deux camarades de chambrée très occupés... chacun de son côté.

Claire avait un temps essayé de décorer son foyer et sa vie. Lorsque Stargill avait déménagé, elle avait dénudé entièrement sa maison. Ce n'était pas là un moyen d'atteindre la sérénité. C'était un retour en cellule.

Elle se punissait, comme le professeur Racano l'avait imaginé. Elle essayait, une fois encore sans s'en rendre compte, de copier ce qu'avait vécu Denton Argent afin d'établir tant bien que mal un lien avec ce frère qui avait ruiné ses années d'apprentissage.

Elle avait douze ans lorsque Denton avait massacré les Brownlee. Mais elle était sans doute beaucoup plus jeune lorsqu'elle s'était rendu compte que son frère était différent des autres garçons – et peut-être dangereusement différent. S'en voulait-elle de n'avoir rien dit à personne ?

Ou bien avait-elle simplement honte du lien génétique qui l'unissait à un monstre ?

Je repensai au fait que les Argent avaient refusé de déménager. Continuer à habiter le même pâté de maisons avait dû être source de souffrances. Claire avait-elle passé le reste de son enfance à fuir le regard des habitants du quartier ?

Lorsque Denton était décédé, elle avait dix-sept ans et vivait encore chez ses parents. Une jeunesse hantée par un traumatisme, la honte, puis la perte de son frère. Une adolescence occupée par la quête d'identité. Quelle opinion avait-elle d'elle-même ?

Était-elle allée rendre visite à Denton à l'asile, ou bien ses parents avaient-ils interdit tout contact ? Avait-elle envisagé, à un moment ou un autre, d'aller parler avec son frère de ses crimes ? Pour donner un sens à des événements qui défiaient toute logique ?

Dans ce cas, la mort de Denton lui avait fait perdre tout espoir.

Des années plus tard, elle avait néanmoins décidé de chercher des réponses aux questions qu'elle se posait. Apprendre ce qui était arrivé aux Ardullo avait dû lui paraître comme une promesse de rédemption.

Les parallèles entre les deux affaires avaient de quoi faire frissonner. Je ne pouvais qu'imaginer ce que Claire avait ressenti en parcourant les microfilms et en découvrant le double de Denton, Ardis Peake.

D'abord, le choc. Puis l'étonnement devant l'incroyable similitude des détails, et peut-être la compassion, une attirance des plus perverses.

Et finalement, une lueur d'espoir : l'ultime possibilité d'apprendre pourquoi et comment...

Avec ce que je savais maintenant, le changement de poste de Claire et ses efforts concentrés sur Peake ne m'étonnaient plus.

Tellement de fous, et si peu de temps.

Elle n'avait pas vraiment le choix. Elle se devait d'entreprendre ce long périple au pays de la folie et de la souffrance.

La mort l'attendait au bout du voyage.

26

– Pas de bol, dit Milo.

– À propos de quoi ?

– Tout. Aucune Corvette au nom de Wark ou Derrick Crimmins. La Sécurité sociale ne connaît pas de Wark, et la dernière feuille d'impôt de Crimmins remonte à dix ans, en Floride. Je n'ai pas pu creuser plus loin parce que j'étais coincé au tribunal. J'ai essayé d'obtenir de trois juges différents des mandats autorisant la surveillance du courrier de Peake et de ses appels téléphoniques. Rien à faire. Ses prophéties ne les ont pas impressionnés. Le troisième m'a ri au nez en me conseillant d'aller voir une diseuse de bonne aventure.

Il était près de cinq heures. Milo s'était garé devant chez moi quelques minutes plus tôt. Il était maintenant en train de vider le frigo – littéralement –, penché en avant, les yeux au niveau de la première étagère. La crosse de son revolver de service faisait une bosse dans le tissu de sa veste de tweed trop étroite.

– Ils n'ont pas pris en compte le travail de Claire avec Peake ?

Il secoua la tête, sortit la moutarde, la mayonnaise et du bœuf en gelée que j'avais oublié et trouva encore quelques tranches de pain de mie abandonnées depuis au moins aussi longtemps dans la boîte à pain. Il s'installa sur une chaise, prépara tranquillement son sandwich et y découpa un grand demi-cercle d'un coup de dents.

Pour eux, ça n'est que « du charabia » ou des « divagations de psychotique ». Ils m'ont tous expliqué que Peake ne pouvait être, au mieux, qu'un témoin matériel. Et encore. Comme son état mental le rend selon toute probabilité incapable de fournir des informations substantielles, c'est tout le raisonnement qui tombe à l'eau.

Un autre morceau du sandwich disparut.

– Je n'ai pas mieux réussi lorsque j'ai voulu obtenir des détails sur le compte de Wark à la Bank of America. Une personne fictive n'ayant qu'un lointain et hypothétique rapport avec un homicide remontant à huit mois ne laisse pas de traces tous azimuts.

– Maman, quand je serai grand, je veux être policier.

Milo m'adressa un sourire agressif.

– Et maintenant les bonnes nouvelles, reprit-il. Wendell Pelley est rayé de la liste des suspects. Au moins en ce qui concerne les frères Beatty. Wendell Pelley est décédé. Depuis plus d'une semaine. Donc bien avant « tchou tchou bang bang ». On a retrouvé son corps dans une décharge publique de Lennox, il y a six jours. L'assistant du shérif est tombé par hasard sur le télégramme que j'avais envoyé et m'a rappelé. Comme la décharge est compartimentée, ils ont pu retrouver d'où venait le chargement dont faisait partie Pelley. Un conteneur derrière un pressing industriel. La collecte a été effectuée trois jours avant qu'on le retrouve, mais la quantité d'asticots indique que Pelley y avait déjà séjourné quelque temps. Aucune trace de violences sur le cadavre. On dirait qu'il s'est endormi dans le conteneur et qu'on l'a embarqué avec le reste.

– Il est mort compacté à la décharge ?

– Non, ils l'ont repéré avant, enfin... ce qu'il en restait. Mort par déshydratation et malnutrition. Autrement dit, ce connard s'est laissé mourir de faim. J'ai appelé le Coréen qui tient le centre de réinsertion. Il m'a dit que Pelley ne mangeait déjà pas beaucoup avant de disparaître. Il devait peser dans les soixante kilos. Non, il ne s'était pas inquiété pour autant, d'autant que Pelley ne faisait pas d'histoires.

– Tu parles d'une façon de se punir, dis-je. Il a fait tout le chemin de Remparts à Lennox à pied ?

– Il a sans doute emprunté des petites rues dans des quartiers pas très accueillants, a trouvé un coin pour se reposer à l'abri, s'est roulé en boule et a crevé.

– Rien qui indique un acte criminel ?

– Non, rien, Alex. Son dossier a été classé dans les suicides. Je l'ai lu, et il n'y a pas le moindre doute. Déshydratation, cachexie, taux d'hémoglobine anormalement bas... De plus, certaines sécrétions de son foie indiquaient qu'il ne se nourrissait plus convenablement depuis déjà un certain temps. Pas de blessure, ni d'os cassé. Ses cervicales étaient intactes, tout comme son crâne. Les seuls dégâts sont à imputer aux asticots.

Il contempla ce qui restait de son sandwich, hésita une seconde, puis l'engloutit, s'essuya la bouche et partit se chercher une bière.

– Imagine un peu, Alex, reprit-il ensuite. Ce type se sentait si mal qu'il s'est jeté à la poubelle.

– Ça n'empêche pas qu'il ait pu s'occuper de Claire, lui fis-je remarquer.

– Si nous avions la preuve que Claire et lui se sont effectivement rencontrés, peut-être. Mais maintenant qu'il est mort... J'avoue que depuis que nous savons qu'il n'a pu descendre Dada ou les Beatty, mon enthousiasme pour sa personne s'est considérablement refroidi. Je me suis laissé emporter. Comme dit M. Dylan, trop de rien du tout.

Il retourna se servir dans le frigo, y prit une pomme et mordit bruyamment dedans.

– J'ai peut-être de quoi te remonter le moral, lui lançai-je. Je sais pourquoi Claire s'intéressait à Peake.

Je lui racontai l'accès de folie de Denton et ses conséquences. Ses mâchoires ralentirent peu à peu leur mouvement. Lorsque j'eus terminé, il posa la pomme.

– Son frère ? Je n'ai jamais entendu parler de cette affaire.

– Moi non plus. C'est arrivé il y a vingt-sept ans.

– J'étais au Vietnam... Qu'espérait-elle donc apprendre en travaillant avec Peake ?

– D'un point de vue rationnel, elle voulait sans doute mieux comprendre les pulsions violentes des psychotiques. Le fait d'être psychologue – et chercheuse – légitimait sa démarche. Mais je crois qu'en réalité, elle tentait de comprendre pourquoi sa famille – son enfance – avait volé en éclats.

– Et Peake aurait pu le lui dire ?

– Non. D'ailleurs, elle n'avait certainement pas conscience de ses véritables motivations.

– Donc, elle se met au travail avec Peake pour essayer d'obtenir de lui qu'il parle de ce qu'il a fait.

– Elle a peut-être fait plus qu'essayer. Si quelqu'un a pu lui faire ouvrir la bouche, ce ne peut être que Claire. Elle seule a vraiment passé du temps avec lui au cours de son internement. Elle s'intéressait vraiment à lui. Et si elle y était arrivée ? Si Peake lui avait révélé quelque chose qui lui faisait courir un danger quelconque ?

– Comme quoi ?

– Qu'il n'avait pas agi seul. Que les frères Crimmins l'avaient poussé à bout... de son point de vue, en tout cas. Ou bien alors, Peake est encore en contact avec Crimmins et lui explique que Claire devient un peu trop curieuse. Crimmins décide de résoudre le problème. Cela expliquerait que Peake ait été au courant du meurtre de Claire vingt-quatre heures avant qu'il ait lieu.

– S'il était vraiment au courant, me reprit Milo. « Vilains yeux dans une boîte », ce n'est pas vraiment une preuve. Comme d'ailleurs on me l'a rappelé à trois reprises aujourd'hui. (Il reprit la pomme et la tint suspendue par la queue.) Ces hypothèses sont séduisantes, Alex, mais je ne sais pas... Tout ça repose sur l'idée que Peake est capable d'avoir une conversation sensée. Et donc qu'il fait semblant d'être un légume.

– Et si son imbécillité apparente n'était pas due à la psychose ? Si c'étaient les médicaments ? Nous savons qu'il réagit fortement à de faibles doses de Thorazine puisque chez lui les effets secondaires sont importants alors qu'il n'a jamais pris plus de cinq cents milligrammes. Imaginons que Claire ait voulu tenter une expérience et se soit débrouillée pour qu'il consomme moins de pilules et revienne à un semblant de conscience. Imaginons que ça ait marché.

– Elle n'aurait rien dit à personne ?

– Elle est plus que motivée, souviens-toi. Nous avons affaire à une femme qui a lâché son boulot rien que pour se retrouver avec Peake. Si elle s'est dit qu'un peu moins de Thorazine le rendrait capable de parler, pourquoi pas ? Elle pouvait toujours rationaliser en se disant que c'était aussi pour son bien à lui – les médicaments aggravant ses problèmes neurologiques, il ne s'en porterait que mieux. Le risque, c'était une augmentation de ses pulsions violentes, mais elle a dû se dire qu'elle serait capable de le contrôler.

– Heidi travaillait aussi avec lui, me rappela-t-il. Tu ne crois pas qu'elle s'en serait aperçue ?

– Heidi n'est ni médecin ni psychologue. Claire lui racontait ce qu'elle voulait bien lui dire. Les modifications devaient être assez subtiles – quelques phrases de temps à autre. D'ailleurs, peut-être ne s'exprimait-il qu'en réponse aux stimulations de Claire. Claire multipliait les séances en face à face. Elle savait ce qu'elle voulait : comprendre la violence de Peake de l'intérieur. Et par ricochet celle de Denton. Même si Peake s'adressait à Heidi, il n'y avait aucune raison qu'elle comprenne. Ou qu'elle s'inquiète. Pour elle, tout cela n'était que du baragouinage, idem pour les « vilains yeux » ; jusqu'à la mort de Claire.

– Et une fois Claire partie, Peake est de nouveau assommé de médicaments.

– Et sombre dans l'incohérence.

– D'accord, dit Milo. Voyons si j'ai bien suivi... Peake crache le morceau, Claire découvre que quelqu'un d'autre est impliqué dans l'histoire... et Wark s'amène parce que Peake et lui sont en contact, d'une façon ou d'une autre...

– Parce que Wark travaille à Starkweather...

– Oui, oui, attends... reprenons dans l'ordre... Peake se réveille. Peut-être même qu'il redevient violent. Ou du moins agressif avec Wark. Il profère des menaces : « Il y a ce toubib qui s'intéresse à moi pour de bon. Je lui ai dit que tu avais fait de moi un monstre, elle me croit et va me faire sortir d'ici. » Même si Claire n'a jamais dit quoi que ce soit de ce genre, Peake pouvait y croire. Un pur fantasme... Il est toujours fou, non ?

J'acquiesçai d'un signe de tête.

– Bon, mais quand même, ça fait beaucoup de bla-bla pour notre vieux monstre.

– Sauf s'il a joué la comédie.

– C'était mon hypothèse de départ, mais c'est toi qui m'as dit que c'était peu probable.

– Le contexte n'est plus le même.

Il se leva brusquement de sa chaise et se mit à faire les cent pas dans la cuisine en boutonnant et déboutonnant sa veste.

– Si Wark se sentait menacé, pourquoi n'a t-il pas tué Peake ?

– Pourquoi se fatiguer ? Avec ses doses habituelles, voire plus élevées si quelqu'un tripatouille les ordonnances dans l'autre sens, Peake n'est plus une menace. Il vivra le restant de ses jours dans une chambre I&R, les effets secondaires s'aggraveront jusqu'à ce que ses neurones n'en puissent plus et un jour, quelqu'un le trouvera mort dans sa chambre. Comme Denton.

– Claire aurait vraiment pu faire ça ? Virer des pilules sans que personne ne s'en rende compte ?

– À Starkweather, le personnel est libre de ses faits et gestes. Le Dr Aldrich était le supérieur hiérarchique de Claire, mais il n'avait pas l'air très au fait des cas dont elle s'occupait. Swig non plus. De ce point de vue, son poste à Starkweather ressemblait à son boulot pour Theobold : elle était tranquille dans son coin. Et comme elle y était habituée depuis son enfance...

– Bref, dit Milo, je n'ai plus qu'à me pointer là-bas pour demander à consulter les registres du personnel. Swig va grimper aux rideaux.

– Tu peux le menacer d'en parler autour de toi. Si tu es obligé de demander officiellement un mandat, tu mets la presse dans le coup. Swig n'a pas besoin de savoir que les juges n'ont pas voulu coopérer. Demande à rencontrer les hommes du groupe de Claire. La chose est tout à fait envisageable. Et profite de ce que tu seras là-bas pour essayer d'avoir accès aux registres du personnel.

Milo décrivit quelques cercles supplémentaires dans ma cuisine.

– Encore une chose. Pourquoi Crimmins/Wark avertirait-il Peake qu'il va tuer les frères Beatty ? Si Peake lui crée des problèmes, il va plutôt chercher à ce qu'il en sache le moins possible.

– Bonne question, dis-je. Il faut peut-être revenir à l'hypothèse précédente : Peake et Crimmins fricotent toujours ensemble. Et leur collaboration remonte à la première promenade sanglante, celle de Peake. Et cette fois-ci ils s'en amusent, ils l'enregistrent sur film. (Je ne pus réprimer un frisson.) Je viens de penser à quelque chose... Les blessures aux yeux. Qu'est-ce que l'objectif d'une caméra ?

Milo s'immobilisa.

– Un œil.

– Parfaitement. Un œil omniscient. Invisible, tout-puissant, un vrai dieu. Ces crimes sont l'œuvre d'un type obsédé par le pouvoir et la puissance. Les acteurs sont des sujets. Soumis. La caméra observe à sens unique. Je vois, mais toi non. Puisque tu n'as pas d'yeux...

– Mais alors, pourquoi n'a-t-on pas touché aux yeux des Beatty ?

– Peut-être parce qu'ils ne pouvaient déjà plus s'en servir. Ils étaient soûls. Ivres morts. Donc aveugles.

– Complètement dingo, dit-il. Bon pour le cabanon. Puisque j'y retourne, j'en profiterai pour me louer une chambre... D'accord, je vais organiser ça pour demain matin. J'aimerais que tu y sois aussi, pour voir ce que tu pourrais récolter. En attendant, je vais voir ce que je peux trouver d'autre sur Crimmins, vérifier à quand remonte la dernière mention officielle de son véritable nom, et je vais essayer d'en savoir plus sur les accidents qui ont coûté la vie aux membres de sa famille.

Il appuya un gros doigt sur les épaisseurs de tissu qui recouvraient sa poitrine. Et grimaça.

– Ça va ?

Il se leva laborieusement.

– J'ai des gaz. La prochaine fois, tu seras gentil de me servir quelque chose de plus équilibré.

27

Murs satinés couleur pêche, mais déplaisants à regarder. Douze pupitres d'écolier en faux bois blond, sur deux rangées de six. Le mur opposé était presque entièrement recouvert par un tableau noir immaculé. Les angles du cadre en plastique étaient arrondis.

Juste devant le tableau se trouvait un bureau de chêne, vissé au sol. Rien sur le plateau. Deux cartes du monde étaient affichées au mur de droite : une projection de Mercator et une autre qui rendait leurs justes proportions aux continents. Des affiches scotchées aux murs traitaient des manières de table, de la nutrition, des fondements de la démocratie, de l'alphabet – majuscules d'imprimerie et cursives – sans oublier une table chronologique des présidents des États-Unis.

Les affiches étaient scotchées. Pas de punaises.

Le drapeau américain, dans un coin de la pièce, était fait d'une feuille de plastique accrochée à un tube lui aussi en plastique, le tout rivé au sol.

Tous les signes extérieurs d'une salle de classe. Mais les élèves portaient des uniformes kaki et tenaient à peine derrière les pupitres.

Ils étaient six.

Au premier rang, un vieil homme avec de magnifiques cheveux blond-blanc. Un gentil grand-père sorti tout droit d'une publicité pour laxatifs. À côté de lui, deux Noirs, la trentaine, l'un corpulent, la peau café au lait parsemée de taches de rousseur, avec des lunettes rondes et une barbe de trois jours, l'autre mince, visage d'onyx taillé à coups de serpe, regard perçant de prédateur surveillant la savane.

Au bout de la deuxième rangée, une créature particulièrement maigre, la vingtaine, avec des joues creuses, un regard halluciné et des lèvres blêmes. Poings gris collés contre les tempes. Le jeune homme était tellement voûté sur sa chaise que son menton touchait presque la table. Des cheveux brun filasse débordaient d'une casquette en tissu qu'il s'était enfoncée jusqu'aux yeux et qui faisait paraître sa tête trop petite.

À côté de lui, Chet le géant, occupé à bâiller, agiter les bras, renifler, et explorer l'intérieur de sa bouche avec ses doigts. Si grand qu'il était obligé de s'asseoir de côté, ses pattes de girafe dépliées dans l'allée. Sa monstruosité morphologique était dissimulée par son pantalon kaki. Il nous reconnut immédiatement, Milo et moi, cligna de l'œil, fit de grands gestes de la main, lâcha un « pfft », et dit :

– Salut mon frère mon mec remuait et cuisait il a cuit Alaska Juneau tu sais chaud froid hé radin m'éternue pas dessus confortable chez toi idem pour toi très accueillant ton home homo fous-le moi dans le cul.

Le Noir tout mince le fusilla du regard.

Lorsque nous avions vu Chet le premier jour, Frank Dollard ne nous avait pas dit qu'il faisait partie du groupe de Claire. Aujourd'hui, Dollard ne racontait pas grand-chose. Debout dans un coin, il regardait les internés d'un air condescendant.

La dernière personne du groupe était un petit Latino jaunâtre à tête rasée et moustache graisseuse. Dans la pièce climatisée, il faisait un froid de canard, mais le bonhomme transpirait. Il se frottait les mains, tendait le cou, se passait la langue sur les lèvres – autres effets secondaires.

Je cherchai d'autres signes de troubles neurologiques dans l'assistance. Les mains du grand-père tremblaient un peu, mais c'était sans doute l'âge. Peut-être la bouche ouverte du Noir aux taches de rousseur... Mais la psychose ou une hallucination quelconque pouvaient provoquer bien des grimaces. Frank Dollard, l'air important, alla se planter derrière le bureau de chêne.

– Bonjour, messieurs, dit-il.

Pas plus de chaleur dans la voix qu'un quart d'heure plus tôt, lorsqu'il nous avait accueillis au deuxième portail, les bras croisés sur la poitrine.

« Vous êtes quand même revenus », avait-il fini par dire sans pour autant ouvrir la serrure.

Milo avait répondu du tac au tac :

– C'est pas la joie, dehors, Frank.

Dollard avait pris la mouche.

– Qu'est-ce que vous croyez que vous allez faire ici, hein ?

– Résoudre une affaire de meurtre, Frank.

La main de Milo avait effleuré la serrure.

Dollard avait mis un bon moment à sortir son trousseau, trouver la bonne clé, l'insérer dans la serrure et donner un tour. Il avait encore fallu de longues secondes pour qu'il range sa clé et ouvre enfin la grille.

Il avait eu un sourire amer en nous voyant entrer.

« Je vous ai demandé ce que vous croyez que vous allez faire, ici », avait-il répété, puis, sans attendre de réponse, il avait tourné les talons en se lissant la moustache et entrepris de traverser la cour. Le même terrain vague brun poussiéreux s'étendait devant nous.

Milo et moi lui avions emboîté le pas.

Il avait accéléré l'allure et creusé son avance. La chaleur et la lumière s'en donnaient à cœur joie. Les malades nous observaient. Si l'un d'entre eux s'était pointé par-derrière, Dollard n'aurait rien pu faire.

Trois aides-soignants montaient la garde dans la cour.

Deux Latinos et un petit Blanc trapu qui ne collait absolument pas avec la description physique de Crimmins.

Dollard avait fait jouer la serrure de la porte du fond, et nous nous étions dirigés vers le bâtiment principal. Au lieu de pénétrer à l'intérieur, Dollard s'était immobilisé à plusieurs mètres de l'entrée en faisant cliqueter son trousseau.

– Vous ne verrez pas M. Swig. Pas ici, en tout cas.

– Où est-il ? lui avait demandé Milo.

– Il est occupé, à l'hôpital. Il m'a dit de vous laisser un quart d'heure pour voir les membres du groupe « Outils pour la Vie Quotidienne ». C'est tout.

– Merci de nous consacrer un peu de votre temps, Frank, lui avait renvoyé Milo d'un ton un peu trop gentil. Désolé de vous embêter comme ça.

Dollard avait hoché la tête et rempoché ses clés. Puis il avait jeté un coup d'œil en arrière, en direction de la cour, et serré les mâchoires.

– Ces types sont comme des animaux dressés, on ne peut pas vraiment varier les stimulus-réponses. Votre venue perturbe plutôt qu'autre chose. Et en plus, c'est complètement inutile. Personne ici n'avait quoi que ce soit à voir avec le Dr Argent.

– Parce que personne ne sort, c'est ça ?

– Entre autres choses.

– Wendell Pelley est quand même sorti.

Dollard avait battu des paupières. Sa langue était allée se promener sous sa lèvre inférieure.

– Qu'est-ce que ça a à voir ?

– Un dingo fiche le camp, et quelques semaines plus tard un de ses psys est retrouvé mort.

– Le Dr Argent ne s'occupait pas de Pelley. Ça m'étonnerait même qu'elle l'ait rencontré.

– Pourquoi Pelley a-t-il été relâché ?

– Il faudrait demander à un des docteurs.

– Vous n'en avez aucune idée, Frank ?

– Je ne suis pas payé pour donner mon avis.

– Vous nous l'avez déjà dit la première fois. Mais nous savons tous les deux que le problème n'est pas là. Qu'a fait Pelley pour être autorisé à sortir ?

La peau épaisse et rugueuse de Dollard avait rougi et ses épaules s'étaient contractées. Tout à coup il s'était mis à glousser.

– C'est surtout ce qu'il n'a pas fait. Des trucs de dingue, je veux dire. Ça faisait un bout de temps qu'il se conduisait normalement.

– Un miracle de la médecine ?

– D'après moi, ce type n'a jamais été psychotique, voilà tout. Juste un poivrot. Je ne suis pas en train de dire qu'il a fait semblant ou quoi. Les gens qui le connaissaient au début, quand il a été interné, ont raconté à quel point il déraillait – hallucinations, crises de rage, une fois on a même dû lui passer la camisole. Mais un mois ou deux après, tout s'est arrêté, même sans médicaments. Je pense que c'était un accro à l'alcool qui a fini par se désintoxiquer.

– Alors, pourquoi ne l'a-t-on pas renvoyé devant un juge ?

– Parce qu'à l'époque où on l'a arrêté, on pouvait encore plaider non coupable pour cause d'irresponsabilité. Il n'y avait plus de charges contre lui.

– Il a eu du bol.

– Non, pas vraiment. Il a quand même été enfermé ici pendant une bonne vingtaine d'années. Plus longtemps que ce qu'il aurait tiré en prison. Mais peut-être que ce n'était pas seulement l'alcool. Pelley avait travaillé à la mine pendant des années ; il s'était peut-être empoisonné l'organisme avec des métaux lourds. Ou alors il a eu un accès de folie qui n'a duré que quelque temps ; il a pété les plombs et puis il s'est remis. Quoi qu'il en soit, il n'a jamais eu besoin de neuroleptiques, juste de quelques antidépresseurs. On le voyait déambuler, année après année, sans aucun symptôme, ils ont dû finir par se dire que ça ne rimait à rien.

– Des antidépresseurs ? Il avait le vin triste ?

– Mais qu'est-ce que ça peut foutre ? Il a foutu la merde, à l'extérieur ?

– C'est lui qui a eu des problèmes, Frank. Il s'est laissé mourir de faim.

La bouche de Dollard avait tressailli.

– Il n'a jamais aimé manger, c'est vrai... Où est-ce qu'on l'a retrouvé ?

– Dans une décharge publique.

– Une décharge publique, avait-il répété comme s'il visualisait la chose. Je ne voudrais pas la jouer cœur brisé, mais c'était vraiment pas un mauvais bougre. Au moins, quand je parlais avec lui, il montrait vraiment qu'il avait des remords d'avoir tué sa copine et ses enfants. Il ne voulait même pas sortir. Ça n'excuse pas ce qu'il a fait, mais... (Il avait haussé les épaules.) Enfin, nous finirons tous par partir un jour ou l'autre.

– Quel était le docteur qui s'occupait de lui ?

– Aldrich. Pas Argent.

– Vous êtes certain qu'il n'avait aucun contact avec le Dr Argent ?

Il s'était mis à rire.

– On ne peut être sûr de rien, sauf de la mort et des impôts. Et pour répondre à la question suivante, il ne connaissait pas Peake non plus. Pelley était au B, et Peake n'est jamais sorti du C.

– Et dans la cour ?

– Je ne les ai jamais vus dans la cour, ni l'un ni l'autre. Peake ne sort pas de sa chambre.

– Alors, qui vient voir Peake ?

Dollard m'avait jeté un regard glacial.

– J'ai déjà répondu à cette question la dernière fois, docteur. Personne. C'est un putain de zombie, ce type.

(Il avait regardé sa montre.) Et vous me faites perdre mon temps. Finissons-en avec cette histoire.

Il s'était détourné et avait longé la façade du bâtiment gris à longues enjambées et le cou tendu en avant. Un chemin de terre obliquait vers la droite. Après avoir tourné le coin, le sentier continuait de serpenter en direction de trois petites constructions beiges d'un étage, qui cuisaient sous le soleil.

Un panneau indiquait ANNEXES A, B & C. Derrière les petits bâtiments, un autre chemin de terre aussi large que le premier filait au loin, jusqu'à un grillage. De l'autre côté, un bouquet d'arbres. Pas des eucalyptus, comme à l'entrée. Feuillage gris-noir, plus dense, plutôt des pins ou des cèdres.

– Où est-ce que ça mène, ça ?

– Nulle part.

– Je croyais qu'il n'y avait qu'un bâtiment.

– Ce ne sont pas des bâtiments, ce sont des annexes, lui avait renvoyé Dollard, tout sourire.

Il avait longé l'Annexe A à toute allure. Porte à deux verrous, vitres de plastique. À l'intérieur, obscurité totale. Aucun signe de vie. À l'extérieur, quelques bancs de pique-nique en plastique, et un petit terrain cimenté, bien propre. Le silence était occasionnellement troublé par quelques cris venant de la cour. Pas de chants d'oiseaux, ni de crissements d'insectes, pas même le lointain roulement de la circulation.

L'annexe B était vide, elle aussi. J'avais senti quelque chose dans mon dos et regardé par-dessus mon épaule. Le bâtiment principal nous cachait le soleil matinal et avait pris des couleurs d'anthracite.

Il m'avait semblé percevoir un mouvement du coin de l'œil droit, mais l'espace d'une seconde, j'avais eu la tête qui tournait, comme si j'étais pris d'un léger vertige, qui m'était passé tout aussi vite.

J'avais tourné la tête. Rien. Pendant un bref instant, la

construction tout entière m'avait paru pencher vers l'avant, comme détachée de ses fondations. Puis elle était redevenue immobile et verticale, comme tout bâtiment qui se respecte, avec ses rangées de fenêtres tristes et noires.

Dollard avait atteint l'annexe C en quelques secondes, s'était immobilisé devant la porte et avait adressé un signe de tête aux deux hommes qui montaient la garde. Pas de Wark. Ils avaient vérifié notre identité avant de s'écarter. Dollard avait sorti ses clés, ouvert la porte en grand, jeté un œil à l'intérieur et laissé la lourde porte d'acier se refermer derrière lui, en plein dans la figure de Milo, tandis qu'il filait à l'intérieur.

– Bonjour, messieurs, répéta Dollard.

Personne ne lui rendit son salut.

– Répétons ensemble notre serment, dit-il encore avant de commencer à réciter.

Personne ne se leva. Dollard marmonnait, pour la forme. Chet, Grand-père et le Noir répétèrent après lui.

– Salut à vous, patriotes, dit Dollard pour finir.

– *Born in the U.S.A.* [1], dit Chet.

Puis il ajouta en s'adressant à nous deux :

– En plus de ce que je vous souhaite une bonne matinée ce matin ça devient Électre électrifiée tous ces ions fer électrique planche à repasser faut que tout soit bien lisse pas de pli bien plat les manchettes les poignets les menottes les coups de poing et les poings menottés de Rodney King salut mon frère.

Le Noir maigre tourna la tête vers Chet et fit une grimace de dégoût. Personne d'autre ne parut prêter attention aux divagations du géant, même si les mains du vieil homme tremblaient de plus en plus.

1. *Born in the U.S.A.* = *Né aux U.S.A.* : titre d'une chanson de Bruce Springsteen. (NdT)

– Bon, reprit Dollard, assis sur un coin du bureau. Ça fait un bout de temps que vous ne vous êtes pas retrouvés, les gars, à cause de ce que le Dr Argent ne travaille plus ici, mais...

– Qu'elle aille se faire foutre ! lança le Latino qui transpirait. Fous-la dans son cul.

– Paz ! s'exclama Dollard d'un ton cassant. Reste propre, tu veux ?

– Qu'elle aille se faire foutre, répéta Paz. Elle vient nous la jouer attentionnée et tout, et puis elle nous plaque.

– Paz, je vous ai expliqué qu'elle ne vous avait pas laissé tomber, mais qu'elle...

– Qu'elle aille se faire foutre, insista Paz.

La sueur lui dégoulinait du menton. Il avait l'air au bord des larmes.

– C'est complètement foutu... foiré... c'est pas juste.

Il regarda ses camarades. Les autres ne l'écoutaient pas.

– Qu'elle aille se faire foutre, dit-il d'une voix mourante. On ne peut quand même pas traiter les gens comme ça, bordel.

– Va te faire foutre toi-même, dit Chet, l'air radieux. Faut foutre tout le monde et tout le reste le vieux Kama Soutra bretzel cuit à point on s'est bien amusés par ici l'amour dans la bouche les roberts de la bouche l'hygiène de la bouche.

– Qu'elle aille se faire foutre, répéta tristement Paz.

Puis il ferma les yeux. Sa poitrine tremblait à chaque inspiration. Puis les tremblements se calmèrent. Encore quelques secondes et on aurait juré qu'il dormait.

– Bonne nuit dors bien, dit Chet. Faut foutre tout le monde égalité des droits des responsabilités et démocratie participative en toute liberté après Dieu en livrée qui monte aussi son cheval pâle...

– Ça suffit, dit le Noir maigre.

Voix fatiguée, mais claire, calme. Un père s'adressant à son enfant.

– C'est très bien, Jackson, dit Dollard.

Puis à Chet :

– Ça suffit, mon grand.

Chet avait conservé son air réjoui. Sa barbe jaune était parsemée de miettes et ses yeux injectés de sang. Il partit d'un rire engorgé – presque un hennissement.

– Assez c'est trop assez ça n'est jamais assez à moins que... ce qui est un paradoxe et donc assez peut être n'importe quoi cela dépend de la taille de...

– Hé, mec, dit Jackson en se redressant sur sa chaise et en souriant de toutes ses dents, on sait bien que t'es allé à l'école et que t'es un génie, mais bon, arrête, tu veux ?

– Je suis pas un génie, dit Chet, je suis le genre et les espèces et...

– Oui, oui, oui, la mère, le fils et le Saint Esprit Dérangé, dit Jackson. Bon, d'accord. Mais tu te calmes, hein ?

Son sourire carnassier lui donnait des allures de panthère. Chet recommença de plus belle, avec un accent noir à couper au couteau :

– Hé mon f'ère sac'é fils de pute hé hé hé tu sais bien pou'quoi moi je m'en so'ti'ai alors que toi tu...

Jackson se pencha vers lui sans décoller de sa chaise.

– Chet ! cria Dollard.

– Chet ! dit Jackson.

– Chet ! fit Chet en se marrant.

Puis il claqua son pupitre, se pencha sur le côté, découvrit ce qui restait de sa jambe et passa la main le long du bâton osseux à peine couvert de peau.

– Cache-moi ça, dit Dollard.

Jackson avait laissé tomber. Il était ailleurs, les yeux fixés sur le plafond. Grand-père se tournait tranquillement les pouces et souriait gentiment.

Paz émit un ronflement sonore.

Chet n'avait pas cessé de tapoter sa jambe du bout des doigts. Un sourire apparut peu à peu sur son visage, hérissa sa barbe jaune.

Nouveau ronflement de Paz.

– Couvre-moi ça, dit Dollard.

Chet éclata de rire et obtempéra.

Le gros Noir aux taches de rousseur dodelinait de la tête ; lui aussi avait l'air de s'être endormi. Mon regard croisa celui du grand-père, qui me gratifia d'un sourire. Ses joues étaient comme deux pommes mûres. Le peigne avait tracé dans ses cheveux des sillons parfaitement rectilignes.

Le seul qui n'avait pas bougé depuis le début était le jeune homme pâle et mince à la casquette, les poings collés contre ses tempes.

– Messieurs, reprit Dollard. Ces hommes sont de la police. Nous parlions du Dr Argent, ils veulent justement vous poser quelques questions à son sujet.

Seuls Grand-père et Chet regardèrent Milo se diriger vers le bureau. Dollard ne s'écarta pas tout de suite, comme s'il rechignait à céder sa place, puis il fit un pas de côté.

– Po-lice, dit Chet. Le bonhomme gendarme a le droit de porter deux armes de protéger la société contre les crapules la crasse les bulles le boss born in the U.S.A. ! Moi aussi j'ai été po-li-cier po-li Poe-Edgar-Allan-li entraîné avec les Forces Spéciales moi et Chuck Yeager et Annabel Lee et Bobby McGee...

– Très bien, dit Milo. Nous avons justement besoin de votre aide. À propos du Dr Argent...

Un chuchotement bruyant interrompit les présentations.

– C'est les Juifs qui ont fait le coup.

Casquette-de-toile. Il n'avait pas bougé d'un millimètre. Son visage avait la couleur d'un bout de bois flotté délavé.

– C'est un fait, dit Chet. La charge violente de Karl Marx contre ces autres sémites sémiotiques antibiotiques non ça c'était Fleming pas un Juif un Écossais...

– C'est les Juifs, répéta Casquette-de-toile.

– Ça suffit, Randall, dit Dollard.

Chet intervint à nouveau.

– Ça se peut Jack l'éventreur écrivant sur le mur les Juifs sont les hommes qui ne l'ont pas pas fait ou autre double triple négation dans le genre laquelle dans l'univers alternatif systèmes parallèles parallélogrammes dodécaèdres on ne sait jamais tout est possible...

– Randall est un salopard raciste, dit Jackson. Il ne connaît rien à rien et toi non plus.

Il montra de nouveau les dents et entreprit de se ronger les ongles.

Dollard nous lançait des regards furieux, du genre : Regardez ce que vous avez fait.

– Randall est un fils de pute raciste, répéta Jackon sur le ton de l'évidence.

Randall ne réagit pas. Paz et le Noir aux taches de rousseur étaient toujours endormis.

– Encore un mot de ce genre, Jackson, et tu files en I&R.

Jackson s'agita quelques secondes sur sa chaise, mais ne dit rien.

Dollard se tourna vers Milo.

– Allez, finissez ce que vous avez à dire.

Milo posa les yeux sur moi. Je le rejoignis derrière le bureau.

– Bon, les gars, le Dr Argent travaillait donc avec vous.

Le gentil grand-père s'adressa à nous d'une voix doucereuse.

– Auriez-vous l'amabilité de nous dire précisément ce qui est précisément arrivé à cette pauvre femme ?

– Nous avons déjà évoqué la chose, Holtzmann, dit Dollard.

– Ah, mais c'est vrai, monsieur Dollard, dit Holtzmann. Elle a été assassinée. C'est tragique. Mais peut-être que si nous connaissions les détails, nous serions en mesure d'aider ces messieurs de la police.

Yeux bleus. Regard vif. Discours cohérent. Qu'avait-il fait pour être ici ?

– Je vous ai déjà raconté tout ce qu'il fallait savoir, dit Dollard.

Paz ouvrit les yeux. Les referma. Quelqu'un lâcha un vent et la puanteur flotta quelques instants dans l'air avant de se dissiper.

Randall releva presque imperceptiblement la tête et commença à se frotter les tempes avec ses poings. Sa casquette était dégoûtante. Ses mains descendirent de quelques centimètres et je vis la peau de ses tempes, rouge et irritée, avec des escarres.

Je pris la parole.

– Si quoi que ce soit...

– Comment est-ce arrivé ? demanda Holtzmann. On lui a tiré dessus ? Si oui, était-ce une arme de poing ou un fusil ?

– On ne lui a pas tiré dessus, dit Dollard, C'est tout ce que j'ai à...

– Des coups de couteau, alors, dit Holtzmann.

– Qu'est-ce que ça peut faire, Holtzmann ?

– Eh bien, dit le vieil homme, si nous devons aider...

Chet en remit une louche.

– Le modus operandi est toujours une trace une signature révélatrice calligraphie psychologique pour ainsi dire tirelire...

– Alors, on l'a tuée à coups de couteau, oui ou non ? s'écria Holtzmann, penché en avant, le pupitre lui rentrant dans le ventre.

– Holtzmann, dit Dollard, il n'y a aucune raison de...

– Alors c'est oui ! s'exclama le vieillard. On l'a coupée en rondelles ! On lui a levé les filets, alléluia !

Il descendit sa braguette à deux mains, s'exhiba et commença à se masturber frénétiquement en chantant d'une chaude voix de baryton : « Crève, crève, crève, et gloire au plus haut ! Coupe la salope en petits morceaux ! »

Dollard l'attrapa par les épaules et le propulsa en direction de la porte. Sans se retourner, il brailla à notre adresse :

– Vous aussi, dehors. La réunion est terminée.

Nous sortîmes en entendant Chet crier dans notre dos :

– Attendez j'ai la solution cherchez la femme cherchez la femme[1]... !

Une fois dehors, Dollard ferma à clé la porte de l'annexe et remit Holtzmann aux mains des deux autres aides-soignants. Le vieil homme grognait, mais la situation semblait l'exciter au plus haut point.

– Rhabille-toi, lui dit le plus grand des deux gardiens. Tout de suite !

Holtzmann obéit.

– Ravi d'avoir fait votre connaissance, nous dit le grand-père en nous souriant. Monsieur Dollard, si j'ai perturbé...

– Je ne veux plus t'entendre ! lui cria ce dernier.

Puis, s'adressant aux deux gardiens, il ajouta :

– Qu'ils restent là-dedans pendant que je m'occupe de ces deux-là. Je vous enverrai Mills pour qu'il vous donne un coup de main.

Les gardiens plaquèrent Holtzmann contre le mur, visage collé contre le crépi.

– Ne bouge pas, le vieux, lui lança le plus petit. Comment ça se passe, à l'intérieur, Frank ?

1. En français dans le texte. (NdT)

– Chet Bodine délire à n'en plus finir et Jackson lui cherche des poux dans la tête. Idem avec Randall, qui ressort ses conneries aryennes.

– Vraiment ? dit l'aide-soignant d'un ton dégagé. Il s'était pourtant calmé depuis un bout de temps. Je pensais que c'était réglé, cette affaire-là.

– Ouais, dit Dollard. Quelque chose a dû leur porter sur les nerfs.

– Voilà une bonne façon de dépenser l'argent des contribuables, nous lança Dollard devant le bâtiment principal.

– Je veux voir Peake, dit Milo.

– Et moi, je veux sauter Sharon Stone...

– Amenez-moi voir Peake, Frank.

– Bien sûr, vous n'avez qu'à claquer dans vos doigts. Non mais, pour qui vous... (Mais Dollard ravala une nouvelle fois sa colère.) Pour cela, il faut une autorisation, inspecteur. De M. Swig. Et comme je l'ai dit, il n'est pas...

– Appelez-le.

Dollard le regarda de côté.

– Parce que vous me donnez des ordres, il faudrait que j'obéisse ?

– Non, parce que je peux revenir dans une heure avec des renforts et un mandat contre vous pour entrave à agent de police dans l'exercice de ses fonctions. C'est le genre de chose que mes supérieurs n'apprécient vraiment pas, Dollard. Swig pourra peut-être vous aider plus tard, mais comme pour l'instant il n'est pas là, rien ne nous empêchera de vous embarquer. Direction la prison centrale. Vous avez été flic, vous connaissez la musique.

Le visage de Dollard avait pris la couleur d'un steak cru. Il répondit d'un ton cassant, en détachant bien ses mots.

– Vous n'avez aucune idée du merdier dans lequel vous mettez les pieds.

– Je vois assez bien à quoi ça va ressembler, Frank. Vous aurez droit au grand cirque médiatique. Vous allez voir débarquer une bande d'imbéciles de la télé, avec leurs régies son et leurs caméras. Je vais leur raconter que la police s'est retrouvée avec une affaire de meurtre de toubib sur les bras, et que vous avez tout fait pour entraver le cours de l'enquête. Pour la bonne bouche, je leur expliquerai que vous autres génies de la médecine avez considéré que l'assassin d'une femme et de ses enfants était sain de corps et d'esprit, et qu'il était donc normal de le relâcher, la preuve en étant qu'il s'est ensuite jeté à la poubelle. Quand ça fera la Une des journaux, Frank, vous croyez que le tonton sénateur continuera d'aider Swig, et vous, à plus forte raison ?

Dollard pâlit. Il baissa les yeux et enfonça la pointe de sa chaussure dans la poussière.

– Mais pourquoi faites-vous ça ?

– C'est exactement ce que j'allais vous demander, Frank. Je dois dire que je suis surpris par ce changement d'attitude. Avec un ex-flic, je m'attendais à autre chose. Du coup, je me pose des questions, Frank. Peut-être que je devrais chercher à en savoir plus sur votre compte.

– Ne vous gênez pas, lui renvoya Dollard d'un ton qui manquait de conviction. Faites votre boulot, mon vieux.

Il leva la tête et ses yeux plissés observèrent le ciel.

– Je ne vous reconnais pas aujourd'hui, Frank.

– Écoutez, dit Dollard. La première fois que vous êtes venus, nous vous avons reçus par politesse. La deuxième fois, nous avons pris sur nous. Mais aujourd'hui vous perturbez la bonne marche de cet endroit. Regardez ce qui s'est passé avec ces types.

– Les meurtres aussi, ça perturbe.

– Mais je n'arrête pas de vous dire que celui-là n'a

rien à voir avec... Et merde, tiens ! Qu'est-ce que vous attendez de moi ?

– Emmenez-moi voir Peake. Ensuite nous verrons.

La chaussure de Dollard fouilla de nouveau la poussière.

– M. Swig est en pleine réunion budgétaire et ne peut pas...

– Qui est le deuxième, dans la hiérarchie ?

– Personne. Il n'y a que M. Swig pour autoriser les visites.

– Alors, laissez-lui un message, dit Milo. Vous avez cinq minutes. Sinon je m'en vais et quand je reviendrai, ça se passera autrement. C'était quand, la dernière fois qu'on a pris vos empreintes ?

Dollard observa de nouveau le ciel. Dans la cour, quelqu'un brailla.

– Allez, docteur, dit Milo, on s'en va.

Dollard nous laissa faire quelques pas avant de répondre.

– Et puis merde ! Je vous laisse passer dix minutes avec Peake, point final.

– Non, Frank, dit Milo. J'y resterai aussi longtemps que j'en ai envie.

28

Nous pénétrâmes dans le bâtiment principal. Milo avait ouvert la porte devant Dollard. Lindeen se trouvait à l'accueil, en train de parler au téléphone. Elle adressa un sourire à Milo, mais un coup d'œil de Dollard la fit changer de tête.

Nous montâmes en silence à l'étage C. De l'autre côté des doubles portes, quatre malades déambulaient. J'aperçus les infirmières qui discutaient tranquillement au poste de garde. Des rires forcés et grinçants nous parvenaient de la salle de télévision.

Dollard gagna la chambre de Peake à grandes enjambées, déverrouilla le judas, appuya sur l'interrupteur et fronça les sourcils. Puis il tira les deux verrous et ouvrit prudemment la porte. Bref coup d'œil à l'intérieur.

– Pas là, dit-il sur le ton de quelqu'un qui veut faire croire qu'il est embêté, mais dont l'étonnement est perceptible.

– Tiens donc, dit Milo. Il paraît qu'il ne quitte jamais sa chambre.

– C'est pourtant vrai, dit Dollard, il ne sort jamais.

– Peut-être qu'il regarde la télé, hasardai-je.

Nous rejoignîmes la grande salle et dévisageâmes les téléspectateurs. Deux douzaines d'hommes en kaki avaient les yeux rivés sur l'écran. Des rires en boîte sortaient du poste. Dans la pièce, personne ne riait. Peake ne faisait pas partie de l'assistance.

De retour dans le couloir, Dollard vira au cramoisi – colère du dogmatique auquel les faits ont donné tort.

– Je trouverai bien le fin mot de cette histoire, dit-il.

Il venait de partir vers l'infirmerie lorsqu'un bruit de frottements répétés le fit se retourner.

Swich swich... swich swich... swich swich... comme des pinceaux sur une caisse claire battant le rythme d'une danse lente. Quelques secondes plus tard, Peake apparut à gauche de l'infirmerie.

Swich swich... Froissement des chaussons de papier sur le lino.

Heidi Ott le tenait par le coude, tandis qu'il mettait difficilement un pied devant l'autre, les paupières mi-closes, sa tête triangulaire oscillant à chaque pas, comme celle d'un chien en peluche sur la plage arrière d'une voiture. Sous les fluos impitoyables du couloir, les poils de sa barbe de plusieurs jours ressemblaient à autant de points noirs. Les rides de son front avaient l'air creusées par la douleur. Il était penché en avant comme si sa colonne vertébrale avait du mal à le soutenir. On aurait dit que sans l'aide de Heidi la gravité l'aurait fait tomber par terre.

Ni l'un ni l'autre ne remarquèrent notre présence. Elle l'aidait à avancer en lui murmurant des encouragements.

– Hé ! dit Dollard.

Elle leva les yeux. Ses cheveux étaient tirés en arrière et relevés en un chignon serré. Visage parfaitement inexpressif. Peake ressemblait au premier invalide venu. Heidi, elle, aurait pu passer pour sa fille et semblait dotée d'une patience à toute épreuve.

Elle le retint par le bras. Peake vacilla, ouvrit les yeux, sans pour autant avoir l'air de remarquer notre présence. Il dodelina de la tête. Sa langue violette sortit de sa bouche, s'enroula sur elle-même et resta comme figée quelques secondes avant de battre en retraite.

– Qu'est-ce qui se passe ? demanda Dollard.

On se promène, lui répondit-elle. Je pensais qu'un peu d'exercice ne lui ferait pas de mal.

– Comment ça ?

Il croisa brusquement les bras sur sa poitrine et ses doigts s'enfoncèrent dans ses robustes biceps.

– Quelque chose ne va pas, Frank ?

– Non, tout va bien, c'est super... Ils veulent le revoir. Ce serait bien si on le trouvait là où il est censé être.

– Désolée, dit Heidi en regardant dans ma direction. Il est consigné dans sa chambre ? Je n'étais pas au courant.

– Non, pas pour le moment, lui répondit Dollard. Allez, ramenez-le. (Et s'adressant à Milo :) Faites ce que vous voulez, je reviens dans un quart d'heure.

Les bras toujours croisés, il s'éloigna.

Heidi eut un sourire un peu forcé – une adolescente gênée par l'engueulade publique de son père.

– Bon, Ardis, la séance de gym est terminée.

Un des yeux de Peake s'ouvrit davantage. Regard vague, sans objet. Il se lécha les lèvres, tira de nouveau la langue, roula lentement des épaules.

– Personne ne fait l'effort de le sortir, dit Heidi. Je croyais que ça pouvait aider... vous savez bien...

– L'expression verbale, dis-je.

Elle soupira.

– J'ai cru que c'était une bonne idée. Allez, Ardis, je vais te ramener.

Elle le guida jusqu'à sa chambre, le conduisit à son lit, l'aida à s'asseoir. Il s'immobilisa exactement à l'endroit où elle l'avait laissé. Pendant plusieurs secondes personne ne parla. Peake resta immobile un bon moment. Puis ses mouvements de langue reprirent. Il battit des paupières, ses yeux luttèrent pour rester ouverts, puis renoncèrent.

– Est-ce que l'un d'entre vous pourrait éteindre la lumière, s'il vous plaît ? demanda Heidi. Je crois que ça le gêne.

J'appuyai sur l'interrupteur et la chambre vira au gris. Peake resta assis, à se lécher les lèvres et dodeliner de la tête. La même odeur insupportable de gaz intestinaux et de bois pourri se mit à flotter dans la chambre – sans doute indirectement provoquée par notre entrée.

Heidi se tourna vers Milo.

– Pourquoi Frank était-il si énervé ? Il y a quelque chose qui ne va pas ?

– Il a dû se lever du pied gauche, répondit Milo. Mais dites-moi... Peake vous a-t-il parlé depuis que vous l'avez enregistré ?

Elle secoua la tête.

– Non, désolée. J'ai essayé, mais sans résultat. C'est pour ça que j'ai pensé qu'un peu d'exercice...

Peake se mit à se balancer.

Milo nous fit signe de nous écarter du lit. Nous nous retrouvâmes devant la porte de la chambre.

Milo se tourna vers Heidi.

– Il n'a rien dit de nouveau sur son tchou tchou bang bang ?

Heidi ouvrit de grands yeux.

– Pourquoi ? Ça voudrait vraiment dire quelque chose ?

Milo haussa les épaules.

– Est-il jamais arrivé que Peake dise autre chose... un nom, par exemple ?

– Quel nom ? demanda-t-elle.

– Wark.

Elle le répéta très lentement, puis :

– Ça n'a pas vraiment l'air d'un nom... on dirait plutôt un aboiement.

– Il se peut donc qu'il l'ait prononcé et que vous l'ayez pris pour du baragouinage.

– Peut-être... Mais non, je ne crois pas qu'il ait dit quoi que ce soit de ce genre. (Elle tendit la main pour tirer sur sa queue de cheval. Ne trouva rien. Sa main remonta jusqu'à son chignon.) Work... Non, il n'a jamais dit ça. Pourquoi ? Qui est-ce ?

– Peut-être un ami de Peake.

– Il n'en a pas.

– Un vieil ami, la reprit Milo. Vous l'enregistrez toujours ?

– J'ai essayé... quand c'était possible. Pourquoi Frank est-il si remonté ?

– Frank n'aime pas qu'on lui dise ce qu'il doit faire.

– Oh... Alors comme ça, vous l'avez obligé à bosser ?

– Pourquoi ? Il n'aime pas travailler ?

Elle hésita. Se rapprocha de la porte. Regarda par le judas.

– Ce n'est peut-être pas vrai, mais j'ai entendu dire qu'il avait été viré de la police parce qu'il piquait des roupillons au lieu de travailler. Ou quelque chose dans le genre.

– Qui vous a dit ça ? demanda Milo.

– C'est juste une rumeur qui court dans les couloirs, ici. En plus, il est misogyne. Il me traite comme... Vous avez vu comme il m'a parlé ? Qu'est-ce que ça peut faire que j'emmène promener quelqu'un qui ne sort jamais ? Tous les autres patients vont bien regarder la télé, alors...

– Frank vous a-t-il causé d'autres ennuis ? lui demandai-je.

– Pas vraiment... C'est plutôt son attitude générale avec moi qui est désagréable, comme vous avez pu le voir. Swig l'aime bien, alors il ne fait pas beaucoup d'efforts.

Elle jeta un coup d'œil en direction de Peake. Il était toujours assis, occupé à se balancer et à lécher l'air ambiant.

– Vous disiez que Peake a un ami ? reprit-elle. Un ami d'autrefois ?

– C'est si difficile à croire ? lui demandai-je.

– Bien sûr. Je ne l'ai jamais vu communiquer avec qui que ce soit.

– Même par courrier ? demanda Milo.

– Pas que je sache. Même chose pour le téléphone. Il ne sort jamais de sa chambre.

– Sauf aujourd'hui, lui fis-je remarquer.

– Euh... oui. Je voulais faire bouger les choses. Qu'a-t-il donc fait, ce Wark ? Qu'est-ce qui se passe ?

– Probablement rien, dit Milo. Nous explorons toutes les pistes. On fait des forages un peu partout en espérant remonter quelques gouttes.

– Ça ne m'a pas l'air d'avancer vite, dit Heidi. Surtout ne le prenez pas mal.

– Ce n'est pas comme sauter d'une centrale électrique.

Elle sourit.

– Il n'y a pas grand-chose pour soutenir la comparaison.

Nous sortîmes de la chambre de Peake et elle referma la porte à clé.

Milo lui demanda :

– Savez-vous où je pourrais trouver une liste du personnel ?

– À l'accueil, j'imagine. Pourquoi ?

– Pour voir à qui d'autre nous devrions parler.

– Si c'est au sujet de Peake, dit-elle, je suis la seule qui puisse vous renseigner. Personne d'autre ne s'occupe de lui depuis que Claire est partie.

– Combien de temps lui consacrait-elle ? demandai-je.

– Mmm... Difficile à dire. Il y a eu des fois, quand j'étais de service, où je l'ai vue rester dans sa chambre une bonne heure... Elle s'impliquait beaucoup dans son travail.

– Avec tout le monde ?

– Non. Pas vraiment. Disons que, d'une manière générale, elle passait plus de temps avec ses patients que les autres médecins. Mais Peake était... Elle semblait s'intéresser particulièrement à lui.

– À propos de ses patients, dis-je, nous venons justement de rencontrer les hommes qui faisaient partie de son groupe. Plutôt déphasés, comme vous nous l'avez dit. Savez-vous quels étaient ses critères de sélection ?

– Non, nous n'en avons jamais parlé. J'étais juste son assistante. Je faisais office de gardienne ; je lui apportais le matériel dont elle avait besoin. Pour être honnête, le travail avec le groupe n'a jamais vraiment donné de résultat. Claire semblait les observer plus qu'autre chose. Mais le groupe ne s'est réuni que sept fois avant que... (Elle secoua la tête. Tripota son chignon.) Quelquefois j'oublie presque. Ce qui lui est arrivé.

– Que savez-vous du passé de ces hommes ? Êtes-vous au courant de ce qu'ils ont fait pour être ici ?

– Voyons voir... Il y a Ezzard Jackson, le Noir tout mince. Il a tué sa femme. Il l'a attachée dans leur maison avant d'y mettre le feu. Même chose pour Holtzmann, le vieillard dont personne ne penserait qu'il puisse commettre le moindre crime. Il a coupé sa femme en morceaux et fourré le tout dans son congélateur en prenant bien soin d'écrire sur chaque sac le nom du morceau : filet, côtes premières... Randall a tué ses parents à coups de fusil. Il faisait partie d'un mouvement nazi, il s'est inventé qu'ils étaient impliqués dans un complot sioniste... Voyons voir... Qui d'autre... ? L'autre Noir. Pretty. C'est son nom : Monroe Pretty. Il a tué ses quatre enfants, des petits bouts de chou. Il les a noyés dans la baignoire, l'un après l'autre. Sam Paz, le Mexicain, a pété les plombs au mariage de son frère. Il a flingué son frère, sa mère et quelques invités. En tout, six personnes sont mortes, je crois. Le géant, Chet Bodine, vivait comme un ermite. Il a tué des randonneurs.

Tellement de fous, si peu de temps...

Je tirai la seule conclusion possible.

– Tous, sauf Chet, se sont attaqués à des membres de leur famille.

– En fait, Chet n'était pas censé faire partie du groupe. Il en a entendu parler et a demandé à Claire s'il pouvait venir. Il parle tellement que Claire s'est dit que ça encouragerait les autres et a accepté. Oui, vous avez raison. Je n'y avais jamais songé, mais elle devait s'intéresser à ceux qui tuaient des membres de leurs familles.

– Vous savez pourquoi ? demanda Milo.

Elle tira une épingle à cheveux de son chignon, puis la remit en place.

– Pour être franche, je pense que ça ne veut pas dire grand-chose. Ici, il y a beaucoup de types qui ont tué des membres de leur famille. Est-ce que ce n'est pas le genre de truc que font les fous quand ils ont une crise ? Peake, tenez : il a commencé par sa mère, non ? En tout cas, c'est ce que Claire m'a dit.

– Que vous a-t-elle dit d'autre sur les crimes de Peake ?

Elle posa son index sur le bout de son nez.

– Ce qu'il a fait de sa mère et d'une famille entière. Qu'est-ce que ça a à voir avec la mort de Claire ?

– Peut-être rien, dit Milo. À part ça, vous allez continuer à travailler avec Peake ?

– Je pense, oui. Si vous êtes toujours d'accord. Ce n'est pas que j'obtienne des résultats, mais...

– Ne vous attirez pas d'ennuis, Heidi. Je vous remercie déjà de tout ce que vous avez fait.

– Bon, bon, dit-elle en se mordant la lèvre.

– Il y a un problème ?

– Comme je vous ai dit l'autre fois, je crois qu'il est temps que je passe à autre chose. Disons que j'attendais que vous ayez résolu le meurtre de Claire.

– J'aimerais pouvoir vous dire que ça ne tardera pas, Heidi. En attendant, puisque le Dr Delaware est ici, il pourrait peut-être essayer de communiquer avec Peake.

– Bien sûr, dit-elle. Ne vous gênez pas.

La porte se referma derrière moi avec un bruit de pneu qui se dégonfle.

Je m'immobilisai à mi-distance du lit et de la porte et observai Peake. S'il avait conscience de ma présence, il ne le montrait pas.

Je l'examinai en détail. Sa langue faisait toujours de la gymnastique. Ses paupières tressaillaient de temps à autre.

Debout, immobile dans la lumière grise, j'avais l'impression de me dissoudre peu à peu – plus de forme, plus de poids. Mon odorat s'habitua progressivement à la puanteur. Je m'approchai en gardant les yeux fixés sur les mains de Peake. Au bout de quelques minutes d'observation, il me sembla que ses mouvements avaient une certaine régularité.

Sortie de la langue, voltige et enroulement, disparition de la langue, cercle de la tête dans le sens des aiguilles d'une montre, puis un autre en sens inverse.

Des séquences d'environ dix secondes, six fois par minute, en contrepoint des balancements constants de son buste.

Je notai d'autres détails.

Son lit n'était pas fait. La chose avait l'air habituelle. Les mains de Peake étaient posées sur des draps froissés, couverts de taches de sueur. Les doigts de sa main gauche étaient agrippés à la literie, à moitié cachés.

Ces mains qui avaient détruit des vies... J'approchai à quelques centimètres du lit, et restai debout devant Peake.

Aucun changement dans l'enchaînement de ses mouvements. Je m'agenouillai et me retrouvai à la hauteur de ses yeux. Lesquels semblaient définitivement scellés. Ses paupières plissées dénotaient l'effort – involontaire ? – qu'il faisait pour les garder fermés. Quelques minutes plus tôt, alors qu'il était encore avec Heidi, ils étaient à moitié ouverts – en réponse à un stimulus ? Isolé dans sa chambre, Peake rentrait-il en lui-même ?

J'entendis comme des coups par terre. Je baissai les yeux. Ses pieds étaient nus. Les chaussons en papier s'étaient enlevés sans que je m'en rende compte.

Deux pieds tout blancs et minces. D'une taille anormale. Orteils incroyablement longs, qui tambourinaient par terre à un rythme plus rapide que les mouvements du haut du corps, en décalage avec les autres effets secondaires.

Beaucoup de mouvements, apparemment involontaires – la gesticulation incontrôlée d'un pantin.

Au milieu du reste, ses yeux restaient comme scellés. À cette distance, je remarquai les croûtes verdâtres et sèches accrochées à ses cils.

– Ardis, lui dis-je.

Ses pieds continuèrent de tambouriner au même rythme.

J'essayai encore. Rien.

Quelques minutes plus tard :

– Ardis, je suis le Dr Delaware. Je veux vous parler du Dr Argent.

Rien.

– Claire Argent.

Pas de réponse. Je répétai. Les paupières de Peake restèrent fermées, mais se mirent à tressauter – contraction et détente, mouvements des globes oculaires visibles sous la peau. Quelques croûtes vertes lui tombèrent sur les genoux.

Réaction ou mouvement aléatoire ?

Je m'approchai encore. S'il avait voulu m'embrasser ou me planter ses ongles dans les yeux, il n'aurait eu aucun mal à le faire.

– Ardis, je suis venu vous parler du Dr Argent.

Encore un spasme de la paupière – et une réaction sous la peau fine comme du papier.

Réaction, sans aucun doute possible. À un niveau ou un autre, il percevait ce qu'on lui disait.

– Vous comptiez beaucoup pour le Dr Argent.

Encore des spasmes.

– Et elle comptait pour vous, Ardis. Dites-moi pourquoi.

Ses paupières s'agitèrent convulsivement comme une grenouille prise au piège. Je comptai le temps qui s'écoulait en séquences d'effets secondaires : une séquence, deux séquences... dix séquences.

Douze.

Deux minutes.

Il s'immobilisa.

Subjectivement, il me semblait que plus de cent vingt secondes s'étaient écoulées. Non pas que je m'ennuyais, mais le temps semblait passer au ralenti. Je me demandai tout à coup combien de minutes avait duré sa crise de folie meurtrière. Les Ardullo étaient-ils endormis, réveillés, ou bien quelque part entre les deux – morts dans un demi-sommeil, avec l'idée qu'il ne s'agissait que d'un mauvais rêve ?

Je répétai le nom de Claire. Ses paupières tressautèrent de nouveau. Mais sans plus.

Je repensai à la photo prise au moment de son arrestation, à la terreur qui se lisait dans ses yeux. Un vieux souvenir remonta à la surface : un chien vicieux m'avait mordu lorsque j'étais enfant. La blessure était assez profonde et saignait abondamment, mais lorsqu'on avait fini par l'attraper, l'animal s'était recroquevillé et mis à geindre comme un chiot affamé...

La violence n'était-elle pas une réaction instinctive à la peur ? Un choc en retour, une vengeance contre le monde ? La méchanceté n'était-elle à la base que de la lâcheté ?

Non, après tout, j'étais toujours convaincu que le meurtre de Claire était le fait d'un ou de plusieurs hommes de pouvoir, puissants et qui ne connaissaient pas la peur.

Qui avaient tué pour le plaisir.

Peake en avait-il éprouvé lui aussi lors de sa promenade sanglante ? À le voir maintenant, j'imaginai mal qu'il puisse prendre du plaisir à quoi que ce soit.

Plus je l'observais, plus l'idée que ce type avait décapité sa mère, puis gravi des escaliers, un couteau sanglant à la main, et couru d'une chambre à l'autre pour donner la mort me semblait hautement improbable...

Aussi improbable que le gentil M. Holtzmann découpant et congelant sa femme.

Dans cet endroit, la logique était un vain mot.

Je voulus essayer autre chose.

– Vilains yeux dans une boîte.

Aucune agitation sous les paupières.

– Tchou tchou bang bang.

Rien.

J'essayai encore. Même absence de réaction.

Recommencer au début. Le nom de Claire.

– Docteur Argent.

Rien. L'avais-je rebuté sans le savoir ?

– Le Dr Argent s'intéressait à vous, Ardis.

Cinq séquences, six... Nouveaux spasmes des yeux.

– Pourquoi Claire Argent est-elle morte, Ardis ?

Onze, douze... Toujours des spasmes, mais de plus en plus espacés.

– Et Wark ? (Quatorze...) Griffith D. Wark ?

Seize, dix-sept. Plus rien.

– *Blood Walk.*

Paupières immobiles.

Peut-être que les spasmes ne voulaient rien dire, que je m'étais leurré en accordant une signification particulière à de simples réactions neurologiques involontaires.

Une déception de plus...

Sachant qu'il s'agissait probablement de ma dernière rencontre avec Peake, je décidai de continuer. En m'en tenant au plus simple.

Je m'approchai de manière à pouvoir murmurer dans son oreille.

– Dr Argent. Claire Argent.

Les paupières s'ouvrirent en grand pendant une fraction de seconde et je reculai, le cœur battant la chamade.

Peake s'immobilisa. Plus d'effets secondaires pendant plusieurs secondes.

Ses yeux se rouvrirent, deux fentes gris blanc.

Regardèrent dans ma direction. Me voyait-il ? Je n'en étais pas sûr.

Ils se refermèrent.

– Le Dr Argent tenait à vous, répétai-je.

Aucun mouvement des yeux. Mais les muscles de son cou se raidirent. Il tendit la tête vers moi. De nouveau, je reculai sans le vouloir.

Il était incapable de me voir, et pourtant il se tournait vers moi. Je ne pus m'empêcher de croire qu'il cherchait à répondre, d'une manière ou d'une autre. Sa bouche s'ouvrit en grand. Sa langue n'était pas visible, et il se mit à émettre des gargouillis, comme s'il s'étranglait. Soudain, il tendit le cou brutalement, comme un serpent prêt à frapper, et ses paupières se remirent à trembler furieusement.

J'étais incapable de détacher mon regard de cette tête qui se redressait au bout d'un cou qui semblait vouloir s'étirer indéfiniment. Il me montra le plafond.

Je reculai encore d'un pas. Ses bras se mirent en mouvement. Lentement. Douloureusement.

Ses yeux s'ouvrirent. Restèrent ouverts. Grands ouverts. Fixés sur le plafond.

Comme si le plâtre pouvait faire office de ciel... comme s'il invoquait quelque chose. Ou priait.

Il gargouilla de nouveau. Jusqu'où avait-il réussi à rétracter sa langue ? Tout au fond de sa gorge ?

Ses bras s'élevèrent. Un geste de supplication ?

Il toussa presque sans faire de bruit. Les mouvements circulaires de sa tête recommencèrent, plus amples qu'avant, si rapides qu'on aurait pu croire à une crise d'épilepsie. Encore des gargouillis. Son buste se souleva, se gonfla d'air. Je pensai à Denton Argent mort dans sa cellule à la suite d'une attaque cérébrale et me demandai si je devais intervenir.

Mais Peake semblait respirer sans problèmes. Ce n'était pas une attaque, mais d'autres mouvements répétitifs, tout simplement.

Les balancements s'amplifièrent. Ses fesses décharnées décollèrent du matelas, tandis qu'il projetait son buste vers le haut.

Il s'offrait...

Sa main droite rejoignit brusquement sa bouche. Quatre doigts disparurent à l'intérieur.

Puis il les ôta et la langue apparut – de nouveau libre ? – s'agita comme un poisson sur le pont d'un bateau, s'enroula, resta suspendue...

Retour à la séquence initiale des effets secondaires : sortie, enroulement, suspension, rétraction. Mais son derrière resta quelques centimètres au-dessus du lit, ses pieds touchant à peine par terre. Position inconfortable et difficile à tenir – il lui fallait faire un effort énorme. Pouvait-il même avoir mal ?

Puis, d'un seul coup, tout redevint comme avant, sa tête reprit sa position penchée habituelle, les bras retrouvèrent les couvertures et les frappements de pied recommencèrent...

Une séquence, deux séquences...

Je m'installai à côté de lui et passai cinq bonnes minutes à lui murmurer à l'oreille, sans la moindre réaction.

À présent le nom même de Claire le laissait de marbre.

Peut-être qu'une nouvelle approche le déstabiliserait et provoquerait autre chose.

– Les frères Beatty, lui dis-je. Ellroy. Leroy.

Zéro.

– Tchou tchou bang bang.

Rien.

– L'un avec un pistolet, l'autre écrasé par un train.

Sourd, muet, aveugle.

Et pourtant, le nom de Claire avait déclenché des choses quelques instants plus tôt. Il fallait que je passe encore du temps avec lui.

Je me devais de réessayer.

Une séquence, deux...

Je chuchotai :

– Ardullo.

Pas de changement.

– Les Ardullo, Scott Ardullo, Terri...

Ça y était : les spasmes des paupières, plus rapides qu'avant, beaucoup plus rapides, une agitation extrême, comme si les globes tournaient derrière à une vitesse supersonique.

– Terri et Scott Ardullo.

Les yeux s'ouvrirent. Vivants tout à coup.

Peake me regardait.

Éveillé.

Enfin un mouvement volontaire, mais que voulait-il ?

Il resta à me regarder. Sans bouger.

Était-il en train de m'étudier ?

J'avais réussi, et en même temps c'était comme si un scorpion s'était mis à danser sur ma colonne vertébrale.

Je regardai ses mains. Ses mains... Agrippées aux draps. Ne pas les quitter des yeux, en cas de mouvement brusque.

– Scott et Terri Ardullo, répétai-je.

Même regard fixe.

– Scott et Terri. Brittany et Justin.

Toujours le même regard.

– Brittany et Justin.

Il cligna des yeux. Une fois, deux fois, six fois, vingt, quarante... de véritables convulsions des paupières, qui ne voulaient pas – ou ne pouvaient pas – cesser.

Mouvements métronomiques, hypnotiques. Je me sentis attiré, forcé à regarder. Non, fais attention, regarde ses mains...

Il leva à nouveau les bras. La peur me prit, je bondis sur mes pieds et reculai.

Il ne parut pas s'en apercevoir.

Il se leva.

Il vacilla, mais réussit à rester debout. Il était plus solide que ce que j'avais imaginé en le voyant dans le couloir, soutenu par Heidi.

Ses yeux toujours rivés sur moi. Et son regard. Noir. Ses doigts qui se repliaient et ses mains qui devenaient lentement des poings.

Il se redressa.

S'avança vers moi.

D'accord, tu as réussi, Delaware, bravo !

Il fit encore un pas dans ma direction. Je rassemblai mes forces et réfléchis à la meilleure façon de me défendre. Quel mal pouvait-il me faire sans arme, lui, si mince, si faible ?

Encore un pas. Il tendit les bras, comme pour m'inviter à l'étreindre.

Je reculai en direction de la porte.

Sa bouche s'ouvrit, se déforma – plus de mouvements de langue, rien qu'un orifice sans lèvres faisant un effort immense pour changer de forme, luttant pour parler ou crier, encore et encore...

Tout à coup, un bruit aigu, strident, sortit de sa bouche. Un faible cri, qui me vrilla quand même les oreilles.

Ses bras se levèrent une nouvelle fois, très lentement. Lorsqu'ils atteignirent le niveau de ses épaules, ils se mirent à battre tout aussi lentement, comme les ailes d'un très grand oiseau. Pas un oiseau de proie, quelque chose de mince, et délicat : une grue.

Sans prévenir, il me tourna le dos et repartit à l'autre bout de la pièce en clopinant, en battant toujours des bras et mimant le vol d'un oiseau.

Puis il s'adossa au mur, les bras toujours tendus. La tête inclinée vers la gauche.

Au-dessus de lui, les crochets métalliques encastrés dans le mur et destinés à accrocher la camisole avaient des allures d'épée de Damoclès.

Yeux toujours ouverts, grands ouverts, écarquillés. Bords roses et humides. Yeux humides. Et tout à coup, des larmes. Des torrents de larmes qui dégoulinèrent le long de ses joues creuses.

Il croisa la jambe gauche par-dessus l'autre, ne se tint plus que sur une jambe.

Encore une imitation d'oiseau... Non, non, autre chose...

Cette position... Aucun doute possible.

Son corps avait pris la forme d'une croix.

Une crucifixion, sur un échafaud invisible.

Les larmes lui baignaient le visage. Des sanglots silencieux, incontrôlables, immédiatement paroxystiques, s'emparèrent de son corps fragile et le secouèrent comme un chaton mouillé.

Un Christ qui pleurait.

29

Il resta dans cette position une éternité.

Combien de temps avais-je passé dans cette chambre ? Dollard, impatient et hostile, n'allait certainement pas tarder à revenir et m'ordonner de quitter les lieux.

Mais cinq minutes plus tard, il ne s'était toujours pas montré.

Peake resta adossé au mur. Ses larmes étaient moins abondantes, mais elles n'avaient pas cessé.

La puanteur était revenue. La peau me démangeait. Je retrouvais des sensations, plus vives que d'ordinaire. Il fallait que je sorte.

Je cognai sur la lourde porte d'acier marron. Vague bruit sourd. Pouvait-on l'entendre depuis le couloir ? Aucun son de l'extérieur ne parvenait à l'intérieur de la cellule. J'essayai le judas. Fermé à clé. On ne pouvait le faire coulisser que de l'extérieur. Isolement forcé. Quel effet cela produisait-il sur des esprits déjà abîmés ?

Un autre coup, plus fort.

Rien.

Peake n'avait pas quitté sa posture de crucifié maintenu par des clous invisibles.

Les noms de ses victimes lui avaient tiré des larmes. Remords ou apitoiement sur soi-même ?

Ou autre chose que je ne pouvais espérer comprendre ?

Je pensai à son entrée dans la cuisine des Ardullo, au regard qu'il avait posé sur sa mère, à la force qu'il lui avait fallu pour lui scier la colonne vertébrale... Et puis à l'étage, les coups de batte de base-ball – celle de Scott Ardullo.

Les enfants...

Leurs noms lui avaient fait prendre la position d'un Christ en croix.

Celle d'un martyr.

Pas l'ombre d'un remords ?

Se voyait-il en victime ?

Soudain, l'absurdité et la vanité de ce que je faisais là me frappa. Essayer de soutirer des informations à un esprit dérangé qui mimait avec affectation le péché et la rédemption ?

À quoi bon ?

Claire l'avait-elle stimulé de la même façon ? Était-elle morte du fait de sa curiosité ?

L'étroitesse de la chambre m'oppressait de plus en plus. J'étais adossé à la porte et ne pouvais m'éloigner assez de la créature blême que j'avais devant moi.

Seules quelques larmes espacées coulaient à présent sur ses joues.

Il s'apitoyait sur lui-même.

Le Monstre.

Serein, finalement, malgré ses souffrances.

Sa tête se tourna très lentement. Se redressa un peu. Me fit face. Quelque chose apparut dans ses yeux que je n'avais pas encore vu.

Une acuité. Une détermination évidente.

Il hocha la tête. D'un air entendu. Comme si lui et moi partagions un secret.

Je collai mon dos contre la porte.

Celle-ci s'ouvrit brusquement et je tombai à la renverse.

– Désolée ! dit Heidi. J'aurais d'abord dû ouvrir le judas et vous prévenir.

Je retrouvai mon équilibre, inspirai profondément, souris et tentai de faire bonne figure. Milo me regardait attentivement, tout comme Dollard et les trois médecins, – Aldrich, Steenburg et Swenson. Tous en chemisette de sport, comme s'ils arrivaient tout droit d'une partie de golf. Mais ils n'avaient pas spécialement l'air de s'amuser.

Heidi voulut refermer la porte, jeta d'abord un coup d'œil à l'intérieur et pâlit.

– Qu'est-ce qu'il est en train de faire ? Qu'est-ce qui se passe ?

Les autres se précipitèrent pour voir. Peake mimait de nouveau le crucifié, la tête penchée sur le côté. Mais il ne pleurait plus.

– Il s'est levé, il y a quelques minutes, expliquai-je, et s'est mis dans cette position.

– Ah la la ! s'écria Aldrich. Vous l'avez déjà vu faire ça, Heidi ?

– Non. Jamais. Il ne se lève pas de son lit.

Heidi semblait effrayée.

– Docteur Delaware, vous dites qu'il s'est déplacé tout seul ?

– Oui.

Steenburg et Swenson se regardèrent. Aldrich lâcha « Intéressant » sur un ton si sérieux qu'il en était presque comique. Il essayait de jouer les autorités compétentes sur un cas dont il ne savait rien.

Frank Dollard intervint.

– Qu'est-ce que vous lui avez dit pour qu'il agisse comme ça ?

– Rien, lui répondis-je.

– Vous ne lui avez pas parlé ?

– Qu'est-ce que ça peut faire ? le coupa Milo. Avant, il se prenait pour un légume, maintenant il a fait des progrès, il s'est transformé en Jésus.

Dollard et les toubibs le fusillèrent du regard.

– La psychose est une maladie, dit Aldrich. Ça n'a rien de drôle. Votre humour est déplacé.

– Désolé, dit Milo.

Swenson prit la parole.

– A-t-il déjà évoqué certains thèmes religieux, Heidi ?

– Non. C'est ce que j'essayais de vous dire. Il ne parle presque pas. Point final.

Swenson eut l'air de réfléchir ; il glissa tranquillement les pouces sous la boucle de sa ceinture.

– Je vois... Il y a donc du nouveau.

Dollard se tourna vers moi.

– Vous feriez mieux de nous dire de quoi vous lui parliez. Il faut que nous sachions, si jamais il recommence à faire du vilain.

– Il y a un problème, Frank ? demanda Aldrich.

– Ces messieurs nous causent effectivement des problèmes, docteur Aldrich. Ils sont tout le temps fourrés ici, ils sèment la pagaille, ils viennent trouver Peake. M. Swig les a seulement autorisés à rencontrer le groupe OVQ pendant un quart d'heure, pas à voir Peake. (Il désigna la porte de la cellule.) Il n'y a qu'à voir l'état dans lequel il est. Si on les laissait faire, Dieu sait ce qui pourrait arriver. Et pourquoi faire, hein ? Peake n'avait rien à voir avec le Dr Argent. Je le leur ai dit, vous le leur avez dit, M. Swig le leur a dit...

Aldrich se tourna vers Milo.

– Que venez-vous chercher ici, inspecteur ?

– Nous enquêtons sur le meurtre du Dr Argent.

Aldrich secoua la tête.

– Ce n'est pas une réponse. Pourquoi questionnez-vous Peake ?

– Certaines choses qu'il a dites peuvent passer pour une prédiction du meurtre du Dr Argent, docteur.

– Une prédiction ? Mais de quoi parlez-vous, mon Dieu ?

Milo le lui dit.

– « Dans une boîte », répéta Aldrich. (Il se tourna vers Heidi. Steenburg et Swenson l'imitèrent.) Quand vous a-t-il raconté ça ?

– La veille du meurtre.

– Un oracle ? lança Steenburg. Oh, je vous en prie. Et maintenant voilà qu'il se prend pour Jésus. Suis-je le seul à penser que tout cela n'a pas vraiment de sens ?

– Au moins, c'est original, dit Swenson. Enfin... tout est relatif. Nous n'avons pas eu beaucoup de Jésus ces dernières années. (Il sourit.) Beaucoup d'Elvis, mais pas tellement de Jésus. Peut-être est-ce dû à notre culture désacralisée...

Les autres n'eurent pas l'air d'apprécier son humour. Mais Swenson enchaîna :

– Nous pouvons toujours faire comme Milton Erickson avec ses Jésus : il leur donnait des outils de charpentier et leur proposait de faire des réparations.

Aldrich fronça les sourcils et Swenson détourna le regard.

– Inspecteur, reprit Aldrich, juste une précision : c'est à cause de cette... déclaration, que vous êtes revenu ?

– Il s'agit d'un homicide, docteur Aldrich. Et le coupable n'a pas encore été identifié.

– Quand bien même...

Aldrich se rapprocha de la porte et jeta un œil à l'intérieur. Peake n'avait pas bougé. Aldrich referma la porte.

Dollard revint à la charge.

– Il y a aussi eu du grabuge avec les OVQ. Hermann Randall est tout excité ; il hurle des slogans nazis dans sa chambre. Il va peut-être falloir augmenter ses doses.

– Peut-être ? répéta Aldrich.

Puis, se tournant vers Heidi :

– Et si vous et moi nous retrouvions après déjeuner pour étudier en détail le dossier de M. Peake ? Histoire de nous assurer que ce que nous voyons là n'est pas une régression.

– Tout le contraire, à mon avis, dis-je. J'ai constaté une mobilité accrue et une importante réaction émotionnelle.

– Une réaction émotionnelle ?

– Je l'ai vu pleurer, docteur Aldrich.

Aldrich alla de nouveau regarder à l'intérieur de la chambre.

– En tout cas, il ne pleure pas pour l'instant. Il est planté là-bas et a l'air d'avoir drôlement régressé. Ça m'a tout l'air d'une crise de catalepsie.

– Pensez-vous qu'il soit possible de diminuer ses doses de médicaments ? lui demandai-je.

Aldrich écarquilla les yeux.

– Mon Dieu, mais pourquoi ferions-nous une chose pareille ?

– Peut-être que cela lui délierait la langue.

– Lui délier la langue ? ! s'exclama Swenson. Il ne manquait plus que ça ! Un Jésus avec une langue bien pendue !

Quelques silhouettes kaki étaient sorties de la salle de télévision. Les patients nous regardèrent quelques secondes, puis s'approchèrent. Swenson et Steenburg firent un pas en avant. Les patients se détournèrent, repartirent en sens inverse, se retrouvèrent devant la porte de la salle de télévision et disparurent à l'intérieur.

Aldrich m'adressa un sourire crispé.

– Je vous remercie de nous avoir donné votre opinion, docteur. Cela dit, l'inspecteur Sturgis et vous-même devez partir immédiatement. Vous ne devrez plus avoir de contacts avec M. Peake ou quelque autre patient que ce soit avant d'en avoir reçu l'autorisation – de moi ou de M. Swig.

Puis, se tournant vers Steenburg et Swenson, il ajouta :

– Nous ferions mieux d'y aller. La table est réservée pour une heure.

Nous retraversâmes la cour. Dollard marchait plusieurs mètres devant nous. Le grand Chet nous vit et voulut s'approcher en gesticulant, riant et tortillant ses cheveux comme un gosse.

Dollard tendit le bras dans sa direction.

– N'approche pas !

Le géant s'immobilisa, fit la moue et s'arracha une mèche de cheveux. Les filaments jaunes tombèrent lentement par terre comme des pétales de pissenlit.

L'expression de son visage semblait dire : Regardez ce que j'ai fait à cause de vous.

– Imbécile, grogna Dollard.

Les yeux de Chet se rétrécirent.

Dollard fit un signe de la main et deux aides-soignants arrivèrent au pas de course de l'autre bout de la cour. Chet les aperçut, se figea sur place et finit par s'éloigner furtivement. Un peu plus loin, il s'arrêta et nous jeta un regard par-dessus son épaule.

– Écoutez bien, brailla-t-il. Cherchez la femme Champs-Élysées ! [1]

Dollard ouvrit la porte d'un geste, la referma brutalement derrière nous et s'éloigna sans un mot.

Il nous fallut attendre un moment avant de pouvoir récupérer le pistolet de Milo et mon couteau.

– Il a quelque chose qui lui court sur le haricot, dis-je.

– Ça laisse rêveur, non ? me renvoya Milo.

Dès que nous fûmes remontés dans la Seville, il prit son téléphone portable et demanda le numéro du commissariat de police de Hemet. Je laissai la voiture arrêtée pour qu'il puisse parler tranquillement. Il faisait une chaleur infernale. Je mis l'air conditionné au maximum en rêvant d'un froid polaire. Les différents correspondants

1. En français dans le texte. (NdT)

de Milo se renvoyaient la balle, mais ce dernier conserva tout au long de la conversation un ton aimable bien qu'il eût l'air d'avoir avalé quelque chose de particulièrement indigeste. À l'intérieur de la voiture, l'air fraîchit, et je crus que la sueur sur ma peau se transformait en glace. Milo était trempé.

Il finit par raccrocher.

– J'ai enfin pu parler à un des patrons, dit-il. Heidi ne s'est pas trompée. Dollard avait un sacré poil dans la main : il lui arrivait fréquemment de ne pas répondre au téléphone, de s'absenter sans autorisation, de réclamer indûment le paiement d'heures supplémentaires et autres joyeusetés. Ils n'avaient rien d'assez sérieux pour engager des poursuites contre lui, ou alors ils n'y tenaient pas. C'était plus simple de lui demander de partir.

– Ça remonte à quand ?

– Quatre ans. Il est allé tout droit à Starkweather. Son patron a dit pour rigoler que ce serait idéal pour lui de bosser avec des fous, qu'au moins ils n'iraient pas se plaindre s'il se relâchait dans son travail.

– Son nouveau patron l'a à la bonne. Ça en dit long sur Swig.

– Et ses critères de sélection...

Je sortis du parking. Des vagues de chaleur s'élevaient de l'asphalte.

– Dis-moi un peu, qu'est-ce que tu as fait pour que Peake joue Jésus dans leur production maison ?

– J'ai mentionné les prénoms des Ardullo. Après avoir obtenu une réaction en prononçant celui de Claire – spasmes des yeux et tensions musculaires. Quand je lui ai murmuré à l'oreille les noms de Brittany et Justin, il s'est levé d'un coup, s'est approché du mur et a pris cette pose. Je le croyais léthargique ou complètement abruti, mais il peut se déplacer rapidement quand il veut. S'il m'avait sauté dessus, je ne crois pas que j'aurais pu réagir.

– Ce n'est donc pas un légume complet. Peut-être bien que ce salaud est plus rusé qu'on ne croit et qu'il nous a tous roulés dans la farine. Ça lui ressemblerait assez, si on pense à la façon dont il a agressé sa mère. Elle est tranquillement assise à éplucher des pommes, il arrive par-derrière et elle n'a pas la moindre idée de ce qu'il va faire.

– Il a aussi surpris les Ardullo. Le shérif Haas m'a expliqué qu'ils ne fermaient jamais leurs portes à clé.

– Le cauchemar de tout un chacun. Sorti tout droit d'un film gore.

La forêt d'eucalyptus apparut tel un gros ours gris dont la route aurait figuré la bouche.

– Alors, reprit Milo, c'étaient des vraies larmes ?

– Oui, et il n'y en avait pas qu'un peu. Mais je ne suis pas certain qu'il éprouve du remords. Quand il s'est tourné pour me regarder, j'ai eu l'impression qu'il s'agissait d'autre chose : d'apitoiement sur son sort. Ça colle aussi avec la pose du crucifié : il se considère comme un martyr.

– Un vrai salopard, dit Milo.

– Ou alors, les noms des enfants ont fait resurgir un souvenir extrêmement précis. Peut-être s'est-il rappelé qu'il n'avait pas agi seul. Qu'il payait pour quelque chose que les frères Crimmins l'ont forcé à faire. C'est peut-être ce qu'il a dit à Claire. Je l'imagine difficilement parler, mais avec des doses moins importantes...

Milo se rafraîchit les mains devant la sortie d'air conditionné.

– Pourquoi penses-tu que Dollard s'est montré si agressif aujourd'hui ?

– Je ne sais pas. Ce qui est sûr, c'est qu'une nouvelle visite le ferait grimper aux rideaux. Il a peut-être quelque chose à cacher.

Milo avait l'air perdu dans ses pensées. Nous quittâmes le bois d'eucalyptus et la lumière estivale blanchit à nouveau le pare-brise. Les arbres scintillaient comme s'ils étaient en train de griller. J'avais l'impression que la chaleur faisait tout son possible pour pénétrer à l'intérieur de la voiture.

– Et s'il s'agissait d'une vaste escroquerie à l'hôpital ? suggérai-je. Une comptabilité foireuse. Ou bien un quelconque trafic de médicaments. Claire découvre le pot aux roses et s'attire des ennuis. Peut-être que Peake était au courant, lui aussi. Il a appris que quelque chose allait arriver à Claire et a essayé de la prévenir à sa façon avec une « prophétie ».

Nous avions quitté les abords de l'hôpital et nous dirigions vers les terrains vagues et les entrepôts. Je me demandai où aboutissait la forêt derrière les annexes. De là où nous nous trouvions, il était impossible de voir les grands arbres sombres.

– Comment Peake aurait-il pu découvrir l'arnaque ?

– Quelqu'un a pu parler devant lui. Tout le monde le prend pour un légume incapable de comprendre quoi que ce soit. Mais j'en ai vu assez aujourd'hui pour savoir que ce n'est pas vrai. Si Dollard est mêlé à une histoire louche, il a pu dire ou faire quelque chose que Peake aura compris.

– Tu crois vraiment qu'il n'aurait pas fait gaffe ?

– Combien de fois as-tu résolu des affaires parce que quelqu'un n'a pas pris toutes ces précautions ?

– Bon, admettons que Peake ait prévenu Claire. Ça n'en fait pas un héros pour autant.

– Peut-être avait-il de l'affection pour elle, à un niveau ou un autre. Qu'il appréciait l'intérêt qu'elle lui portait.

– Alors, pourquoi prévenir Heidi ?

– Claire ne travaillant pas ce jour-là, il a fait ce qu'il pouvait : il a prévenu son assistante. Le message n'était pas clair parce qu'il cherchait à communiquer à travers le brouillard de la Thorazine et celui de ses problèmes neurologiques.

– Tout le monde le prend pour un débile profond pendant qu'il collecte les renseignements.

– Il a fonctionné, si l'on peut dire, comme un débile profond pendant seize ans. C'est peut-être pour ça que Dollard s'est mis en colère quand il l'a vu se prendre pour Jésus. Il sait maintenant qu'il vaut mieux que ce qu'il croyait. Du coup, il ne veut plus nous voir là-bas. Regarde comme il a parlé de nous à Aldrich. Et Aldrich est tombé dans le panneau. Ou alors, c'est qu'il est du même bord.

– Un racket à grande échelle ?

– N'as-tu pas dit toi-même que l'organisation laissait à désirer à Starkweather ? Quoi qu'il en soit, Dollard a obtenu ce qu'il voulait. Nous ne franchirons plus ces grilles à moins d'avoir un mandat en bonne et due forme.

– « Vilains yeux dans une boîte. » Admettons que Peake ait su que quelqu'un allait arracher les yeux de Claire et la fourrer dans un endroit fermé. Je veux bien croire que Dollard ait dit qu'il allait s'en prendre à Claire devant un de ses copains, mais de là à s'étendre sur les détails devant témoin...

Je ne vis pas quoi lui répondre. Milo sortit son bloc-notes, y écrivit quelques mots, ferma les yeux et je crus qu'il allait piquer un roupillon. Nous rejoignîmes l'autoroute. J'appuyai sur l'accélérateur, pris la file de gauche, fonçai jusqu'à la bretelle, empruntai la 10 direction ouest et dépassai les vieux immeubles en brique des abords du centre-ville, survivants inattendus du grand tremblement de terre. Sur une des façades, on avait peint un gigantesque agrandissement d'une affiche de cinéma. Un flic bionique hypertrophié y faisait feu de ses doigts en forme de canon de fusil. Si seulement c'était si simple !

– Dollard en arnaqueur... dit tout à coup Milo. Avec Wark comme partenaire... Mais alors, que deviennent Richard et les jumeaux Beatty ? Qu'est-ce qu'ils ont à voir avec un racket à l'hôpital ?

– Je ne sais pas, lui dis-je. Mais si Wark est bien Derrick Crimmins, sa présence à l'hôpital se justifie d'une autre façon : il est venu à cause de Peake, tout comme Claire. Parce que les divagations de Peake lui ont fait de l'effet. Et si je ne me trompe pas en pensant que c'est lui qui a fourni de la drogue à Peake il y a seize ans, ça collerait assez avec l'hypothèse d'un trafic de médicaments. Dollard escamote des produits pharmaceutiques, les refile à Wark, lequel se charge de les écouler sur la voie publique. Wark avait assez d'argent sur son compte de la Bank of America pour couvrir la location du matériel cinéma lorsque Vito Bonner a appelé pour vérifier s'il pouvait endosser le chèque. Il a donc des revenus importants. Si Wark opère effectivement à l'extérieur, il est normal que ce soit lui qui monte le coup et assassine Claire. Dollard alerte Wark, lui donne l'adresse de Claire qu'il a trouvée dans les registres du personnel ; Wark la file, la tue en plein West L.A. et l'abandonne dans sa voiture. Aucune raison que quelqu'un fasse le lien avec Starkweather. Qu'est-ce que c'est, déjà, le mantra que tout le monde nous récite ? « Ça n'a forcément rien à voir avec son travail. » Aujourd'hui, à l'hôpital, j'ai regardé si quelqu'un correspondait au signalement de Wark. Le seul type grand et mince, c'est Aldrich, mais il est trop vieux et je doute que Wark se déguise en médecin – trop risqué. Mais le personnel compte plus de cent employés et nous n'en avons vu qu'une vingtaine.

– Et nous n'avons pas eu accès aux registres du personnel, ajouta Milo en donnant un petit coup de poing sur le tableau de bord. (Je savais qu'il aurait voulu cogner plus fort.)

– Si nous prenions les choses autrement ? dis-je. Imaginons que Wark ait effectivement été attiré à Starkweather par la présence de Peake. En tout cas au début. Mais il avait besoin de gagner de l'argent et a été obligé d'obtenir rapidement les qualifications nécessaires pour être embauché. Ça élimine tous les postes requérant une longue formation – médecin, psychologue, infirmière, pharmacien – et nous laisse tous les emplois subalternes : cuisiniers, gardiens, jardiniers, aides-soignants. Un apprenti producteur de cinoche considère certainement les trois premiers comme indignes de sa personne. Aide-soignant en psychiatrie, en revanche, ça fait bien : on peut faire croire que c'est presque docteur. Les aides-soignants sont diplômés d'État et l'ordre des médecins en a la liste.

Un sourire s'épanouit lentement sur le visage de Milo.

– Ça vaut la peine d'essayer.

Je repensai à l'affiche de cinéma peinte sur l'immeuble.

– Autre raison pour que Wark prenne un boulot de ce genre : s'il se considère comme un auteur de films tragiques et torturés, quel meilleur endroit que Starkweather pour concocter des scénarios sanglants ? Ça pourrait expliquer pourquoi Richard et les jumeaux Beatty ont été tués : ils font partie des productions de Wark.

– Tu recommences avec ton délire sur les snuffs ? Je croyais qu'il n'en était plus question...

– C'est comme tu dis : « quand on fore plusieurs puits... »

Il se massa les tempes.

– D'accord, d'accord, assez de bla-bla, passons à l'action. J'ai laissé des messages à Miami et à Pimm, dans le Nevada. Lorsque nous serons rentrés, je verrai si quelqu'un a rappelé. Je contacterai aussi l'ordre des médecins à propos de cette liste. Mais pour que ça nous serve à quelque chose, il faudrait que Wark soit enregistré sous son nom ou sous celui de Crimmins... ou quelque chose d'approchant. (Il se frotta le visage.) Sacré coup de dés.

– C'est mieux que rien, lui fis-je remarquer.

– Des fois je me demande.

30

Sur le coup de deux heures de l'après-midi, nous pénétrâmes dans le bureau des inspecteurs.

Nous étions vendredi. Plus beaucoup de monde. Del Hardy travaillait généralement à côté de Milo qui me fit signe de prendre son fauteuil. Del avait été son associé des années auparavant – une vieille alliance cimentée par le respect mutuel et une semblable aliénation : Del était un des premiers inspecteurs noirs à avoir été nommé à l'est de La Brea. Il avait à présent pas mal de collègues de couleur, mais Milo restait une exception. Du coup, ils s'étaient progressivement éloignés l'un de l'autre, – ou bien cela tenait-il à la deuxième épouse de Del, une femme avec des opinions arrêtées sur à peu près tous les sujets ? En tout cas, Milo n'en parlait jamais.

Je pris le téléphone de Del pour appeler l'association des psychiatres de l'État, une voix synthétique m'invitant aussitôt à patienter. Quelqu'un avait collé un Post-It sur le bureau de Milo. Il s'empara du papier, le lut et haussa les sourcils.

– Un coup de fil d'Orlando, en Floride. Un certain Castro serait ravi de me parler de Derrick Crimmins.

Il composa un numéro, desserra sa cravate et s'installa dans son fauteuil. Une voix enregistrée et d'un sexe incertain m'indiqua que mon appel serait pris en compte dès qu'une opératrice serait libre. Lorsqu'il obtint son correspondant, Milo changea de position.

– Inspecteur Sturgis, dit-il, je voudrais parler à l'inspecteur Castro... Oh, bonjour. Merci de m'avoir rappelé... Vraiment ? Eh bien, c'est intéressant... Écoutez, est-ce que je peux mettre quelqu'un d'autre en ligne avec nous ? Notre psychologue consultant... Oui, il nous arrive de... Oui, ça aide, parfois.

Il posa une main sur son combiné, me demanda de raccrocher et de composer le numéro de son poste.

La voix enregistrée était en train de me remercier de ma patience. Je raccrochai, me connectai sur la ligne de Milo et me présentai à l'inspecteur Castro.

– George Castro, dit une grosse voix à l'autre bout du fil. On peut y aller ?

– Oui, dit Milo. Docteur Delaware, l'inspecteur Castro était en train de me dire qu'il n'était pas surpris que quelqu'un l'appelle au sujet de Derrick Crimmins.

– Ça fait un bout de temps que j'attendais ça, dit Castro. À vrai dire, après tout ce temps, je commençais à croire qu'il était mort.

– Pourquoi ça ?

– Parce que son nom n'est jamais apparu sur une liste de criminels recherchés et nous savons tous que les truands ne changent pas. Et ce gosse était une vraie ordure. Il s'est pourtant sorti d'une affaire de meurtre.

– Ses parents, dit Milo.

– Exactement. Lui et son frère Cliff. Cliff était plus âgé et Derrick plus rusé. Ils faisaient la paire. Le genre Menendez avant la lettre, sauf que nous n'avons même pas pu arrêter les Crimmins. C'était bien ma veine. Je peux vous dire que ça m'est resté en travers de la gorge. Dites-moi ce que vous avez contre ce petit salaud.

– Rien de précis, dit Milo. Nous ne savons même pas où il est. Pour l'instant, il nous semble lié à une affaire d'escroquerie et d'homicide.

– Eh ben, c'est tout lui, ça. Ça me rappelle des choses. Je venais de débarquer à Miami Beach. J'ai fait une année à la répression des fraudes, puis je suis passé à la criminelle. L'année d'avant, j'avais déménagé de Brooklyn pour m'installer au soleil, mais je n'avais pas imaginé ce que ça représentait de s'appeler Castro à Miami. (Il s'interrompit comme s'il attendait que nous riions.) En plus, je suis Portoricain, pas Cubain. Bref, j'avais bossé sur des affaires vraiment moches dans le nord, à Bed-Stuy, Crown Heights et East New York. Mais aucun des truands que j'avais croisés ne m'a emmerdé comme ces deux frères. Tuer ses propres parents pour le fric, quand même... Enfin... le père et la belle-mère. L'affaire a été confiée aux gardes-côtes parce que le bateau a sauté à huit cents mètres des côtes, mais nous nous sommes occupés des recherches à terre. Une sale histoire. Quelqu'un avait réussi à placer une bombe dans le réservoir d'essence et le truc s'est littéralement désintégré. Trois personnes sont mortes. Le vieux Crimmins, sa femme et un petit Cubain qu'ils avaient embauché pour tenir la barre. Ils s'apprêtaient à partir pêcher le marlin. Et boum. Deux ou trois bouts d'os, c'est à peu près tout ce qu'on a retrouvé.

– Vous pensez que ce sont les Crimmins qui ont fabriqué la bombe ?

– J'en doute. Nous avions échafaudé quelques hypothèses là-dessus : dans le coin, il y avait un paquet de types qui s'y connaissent en explosifs. Des membres de gangs, des toxicos et autres. Une demi-douzaine d'entre eux n'avaient pas d'alibi. On les a embarqués, mais personne n'a parlé. Et comme les comptes bancaires de ces bonshommes n'avaient pas gonflé du jour au lendemain... J'avais à l'œil deux types en particulier, deux Dominicains avec un pressing en guise de couverture. On les avait déjà arrêtés après une explosion quasi identique dans un entrepôt de vêtements et relâchés par manque de preuves. Nous avons tanné tous nos informateurs, mais rien, pas la moindre rumeur. Ce qui me fait penser qu'il a dû pleuvoir des gros billets.

– Ces garçons avaient du fric ?

– Parlez d'un argent de poche ! Cinquante mille dollars par an chacun. À l'époque on pouvait faire éliminer quelqu'un pour cent. En allongeant entre mille et cinq mille, on pouvait trouver quelqu'un de compétent, et pour quinze mille un vrai pro. Nous avons examiné les relevés de compte des deux frères : ils avaient retiré de grosses sommes en espèces pendant les semaines qui avaient précédé l'explosion, mais ça ne voulait rien dire, c'était comme ça qu'ils vivaient : le vieux leur donnait cinquante mille au début de l'année, et ils tiraient de l'argent de poche au fur et à mesure de leurs besoins – quatre, cinq mille par mois. Ils le dépensaient jusqu'au dernier cent... Ça ne changeait donc pas beaucoup. Et puis ils ont trouvé un avocat futé ; le genre discret, il n'a rien voulu nous raconter.

– Vous les avez tout de suite soupçonnés à cause de l'héritage ?

– Et comment ! s'écria Castro. C'est bien la première chose à faire, non ? Voir où va le fric. Une fois la belle-mère effacée, ils étaient les seuls héritiers du vieux, et ils espéraient récolter des millions. En plus, leurs alibis étaient en béton : ils avaient tous les deux quitté la ville durant cette période et se sont appliqués à nous le faire savoir. Pendant une minute, ils ont fait semblant de pleurnicher, puis ils nous ont dit : « Oh, à propos... nous étions partis faire de la moto à Tampa. » Ils nous ont montré leurs bulletins de participation à une course – ils avaient tout prévu. Et ça les faisait bien marrer de m'entuber comme ça. Parce que j'avais déjà eu affaire à eux. Quand j'étais à la répression des fraudes. C'est la troisième raison pour laquelle je ne les ai pas oubliés ; ils avaient déjà fait des conneries. De l'escroquerie. Comme je vous l'ai dit, meurtre et escroquerie, ça va bien ensemble.

– En quoi consistait cette arnaque ? demanda Milo.

– Oh, rien d'extraordinaire. Ils arpentaient la plage, ramassaient des vieillards quasi séniles et les conduisaient en voiture jusqu'à des marécages qu'ils leur présentaient comme l'emplacement de futurs lotissements pour maisons de vacances. Ensuite de quoi, ils filaient à la banque du pigeon, attendaient qu'il tire du liquide pour le premier versement, le baratinaient, lui filaient un pseudo-contrat pour le mettre en confiance et prenaient le large avec le fric. Ils s'attaquaient surtout à des vieillards passablement fatigués. La plupart du temps, les victimes ne se rendaient même pas compte qu'elles avaient été roulées. Et les sommes retirées n'étaient pas très importantes – cinq ou six cent dollars. Du coup, les banques ne se sont méfiées de rien. Leur petit jeu a pris fin le jour où le fils d'une vieille dame a eu vent de l'histoire. C'était un chirurgien du coin. Il a attendu avec sa mère sur la plage, jusqu'à ce que Derrick se pointe.

– Ils ont fait de la taule ?

– Non, dit Castro, sur le ton de la colère. Ils n'ont même pas été inculpés. Papa a embauché un avocat, le même qui s'est ensuite chargé de les défendre dans l'histoire du bateau. Tout le truc a foiré à cause de l'identification. L'avocat a raconté qu'il s'était bien amusé avec les vieux lors des séances d'identification. Il n'a pas eu de mal à prouver que les vieillards étaient mentalement trop limités pour que leurs témoignages soient dignes de foi. L'attorney n'a pas voulu courir de risque. Quelques employés de banque ont pensé qu'ils pourraient témoigner et les identifier, puis ils ont eu des doutes quand ils ont appris que Derrick et Cliff se déguisaient – perruques, fausses moustaches et lunettes. Des accessoires d'amateurs ; mais ils auraient pu se déguiser en Fidel, les pigeons ne s'en seraient même pas aperçus. On n'a pas pu non plus les coincer pour les faux contrats – des torchons minables, ronéotés. Leur combine était si minable qu'elle aurait pu faire sourire si elle n'avait été aussi cruelle. Au bout du compte, le vieux a restitué le fric et l'affaire a été classée.

– Combien a-t-il banqué ?

– Six ou sept mille, je crois. Ce n'était pas une escroquerie à grande échelle, mais ça a quand même duré un bon mois et les gamins avaient tout juste vingt ans. C'est ça que j'ai trouvé inquiétant : qu'ils soient si jeunes et déjà parfaitement cyniques. Je sais bien qu'il y a toujours eu des gamins violents, mais il faut quand même avoir vu du pays pour imaginer une arnaque aussi vicieuse. Ils n'étaient pourtant pas particulièrement brillants, ils n'ont jamais été à l'université, ils passaient simplement leur temps à traîner sur la plage. Cliff était même un peu simplet. Mais ils avaient un certain talent pour l'arnaque. Et puis... ils avaient du bol. Une identification formelle aurait suffi à les faire tomber – ils auraient au moins écopé d'un sursis.

Il se mit à rire.

– Ces enfoirés ont eu un bol pas possible. Leur excuse était la plus débile que j'aie entendue : tout n'était qu'un vaste malentendu, les vieux étaient trop diminués pour faire la différence entre la réalité et la fiction et ils n'avaient jamais pensé que quelqu'un prendrait au sérieux leur histoire de lotissement. Toute l'affaire était liée à un film qu'ils voulaient réaliser sur les escroqueries. Ils nous ont même montré le brouillon d'un scénario. Une page de n'importe quoi, un mélange d'escroquerie et de courses de voitures, quelque chose du genre *L'Arnaque rencontre Cannonball*. Ils ont affirmé qu'ils allaient le vendre à Hollywood. (Castro se marra de nouveau.) Alors, comme ça, ils ont fini par débarquer là-bas, hein ?

– Derrick, oui, dit Milo. Cliff est mort, il y a quelques années, après Papa et Belle-Maman. Un accident de moto près de Reno.

– Ça alors ! s'écria Castro. Intéressant.

– Très.

– Comme je vous ai dit, c'était des types parfaitement cyniques. Froids. J'ai toujours pensé que c'était Derrick qui avait l'idée des coups. Cliff suivait le mouvement. Il était plus joli à regarder que Derrick, bien bronzé, expert en ski nautique, grand collectionneur de nanas. Et de motos, aussi. Il en possédait des quantités. Tous les deux, d'ailleurs. À l'époque, je pensais que si on pouvait en faire craquer un des deux, ce serait Cliff, et j'avais prévu de les séparer pour voir si je pourrais les jouer l'un contre l'autre, mais l'avocat ne m'a même pas laissé les approcher. Je n'oublierai jamais la dernière fois où je leur ai parlé. Je leur pose des questions en tâchant d'être poli et tout, les deux frangins se tournent vers leur avocat qui me dit qu'ils ne sont pas obligés de répondre, et les voilà qui se marrent comme des baleines et se foutent de ma gueule. Je finis par m'en aller, et Derrick met un point d'honneur à me raccompagner jusqu'à la porte. Une grande vieille maison, avec des tonnes de meubles, que lui et son frère vont récupérer. Et il me sourit de nouveau, genre : « Tu en sais autant que moi, alors, va te faire foutre, Charlie. » Ma seule consolation après cette histoire, c'est qu'ils ne sont pas devenus aussi riches que ce qu'ils espéraient.

– Combien ont-ils touché ? demanda Milo.

– Quatre-vingt mille chacun, l'essentiel provenant de la vente de la maison. L'endroit était lourdement hypothéqué et après avoir payé les impôts, les commissions et tout le reste, il ne leur restait pas grand-chose. Ils s'imaginaient que le vieux était assis sur des montagnes d'or, mais ils ont découvert qu'il avait fait quelques investissements foireux – des achats de terrains, entre autres. C'est assez drôle, non ? Les seuls autres biens étaient les meubles, des clubs de golf et les bijoux de la belle-mère... dont la moitié se sont révélés faux et le reste des trucs tout récents, dont la valeur dégringole dès qu'on les a sortis du magasin. L'autre truc marrant, c'est que le vieux n'avait pas loué ou emprunté le bateau. Apparemment, il adorait ce rafiot et se débrouillait pour l'entretenir. Un beau bateau, à voir les photos. Le vieux avait une collection de poissons empaillés dans sa baraque. (Castro rigola de plus belle.) Un bateau de cinquante mille dollars, au bas mot, et net d'impôts, voilà ce qu'ils ont fait sauter ! Bon, enfin... expliquez-moi un peu ce que Derrick a fait du côté de chez vous.

Milo lui raconta l'essentiel.

– Merde, dit Castro, un meurtre aussi sadique, c'est d'un autre niveau... Dans un sens, ça se comprend. Quand on s'en sort systématiquement, on finit par se prendre pour Dieu.

– Ce qui m'intéresse, dit Milo, c'est que d'après ce que nous savons, Derrick ne vit pas dans de très bonnes conditions. Il n'a pas de voiture immatriculée, pas d'adresse dans un quartier chic et il a peut-être pris un petit boulot sous un nom d'emprunt. C'est donc qu'il n'a pas fait fructifier ces quatre-vingt mille dollars.

– Ça ne risque pas. Il a dû taper dedans tant qu'il en avait, comme le premier asocial venu.

– La Sécurité sociale n'a rien sur lui, sauf quand il habitait à Miami, reprit Milo. Il n'a donc pas occupé d'emplois sous son propre nom. Vous avez une idée de ce qu'il a pu faire pendant toutes ces années ?

– Non. Il a quitté la ville avec son frère, neuf ou dix mois après le meurtre, et personne n'en a plus entendu parler. Officiellement, nous n'avions pas classé le dossier, mais personne ne s'en occupait vraiment. Quand j'avais du temps libre, j'essayais de voir où avait filé l'argent, j'allais jeter un œil dans des clubs où ils avaient l'habitude de traîner. Et un jour, les Archives du Comté m'ont appelé – j'avais demandé qu'on me prévienne quand la propriété serait vendue. C'est comme ça que j'ai su ce qu'ils allaient toucher. L'adresse de réexpédition se trouvait dans l'Utah. À Park City. J'ai remonté la piste. Une boîte postale. À l'époque, nous étions en hiver. Je me suis dit que ces petits salopards étaient partis skier avec le fric de leurs victimes.

– Arnaques, meurtres et cinéma, dis-je. Adresse inconnue. Ça colle avec ce qu'on sait, non ? Il t'en faut encore ?

Milo secoua la tête. Je me sentais regonflé avec tout ce que nous avions appris, mais lui avait l'air abattu.

– Qu'est-ce qu'il y a ?

– Derrick efface d'abord ses parents, puis son frère, sans doute pour récupérer les quatre-vingt mille dollars de Cliff. Ce type est un professionnel de l'horreur.

– Ce qui restait de la part de Cliff, tu veux dire. Comme Castro nous l'a expliqué, ils ont vite boulotté leur morceau de gâteau. Peut-être que Derrick l'a englouti plus vite que l'autre.

– Derrick le dominateur... arrogant, exactement comme tu l'imaginais.

– Toujours cette même confiance en soi, dis-je. Et d'ailleurs, ça se comprend : Crimmins commet des actes répréhensibles et s'en sort sans problème. Et peut-être avait-il déjà l'expérience de l'élimination d'une famille.

– Les Ardullo ? Milo. Tu penses toujours qu'il a poussé Peake à... Ouais, bon, tes hypothèses se vérifient, on dirait.

– À présent, il nous reste à retrouver Derrick. Je vais rappeler l'association des psychiatres.

– D'accord. Moi, je rappelle Pimm. Et Park City. Qui sait ? Peut-être que Derrick y a monté une arnaque dans le même genre.

– Si tu veux, je peux te donner d'autres pistes.

– Quoi ?

– Aspen, Telluride, Vegas, Tahoe. Notre bonhomme est un noceur. Il va dans les endroits où on peut faire la fête.

Milo reprit son air abattu.

– Ce genre de vérifications peut prendre des semaines, dit-il. Ce type est dans les parages, il pollue ma ville et je n'arrive pas à mettre la main dessus.

Je passai plusieurs coups de fil avant d'apprendre que les licences d'aide-soignant en psychiatrie n'étaient valables que pour des périodes de douze ou vingt-quatre mois. Il était possible de vérifier certains noms, mais l'envoi de la liste complète inenvisageable. Au bout du compte, je tombai sur un supérieur qui accepta de me faxer le tout. Une vingtaine de minutes passèrent avant que la machine fatiguée se mette en marche et recrache quelques feuilles imprimées.

Je parcourus les noms au fur et à mesure que la liste sortait du Fax. Des pages et des pages de noms. Pas de Crimmins, ni de Wark.

Un autre pseudonyme ?

Griffith D. Wark – mélange des prénoms et du nom d'un géant du cinéma. Nous avions affaire à un manipulateur prétentieux. Et étrangement infantile : un passionné de jeux de rôles.

Il aimait se comparer aux gros bonnets de Hollywood. Qu'il n'ait jamais rien produit avait de quoi inquiéter, mais on pouvait en dire autant de nombreux requins qui avaient leurs entrées dans les boîtes à la mode de Hollywood.

Et les psychopathes n'en étaient pas à une contradiction près.

Ils n'étaient pas non plus du genre à s'inquiéter.

Et enfin, des productions, il y en avait de toutes sortes.

Blood Walk...

Vilains yeux dans une boîte...

Autre chose à propos de ces serpents qui n'avaient que l'apparence de l'humain : ils étaient dénués d'une véritable sensibilité. C'étaient des obsédés de la répétition. Des compulsifs qui ne faisaient que reproduire les mêmes schémas.

Peut-être Wark avait-il « co-opté » d'autres réalisateurs ? Je n'étais pas un cinéphile averti, mais plusieurs noms me vinrent à l'esprit : Alfred Hitchcock, Orson Welles, John Huston, John Ford, Franck Capra... Je vérifiai sur la liste. Aucun de ceux-là.

Mais Wark était le deuxième prénom de D.W. Griffith. Quel était celui de Hitchcock ?

J'appelai la bibliothèque de l'Université, demandai le service des recherches et expliquai ce dont j'avais besoin. La bibliothécaire parut quelque peu déstabilisée, mais leur boulot consiste aussi à prendre en compte les demandes bizarroïdes, et heureusement, elle ne fit aucune objection.

Cinq minutes plus tard, je disposais des informations demandées : Alfred Joseph Hitchcock. John PDP – pas de deuxième prénom – Huston. Frank PDP Capra. George Orson Welles. John PDP Ford – de son vrai nom Sean Aloysius O'Feeney.

Je la remerciai et repris la liste des aides-soignants. Pas de Capra, quatre Ford, un Hitchcock, pas de Huston ni de O'Feeney... pas de manipulation apparente des noms de Hitchcock ou Ford... Puis je le repérai.

G.W. Orson.

Il avait co-opté un génie.

La folie des grandeurs était partout.

31

– L'enfoiré ! s'écria Milo en regardant le nom entouré.

– G.W. Orson a obtenu sa licence, il y a vingt-deux mois, dis-je. C'est à peu près tout ce que j'ai pu trouver, à part l'adresse sur le formulaire d'enregistrement.

Milo l'examina.

– South Shenandoah Street... C'est vers la dix-huitième. Dans le secteur de West L.A... À quelques rues du centre commercial où Claire a été retrouvée.

– Le centre est assez éloigné de la maison de Claire. Pourquoi serait-elle allée y faire des courses ? À moins que ce soit avec quelqu'un d'autre.

– Crimmins ? Tu crois qu'ils avaient une relation ?

– Pourquoi pas ? Imaginons qu'Orson et Wark soient deux pseudonymes de Crimmins. Nous n'avons pas encore le détail des postes qu'il a occupés, mais Crimmins étant aide-soignant, il n'est pas exagéré de penser qu'il travaille à Starkweather ou qu'il y a bossé. Il y rencontre Claire, quelque chose se noue entre eux. Ils avaient deux centres d'intérêt en commun : le cinéma et Ardis Peake. Lorsque Claire dit à Crimmins qu'elle a centré ses recherches sur Peake, il décide d'en savoir davantage. Et quand il apprend qu'elle peut disposer d'informations potentiellement dangereuses pour lui, il décide de la faire jouer dans *Blood Walk*.

– Il la tue, la filme et s'en débarrasse, dit Milo. Tout ça tient debout, c'est logique. Maintenant il me reste à le prouver. J'ai visité tous les recoins du centre commercial, montré sa photo à tous les vendeurs qui travaillaient le jour où elle a été tuée. Personne ne se rappelle l'avoir vue, seule ou avec quelqu'un d'autre. Ça ne veut pas dire grand-chose, l'endroit est vaste, et si je peux trouver une photo de Crimmins, j'y retournerai. Mais peut-être pourrions-nous d'abord le voir en chair et en os. (Il indiqua l'adresse figurant sur la liste.) Ça va nous être utile, ce truc-là. Voyons d'abord si sa Corvette est enregistrée sous ce nom.

Un coup de fil au DMV ne donna aucun résultat.

– Aucune voiture au nom d'un G.W. Orson dans cet État.

– Il habite L.A., mais sa voiture n'est pas en règle, dis-je. Ça nous dit qu'il n'a pas la conscience tranquille. Essaie avec un autre nom trafiqué de réalisateur.

– Plus tard, dit-il en rempochant l'adresse. Je préfère le voir en tête à tête.

Le quartier était tranquille, avec çà et là quelques arbres et des maisons toutes simples, à un étage, plantées au milieu de minuscules terrains, certains compulsivement entretenus, d'autres laissés à l'abandon. On entendait des oiseaux chanter et des chiens aboyer. Un homme en T-shirt poussait une tondeuse en marchant au ralenti. Sur un trottoir, une femme à la peau sombre poussait un landau et nous dévisagea en passant. Inquiétude, puis soulagement ; la voiture banalisée n'avait vraiment rien de remarquable.

Des années auparavant, le quartier avait été ravagé par le crime et le départ des Blancs. La hausse des prix de l'immobilier avait quelque peu renversé la tendance : la mixité régnait dans le secteur malgré quelques tensions et une fierté affichée de chaque communauté.

L'endroit où G.W. Orson avait déclaré habiter vingt-deux mois plus tôt était un pavillon vert pâle de style hispanique, avec une pelouse bien entretenue mais aucun aménagement extérieur. Un panneau À LOUER était planté au beau milieu du gazon. Dans l'allée, une Oldsmobile Cutlass dernier modèle. Milo poussa un peu plus loin dans la rue pour lire le panneau indiquant le nom du propriétaire : TBL Properties – adresse du siège dans Wilshire, près de La Brea.

Milo fit demi-tour et se gara devant la maison verte. Un vieux magnolia rabougri planté dans l'allée de la propriété voisine faisait un peu d'ombre à la Oldsmobile. Une affiche était clouée au tronc. La photo neigeuse d'un chien, un bâtard de Rottweiler. Avec en légende : « Avez-vous vu Buddy ? », plus un numéro de téléphone et un message tapé à l'ordinateur : « Buddy a disparu depuis une semaine, il a besoin de prendre chaque jour ses médicaments pour la thyroïde. » Une récompense de cent dollars était promise à celui qui le retrouverait. Sans que je sache pourquoi, la tête de ce chien me parut étrangement familière. J'avais l'impression de plus en plus fréquente que le moindre détail me rappelait quelque chose.

Nous nous dirigeâmes vers l'entrée de la maison après avoir contourné un mur crépi qui formait comme un petit patio. La porte d'entrée était laquée et sentait fort le vernis. Des rideaux blancs empêchaient de voir à travers la fenêtre. Heurtoir en cuivre rutilant. Milo le souleva et le laissa retomber.

Bruits de pas. Un Asiatique ouvrit la porte. La soixantaine, anguleux, la peau foncée. Il portait une chemise de coton beige, les manches relevées jusqu'aux coudes, un pantalon assorti et des chaussures de sport blanches. L'ensemble ressemblait étrangement à l'uniforme des patients de Starkweather. Je sentis mes mains se crisper et me forçai à les détendre.

– Oui ?

Cheveux blancs clairsemés. Ses yeux étaient deux

incisions chirurgicales. Il tenait un torchon gris roulé en boule.

Milo lui montra son écusson.

– Nous cherchons George Orson.

– Lui ? (Léger sourire.) Ça ne m'étonne pas. Entrez.

Nous le suivîmes dans un petit salon vide. À côté, une cuisine également vide, mis à part un paquet de rouleaux d'essuie-tout posé sur le comptoir de brique marron. Une serpillière et un balai étaient posés dans un coin, l'air de danseurs épuisés par un marathon. La maison semblait inhabitée, mais certaines vieilles odeurs domestiques – viande grillée, moisissure, tabac – flottaient encore dans l'air et luttaient contre celles du savon, de l'ammoniaque et du vernis de la porte.

L'endroit était vide, et pourtant plus habité que la maison de Claire.

L'homme nous tendit la main.

– Len Itatani, dit-il.

– Vous travaillez pour le propriétaire ? lui demanda Milo.

Itatani sourit.

– C'est moi le propriétaire, dit-il en nous montrant un paquet de cartes professionnelles.

TBL Properties, Inc.
LEONARD J. ITATANI, Président

– J'ai pris les initiales des prénoms de mes enfants. Tom, Beverly et Linda. Qu'est-ce qu'il a encore fait, Orson ?

– On dirait qu'il vous a causé des problèmes, lui renvoya Milo.

– Ce n'est rien de le dire. (Il jeta un coup d'œil autour de la pièce.) Désolé, je n'ai pas de quoi vous faire asseoir. J'ai de l'eau minérale, si vous avez soif. Il fait trop chaud pour nettoyer, mais c'est surtout en été que les gens cherchent à se loger et je tiens à ce que la maison soit présentable.

– Je n'ai pas soif, merci, dit Milo. Qu'est-ce qu'Orson vous a fait ?

Itatani sortit un mouchoir en papier de sa poche de poitrine et tamponna son large front. Je n'avais pas remarqué la moindre goutte de sueur sur sa peau couleur bronze.

– Orson était un vrai bon à rien. Il payait toujours son loyer en retard ; et un jour, il ne l'a plus payé du tout. Une voisine s'est plainte qu'il vendait de la drogue, mais je n'en suis pas certain, et de toutes façons je ne pouvais rien faire. Elle a dit que toutes sortes de voitures débarquaient en pleine nuit, qu'elles restaient un petit moment avant de repartir. Je lui ai dit d'appeler la police.

– Elle l'a fait ?

– Il faudrait que vous le lui demandiez.

– Quelle voisine ?

– Celle juste à côté, dit Itatani en nous montrant.

Milo avait sorti son bloc-notes.

– Vous n'avez jamais discuté avec Orson du fait qu'il vendait de la drogue ?

– J'avais l'intention de le faire, mais ce dont j'ai d'abord essayé de lui parler, c'est de son loyer. J'ai laissé des messages sous la porte – il ne m'a jamais donné son numéro de téléphone ; il prétendait qu'il n'avait pas voulu se fatiguer à en demander un. J'aurais dû me douter... (Le mouchoir revint tamponner le front sec.) Je ne voulais pas l'effrayer en lui parlant de drogue avant qu'il m'ait payé ce qu'il me devait. J'étais à deux doigts de lui envoyer un préavis. Mais il a déménagé à la cloche de bois. En embarquant des meubles qui ne lui appartenaient pas. J'avais gardé sa caution en liquide, mais la somme ne suffisait même pas à couvrir tous les dégâts qu'il avait causés – brûlures de cigarette sur les tables de chevet, carreaux de céramique cassés dans la salle de bains, entailles dans le plancher, sans doute à force de trimballer ses caméras.

– Ses caméras ?

– Du matériel de cinéma, oui. Des énormes trucs, drôlement encombrants. Il avait aussi du matériel rangé dans des boîtes. Je lui avais demandé de faire attention au parquet. (Itatani fit la grimace.) J'ai dû réparer trente mètres carrés de parquet de chêne, et même remplacer certaines lattes. Je lui avais demandé de ne pas tourner dans la maison, je ne voulais pas d'embrouilles.

– Quel genre ?

– Vous savez bien... Un type comme ça, qui raconte qu'il fait des films alors qu'il habite ici. J'ai d'abord pensé qu'il faisait du porno. Je ne voulais pas de ça ici, alors j'ai mis les points sur les « i ». Cette maison était une résidence, pas un studio à louer. Orson m'a dit qu'il n'avait pas l'intention de travailler ici, qu'il s'était entendu avec un des gros studios, qu'il avait juste besoin d'entreposer du matériel. Je ne l'ai jamais cru – quand on a un contrat avec un studio, on ne vit pas ici. J'ai toujours eu des doutes sur ce type, depuis le début ; il n'avait pas de certificat de travail, il racontait qu'il avait travaillé en free-lance pendant un bout de temps, et que maintenant il bossait sur ses propres projets. Quand je lui ai demandé de quels projets il s'agissait, il m'a simplement dit « des courts métrages », et a changé de sujet. Mais il m'a montré qu'il avait du liquide. Nous étions en plein milieu d'année, la maison était inhabitée depuis un bon bout de temps, et je me suis dit qu'il ne fallait pas laisser passer l'occasion.

– Quand a-t-il commencé à louer ?

– Il y a onze mois. Il est resté six mois, et je n'ai jamais vu la couleur des deux derniers loyers.

– Ça fait donc cinq mois qu'il est parti, dit Milo. Avez-vous eu d'autres locataires depuis ?

– Bien sûr. D'abord deux étudiants, puis un coiffeur. Ils ne valaient pas mieux, j'ai été obligé de les expulser.

– Orson vivait-il seul ?

– Oui, pour autant que je sache. J'ai vu deux femmes avec lui. Je ne sais pas si elles ont vécu ici ou quoi. Mais qu'est-ce qu'il a fait pour que vous veniez comme ça ?

– Des bricoles, dit Milo. À quoi ressemblaient ces femmes ?

– Il y en a une qui était du genre rock and roll – cheveux blonds en épi, avec plein de maquillage. Je l'ai rencontrée quand je suis venu réclamer les loyers en retard. Elle m'a dit qu'elle était une amie d'Orson, qu'il était parti en tournage, qu'elle lui transmettrait le message.

– Quel âge ?

– Vingt-trente ans, difficile à dire avec tout le fond de teint. Elle n'était pas agressive, non, plutôt polie, en fait. Elle m'a promis qu'elle en parlerait à Orson. Une semaine a passé et je suis revenu, mais il n'y avait personne. J'ai laissé un mot, une autre semaine s'est écoulée, et Orson m'a envoyé un chèque, qui m'est revenu impayé.

– Vous vous souvenez du nom de la banque ?

– La Santa Monica Bank, dans Pico Boulevard. Il n'avait ouvert son compte que pendant une semaine, avant de le clôturer. Je suis revenu ici une troisième fois, j'ai regardé par la fenêtre et j'ai vu qu'il avait toujours ses affaires. J'aurais pu lui poster son préavis ce jour-là, mais ça m'aurait encore coûté de l'argent. Et si au bout du compte je lui avais envoyé les huissiers, ça aurait encore traîné un bout de temps avant que je touche éventuellement quelque chose. Alors j'ai laissé d'autres messages. Il me rappelait, mais toujours tard le soir, quand il savait que je n'étais pas là. « Désolé, j'étais en déplacement » ou bien « La banque a dû se tromper » ou « Je vais vous adresser un chèque de banque. » Le mois suivant, j'ai craqué, mais il était déjà parti.

– Et l'autre femme ? demanda Milo.

– Je ne l'ai pas rencontrée, je l'ai simplement vue avec lui, en train de monter dans sa voiture. C'est un autre truc, ça, sa bagnole. Une Corvette jaune. Le genre qu'on remarque. Pour ça, il avait de l'argent. La fois où j'ai vu la deuxième femme, c'était à peu près à la même époque, il y a cinq ou six mois. J'étais passé récupérer le loyer, et il n'y avait personne. J'ai laissé un mot, je suis remonté dans ma voiture et cent mètres plus loin j'ai vu la voiture d'Orson qui venait dans l'autre sens. J'ai fait demi-tour. Orson s'est garé et il est sorti de sa voiture. Mais il avait dû me voir parce qu'il y est remonté aussitôt et il est reparti à toute allure. Il m'est passé devant, je lui ai fait un signe de la main, mais il regardait droit devant lui. Elle était à l'avant, à côté de lui. Une brune. J'avais déjà vu la blonde, et je me rappelle m'être dit : « Il ne peut pas payer son loyer, mais il a de quoi s'amuser avec deux petites amies. »

– Vous vous êtes dit que la brune était sa copine ?

– Elle était avec lui, au milieu de la journée. Ils s'apprêtaient à entrer dans la maison...

– Que pouvez-vous me dire d'autre sur elle ?

– Je n'ai pas vraiment eu le temps de bien voir. Plus âgée que la blonde, je crois. Rien d'exceptionnel. Quand ils sont passés, elle regardait par la fenêtre, pile dans ma direction. Elle ne souriait pas. Je me souviens qu'elle avait l'air perplexe, comme si elle se demandait pourquoi Orson prenait la poudre d'escampette, mais... Je ne vois pas ce que je pourrais vous dire d'autre sur elle. Une brune, c'est à peu près tout.

– Et vous pourriez nous décrire Orson ?

– Grand, mince. Chaque fois que je l'ai vu, il était habillé en noir. Il avait des bottes noires avec des hauts talons qui le grandissaient encore un peu plus... Et son crâne rasé – le genre Hollywood branché.

– Le crâne rasé, répéta Milo.

– Une vraie boule de billard, précisa Itatani.

– Quel âge ?

– La trentaine, peut-être quarante.

– Les yeux ?

– Ça, je ne pourrais pas vous dire. Il me faisait toujours penser à un vautour. Un gros nez, des petits yeux... Je crois qu'ils étaient marron, mais je n'en jurerais pas.

– Et la brune dans la voiture, quel âge avait-elle ?

Itatani haussa les épaules.

– Comme je vous l'ai dit, je l'ai vue peut-être deux secondes.

– Mais probablement plus âgée que la blonde.

– Je crois, oui.

Milo sortit de sa poche la photo de Claire figurant dans le dossier de l'Hôpital du Comté.

Itatani l'étudia attentivement, la rendit à Milo en secouant la tête.

– Ça pourrait être elle comme ça pourrait être une autre. C'est tout ce que je peux dire. Qui est-ce ?

– Une possible associée d'Orson. Vous avez vu la brune avec Orson, il y a cinq ou six mois, c'est bien ça ?

– Laissez-moi réfléchir... Je dirais plutôt cinq. Pas longtemps avant qu'il déménage. (Il fronça les sourcils.) Si vous me posez toutes ces questions, c'est qu'il a dû faire de grosses conneries.

– Qu'est-ce qui vous fait dire ça ?

– Le fait que vous insistiez comme ça. Je possède d'autres maisons et certaines ont été cambriolées. Il n'y a que dans ces cas-là que la police se déplace et pond un rapport. Et encore. Je savais depuis le début que ce type était malhonnête.

Milo insista pour obtenir d'autres détails, mais sans succès. Puis nous fîmes le tour du propriétaire. Deux chambres, une salle de bains. L'odeur du savon était omniprésente. Peinture fraîche, moquette neuve dans le couloir. Le plancher avait été refait dans la chambre. Milo se frotta le visage. Les dernières traces matérielles de la présence de Wark avaient disparu depuis longtemps.

– Est-ce qu'Orson stockait des outils ici ? demanda-t-il. Je veux dire... des outils électriques ?

– Oui, dans le garage, répondit Itatani. Il a monté un véritable atelier. Il avait aussi du matériel cinéma. Des projecteurs, des câbles, toutes sortes de choses.

– Quel genre d'outils possédait-il dans son atelier ?

– Des trucs de base. Une perceuse, des scies électriques... Il disait qu'il lui arrivait de construire lui-même ses décors.

Le garage était assez large pour contenir deux voitures ; il occupait un bon tiers du terrain à l'arrière de la maison. Plutôt disproportionné, par rapport à cette dernière.

J'en fis la remarque à Itatani.

Celui-ci fit jouer la serrure de la porte métallique coulissante et la releva pour que nous puissions entrer.

– Je l'ai agrandi, il y a quelques années, en pensant que comme ça, je trouverais plus facilement à louer la maison.

À l'intérieur, les murs étaient recouverts de faux chêne. Sol en ciment, plafond à poutres apparentes, tube fluo suspendu en l'air. L'odeur du désinfectant me piqua le nez.

– Vous avez nettoyé, ici aussi ? demanda Milo.

– J'ai commencé par ici, oui. Le coiffeur avait amené des chats. Selon les termes du contrat, il n'en avait pas le droit. Il y avait des litières et ces trucs pour que les bêtes fassent leurs griffes, un peu partout. Il a fallu aérer pendant des éternités avant que la puanteur s'en aille. (Il renifla.) Enfin...

Milo allait et venait dans le garage, examinait les murs, le sol. Il s'immobilisa tout au fond, dans l'angle gauche, et me fit signe de le rejoindre. Itatani suivit le mouvement.

Une large tache couleur moka, d'aspect gluant, et d'environ vingt-cinq centimètres de diamètre.

Milo s'agenouilla, approcha son visage du mur, désigna quelque chose du doigt. Des gouttelettes de la même teinte avaient éclaboussé le mur. Marron sur brun, à peine visibles.

– À quoi cela ressemblait-il avant le nettoyage ?

– C'était un peu plus sombre.

Milo se redressa et longea très lentement le mur du fond. S'arrêta au bout de quelques mètres. Sortit son calepin. Écrivit. Une autre flaque, plus petite.

– Quoi ? demanda Itatani.

Milo ne répondit pas.

– Quoi ? répéta Itatani, un ton plus haut. Oh... Vous ne... Oh, non...

Cette fois-ci, il transpirait pour de bon.

Milo appela sur son portable l'équipe de l'identité, s'excusa auprès d'Itatani pour le dérangement imminent et lui demanda de se tenir éloigné du garage. Puis il sortit du ruban jaune de la voiture et le tendit en travers de l'allée menant au garage.

– Ça m'a pourtant l'air de vomi de chat, lâcha Itatani avant d'aller s'installer dans son Oldsmobile.

J'allai sonner chez la voisine avec Milo. Encore une maison de style hispanique, d'un blanc éclatant. Sur le paillasson devant l'entrée, on pouvait lire « Allez-vous-en. » Une chaîne hi-fi ou une radio passait à plein volume un morceau de musique classique qui faisait vibrer les murs. Aucune réponse à nos coups de sonnette. Milo cogna à la porte et celle-ci finit par s'entrouvrir de quelques centimètres, révélant un unique œil bleu clair, un ruban de peau blanche et une trace de bouche rouge.

– Quoi ? grinça une voix éraillée.

Milo hurla pour couvrir la musique.

– C'est la police, Madame !

– Prouvez-le.

Milo lui montra son écusson. L'œil bleu s'avança, la pupille rétrécie par la lumière du jour.

– Plus près, demanda la voix.

Milo tendit l'écusson dans l'entrebâillement. L'œil bleu cligna à plusieurs reprises. Plusieurs secondes s'écoulèrent. La porte s'ouvrit.

La femme avait au moins quatre-vingts ans – petite, mince, les cheveux teints, d'un noir de jais et pendant en anglaises qui me firent penser à des chapelets de boudin. Son visage outrageusement poudré ajoutait à son allure de courtisane sur le retour. Elle était vêtue d'une robe de chambre de soie noire parsemée d'étoiles dorées, avec trois rangs de lourdes perles d'ambre autour du cou et de gigantesques boucles d'oreilles nacrées en forme de goutte d'eau. La musique était envahissante – Wagner ou Bruckner ou quelque autre compositeur pour amateurs de pas de l'oie... Des cymbales retentirent. Au milieu de la pièce trônait un énorme piano à queue blanc couvert de piles de livres. La femme nous jetait des regards noirs.

– Que voulez-vous ? hurla-t-elle pour couvrir un crescendo.

Sa voix était aussi plaisante à entendre qu'un caillou crissant contre une vitre.

– C'est à propos de George Orson... commença Milo. Est-ce qu'il serait possible de baisser la musique ?

La femme jura à voix basse, ferma la porte à toute volée, la réouvrit une minute plus tard. Elle avait baissé la musique, mais pas tant que ça.

– Orson, lâcha-t-elle. Cette ordure... Qu'est-ce qu'il a fait ? Il a tué quelqu'un ?

Coup d'œil sur sa gauche. Itatani était descendu de voiture et restait planté sur la pelouse de la maison verte.

– Putain de proprios. Jamais là quand il faudrait. Ils se foutent bien de savoir à qui ils louent. Alors, qu'est-ce qu'il a fait, ce salopard ?

– C'est ce que nous cherchons à savoir, Madame.

– Vous êtes en train de me baratiner. Alors, arrêtez votre cinéma et dites-moi ce qu'il a fait.

Elle posa ses mains sur ses hanches. La soie crissa, le décolleté de sa robe de chambre s'entrouvrit, révélant sa gorge poudrée, quelques centimètres d'une poitrine décharnée, des clavicules et un sternum luisant à travers la peau d'un blanc d'ivoire. Son rouge à lèvres avait la couleur du sang frais.

– Si vous voulez que je vous renseigne, reprit-elle, ne me racontez pas n'importe quoi.

– M. Orson est soupçonné d'avoir volé des stupéfiants, madame...

– Mademoiselle, dit-elle. Sinclair. Mlle Marie Sinclair. Des stupéfiants ? Et ça vous étonne ? Moi pas. Il serait temps que vous pigiez. Tout le temps que ce zozo a passé ici, c'était un va-et-vient ininterrompu de voitures, à longueur de nuits.

– Vous est-il arrivé d'appeler la police ?

Marie Sinclair eut l'air prête à le frapper.

– Mon Dieu, mon Dieu... Mais seulement six fois, cher Monsieur. Ces soi-disant agents de police m'ont répondu qu'ils viendraient jeter un œil. S'ils sont venus, je n'en ai pas vu les conséquences.

Milo prit des notes dans son calepin.

– De quelle autre façon Orson vous a-t-il dérangé, mademoiselle Sinclair ?

– Ces allées et venues incessantes, ça n'a pas suffi. Je travaillais et la lumière des phares passait sans arrêt à travers les rideaux. Juste là.

Elle désigna la fenêtre de devant, couverte d'un rideau de dentelle.

– Vous travailliez à quoi ? demanda Milo.

– Mon piano. J'enseigne, et je donne des récitals.

Elle fit jouer comme des pattes d'araignée ses dix doigts blancs. Les ongles étaient d'un rouge assorti à ses lèvres et coupés court.

– Je travaillais pour la radio, autrefois, reprit-elle. Je faisais des émissions en direct, dans les anciens studios de la RKO. Je connaissais Oscar Levant, quel dingo, celui-là, lui non plus ne pouvait pas se passer de drogue, mais c'était un génie. J'ai été la première femme pianiste du Cocoanut Grove, j'ai joué au *Mocambo,* je me suis produite lors d'une réception chez Ira Gershwin, dans Roxbury Drive. J'avais un de ces tracs ! Avec George et Ira qui m'écoutaient... Ah, il y avait des géants, à cette époque ! Aujourd'hui, on ne trouve plus que des cervelles d'oiseau qui...

– Orson a dit à M. Itatani qu'il était réalisateur.

– M. Ita-je-ne-sais-quoi se fout pas mal de savoir à qui il loue. Lorsque cette ordure est partie, je me suis retrouvée avec deux gamins répugnants – de vrais porcs, puis une tantouze de vendeurs de produits de beauté. À l'époque où j'ai acheté cette maison...

– Lorsque Orson habitait ici, avez-vous vu des tournages ? demanda Milo.

– Oui, Cecil B. DeMille, c'était lui... Non, jamais. Rien que des bagnoles, et ça y allait. Moi qui essayais de travailler, et ces putains de phares qui éclairaient la fenêtre comme des...

– Vous travaillez la nuit, Madame ?

– Qu'est-ce que ça peut vous faire ? C'est interdit ?

– Non, Madame, je voulais seulement...

– Écoutez, dit-elle en serrant de nouveau les poings. Je vis surtout la nuit, si tant est que ça vous regarde. Et je viens juste de me lever, si vous voulez le savoir. C'est à cause de toutes ces années dans les boîtes de nuit. (Elle passa dans la véranda et marcha sur Milo.) C'est la nuit qu'on vit vraiment. Le matin, c'est bon pour les mauviettes. Ces gens-là, on devrait les aligner contre un mur et les fusiller.

– Si j'ai bien compris, ce que vous reprochez surtout à Orson, c'est le va-et-vient des voitures devant chez lui.

– Le va-et-vient de la camc, vous voulez dire. Des types dans son genre, qu'est-ce qui les retiendrait de sortir un pistolet ? Ces idiots ne sont même pas capables de viser juste, on entend sans arrêt parler de ces gamins noirs ou mexicains qui prennent des balles perdues en pleine rue. J'aurais pu être assise ici en train de jouer du Chopin et boum !

Elle ferma les yeux, se frappa le front du poing et rejeta la tête en arrière. Ses anglaises noires dansèrent. Lorsqu'elle rouvrit les yeux, son regard était plus lumineux, presque fiévreux.

– Avez-vous eu l'occasion de voir le visage de quelques-uns des visiteurs de Orson ? demanda Milo.

– Des visiteurs ? Faites-moi rire. Non, je ne suis pas allée voir. Je ne voulais pas voir, je ne voulais pas savoir. Les phares me suffisaient. Vous autres, vous n'avez jamais levé le petit doigt. Et ne venez pas me dire de tourner le piano dans l'autre sens, il n'y a pas moyen de faire tenir autrement un Steinway de deux mètres de long dans cette pièce.

– Combien de voitures passaient par ici en moyenne chaque nuit, mademoiselle Sinclair ?

– Cinq, six, dix, qui sait ? Je n'ai jamais compté. Heureusement, il s'absentait souvent.

– C'est-à-dire ?

– Souvent. La moitié du temps. Peut-être plus. Et chaque fois, c'était une vraie bénédiction.

– Vous est-il arrivé de lui parler de votre problème avec les phares ?

– Quoi ? couina-t-elle. Pour qu'il me braque un pistolet dessus ? Mais ce type était une véritable ordure, je vous dis. C'était à vous de lui parler. C'est votre boulot, non ? Je vous ai appelés. On voit le résultat.

– M. Itatani nous a expliqué qu'Orson avait installé un atelier dans le garage. Avez-vous eu l'occasion d'entendre une scie électrique ou une perceuse ?

– Non, dit-elle. Pourquoi ? Vous croyez qu'il fabriquait la came là-dedans ? Ou qu'il la coupait, ou Dieu sait quoi encore... ce qu'on fait avec cette cochonnerie ?

– Tout est possible Madame.

– Non, je ne crois pas, dit-elle sèchement. Seules certaines choses sont susceptibles de se produire. Car, voyez-vous, Oscar Levant ne ressuscitera pas d'entre les morts. Et le cancer du cerveau de ce génie de George Gershwin ne pourra... Qu'importe... Je me demande bien pourquoi je perds mon temps avec vous. Non, je n'ai jamais entendu de scie ou de perceuse. Je n'ai jamais rien entendu, parce que pendant la journée, je dors, et je laisse la musique allumée : je possède un lecteur de CD programmables, dans lequel on peut mettre six disques et les faire jouer en boucle. C'est le seul moyen que j'aie de dormir, de couvrir ces satanés oiseaux, les voitures et le reste. C'est quand j'étais réveillée qu'il m'embêtait. Ces phares. Je faisais mes gammes et ces cochonneries de lumières venaient frapper mon clavier.

Milo hocha la tête.

– Je comprends, Madame.

– Bien sûr, bien sûr, dit-elle. Mais maintenant c'est trop tard.

– Autre chose que vous puissiez nous dire ?

– Non, c'est tout. Je n'avais pas prévu que vous alliez m'interroger.

Milo lui montra la photo de Claire.

– Est-ce que par hasard vous l'auriez vue avec Orson ?

– Non, dit-elle. On dirait une maîtresse d'école. C'est celle qu'il a tuée ?

L'équipe de l'identité arriva dix minutes plus tard. Itatani était remonté dans son Oldsmobile ; il avait l'air effondré. Marie Sinclair s'était à nouveau enfermée chez elle, mais quelques autres voisins s'étaient montrés à leurs fenêtres. Milo les questionna. Je le suivis pendant qu'il allait d'une maison à l'autre en frappant aux portes. Aucune révélation. Si George Orson vendait effectivement de la drogue chez lui, Marie Sinclair avait été la seule à s'en apercevoir.

Mme Leiber, une vieille dame très sympathique, se révéla être la propriétaire de Buddy, le chien qui avait disparu. Elle était déçue de voir que nous n'étions pas là pour enquêter sur le vol de son chien – car elle était convaincue que Buddy avait été kidnappé, bien qu'une porte ouverte sur le côté de sa maison suggérât d'autres hypothèses.

Milo lui promit de se renseigner.

– Il est tellement gentil, dit-elle. C'est une bête courageuse, et pas méchante pour deux sous.

Nous repartîmes vers la maison verte. Les techniciens étaient encore en train de déballer leur matériel. Milo montra les taches dans le garage au chef de l'équipe, un Noir du nom de Merriweather, qui se mit à quatre pattes pour renifler.

– Possible, dit-il. Si ç'en est, il ne reste pas grand-chose. Nous allons gratter. Si c'est effectivement du sang, nous devrions pouvoir établir le groupe sanguin, mais pour l'ADN, ce sera une autre paire de manches.

– Dites-moi seulement si c'est du sang.

– Je peux essayer tout de suite, si vous voulez.

Nous le regardâmes travailler, manier solvants et réactifs, échantillons et tubes à essai.

La réponse tomba au bout de quelques minutes.

– O positif.

– Le groupe sanguin de Richard Dada, dit Milo.

– Quarante-trois pour cent de la population, précisa Merriweather. Je vais gratter par ici et dans la maison ; ça nous prendra une bonne partie de la journée, mais peut-être que je pourrais vous trouver quelque chose d'intéressant.

De retour dans sa voiture, Milo rappela le DMV pour vérifier si l'adresse de Shenandoah coïncidait avec celle figurant sur la carte grise de la Corvette. Malheureusement, ce n'était pas le cas.

Il démarra et écrasa le champignon, faisant crisser les pneus. C'était moins dû à la précipitation qu'à la frustration. Lorsque nous nous retrouvâmes dans Pico, il avait ralenti depuis un moment.

Lorsque nous arrivâmes à Doheny, il s'arrêta au feu rouge et dit :

– À propos du groupe sanguin de Dada... Les difficultés d'Orson à payer son loyer expliquent peut-être pourquoi Richard a été coupé en deux mais pas Claire. Lorsqu'il s'est... occupé d'elle, il ne disposait plus de son atelier et n'avait pas le temps, ou la place, de monter... tout le matériel de prise de vues qu'il avait volé. Il a bien été obligé d'entreposer ça quelque part. Le moment est venu de faire les garde-meubles et autres entrepôts... J'aurais bien aimé qu'Itatani voie en Claire la femme dans la voiture.

– Si c'est le cas, Itatani a dû la voir peu de temps avant qu'elle soit assassinée. Orson et elle sont peut-être allés faire des courses au centre commercial ; cela expliquerait pourquoi c'est là qu'il l'a abandonnée. Qu'est-ce qu'il y a comme commerces dans ce centre ?

– Un Montgomery Ward, un Toys « R » Us, quelques boutiques d'alimentation, et un Stereos Galore, le magasin de télé, hi-fi et vidéo derrière lequel on l'a retrouvée.

– Stereos Galore, répétai-je. Tu crois qu'ils vendent des caméras ?

Il jeta un coup d'œil dans son rétroviseur et fit demi-tour en franchissant une ligne continue.

Le parking de devant étant bondé de monde, nous fûmes obligés de nous garer tout au bout, près de La Cienaga. Le Stereos Galore s'étendait sur deux étages de lino gris et de cloisons en plastique marron. Des ribambelles de téléviseurs diffusaient la même image, sans aucun son. D'énormes machines à bruit vomissaient les pulsations lancinantes des boîtes à rythmes ; des vendeurs en veston vert émeraude désignaient les tout derniers modèles aux clients épatés. Le rayon des caméras se trouvait à l'arrière du deuxième étage.

Le patron était un petit bonhomme à la peau sombre et au visage tourmenté. Albert Mustafa de son nom, il portait une moustache en trait de crayon et des lunettes aux verres si épais que ses iris brun clair avaient l'air de vous regarder à des kilomètres de distance. Il nous emmena dans un coin relativement tranquille, derrière de hauts présentoirs de cassettes vidéos dans des boîtiers colorés. La cacophonie de l'étage inférieur était en partie atténuée par l'épais lino. Marie Sinclair se serait sentie comme chez elle.

La photo de Claire Argent ne provoqua chez Mustafa aucune réaction particulière.

– Il y a six mois, c'est ça ? nous demanda-t-il.

– Cinq ou six, oui, dit Milo. La personne pourrait s'appeler Wark, Crimmins, ou Orson. Nous cherchons à savoir si quelqu'un a acheté du matériel vidéo ou des caméras pour une somme importante.

– Qu'est-ce que c'est, pour vous, une « somme importante » ? demanda Mustafa ?

– Une vente se monte à combien en moyenne, ici ?

– Les moyennes, ça n'existe pas chez nous. Un appareil photo vaut entre cinquante et mille dollars. On peut vous équiper en matériel vidéo de base pour moins de trois cents, mais si vous tapez dans le haut de gamme, ça peut aller chercher loin.

– Toutes les ventes sont enregistrées sur ordinateur, n'est-ce pas ?

– En principe, oui.

– Répartissez-vous vos clients en catégories selon les sommes qu'ils dépensent ?

– Non, pas du tout.

– Bon, d'accord, dit Milo. Si nous commencions par chercher des achats de matériel vidéo pour plus de mille dollars, entre quatre et six mois avant la date que je vais vous indiquer ?

Il lui donna le jour du meurtre de Claire.

– Je ne suis pas sûr d'avoir le droit de faire ça, dit Mustafa. Il faudrait que j'en réfère à la direction générale.

– Qui se trouve ?

– À Minneapolis.

– Et qui est bien évidemment fermée à cette heure ?

– J'en ai peur.

– Et si nous examinions tout simplement les ventes de ce jour-là, monsieur Mustafa, juste pour voir ?

– Vraiment, je ne pense pas que...

Milo le regarda dans les yeux.

– Je ne veux pas perdre mon boulot, dit Mustafa. Mais bon... Nous n'avons jamais eu de problème avec la police, bien au contraire... Bon, mais juste ce jour-là, alors.

Il y avait eu huit achats d'équipement vidéo par carte de crédit ce jour-là, dont deux dépassant mille dollars. Pas de Crimmins, de Wark, de Orson ou d'Argent. Rien qui fasse penser au nom d'un réalisateur. Milo recopia les noms et numéros de cartes de crédit, pendant que Mustafa le regardait faire avec inquiétude.

– Et les règlements en liquide ? Vous en conservez la trace, non ?

– Si le client a opté pour une extension de garantie, oui. Ou s'il nous a donné son adresse pour que nous puissions l'ajouter à notre mailing.

Milo tapota l'ordinateur.

– Et si on remontait quelques jours avant ?

Mustafa râla.

– Ce n'est pas bien, pas bien du tout.

Mais il s'exécuta.

Aucun achat important la semaine précédente.

Mustafa appuya sur un bouton et l'écran s'éteignit. Lorsque Milo voulut le remercier, il s'était déjà éloigné.

32

Entre-temps, quelques inspecteurs étaient revenus au service des Vols et Homicides. Je tirai une chaise à côté du bureau de Milo et l'écoutai pendant qu'il appelait la Sécurité sociale et les impôts. Deux coups dans le mille : des remboursements d'impôts avaient bien été expédiés à George Orson. Lieu de travail : l'hôpital de Starkweather.

– Les chèques ont été expédiés à une adresse de Pico, m'expliqua Milo. Dix mille cinq cent dollars. C'est dans une zone commerciale ; je te parie qu'il s'agit d'une boîte postale. Et là encore, tout près de l'endroit où Richard a été retrouvé... Bon, enfin on arrive à quelque chose. Maintenant il nous faut quelques précisions supplémentaires ; par exemple, savoir s'il travaille toujours à Starkweather.

– Et si tu t'adressais à Lindeen, la réceptionniste ? lui suggérai-je. Elle t'a à la bonne. Ça doit tenir à l'odeur mâle et musquée des flics de ton genre.

Il fit la grimace.

– Ouais, le bœuf musqué de service, c'est ça ? Bon. Pourquoi pas ? (Il s'empara du téléphone et composa le numéro de Starkweather.) Allô, Lindeen ? Salut, c'est Milo Sturgis... Exact... Oh, on se débrouille comme on peut. Et vous, comment ça va ?... Ah, c'est super, oui, j'en ai entendu parler, ça a l'air sympa, au moins on arrive à un résultat... Eh bien, je n'ai rien de spécial à... Vous croyez ? Alors, d'accord, si j'ai un peu de temps libre, quand j'aurai résolu l'affaire du meurtre du Dr Argent... Non, si seulement... À propos, est-ce qu'un aide-soignant en psychiatrie nommé George Orson travaille toujours chez vous ? (Milo épela le nom de famille.) Oh, rien de très important, mais on m'a dit que c'était peut-être un ami du Dr Argent... Je sais bien que non, mais son nom m'a été indiqué par quelqu'un qui prétend qu'il travaillait à Starkweather et la connaissait... Non ? (Il fronça les sourcils.) Vous pourriez ? Ce serait formidable.

Il posa une main sur le micro du combiné.

– Le nom lui dit quelque chose, mais elle n'arrive pas à mettre un visage dessus.

– Ça se comprend ; ils emploient une centaine de personnes. Qu'est-ce que tu lui donnes en échange ?

Il faillit me répondre, mais s'empressa de reprendre le fil de la conversation.

– Oui, je suis toujours là... Vraiment ? Vous pouvez me dire quand ? Il a laissé une adresse de réexpédition ? (Il tenait fermement son stylo, mais n'écrivit rien.) Combien de temps a-t-il passé chez vous ? (Quelques notes sur le calepin.) Savez-vous pourquoi il est parti ? Non, je n'irais pas jusque-là, mais toutes les pistes sont bonnes à prendre... Comment ? Oh, j'aimerais pouvoir vous dire oui, mais à moins de résoudre l'affaire d'ici là, je vais être assez... Pardon ? Oui, d'accord, je vous promets... Oui, ce serait sympa. Moi aussi. Merci, Lindeen. Euh... écoutez... inutile de déranger M. Swig avec cette histoire. J'ai tout ce qu'il faut. Merci encore.

Il raccrocha.

– L'échange de bons procédés est le suivant : je vais faire une petite conférence au club d'amateurs de romans policiers auquel elle appartient. Ils mettent en scène de prétendus crimes et distribuent des prix à ceux qui résolvent l'affaire, tout en boulottant des chips. Elle voulait que je me pointe le mois prochain, mais j'ai réussi à repousser jusqu'à Noël.

– Tu vas te mettre une barbe blanche et un bonnet rouge ?

– Très drôle.

– C'est le musc, je te dis.

– Ouais, la prochaine fois je prendrai une douche avant d'aller là-bas... Quant à Orson, il a obtenu un poste à Starkweather il y a quinze mois, et il est parti après dix mois de boulot à temps plein.

– C'est-à-dire il y a cinq mois. Quelques semaines après que Claire soit arrivée. Ils ont donc eu tout le temps de faire connaissance.

– La brune dans la voiture, dit Milo. Les trois secondes pendant lesquelles Itatani a vu la fille valent ce qu'elles valent, mais avec ça... qui sait ? Le dossier d'Orson indique qu'il a d'abord travaillé au cinquième, avec les simulateurs – il devait se sentir comme un poisson dans l'eau. Mais il lui arrivait de faire des heures supplémentaires dans les étages inférieurs, ce qui lui a donné l'occasion de voir Peake. Pas d'infractions au règlement, aucun problème ; il est parti de son plein gré. Sa photo manque au dossier, mais Lindeen croit se souvenir de lui : il avait « peut-être » les cheveux châtain clair... C'était probablement pour me répondre quelque chose. Ou alors le type possède toute une collection de perruques.

– Il se sert dans le magasin de costumes et accessoires, dis-je. Il produit, réalise et en plus il joue. Il a filé il y a cinq mois, peu de temps après le meurtre de Dada. En même temps qu'il décampait de Shenandoah en remballant son outillage. Ce type est une vraie cible mobile. Ça lui évite de payer des loyers et, en plus, il prend son pied à arnaquer les gens.

– Et son histoire avec Claire ? Tu crois que c'est allé au-delà de leur intérêt commun pour Peake ?

– Qui sait ? Castro nous a expliqué que Crimmins ne faisait pas dans la dentelle, à Miami, mais depuis il a eu le temps de parfaire son éducation. Malgré le plaisir qu'elle prenait à rester seule, Claire devait parfois se sentir seule et vulnérable. Et nous savons qu'elle pouvait se montrer extrêmement provocante sur le plan sexuel. Son intérêt pour les pathologies se prolongeait peut-être après les horaires de bureau. Ou alors Orson lui a promis de la faire jouer dans ses films.

Il se frotta les yeux et soupira.

– Bon, d'accord. Allons vérifier cette adresse de Pico.

Tandis que nous sortions du commissariat, je lui dis :

– Une chose qui joue en notre faveur, c'est qu'il risque de faire des erreurs. Il y a quelque chose de rigide et d'infantile dans sa façon de procéder. Je te parie qu'il a refait le coup du lotissement à bâtir. Et il ne s'éloigne jamais des endroits qui lui sont familiers : il abandonne Claire près d'une de ses adresses, et Richard près d'une autre. Il se prend pour une espèce de démiurge inventif, mais il en revient toujours à ce qu'il connaît.

– Ça ne m'étonne pas. Après tout, ce type est dans le show-biz.

Mailbox Heaven – le Paradis des boîtes aux lettres – était situé à l'angle nord-est d'une enfilade de magasins miteux, juste à l'ouest de Barrington. Il s'agissait en réalité d'une petite pièce puant le moisi, où étaient alignées un certain nombre de boîtes métalliques. Une jeune femme sortit de l'arrière-boutique, cheveux roux et regard vif qui s'illumina encore davantage lorsque Milo lui montra son écusson. Elle nous expliqua que le boulot de flic était « cool ».

La boîte de George Orson était relouée depuis plus d'un an et la jeune femme n'avait aucune trace de la transaction originelle.

– On ne garde rien, ici, nous dit-elle. Les gens vont et viennent. Je veux dire... ceux qui font appel à nos services.

Nous remontâmes dans la voiture. Sur le chemin du

commissariat, nous passâmes devant l'endroit où la VW de Richard Dada avait été abandonnée. Petites usines, garages, entrepôts de pièces détachées. Encore une zone industrielle – une version réduite et plus présentable des sinistres abords de Starkweather.

Des « endroits familiers... »

Nous nous garâmes contre le trottoir et restâmes assis dans la voiture sans mot dire, à regarder des hommes en bras de chemise charger des camions, les conduire, traînasser et fumer tranquillement. Les clôtures n'entouraient pas complètement les installations. On pouvait facilement y accéder lorsque les bureaux étaient fermés. Une grande aire de chargement bien sombre était le lieu idéal pour se débarrasser d'un colis encombrant. Un semi-remorque chargé de tuyaux en aluminium passa à côté de nous en grondant. Une camionnette de marchand ambulant, dont les flancs peints en blanc étaient parsemés de taches de rouille, klaxonnant bruyamment, des hommes s'en approchèrent pour acheter des burritos de fabrication douteuse.

Le bruit ambiant ne baissa pas pour autant. J'y prêtai pour la première fois attention. Percussions des compresseurs, chocs du métal contre le béton, miaulements des scies circulaires dévorant le bois...

J'accompagnais Milo qui visitait un atelier après l'autre en posant des questions. Les réactions allaient de l'indifférence à l'hostilité ouverte en passant par l'inquiétude ou le soupçon.

Les questions portaient sur un type chauve, grand et mince, avec un profil d'oiseau, qui pouvait avoir travaillé le bois. Et peut-être aussi portait une perruque, noire ou brune, bouclée ou pas. Une Corvette ou une vieille VW. Au bout de deux heures, nous n'avions récolté qu'une bonne dose de vapeurs de produits chimiques.

Milo me raccompagna au commissariat, où je repris ma voiture pour rentrer chez moi. À un feu rouge, je me surpris à penser, sans savoir pourquoi, à un chien disparu, un chien avec un gentil sourire.

Il n'y a pas deux nuits identiques.

Peu après huit heures du soir, Robin et moi étions en train de manger des pizzas sur la terrasse, sous un ciel violet et sans étoiles. Il faisait juste assez chaud pour pouvoir se détendre. Le silence était une bénédiction.

Robin était arrivée une heure plus tôt. Me sentant coupable d'être retourné à Starkweather sans la prévenir, je l'avais mise au courant des derniers développements de l'enquête.

– Pas besoin de confession. Tu es revenu, c'est ce qui compte.

Elle avait l'air fatiguée et s'était offert un bain pendant que je faisais un saut à Westwood pour chercher nos pizzas. Je pris la camionnette et écoutai Joe Satriani à fond les manettes. Les embouteillages ne m'énervèrent pas spécialement ; j'étais plutôt calme et détendu. À mon retour, quelques bières ne déclenchèrent pas non plus d'angoisse particulière. Le bain avait fait du bien à Robin et je pensai en la regardant entamer sa deuxième part qu'assister à ce spectacle était une agréable façon de passer le temps.

Je n'étais pas loin du nirvana lorsque la voiture banalisée de Milo arriva brusquement devant la maison.

Les phares me donnèrent instantanément mal à la tête. Ce soir-là, je fis l'expérience de ce qu'avait ressenti Marie Sinclair.

La voiture s'immobilisa. Spike se mit à aboyer. Robin salua de la main. Je ne bougeai pas d'un millimètre.

Milo sortit la tête par la fenêtre côté passager.

– Oh, désolé, dit-il. Rien d'extraordinaire. Appelle-moi demain, Alex.

Spike avait monté le volume ; il hurlait à présent

comme un chien de meute. Robin se leva et se pencha par-dessus la rambarde.

– Ne sois pas bête. Monte manger quelque chose.

– Non, dit-il. Je ne veux pas déranger l'intimité des tourtereaux.

– Montez, jeune homme. Et plus vite que ça.

Spike dévala l'escalier ventre à terre, fila jusqu'à la voiture, s'arrêta devant la portière de Milo et se mit à sauter en l'air comme s'il était monté sur ressorts.

– Comment dois-je le prendre ? dit Milo. Ami ou ennemi ?

– Ami, dis-je.

– Tu es sûr ?

– Les psychologues ne sont pas infaillibles. Ils ne font qu'avancer des hypothèses.

– C'est-à-dire ?

– S'il pisse sur tes godasses, c'est que je me suis trompé.

Il prétendit avoir déjà grignoté un sandwich, mais au bout de quelques bières, il se mit à observer la pizza avec intérêt. Je la poussai dans sa direction. Il en descendit quatre parts, puis me dit :

– Ça doit être bon pour ce que j'ai, le piment ; ça nettoie l'organisme.

– C'est certain, lui renvoyai-je. C'est très sain. Ça élimine les toxines.

Il attaqua une cinquième part, Spike se couchant à ses pieds pour attraper les morceaux qu'il lui donnait sans en avoir l'air en pensant que Robin et moi ne nous apercevions pas de son petit manège.

– Dessert ? demanda Robin.

– Ne te fatigue pas à...

Elle lui tapota le sommet du crâne et entra dans la maison.

Je regardai Milo bien en face.

– Alors, qu'est-ce qui n'a rien d'extraordinaire ?

– J'ai trouvé quatre autres comptes bancaires appartenant à George Orson. À Glendale, Sylmar, Northridge et dans le centre-ville. Partout le même schéma : il dépose du liquide pendant une semaine et le retire dès qu'il a émis des chèques.

– Qu'est-ce qu'il s'offre avec ces chèques ?

– Je n'ai pas encore pu vérifier. Au bout d'un certain temps – personne ne semble savoir exactement combien – la paperasse est détruite et les informations expédiées dans un ordinateur de la maison mère.

– Dans le Minnesota, dis-je.

– Probablement. Ces types sont accro à la paperasse, mais ils font n'importe quoi avec.

– Glendale, Sylmar, Northridge et le centre-ville, dis-je. Orson se montre dans tous les coins de la ville. Il se peut aussi qu'il adore conduire. Ça collerait assez avec le plaisir qu'il prend à tuer. Quelqu'un se souvient de lui ?

– Tu parles ! À chaque fois, la banque a gardé la trace du délit, la police a rédigé un rapport, mais personne ne s'est foulé à vérifier s'il y avait des précédents ou à suivre un tant soit peu le dossier. Autre chose : le labo a établi avec certitude les caractéristiques du sang retrouvé dans le garage. J'ai envoyé des échantillons du sang de Dada pour qu'ils comparent. On n'a rien retrouvé dans le reste de la maison. Ce cher M. Itatani et sa serpillière... On a raison de se plaindre des proprios : ou bien ils sont trop laxistes, ou bien ils sont obsédés par la propreté.

Spike émit un gargouillis sous la table. La main gauche de Milo se promena sur la table, puis disparut dessous. Crunch, slurp.

– Et pour finir, dit Milo, la ravissante et aimable Mme Sinclair a effectivement appelé pour se plaindre de la circulation nocturne devant chez Orson. Une douzaine de plaintes en tout. Les flics sont passés à sept reprises, mais ils n'ont vu que des véhicules garés dans l'allée et aucune transaction douteuse à l'extérieur. J'ai parlé à un des sergents. À son avis, Sinclair est tarée. Je lui ai demandé de surveiller son langage. Apparemment, elle passe son temps à râler. Une fois, elle a appelé à deux heures du matin en prétendant qu'un mainate perché dans un arbre chantait faux rien que pour l'embêter – un complot pour l'empêcher de jouer du piano ! Sur le formulaire de demande de mandat, j'ai préféré éviter une description trop détaillée de sa personne. J'ai simplement dit qu'elle avait pour habitude d'« observer le voisinage ». Qu'est-ce qu'on peut se farcir comme dingos ! Les types comme toi ne manqueront jamais de boulot.

– Dommage que Mme Leiber n'ait rien remarqué, dis-je.

– Qui c'est, celle-là ?

– La dame qui a perdu son chien.

– Oh, elle... À mon avis, elle ne s'intéressait qu'à son chien.

– Je n'arrête pas de penser à cette bête.

– Qu'est-ce que tu veux dire ?

– Sa tête. Je l'ai toujours devant les yeux. Je ne sais pas pourquoi. C'est comme si je l'avais déjà vue.

– Dans une vie antérieure ?

Je ris parce que c'était la seule chose à faire. Milo glissa un long ruban de mozzarelle à Spike.

Robin revint avec du café glacé et de la glace au chocolat. Milo finit sa pizza et nous accompagna pour le dessert. Puis il ne tarda pas à fermer les yeux, presque allongé dans son fauteuil, la tête penchée de côté.

– Ah, lâcha-t-il, ça, c'est la vraie vie !

Puis son bip se déclencha.

33

– C'est Swig, dit-il en revenant de la cuisine.

– Je parie que quelqu'un lui a raconté que Peake s'était pris pour le Christ crucifié. Il va te créer un maximum d'ennuis si tu retournes là-bas.

– Au contraire. Il nous invite à revenir. Immédiatement.

– Pourquoi ?

– Il n'a pas dit pourquoi, seulement « immédiatement ».

Je jetai un regard à Robin.

– Amuse-toi bien, dis-je à Milo.

– Oh, arrête ! s'écria Robin. Si tu restes, tu vas passer la nuit à faire les cents pas dans la maison. (Elle se tourna vers Milo.) Prends soin de lui, sinon je ne t'invite plus à siroter des bières.

Milo se signa et leva les yeux au ciel. J'embrassai Robin pendant que Milo descendait démarrer la voiture.

Nous filâmes plein sud vers le Glen.

– Tu ne voulais pas que Robin sache, ou bien il ne t'a vraiment rien dit ?

– Il ne m'a rien dit. Mais j'ai quand même appris quelque chose, que j'ai effectivement gardé pour moi. Au ton de sa voix, il était clair que Swig avait peur.

Dix heures du soir. La nuit atténuait la laideur du paysage industriel. Un agent de sécurité de l'hôpital nous attendait au bord de la route, juste après le dernier virage, une lampe torche allumée à la main. Lorsque nous arrivâmes à sa hauteur, il éclaira la plaque d'immatriculation et nous fit signe d'avancer rapidement.

– Tout droit, dit-il à Milo. Ils vous attendent.

– Qui ça, « ils » ?

– Tout le monde.

Le gardien dans sa guérite remonta la barrière à notre approche. Nous poursuivîmes notre chemin sans qu'on vienne nous questionner.

– Tu n'es plus obligé de déposer ton pistolet ? demandai-je à Milo. Quand est-ce qu'ils nous déroulent le tapis rouge ?

– C'est trop facile, dit-il. Et j'ai horreur de ça, quand tout d'un coup ça roule sans problème.

Dans le parking, un aide-soignant noir aux cheveux poivre et sel nous désigna l'emplacement libre le plus proche. Milo grogna.

– Il faut que je lui file un pourboire, ou quoi ?

L'aide-soignant se présenta dès que nous fûmes descendus de voiture.

– Hal Cleveland. Je suis chargé de vous conduire jusqu'à M. Swig.

Il tourna les talons et s'éloigna sans attendre vers la deuxième enceinte. Il filait droit devant comme Dollard la fois précédente et jetait des regards en arrière pour vérifier que nous le suivions bien.

– Qu'est-ce qui se passe ? demanda Milo.

– M. Swig va vous le dire.

La cour était vide. La poussière ayant pris une teinte bleu-gris sous les puissants projecteurs, les quelques creux qu'on y voyait ici et là lui donnaient des faux airs de crème glacée. Rien à voir avec ce qu'on découvrait le jour. Cleveland courait presque. J'appréciai de pouvoir traverser cet endroit sans craindre qu'un psychotique ne me saute dessus. Je ne pouvais néanmoins m'empêcher de regarder par-dessus mon épaule de temps en temps.

Nous atteignîmes le dernier portail et Cleveland fit jouer la serrure d'un coup de poignet rapide. Le bâtiment principal n'avait pas vraiment changé d'aspect – une horreur. Toujours la même couleur de cendre, les mêmes vitres en plastique, les mêmes fenêtres ouvertes comme autant de bouches quémandeuses. Un autre gardien montait la garde devant la porte. Armé d'une matraque et d'un fusil. C'était la première fois que je voyais un uniforme – mis à part celui des internés – et des armes à l'intérieur de l'enceinte de l'hôpital. Le type s'écarta, Cleveland entra en trombe devant nous, dépassa le comptoir désert de Lindeen et s'enfonça dans le couloir silencieux. Il ne s'arrêta pas devant la porte du bureau de Swig, ni devant les autres services administratifs, mais piqua droit vers l'ascenseur. Bref voyage jusqu'à l'étage C. Cleveland s'était calé dans un coin et jouait avec ses clés.

La porte de l'ascenseur se rouvrit sur un autre aide-soignant – grand, costaud et barbu. Il recula d'un pas pour nous laisser sortir. Cleveland resta dans l'ascenseur et redescendit.

L'aide-soignant barbu poussa les doubles portes. William Swig se tenait au milieu du couloir. Devant la chambre de Peake. Dont la porte était fermée. Deux autres gardes en uniforme se tenaient quelques mètres plus loin. Le barbu nous quitta pour aller rejoindre d'autres aides-soignants adossés au mur opposé.

Personne en kaki. Mis à part le bourdonnement de la climatisation, le couloir était parfaitement silencieux.

Swig nous aperçut et secoua vivement la tête comme quelqu'un qui n'en croit pas ses yeux. Il était vêtu d'un polo bleu marine, d'un jean et de baskets. Les mèches filasse plantées sur le sommet de son crâne avaient pris de curieux faux plis. Les fluos accrochés au plafond accentuaient le contraste entre la couleur vive de ses verrues et la pâleur de son visage. Des points noirs marquaient ses traits comme un message en braille.

Aucune ambiguïté quant au contenu de ce dernier : Swig était terrorisé.

Il ouvrit la porte de la chambre de Peake et fit un grand geste du bras, tel un M. Loyal présentant le prochain numéro.

Il n'y avait pas trop de sang.

Rien qu'un mince serpent écarlate.

Qui s'était déployé en zigzags depuis le fond de la cellule, dans l'angle à droite. À environ un mètre de l'endroit où Peake avait mimé le Christ.

À part ça, la chambre avait conservé le même aspect. Le lit était toujours en désordre. Les anneaux vissés au mur. La même odeur de brûlé mélangée à quelque chose de douceâtre et métallique y régnait.

Aucune trace de Peake.

Le filet de sang s'était arrêté au milieu de la chambre. Il n'avait pas fait beaucoup de chemin depuis son point de départ, sous le cadavre.

Corps massif, face contre terre. Chemise à carreaux, jeans, baskets. Épais cheveux gris, hirsutes. Bras écartés, comme quelqu'un qui se reposerait. Avant-bras musclés. La peau avait déjà viré au gris-vert.

– Dollard, dit Milo. Quand ?

– Nous ne savons pas, répondit Swig. On l'a découvert, il y a deux heures.

– Vous m'avez appelé, il y a quarante-cinq minutes.

– Nous avons commencé par mener nos propres recherches.

Il se pinça une verrue, tout autour la peau vira au rose.

– Et... ?

Swig détourna le regard.

– Nous ne l'avons pas trouvé.

Milo garda le silence.

– Écoutez, reprit Swig, nous étions obligés de commencer par chercher nous-mêmes. Je ne suis même pas certain d'avoir eu raison de vous téléphoner. Ce secteur dépend du shérif. On peut même dire que c'est notre propre secteur.

– Vous m'avez fait une fleur, c'est ça ?

– Vous vous intéressiez à Peake. J'ai cru bien faire.

Milo s'approcha du cadavre, s'agenouilla, regarda sous le menton de Dollard.

– Entaille transversale franche, apparemment, dit-il. Est-ce qu'on a déplacé le corps ?

– Non, dit Swig. Nous n'avons touché à rien.

– Qui l'a trouvé ?

Swig désigna l'un des trois aides-soignants.

– Bart.

L'homme avança de quelques pas. Un jeune Chinois, plutôt fluet, mais avec d'énormes bras de culturiste. Sur la photo de son badge, il avait l'air d'un enfant étonné. B.L. Quan, aide-soignant.

– Racontez-moi, lui dit Milo.

– Nous avions bouclé tout le monde. Pas à cause d'un quelconque problème, non ; c'est comme ça que nous procédons avant les réunions du personnel.

– Quelle est la fréquence de ces réunions ?

– Deux fois par semaine, pour chaque équipe.

– Quels jours ?

– Ça varie d'une équipe à l'autre. Ce soir, c'était l'équipe de nuit – onze heures/sept heures. À six heures et demie. Vendredi soir, bilan de la semaine. Nous enfermons les patients à double tour et le personnel se retrouve ici.

Il désigna la salle de télévision.

– Personne ne reste dans le couloir ? demanda Milo.

– Si. Un aide-soignant. Chacun y va à tour de rôle. Nous n'avons jamais eu de problème, les patients ne risquent pas de filer.

Le regard de Milo se posa sur le corps.

Quan haussa les épaules.

– Et ce soir, c'était Dollard qui devait faire le planton ? (Quan hocha la tête.) Mais il ne vous a pas bipé.

– Non, c'est exact.

– Pourquoi êtes-vous allé le chercher, alors ?

– La réunion était terminée. Je suis de garde ce soir et Frank devait me parler de certains patients. Le genre d'infos que nous nous transmettons habituellement : médicaments, petits problèmes à surveiller, etc. Il n'est pas venu. J'ai cru qu'il avait oublié.

– Ça arrivait souvent ?... Que Frank oublie quelque chose ?

Quan eut l'air embarrassé. Il jeta un coup d'œil à Swig.

– Ne vous inquiétez pas pour votre patron, dit Milo. Un problème de plus ou de moins...

– Des fois..., dit Quan.

– Des fois quoi ?

Quan se mit à piétiner sur place. Milo se tourna vers Swig.

– Dites-lui ce que vous savez, lâcha Swig.

Il parlait à présent d'une voix rauque. Et se tripotait les doigts quand il ne se pinçait pas une de ses verrues.

– Des fois, Frank oublie des trucs, dit Quan. C'est pour ça que je ne me suis pas inquiété. Mais après, quand je suis allé chercher les feuilles d'infos sur les patients, il y en a une que je n'ai pas trouvée – celle de Peake. Alors, je suis allé voir dans sa chambre.

– Vous avez fini par la retrouver ?

– Non.

– Quoi d'autre ? demanda Milo.

– C'est tout. J'ai vu Frank, Peake n'était plus là, j'ai fermé la porte à clé et déclenché une alerte de niveau trois. C'était facile, tout le monde était déjà sous les verrous. M. Swig est arrivé, nous avons demandé aux gardes de prendre position dans les couloirs, puis je suis allé avec quelques autres chercher partout. Il doit bien être quelque part. Ça n'a aucun sens.

– Qu'est-ce qui n'a aucun sens ?

– Qu'il ait disparu. On ne disparaît pas comme ça de Starkweather.

Milo demanda une clé de la chambre de Peake, s'empara de celle que lui donna Swig, ferma la porte à clé, puis s'éloigna dans le couloir pour pouvoir appeler le shérif sur son portable sans être entendu. Il parla longtemps. Les gardiens et les aides-soignants ne bougèrent pas d'une semelle.

Au fil des minutes, le silence semblait s'épaissir. Puis il se dissipa progressivement : on entendit quelques coups frappés à l'intérieur des portes marron, des bruits étouffés, comme des pas de souris. Puis ce furent des grognements, des cris qui s'amplifièrent peu à peu jusqu'à se transformer en un vacarme effroyable de hurlements et de coups violents.

Les gardes et les aides-soignants échangèrent des regards. Swig avait l'air ailleurs.

– Merde, brailla l'aide-soignant barbu. Fermez-la !

Swig s'éloigna vers le bout du couloir. Personne ne chercha à faire cesser le raffut.

Des poings tambourinaient contre les portes à l'intérieur des cellules.

Les internés étaient au courant. Dieu sait comment, ils savaient.

Milo rempocha son téléphone et nous rejoignit.

– L'équipe du shérif ne va pas tarder. Des voitures de

patrouille vont fouiller les environs de l'hôpital dans un rayon de huit kilomètres. Dites aux gardiens de laisser passer tout le monde, à l'entrée principale.

Swig finit par réagir.

– Il faut absolument que rien ne s'ébruite jusqu'à ce que... Je veux dire... trouvons ce qui est arrivé avant de plonger dans...

– Que s'est-il passé, monsieur Swig, à votre avis ?

– Peake a attaqué Frank par surprise et lui a tranché la gorge. Frank est un costaud. Il a dû le prendre en traître.

– De quoi Peake s'est-il servi pour le frapper ?

Pas de réponse.

– Aucune idée ? insista Milo. Et le couteau de Dollard ?

– Les aides-soignants ne sont pas armés.

– En théorie.

– En théorie comme en pratique, inspecteur. Pour des raisons évidentes, nous avons des règles...

Milo le coupa.

– Très strictes, je sais, un système parfaitement verrouillé. Alors, dites-moi, les aides-soignants et les médecins sont-ils tenus de déposer leurs armes au poste de garde comme nous avons été obligés de le faire ?

Swig ne répondit pas.

– Monsieur Swig ?

– Ce serait impossible. Vu le nombre de...

Milo adressa un regard aux trois aides-soignants. Ceux-là n'étaient pas du genre à raconter des histoires. Le grand barbu lui rendit son regard. Il avait l'air inquiet.

– Donc, tout le monde est censé déposer les armes, sauf le personnel.

– Ils savent qu'ils ne doivent pas en apporter, dit Swig.

Milo fourra la main dans sa veste, sortit son arme de service et la laissa pendre à son index.

– Docteur Delaware ?

Je sortis mon couteau suisse. Les deux gardes se raidirent.

– Personne ne nous a fouillés, ce soir. Le système a parfois des ratés, on dirait.

– Écoutez, dit Swig en élevant la voix. Ce soir, c'est différent. Je leur ai dit de vous faciliter les choses. Je savais...

– Vous êtes donc prêt à parier que Dollard ne pouvait pas être le propriétaire du couteau qui l'a tué ?

– J'avais toute confiance en lui.

– Malgré le fait qu'il lui arrivait d'oublier certaines choses ?

– Je n'ai jamais entendu parler de ça, dit Swig.

– On vient pourtant de vous le dire ! Mais il y a autre chose, monsieur Swig. Les services de police de Hemet avaient licencié Dollard pour incompétence. Il lui était arrivé de ne pas répondre au téléphone, d'inventer des heures supplémentaires...

– Mais je n'étais absolument pas au courant de...

– Alors, il y a peut-être d'autres choses dont vous n'êtes pas au courant.

– Écoutez, répéta Swig.

Mais il n'ajouta rien et se contenta de secouer la tête en essayant de lisser ses cheveux filasse. Il déglutit difficilement.

– Bah, et puis... à quoi bon, lâcha-t-il.

Milo se tourna vers les aides-soignants.

– Dites... si je vous fouille, est-ce que je risque de tomber sur des trucs ?

Silence.

Milo traversa le couloir. Bart Quan écarta les pieds comme pour se préparer au combat, les deux autres types se croisant les bras sur la poitrine – exactement comme Dollard la veille.

– Dites-leur de se montrer un peu plus coopératifs, dit Milo.

– Faites ce qu'il dit, leur ordonna Swig.

Milo fouilla rapidement les aides-soignants. Rien sur Quan et le type qui n'avait pas encore ouvert la bouche – il était plus âgé et avait les paupières tombantes. Mais dans le jean du grand barbu se trouvait un canif à manche en os.

Milo en déplia la lame. Huit centimètres d'acier bien affûté. Il le fit tourner devant ses yeux pour mieux l'admirer.

– Steve, dit Swig.

Le visage du costaud s'empourpra.

– Et alors ! s'exclama le barbu. Quand on travaille avec ces animaux-là, on se protège.

Milo continuait d'examiner la lame.

– Où l'avez-vous acheté ? demanda-t-il. Sur Internet ?

– Non, dans une expo. Et ne vous inquiétez pas, je ne l'ai pas utilisé depuis la dernière fois où j'ai chassé, l'hiver passé.

– Vous avez tué quelque chose ?

– J'ai dépouillé un élan. Une viande délicieuse.

Milo replia le canif et le laissa tomber dans la poche de sa veste.

– Hé, c'est à moi ! s'écria Steve.

– S'il est propre, vous le récupérerez.

– Quand ? Je veux un reçu.

– Du calme, Steve, lui ordonna Swig. Nous reparlerons de ça plus tard.

Les narines du barbu palpitèrent.

– Ouais, d'accord. Si je bosse encore dans cette poubelle.

– C'est comme vous voudrez, Steve. En attendant, puisque l'État vous paye toujours votre salaire, vous allez m'écouter : descendez dans les étages et vérifiez que tout est en ordre. Je vous ferai savoir quand vous pourrez faire la pause.

Le barbu adressa à Milo un dernier regard furieux et disparut à gauche de l'infirmerie.

– Où va-t-il ? demanda Milo.

– Il prend l'ascenseur du personnel.

– On ne nous a rien montré de ce genre quand nous vous avons rendu notre petite visite.

– Il n'y a pas de panneau sur la porte, dit Swig. Vous avez dû passer devant sans la remarquer. Nous devons continuer nos recherches. Puis-je libérer ces gardes ?

– Certainement, dit Milo.

– Allez-y, ordonna Swig aux types en uniforme.

– Ou çà ? demanda l'un d'entre eux.

– Mais partout, bordel ! Commencez dehors, sur les périmètres nord et sud. Allez vérifier qu'il ne se cache pas quelque part au milieu des arbres. (Il se tourna vers les deux aides-soignants restants.) Bart et Jim, retournez fouiller la cave. Et n'omettez rien.

Swig aboyait ses ordres comme un général en campagne. Lorsque les hommes se furent dispersés, il se tourna vers Milo.

– Je sais ce que vous pensez. Que nous sommes une bande de civils incapables. Mais c'est bien la première fois depuis que je dirige cet endroit que nous avons un problème aussi grave. En règle générale, il ne se produit rien de...

– Certaines personnes sont obsédées par les règles. Moi, je m'occupe des exceptions, lui renvoya Milo.

Nous longeâmes le couloir, Milo inspectant les portes. À plusieurs reprises, il demanda à Swig de déverrouiller les judas. Chaque fois qu'il regardait à l'intérieur, le bruit baissait.

– On ne peut pas voir toute la pièce avec ces trucs-là, dit-il en tripotant le petit loquet.

– Nous avons fouillé chaque cellule, lui répondit Swig. C'est évidemment par là que nous avons commencé.

– Pour l'ascenseur du personnel, dis-je, j'imagine que les pensionnaires sont au courant, même si rien n'est écrit sur la porte.

– Ils ne sont pas spécialement informés, dit Swig, mais oui, j'imagine que...

– Si j'en parle, c'est qu'hier Peake et Heidi m'ont semblé venir de cette direction. D'après ce qu'on m'a dit, c'était la première fois depuis des lustres que Peake sortait de sa chambre. Je me demande s'il a vu quelqu'un entrer dans l'ascenseur et si ça ne lui a pas donné des idées. Il s'arrête à chaque étage ?

– Si on le désire, oui.

– Est-ce qu'on est allé vérifier ?

– Je pense.

Milo le regarda d'un œil méprisant.

– Vous « pensez » ?

– J'ai ordonné qu'on cherche partout.

– Comme vous avez ordonné que personne ne porte d'arme.

– Je suis certain que... Oh, et puis merde, je vais vous montrer.

Porte marron, légèrement plus large que celles qui fermaient les cellules des internés. Double serrure, pas d'interphone. Swig fit jouer le premier verrou et la porte s'ouvrit, révélant un autre rectangle marron. Une porte intérieure. Sans poignée. Une simple serrure au centre du panneau. La même clé servait à l'ouvrir. Il l'ouvrit en un tournemain, un grand bruit de machinerie résonnant à travers les parois.

– D'où l'ascenseur arrive-t-il ? demanda Milo.

– Impossible à dire, répondit Swig. Il est un peu lent, mais il ne devrait pas tarder.

– La première fois que nous sommes venus ici, dis-je, Phil Hatterson a appelé un des étages, parlé à quelqu'un, et on lui a envoyé l'ascenseur. Celui-ci ne semble pas fonctionner de la même façon.

– C'est exact. L'interphone de l'ascenseur principal aboutit à l'infirmerie. Il y a toujours quelqu'un pour diriger les médecins d'un service à l'autre. Ça fait partie des tâches qui incombent aux personnes travaillant à l'infirmerie : elles régulent la circulation entre les étages.

– Est-il arrivé que Frank Dollard occupe ce poste ?

– Très certainement. Le personnel tourne d'un poste à l'autre. Comme ça tout le monde touche à tout.

– Comment fonctionne cet ascenseur ?

– On laisse la clé dans la serrure jusqu'à ce qu'il arrive. Quand une personne autorisée – c'est-à-dire disposant d'une clé – veut monter, elle déverrouille le mécanisme et peut appuyer sur les boutons à l'intérieur.

– Si j'ai bien compris, une fois déverrouillé, il fonctionne comme n'importe quel autre ascenseur.

– Oui, dit Swig. Mais pour cela il faut une clé, et seuls les membres du personnel en possèdent.

– Vous arrive-t-il de changer les serrures ?

– S'il y a un problème, oui.

– Ce qui n'arrive bien évidemment jamais, dit Milo.

Swig tressaillit.

– Nous n'attendons pas d'avoir des problèmes de cette ampleur pour changer les serrures, inspecteur. Dès que quelque chose cloche – une clé perdue ou volée, par exemple –, nous les changeons.

– Ça doit être pénible, dit Milo. Toutes ces clés qu'il faut remplacer !

– C'est assez rare.

– Quand avez-vous changé les serrures pour la dernière fois, monsieur Swig ?

– Il faudrait que je vérifie.

– Il y a donc un certain temps, puisque vous avez oublié.

– Où voulez-vous en venir ?

– Nulle part. Encore une chose : chaque couloir est barré par ces doubles portes. Pour les franchir, il faut toujours ouvrir une serrure.

– Exact. C'est un vrai labyrinthe. Conçu comme tel.

– Combien de clés faut-il avoir pour parcourir le labyrinthe ?

– Plusieurs. Je n'ai jamais compté.

– Y a-t-il un passe ?

– J'en ai un, oui.

Milo désigna la clé fichée dans la porte intérieure de l'ascenseur. Le grondement s'amplifiait au fur et à mesure que la cabine approchait.

– Ça ?

– Oui. J'en ai un double au coffre, dans une des salles d'archives, au premier étage. Oui, j'ai déjà vérifié. Il est toujours à sa place.

La porte finit par s'ouvrir sur une petite cabine faiblement éclairée, et vide. Milo jeta un coup d'œil à l'intérieur.

– Qu'est-ce que c'est que ça ? demanda-t-il en désignant quelque chose par terre.

– On dirait du papier, dit Swig.

– Celui dont sont faits les chaussons de vos pensionnaires, on dirait.

Swig s'approcha pour mieux voir.

– C'est possible, effectivement. Je ne vois pas de sang.

– Pourquoi y en aurait-il ?

– Il a tranché la gorge de Frank...

– Il n'y avait pas de traces de pas dans la cellule de Peake, dit Milo. Ce qui signifie qu'il a fait du beau boulot ; il s'est écarté au bon moment. Pas mal, pour un fou.

– C'est difficile à croire, dit Swig.

– Quoi ?

– Ce que vous venez de dire. Que Peake ait pensé les choses à ce point.

– Fermez la porte de cet ascenseur, ordonna Milo. Tenez-le bouclé, et ne laissez personne y pénétrer. Lorsque l'équipe de l'identité arrivera, je veux qu'ils commencent par récupérer ce papier.

Swig s'exécuta. Milo désigna une porte plus petite – soixante centimètres de large, sur environ deux mètres de haut – quelques mètres plus loin, dans le couloir.

– Le vide-ordures, dit Swig. Il descend directement à la cave.

– Comme un monte-plats.

– Exactement.

– Je ne vois pas de verrou ou de serrure dessus, dit Milo. Comment l'ouvre-t-on ?

– Avec une manette. Dans l'infirmerie.

– Montrez-moi.

Swig ouvrit la porte de l'infirmerie. Trois murs de Plexiglas, le quatrième occupé par des casiers en acier fermés à clé. La pièce avait des allures de cabine téléphonique géante. Swig montra le mur métallique.

– Médicaments et fournitures diverses, toujours sous clé.

Je jetai un coup d'œil autour de moi. Pas de vrais bureaux, juste des comptoirs en plastique vissés au sol et supportant un petit standard téléphonique et un micro pour l'interphone. Dans l'une des parois de Plexiglas, une ouverture d'une vingtaine de centimètres de large était munie d'un plateau coulissant métallique.

– Trop étroit pour y passer les deux mains, expliqua Swig avec fierté. Ils font la queue pour recevoir leurs pilules ; rien n'est laissé au hasard.

– Où se trouve la manette ? demanda Milo.

Swig tâtonna sous le comptoir. Un claquement résonna dans la cabine. Nous sortîmes de l'infirmerie et retournâmes dans le couloir. La paroi du vide-ordures s'était en partie relevée, créant une sorte de petit auvent métallique.

– Assez large pour un type mince, dit Milo en fourrant la tête à l'intérieur. Et Peake n'est pas précisément obèse.

Swig soupira.

– Oh, vous n'allez pas...

– Qu'y a-t-il d'autre dans la cave ?

– Cuisine, blanchisserie, garde-manger, services et rangements divers. Croyez-moi, nous avons vérifié partout.

– Les livraisons arrivent-elles à la cave ?

– Oui.

– Vous disposez donc d'une aire de déchargement.

– Oui, mais...

– Comment pouvez-vous être sûr que Peake ne se cache pas dans un panier de linge sale ?

– Parce que nous avons vérifié et revérifié. Allez-y voir vous-même !

Milo tapota la porte de l'ascenseur.

– Cet engin monte-t-il aussi au cinquième, chez les simulateurs ?

Swig eut l'air vexé.

– Les 1368 ? Oui.

– Et l'ascenseur principal y va aussi ?

– Non. Le cinquième étage dispose de son propre ascenseur. Direct du rez-de-chaussée jusqu'en haut.

– Un troisième ascenseur, donc, fit remarquer Milo.

– Pour le cinquième seulement. Question de sécurité. Les 1368 vont et viennent sans arrêt. L'utilisation de l'ascenseur principal pour toutes ces allées et venues poserait des problèmes logistiques évidents. Le bus de la prison les laisse à l'arrière du bâtiment, à l'accueil des 1368. Là, ils sont pris en charge et montent directement au cinquième. Ils n'ont pas accès au reste de l'hôpital.

– Sauf par l'ascenseur du personnel.

– Ils ne l'utilisent pas.
– En théorie.
– Dans la pratique non plus.
– Si vous tenez tant à isoler le cinquième, pourquoi permettez-vous que l'ascenseur du personnel y accède ?
– C'est comme ça que l'hôpital a été construit. C'est pourtant logique, vous ne trouvez pas ? Si un problème survient au cinquième et qu'ils ont besoin de renfort, nous sommes prêts à intervenir.
– « Prêts ? » En empruntant un ascenseur aussi lent que celui-là ? Ils ont souvent des problèmes, là-haut ?
– Rarement.
– Un ordre d'idée ?
Swig tripota une de ses verrues.
– Une ou deux fois par an. Qu'est-ce que ça peut faire ? Il s'agit généralement d'incidents mineurs, pas d'une émeute. Le plus souvent, c'est un 1368 qui fait de gros efforts pour nous faire croire qu'il est vraiment cinglé. Ou une bagarre. N'oubliez pas qu'une bonne partie des candidats appartiennent à des gangs.
Swig renifla d'un air méprisant. Toute société a ses castes...
– Allons jeter un œil au cinquième, dit Milo. En passant par l'accueil. Je tiens à ce que personne ne touche à ce bout de papier.
– Même s'il s'agit du chausson d'un patient, dit Swig, ce n'est pas nécessairement celui de Peake. Tous nos pensionnaires ont droit à une... (Il s'interrompit soudain, puis bégaya :) Mais bien sûr, réservé au personnel... Où avais-je la tête ?

Pendant que nous redescendions, Swig revint à la charge.
– Vous croyez que je ne suis qu'un bureaucrate qui se fiche pas mal de ce qui se passe ici. J'ai pris ce boulot

parce que je me préoccupe des gens. J'ai adopté deux orphelins.

Pour sortir, nous empruntâmes le chemin que nous avions pris pour entrer et suivîmes Swig qui faisait le tour du bâtiment par la gauche. Le côté que nous n'avions jamais vu. Et dont personne ne nous avait parlé.

Même sentier cimenté. Depuis le toit, de puissants projecteurs illuminaient la façade percée de fenêtres brumeuses, et qui en ressemblait à une gaufre monstrueuse.

Une autre porte, identique à celle de l'entrée principale.

Sur un panneau était écrit ADMISSION ET ÉVALUATION. Un garde en interdisait l'entrée. À dix mètres de là, sur la gauche, un petit parking, vide, auquel on accédait par un sentier bordé d'un grillage ; je songeai à un gigantesque champ de courses de lévriers. Le sentier continuait plus loin, tournait et disparaissait dans l'obscurité. Il était éloigné des abords immédiats du bâtiment et n'aboutissait pas à l'entrée principale. Il existait donc un autre accès, une autre entrée que celle que nous connaissions.

Sur notre droite, j'aperçus les lampes torches qui s'agitaient comme des lucioles. Les faisceaux en balayèrent les terrains inhabités que nous avions aperçus la veille, ainsi que les annexes. Les recherches semblaient se poursuivre au-delà, les lucioles se regroupant vers ce qui devait être le bois de pins.

– Combien de routes mènent à l'hôpital ? demandai-je.

– Deux, répondit Swig. À vrai dire, une seule, celle que vous avez prise.

– Et là ? dis-je en désignant le parking.

– Réservé aux cars de la prison. Ils ont un accès spécial par l'est. Les conducteurs disposent de clés codées. Le personnel de l'hôpital n'a pas le droit d'ouvrir le portail sans mon autorisation.

Je lui montrai les lampes torches.

– Et de ce côté ? Ces pins, là-bas, par où y accède-t-on ?

– On ne peut pas, dit Swig. Toute la zone à l'ouest de l'hôpital est clôturée.

Il s'avança vers la zone d'admission, un simple signe de tête faisant s'écarter le garde en faction.

La première pièce était disposée exactement comme l'entrée de l'hôpital. Un comptoir d'accueil de la même taille que celui de Lindeen, tout gris, avec un téléphone posé dessus. Ni trophées de bowling, ni slogans rigolos. En lieu et place de Lindeen, un employé au crâne d'obus perché sur un tabouret. Et occupé à lire un journal. Lorsqu'il aperçut Swig, il fit instantanément disparaître son canard et se leva.

– Rien à signaler ? demanda Swig.

– Non, rien de spécial, sinon que tous les hommes sont enfermés, selon vos ordres.

– J'emmène ces messieurs là-haut.

Swig traversa une deuxième pièce vide à toute allure, pénétra dans un ascenseur et appuya sur un bouton. Quelques secondes suffirent pour rejoindre le cinquième étage, durant lesquelles Swig se servit de son talkie-walkie pour s'informer de l'évolution des recherches.

Puis la porte s'ouvrit.

– Continuez ! aboya Swig dans le micro avant de jeter l'engin dans sa poche.

Il avait les aisselles trempées. Derrière son oreille gauche, une veine palpitait.

Deux doubles portes, l'une derrière l'autre. Au-dessus, un panneau :

I&C, ACCÈS RESTREINT

Là où aurait dû se trouver l'infirmerie, il n'y avait qu'un espace vide. Le service consistait en un simple couloir bordé de portes bleu fluo. Sécurité et vigilance accrues : une douzaine de bonshommes particulièrement costauds patrouillaient.

Milo demanda à voir l'intérieur d'une cellule.

Swig intervint.

– Ici aussi, nous avons fouillé les chambres les unes après les autres, dit-il.

– Ça ne fait rien, ouvrez-m'en quand même une.

Swig brailla « Inspection ! », trois gardiens rappliquant aussitôt au pas de course.

– L'inspecteur Sturgis veut voir à quoi ressemble un 1368. Ouvrez une porte.

– Laquelle ? demanda le plus baraqué, un Tahitien avec un nom imprononçable écrit sur son badge et une voix douce de petit garçon.

– À vous de choisir.

Le Tahitien s'approcha de la porte la plus proche, ouvrit le judas, regarda à l'intérieur, déverrouilla le panneau bleu et l'ouvrit d'une vingtaine de centimètres. Puis il passa la tête à l'intérieur avant d'ouvrir la porte en grand.

– Voici M. Liverwright, annonça-t-il pour finir.

Une pièce étroite, à peu près de la même taille que celle de Peake. Mêmes anneaux au mur. Un jeune Noir musclé était assis sur son lit, tout nu. Les draps avaient été arrachés au mince matelas rayé. Arrachés et réduits en lambeaux. Un pyjama bleu marine était roulé en boule par terre, à côté d'une paire de chaussons en papier bleu. Une des pantoufles n'était plus qu'un tas de confettis.

Je m'approchai et fus frappé par une terrible puanteur. Un tas d'excréments était en train de sécher près des pieds du prisonnier. Plusieurs flaques d'urine luisaient à proximité. Les murs étaient tachés de marron.

Le type nous vit, sourit, gloussa.

– Nettoyez-moi ça, dit Swig.

– Nous n'arrêtons pas, dit le Tahitien. Deux fois par jour. Mais il continue de frimer.

Le Tahitien adressa le « V » de la victoire à Liverwright et se marra.

– Tiens bon, mon frère. On ne sait jamais. Mais fais gaffe à ne pas t'abîmer pour de bon.

Liverwright gloussa de nouveau et se frotta les cuisses.

– Fermez la porte, dit Swig. Et nettoyez-le tout de suite.

Le Tahitien referma la porte en haussant les épaules.

– Ces types croient savoir comment fonctionnent les fous, mais ils en font beaucoup trop. Le cinéma, ça tue.

Il tourna les talons, mais Milo lui demanda :

– Quand avez-vous vu George Orson pour la dernière fois ?

– Lui ? dit le Tahitien. Je ne sais pas... ça fait un bout de temps.

– Ce soir ?

– Non. Comment ça se pourrait ? Ça fait des mois qu'il ne bosse plus ici.

– De qui parlez-vous ? s'enquit Swig.

– Est-il venu vous rendre visite depuis qu'il a démissionné ? demanda Milo au Tahitien.

– Mmm, je ne crois pas.

– C'était quel genre de type ?

– Un type comme les autres. (Il daigna sourire à Swig.) Je voudrais bien continuer à bavarder avec vous, mais il faut que je nettoie cette merde.

Il s'éloigna d'un pas lourd.

– Qui est George Orson ? demanda Swig.

– Un de vos anciens employés, dit Milo, en observant attentivement le visage de Swig.

– On ne peut pas connaître tout le monde, fit remarquer ce dernier. Pourquoi toutes ces questions sur ce type ?

– Il connaissait M. Peake. Dans le temps.

Swig voulait en savoir davantage, mais Milo le fit patienter. Nous empruntâmes l'ascenseur pour descendre à la cave et fîmes tout le tour de la cuisine, de la blanchisserie et des différentes pièces de rangement. Partout la même légère odeur de moisi. Aides-soignants et gardiens dans tous les coins. Dans la cuisine, les cuisiniers vêtus de blanc nous dévisagèrent. Les râteliers garnis de couteaux de toutes tailles étaient parfaitement visibles. J'imaginai Peake passant par là et faisant son choix. Comme au bon vieux temps.

Milo tomba sur quatre placards un peu à l'écart et vérifia chacun d'entre eux. Tous étaient fermés à clé.

– Qui possède les clés à part les aides-soignants ? demanda-t-il à Swig.

– Personne.

– Et les portiers ? insista-t-il en désignant deux gardiens en survêtement orange que nous avions vus près des accès.

– Ni eux ni que ce soit en dehors des personnes qui soignent les patients. Et pour répondre à la question suivante, le reste du personnel pénètre dans l'hôpital par l'entrée principale, comme tout le monde. Les gardiens vérifient l'identité de chacun.

– Même ceux dont le visage est familier ? demanda Milo.

– Il n'y a pas d'exceptions. C'est comme ça que nous fonctionnons.

– Les médecins et les aides-soignants emportent-ils leurs clés chez eux ?

Swig ne répondit pas.

– Oui ou non ?

– Oui, ils les emportent chez eux. Il serait impossible de vérifier une telle quantité de clés tous les jours. Comme je vous l'ai dit, nous changeons les serrures au moindre problème. Et même si aucun incident ne se produit, nous les changeons chaque année.

– Chaque année, répéta Milo. (Je savais ce qu'il pensait : George Orson n'était parti que depuis cinq mois.) À quelle date ?

– Il faudrait que je vérifie, dit Swig. Mais où voulez-vous en venir ?

Milo tourna les talons sans répondre.

– Allons voir l'aire de déchargement, dit-il par-dessus son épaule.

Un espace vide, d'une vingtaine de mètres de largeur. Sur la paroi du fond, six rideaux de métal corrodé.

Milo s'adressa à l'un des gardiens.

– Comment s'ouvrent-ils ?

Le gardien désigna un boîtier électrique sur la paroi.

– Y a-t-il un autre bouton à l'extérieur ?

– Ouais.

En quelques bonds, Milo se retrouva devant le boîtier et appuya sur un bouton. Le deuxième rideau en partant de la gauche se relevant, nous nous approchâmes du bord du quai. Un peu moins de deux mètres au-dessus du niveau de la route. Assez d'espace pour que trois ou quatre gros camions puissent décharger en même temps. Milo descendit quelques marches et disparut dans l'obscurité, mais j'entendis encore le bruit de ses pas. Un moment plus tard, il remonta et se tourna vers Swig.

– C'est le chemin que nous avons vu tout à l'heure. Où va-t-il ?

– Il rejoint l'accès secondaire. Là où passe le bus de la prison.

– Je croyais qu'ils étaient les seuls à arriver par là.

– Je parlais des arrivants, dit Swig. Tous ceux qui débarquent de la prison entrent de ce côté.

– Ça fait un paquet d'allées et venues.

– Tout est organisé et contrôlé. Les conducteurs sont triés sur le volet et tenus de présenter leurs papiers si on le leur demande. Sur la route, il y a des portails tous les cent cinquante mètres. Les clés magnétiques pour les ouvrir sont changées tous les trente jours.

– Des clés magnétiques, répéta Milo. Et donc, s'ils présentent des papiers en règle, ils peuvent ouvrir les portails tout seuls.

– Ce « si » est de taille, dit Swig. Écoutez, nous ne sommes pas là pour critiquer le système, mais pour retrouver Peake. Je suggère que vous écoutiez ce que...

– Et les aides-soignants ? Peuvent-ils emprunter cette voie d'accès ?

– Certainement pas. Pourquoi revenez-vous toujours là-dessus ? Et qu'est-ce que cet Orson a à voir là-dedans ?

Des cris venant de l'ouest nous firent tourner la tête. Plusieurs lucioles venaient vers nous.

Milo redescendit précipitamment du dock et je l'imitai. Swig envisagea un bref instant de descendre, mais n'en fit rien. Je rejoignis Milo et distinguai des silhouettes derrière les lampes torches. Deux hommes en train de courir.

Le premier était Bart Quan, le second un garde en uniforme.

Swig nous rejoignit. Je l'entendis respirer bruyamment.

– Qu'est-ce qu'il y a, Bart ?

– Nous avons découvert une brèche, dit Quan. Dans le périmètre ouest. La clôture a été cisaillée.

Huit cents mètres de marche jusqu'à l'endroit. L'ouverture permettait à un homme de passer. Le métal avait été cisaillé proprement, écarté, puis remis en place avec précision. Il avait fallu un œil aiguisé pour repérer la mince découpe dans l'obscurité.

– Qui l'a trouvée ? demanda Milo.

Le type en uniforme leva la main. Jeune, mince, basané. Milo lut son badge.

– Comment êtes-vous arrivé ici, Dalfen ?

– J'inspectais le périmètre ouest.

– Avez-vous remarqué autre chose ?

– Pas pour l'instant.

Milo emprunta la lampe torche de Dalfen et balaya la clôture de son faisceau.

– Qu'y a-t-il de l'autre côté ?

– Un chemin de terre, dit Swig. Si on peut appeler ça un chemin.

– Où mène-t-il ?

– Dans les collines.

Milo tira sur le grillage, en rabattit la partie découpée, se mit à quatre pattes et passa de l'autre côté.

– Des traces de pneus, dit-il. Il y a des portails ou des gardes de ce côté-là ?

– Ces terrains n'appartiennent pas à l'hôpital, dit Swig. Il doit y avoir une clôture quelque part.

– Qu'y a-t-il dans les collines ?

– Rien. Justement. Aucun abri à cinq ou six kilomètres à la ronde. Tous les ans, le Comté abat les arbres et enlève les buissons pour que personne ne puisse s'y cacher. Par là-bas, n'importe qui se fait repérer en hélicoptère.

– Quand on parle du diable... dit Milo.

Lorsque les hélicos commencèrent leurs recherches, neuf voitures des services du shérif, plus les camions des techniciens étaient déjà arrivés sur place. Les shérifs adjoints portaient des uniformes kaki. Je vis Swig se crisper encore un peu plus, mais il ne dit rien et s'éloigna en marmonnant de temps à autre dans son talkie-walkie.

Deux inspecteurs en civil débarquèrent en dernier. Le coroner venait de finir d'examiner Dollard et de fouiller ses poches. Vides. Milo discuta avec le toubib. Le bout de papier dans l'ascenseur du personnel avait été récupéré et dûment emballé.

Un technicien de la police scientifique passa devant Swig avec le sac en plastique transparent.

– On dirait effectivement un bout de chausson, fit ce dernier.

– Quel genre de chausson ? demanda l'un des inspecteurs, un blond d'une trentaine d'années nommé Ron Banks.

Milo le lui dit.

L'équipier de Banks prit la parole :

– Il ne nous reste plus qu'à retrouver Cendrillon.

C'était un type corpulent, un dénommé Hector De la Torre. Plus âgé que Banks, il était muni d'imposantes moustaches. Banks avait l'air sérieux, mais De la Torre souriait. L'endroit ne l'intimidait pas le moins du monde, et il avait salué Milo en lui rappelant qu'ils s'étaient déjà rencontrés.

– À une fête chez Musso et Frank, après que le dossier Lisa Ramsey eut été bouclé. Mon coéquipier est copain avec l'inspecteur qui a résolu l'affaire.

– Petra Connor ? demanda Milo.

– C'est bien elle.

Banks avait l'air embarrassé.

– Je suis sûr que tout ça l'intéresse, Hector, mais enfin... (Puis s'adressant à Milo :) Il a donc très bien pu emprunter cet ascenseur pour descendre.

– Les pensionnaires n'y sont pas admis, expliqua Milo. Ce bout de chausson n'avait donc rien à y faire. Mais le trousseau de clés de Dollard a disparu, ce qui signifie que Peake le lui a piqué. Les autres aides-soignants étant en réunion, Peake a pu facilement descendre à la cave, trouver une porte par où sortir sans être vu et filer à l'anglaise. D'un autre côté, ce n'est peut-être qu'un bout de papier qui est resté collé à la semelle de quelqu'un d'autre.

– Pas de trace de sang dans l'ascenseur ? demanda Banks.

– Pas une goutte. Il n'y a que ce que vous avez vu dans la chambre.

– Drôlement propre, pour un type égorgé.

– D'après le coroner, la blessure n'était pas très profonde. Peake a entaillé la carotide plus qu'il ne l'a tranchée – c'est un filet de sang qui en est sorti, pas un torrent. Dollard aurait pu en réchapper ; s'il avait réussi à appeler à l'aide immédiatement, il aurait survécu. On dirait qu'il s'est évanoui et a commencé à se vider de son sang. Aucune éclaboussure. La flaque s'est formée sous le corps.

– Hémorragie en basse tension artérielle, dit Banks.

– Une entaille, dit De la Torre. Tu parles d'un manque de bol.

– Peake n'était pas spécialement musclé, fit remarquer Milo.

– Suffisamment pour arriver à ses fins, dit De la Torre. Alors qui a découpé la clôture ? Et où Peake a-t-il trouvé les outils qu'il fallait ?

– Bonne question, dit Milo. Il a pu se servir du couteau que portait Dollard. Et si c'était un couteau suisse, équipé de toutes sortes d'outils... Mais il ne pouvait pas le savoir, sauf si Dollard a vraiment fait l'imbécile et le lui a montré. La seule autre possibilité, c'est le complice.

Banks intervint.

– Vous pensez qu'il s'agirait d'une évasion organisée ? Je croyais que ce type était dingue.

– Même les dingues ont des copains, dit Milo.

– Ça c'est sûr, dit De la Torre. Tu n'as qu'à assister au prochain conseil municipal.

– Vous avez une idée de qui pourrait être le complice ? demanda Banks.

Milo se tourna vers Swig.

– Voulez-vous descendre dans votre bureau et nous y attendre, s'il vous plaît ?

– Pas question. Je dirige cet établissement et cette

affaire relève de ma juridiction ; j'ai besoin de savoir ce qui se passe ici.

– Pas de problème, dit Milo. Dès que nous apprendrons quelque chose, vous serez le premier à en être averti, mais d'ici là...

– D'ici là, je veux...

Les protestations de Swig furent interrompues par une sonnerie électronique.

Swig et les trois inspecteurs portèrent la main à la ceinture.

– C'est le mien, dit Banks, qui s'empara de son portable, en consulta l'écran d'affichage et appuya sur un bouton. Ici Banks... Quand ? Où ça ?

Il fit un signe de la main à De la Torre, qui lui tendit un bloc-notes. Banks cala le téléphone sous son menton et écrivit.

Nous le regardâmes hocher la tête, le visage impassible. Puis il éteignit son portable.

– Lorsque nous avons reçu votre appel, j'ai demandé au planton de nous prévenir en cas d'agression dans le voisinage. Ce qui vient de se produire n'a pas exactement eu lieu dans le voisinage, mais c'est assez dingue pour que nous en soyons avertis : on a retrouvé une femme sur la route numéro 5, près de Valencia. (Il consulta ses notes.) Blanche, entre vingt-cinq et trente-cinq ans, blessures multiples à l'arme blanche sur le tronc et le visage, une vraie boucherie. D'après le coroner, le meurtre remonte à moins de deux heures, ce qui collerait si votre type est motorisé. Vu les traces de pneus dans les parages, que ce soit lui ou un copain au volant... Elle nageait dans son sang : il est presque certain qu'ils ne l'ont pas simplement abandonnée, mais qu'ils l'ont tuée là-bas.

– Quel genre de blessures au visage ? demanda Milo.

– Aux lèvres, au nez, aux yeux... le type avait l'air dégoûté. Ça colle avec votre bonhomme ?

– Les yeux, répéta Milo.

– Mon Dieu ! s'exclama Swig.

– Ils l'ont retrouvée au bord de la 5, en direction du nord ? demandai-je.

– Exact, dit Banks.

Tous les regards se tournèrent vers moi.

– C'est la route qui mène à Treadway, dis-je. Il rentre au bercail.

34

Les dernières nouvelles avaient eu raison de Swig. Il était effondré dans un coin. Il avait l'air d'avoir rétréci, et semblait écrasé – un gosse avec un boulot d'homme.

Milo ne lui prêtait aucune attention et passait son temps au téléphone, à parler avec la patrouille de l'autoroute, à informer les shérifs des localités avoisinantes et à prévenir la Bunker Protection. La société en question avait dû lui poser quelques problèmes, car il raccrocha si brutalement que je crus qu'il allait casser son téléphone.

– Bon, voyons ce que nous pouvons encore trouver, dit-il à Banks et De la Torre. (Puis, à l'intention de Swig :) Swig, apportez-moi le dossier de George Orson.

– Il est en bas, dans la salle des archives.

– Alors, nous redescendons.

Le trésor des archives était enfermé derrière l'une des portes anonymes, à côté du bureau de Swig. Pièce étroite, remplie de meubles de classements noirs. Le classeur était effectivement à sa place. Milo l'examina tandis que les hommes du shérif regardaient par-dessus son épaule.

La photo manquait, mais le signalement cadrait parfaitement avec Derrick Crimmins : un mètre quatre-vingt-quinze, quatre-vingt-cinq kilos, trente-six ans. L'adresse correspondait à la boîte postale de Pico, près de Barrington. Pas de numéro de téléphone.

– Qu'est-ce qu'il a fait, ce type ? demanda Banks.

– Quelques escroqueries pour commencer, puis il a très probablement tué son père, sa mère et son frère.

– Je n'arrive pas à y croire, dit Swig. Si nous l'avons engagé, c'est qu'il devait avoir de bonnes références. L'État prend leurs empreintes et...

– D'après ce que nous savons, ce type n'a jamais été arrêté, les empreintes ne signifient donc pas grand-chose, dit Milo en continuant de feuilleter le dossier. Je vois ici qu'il a fini ses études d'aide-soignant en psychiatrie à l'Orange Coast College... Tout ça n'a aucune importance, il peut très bien avoir bidonné son CV. S'il avait rendu ses clés, en auriez-vous la trace ?

– Son dossier est en ordre. Ce qui signifie qu'il nous les a rendues. La moindre irrégularité...

– Est dûment repérée par le système, je sais. Évidemment, même s'il les a rendues, il a eu plus d'une occasion d'en faire des copies, puisqu'il les rapportait chez lui tous les soirs.

– Sur chaque clé, il est marqué « Ne Pas Dupliquer. »

– Ça alors, s'écria De la Torre, ça me foutrait les jetons !

Swig se colla contre le meuble le plus proche.

– Nous n'avions pas de raison de nous inquiéter à ce sujet. Il n'y avait aucun risque que quelqu'un revienne sans autorisation. Pourquoi ne partez-vous pas à sa recherche au lieu de pinailler comme vous faites ? Quelle raison aurait-il de revenir ?

– Ça doit être l'ambiance, dit Milo. Ou bien la nouvelle clim. (Il leva les yeux vers un petit orifice grillagé, au centre du plafond.) Et les bouches d'aération ? Sont-elles assez larges pour que quelqu'un y tienne ?

– Non, non, non, dit Swig avec une soudaine assurance. Certainement pas. Nous avons pensé à cette éventualité, au moment de l'installation. Les bouches sont toutes très étroites – dix-huit centimètres de diamètre.

Ça nous a posé un certain nombre de problèmes techniques et c'est pour ça que les travaux ont pris si longtemps avant que... (Il s'interrompit.) C'est surtout Peake qui m'inquiète. Faut-il poursuivre les recherches ?

– Pourquoi faudrait-il les interrompre ? demanda Milo.

– S'il a tué cette femme sur l'autoroute, il est à des kilomètres d'ici.

– Et si ce n'est pas lui ?

– Bon... précisément... Il faut que j'y aille, je vais diriger les opérations.

– Bien sûr, dit Milo. Faites ce que vous avez à faire.

À l'extérieur du bâtiment principal, les lucioles continuaient de danser, interrompues de temps à autre par les faisceaux obliques des projecteurs des hélicoptères. Milo demanda d'une voix ferme à un garde de nous sortir de là. Milo, les inspecteurs du shérif et moi nous retrouvâmes dans le parking, à côté de la voiture banalisée. La camionnette blanche du coroner était toujours au même endroit, tout comme les voitures de patrouille et un véhicule vert olive qui devait appartenir à Banks ou De la Torre.

– Qu'est-ce que vous croyez ? demanda Banks. Que cet Orson ou autre s'est débrouillé pour entrer ici et a délivré Peake ? Mais pour quelle raison ?

Milo me désigna d'un geste large de la main.

– Ce n'est pas très clair, dis-je. C'est peut-être lié au massacre perpétré autrefois par Peake. Crimmins et lui se connaissent depuis très longtemps. Il est possible – j'irais même maintenant jusqu'à dire probable – que Crimmins soit impliqué dans ces meurtres. En ayant poussé Peake à tuer les Ardullo, ou d'une manière plus subtile.

Je décrivis le long conflit qui avait opposé les Crimmins aux Ardullo et évoquai les prophéties de Peake.

– Le fric, dit De la Torre.

– En partie, oui, mais il y a autre chose. À la base de tout ça, il y a une histoire de puissance et de domination. Orson, alias Derrick Crimmins, se prend pour un artiste. Pour lui, le meurtre est une création artistique à part entière. Il travaille depuis un bout de temps sur un projet intitulé *Blood Walk*. Au moins trois personnes associées d'une façon ou d'une autre à ce film sont mortes. Il se peut qu'il y en ait d'autres. Je crois que Crimmins a gardé un rôle pour Peake, mais je ne saurais dire lequel. Il a décidé que le moment était venu de mettre Peake sous les feux des projecteurs.

– Ça m'a l'air drôlement tordu, votre histoire, fit observer De la Torre.

Banks jeta un coup d'œil derrière nous, vers l'étrange construction.

– C'est marrant, Hector, tu trouves pas ? Alors, comme ça, Crimmins est fou, lui aussi ? Ils ont embauché un psychotique pour travailler ici...

– Crimmins est un psychopathe assez classique, expliquai-je. Malfaisant, mais cohérent. Certains psychopathes partent en petits morceaux, mais c'est assez rare. Fondamentalement, c'est un perdant, un incapable : il ne sait pas garder son argent, il ne tient pas en place, il enchaîne des petits boulots qui lui paraissent indignes de son talent. Et ça le fait enrager et il décharge sa colère sur les autres. Mais il est parfaitement conscient de ses actes : il a pris la précaution de changer d'identité et d'adresse, il a soigneusement monté et réussi une arnaque après l'autre. Ce type est forcément très intelligent.

– Intelligent, mouais, dit De la Torre. Sauf qu'il aime tuer les gens.

Il tira sur les deux bouts de sa moustache, ce qui lui

déforma le bas du visage. Puis il lâcha les poils et fit une grimace – bouche en cul-de-poule et sourcils froncés.

– Bon, reprit-il. Maintenant parlons de Peake. En gros, vous dites qu'il s'agissait d'un fou furieux assoiffé de sang et qui se serait transformé en légume à cause de tous les médicaments qu'on lui a administrés. Sauf que pour qu'il arrive à s'échapper, il fallait quand même qu'il soit capable de courir plus vite qu'une citrouille mûre. Vous pensez qu'il a pu faire semblant d'être fou à ce point ?

– Les types du cinquième répètent ce numéro à longueur de journée, dit Milo.

– Mais ils réussissent rarement leur coup, dis-je. Et Peake est un vrai schizophrène. Avec lui, le problème n'est pas de savoir s'il imitait certains symptômes, mais de déterminer la gravité de sa psychose. Au mieux, la Thorazine a pu le rendre plus lucide. Suffisamment conscient pour lui permettre de suivre son complice. Crimmins a pu aussi déclencher certaines réactions. C'est quelqu'un d'important, dans la vie de Peake. Dieu sait quels fantasmes ont pu être provoqués par son arrivée dans le service.

– Le bon vieux temps ! dit Milo. Une réunion d'anciens combattants, quoi. Crimmins n'a eu aucun mal à repérer les failles de l'organisation. Il a dû bien se marrer. Je parie qu'au bout de quelques semaines, il a récupéré les clés de presque toutes les portes. Nous savons qu'il se baladait à l'étage de Peake en dehors des heures de boulot. Ce qui veut dire qu'avec son badge, il pouvait se pointer quand il voulait sans éveiller les soupçons. (Il hocha la tête.) Peake a dû voir en lui une planche de salut.

– Nous savons qu'autrefois Crimmins le dominait, dis-je. Il sait que Peake est passif. Il lui donne discrètement un couteau. Personne ne se soucie de vérifier s'il y a des armes dans la chambre de Peake puisqu'il y végète depuis seize ans. Crimmins prévient Peake que le moment est venu ; ce dernier attaque Dollard par surprise, lui tranche la gorge et s'enfuit par l'ascenseur du personnel. Dollard faisait une cible parfaite : il est assez négligent et ne respecte pas les précautions élémentaires. Une autre raison de l'effacer est qu'il avait dû prêter la main au trafic de médicaments monté par Crimmins. Milo... tu as demandé à Swig si Dollard avait accès à la pharmacie. Tu pensais donc à la même chose que moi. Ou bien alors, Crimmins est entré discrètement et s'est lui-même chargé de la sale besogne. Il s'est pointé dans le couloir pendant la réunion du personnel en sachant qu'il n'aurait qu'un seul adversaire : Dollard.

– De quel trafic de médicaments parlez-vous ? demanda Banks.

Milo évoqua le ballet des voitures devant chez Marie Sinclair, puis ajouta :

– Que peut-on rêver de mieux qu'un diplôme en pharmacie ? Dollard fait office de fournisseur et Crimmins revend la came dans la rue. C'est pour ça que Dollard était si inquiet de nous voir revenir. L'imbécile avait peur que nous découvrions le pot aux roses. Il fait part de son inquiétude à Crimmins, lui explique qu'il risque de finir par péter les plombs et signe ainsi son arrêt de mort sans même le savoir. Crimmins a l'habitude de régler rapidement ses problèmes, et comme Dollard commence à perdre les pédales...

– Toute cette histoire... commença Banks, c'est assez... haut en couleur.

– Faute de preuves, je suis bien obligé de broder, dit Milo.

– Si on laisse tomber les détails, dis-je, une chose est sûre : Crimmins a réussi à faire descendre Peake par cet ascenseur. Je pense qu'il a dû pénétrer à l'intérieur de l'enceinte de l'hôpital par cette ouverture dans le grillage ; il est passé par-derrière et s'est peut-être même caché dans une annexe. Facile, elles ne servent à personne. Il n'a pas eu grand mal à venir par les collines. Crimmins a fait du motocross. Il a peut-être apporté une bécane, une trial...

– Et votre victime, qu'est-ce qu'elle vient faire dans cette histoire ? demanda Banks. Cette... Claire Argent ?

– Il se peut qu'elle ait découvert le trafic. Ou appris de la bouche de Peake quelque chose qu'elle n'était pas censée savoir.

– Ou alors, elle était elle-même impliquée dans le bizness.

Silence, puis De la Torre :

– Pourquoi Peake s'est-il mis à prophétiser ?

– Parce qu'il est toujours psychotique, dis-je. Crimmins a commis l'erreur de divulguer ses projets en s'imaginant que Peake garderait le silence. N'oubliez pas que Peake est resté muet sur le massacre des Ardullo pendant seize ans. Mais récemment, quelque chose – sans doute l'attention que lui prodiguait Claire – lui a donné envie de parler. Il s'est mis à dire quelques mots. À se considérer comme une victime, un martyr. Lorsque j'ai mentionné les Ardullo, il a pris une posture de crucifié. Du coup, il pouvait représenter une menace pour Crimmins. Il se peut très bien que ce dernier veuille lui faire jouer le rôle de la victime.

– Mais si c'est Peake qui a tailladé cette femme sur la 5, ça ne tient pas.

– On ne sait jamais, dis-je. Dans ce cas précis, les rôles de monstre et de victime ne s'excluent pas mutuellement.

Banks avait l'air perplexe. Il fit glisser ses pouces sur les revers de sa veste et leva les yeux en direction des hélicoptères.

– Encore une chose, dit Milo. L'ouverture dans le grillage ne date pas de ce soir. Les bords étaient oxydés.

– Tout a été excellemment répété, dis-je. Comme dans

n'importe quelle production. C'est comme ça que Crimmins voit la vie : tout n'y est que spectacle. Toujours prêt à monter ses tréteaux.

– Ça me fait rire, moi, dit Banks. Imaginer que dans un endroit comme ça les types emportent les clés chez eux...

– Ça n'a pas grande importance, dit De la Torre, avant de se tourner vers Milo. Vous avez déjà vu un quartier de haute sécurité qui ne soit pas bourré de came et d'armes ? Je veux dire... à part chez ma belle-mère...

– C'est la faute à la nature inhumaine, dit Banks. On n'y peut rien. Crimmins et Peake sont en train de rentrer chez eux. Mais pourquoi ?

– La seule idée qui me vient, c'est que Crimmins a ajouté un élément à son scénario. Mais ce que je ne comprends pas, c'est pour quelle raison il laisserait le corps de cette femme au bord de l'autoroute. On dirait presque qu'il cherche à nous indiquer qu'il file vers Treadway. Il est peut-être en train de perdre les pédales. Ou alors je me trompe sur toute la ligne : l'évasion est le fait d'un homme seul et Peake a mené tout le monde en bateau. Un monstre calculateur assoiffé de sang, qui est ressorti pour satisfaire ses instincts.

Banks relut ses notes.

– Vous avez dit que le massacre des Ardullo était peut-être lié à des conflits financiers. Mais alors pourquoi tuer les enfants ?

– Tu ruines ma famille, je te démolis la tienne. C'est une justice primitive et tordue, je vous le concède. C'était sans doute l'idée de Derrick, mais à vingt ans il n'avait ni le désir ni le culot de commettre lui-même cette atrocité. C'est alors que Peake s'est pointé, et tout est devenu évident : l'idiot du village vivait justement dans le ranch des Ardullo. Derrick et Cliff ont commencé à passer du temps avec Peake, ils sont devenus ses fournisseurs de revues pornos, de came, d'alcool, de colle, de peinture.

Les psychopathes ne savent pas grand-chose sur leur propre psyché, mais sont très forts pour repérer les pathologies des autres. Derrick a très bien pu sentir la violence latente de Peake et se débrouiller pour l'exploiter. C'était sans grand risque : si Peake ne réagissait pas, personne n'aurait su que les frères l'avaient provoqué. Et même s'il avait parlé, qui l'aurait cru ? Mais il a effectivement réagi et les conséquences ont été considérables : Carson Crimmins a pu vendre ses terres ; la famille est devenue riche, tout le monde est allé en Floride, où les garçons ont pu jouer les play-boys pendant un temps. On peut donc dire que Peake a eu une influence certaine sur le destin de Crimmins.

– À l'époque, Crimmins ne s'est pas inquiété de savoir si Peake baragouinait, dit Milo. Mais la situation a changé. Quelqu'un s'est mis à écouter attentivement ce qu'il avait à dire.

– Il se peut que Claire ait effectivement été impliquée dans le trafic de médicaments, dis-je. Mais jusqu'à ce que nous en trouvions la preuve, je préfère penser qu'elle est morte pour avoir appris de Peake qu'il n'avait pas agi seul. Et elle l'a cru. Elle a cru en lui. Parce qu'en fin de compte, ce qu'elle cherchait, c'était quelque chose qui puisse sauver son frère. Une rédemption symbolique.

– Symbolique, répéta De la Torre. Mais si elle soupçonnait Crimmins, pourquoi est-elle montée dans cette Corvette ?

– Peut-être a-t-elle eu une histoire avec Crimmins avant que Peake ne se mette à parler. Crimmins se prenait pour un réalisateur de premier plan, un indépendant qui prétendait sonder les tréfonds de la folie ou Dieu sait quel baratin dans le genre. Il a appelé sa boîte Thin Line [1], – comme s'il voulait explorer la frontière entre la santé mentale et la folie. Peut-être lui a-t-il demandé d'être sa

1. *Thin Line = ligne étroite.* (NdT)

conseillère technique. Ce type étant un escroc complet, je l'imagine bien tomber dans le piège.

– Autre chose, reprit Milo. Admettons que Peake dise des trucs à Claire. Qu'il lui ait même parlé de Derrick Crimmins. Or le type qu'elle connaît s'appelle George Orson.

J'en eus le souffle coupé.

– Tu as raison. Claire a très bien pu tout répéter à Crimmins. Et signer son arrêt de mort, à elle.

– Les yeux crevés, dit Milo. Comme les gosses des Ardullo. Lui seul sait parce qu'il voit. Personne d'autre. (Il se frotta le visage.) Ou bien alors il aime crever les yeux des gens, tout bêtement.

– Un vrai salopard, en tout cas, dit Banks dans un souffle. Et impossible de savoir où il se cache.

Le ballet aérien des hélicoptères s'était déplacé vers l'ouest, les faisceaux blancs des projecteurs balayant les collines et ce qui se trouvait derrière.

– Ils gâchent leur carburant, dit De la Torre. Il doit être sur la route.

35

Milo et les shérifs prirent chacun leur téléphone portable. Mieux habillés, on aurait pu les prendre pour des courtiers en pleine action. Mais leurs coups de fil n'eurent aucun résultat : personne n'avait aperçu Peake.

Milo regarda sa montre.

– Dix heures cinquante. Si des reporters s'amusent avec leur scanner, notre affaire risque de faire les gros titres dans dix minutes.

– Ça pourrait nous être utile, dit Banks. Peut-être que quelqu'un le repérera.

– Je doute que Crimmins le laisse se montrer comme ça, dis-je.

– S'il tant est qu'il soit en compagnie de Crimmins.

– Le coroner m'a fait emporter la victime de l'autoroute. Je vais aller faire un saut à la morgue.

– D'accord, dit Banks. Échangeons nos numéros, comme ça nous pourrons rester en contact.

– Bon, fit Milo. Dites bonjour à Petra de ma part.

– Certainement, dit Banks en rougissant. Dès que je la verrai.

Jusqu'alors Milo avait traversé le bois d'eucalyptus à toute vitesse. Il roulait à présent à trente kilomètres heure, pleins phares, et regardait attentivement à droite et à gauche.

– C'est idiot, dit-il. Ils ne sont certainement pas dans les parages, mais je ne peux pas m'empêcher de regarder. Comment appellerais-tu ça ? Un rituel obsessionnel-compulsif ?

– Non. La force de l'habitude.

Il éclata de rire.

– Tu es très fort pour inventer des euphémismes.

– Je parlerais plutôt de mutation canine. Ce boulot t'a transformé en limier.

– Non, les chiens sentent mieux les choses. Bon, je vais te déposer.

– Laisse tomber, dis-je. J'y vais avec toi.

– Pourquoi ?

– La force de l'habitude.

Le corps était allongé sur un brancard au milieu de la pièce et recouvert d'un drap. Le technicien de garde était un dénommé Lichter, un type bedonnant et grisonnant, mais très bronzé. Un gendarme de la Patrouille des Autoroutes nommé Whitworth avait rempli les papiers.

– Vous venez de le rater, dit Lichter.

Sa peau bronzée lui donnait l'air d'un acteur en train de jouer un garçon de salle. Ou bien était-ce moi qui voyais Hollywood à tous les coins de rue ?

– Où est-il allé ? demanda Milo.

– Il est retourné sur les lieux du crime. (Lichter attrapa un coin du drap et le regarda avec tendresse.) J'allais justement lui choisir un tiroir.

Milo lut le rapport.

– « Blessure par balle à l'arrière de la tête ? »

– Si c'est ce que ça dit...

Milo rejeta le drap en arrière, dévoilant le visage. Ou ce qu'il en restait. De profondes entailles en zébraient les chairs, mettant à nu les os, les muscles et les tendons. En lieu et place des yeux se trouvaient comme deux énormes framboises. Les cheveux, épais et brun clair, là où le sang ne s'était pas coagulé, s'étalaient en éventail sur le brancard. Cou mince, éclaboussé de sang mais intact. Seul le visage avait été ravagé. Quant aux yeux... Les coups de lame faisaient sur la peau comme un quadrillage pourpre, le grill d'un barbecue porté à l'incandescence. J'aperçus des taches de rousseur au milieu de tout ce sang et mon estomac se noua.

– Mon Dieu ! dit Lichter, l'air abattu. Je ne l'avais pas encore vue.

– À votre avis, dit Milo, il s'agit d'une blessure par balle ?

Lichter gagna une table de bois dans l'angle de la pièce, déplaça des piles de papiers et s'empara de formulaires agrafés, qu'il feuilleta précipitamment.

– J'ai la même chose, là... « Blessure simple à l'occiput, aucune balle n'a été retrouvée pour l'instant. »

Il nous rejoignit en remettant ses gants, tourna délicatement la tête de la morte, se pencha en avant et plissa les yeux.

– Ah... Vous voyez.

Un trou aux contours rouge sombre était nettement visible à l'arrière du crâne. Une croûte noire s'était formée sur la nuque, des taches de même couleur parsemant le cou mince.

– Autant faire le boulot correctement, dit-il. Je ne suis que manutentionnaire, ici, mais on dirait que le coup est parti de très près, n'est-ce pas ? (Il reposa doucement la tête. Il avait l'air de plus en plus triste.) Peut-être qu'on lui a d'abord tiré dessus, et qu'ensuite seulement elle a pris ces coups de couteau. Ou plutôt de hachette ou de machette – une lame épaisse, en tout cas, vous ne croyez pas ? Mais je ferais mieux de me taire. Seuls les médecins légistes sont autorisés à émettre des opinions.

– Et qui est de service ce soir ?

– Le Dr Patel. Il est sorti un moment, mais ne devrait pas tarder à revenir avec tout son savoir.

Lichter voulut recouvrir le visage de la victime, mais Milo attrapa le drap.

– Un coup de feu, puis des coups de couteau, dit-il. Juste au bord de l'autoroute.

– Ne répétez pas ce que j'ai dit. Je ne suis pas censé donner mon avis.

– Ça m'a l'air bien vu, pourtant. Maintenant, il nous reste à découvrir qui c'est.

– Ça, nous le savons, dit Lichter. On lui a tout de suite pris ses empreintes. Facile, avec des doigts minces comme ça ! D'après l'inspecteur Whitworth, le logiciel PRINTRAK a répondu presque immédiatement. Attendez...

Il courut jusqu'au bureau récupérer d'autres papiers.

– Voilà, dit-il en revenant. Elle avait un casier... une histoire de drogue, je crois... Oui, voilà. Hedy Lynn Haupt, type européen, vingt-six ans... arrêtée il y a deux ans pour P.C. 11351.5... c'est-à-dire possession de cocaïne, pour la vente ou la consommation personnelle, si je ne me trompe pas ? Je le connais par cœur, celui-là. Il nous en arrive tellement ici ! On a aussi son adresse.

Milo le rejoignit en quelques enjambées et lui prit les papiers des mains.

– Hedy Haupt, dis-je en me penchant pour mieux voir le visage.

Je m'arrêtai à quelques centimètres des chairs meurtries. Odeur cuivrée et douceâtre du sang, soufrée des gaz rejetés... plus quelque chose de léger, de floral... Son parfum.

La peau était du gris-vert habituel, là où le sang ne l'avait pas colorée en rouge orangé.

La plus grande partie de sa tête s'était transformée en quelque chose d'inimaginable. Bouche maculée d'une traînée de sang, lèvre supérieure coupée en diagonale. Et pourtant, la structure générale du visage restait reconnaissable. Familière, même. Ces taches de rousseur sur le nez et le front... Et sur l'oreille qui n'avait pas été hachée menue, un coquillage couleur de cendre.

Je tirai sur le drap. Chemisier à carreaux. Blue jeans. Même dans la mort, le corps semblait avoir gardé une certaine tonicité, une minceur... Quelque chose dépassait de la poche de poitrine de son chemisier. Un élastique blanc. De quoi retenir sa queue de cheval.

– Je crois savoir qui c'est, dis-je.

Milo me fonça dessus.

– Hedy Haupt, Heidi Ott, expliquai-je. L'âge colle parfaitement, les cheveux sont de la même couleur, le corps de la bonne longueur... Regarde la mâchoire... à droite, comme elle est anguleuse. J'en suis sûr. C'est elle.

Le visage de Milo était tout près du mien. Il sentait la sueur et le cigare froid.

– Merde ! s'écria-t-il. Elle aussi faisait partie de la distribution ?

– Tu te rappelles ce que le grand Chet n'arrêtait pas de nous hurler quand nous avons quitté le groupe ? « Cherchez la femme. » À mon avis, il essayait de nous dire quelque chose. Ça vaut peut-être la peine d'écouter les dingues de temps en temps.

36

Milo voulait examiner le corps de plus près et relire la paperasse en détail. Comme je n'y tenais pas spécialement, je sortis de la pièce, m'achetai une tasse de café abominable et brûlant à un distributeur et le bus dans la salle d'attente attenante à la salle d'autopsie. Le café ne me soulagea pas vraiment l'estomac, mais le tremblement qui s'était emparé de mes jambes commença à se dissiper.

Je restai un moment assis à penser à Heidi, exécutée et mutilée au bord de la 5.

Toute personne ayant fréquenté Peake et Crimmins finissait au rebut comme un vulgaire sac poubelle. Cette affaire puait la méchanceté gratuite.

Des monstres.

Non. Malgré le surnom de Peake, il s'agissait quand même de deux hommes – il s'agissait toujours, au fond, de problèmes entre êtres humains.

J'imaginai ces deux hommes unis par quelque chose que je n'arrivais pas à comprendre, en train de traquer leur proie, de la frapper, de faire feu, de la découper...

Les productions Crimmins – la pire espèce de documentaire. Et pour arriver à quoi ? Combien d'autres victimes gisaient quelque part dans la ville ? Des bruits de pas rapides me firent lever les yeux. Un Indien tiré à quatre épingles passa devant moi sans un mot et pénétra dans la salle d'autopsie. Le Dr Patel, sans doute. Je trouvai un téléphone à pièces, appelai Robin et tombai sur le répondeur. Elle s'était endormie. Tant mieux. Je dis au répondeur que je rentrerais dans quelques heures et qu'elle ne devait pas s'inquiéter. Puis je terminai mon café. Il avait refroidi, mais avait toujours un goût de carton cuit dans un bouillon de chicorée.

Heidi. Elle avait donc eu des problèmes de drogue. Cela ouvrait de tout nouveaux horizons.

C'était comme de voir la vie à travers une nouvelle paire de lunettes... La porte s'ouvrit d'un coup et Milo sortit comme une bombe en s'essuyant le front et agitant une feuille de papier à l'en-tête du coroner et couverte de son écriture frénétique.

– J'ai l'adresse de Heidi, dit-il. On y va.

Nous nous dirigeâmes vers l'ascenseur.

– Où habitait-elle ?

– Dans West Hollywood, tout en haut d'Orange Grove.

– C'est-à-dire pas loin de Plummer Park, où nous l'avons retrouvée.

– Pas loin de chez moi non plus. Putain ! (Il appuya frénétiquement sur le bouton de l'ascenseur.) Allez, allez, dépêche !

– Qui est chargé de l'enquête ? Le shérif ou La Patrouille des Autoroutes ?

– Le type de la Patrouille qui est arrivé le premier sur les lieux, dit-il. Je l'ai eu sur son portable. Il m'a dit que nous étions libres d'aller jeter un œil chez elle. Il reste sur place pour s'assurer que les techniciens récupèrent un maximum d'indices sur la route, avant que la circulation ne s'intensifie.

– Ils l'ont descendue et coupée en morceaux là-bas, sur l'autoroute ?

– Près d'un embranchement. Dans un coin assez sombre et isolé pour se planquer.

– Crimmins doit bien la connaître, cette route, s'il est

né à Treadway. Mais c'était quand même risqué, de faire ça à découvert...

– Peut-être bien qu'ils perdent les pédales, comme tu l'as dit. Le massacre de Peake n'était pas si bien préparé que ça. Il a laissé des putains d'empreintes. Il se pourrait que Crimmins déraille à son tour.

– Je ne sais pas. Crimmins est du genre à prévoir les choses. L'évasion de Peake donne à penser qu'il est toujours très organisé.

Milo haussa les épaules.

– Qu'est-ce que je peux dire ?

Les portes de l'ascenseur s'ouvrant, il se précipita à l'intérieur.

– Le coroner avait autre chose à t'apprendre ? demandai-je.

– La balle est restée dans le corps. Il va la récupérer. Et maintenant, tu veux bien que je te dépose ?

– Pas question.

– Tu as l'air épuisé.

– Tu ne t'es pas regardé.

Il eut un petit rire, presque malgré lui. J'enchaînai :

– Tu veux un chewing-gum ?

– Tu bouffes ce genre de truc, toi ?

– Jamais. C'est le garçon de salle, Lichter, qui m'en a donné un paquet. Il m'a expliqué qu'il en refilait à tous les flics qui passaient. Il dit qu'il va prendre sa retraite l'année prochaine et qu'il a envie que les gens se réjouissent avec lui de cette heureuse perspective.

À l'extérieur de la morgue, l'air était tiède, épais, et puait l'essence. Même à cette heure tardive, le vacarme de l'autoroute n'avait pas diminué. Des ambulances entraient et sortaient de l'Hôpital Général toutes sirènes hurlantes. Soiffards et zombies déambulaient dans la rue, ainsi que quelques autres habitants en blouse blanche qui n'avaient pas l'air beaucoup mieux lotis. Au-dessus de nous, sur une des passerelles, des voitures klaxonnaient pour doubler. À quelques kilomètres au nord, l'autoroute inter-États était suffisamment dégagée pour servir d'abattoir.

J'imaginai le véhicule se ranger tout d'un coup sur le bas-côté – pas la Corvette jaune, mais quelque chose d'assez grand pour contenir trois personnes.

Crimmins et Peake. Plus Heidi. Embarquée avec eux.

Captive ou passagère ?

Et cette histoire de drogue.

Je repensai à notre rencontre à Plummer Park.

« Ma colocataire dort encore, sinon je vous aurais fait venir chez moi. »

Pouvions-nous espérer trouver une colocataire vivante à l'adresse d'Orange Grove ? Ou bien...

J'imaginai de nouveau ce qui s'était passé au bord de l'autoroute. Heidi sortant de la voiture, surprise, et demandant à Crimmins ce qui se passait. Ou bien immobilisée, ligotée et bâillonnée... déjà terrorisée ?

Crimmins et Peake la sortent du véhicule. Elle est costaude, mais ils n'ont aucun mal à la maîtriser.

Ils la poussent à l'écart de la route. Près de l'embranchement. Et tous les trois disparaissent dans l'obscurité.

A-t-elle eu le temps de prononcer quelques mots ?

Quoi qu'il en soit : boum. Une brève explosion de lumière et de douleur.

Quelle était la dernière chose qu'elle avait entendue ? Un camion qui passait dans un vrombissement ? Le vent ? Les battements affolés de son cœur ?

Ils la laissent tomber par terre. Crimmins donne le signal et Peake s'avance.

Une lame à la main.

Suivant les indications.

Caméra. Action.

Coupez.

J'avais l'estomac révulsé en montant dans la voiture. J'aurais voulu être sûr de comprendre tout ce qui s'était passé avant d'en reparler avec Milo. Il démarra, traversa rapidement le parking de la morgue et prit l'avenue vers l'est. Puis il écrasa le champignon.

À croire qu'il n'y avait jamais eu de citronniers dans Orange Grove Street. Ce n'était qu'une simple rue de Los Angeles parmi d'autres, où s'alignaient de petites maisons sans intérêt particulier.

Celle que nous étions venus voir était cachée derrière une haie de ficus mal taillée, mais la verdure s'arrêtait au bord de l'allée d'asphalte menant au garage. Pas de voiture. Milo alla se garer trente mètres plus loin, et nous arrivâmes à pied. J'attendis au bord du trottoir. Milo s'approcha du garage, le pistolet à la main, puis il fit le tour du bungalow, le dos collé au mur de bois. Même dans l'obscurité, je pouvais apercevoir les éraflures sur la peinture. Difficile de reconnaître la couleur, probablement un beige. Entre la maison et la haie de ficus, un misérable carré de gazon jauni. Véranda fatiguée, aucune plante d'ornement à l'extérieur.

Milo reparut, tout essoufflé, son arme à la main.

– Ça m'a l'air vide, dit-il. La porte de derrière est facile à ouvrir, je vais jeter un œil à l'intérieur. Reste ici jusqu'à ce que je t'appelle.

Cinq, dix, douze minutes passèrent, pendant lesquelles j'observai le faisceau de sa lampe-stylo qui dansait derrière les rideaux des fenêtres. Une unique luciole. Finalement, la porte s'ouvrit et Milo me fit signe d'entrer.

Il avait enfilé des gants. Je le suivis pendant qu'il allumait quelques lampes, révélant l'intérieur miteux. Nous commençâmes par faire le tour de la maison. Cinq petites chambres minables, plus des toilettes sordides. Murs jaune pisseux. Les rideaux avaient souffert et les toiles cirées avaient été réparées en plusieurs endroits avec des bouts de ruban adhésif.

Mobilier incolore et anonyme.

Peu de meubles, en fait. Car le bungalow était rempli de cartons, scellés pour la plupart. Étiquettes imprimées à l'extérieur : HAUT. BAS. FRAGILE. Des dizaines de cartons de téléviseurs, de chaînes stéréos, de cassettes vidéo, de caméras, d'ordinateurs. Cassettes audio, disques compact, CD-rom. Verres, argenterie, petit matériel électroménager. Des tas entiers de cassettes vidéo et de pellicules photo. Assez de pellicule pour couvrir un millier d'anniversaires.

Dans un coin de la plus grande chambre, juste à côté d'un grand lit défait, une pile de boîtes plus petites. Les étiquettes décrivaient les caractéristiques de mini-magnétos Sony. Identiques à celui dont Heidi s'était servi pour enregistrer Peake.

– Le matériel de prise de vues se trouve dans le garage, dit Milo. Chariots, perches, projecteurs et d'autres trucs que je ne connais pas. Il y en a des tonnes, entassées presque jusqu'au plafond. Je n'ai pas vu de scies, mais il se pourrait qu'elles soient enterrées sous le reste. Il faudrait s'y mettre à plusieurs pour fouiller tout ça.

– Elle faisait partie de la bande, dis-je.

Il passa dans la salle de bains sans répondre. Je l'entendis ouvrir des tiroirs, puis, au moment où j'y entrais à mon tour, je le vis sortir quelque chose du petit placard sous le lavabo.

Une boîte à chaussures d'un blanc brillant. D'autres boîtes identiques étaient empilées contre les tuyaux.

Il souleva le couvercle. Des petites bouteilles en plastique blanches y étaient alignées dans un écrin de polystyrène. Il en sortit une. « Phénobarbital. »

Les autres bouteilles portaient la même étiquette. La deuxième boîte présentait un assortiment de produits pharmaceutiques, de même que les suivantes.

Chlorpromazine, Thioridazine, Halopéridol, Clozapine, diazepam, alprazolam, carbonate de lithium.

– Un véritable assortiment de friandises pour camés, dit Milo. Excitants, calmants, il y a vraiment de tout.

Il regarda le fond de la boîte et repéra le cachet de Starkweather.

– Des produits non coupés, dis-je. Ça fait grimper les prix d'autant.

Une idée me traversa soudain l'esprit. Milo regardait ailleurs, mais j'avais dû réfléchir à voix haute car il se retourna.

– Quoi ? dit-il.

– J'aurais dû piger depuis longtemps. Le chien perdu, Buddy... Celui auquel je pensais sans arrêt parce que j'étais certain de l'avoir déjà vu quelque part. Ce jour-là, dans le parc, un grand type en noir promenait un bâtard de Rotweiler. Il est passé tout près de l'endroit où nous étions assis avec Heidi. Celle-ci l'a remarqué et l'a suivi des yeux. C'était lui, son colocataire. Celui dont elle disait qu'il dormait encore. Plaisanterie pour initiés. Ils se sont joués de nous depuis le début. Tu parles d'un talent pour l'observation : regarde où ça nous a menés.

– Dis donc, fit-il en consignant le nom de tous les produits dans son calepin. C'est moi, le soi-disant inspecteur et je n'ai même pas remarqué ce chien.

– Crimmins l'a volé à Mme Leiber. Il prenait ce qu'il voulait, quand ça lui chantait. Pour lui, tout n'est qu'une question de pouvoir.

Milo cessa d'écrire.

– Il n'y a pas trace de chien ici, dit-il. Je n'ai pas vu de boîtes ou d'écuelle dans la maison.

– Précisément.

– Heidi, souffla-t-il d'une voix soudain très lasse.

– Ça jette une lumière tout à fait différente sur son passé, dis-je. Et sur la prophétie de Peake. La pseudo-prophétie de Peake.

Ses doigts se crispèrent autour du stylo. Il me regarda bien en face.

– Encore une arnaque.

– Forcément. Les seules preuves nous ont été rapportées par Heidi.

– « Vilains yeux dans une boîte. » « Tchou tchou bang bang. »

– Plus la cassette. (Je ramenai Milo dans la plus grande chambre et lui montrai la pile de Sony.) Sur la bande, il n'y avait que des borborygmes. Parfaitement incompréhensibles. Ça pouvait être n'importe qui. Maintenant, nous savons qui faisait tout ce bruit.

– Crimmins.

– Il se chargeait même des voix off, dis-je. George Welles Orson. Comme je l'ai dit, c'est un auteur à part entière : il produit, il réalise, et il joue.

Milo jura. J'enchaînai :

– C'est lui qui a assassiné Claire. Après, il a fait croire que Peake était un prophète, histoire d'épicer un peu le scénario. Qui sait ? Il a peut-être pensé qu'il pourrait servir un jour. On écrit un scénar', on le vend à Hollywood, le rêve, quoi. Et nous avons tout pris au sérieux. Il a dû beaucoup se marrer ; il blousait la police une énième fois. Comme en Floride. Et dans le Nevada. Comme à Treadway. Alors, quand il a éliminé les frères Beatty, il a recommencé. Il s'est de nouveau servi de Heidi. Comme ça, il ne courait aucun risque. Puisque nous nous focalisions sur Peake, il était tranquille. Personne n'avait entendu parler Peake depuis près de vingt ans. Qui peut dire si c'est réellement sa voix sur la cassette ? La première fois que nous avons vu Heidi, elle nous a expliqué qu'elle comptait arrêter de travailler à Starkweather. C'était donc forcément pour te rendre service qu'elle restait là-bas. Elle n'en était que plus fiable. À partir de là, personne ne pouvait mettre en doute ce qu'elle faisait avec Peake.

– Sauf peut-être Chet.

– Oui. « Cherchez la femme [1] », comme il disait. Chet a sans doute remarqué quelque chose, un truc qui clochait chez Heidi. Peut-être la façon dont elle se comportait avec Peake. Ou bien il l'a vue piquer des médicaments dans l'infirmerie. Ou fricoter avec Dollard. Mais encore une fois, qui prêterait attention aux élucubrations de Chet ? Heidi était libre de continuer à jouer la taupe de Crimmins. Elle a débarqué là-bas parce qu'il avait besoin d'elle. Elle est arrivée quand il venait juste de partir. Il lui a confié un certain nombre de missions : travailler avec Dollard pour assurer la fourniture de médicaments, vérifier que Dollard ne les doublait pas et ne pas lâcher Claire d'une semelle pour qu'elle puisse lui raconter ce qu'elle savait de Peake. Parce qu'il a certainement parlé de Peake avec Claire. Leur relation était fondée là-dessus.

– *Cherchez la femme* [2], répéta Milo. Ce type les collectionne. (Il jeta un coup d'œil aux cartons de contrebande.) Son petit voyage avec Peake et Heidi ce soir signifie sans doute que cette dernière était prête à s'enfuir avec eux. En tant que taupe, elle a dû leur faciliter la tâche, tu ne crois pas ? Hier, la dernière fois que nous l'avons vue, elle se promenait avec Peake tout près de l'ascenseur du personnel. Une petite répétition avant le jour J ?

– Absolument. Crimmins et elle étaient forcés de répéter. Parce que fou ou pas, Peake a quand même passé seize années enfermé. Ce n'est pas rien, et il valait mieux tester ses capacités. Il est aussi possible qu'ils aient avancé la date de l'évasion en voyant que tu te rapprochais dangereusement. Ce même jour, tu as demandé à Heidi si Peake avait prononcé le nom de Wark et elle a hésité une seconde. Sans doute surprise que tu sois au

1. En français dans le texte. (NdT)
2. En français dans le texte. (NdT)

courant de sa double identité. Mais elle a fait comme si de rien n'était. Elle t'a répondu que c'était un drôle de nom, qui n'avait pas vraiment l'air d'un nom, tu te souviens ? Elle a changé de sujet et attiré notre attention sur Dollard en nous faisant savoir qu'il avait été viré pour faute grave. Parce que Dollard était devenu un fardeau. Il avait toujours été le maillon faible de l'équipe. Crimmins et Heidi ont décidé de faire d'une pierre deux coups : se débarrasser de Dollard et libérer Peake. Autre chose... juste après nous avoir parlé de Dollard, elle a ramené la conversation sur Wark et nous a questionnés. Qui était ce bonhomme ? Est-ce que c'était un ami de Peake ? Qu'est-ce que ça pouvait lui faire ? Elle cherchait à découvrir ce que nous savions et nous n'y avons vu que du feu parce que nous la prenions pour notre alliée.

– Une actrice, lâcha Milo.

– Qui sait garder son calme malgré la pression, dis-je. Après notre départ, elle a dû s'empresser de téléphoner à Crimmins. Pour l'informer que tu recherchais son alter ego. C'est à ce moment-là qu'il a décidé d'agir.

– On peut dire qu'elle gardait la tête froide, dit Milo. Mais tu as vu ce qu'elle est devenue, sa tête ?

– Tête froide, mais une fille plutôt téméraire, dis-je. Une inculpation pour détention de cocaïne ne l'a pas empêchée de voler des médicaments à Starkweather. Son attirance pour Crimmins se justifiait aussi par sa passion du danger. Elle nous a bien dit qu'elle recherchait les sensations fortes – escalade, saut en parachute depuis des barrages. Sans oublier qu'elle t'a fait savoir qu'elle flirtait avec l'illégalité. Imagine un peu : raconter à un flic qu'on a commis un délit... Et avec le sourire. Encore un autre petit jeu. Ce goût pour le danger, c'est sans doute ce qui l'a séduite chez Crimmins. Castro nous a expliqué que Derrick et son frère Cliff aimaient rouler vite, prendre des risques. Derrick et Heidi se sont probablement rencontrés dans un club de casse-cou.

– On cherche la montée d'adrénaline, dit Milo. Et puis ça s'use, alors on cherche un autre stimulant.

– Les crimes de Crimmins ont toujours le profit comme mobile, mais j'ai toujours dit que l'excitation et le plaisir en sont les principaux ingrédients. Ce qu'il aime par-dessus tout, c'est créer un monde bizarre et le contrôler entièrement, jouer avec. Il écrit le scénario, distribue les acteurs et les fait bouger comme des pions. Il se débarrasse d'eux lorsqu'ils ont fini leur scène. Pour un psychopathe, ça doit être un sentiment exaltant, proche du nirvana. Les motivations de Heidi sont assez semblables, mais elle ne joue pas dans la même catégorie que lui. Elle a pris du bon temps, mais elle a commis l'erreur de se prendre pour une associée, alors qu'elle n'était qu'une figurante parmi d'autres. Elle n'a sans doute rien compris lorsque Crimmins s'est garé sur le bord de la route et lui a demandé de sortir.

Je n'avais pas envie de rire, mais je pouffai malgré moi.

– Qu'est-ce qu'il y a ? demanda Milo.

– Je viens juste de penser à un truc. Si Crimmins avait eu la chance de percer pour de bon à Hollywood, peut-être que rien de tout ça ne serait arrivé.

Milo observa la pièce et je suivis son regard. L'endroit était sinistre. Rien aux murs. Pour Heidi et Crimmins, la décoration intérieure avait une toute autre signification. Patchwork de pulsions cruelles, décors sanglants, broderies de l'esprit...

– Laisse-moi imaginer leur évasion, reprit Milo à voix basse. Deux entrées simultanées à Starkweather : Crimmins arrive par-derrière, par l'ouverture dans le grillage ; Heidi débarque en voiture par l'accès principal, comme à son habitude. Elle monte jusqu'au couloir C, rejoint la chambre de Peake et l'aide à se préparer. Tous les aides-soignants sont à la réunion hebdomadaire, sauf Dollard, qui monte la garde. Heidi attire Dollard dans la chambre de Peake – ce n'est pas bien difficile, elle n'a qu'à lui dire que Peake est malade ou qu'il a une crise d'angoisse et joue de nouveau les crucifiés. Dollard entre, referme la porte à clé derrière lui – c'est la procédure de base –, et s'approche pour vérifier ce qui se passe. C'est peut-être à ce moment-là que Peake lui saute dessus. Quoi qu'il en soit, Heidi attrape Dollard et lui tranche la gorge. Ou bien c'est elle qui distrait Dollard, et Peake qui fait le coup... Elle s'assure ensuite que la voie est libre, aide Peake à rejoindre l'ascenseur du personnel et personne n'est là pour leur demander où ils vont... Ils descendent à la cave et ressortent de l'autre côté.

– Et Crimmins, caché dans une des annexes, ou à proximité, les retrouve. Heidi et Crimmins peuvent alors faire sortir Peake par la clôture. Heidi revient ensuite sur ses pas et quitte l'hôpital par l'accès principal, tandis que Peake et Crimmins s'enfuient par les collines ; un véhicule tout terrain les y attend. Peake n'est pas en grande forme, mais Crimmins est costaud, et qui plus est, il connaît les collines comme sa poche. Il n'a certainement eu aucun mal à entraîner Peake. Le fait que ce soit Heidi qui ait tranché la gorge de Dollard expliquerait aussi pourquoi l'artère n'a été que légèrement entaillée, et pas coupée net. C'était une fille solide, mais pas spécialement brillante. Je doute qu'elle ait déjà eu l'occasion de trancher la gorge de quiconque avant ça. Elle aurait su l'effort que ça représente. Parce qu'il faut une sacrée volonté pour couper le cou de quelqu'un. Sans parler des cochonneries. Il aurait fallu qu'elle fasse attention à ne pas être éclaboussée, qu'elle donne le coup de lame et s'écarte à temps. J'imagine assez bien Crimmins la faisant répéter. Elle a tailladé Dollard, juste assez profondément pour lui ouvrir la jugulaire. Dollard est tombé dans les pommes et elle a cru que le boulot était fait.

Il est tombé dans le coma et est resté là à se vider de son sang. Là encore, ils ont eu beaucoup de chance : quelqu'un aurait pu le trouver à temps pour le sauver.

– Crimmins a l'air d'avoir une chance phénoménale.

– Il n'a pas été puni pour ses péchés, dis-je. Voilà pourquoi il continue ses bêtises.

– Mais la légèreté de l'entaille laisse entendre que ça pourrait être Peake, dit Milo. À cause de ses muscles atrophiés après toutes les années qu'il a passées dans cette poubelle à dingues.

– Pas si c'est lui qui a massacré le visage de Heidi. Il faut une certaine force pour infliger des blessures pareilles. D'après toi, il s'est servi de quoi ? D'une hachette ?

– C'est ce que dit Patel. Il a aussi parlé d'une espèce de tranchoir. Oui, tu as probablement raison... Heidi a crevé Dollard, et Peake a crevé Heidi.

– Autre chose qui me fait pencher pour cette hypothèse : il n'était pas nécessaire de dissimuler une arme dans la chambre de Peake et risquer qu'elle soit découverte. Les aides-soignants peuvent en apporter, comme tu l'as démontré.

Milo sortit son portable, appela Ron Banks, lui parla de la drogue et des marchandises volées, et de l'implication de Heidi.

– Oui, on dirait qu'elle a... Écoutez, je vais retourner fouiller chez elle, mais c'est à West Hollywood, alors ça serait bien que vos hommes se pointent pour en barrer l'accès. Dites-leur que je suis sur place, et de quoi j'ai l'air, je ne veux pas d'embrouille... Merci. Vous avez du nouveau, là-bas ?... Ouais, des fois, c'est un boulot chiant... Oui, je crois. Oui, il est toujours sur place... Whitworth. Michael Whitworth.

Milo entreprit de fouiller l'endroit en détail. Le placard de la chambre contenait des jeans, des chemisiers, des vestes de femme de taille S et M, ainsi que des jeans noirs d'homme, étroits et longs, des T-shirts noirs XL, des pulls et des chemises.

– Ah, la douceur du foyer ! dit-il en balayant le sol du faisceau de sa lampe.

Nous découvrîmes trois boîtes en plastique pleines de sous-vêtements froissés et de chaussettes, juste à côté d'un enchevêtrement de vieilles chaussures de sport et de bottes à semelles épaisses et très sales. Dans un coin, quatre paquetages de l'armée. À côté, du matériel de plongée sous-marine, une paire de skis et une boîte de poppers. Un autre carton, plein de cheveux synthétiques. Quatre perruques de femme : cheveux longs et blonds ; courts, en épis, et blonds ; raides et noirs ; rouge tomate et bouclés. Trois moumoutes d'homme, toutes noires : deux bouclées, une raide. À l'intérieur, l'étiquette d'un magasin de maquillage professionnel dans Hollywood Boulevard.

– Quand tu es allé à Fairway Ranch, as-tu vu de chouettes endroits où faire de l'escalade ? me demanda Milo.

– Tout le lotissement est adossé aux Tehachapis. Mais une petite balade dans les collines est une chose, et la véritable escalade une autre. Crimmins serait trop limité par l'état de santé de Peake. Même si ce dernier a toujours fait semblant d'être un légume, ce n'est quand même pas Edmund Hillary. Et surtout, si Crimmins est retourné à Treadway, c'est que cela revêt pour lui une signification symbolique. Il risque donc de rester à proximité de chez lui.

– De quelle signification psychologique parles-tu ?

– Quelque chose en liaison avec le massacre... peut-être qu'il retravaille dessus pour son film. Qu'il récrit – et revit un de ses exploits majeurs. À l'époque où il vivait là-bas, Treadway appartenait pour une moitié aux Ardullo et pour l'autre aux Crimmins. Wanda Hatzler m'a parlé d'une gamine mexicaine que Derrick et Cliff avaient expulsée de leur voiture et qui s'était enfuie vers la propriété des Ardullo. Soit vers le nord. Ça restreint déjà un peu les possibilités.

– Mais où irait-il ? Du côté des Ardullo, parce que c'est là que le massacre a eu lieu, ou bien vers chez son père ?

– Je ne sais pas, dis-je. Peut-être ni l'un ni l'autre.

– Qu'est-ce qu'il y a maintenant à l'endroit où se trouvaient les ranches ?

– Des maisons. Un centre de loisirs. Un lac.

– Grandes, ces maisons ? Quelque chose qui pourrait lui rappeler la propriété des Ardullo ?

– Je n'ai pas exploré Fairway Ranch en détail. Le lotissement est assez étendu. Je ne sais absolument pas si le fait de se retrouver là-bas provoquera une réaction particulière dans son esprit dérangé.

– Tu connais un endroit où il pourrait facilement se cacher ?

– Non, c'est un espace ouvert. Il y a deux terrains de golf, plus le lac. Mais s'ils pénètrent chez quelqu'un par effraction, ils seront à l'abri pendant un certain temps. Cela dit, même si Crimmins perd progressivement les pédales, ce serait vraiment idiot. Ils ne tiendraient pas éternellement planqués dans une maison vide. Peut-être qu'à l'extérieur du lotissement... Quelque part au pied des Tehachapis... Si Derrick y grimpait quand il était gosse, il connaît sans doute une bonne planque.

Milo reprit son téléphone et appela Bunker Protection. Une fois encore, le dialogue fut problématique.

– Ces imbéciles de flics-à-louer. Ils n'ont constaté aucun problème et aucun individu louche n'est arrivé en voiture ce soir... Bon, je vais fouiller le reste de ce palais.

La deuxième chambre, dans laquelle Heidi et Derrick Crimmins avaient dormi, était plus étroite que l'autre, mais tout aussi peu décorée. Juste assez de place pour un grand lit double et deux tables de chevets bon marché. Dans le premier tiroir de celle de droite, une boîte à moitié vide de serviettes hygiéniques, trois chocolats Godiva enveloppés dans du papier doré, deux barres aux céréales et un sachet de marijuana. Le compartiment inférieur contenait des sous-vêtements féminins, une bouteille d'Évian vide et un peu de poudre blanche dans une pochette plastique.

– Le 11351.5 ne l'a pas beaucoup marquée, dis-je.

– Délit mineur. Elle a dû écoper d'un sursis. Et encore.

– De quoi nourrir son sentiment de toute-puissance. La coke et les poppers ont dû aider eux aussi.

Il fouilla sous le matelas, à l'intérieur des taies d'oreiller, et s'attaqua à la table de chevet de Crimmins. Un paquet de chewing-gums, deux préservatifs dans leur emballage intact, deux boîtes d'allumettes et un mince livre rouge intitulé : « Célébrité et fortune à Hollywood : comment écrire son propre scénario, par les auteurs de la série Célébrité & Fortune. »

La maison d'édition répondait au doux nom de Hero Press ; son adresse était celle d'une boîte postale de Lancaster, en Californie. Le rabat citait d'autres titres de la série : « Acheter des terrains sans apport financier », « Spéculer en bourse sans apport financier », « Créer son entreprise sans apport financier » et « Vivre jusqu'à 120 ans : la longévité par les plantes. »

– L'escroc qui finit par se faire lui-même escroquer, dit Milo, agenouillé devant le compartiment inférieur.

À l'intérieur se trouvait un classeur en plastique noir. Il s'en empara, l'ouvrit et lut quelque chose qu'on avait tapé à la machine sur la page.

BLOOD WALK

SYNOPSIS POUR UN LONG MÉTRAGE

PAR

D. GRIFFITH CRIMMINS***

***PRÉSIDENT DIRECTEUR GÉNÉRAL
DE THIN LINE PRODUCTIONS,
ENTREPRENEUR, AGENT, PRODUCTEUR, METTEUR EN SCÈNE
ET RÉALISATEUR

Sur la page suivante, tachée et froissée, plusieurs lignes d'une écriture penchée, au stylo à bille. Curieuse calligraphie. Elle était pleine d'angles et de pointes et me fit penser à des hiéroglyphes.

Équip. Pas de prob. Évident.

Casting : bch à oreille ? Pub ? Ramass ? Effets spéciaux : fondus, double bluff

Trouver des caméras ou se contenter de vidéo ? Quel effort pour quel résult ?

Vidéo peut marcher comme il faut

Titres : Blood Walk. La promenade sanglante. Promeneurs sanglants. Chemin de sang. Bain de sang. La grande promenade

Titres possibles : 1. Le Retour du Monstre / 2. Tuer le Monstre / 3. Le Vengeur casse-cou – justice pour tous / 4. Samedi 14 / 5. Retour du Monstre / 6. Terreur sur Palm Street / 7. Le maniaque / 8. Psychodrame / 9. Le Crime Ultime / 10. Génie et maladie mentale / 11. La Ligne étroite – ou Qui peut dire qui est fou et qui ne l'est pas.

– Encore un plan pour une arnaque, comme en Floride, dis-je. Ça ressemble au journal intime d'un gosse de douze ans. Regarde le troisième titre possible. « Le Vengeur casse-cou – justice pour tous. » Des fantasmes de surhomme. Il se voit en type qui prend des risques, en héros qui sauve le monde de la folie de Peake.

Milo secoua la tête.

– Le titre numéro onze est celui qu'il a choisi pour sa société. Hé, ducon, tu veux savoir qui peut dire qui est fou ? Moi. Et je dis que tu l'es.

Il tourna la page. La suivante était blanche.

– Il a dû se retrouver à court d'idées, reprit-il. Pourtant, un type aussi brillant aurait dû être immédiatement embauché par les studios.

Dans la pièce, la lumière changea tout à coup. Les rideaux jaunirent.

Des phares. Une voiture se gara juste devant la maison. Dans l'allée.

Je pensai à Marie Sinclair, la paranoïaque de service. Mais qui nous avait bien renseignés. Ça vaut vraiment la peine d'écouter tout le monde.

Milo se déplaça rapidement, éteignit les lampes, remit le classeur à sa place et sortit son arme.

Les phares s'éteignirent ; le moteur tourna un instant au ralenti avant de s'arrêter. Bruit de succion et déclic d'une portière qu'on ferme. Puis des pas dans l'allée.

Qui s'éloignèrent.

Milo traversa la maison à fond de train, arriva devant la porte principale et me chuchota quelque chose.

– Va te planquer, m'expliqua-t-il plus tard, mais sur le moment je ne compris pas et restai sur ses talons.

Il entrouvrit la porte, jeta un œil dehors, ouvrit en grand et piqua un sprint.

J'aperçus une Corvette jaune citron dans l'allée.

Nous longeâmes la haie de ficus en courant. Un homme se trouvait quinze mètres devant nous. Il marchait tranquillement en balançant les bras.

Grand. Mince. Avec une trop grosse tête, vraiment trop grosse. Comme un chapeau.

Milo courut vers lui en braillant :

– Police-Ne-bougez-plus-police-ne-bougez-plus-ne-bougez-plus !

Le bonhomme s'immobilisa.
– Restez où vous êtes et les mains sur la nuque !
L'autre obéit.
– Couchez-vous lentement par terre le visage tourné vers le trottoir et gardez les mains en l'air ! Allez, allez ! Derrière la tête, voilà, c'est ça !
L'autre obéissait sans la moindre résistance. Le chapeau tomba pendant qu'il s'allongeait.
En une fraction de seconde, Milo sortit ses menottes et lui fit une clé de bras.
Facile.
Il était temps que la roue tourne.
– Où est Peake ? demanda Milo.
– Qui ?
Voix éraillée, haut perchée.
– Peake. Ne te fous pas de moi, Crimmins...
– Mais que...
Son pistolet toujours pointé sur la tête du type, Milo sortit sa lampe-stylo de l'autre main et me la jeta.
– Éclaire son visage, et toi, lève la tête.
Avant que l'homme ait pu réagir, Milo l'empoigna par les cheveux et le força à redresser la tête. L'autre gémit de douleur. Je passai devant lui et dirigeai le faisceau lumineux sur son visage.
Visage mince. Encadré de longs cheveux blonds. Sa tête en forme de chapeau, vue de derrière, tenait à la grande casquette de marin qui gisait par terre, à quelques mètres de là, sur le trottoir.
Des lumières s'allumèrent dans les maisons voisines, mais la rue resta déserte.
Milo maintint le menton du type tandis que j'éclairais ses yeux pâles et effrayés. Petit menton duveteux, à peine une ombre de barbe.
Mais beaucoup de boutons.
L'acné d'un adolescent.
Un gamin.

37

Il s'appelait Christopher Paul Soames et avait des papiers pour le prouver.

Une carte d'identité visiblement fausse et une carte d'étudiant de Bellflower High, vieille de trois ans. Il était en deuxième année, à l'époque, avec des cheveux plus courts et la peau moins bronzée. Il avait abandonné ses études l'été suivant parce que, disait-il, « ça faisait chier et que j'avais un boulot ».

– Où ça ? lui demanda Milo.

Il avait traîné Soames sur la pelouse derrière la haie de ficus et vidé ses poches.

– Au Lucky's.

– Tu y faisais quoi ?

– Les paquets des clients.

– Combien de temps y as-tu travaillé ?

– Deux mois.

– Et après ?

Les menottes l'empêchèrent de hausser les épaules comme il l'aurait voulu.

Dans ses poches, il y avait un billet de vingt dollars, une barrette de haschich, un paquet de M&M's à moitié écrasé, et pas de permis de conduire.

– Mais je sais conduire ! Mon frère m'a appris avant de s'engager dans les Marines.

Milo lui montra la Corvette.

– Joli jouet.

– Ouais... Dites, vous pourriez m'enlever ça ?
– Raconte-moi ton histoire encore une fois, Chris.
– Est-ce que je peux me lever ? L'herbe est toute mouillée et mon pantalon est trempé.
Milo l'avait attrapé par la ceinture, l'avait aidé à se redresser et emmené jusqu'à la véranda du bungalow. L'interrogatoire durait depuis près de dix minutes. Aucune voiture de shérif ne s'était encore pointée.
Soames haussa les épaules.
– Ça fait mal, ces trucs-là, dit-il. Détachez-moi, j'ai rien fait.
– Même pas volé la voiture ?
– Mais non, je vous l'ai déjà dit.
– Tu n'as pas trouvé une adresse dans la bagnole et rappliqué pour piquer dans la baraque ?
– Mais non !
– Comment as-tu eu les clés ?
– Un type me les a données, je vous dis.
– Mais tu ne sais pas son nom.
– C'est ça.
– Le type te file les clés de sa Corvette, comme ça.
– Oui.
Soames renifla. Ses genoux osseux se mirent à trembler.
– Et où ce conte de fées a-t-il eu lieu ?
– À l'angle d'Ivar et Lexington, comme je vous ai dit.
Tout au bout de Hollywood. Le gamin avait effectivement les joues creuses des petits camés de Hollywood.
Milo insista.
– Alors comme ça, il est venu te trouver au carrefour et t'a filé ses clés.
– Ouais.
– Qu'est-ce que tu faisais à l'angle d'Ivar et Lexington ?
– Rien. Je me baladais.
– Et lui, il est arrivé dans sa Corvette et...

– Non, il était à pied. La Corvette était garée ailleurs.
– Où ça ?
– Quelques rues plus loin.
– Tu l'as pris pour un client ?
– Non... Je ne fais pas ce genre de merde. Il ne s'est rien passé d'autre, je vous promets.
– De quoi avait-il l'air, ton type ?
– Je sais pas.
– Un type te file ses clés de voiture et tu ne sais pas à quoi il ressemble ?
– Il faisait sombre... Il fait toujours sombre là-bas, alors... Allez-y voir vous-mêmes, vous verrez bien qu'il fait toujours sombre.
– Un type que tu ne connais pas et dont tu ne vois pas le visage te file les clés de sa Corvette, te demande de la ramener chez lui et te file vingt dollars pour la peine.
– Exact, dit Soames.
– Pourquoi ferait-il ça ?
– Demandez-lui.
– C'est à toi que je pose la question, Chris.
– Il avait une autre caisse.
– Ah, dit Milo. Voilà quelque chose que tu avais oublié de me dire la première fois.
– Il... Je..., bégaya Soames avant de se taire.
– Quoi, Chris ?
– Rien.
– Le type t'a aussi donné le bifton pour que tu ne dises rien à personne, c'est ça ?
Silence.
– Est-ce qu'il a parlé de payer ta caution quand tu te feras embarquer pour vol de voiture ?
Pas de réponse.
Milo mit un genou en terre pour se retrouver à la hauteur de Soames.
– Et si je te disais que je te crois, Chris ? Si je te disais aussi de quoi il a l'air, hein ? Il est grand, mince, avec

un gros nez comme un bec d'oiseau. Habillé tout en noir. Cheveux noirs, ou peut-être châtain clair. Une perruque, en tout cas.

Soames cligna des yeux.

– Je me trompe ?

Soames détourna le regard.

– Je vais te dire aussi une chose, Chris. Tu as vraiment beaucoup de bol parce que cet individu est très, très dangereux, et tu risques d'être mêlé à une très vilaine histoire.

Soames fronça les sourcils. De la morve séchée obstruait une de ses narines. Ses yeux larmoyaient. Ses vêtements puaient la saleté, le moisi, avec quelque chose de métallique en plus.

– Un truc que tu ne peux pas imaginer, Chris, tellement c'est dégueulasse.

– D'accord.

– Tu crois que je te raconte des histoires ? Mais alors, comment je sais à quoi il ressemble, ton type, hein ? Et pourquoi crois-tu que je suis ici, devant chez lui ?

Soames fit une nouvelle tentative pour hausser les épaules.

– Il est soupçonné de complicité de meurtre, Chris, reprit Milo.

– Ben voyons !

– Et comment, Chris. Ce type aime tuer les gens. Et ça lui plaît de leur faire mal avant.

– N'importe quoi.

– Pourquoi est-ce que je te baratinerais, Chris ?

– Vous... Il... J'espère bien que c'est du baratin.

– Pas du tout.

Les yeux de Soames s'étaient embués de larmes. Sa lèvre inférieure tremblait.

– Tu sais quelque chose, Chris ?

– Il vaudrait mieux que ce soit du baratin, geignit le gamin. Je l'ai laissé embarquer Suzy.

Elle s'appelait Susanna Galvez. Type hispanique, cheveux bruns, un mètre soixante. Sa date de naissance indiquait qu'elle était âgée de quatorze ans et sept mois. Le dossier avait été établi dix-huit mois plus tôt, au service des personnes disparues du commissariat de Bellflower.

– Les parents la soupçonnent d'être avec son petit ami, dit Milo en rempochant son téléphone. Un garçon de type européen, blond, un mètre quatre-vingt ou quatre-vingt-dix, soixante-douze kilos, qui se fait appeler Chris. Pas de nom de famille.

Milo se tourna vers Soames.

– Alors, monsieur Pas-de-Nom-de-Famille, elle s'est enfuie avec toi quand elle avait douze ans ?

– Elle en a quatorze, maintenant.

Milo l'attrapa par le col.

– Si tu veux qu'elle vive jusqu'à quinze, tu ferais mieux de me raconter le reste. Et tout de suite, espèce de petit con.

– Bon, bon, d'accord, j'ai déjà vu ce type, mais je ne le connais pas, c'est la vérité. C'est pas un client, je vous jure, il fait que se balader dans le coin. Il a pas de nom, il m'a jamais dit son nom.

– Il n'a pas de nom, mais il se balade dans Hollywood en Corvette, dit Milo.

– Non, non, se hâta de préciser Soames, pas en Corvette ; j'avais jamais vu la Corvette avant, mais son autre bagnole, oui, la Jeep noire. Suzy et moi, on l'appelait Marilyn, comme Marilyn Manson, parce qu'il est très grand et tout bizarre, comme Marilyn Manson.

– Pourquoi est-ce qu'il se balade comme ça ?

Le nez de Soames fit des bulles. Milo sortit un mouchoir, l'essuya, attrapa de nouveau le visage de Soames et regarda le gamin droit dans les yeux.

– Qu'est-ce qu'il fait comme boulot, Chris ?

– Des fois, il y a des gens – pas moi – qui lui achètent de la came. Des pilules. Il en a de toutes sortes, de ces médicaments de merde. Moi, je prends pas ces trucs, et Suzy non plus. Je l'ai juste vu vendre des pilules à d'autres types. Il a sa copine, une fille aux cheveux blancs, une vraie punk, ils dealent tous les deux...

– Qu'est-ce qui s'est passé, ce soir ?

– Suzy et moi, on se baladait, je sais pas quelle heure il était, on n'a pas de montre, et on en a rien à foutre de l'heure qu'il est... On s'était payé des hamburgers chez Go-Ji's et on rentrait chez nous, une espèce de squat vide, on dort là-bas tout le temps. Et voilà que Marilyn se pointe et me dit qu'il a besoin que je conduise la Corvette chez lui, il sait que je suis réglo, qu'il peut avoir confiance en moi, il veut juste que je l'amène là-bas, que je laisse les clés dans la boîte aux lettres et que je rentre à Hollywood en bus. Vingt dollars tout de suite et cinquante de plus quand on se retrouvera demain matin chez Go-Ji's.

– À quelle heure, demain matin ?

– Dix heures. Il doit me retrouver dans le parking, me filer les cinquante et ramener Suzy.

– La ramener d'où ? demanda Milo.

– Je ne sais pas, dit Soames d'une voix geignarde.

– Il l'a embarquée sans te dire où ni pourquoi ?

– Il me l'a empruntée, voilà.

– Pour jouer dans un film, c'est ça ? Tu sais quel genre de film il tourne ?

Les genoux de Soames s'immobilisèrent d'un coup. Il se mit à pleurer. Milo le prit par les épaules.

– Quoi d'autre, Chris ?

– Rien, c'est tout... Vous croyez vraiment qu'il pourrait lui faire du mal ?

– Oh ça oui, dit Milo. Alors essaie de te rappeler, petit futé. Où t'a-t-il dit qu'il l'emmenait ?

– Je ne sais pas ! Oh, merde, merde, merde ! Après qu'on s'est mis d'accord pour la Corvette, il a regardé Suzy, il a dit qu'elle était vraiment mignonne et qu'il pourrait l'utiliser dans le film qu'il était en train de tourner parce qu'il est producteur. Il n'a pas dit où. Mais moi j'ai pensé : putain, son père va me tuer.

– Pourquoi ?

– À cause du film... Vous savez...

– Tu croyais qu'il faisait des films de cul, c'est ça ?

– Non. Je n'aurais pas... Il m'a dit, ne t'inquiète pas, personne ne va l'emmerder, c'est juste un film.

– Quel genre ? demanda Milo. Tu lui as refilé ta copine sans rien lui demander ?

– Je... Il... Je crois qu'il a parlé d'un thriller, elle allait jouer un des personnages principaux. Il avait besoin de tourner de nuit. Parce que c'était un thriller. Il devait nous donner, enfin... lui donner à elle, cent dollars.

– En plus des cinquante ?

– Ouais.

– Généreux.

– Il a dit que c'était un rôle important.

– Et il vous a promis tout ce fric ?

– C'était pour nous deux, ouais. On est ensemble, mais Suzy ne garde pas d'argent sur elle, je suis plus responsable.

Les adjoints du shérif finirent par arriver. Milo les laissa arrêter Soames, puis nous nous précipitâmes vers la voiture banalisée.

Il déboîta rapidement et fila vers le nord.

– Deux voitures, ça veut dire deux conducteurs, dis-je. Juste avant l'évasion, Crimmins et Heidi se sont rencontrés quelque part à Hollywood. Mais Crimmins savait que Heidi n'en avait plus pour longtemps. Il lui fallait donc quelqu'un pour conduire le deuxième véhicule. Le stationnement est réglementé dans la plupart des rues de Hollywood et il ne voulait pas courir le risque de prendre un P.V. En plus, la Corvette n'est pas spécialement discrète.

– Pourquoi ferait-il confiance à un imbécile comme Soames pour la lui ramener ?

– L'imbécile en question a fait ce qu'il lui a demandé, non ? Comme je l'ai dit, Crimmins a une excellente perception des gens. Ou alors il s'en fichait pas mal... Il en avait fini avec la Corvette.

– Il se débarrasserait comme ça d'une bagnole ? Tout simplement ? Et pourquoi en aurait-il fini avec celle-là ?

– Parce que cette soirée marque le début d'une nouvelle étape de sa vie, dis-je. Et l'argent ne l'intéresse pas, ça n'a jamais été son truc. Il a toujours gagné et dépensé sans compter. Depuis qu'il est petit, il collectionne les voitures de course. Une de plus ou de moins... Il vole du matériel cinéma, alors piquer une voiture, pour lui, c'est de la gnognote. La Jeep n'est certainement pas enregistrée sous un des noms que nous lui connaissons. À mon avis, il possède toute une flotte de véhicules planqués quelque part.

– Supercriminel. Le Vengeur casse-cou.

– Disons les choses comme elles sont, Milo. Il n'y a pas besoin d'être un génie pour commettre des crimes sans être inquiété à Los Angeles.

Milo grogna, fila à toute vitesse jusqu'à Sunset et tourna à droite. Je fermai les yeux et basculai la tête en arrière, sachant précisément où il se dirigeait. Quelques minutes plus tard, je sentis la voiture prendre un virage. Je rouvris les yeux et aperçus un panneau indicateur au bord de l'autoroute. 101 Nord. Très peu de circulation à cette heure tardive. La bretelle de la 5 n'était plus qu'à quelques minutes. Milo monta à cent quarante, cent cinquante.

– Susanna Galvez, dit-il. Cette Mme Hatzler t'avait dit

que Derrick et son frère avaient un faible pour les Mexicaines, tu te souviens ?

– Nostalgie, quand tu nous tiens... C'est exactement ça. Toute cette équipée a pour but de revivre le bon vieux temps.

38

L'endroit où Heidi Ott avait été exécutée n'était pas difficile à trouver.

Les gyrophares de la Patrouille des Autoroutes étaient visibles à près d'un kilomètre, tels des incendies colorant l'horizon de rouge.

Plus près, un alignement de cônes orange nous obligea à nous écarter de la voie de droite. Milo se faufila entre deux d'entre eux, présenta son écusson à un officier en uniforme et fut accueilli avec circonspection. Deux voitures de patrouille, une moto, plus une Harley Davidson non réglementaire, étaient garées tout près de l'embranchement.

– Ça va, dit l'officier.

– Où puis-je trouver Mike Whitworth ?

– Là-bas.

Il m'indiqua un énorme type, la trentaine, planté à côté d'un talus. Plusieurs lampes à arc projetaient une lumière crue sur la zone barrée par le ruban de la police. Le contour du corps tracé à la craie se trouvait tout au bord de l'embranchement, à quelques centimètres de la limite entre l'asphalte et le talus de terre. Version agrandie du logo de la morgue. Il arrive que la vie imite l'art.

Whitworth se tenait juste devant les cônes. Jeune, costaud, mais l'air fatigué. Son visage poupin s'ornait d'une petite moustache blonde. Il avait les cheveux taillés si courts qu'il était difficile de déterminer leur couleur. Il portait un blouson en cuir couleur beurre de cacahouète, une chemise blanche, une cravate foncée, un pantalon gris et des bottes noires. Il tenait à la main un casque de moto.

Milo se présenta.

Whitworth lui serra la main, puis me salua. Il montra plusieurs taches rougeâtres par terre, dont la plus grande faisait au moins trente centimètres de large.

– Nous avons également trouvé des bouts d'os et de cartilage. Probablement un morceau de son nez. Nous tombons souvent sur des atrocités, toutes sortes de trucs dans des sacs poubelle, mais ça...

Il secoua tristement la tête.

– Je crois que les types qui l'ont tuée ont l'intention de s'en prendre à une autre, dit Milo.

Il fit à Whitworth un compte rendu abrégé de l'histoire de Crimmins, de l'évasion de Peake, de l'implication probable de Heidi et termina par le témoignage de Christopher Soames sur le recrutement de Suzy Galvez.

– Dans les Tehachapis ? demanda Whitworth.

– Probablement. Ces montagnes se trouvent juste derrière la ville où il a grandi. À présent, l'endroit s'appelle Fairway Ranch. Vous connaissez ?

– Jamais entendu parler. J'habite Altadena et je travaille la plupart du temps aux abords de la ville. C'est avant Grapevine, ou après ?

– Juste à côté.

– Crimmins doit avoir une certaine pratique de l'escalade, expliqua Milo. Mais Peake non, et s'ils ont la fille avec eux, ils ne risquent pas d'atteindre le sommet de l'Everest. Il se pourrait même qu'ils se planquent quelque part dans le lotissement après avoir pris d'assaut la maison d'un particulier. Les agents de sécurité qui patrouillent dans Fairway disent que c'est impossible, mais je n'en suis pas convaincu. S'ils sont effectivement dans la montagne, ils ne doivent pas être bien haut. Il existe peut-être un abri, une grotte ou autre... De toute façon, nous ne pouvons pas ne pas y aller.

– Qui sont ces agents de sécurité ?

– La Bunker Protection, une boîte de Chicago. Chaque fois que j'essaie de les convaincre qu'ils ont des raisons de s'inquiéter, ils ne veulent rien savoir. Ils me servent toujours le même baratin, on dirait une agence de pub : « Ici, nous n'avons jamais le moindre problème. »

– Jusqu'au jour où... dit Whitworth en tripotant la boucle de son ceinturon. Bon, allons-y. Je ne sais pas ce qu'il en est du point de vue des attributions, mais sur ce coup-là, on s'en fout pas mal, non ? (Il regarda la silhouette dessinée par terre.) Nous avons presque terminé, vous pouvez prendre ces quatre hommes avec vous. Si je demande du renfort, ils peuvent être ici en moins d'une demi-heure. Moi, je suis en moto. J'allais quitter mon service quand j'ai reçu l'appel. J'irai de mon côté, et je vous retrouve là-bas. Si les zozos de Bunker vous causent des ennuis, nous irons leur mettre la pression. Et si on demandait des hélicos ?

Milo se tourna vers moi.

– Qu'est-ce que tu en penses ? Comment crois-tu qu'il réagirait ?

– Ça dépend de son scénario, dis-je.

– Son scénario ? s'exclama Whitworth.

– Oui, il suit dans les grandes lignes une histoire qui existe sur le papier. Quant à savoir comment il réagira à une menace directe, nous ne le connaissons pas assez pour savoir ce qui l'excite et comment assurer la sécurité de la fille.

– « Ce qui l'excite ? » C'est un détraqué sexuel ?

– Je parle de son état psychologique général, dis-je. Les psychopathes ont tendance à fonctionner à plus bas régime que la moyenne des gens – pouls plus lent, sensibilité de la peau plus faible, seuil de douleur élevé – sauf quand ils sont angoissés. Ils deviennent alors de véritables bombes vivantes. Si nous affrontons Crimmins quand il est relativement calme, disons pendant qu'il a encore la maîtrise des opérations, nous pouvons espérer qu'il plantera les autres et s'enfuira seul, ou même qu'il se rendra. Mais si nous l'attrapons en pleine crise, il risque de vouloir tout faire péter.

– Quel âge a la fille ? demanda Whitworth.

– Quatorze ans.

– Évidemment, rien ne nous dit qu'il ne l'a pas déjà tuée.

– Demandez aux hélicos de se tenir prêts, dit Milo. Donnez-moi deux ou trois voitures de plus. Nous allons débarquer discrètement à Fairway, sans gyrophare ni sirène. Alex, où sont stationnés les types de Bunker ?

– Il y a un poste de garde juste après l'entrée.

– D'accord, dit Milo à Whitworth. Je vous retrouve devant l'entrée principale. Alex, explique-lui comment y aller. Tu es le seul à t'y être déjà rendu.

39

Les hommes en chemise bleu layette n'étaient pas spécialement heureux.

Les trois gardiens avaient été surpris tranquillement installés dans le poste de garde de style néo-hispanique. Musique douce sur la chaîne hi-fi. Chemisettes repassées de frais.

Un joli petit bâtiment, tout propre, dedans comme dehors, et confortable : kitchenette immaculée, table en chêne avec quatre chaises assorties, chapeaux bleus au portemanteau. Sur la table, des restes de plats mexicains tout préparés, livrés par Taco Fiesta, un traiteur de Valencia. À côté d'un burrito à moitié entamé, un jeu de Trivial Pursuit.

La porte n'était pas verrouillée. Lorsque Milo, Mike Whitworth et moi étions entrés, les trois gardiens s'étaient précipités sur leurs armes, mais ne les avaient pas trouvées. À l'autre bout de la pièce un placard métallique sur lequel était écrit : DÉPÔT D'ARMES. Dessous, une plaque avec le logo de Bunker Protection : deux fusils croisés.

Nous étions tous dehors à présent, et l'air sentait la pêche, sous un ciel étonnamment vide d'étoiles. Les gardiens de Bunker avaient les yeux fixés sur les voitures de patrouille qui bloquaient l'entrée de Fairway Ranch. À l'intérieur des véhicules, les hommes étaient à peine visibles derrière les pare-brise assombris par la nuit.

Lorsque nous étions arrivés, Milo avait murmuré :

– Pas de barrière. Ils ont très bien pu rentrer sans se faire voir.

Quelques instants plus tard, Mike Whitworth nous avait rejoints sur sa Harley et avait fait à peu près la même remarque.

– Donc, vous n'avez pas encore commencé à fouiller, dit Milo au plus grand des gardiens – « E. Cliff », comme il était indiqué sur son badge.

C'était lui qui avait protesté le plus violemment jusqu'à ce que Milo lui intime l'ordre de se taire d'un doigt menaçant.

– Non, dit Cliff. Il est plus de deux heures du matin, nous n'allons pas réveiller les habitants de Fairway. Aucune raison.

– S'il y avait une raison, vous seriez au courant ? demanda Whitworth.

– Mais bien sûr ! répondit Cliff sur le ton de l'évidence.

Whitworth s'approcha de lui et imposa sa présence, comme il arrive à Milo de le faire.

– Vu la disposition des lieux, n'importe qui peut entrer ici sans être vu, n'est-ce pas, Ed ?

Cliff tenta de sourire tout en reculant.

– Eugène, pas Ed... Ce n'est pas exact. Du poste, nous pouvons très bien voir qui entre dans Fairway Ranch.

– Encore faudrait-il que les rideaux soient ouverts.

Cliff tourna précipitamment la tête en direction du bâtiment.

– Ils le sont, la plupart du temps.

Milo intervint.

– Ne vous inquiétez pas, dit-il, je suis très aimable... la plupart du temps. (Il s'approcha de Cliff à son tour.) Alors, dites-moi, au Trivial Pursuit... dans quelle catégorie classeriez-vous deux meurtriers qui passent en voiture devant vos fenêtres ? « Sports et Loisirs » ? « Arts et Spectacles » ?

– Monsieur ! s'exclama Cliff. Vous n'êtes pas obligé d'être si arrogant. Même avec les rideaux tirés nous voyons très bien la lumière des phares.

– Encore faudrait-il qu'ils soient allumés... Je sais, ils le sont... la plupart du temps.

– Il n'y a aucune raison de...

Milo s'approcha encore. Cliff mesurait plus d'un mètre quatre-vingt, mais il était maigrelet – un élan affrontant des ours. Il adressa un regard aux deux autres gardiens. Ceux-ci ne bougèrent pas d'un millimètre.

– Nous avons toutes les raisons de fouiller les lieux, mon ami, reprit Milo. Et nous allons nous y atteler sans tarder.

– Je suis désolé, Monsieur, mais en ce qui concerne vos attributions... commença Cliff. (Le nez de Milo s'approcha à trois centimètres du sien et Cliff faillit s'étrangler.) Il faut au moins que j'en avise mes supérieurs.

Milo sourit.

– À Minneapolis ?

– Chicago, précisa d'une voix nasillarde, l'un des autres gardes, L. Bonaface, d'après son badge.

– Allez-y, appelez-les, dit Milo. En attendant, nous allons nous y mettre. Donnez-moi un plan de cet endroit.

– Il n'y en a pas, dit Cliff.

– Rien du tout ?

– Pas un vrai plan. Juste un croquis de la disposition générale des lieux.

– Mon Dieu ! s'exclama Milo. Nous ne sommes pourtant pas au Pôle Nord ! Donnez-le-moi. Avant de passer votre coup de fil.

Cliff se tourna vers Bonaface.

– Va le lui chercher.

Bonaface rentra dans le poste de garde et reparut avec plusieurs feuilles de papier.

– J'en ai apporté un paquet.

Milo lui prit les plans des mains et les distribua. Sur une page un croquis approximatif, réalisé par ordinateur. Noms de rues anglais, en belles lettres gothiques, magasins et terrains de golf, et le lac en plein milieu. Rien pour indiquer qu'une chaîne de montagnes s'étirait à l'est.

Whitworth reprit la parole.

– Si on oublie les terrains de golf, l'endroit n'est pas très étendu... Ça joue en notre faveur. Fairway est divisé en six zones et j'ai cinq hommes avec moi. C'est une chance.

– Encore faudrait-il croire à la chance, dit Milo. Mais bon... Oui, allez d'abord voir du côté des terrains de golf, puis fouillez les bâtiments publics et les abords du lac, et finissez par le porte-à-porte. Il faut vérifier chaque maison. Choisissez en priorité toute résidence avec une Jeep ou un 4 × 4 garé à proximité. Si vous voyez du matériel de prise de vues cinéma dans le véhicule, soyez particulièrement prudents. Si nous ne nous trompons pas et que Crimmins cherche à filmer quelque chose, vous risquez d'apercevoir des projecteurs à l'intérieur de la baraque.

– Dans ses notes, dis-je, il se demandait s'il allait apprendre à se servir de caméras conventionnelles, ou bien s'en tenir à la vidéo. Comme il n'est pas du genre travailleur, je pencherais pour la vidéo. Il se peut qu'il utilise un simple caméscope, ce qui rend le tournage beaucoup plus discret. Je doute aussi qu'il se balade sur l'un ou l'autre des terrains de golf. Beaucoup trop exposé.

– En admettant qu'il soit effectivement dans les parages, fit observer Cliff.

– Pouvons-nous supposer que vous possédez des voiturettes de golf ? demanda Whitworth.

– Absolument, mais elles appartiennent à...

– Aux forces de l'ordre, à partir de maintenant. (Whitworth se tourna vers Milo.) Vous partez dans les montagnes ?

– Si j'y arrive, oui. Restons en contact radio.

– Comment pensez-vous y accéder ?

– Vous avez un 4 × 4, non ? demanda Milo à Cliff.

Le garde ne répondit pas.

– T'es dur d'oreille, Eugène ?

– Nous disposons essentiellement d'un Samouraï, garé derrière le magasin d'articles de golf. C'est un véhicule d'assistance, en cas de problème.

– Quel genre de problème ?

– Si une personne âgée se perd dans les environs, par exemple. Mais ça n'est encore jamais arrivé. Nous ne nous en servons pas, je ne peux même pas dire si les pneus sont gonflés et s'il reste de l'essence...

– Vous n'avez qu'à les vérifier et remplir le réservoir, dit Milo. Amenez-le ici.

Cliff ne répondit pas. Milo lui adressa un large sourire.

– S'il vous plaît, cher Eugène.

Cliff lança « Vas-y » à Bonaface, qui repartit à fond de train.

Milo demanda à Whitworth combien de temps mettraient les hélicos pour arriver.

– Je n'ai pu en avoir qu'un, dit Whitworth. Ils le tiennent prêt à décoller à Bakersfield. Disons cinq ou dix minutes.

– Eugène, existe-t-il une route qui va de Fairway jusqu'aux montagnes ?

– Pas vraiment.

– C'est-à-dire ?

Cliff haussa les épaules.

– Elle doit faire dans les quatre cents mètres de long.

À l'origine, elle était prévue pour les randonneurs, mais aucun résident ne s'adonne à ce genre de sport. Elle ne va nulle part, s'arrête tout d'un coup et au-delà, il n'y a plus que de la terre et des rochers.

Sa bouche s'étira en un mince sourire qu'il décida de dissimuler derrière sa main.

Whitworth nous conduisit à l'écart, Milo et moi.

– Heidi Ott a été tuée d'une balle dans la tête. Ils ont donc des armes à feu. Nous avons des gilets pare-balles. Mais vous ?

– Un seul, dit Milo. (Il me regarda.) Pas pour toi. Tu restes tranquillement ici.

– J'aimerais bien, dis-je, mais vous devriez vous rendre compte que je peux vous être utile. Il s'agit d'une prise d'otage, avec deux preneurs d'otages ayant chacun un profil psychologique très particulier. Et jusqu'ici tout le monde s'est trompé sur leur compte. Je crois que je suis le seul à connaître véritablement Peake et Crimmins.

– Ça se tient, dit Whitworth. On devrait pouvoir vous trouver un gilet supplémentaire.

Milo le fusilla du regard. Whitworth enchaîna vivement :

– Ce n'est pas que je veuille vous dire comment vous devez...

– J'ai connu pire, lui renvoyai-je en sachant ce que pouvait penser Milo.

Une petite aventure, l'année précédente, avait très mal tourné. Milo s'en était terriblement voulu. Je n'arrêtais pas de lui répéter que je ne lui en voulais pas et qu'il ne devait surtout pas me prendre pour un handicapé.

– Robin me tuera, dit-il.

– Seulement si je récolte une égratignure. Pour l'instant, c'est Suzy Galvez qui risque gros.

Milo observa le ciel. Son regard finit par se poser bien au-delà du lotissement, sur les hautes montagnes noires.

– D'accord, dit-il. S'ils te trouvent un gilet.

Whitworth gagna une des voitures de patrouille et en revint avec un paquet noir. J'enfilai le gilet, un truc déjà énorme pour quelqu'un de la taille de Milo. On aurait dit un bavoir géant.

– Très chic, dit Milo. Bon, allons-y.

– Il y a un endroit où vous devriez d'abord chercher, dis-je à Whitworth. La caravane du shérif Haas. Chez Jacob et Marvelle Haas. C'est lui qui a arrêté Peake à l'époque du premier massacre ; il est un lien important avec le passé.

– Il vit... ici ?

– Là-bas, dans Jersey. (Je pointai le doigt vers le sud.) Dans Charing Cross Road.

Whitworth se tourna vers Eugène Cliff.

– Donnez-moi l'adresse exacte. Non, accompagnez-moi là-bas.

Cliff se frappa la poitrine.

– Et moi ? Je n'ai pas le droit de me protéger ?

Whitworth avait l'air prêt à lui mettre son poing dans la figure.

– Amenez-moi à cinquante mètres de la maison et partez vous planquer.

– Vous croyez que je travaille pour vous, ou quoi ?

Le bras de Whitworth se détendit brusquement et pendant une fraction de seconde je crus qu'il avait frappé Cliff. Cliff lui-même en fut tellement convaincu qu'il recula instinctivement en se protégeant le visage. La main de Whitworth poursuivit son chemin, mais finit par lisser ses cheveux en brosse. Il courut rejoindre sa moto, tira un autre gilet d'une sacoche et l'enfila.

La bouche de Cliff tremblait toujours. Il chercha à se donner une contenance en se forçant à sourire.

– Tous aux abris, les forces spéciales attaquent ! lança-t-il.

– Et vous trouvez ça drôle ? dit Milo.

– Je trouve que c'est une perte de temps. Et maintenant, je vais appeler Chicago.

Il tourna les talons, fit un pas en avant, attendit une réaction, n'en obtint aucune, et finit par s'éloigner. Le garde restant le suivit. Deux secondes plus tard, Cliff s'arrêta et nous lança par-dessus son épaule : « Souvenez-vous... ce sont des vieillards qui vivent ici. Faites en sorte que personne n'ait de crise cardiaque. Ils paient cher pour vivre ici. »

– Et qu'est-ce que ça leur rapporte ? lui renvoya Milo. Qu'un type pète les plombs, se montre un tant soit peu agressif et voilà qu'ils mordent la poussière.

Le Samouraï était découvert, bleu layette, et bruyant. Un arceau ajouté après coup surplombait les sièges avant. Bonaface laissa le moteur tourner au ralenti et descendit du véhicule.

– Le réservoir est à moitié plein. Mais à votre place, je ne me servirais pas de ce truc-là. Il fait un boucan d'enfer et vos phares vous feront repérer à des kilomètres.

Milo vérifia les pneus.

– Ils sont bons, dit Bonaface.

Il avait un visage rose et lisse, des cheveux blonds, des traits simiesques et de grands yeux bleus. Il insista.

– Moi, je ne prendrais pas ce truc pour y aller : on se fait repérer trop facilement.

Milo se redressa.

– Vous connaissez le coin ?

– Pas précisément. J'ai grandi à Piru, mais toutes ces montagnes se ressemblent. De la caillasse et des trous partout. De quoi vous démolir les essieux en un rien de temps.

– Il y a des grottes en bas de ces montagnes ?

– Je n'ai jamais été par là, mais ça se peut. Dites-moi... c'est qui, ces types ? Et pourquoi se planqueraient-ils là-bas ?

– C'est une longue histoire, répondit Milo en s'installant derrière le volant. Il ajusta le siège du conducteur et je montai à côté de lui.

– Vous mettez les phares ? demanda le gardien qui faisait la gueule.

Il se retourna en entendant son nom. Cliff aboyait depuis la porte du poste de garde.

– Quel connard ! grogna Bonaface.

Puis il contempla un instant mon gilet pare balles et me sourit.

– Ce truc est vraiment beaucoup trop grand pour vous.

40

Nous traversâmes le lotissement, dépassâmes Balmoral et le terrain de golf en longeant un grillage de trois mètres cinquante de haut. Nous avancions lentement pour que le Samouraï fasse le moins de bruit possible. Ce n'était pas évident, la première étant la vitesse la plus bruyante.

J'entendais le bourdonnement des voiturettes de golf pilotées par les hommes de Whitworth, mais les véhicules restaient invisibles, sauf lorsque des ombres paraissaient se déplacer au milieu des buissons. Phares allumés. Comme notre Samouraï. Les réverbères de style victorien diffusaient une lumière brumeuse étrangement orange et qui nous sauvait à peine des ténèbres sans fond.

Nous atteignîmes le bout de la route, à côté des poivriers qui bordaient le lac du Reflet. La végétation était luxuriante, nourrie par la terre humide. Une faible lueur émanant du croissant de la lune transformait le feuillage en dentelle grise. Entre les arbres, nous pouvions voir la surface de l'eau, noire, immobile, miroitante – un verre de lunette de soleil géant.

Milo arrêta la voiture, me demanda de rester à bord, prit son 9 mm dans une main et sa lampe torche dans l'autre, et descendit. Il s'approcha des arbres, jeta un coup d'œil autour de lui, écarta une branche, regarda de l'autre côté, et finit par disparaître dans la végétation. Je restai assis, frottant machinalement mon pouce contre la crosse de bois du fusil posé en travers de mes genoux. On n'entendait aucun cri d'animal. L'air était parfaitement immobile. Peut-être qu'en d'autres circonstances, j'aurais trouvé cette atmosphère reposante. Cette nuit-là, l'ambiance était mortelle.

Je restai seul pendant une éternité, me sembla-t-il. Puis un frottement derrière les arbres me fit me raidir. Avant que j'aie pu réagir, Milo reparaissait. Il avait rengainé son arme.

– S'ils sont par là-bas, je n'arrive pas à les repérer.

Il posa les yeux sur mon fusil. Inconsciemment, je m'en étais emparé et en pointais le canon dans sa direction.

Je détendis les doigts. Le fusil retomba sur mes genoux. Milo reprit le volant.

– Une fois la haie franchie, dit-il lorsque nous fûmes repartis, l'espace est assez ouvert, il n'y a que des buissons et des plantes basses, de l'autre côté. Je n'ai pas vu de Jeep, ni aucune autre voiture, d'ailleurs. Et personne ne filme. (Sourire contraint.) À moins qu'il s'agisse d'un tournage sous-marin... Un remake de « La Créature du Lagon noir »... Il se pourrait très bien qu'ils soient venus et repartis, qu'ils aient fait ce qu'ils avaient à faire, flanqué la fille à la flotte et pris la tangente. Ou alors, ils ne sont même pas arrivés jusqu'ici.

– Je crois que si, dis-je. Ils n'avaient aucune autre raison de tuer Heidi sur la route qui mène directement à Fairway. Et Crimmins a payé Soames pour qu'il ramène sa Corvette devant chez lui, à deux ou trois kilomètres de Hollywood. S'il était toujours en ville, il aurait très bien pu faire quelques aller et retour à pied, si nécessaire. Pourquoi s'embêter avec Soames s'il n'avait pas l'intention de partir ?

– Parce qu'il a des projets pour ce garçon ? Il pourrait avoir envie de lui faire passer une gentille petite audition, non ?

– C'est possible ; mais pas avant demain matin. Et ce ne serait pas une raison pour lui confier sa voiture.

– Pourquoi a-t-il tué Heidi ?

– Parce qu'elle ne lui était plus d'aucune utilité, répondis-je. Et parce que c'était faisable.

Milo se mordit la lèvre, plissa les yeux et ralentit jusqu'à rouler à quinze à l'heure. Le plan indiquait une voie d'accès qui contournait le terrain de golf de White Oak par le sud pour déboucher à l'arrière du lotissement. Les réverbères étaient à présent assez espacés les uns des autres, et le paysage se réduisait à des variations subtiles de gris.

Milo ayant manqué la route, nous nous retrouvâmes devant le panneau indiquant l'entrée de Jersey. Dans les caravanes, toutes les lumières étaient éteintes. Je me souvenais de la route qui faisait le tour du quartier, goudronnée de frais. Dans la quasi-obscurité, ses contours nets lui donnaient de faux airs d'image de synthèse. Quelques halos de lumière ici et là. Orange sur noir. À Jersey, c'était tous les soirs Halloween.

– C'est là qu'habite le shérif Haas ? demanda Milo.

– Première rue à droite. Je peux te montrer la caravane.

Il avança au pas entre les mobile homes.

– Là-bas, c'est le parking pour les visiteurs, expliquai-je. Personne ce soir... Et voici Charing Cross. Haas habite dans la quatrième caravane à droite. Là où on voit une véranda en ciment, une Buick Skylark et un 4 × 4 Datsun.

Milo arrêta la voiture un peu avant chez Haas. Seul le 4 × 4 était visible. Et juste derrière, la Harley de Mike Whitworth.

Pas de lumière. Aucune trace de Whitworth. Je vis le visage de Milo se crisper. Puis le type de la Patrouille sortit de derrière la caravane et se dirigea vers la moto.

Milo murmura :

– Mike ? C'est Milo.

Whitworth s'immobilisa, se tourna vers nous, regarda attentivement, puis s'approcha.

– Nous étions dans le quartier, dit Milo, alors on a pensé venir voir ce qui se passait.

Si Whitworth crut qu'il était surveillé, il ne le montra pas.

– Il n'y a personne et rien qui cloche, dit-il. J'ai vu du courrier sur la table, des enveloppes qui n'ont pas été ouvertes.

– Ils ont deux voitures, dis-je. L'autre n'est pas là. Ils ont de la famille à Bakersfield. Ils sont probablement partis en voyage.

– Quel prétexte pouvons-nous donner pour entrer chez les gens ? demanda Whitworth. (Milo secoua la tête.) Je n'aime pas trop ça, mais enfin... Bon, je vais voir si un de mes gars a appris quelque chose. Vous êtes toujours décidés à aller fouiner dans les montagnes ?

– Plus que jamais, dit Milo.

Whitworth regarda en direction des pics noirs qui se détachaient à peine contre le ciel d'un noir d'encre. À la campagne, les nuits ne sont donc pas toujours étoilées ? Que se passait-il, ce soir-là ?

– Ça doit être joli par ici dans la journée, reprit Whitworth en faisant démarrer sa Harley. Vous êtes sûrs que vous voulez y aller seuls ?

– Il vaut mieux, dit Milo. Ce sera déjà assez dur de ne pas se faire repérer avec un seul véhicule. (Il brandit son portable.) Je vous tiendrai au courant.

Whitworth hocha la tête et jeta un dernier coup d'œil aux Tehachapis. Moteur tournant au ralenti, il s'éloigna.

Milo fit demi-tour avec le Samouraï et retraversa Jersey. Des lumières s'allumèrent sur notre passage dans l'une des caravanes, alors que jusque-là nous n'avions pas particulièrement attiré l'attention. Milo roulait le plus lentement possible pour trouver la voie d'accès, et faillit la manquer de nouveau.

Aucun poteau indicateur, rien qu'une trouée de la largeur d'une voiture entre les arbres, et surmontée d'un arceau de branches.

Milo coupa le moteur, descendit de voiture et éclaira le sol de sa lampe.

– De la terre battue... Des traces de pneus. Quelqu'un est passé par là.

– Récemment ?

– C'est ce que j'aimerais bien savoir.

Il remonta et s'engagea sur le chemin. Pas la moindre lumière. La voie était bordée au nord par un autre grillage, à gauche par un accotement planté de ce qui ressemblait à des lauriers-roses.

La suspension du Samouraï ne valant pas grand-chose, chaque irrégularité de la route faisait vibrer le châssis et la tête de Milo s'agitait dangereusement à quelques centimètres de l'arceau métallique. Sur huit cents mètres, le décor ne varia pas beaucoup : grillage et buissons. Puis le chemin s'interrompit sans prévenir et nous nous retrouvâmes brutalement devant un espace ouvert, comme si nous refaisions surface après avoir dégringolé dans une chute d'eau.

Plus de gris, rien que du noir. Je ne voyais strictement rien à travers le pare-brise et me demandai comment Milo faisait pour conduire. Peu à peu, il dut lutter pour garder le contrôle du véhicule. Des gravillons tambourinaient contre le dessous du véhicule, puis ce furent des chocs plus violents, comme des coups de sabot. De plus gros cailloux. Le Samouraï se mit à faire des embardées. Sous le plancher, le châssis vibrait.

Un grand trou dans la route projeta la tête de Milo contre l'arceau.

Il jura et freina.

– Ça va ? lui demandai-je.

Il se frotta le sommet du crâne.

– Si j'avais une cervelle là-dedans, j'aurais peut-être des problèmes, dit-il. Non mais qu'est-ce que je fous, bordel ! Je ne peux pas continuer comme ça. Zéro visibilité. Si jamais nous heurtons un gros rocher, ce truc va se retourner et nous allons nous casser le cou.

Il serra le frein, se dressa au-dessus du pare-brise et regarda droit devant lui.

– Rien, dit-il. Des quantités de rien du tout.

Je pris la lampe torche, descendis, tournai le dos aux montagnes, mis la main devant le verre de la lampe et tentai d'examiner le sol grâce à la faible lueur qui filtrait entre mes doigts.

Terre compacte et sèche, avec ici et là des affleurements de roche et des buissons aplatis et marqués d'empreintes en forme de chevrons.

– Les traces... elles continuent.

Milo me rejoignit.

– Ouais... Quelqu'un est peut-être venu faire du tout-terrain. Ah, le bon vieil art de vivre californien ! (Il pouffa discrètement.) En théorie, ce sont eux les fous, mais ils sont quand même passés ici en roulant plein phares, ou du moins avec les lanternes. Tandis que moi je roule dans le noir complet. Même sans phares nous sommes repérables. Dans un espace aussi ouvert, notre engin fait assez de boucan pour être entendu jusqu'aux montagnes. (Il se leva et tenta d'apercevoir les Tehachapis.) On en est à quelle distance, d'après toi ?

– Trois kilomètres, dis-je. Peut-être quatre. Tu penses qu'il vaudrait mieux continuer à pied ?

– Je crois que nous n'avons pas le choix, enfin.... si tu es d'accord... Non, oublie cette remarque stupide. Bien sûr que tu es d'accord. C'est bien toi qui penses que le jogging est un truc marrant, non ?

Il essaya d'appeler Whitworth, ne parvint pas à le joindre, recula de trente mètres, réessaya, sans résultat.

Il éteignit son portable et le rangea dans sa poche en même temps que les clés de voiture. La lampe torche disparut dans une autre poche. Après quoi, il prit le fusil et me confia le 9 mm.

– Dire que je donne mon pistolet à un civil.

Il secoua la tête.

– Oui, mais pas n'importe lequel, lui renvoyai-je.

– C'est pire. Bon, je vais d'abord me débarrasser de ça. (Il tira sur sa cravate et la jeta dans la voiture.) Et de ça. (Il jeta sa veste, puis la mienne.)

Nous partîmes en essayant de suivre les traces.

Nous avions des chaussures à semelle de cuir pas vraiment adaptées à la randonnée. Nous ne disposions pour nous guider que des pics rocheux à peine visibles. Le croissant de lune avait l'air fatigué – un dessin de gamin qui aurait souffert ici et là de coups de gomme. Planté loin au-dessus des montagnes, le croissant brumeux donnait l'impression de vouloir fuir la galaxie. Le peu de lumière qui filtrait jusqu'à la Terre ne permettait pas de distinguer quoi que ce soit en dessous des sommets.

Le manque de repères spatiaux nous donnait le sentiment d'entrer dans une pièce sombre aussi vaste que le monde ; à chaque pas, nous risquions d'être pris de vertige.

J'avançai lentement, les jambes raides, en sentant le moindre caillou sous mes chaussures. Des éclats de pierre s'accrochaient à mes semelles, comme de petits parasites tentant de se faufiler sous la peau. Au fur et à mesure que la taille des cailloux augmentait, la marche devenait plus pénible. Je parvins à oublier la douleur, mais avais toujours autant de mal à m'orienter. À force d'hésiter, je perdis plusieurs fois l'équilibre et manquai de tomber, mais réussis à me récupérer en faisant contrepoids avec mes bras. Quelques mètres devant moi, Milo, encombré par son fusil, était vraiment à la peine. Je n'arrivais pas à le voir, mais je l'entendais souffler comme un bœuf. De temps à autre, il suffoquait presque, puis sa respiration reprenait, plus rauque, plus rapide, comme un muscle cardiaque essayant de compenser les battements qu'il a manqués.

Dix minutes plus tard, nous n'avions pas le sentiment d'avoir avancé. Devant nous, pas la moindre lumière. Rien que la paroi rocheuse. Je commençai à me dire que j'avais eu tort de croire que Crimmins était remonté là-haut. Il détenait une fillette de quatorze ans, tandis que nous avancions à pas de fourmi vers... rien.

Que pouvions-nous faire d'autre, sinon continuer ?

Par trois fois nous nous arrêtâmes pour allumer discrètement la lampe et risquer un bref coup d'œil par terre. Les traces continuaient. Nous aperçûmes d'immenses rochers fichés dans la terre comme des météorites. Pas de gros cailloux juste devant nous, du moins pour l'instant. La piste était donc fréquentée.

Nous continuions de progresser à une allure déplorable, nous traînant comme des vieillards, supportant en silence la perte du sens de l'orientation. Au bout d'un moment, le clair de lune nous fit la grâce de nous révéler le relief granitique. J'avais quand même du mal à voir à un mètre devant moi, et à chaque pas mon dos se raidissait davantage. Je parvins peu à peu à avancer presque normalement en imaginant que j'étais aussi léger qu'une plume et capable de flotter dans la nuit. Milo était de plus en plus essoufflé. Je m'approchai de lui pour pouvoir le rattraper, au cas où.

Cent mètres. Deux cents. Les montagnes grandissaient à une vitesse qui me surprit. Chaque fois que je levais les yeux du sol, j'avais l'impression d'être au bord de leur rentrer dedans.

Je réévaluai la distance entre Fairway et les Tehachapis. Moins de trois kilomètres, peut-être même seulement deux et demi. En plein jour, une simple promenade d'agrément. Je transpirais, j'étais à bout de souffle. Mes mollets étaient tendus comme des cordes de piano, et les épaules me faisaient mal, tant j'étais obligé d'adopter des positions invraisemblables pour conserver mon équilibre.

Milo s'arrêta de nouveau et attendit que j'arrive à sa hauteur.

– Tu vois quelque chose ?

– Non. Désolé.

– Pourquoi est-ce que tu t'excuses ?

– Parce que j'ai échafaudé des hypothèses foireuses.

– Ça vaut toujours mieux que ce qu'on a. Je me demande juste ce que nous ferons si nous ne trouvons rien en arrivant là-haut. Est-ce qu'on rentre tout droit, ou bien fouille-t-on les montagnes au cas où ils se seraient débarrassés du corps ?

Je gardai le silence.

– J'ai des cailloux plein les chaussures, reprit-il. Attends une seconde, je vais les enlever.

Quelques milliers de pas de fourmi. Les montagnes n'étaient plus qu'à huit cents mètres et dominaient notre champ de vision, réduisant le ciel d'autant. Les contours des rochers se faisant plus nets, j'aperçus les failles, replis, protubérances et autres à-pic, gris sombre sur gris anthracite sur noir.

Et quelque chose d'autre.

Un point blanc, à vingt ou trente mètres de la piste.

Je m'immobilisai. Plissai les yeux pour mieux voir. Plus rien. Avais-je rêvé ?

Milo n'avait rien remarqué. Il continuait d'avancer lentement et régulièrement.

Je fis encore quelques pas. Un instant plus tard, je le vis de nouveau.

Un disque blanc qui rebondissait sur le rocher, un cercle qui s'élargissait en ovale, passait du blanc laiteux au gris, puis au noir. Plus rien.

Un œil.

L'œil.

Milo s'arrêta. Je le rejoignis. Nous restâmes tous les deux à observer les montagnes, les yeux écarquillés.

Le disque reparut, virevolta, s'évanouit.

– Un projecteur, murmurai-je. La fille est peut-être encore vivante.

J'avais envie de me précipiter et Milo le savait. Il posa une main sur mon épaule et s'empressa de chuchoter.

– Nous ne savons toujours pas exactement ce qu'ils font. Ne nous découvrons pas tout de suite. Ce ne serait pas mal d'avoir du renfort. J'essaie une dernière fois d'avoir Whitworth. Plus près, ce serait risqué.

Il sortit son portable, appuya sur les touches, secoua la tête et éteignit l'appareil.

– Bon, dit-il. On y va doucement et en silence. Même si nous avons l'impression que nous n'arriverons jamais jusque-là. Si tu as besoin de me dire quelque chose, tu me tapes sur l'épaule, mais tu ne dis rien à moins que ce soit urgent et indispensable.

Nous repartîmes l'un derrière l'autre.

Le disque reparut, puis disparut à nouveau. Au même endroit, sur la gauche.

Dirigé vers quoi ? J'aurais tellement voulu le savoir, je ne voulais pas savoir.

Je restai juste derrière Milo, mettant mes pas dans les siens.

Nous faisions de plus en plus de bruit, me semblait-il. Beaucoup trop.

J'avais mal aux pieds à force de marcher et le silence augmentait la douleur. Le monde était parfaitement silencieux.

Un film muet.

Une multitude d'images me traversa l'esprit : mouvements accélérés de femmes corsetées et d'hommes à moustaches de morse grimaçant sur une musique de bastringue. Cartons avec des lettres blanches sur fond noir, joliment encadrés :

« Vous voulez donc assister à une énucléation ? Je vais vous montrer cela, cher Monsieur. »

Arrête, imbécile. Reste concentré.

Cinquante mètres avant la montagne. Quarante, trente, vingt.

Milo s'arrêta. Tendit un doigt.

Le disque blanc avait reparu, cette fois muni d'une sorte de queue – un grand spermatozoïde blanc glissant sur les rochers et disparaissant en zigzag.

Toujours aucun bruit. Nous atteignîmes le pied de la montagne. La paroi rocheuse était bordée de buissons bas et secs, et de gros rochers.

Le fusil pointé devant lui, Milo obliqua vers la gauche. Le 9 mm pesait lourd dans ma main.

Le disque se matérialisa au-dessus de nous. Blanc et crémeux, bondissant, s'immobilisant, bondissant à nouveau. Puis plus rien.

Puis un bruit.

Ronronnement continu.

Encore un éclair de lumière.

Bourdonnement. Déclic.

Aucun bruit de lutte. Pas de voix. Rien que des bruits mécaniques.

Nous poursuivîmes notre chemin le long de la paroi, sans nous faire remarquer, sur une vingtaine de mètres, avant d'arriver à voir.

Grande formation rocheuse – éboulis de gros rochers aux arêtes saillantes et mesurant entre trois et cinq mètres de haut, comme de gigantesques stalagmites accolées à la base de la montagne, entassées les unes sur les autres et s'étalant sur vingt mètres de large. On ne pouvait rêver meilleure protection.

Un abri naturel. Un studio en extérieur.

Le bruit de la caméra était plus perceptible. Nous nous

approchâmes en rampant, collés à la pierre. D'autres bruits nous parvinrent. Des paroles prononcées à voix basse, inintelligibles.

Milo s'arrêta de nouveau, tendit un doigt, le bras plié, pour désigner quelque chose au loin. La paroi devenait progressivement convexe et formait une sorte de demi-cercle ininterrompu. Aucun autre accès n'était visible. Il faudrait longer le mur à découvert.

Milo fit un nouveau signe et nous progressâmes centimètre par centimètre. Le relief du sol était imprévisible.

Quelques mètres plus loin, Milo s'immobilisa encore une fois.

Quelque chose dépassait du rocher. Carré, massif, métallique.

L'arrière d'un véhicule. De l'autre côté du mur de granit, des bruits de machine, des murmures, des rires.

Nous atteignîmes l'arrière du véhicule et passâmes quelques instants à l'abri, assis par terre, à reprendre notre souffle.

Lettres chromées : Ford Explorer. Un 4 × 4 noir ou bleu marine. Le pare-chocs arrière était plein de sable. Pas de plaque d'immatriculation. Un autocollant à moitié déchiré ordonnait : SOURIEZ SANS COMPTER.

Un bon tiers du véhicule dépassait de la paroi rocheuse. Le reste était à l'abri derrière. Milo se mit debout et voulut regarder à l'intérieur. Il secoua la tête : les vitres étaient teintées. Il s'allongea de nouveau, s'assura qu'il tenait le fusil bien en main et entreprit de faire le tour de l'Explorer. Attendit encore. Pointa son fusil devant lui, au cas où.

Je rampai jusqu'à sa hauteur. Nous étions collés contre le 4 × 4.

La clairière était partiellement visible, généreusement éclairée par un projecteur monté sur pied. Une rallonge orange reliait la lampe à un générateur. Dirigé vers le bas, le faisceau lumineux éclairait l'espace qui servait de lieu de tournage protégé par la muraille rocheuse de cinq mètres de haut.

Un amphithéâtre naturel. Un plateau à peu près circulaire. Quelques rochers ici et là dans les coins. Derrick Crimmins l'avait probablement découvert lorsqu'il était jeune, lorsqu'il se promenait avec son frère pour préparer Dieu sait quelle arnaque.

Au bon vieux temps, à l'époque où il dessinait des décors pour sa belle-mère et se découvrait un goût pour le spectacle.

Ce soir-là, la production était minimaliste. Au bord du plateau, un unique projecteur, une caisse de matériel et plusieurs cassettes vidéo. Plus trois chaises pliantes blanches.

La première à gauche était un peu à l'écart des autres, à environ six mètres. Une très jeune fille au teint mat et au visage enfantin y était assise, bras et jambes ligotés par de la grosse ficelle, cheveux noirs relevés en couettes. Elle n'était vêtue que d'un pyjama rose. Une tache de blush rose sur chaque joue, rouge à lèvres satiné sur sa bouche immobile. Une large ceinture de cuir la retenait à la chaise, lui enserrant cruellement la taille et faisant ressortir son buste. Non, ce n'était pas une ceinture, mais une camisole de force, comme celles dont on se servait de temps en temps à Starkweather.

La fille avait la tête inclinée sur la droite. Des hématomes étaient visibles sur son visage, sa gorge et du sang séché avait coulé de son nez sur son menton. On lui avait enfoncé une balle en caoutchouc rouge dans la bouche. Cela lui donnait l'air exagérément étonné des personnages de dessin animé. Mais ses yeux exprimaient bien autre chose : grands ouverts, immobiles, fous de terreur.

Elle regardait droit devant elle. Et refusait de voir ce qui se passait sur sa gauche.

Sur la chaise du milieu, une autre femme était attachée. Plus âgée, les cheveux auburn, elle portait une robe d'intérieur vert pâle déchirée sur le devant. La déchirure révélait des sous-vêtements blancs, une peau pâle, des veines bleues. Son visage était couvert d'hématomes, comme celui de la gamine. Sans compter un œil au beurre noir avec paupières tuméfiées. Elle aussi avait une balle rouge enfoncée dans la bouche.

Et les yeux fermés.

Le pistolet pointé sur sa tempe gauche était un petit modèle aux lignes anguleuses, entièrement chromé.

À côté d'elle, sur la chaise de droite, Ardis Peake était assis et tenait l'arme à bout de bras. Du surplomb où nous nous trouvions, seule la moitié de son corps était visible. Ses longs doigts blancs enserraient la crosse de l'arme. Il portait l'uniforme kaki de Starkweather et des chaussures de sport blanches qui avaient l'air toutes neuves. De très grandes chaussures. Pour des pieds beaucoup trop grands.

Du bout de son pistolet, il jouait avec les cheveux auburn de la femme, mais sans avoir l'air d'y prendre du plaisir. Lui aussi avait les yeux fermés.

Au-delà du plaisir, quelque part dans un rêve ?

L'homme qui tenait la caméra vidéo le poussa doucement du doigt. Il tenait un petit caméscope noir, compact, à peine plus grand qu'un livre de poche dans sa main. L'appareil diffusait un faisceau de lumière blanc crème.

Peake ne bougeant pas, le caméraman le poussa plus fort. Peake rouvrit les yeux, cligna des paupières et s'humecta les lèvres. Le caméraman se planta juste devant lui pour saisir le moindre de ses mouvements. Peake sombra de nouveau. Le caméraman posa le caméscope à côté de lui, objectif à la verticale. Le faisceau de lumière balaya le sommet des rochers et illumina le flanc de la montagne. Le caméraman coupa le rayon.

Milo serrait les mâchoires. Il contourna la paroi rocheuse afin de mieux voir. Je l'imitai.

Il n'y avait personne d'autre dans l'amphithéâtre. Le caméraman nous tournait le dos.

Grand et maigre, crâne rasé, petite tête toute ronde et blanche, luisante de sueur. Chemise de soie noire, manches relevées jusqu'aux coudes, jean noir, bottes noires poussiéreuses avec d'épaisses semelles de caoutchouc. Une marque de fabrique quelconque décorait la poche arrière droite de son jean. De la gauche dépassait la crosse d'un autre automatique.

Milo et moi nous faufilâmes plus avant. Nous figeâmes en entendant le gravier crisser sous nos pas. Aucune réaction du caméraman. Trop occupé à marmonner, jurer et tenir Peake éveillé.

À le manipuler.

Il l'obligea à se redresser sur son siège. Lui pinça le visage pour essayer de susciter une expression. Lui colla le pistolet dans la main et l'attacha à ses doigts maigres à grands renforts de ruban adhésif.

Le bras de Peake était maintenu par un trépied réglé de manière à maintenir le membre à l'horizontale, rigide. Là encore, des bandes d'adhésif lui entouraient le bras.

La pose était pour le moins contrainte.

Milo plissa les yeux, leva son fusil, visa, s'immobilisa lorsque, changeant brusquement de position, le cameraman se retourna à moitié et toucha quelque chose.

Mince ligne penchée qui barre de noir l'espace visible.

Fil de pêche en nylon, si ténu qu'à cette distance, il est presque invisible.

Il relie la détente du pistolet à un poteau en bois fiché dans la terre.

Le caméraman a laissé du mou, mais une petite saccade suffirait à faire reculer l'index de Peake, ce qui aurait pour effet de propulser directement la balle dans le crâne de la femme aux cheveux auburn.

« Effets spéciaux. »

Le caméraman caressa la ligne du bout du doigt et recula.

Le bras de Peake était rigide, mais le reste de son corps complètement ramolli. Tout à coup, les effets secondaires prenant possession de son corps, il se mit à se lécher les lèvres, dodeliner de la tête et cligner des paupières. Ses doigts bougeaient assez pour tendre le fil de nylon.

Le caméraman parut s'en réjouir et cadra sur la femme. Le pistolet. De nouveau la femme. Il attendait l'explosion juteuse.

Peake cessa de bouger. Le fil de nylon se détendit.

Le caméraman jura et donna un grand coup de pied dans la cheville de Peake. Celui-ci ne réagit pas. Il s'effondra de nouveau sur sa chaise.

– Allez vas-y, ducon ! (Voix grave et rauque.) Fais-le, mec.

Peake s'humecta les lèvres. S'immobilisa. Ses jambes se mirent à trembler. Le reste de son corps ne bougeait pas d'un millimètre.

– Voilà ! Continue... avec tes genoux, surtout n'arrête pas, espèce de taré de merde !

Peake ne réagit pas aux insultes du caméraman. Il était sur une autre planète.

Le caméraman s'approcha de lui et le gifla. La femme aux cheveux auburn rouvrit les yeux, frissonna, et les referma aussitôt.

Le caméraman s'était reculé et filmait Peake.

La tête de ce dernier bascula en arrière, un filet de salive coulant de sa bouche.

– Putain de marionnette à la con ! s'écria le caméraman.

La femme aux cheveux auburn se mit à geindre. Le caméraman ne lui prêta aucune attention, trop occupé par Peake.

Rien d'autre ne bougeait dans les parages. La fille à la peau mate aurait pu nous voir, mais ne donnait pas l'impression de nous avoir aperçus. Regard fixe... Paralysée par la peur ou la drogue – ou les deux.

Milo pointa son fusil sur la nuque du caméraman. Ses doigts épais enserraient la détente. Mais le type n'était qu'à quelques centimètres du fil de pêche. S'il tombait du mauvais côté, le coup risquait de partir.

Le caméscope calé sous le bras, le caméraman voulut remettre Peake en position. Les bras du malade retombèrent, il rejeta la tête en arrière et se remit à baver. Il inspira bruyamment et toussa, de la morve lui coulant du nez.

Le caméraman reprit sa caméra d'un geste vif et filma la scène. Puis il frappa Peake à nouveau.

– Tu parles d'un monstre !

La tête de Peake retomba sur le côté.

Il n'était pas ligoté. Quelque chose de plus fort que de la ficelle l'empêchait de se lever de sa chaise.

Le caméraman filmait alternativement la femme, le pistolet, et Peake, toujours à quelques centimètres du fil de pêche.

Peake s'humecta de nouveau les lèvres et dodelina de la tête. Ses paupières s'ouvrirent d'un coup, révélant deux ovales blancs.

– Bon, c'est bon, ça, allez ! Encore ! Vas-y... encore !

Le caméraman parlait plus fort et Milo profita du bruit pour avancer et commencer à descendre, le fusil pointé devant lui.

La cuisse droite du caméraman frôla le fil. Le tendit un rien. Il s'en aperçut. Se mit à rire. Recommença, en regardant l'effet produit sur la main de Peake.

Celui-ci était tout à fait capable de presser la détente sans aide. Et les effets secondaires auraient pu l'y obliger. La chose ne s'était pourtant pas produite.

Résistait-il ?

Sa tête s'effondra de nouveau de côté.

– Pourquoi ne m'aides-tu pas quand j'en ai le plus besoin ? dit le caméraman.

Il attrapa Peake par l'oreille, lui redressa la tête et le filma dans cette position, la bouche grande ouverte. Puis d'un doigt, il caressa le fil de pêche tout en faisant un lent panoramique sur toute la longueur du corps de Peake, du haut de son crâne ridé jusqu'à ses pieds démesurés.

Unc marionnette.

Je compris. Ou plutôt, je sus qu'il n'y avait rien à comprendre.

Je saisis fermement mon pistolet sans bouger de l'endroit où je me trouvais. Milo s'était encore rapproché du caméraman... n'en était plus qu'à cinq ou six mètres. Avec d'infinies précautions, il épaula et visa une nouvelle fois la nuque du caméraman. Cible du tireur d'élite : la medulla oblongata, le tissu cérébral situé à la base du crâne et qui contrôle l'essentiel des fonctions corporelles. Une balle bien placée et le type cesse instantanément de respirer.

Le caméraman reprit la parole.

– C'est bon, Ardis, j'ai le background. Mais maintenant, il va falloir en finir avec cette conne.

La femme aux cheveux auburn rouvrit l'œil qui n'était pas tuméfié. Aperçut Milo. Tenta de remuer les lèvres autour de la balle rouge, pour la recracher. Je savais qui c'était. La femme du shérif Haas. Marvelle Haas.

Le courrier sur la table... Une seule voiture. Le shérif était parti, laissant sa femme seule à la maison.

Elle se mit à trembler violemment.

La jeune fille resta absolument immobile.

Le caméraman se tourna vers Marvelle, ce qui nous permit de découvrir son profil. Des rides profondes y encadraient une bouche sans lèvres. Peau bronzée, granuleuse, bien plus sombre que celle de son crâne chauve et très blanc à force de porter des perruques. Petit menton agressif. Nez en forme de bec et assez acéré, on l'aurait dit, pour entailler une peau. Visage maigre, mais joues flasques et cou filandreux. Avant-bras parcourus de veines saillantes. Grandes mains aux ongles sales.

Derrick Crimmins ressemblait de plus en plus à son père.

Lequel avait été particulièrement avare et insensible. Mais son fils était bien pire.

Là, devant moi, se tenait un exemple de monstruosité.

Et pourtant, si on avait ouvert son corps, on n'aurait trouvé que des viscères, comme chez n'importe qui d'autre. Sous la voûte de son crâne, il n'y avait qu'un morceau de gelée grise, extérieurement semblable au cerveau d'un saint.

Un homme. Au bout du compte ce n'était jamais qu'un homme.

Marvelle Haas ferma de nouveau les yeux. Des sanglots s'étranglaient derrière la balle rouge, mais on n'entendait que de tristes piaillements. Milo se ramassa sur lui-même, prêt à tirer, mais Crimmins était encore trop près du fil.

– Ouvrez les yeux, madame Haas, dit Crimmins. Allez, chérie, donne-moi ton regard. Je veux filmer l'expression de ton visage au moment précis où ça se produira.

Il vérifia le ruban adhésif autour de la main de Peake. Dirigea le canon de son arme sur la tempe gauche de Marvelle Haas.

Qui geignit encore.

– Allez, dit-il. Joue-la moi comme une vraie pro.

Il s'approcha d'elle. S'éloigna du fil.

– Autrefois, j'aimais bien pêcher, reprit-il en lui arrangeant les cheveux et en écartant les pans de sa robe. (Il glissa une main sous le tissu, caressa, pinça...) Oh mais, regarde ce que je viens d'attraper.

Il était encore à portée du fil.

– À l'époque où je pêchais, enchaîna-t-il, une secousse sur le fil signifiait qu'on avait attrapé quelque chose.

Mais aujourd'hui, ce sera pour me débarrasser de quelque chose.

Elle détourna la tête. Il se déplaça vers la gauche, l'œil collé au viseur, filmant la femme.

Loin de la ligne. Suffisamment loin.

– Ne bouge plus ! Baisse les mains ! baisse-les, baisse-les tout de suite !

Derrick Crimmins se figea. Se retourna. Sur son visage de hibou se lisait une étrange expression : surprise et révolte mêlées.

Puis la colère.

– Ceci est un tournage privé. Avez-vous une autorisation ?

– Baisse les bras, Crimmins. Immédiatement, tu entends ?

– Oh, dit Crimmins. Tu crois qu'en me parlant comme ça tu vas me faire obéir, ducon ?

– Baisse les bras, Crimmins, c'est la dernière fois...

– D'accord, dit Crimmins, tu as gagné.

Il haussa les épaules. La bouche sans lèvres s'étira en un sourire.

– Bon, dit-il encore, allons-y.

Il tendit le bras vers le fil de pêche.

Milo visa le sourire et tira.

41

La Ford Explorer était mentionnée sur une liste de véhicules volés d'un commissariat de Hollywood. Elle avait disparu d'un petit centre commercial situé à l'angle de Western et de Sunset, deux mois auparavant. Dans le coffre arrière, on retrouva cinq jeux de plaques d'immatriculation, trois fausses cartes grises, deux caméscopes, une douzaine de cassettes, des emballages de bonbons et des canettes de soda. Dissimulés dans le compartiment de la roue de secours, des barbituriques, de la Thorazine et des amphétamines.

On remonta jusqu'à la famille de Hedy Haupt, à Yuma, en Arizona. Père inconnu, mère secrétaire au centre d'assistance sociale, et un frère qui travaillait pour les pompiers de Phœnix. Hedy avait eu « B » de moyenne durant ses trois premières années au lycée de Yuma, où elle avait également joué un rôle de premier plan dans les équipes d'athlétisme et de basket-ball. Après avoir « rencontré des gens peu fréquentables » en dernière année, elle avait vu dégringoler ses notes et avait fini par abandonner ses études. Quelques mois de boulot chez Burger King, puis elle avait disparu sans prévenir. Au cours des huit années suivantes, sa mère ne l'avait vue que deux fois, la première à Noël cinq ans plus tôt, la deuxième, l'année précédente, pendant une semaine, lorsqu'elle était venue accompagnée d'un petit ami nommé Griff.

– Il ne m'avait pas fait bonne impression, dit Mme Haupt à Milo. Il trimballait un appareil photo et n'arrêtait pas de nous prendre en photo. Il était toujours habillé en noir, comme si quelqu'un était mort.

Milo et Mike Whitworth retrouvèrent les cassettes en fouillant les montagnes de produits volés dans le garage d'Orange Drive. Seize cassettes vidéo dans des emballages de plastique noir, enterrées sous des quantités de matériel de prise de vues cinéma – il y en avait pour des milliers de dollars –, dont Derrick Crimmins n'avait pas voulu, ou pu, se servir.

Seize cassettes. Seize scènes de mort violente.

La première victime identifiable se trouvait sur la quatrième bande. Richard Dada, jeune, beau garçon, parlait avec animation de ses projets, de son avenir professionnel, inconscient de ce qui l'attendait. Scène suivante : La tête de Richard tenue par les cheveux, basculée en arrière, la gorge offerte au coup de lame fatal. Le corps coupé en deux à la scie. Les manches sombres couvrant les bras du meurtrier étaient visibles, mais on ne voyait pas son visage. La caméra était posée sur un pied, ce qui permettait à une seule personne de tuer et de filmer à la fois. D'autres cassettes avaient été enregistrées caméra à l'épaule, ce qui nécessitait donc le concours d'au moins une personne supplémentaire. L'étiquette, sur la tranche de la cassette, indiquait que Dada avait été tué à une heure du matin.

Celle consacrée à Ellroy Beatty consistait en deux séquences – d'abord une scène montrant le SDF en train de vider une bouteille près des voies ferrées, puis, quatre mois plus tard, Beatty étendu face contre terre, inconscient, sur la même voie ferrée. Long plan sur un train arrivant de loin. La technique était primitive : la caméra vibrait et l'instant de l'impact n'était qu'une image floue. Ensuite, ç'avait été l'assassinat de son frère Leroy, également filmé en deux séquences. On le voyait d'abord, avec son sourire alcoolisé, parler de son désir de devenir chanteur de blues. Quatre mois plus tard, un sourire identique s'interrompait brusquement lorsqu'un trou noir apparaissait sur son front, comme une décalcomanie. Puis Leroy s'effondrait et sortait du cadre.

Les deux frères avaient été tués la même nuit. D'abord Ellroy, sa mort étant conditionnée par le passage du train. Puis Leroy, deux heures plus tard.

Une cassette trouvée au milieu de la pile nous fit assister aux derniers instants de Claire Argent sur cette planète : comme les autres, elle ne s'attendait nullement à ce qui allait lui arriver. Crimmins l'avait filmée devant un mur blanc. Il était impossible de savoir si le plan était tourné chez elle, dans son propre salon. Elle parlait de psychologie, de son envie d'en savoir plus sur la folie et faisait allusion au film que le caméraman et elle-même allaient tourner ensemble. Et tout à coup elle disait : « Oh, je suis désolée, je dois faire comme si vous n'étiez pas là, c'est ça ? »

Pas de réponse du caméraman.

Claire parlait encore des origines de la folie. Elle disait qu'il ne fallait pas tirer de conclusions hâtives, que même les psychotiques avaient quelque chose à nous dire. Puis elle se lissait un sourcil – se pomponnant pour la caméra – et souriait de nouveau. Cinq secondes d'un sourire timide avant qu'elle ne soit étouffée sous un oreiller. Long plan sur son corps immobile. Puis gros plan sur la lame de rasoir...

Douze autres films, sans précision sur l'étiquette. Sept victimes de sexe féminin : cinq adolescentes avec l'air égaré des gamines des rues et deux femmes séduisantes, la trentaine. Cinq victimes de sexe masculin : un gosse de seize-dix-sept ans, incroyablement maigre, et quatre hommes, un Asiatique, un Noir, et deux Latinos.

On retrouva deux feuilles de papier pliées dans un boîtier vide.

Page de titre : Le Monstre a fait son choix. Personne ne peut l'arrêter.

Deuxième page : Distribution

Nous passâmes de très longues heures à travailler sur cette page.

L'« acteur tantouze » était très certainement Dada, l'« institutrice vieille fille », Claire. Parmi d'autres appellations : « les jumeaux soiffards (ou Le Monstre trouve son alter ego) » et trois titres : « L'homme d'affaires prétentieux, » « La pute toxico », et « Une fille fait ses courses, » auxquels aucune des cassettes retrouvées ne semblait correspondre. « La métèque » était forcément Suzy Galvez, « une femme de shérif au sang chaud » Marvelle Haas. Le « maquereau adolescent » était peut-être le gamin maigre tué à coups de couteau dans la poitrine, puis démembré. Mais il correspondait tout autant au « punk SDF ». Le « maquereau » en question aurait très bien pu être Christopher Soames. Heureusement, le jeune garçon n'avait pas passé d'audition.

En bas de la page : « D'autres ? ?! ?! ?! Certainement. Combien de ? ?! ?! ?! ?! ?! »

Une équipe de six inspecteurs du LAPD, assistés des services du shérif, fut chargée d'identifier les victimes anonymes. Deux mois plus tard, trois des adolescentes avaient été formellement reconnues : il s'agissait de fugueuses figurant sur des listes de personnes portées disparues. Toutes avaient traîné et vécu dans les rues de Hollywood. Hedy Haupt avait bien connu ce genre de situation. Deux gamines et le jeune homme très maigre ne furent jamais identifiés, tout comme la plus jeune des deux femmes blondes – peut-être « l'effeuilleuse » –, et l'homme de couleur (l'« étalon nègre »). « Métèque 1 » et « Métèque 2 » se nommaient Hernando Alas et Sabino Real ; c'étaient deux cousins immigrés du Salvador qui cherchaient des boulots d'ouvrier en faisant le planton devant un magasin de peinture d'Eagle Rock.

Des entrepreneurs à la recherche de main-d'œuvre peu exigeante passaient quotidiennement devant la boutique. Personne ne se rappelait qui avait emmené Alas et Real, mais des membres de leur famille vivant dans l'Union District avaient fini par se manifester et étaient venus les reconnaître.

Il s'avéra qu'un vendeur d'origine coréenne, un certain Everett Kim, le crâne fracassé à coups de batte de baseball – le « chinetoque » – avait travaillé au club de parachutisme de Glandale où Derrick Crimmins et Hedy Haupt s'étaient rencontrés. « L'infirmière » était en réalité une dénommée Allison Wisnowki, ex-femme d'un autre membre du club, un hygiéniste dentaire de Burbank.

Quatre mois plus tard, les autres victimes n'étaient toujours pas identifiées et un seul cadavre avait été retrouvé : celui d'une fugueuse, une gamine de seize ans, Karen DeSantis, découverte par des randonneurs dans Bouquet Canyon.

Une autre cassette fut récupérée dans la Ford Explorer, mais la scène enregistrée, insuffisamment éclairée, était à peine reconnaissable : Hedy Haupt, alias Heidi Ott, descendait du 4 × 4 avec un sourire forcé. Elle tendait la caméra à quelqu'un d'autre, hors champ, tournait les talons et s'éloignait lentement de quelques pas en roulant les hanches. Un véritable numéro de vamp. On la voyait ensuite se retourner vers l'objectif, tout sourire.

On l'entendait dire : « Comment tu me trouves ? Assez sexy ? » juste avant que sa tête ne disparaisse en une fraction de seconde. Aucun titre sur la liste. Peut-être Derrick Crimmins avait-il pensé à elle pour la « pute toxico », ou bien... lui restait-il à imaginer autre chose ?

Il créait des personnages, et les tuait.

On retrouva aussi, plié dans une poche de la chemise de soie noire ayant appartenu à Crimmins, une copie de la page de titre du « dossier » de *Blood Walk,* récupéré dans le tiroir de sa table de chevet. Au verso, plusieurs paragraphes écrits à la main, de ces mêmes hiéroglyphes anguleux déjà présents sur les notes de production :

Le Monstre : combinaison d'une folie extrêmement meurtrière et de pouvoirs psychiques surnaturels – prédire le futur et entrer dans la tête des gens. Enfermé dans un asile de haute sécurité, tout comme Haniball Leckter ; personne ne peut l'arrêter ; comme Leckter, il peut traverser les murs, se téléporter où il veut en modifiant ses molécules comme un extraterrestre de *Star Trek*. Il sort à volonté et va tuer qui il veut. Toutes sortes de gens, parce que ça lui plaît, ça le fait jouir, pas fou tout le temps, c'est juste ce qu'il fait, son boulot, sa mission sur terre, personne ne le comprendra jamais parce qu'il évolue dans une autre dimension. Et personne ne peut l'arrêter, pas plus que Jason ou Freddie Kruger ou Michael Meyers.

Sauf le vengeur casse-cou. Qui le comprend parce qu'il a grandi avec lui et que Lui aussi possède des pouvoirs psychiques, mais pour faire le bien, pas le mal. Autrefois, c'était un enfant, maintenant c'est un homme, grand musclé et silencieux, un vrai John Wayne genre Dirty Harry mais avec le sens de l'humour. Un peu comme James Bond. Il ne se fatigue jamais sauf quand ça en vaut vraiment la peine. Les femmes l'adorent comme James Bond, mais il n'a pas de temps à leur consacrer parce qu'il est le seul à savoir ce dont le Monstre est capable et à pouvoir arrêter cette Promenade sanglante qui autrement serait inévitable.

Il est habillé en Noir, mais c'est Lui le Gentil. Il est différent, il a de l'imagination. L'action à la fin, c'est toujours entre Lui et le Monstre. La bataille contre le mal absolu. On ne sait qu'à la fin ce qui arrive. Dans la dernière scène, le Monstre meurt de la pire des morts. Peut-être brûlé, peut-être haché dans une machine à hamburgers. Ou dans l'acide. De toute façon, à la fin il est mort.

Ou peut-être que non.

Quand ça marche, il y a toujours une suite.

42

– Qu'est-ce qu'il avait l'intention d'en faire, à ton avis ? me demanda Milo. Le montrer à un gros bonnet des studios ?

Il fourra quelques bretzels dans sa bouche sans attendre ma réponse.

Nous étions installés au comptoir d'un bar de Pacific Avenue, au sud de Venice, pas loin de la Marina. Jimmy Buffett en musique de fond, visages rougis par le soleil, commentaires sportifs, bretzels. Et un certain nombre de bières pression.

C'était un jeudi. J'avais passé les autres après-midi de la semaine de la même façon : j'étais allé rendre visite à Suzy Galvez pour essayer de l'aider à résoudre ses problèmes. Milo lui avait offert mes services juste après le sauvetage. M. Galvez, un jardinier avec une vilaine cicatrice de l'oreille gauche jusqu'à l'omoplate, avait décliné notre offre en grommelant : « Nous réglons toujours nos problèmes tout seuls. »

Trois mois plus tard, j'avais reçu un appel de Mme Galvez. Voix ténue, hésitante, avec une pointe d'accent. Elle s'excusait de me déranger, surtout après ce que son mari m'avait dit, mais Suzy faisait toujours des cauchemars et se réveillait en hurlant. Deux jours plus tôt, elle avait commencé à mouiller son lit et à sucer son pouce, ce qu'elle avait cessé de faire à l'âge de six ans.

J'étais allé la voir le lendemain. La maison des Galvez

était une boîte marron posée derrière des piquets de bois peints en blanc. Dans un tout petit espace, des quantités de fleurs. M. Galvez m'avait accueilli sur le pas de la porte – un vrai taureau musclé, visage barré de cicatrices et respirant l'énergie. Il m'avait serré la main, trop fort ; il avait entendu dire que je savais ce que je faisais. Lorsque j'étais reparti, il m'avait tendu un bouquet de fleurs mélangées, fraîchement coupées dans le jardin.

J'avais appris que Marvelle Haas voyait un psychothérapeute à Bakersfield. Ni elle ni son mari n'avaient répondu à nos appels téléphoniques. Toujours à la recherche des autres corps, les inspecteurs contactaient les services de polices d'autres villes, d'autres États, et tentaient de savoir combien de personnes Derrick Crimmins avait effectivement assassinées. Des affaires non élucidées en Arizona, en Oklahoma et dans le Nevada, étaient en voie d'être réglées. Les circonstances de l'accident de moto du frère de Derrick étaient mal connues, mais le nom de Cliff Crimmins était venu s'ajouter à la liste des victimes.

Milo s'enfournait toujours des bretzels. Quelqu'un demanda une « Bud » d'une voix forte. Le barman, un Croate aux cheveux noirs, avec quatre anneaux à l'oreille gauche, ouvrit le robinet d'un doigt. Milo et moi étions au whisky. Du Macallan dix-huit ans d'âge. Lorsque Milo demanda la bouteille, le Croate haussa les sourcils. Il n'arrêtait pas de sourire tout en remplissant nos verres.

– C'était pour quoi, tout ce bordel ? insista Milo.

– C'est une vraie question ?

– Ouais ; ça n'en a pas l'air, mais je ne suis plus vraiment en état de causer correctement.

J'étais bien embêté. J'avais réfléchi à la chose et mes réponses auraient satisfait un animateur d'émission de télé, mais cela ne valait pas grand-chose.

Milo posa son verre et planta ses yeux dans les miens.

– Peut-être faisait-il ça par pur plaisir, dis-je enfin. Ou

alors, pour préparer le film qu'il était convaincu de tourner un jour. Mais peut-être aussi avait-il l'intention de vendre ces cassettes.

– Nous n'avons toujours pas trouvé de réseau clandestin susceptible d'écouler ce genre de merde.

– Bon, d'accord. (Je bus une gorgée.) Oublie ce que je viens de dire.

– Je sais. Des gens prêts à acheter les pires saloperies, il y en a toujours. Tout ce que je dis, c'est que nous n'avons rien trouvé qui relie Crimmins à un quelconque marché de snuffs, et je peux te dire que nous avons mis le paquet et cherché partout. Pas de magot, pas le moindre compte en banque, aucun rendez-vous avec un type nerveux en imper, pas une annonce dans un magazine louche. Et l'ordinateur que Crimmins avait chez lui n'était même pas connecté à Internet. Rien que du matériel, mais pas de dossiers. D'après notre spécialiste, il ne s'en est probablement jamais servi.

– Un handicapé de la technologie, dis-je. Pas de problème. La vidéo vaut bien la pellicule.

– Tout ce que je veux dire par là, c'est que l'argent n'avait pas l'air de l'intéresser. Il a braqué tout ce matériel, mais il n'a jamais essayé de le vendre. D'après nous, il vivait de la vente de médicaments.

– Et du salaire de Heidi, ajoutai-je. Jusqu'à ce qu'il puisse se passer d'elle. S'il n'avait pas de compte en banque, cela signifie qu'ils dépensaient tous les deux leur argent au fur et à mesure qu'ils le gagnaient. Ils ne vivaient pas sur un grand pied et évitaient de payer un loyer ; ils devaient en sniffer une bonne partie.

– Pour lui, c'est certain. Le coroner a trouvé de la coke dans son organisme. Un peu de méthadone, aussi. Et un truc appelé « loratadine ».

– Un antihistaminique, dis-je. Mais sans effet de somnolence. Peut-être Crimmins était-il allergique au désert ;

et surtout, il avait besoin d'un maximum d'énergie pour le tournage.

Milo remplit à nouveau son verre.

– *Blood Walk...*

– Quelle qu'ait pu être sa motivation principale – et il a très bien pu en avoir plusieurs –, il s'agissait à ses yeux d'une production de première importance. Ce qui le passionnait, c'était le processus de création jusqu'à la réalisation. Jouer à Dieu est une drogue qu'il a découverte il y a seize ans de ça.

Milo vida son scotch.

– Tu crois vraiment que c'est lui qui a liquidé les Ardullo ?

– Lui tout seul, ou avec son frère. Mais certainement pas avec Peake. Peake s'est fait piéger. Je n'aurai sans doute jamais les moyens de le prouver, mais les faits parlent en faveur de cette hypothèse. Pense aussi aux récents tests sanguins de Peake : à peine quelques traces de Thorazine. Heidi avait entrepris de le sevrer de ses médicaments. À la suite de Claire, sans doute. Mais Claire avait dans l'idée de le faire parler de ses crimes. Inconsciemment, elle voulait savoir ce qu'il pouvait avoir de bon en lui : ne pas oublier qu'elle cherchait le moyen de pardonner à son frère. Heidi, elle, tenait à ce que Peake soit suffisamment lucide pour pouvoir s'évader et, plus important encore, jouer dans le film. En tuant Marvelle et Suzy devant l'objectif, Peake ferait enfin la preuve que le Monstre, c'était lui. Mais ça n'a pas marché. Il n'a pas pu jouer son rôle. Tu as vu dans quel état il était. Avec ou sans Thorazine, son handicap est important et ne s'est pas amélioré au fil des années. Au mieux, il n'a jamais eu que le QI d'un débile. Sniffer de la peinture et de la colle à l'adolescence, sans compter l'alcool, l'a abîmé encore un peu plus. La Thorazine et ses effets secondaires ont achevé de le démolir. Il n'a jamais été en état d'organiser ou de mettre à exécution le moindre crime, même le massacre bordélique et halluciné des Ardullo. Il n'est pas responsable, de près comme de loin, de la mort de Heidi Haupt ou de Frank Dollard. Ni mobile ni arme du crime. Idem pour les Ardullo.

– Tu disais pourtant que le meurtre des Ardullo était l'exemple même du crime insensé. L'œuvre d'un maniaque déchaîné qui n'avait pas besoin de mobile.

– C'est ce que Derrick voulait faire croire à tout le monde, lui renvoyai-je. Et il y est arrivé. Mais il y a toujours un mobile. Pour les psychotiques comme pour les autres. Peake n'a rien d'un criminel tout-puissant, ce n'est qu'un pauvre type. C'est Derrick qui a monté toute l'affaire en commençant par rédiger le scénario. Le Bien contre le Mal : ce que Derrick donne, Derrick peut le reprendre.

Milo remplit une nouvelle fois nos verres.

– Le Vengeur casse-cou.

– À un certain stade, Derrick a sans doute commencé à croire à son histoire. Peake le monstre indomptable contre Derrick l'ange salvateur. Mais Peake n'a absolument pas le profil du tueur psychotique. Il n'a jamais montré le moindre signe d'un fonctionnement paranoïaque, d'un désir de vengeance de quelque nature que ce soit, et il n'a jamais commis d'acte violent, ni avant ni après le massacre. C'est un débile, affligé qui plus est d'une schizophrénie gravissime ; sans même parler de possibles lésions cérébrales et d'un début de démence alcoolique. Crimmins l'a traité de marionnette et il avait tout à fait raison. Depuis le début, Peake n'est qu'un pantin. Il y a seize ans, Derrick et Cliff l'ont fait boire et lui ont emprunté ses chaussures ; et s'ils ont pu le faire alors même qu'ils étaient plus grands que lui, c'est parce que les pieds de Peake sont d'une taille disproportionnée. L'un d'entre eux, ou plutôt non, à mon avis, les deux sont ensuite allés chez les Ardullo cogner, couper, trancher... C'était plus facile et plus rapide à deux. Les traces des baskets désignaient Peake et menaient à sa cabane. Avec des preuves de ce genre, pourquoi chercher plus loin ? Et n'oublie pas qui était chargé de l'enquête : Haas, un flic à mi-temps, qui n'avait jamais eu à résoudre un homicide. Le FBI est entré en scène, mais s'est contenté d'entériner les résultats de la pseudo-enquête.

Milo vida deux verres coup sur coup.

– Encore une chose, dis-je. La nuit où Peake avait la main scotchée au pistolet, il a fortement ressenti certains effets secondaires. Beaucoup de mouvements incontrôlables. On aurait pu croire qu'il allait appuyer sur la détente sans le vouloir. Mais il ne l'a pas fait. Et je te jure qu'il y a eu des moments ou, en regardant bien, j'ai eu l'impression de le voir résister, se forcer à retenir son doigt.

Milo repoussa son verre, pivota sur son tabouret et me regarda droit dans les yeux.

– Alors comme ça, c'est devenu un héros ?

– À toi d'en penser ce que tu veux.

Encore une gorgée.

– Qu'est-ce que tu vas faire maintenant ?

– Qu'est-ce que je peux faire ? Comme tu l'as dit, je n'ai aucune preuve. Et quoi qu'on en pense, Peake est incapable de vivre en société ; il doit rester à l'asile et celui de Starkweather n'est pas pire qu'un autre.

– Le Starkweather de l'après-Swig, alors, dit-il. J'ai entendu dire que son oncle lui avait trouvé un boulot dans un bureau quelconque.

– Swig était un médiocre qui jouait à l'apprenti sorcier. Il n'existe pas de solutions toutes faites.

– Bref, Peake reste enfermé.

– Peake reste enfermé.

– Et ça te convient.

– Comme si j'avais le choix. Imaginons que je demande la réouverture du dossier et que je trouve le moyen de le faire libérer. Si un juge bien intentionné fait en sorte qu'il se retrouve dehors, ça ne fera jamais qu'un pauvre hère sans domicile fixe de plus. Peake est incapable de se prendre en charge. On le retrouverait mort au bout d'une semaine.

– Donc, si nous le gardons enfermé, c'est pour son bien.

– Oui, dis-je, surpris par le ton péremptoire de ma réponse. Qui a dit qu'il y avait une justice dans cette vie ?

Milo m'observa de nouveau. J'enchaînai.

– Ce jour-là, dans sa chambre, lorsque je lui ai parlé des enfants Ardullo et qu'il s'est mis à pleurer, je me suis trompé sur son compte. J'ai cru qu'il s'apitoyait sur lui-même. En fait, il souffrait vraiment. Pas seulement parce qu'on le tenait pour responsable du massacre, non : à cause de ce qui était arrivé. Peut-être était-il arrivé à le faire comprendre à Claire. Ce serait alors ça qui l'aurait poussée à continuer son travail avec lui. Ou alors, elle ne s'en est jamais aperçue. Mais qu'il ait été sincère, ça, j'en suis sûr. Juste après, il s'est levé d'un coup pour mimer le Crucifié. Il essayait de me dire qu'on l'avait martyrisé. Qu'il avait souffert pour les péchés de quelqu'un d'autre. Il ne s'apitoyait absolument pas sur son sort. Il était en paix avec lui-même.

– Tu veux dire que, même si ce n'était qu'un débile, ça valait la peine de l'écouter ?

– Oh oui ! répondis-je. Ça paie toujours, d'écouter.

Nous restâmes un bon moment sans rien dire. Un autre chanteur remplaça Jimmy Buffett ; qui, mais je n'aurais su le dire.

Je jetai un billet sur le comptoir.

– Sortons d'ici, dis-je.

Milo se leva avec difficulté.

– Tu vas le revoir ?

– Ça se pourrait.

DU MÊME AUTEUR

Double miroir
Plon, 1994
et « Pocket Thriller », n° 10016

Terreurs nocturnes
Plon, 1995
et « Pocket Thriller », n° 10088

La Valse du diable
Plon, 1996
et « Pocket Thriller », n° 10282

Le Nid de l'araignée
Archipel, 1997
et « Pocket Thriller », n° 10219

La Clinique
Seuil Policiers, 1998
et « Points Policier », n° P636

La Sourde
Seuil Policiers, 1999
et « Points Policier », n° P755

Billy Straight
Seuil Policiers, 2000
et « Points Policier », n° P834

Dr La Mort
Seuil Policiers, 2002
et « Points Policier », n° P1100

Chair et sang
Seuil Policiers, 2003
et « Points Policier », n° P1228

Le Rameau brisé
Seuil Policiers, 2003
et « Points Policier », n° P1251

Qu'elle repose en paix
Seuil Policiers, 2004
et « Points Policier », n° P1410

La Dernière Note

Seuil Policiers, 2005
et « Points Policier », n° P1493

La Preuve par le sang

Seuil Policiers, 2006
et « Points Policier », n° P1597

Le Club des conspirateurs

Seuil Policiers, 2006
et « Points Policier », n° P1782

La Psy

Seuil Policiers, 2007
et « Points Policier », n° P1830

Double homicide

(en collaboration avec Faye Kellerman)
Seuil Policiers, 2007
et « Points Policier », n° P1987

Tordu

Seuil Policiers, 2008
et « Points Policier », n° P2117

Fureur assassine

Seuil Policiers, 2008
et « Points Policier », n° P2215

Comédies en tout genre

Seuil Policiers, 2009

RÉALISATION : IGS-CHARENTE-PHOTOGRAVURE À L'ISLE-D'ESPAGNAC

CPi BUSSIÈRE

Cet ouvrage a été imprimé en France par
CPI Bussière
à Saint-Amand-Montrond (Cher)
en août 2010.
N° d'édition : 55081-10. - N° d'impression : 101159.
Dépôt légal : mai 2002.

Collection Points Policier

DERNIERS TITRES PARUS

P1560. La Morsure du lézard, *Kirk Mitchell*
P1561. Winterkill, *C.J. Box*
P1582. Le Sens de l'arnaque, *James Swain*
P1583. L'Automne à Cuba, *Leonardo Padura*
P1597. La Preuve par le sang, *Jonathan Kellerman*
P1598. La Femme en vert, *Arnaldur Indridason*
P1599. Le Che s'est suicidé, *Petros Markaris*
P1600. Les Nouvelles Enquêtes du juge Ti, vol. 3
Le Palais des courtisanes, *Frédéric Lenormand*
P1601. Trahie, *Karin Alvtegen*
P1602. Les Requins de Trieste, *Veit Heinichen*
P1635. La Fille de l'arnaqueur, *Ed Dee*
P1636. En plein vol, *Jan Burke*
P1637. Retour à la Grande Ombre, *Hakan Nesser*
P1660. Milenio, *Manuel Vázquez Montalbán*
P1661. Le Meilleur de nos fils, *Donna Leon*
P1662. Adios Hemingway, *Leonardo Padura*
P1678. Le Retour du professeur de danse, *Henning Mankell*
P1679. Romanzo Criminale, *Giancarlo de Cataldo*
P1680. Ciel de sang, *Steve Hamilton*
P1690. La Défense Lincoln, *Michael Connelly*
P1691. Flic à Bangkok, *Patrick Delachaux*
P1692. L'Empreinte du renard, *Moussa Konaté*
P1693. Les fleurs meurent aussi, *Lawrence Block*
P1703. Le Très Corruptible Mandarin, *Qiu Xiaolong*
P1723. Tibet or not Tibet, *Péma Dordjé*
P1724. La Malédiction des ancêtres, *Kirk Mitchell*
P1761. Chroniques du crime, *Michael Connelly*
P1762. Le croque-mort enfonce le clou, *Tim Cockey*
P1782. Le Club des conspirateurs, *Jonathan Kellerman*
P1783. Sanglants trophées, *C.J. Box*
P1811. - 30°, *Donald Harstad*
P1821. Funny Money, *James Swain*
P1822. J'ai tué Kennedy ou les mémoires d'un garde du corps
Manuel Vázquez Montalbán
P1823. Assassinat à Prado del Rey et autres histoires sordides
Manuel Vázquez Montalbán
P1830. La Psy, *Jonathan Kellerman*
P1831. La Voix, *Arnaldur Indridason*
P1832. Les Nouvelles Enquêtes du juge Ti, vol. 4
Petits meurtres entre moines, *Frédéric Lenormand*
P1833. Les Nouvelles Enquêtes du juge Ti, vol. 5
Madame Ti mène l'enquête, *Frédéric Lenormand*

P1834. La Mémoire courte, *Louis-Ferdinand Despreez*
P1835. Les Morts du Karst, *Veit Heinichen*
P1883. Dissimulation de preuves, *Donna Leon*
P1884. Une erreur judiciaire, *Anne Holt*
P1885. Honteuse, *Karin Alvtegen*
P1886. La Mort du privé, *Michael Koryta*
P1907. Drama city, *George P. Pelecanos*
P1913. Saveurs assassines. Les Enquêtes de Miss Lalli
Kalpana Swaminathan
P1914. La Quatrième Plaie, *Patrick Bard*
P1935. Echo Park, *Michael Connelly*
P1939. De soie et de sang, *Qiu Xiaolong*
P1940. Les Thermes, *Manuel Vázquez Montalbán*
P1941. Femme qui tombe du ciel, *Kirk Mitchell*
P1942. Passé parfait, *Leonardo Padura*
P1963. Jack l'éventreur démasqué, *Sophie Herfort*
P1964. Chicago banlieue sud, *Sara Paretsky*
P1965. L'Illusion du péché, *Alexandra Marinina*
P1988. Double homicide, *Faye et Jonathan Kellerman*
P1989. La Couleur du deuil, *Ravi Shankar Etteth*
P1990. Le Mur du silence, *Hakan Nesser*
P2042. 5 octobre, 23h33, *Donald Harstad*
P2043. La Griffe du chien, *Don Wislow*
P2044. Les Nouvelles Enquêtes du juge Ti, vol. 6
Mort d'un cuisinier chinois, *Frédéric Lenormand*
P2056. De sang et d'ébène, *Donna Leon*
P2057. Passage du Désir, *Dominique Sylvain*
P2058. L'Absence de l'ogre, *Dominique Sylvain*
P2059. Le Labyrinthe grec, *Manuel Vázquez Montalbán*
P2060. Vents de carême, *Leonardo Padura*
P2061. Cela n'arrive jamais, *Anne Holt*
P2139. La Danseuse de Mao, *Qiu Xiaolong*
P2140. L'Homme délaissé, *C. J. Box*
P2141. Les Jardins de la mort, *George Pelecanos*
P2142. Avril rouge, *Santiago Roncagliolo*
P2157. À genoux, *Michael Connelly*
P2158. Baka !, *Dominique Sylvain*
P2169. L'Homme du lac, *Arnaldur Indridason*
P2170. Et que justice soit faite, *Michael Koryta*
P2172. Le Noir qui marche à pied
Louis-Ferdinand Despreez
P2181. Mort sur liste d'attente, *Veit Heinichen*
P2189. Les Oiseaux de Bangkok
Manuel Vázquez Montalbán
P2215. Fureur assassine, *Jonathan Kellerman*
P2216. Misterioso, *Arne Dahl*